LA SIBYLLE DE KELL

DES MÊMES AUTEURS
CHEZ POCKET

LA GRANDE GUERRE DES DIEUX

LES PRÉQUELLES

1. Belgarath le sorcier
   Les années noires
2. Belgarath le sorcier
   Les années d'espoir (Tome 1)
   Les années d'espoir (Tome 2)
3. Polgara la sorcière
   Les années d'enfance
4. Polgara la sorcière
   Le temps des souffrances

LA BELGARIADE

1. Le pion blanc des présages
2. La reine des sortilèges
3. Le gambit du magicien
4. La tour des maléfices
5. La fin de partie de l'enchanteur

LA MALLORÉE

1. Les gardiens du Ponant
2. Le roi des Murgos
3. Le démon majeur de Karanda
4. La sorcière de Darshiva
5. La sibylle de Kell'

LA PIERRE SACRÉE PERDUE

LA TRILOGIE DES JOYAUX

1. Le trône de diamant
2. Le chevalier de rubis
3. La rose de saphir

LA TRILOGIE DES PÉRILS

1. Les dômes de feu
2. Ceux-qui-brillent
3. La cité occulte

David Eddings

David Eddings est né en 1931 à Spokane, Washington, dans ce grand Nord-Ouest des USA où le destin le ramènera souvent. Etudes au Junior College d'Everett (1950-1952) puis Reed College (1952-1954). Service militaire en Allemagne (1954-1956) : visite les grandes villes d'art européennes. Passe le M.A. (1957-1961) et s'inscrit en Ph.D. de littérature à l'Université du Washington à Seattle. Judith Leigh Schall est née en 1937 ; elle a passé son enfance dans un village près de Pittsburgh avant de rejoindre l'armée de l'air. Puis elle rencontre David Eddings à Tacoma et l'épouse en 1962 après un été aventureux qu'il racontera dans *High Hunt*, son premier roman (1973). Dans l'immédiat, il trouve du travail chez Boeing, qui l'envoie dans le Dakota pour s'occuper de missiles, puis à la Nouvelle-Orléans pour s'occuper de la fusée Saturne. Mais Leigh, asthmatique, ne supporte pas le climat de la ville et le couple retourne au Dakota, où David devient professeur de collège, puis à Denver, où il est engagé par Safeway (une chaîne de supermarchés) tandis que Leigh trouve du travail dans un motel. Le magasin, en 1974, est le théâtre d'un hold-up tragique ; il en tire *The Losers* (1992), un thriller sur le mal et la violence, qui se passe à Spokane, lieu de sa naissance, où il s'est replié après la fusillade. Mais ce n'est pas sa vocation d'écrire des romans « sérieux », même sur l'ennui dans les villes moyennes ; il relit Tolkien, reprend ses notes de cours sur la littérature médiévale et construit un univers complet avec ses cartes et ses guerres des dieux. A partir de 1982, il rencontre le très grand public avec *la Belgariade* et sa suite : *la Mallorée* ; une écriture moderne, une narration claire malgré la multiplication des personnages, un humour léger, la vie de ses dialogues sont sans égal dans la fantasy d'aujourd'hui. En 1995, il reconnaît Leigh comme co-auteur de ses romans : c'est à elle que l'on doit les décors concrets, les personnages féminins, les chutes incisives.

SCIENCE-FICTION
Collection dirigée par Jacques Goimard

DAVID EDDINGS

Chant V de la Mallorée

LA SIBYLLE DE KELL

Traduction de Dominique Haas

POCKET

Titre original :
Le seeress of Kell

Cette traduction est publiée
avec l'accord de Ballantine Books,
département de Random House, Inc.

PRESSECO

PAPIER RECYCLÉ
NATURE PROTÉGÉE

ISBN 2-266-10748-8

Pour Lester,

Voilà dix ans, maintenant, que l'aventure a commencé. Tout ce que nous pouvions raisonnablement en attendre, au départ, était d'en sortir plus vieux de dix ans, mais il faut croire que nous nous en sommes un peu mieux tirés que ça. Entre nous, je pense que nous avons élevé un bon garçon. J'espère que vous y avez pris autant de plaisir que moi, et j'estime que nous pouvons être fiers tous les deux de ne pas nous être entretués en cours de route (ce dont, à mon avis, le mérite revient plus à la patience surhumaine de deux dames très spéciales qu'à nos vertueuses personnes).

Bien sincèrement,

Dave Eddings

Terres Vagues
Le Pont-de-Pierre
Cthol Mishrak
La Kithel
Les monts de Karanda
Zone interdite
La Ctho
Mal Ctho
Lac de Camat
CAMAT
Mal Evir
Ashaba
Mal Camat
La Camat
DARIYA
Mal Yaska
Mal Venn
Mal Dariya
La Dariya
VENNIE
MALLOREE ANTIQUE
Mal Abada
Mal Rakuth
Mal Vorân
RAKUTH
Lac de Vorân
GEMIL
Mal Zeth
Mal Gemila
MER DU LEVANT
Montagnes de Dalasie
PROTECTORATS DE DALASIE
Équateur
Dal Finda
FINDA
La Finda
Lac de Temba
Dal Zerba
Dal Temba
La Temba
La Borda
Dal Amba
Cours supérieur de l'Astel
Lac Astel
Lac de Finda
Marais de Temba
Dal Borda
L'Amba
Cours inférieur de l'Astel
Récifs de Turim
Dal Perivor
La Peri
PERIVOR
L'île de Verkat

LES SEPT
ROYAUMES
DE KARANDA
Cercle Polaire
Arctique
ZAMAD
Kalida
Lac
Karanda
Karand
Jenn
GANÉSIE
Mankhor
La Jenn
Torpakan
Magan
DELCHIN
Ushad
Magan
Renn
Les Monts
de Zamad
Aduma
Lac
Aduma
La Fuldesca
Vordal
Keldesca
La Vorda
Lac
Voresebo
Lac
Pannor
VORESEBO
Luxal
La Luxal
Bakan
Altork
Lac
Altork
Pannor
RENGEL
La Kallahar
Kallahar
Fallesca
Jarot
Ludera
CELANTA
La Taresca
Taresca
Gordanka
Kort
DARSHIVA
EMPIRE
PELDANE
Selda
Hemil
Ferra
DE
La Velluta
Velluta
Banthul
MELCÉNIE
Crol Tibu
Dal Cendo
Balasa
GANDAHAR
Bashad
Jungle
de Gandahar
Delta
de la
Magan
Kell
Kaduz
MELCÉNIE
Anden
Îles
de
Melcénie
Melcène
Molva
Gule
SHELLY SHAPIRO 88

PROLOGUE

Extrait du *Livre des Ères*, tome I des *Oracles de Mallorée.*

Telles sont en vérité les Ères de l'Homme :

La Première Ère vit la création de l'homme. Ses créateurs le regardèrent s'éveiller et contempler, émerveillé, le monde qui l'entourait. Ils choisirent parmi ses multitudes ceux qui leur plaisaient puis ils bannirent les autres et les chassèrent au loin. Certains partirent vers l'Ouest, en quête de l'Esprit connu sous le nom d'UL, et nul ne les revit. Quelques-uns renièrent les Dieux. Ceux-là fuirent dans les confins du Nord et se commirent avec les démons. D'autres enfin se tournèrent vers les biens matériels. Ils allèrent dans l'Est ériger de puissantes cités.

Cependant nous nous désolions, à l'ombre des Cimes de Korim. Grande était notre amertume d'avoir été créés et rejetés.

Or il advint qu'une femme de notre peuple entra en transe. L'on eût dit qu'elle avait été ébranlée par une main puissante. Elle se leva de la terre où elle était assise et se cacha les yeux derrière un bandeau, car elle avait contemplé ce que nul mortel n'avait vu avant elle, et prononça ces paroles :

« En vérité je vous le dis, Ceux qui nous ont créés s'apprêtent à un banquet, le Banquet de la Vie. Nos Créateurs ont choisi selon Leur bon plaisir, et ce qui ne Leur agréait point, Ils l'ont écarté. »

« Nous sommes à présent le Banquet de la Vie, et nous nous lamentons qu'aucun Invité au festin ne nous ait choisis. Mais ne vous désespérez point, car un Convive doit encore venir. Si les autres Invités se sont régalés, le grand Banquet de la Vie attend toujours l'Hôte Bien-aimé, le dernier arrivé, et c'est *Lui* qui nous choisira. Espérez donc Sa venue, car elle est certaine. Bannissez tout chagrin, scrutez le ciel et la terre afin de lire les signes qui y sont inscrits, car en vérité, mon peuple, je te le dis, Sa venue dépend de toi. Sache qu'Il ne pourra te choisir à moins que tu ne L'élises. Tel est le Destin pour lequel nous avons été créés. Levez-vous donc, mes frères, ne restez point assis sur la terre à vous désoler vainement. Acceptez la tâche qui vous incombe et préparez la voie à Celui qui viendra assurément. »

Grand fut notre émerveillement à ces paroles, et nous les considérâmes avec moult attention. Nous interrogeâmes celle qui devait être la première sibylle du monde, mais ses réponses furent obscures. Alors nous tournâmes notre visage vers le ciel, nous écoutâmes les murmures de la terre et nous apprîmes à les déchiffrer. Et dans le Livre des Cieux, dans les voix montant des roches, nous reconnûmes des myriades d'avertissements : deux esprits devaient venir à nous, l'un bon, l'autre mauvais. Longtemps nous cherchâmes et quand nous eûmes trouvé, nous en conçûmes un trouble plus grand encore car nous ne pouvions déterminer lequel était bon et lequel était mauvais. En vérité, le mal a pris l'aspect du bien dans le Livre des Cieux comme dans les chuchotements de la terre, et nul mortel n'eût été assez sage pour les départager.

Nous quittâmes l'ombre des Cimes de Korim en méditant tout cela. Nous renonçâmes aux préoccupations humaines afin de nous consacrer à la tâche pour laquelle nous avions vu le jour. Nos magiciennes et nos voyantes interrogèrent le monde des esprits, nos nécromanciens prirent conseil des morts et nos devins quêtèrent l'avis de la terre. Mais il s'avéra que nul n'en savait plus que nous.

Nous nous établîmes enfin dans une plaine fertile pour mettre nos connaissances en commun. Et voilà les vérités que nous avons recueillies auprès des étoiles et des roches, du cœur des hommes et de l'âme des morts :

Sachez que tout au long des interminables avenues du temps la division a entaché l'ensemble de ce qui est, car la division est au cœur même de la Création. D'aucuns prétendent qu'elle est naturelle et perdurera de toute éternité, mais cela n'est point. Si la division devait être immuable, alors le but de la Création serait de la contenir. Or les étoiles, les esprits et les voix dans les roches parlent du jour où la division prendra fin et où tout sera à jamais réuni, car la Création elle-même sait que ce jour viendra.

Sachez encore que deux esprits s'affrontent depuis l'aube des temps. Ces esprits sont les deux aspects de ce qui a divisé la création. Ils se rencontreront en ce monde, et le moment de leur rencontre sera celui du Choix. Si le Choix n'avait point lieu, ce monde disparaîtrait et jamais le Convive Bien-aimé dont parlait la Sibylle ne viendrait. C'est ce qu'elle voulait dire par ces paroles : « Il ne pourra te choisir à moins que tu ne L'élises. » Nous devons procéder au choix entre le bien et le mal. Il s'ensuivra une réalité du bien ou du mal, qui l'emportera jusqu'à la fin des âges.

Sachez encore que les roches de ce monde et de tous les autres mondes parlent continuellement des deux pierres qui sont au centre de la division. Elles ne faisaient qu'une jadis et elles étaient au cœur de la Création, mais comme tout le reste, elles furent séparées par une force qui anéantit en un instant des soleils entiers. Que ces pierres se trouvent en présence l'une de l'autre, et ce moment marquera assurément celui de l'ultime confrontation entre les deux esprits. Le jour viendra où tout sera réuni à nouveau, mais la division entre les deux pierres est telle que rien ne la saurait abolir. Quand elle cessera, l'une des deux pierres disparaîtra à jamais et l'un des deux esprits avec elle.

Telles étaient donc les vérités que nous avions réunies, et de leur découverte date la fin de la Première Ère.

La Seconde Ère de l'homme commença dans le tumulte et les bouleversements. En vérité, la terre elle-même se fendit, et la mer s'engouffra dans la faille, divisant le monde des hommes à l'instar de la Création. Les Cimes de Korim, ébranlées, gémirent et se soulevèrent alors que les flots les engloutissaient. Nous savions qu'il en serait ainsi, car nos sibylles nous l'avaient annoncé. Aussi avions-nous poursuivi notre chemin et trouvé la sécurité avant que le monde soit fendu et que la mer reflue puis revienne et ne reparte jamais.

Pendant des jours après cela, les enfants du Dieu-Dragon fuyant la montée des eaux s'établirent au nord, par-delà nos montagnes. Nos sibylles nous avertirent qu'ils reviendraient un jour parmi nous en conquérants. Nous nous demandâmes comment éviter d'offenser nos belliqueux voisins et de susciter leur convoitise. Il nous sembla qu'ils ne prendraient point ombrage de frustes communautés de laboureurs vivant des maigres ressources du sol, et nous gouvernâmes nos vies en ce sens. Nous détruisîmes nos villes, en dispersâmes les pierres et nous établîmes dans les champs où nous pensions qu'ils nous laisseraient poursuivre nos études en paix.

Des années passèrent, puis des siècles, les siècles devinrent des millénaires, et comme nos sibylles l'avaient dit, les Angaraks revinrent établir leur empire sur notre peuple. Ils donnèrent à la terre où nous vivions le nom de Dalasie ; nous fîmes ce qu'ils voulaient et nous continuâmes nos études.

Or donc, vers cette époque, un disciple du Dieu Aldur alla avec certains autres dans les confins du Nord reprendre au Dieu-Dragon une chose qu'il avait volée. Cet événement crucial marque la fin de la Deuxième Ère et le début de la Troisième.

Au cours de la Troisième Ère, les prêtres angaraks, que les hommes appelaient Grolims, vinrent nous parler du Dieu-Dragon et nous dire qu'Il avait soif de notre amour. Nous étudiâmes leurs paroles comme nous nous penchions sur toute chose. Nous consultâmes le Livre des Cieux, et nous eûmes la confirmation que Torak était l'incarnation divine de l'un des deux esprits qui s'affrontaient au cœur du temps. Mais où était l'autre ? Comment les hommes pourraient-ils choisir si seul l'un des esprits venait à eux ? Nous eûmes alors la révélation de notre terrible responsabilité. Les esprits viendraient à nous, chacun en son temps, chacun prétendrait qu'il était bon et que l'autre était mauvais, mais c'était l'homme qui effectuerait le choix. Nous décidâmes, après réflexion, d'accepter le culte auquel les Grolims tentaient à toute force de nous contraindre. Ceci nous permettrait d'observer la nature du Dieu-Dragon et nous préparerait au Choix quand l'autre Dieu apparaîtrait.

Avec le temps, les événements qui agitaient le monde s'imposèrent à nous. Les Angaraks firent alliance avec les bâtisseurs des grandes cités de l'Orient appelés Melcènes, et ensemble ils fondèrent un empire sur lequel le soleil ne se couchait point. Les Angaraks accomplissaient de grandes choses, et les Melcènes étaient de brillants exécutants. Une décision prise une fois l'est à jamais, mais le travail revient tous les jours, et les Melcènes vinrent parmi nous chercher des aides pour les assister dans leur tâche sans cesse recommencée. L'un des nôtres que les Melcènes avaient recruté fut, dans le cadre de sa mission, appelé vers le nord. Surpris par un orage, il s'abrita en un endroit appelé Ashaba. Le Maître des lieux n'était ni un Grolim ni un Angarak ni aucun autre homme. Notre frère avait, sans le savoir, cherché refuge dans la Maison de Torak. Or il se trouve que Torak s'interrogeait sur notre peuple et Il envoya chercher le voyageur. De l'instant où notre frère contempla la face du Dieu-Dragon date la fin de la Troisième Ère et le commencement de la Quatrième. Car, en vérité, le Dieu des Angaraks n'était aucun de ceux que nous attendions. Les signes qui étaient sur Lui ne menaient point au-delà de Sa personne. Notre frère sut que Torak était condamné, et que ce qu'Il était périrait avec Lui.

Ayant ainsi compris notre erreur, nous nous interrogeâmes sur ce qui nous avait échappé : même un Dieu pouvait n'être qu'un instrument du destin. De fait, Torak incarnait l'une des deux destinées mais Il n'était point toute la Destinée.

C'est alors que, de l'autre côté du monde, un roi fut tué ainsi que toute sa famille, hormis un enfant. Ce roi était le gardien de l'une des deux pierres où s'incarnait le pouvoir. A l'annonce de cette nouvelle, Torak exulta, croyant qu'un ennemi de toujours avait cessé d'être, et s'apprêta à marcher sur les royaumes du Ponant. Mais les signes dans les cieux, les murmures dans les roches disaient que les choses n'étaient point telles qu'Il le croyait. La pierre était toujours gardée, et la lignée du Gardien n'était point éteinte. De la guerre, le Dieu-Dragon ne retirerait que souffrance.

Il investit moult générations de son peuple dans des tâches préparatoires. Tout comme nous, Torak scrutait les cieux dans l'attente des signes annonçant que le moment était venu de déclencher les hostilités, mais Il n'observait que ce qu'Il voulait voir et non l'ensemble du message inscrit dans les étoiles. Il n'en avait lu qu'une infime partie lorsqu'Il mit ses forces en mouvement. Il n'aurait pu choisir plus mauvais jour.

Ainsi qu'il était écrit, Torak connut le désastre dans la vaste plaine située devant Vo Mimbre, une cité du lointain Ponant. Le Dieu-Dragon sombra dans un sommeil d'où Il ne devait émerger que pour rencontrer Son ennemi.

C'est alors que nous parvint, dans un lointain murmure, un nom plus clair de jour en jour et qui devint une immense clameur le jour de sa naissance : Belgarion le Tueur de Dieu était enfin venu.

Dès lors, les événements se précipitèrent. La terrible rencontre se rapprochait à un rythme si rapide que les pages du Livre des Cieux se brouillèrent tant elles tournaient vite. En ce jour que les hommes célèbrent comme étant celui où le monde naquit à la lumière, Belgarion prit possession de la pierre du pouvoir. A l'instant où sa main se refermait sur elle, une vive clarté illumina le Livre des Cieux et le nom de Belgarion retentit jusqu'à la plus lointaine des étoiles.

Nous sûmes ensuite que Belgarion s'avançait vers la Mallorée avec la pierre du pouvoir et que Torak s'agitait dans son sommeil. Vint enfin la terrible nuit. Nous regardions, impuissants, les immenses pages du Livre des Cieux défiler si promptement que nous ne pouvions plus les déchiffrer. Puis elles se figèrent et nous lûmes cette terrible phrase : « Torak est mort. » Alors le Livre se mit à vaciller et la lumière s'éteignit dans la création tout entière. En cet épouvantable instant de ténèbres et de silence, la Quatrième Ère s'acheva et la Cinquième Ère commença.

Au début de la Cinquième Ère, un mystère nous apparut dans le Livre des Cieux. Tout jusqu'alors menait à l'affrontement entre Belgarion et Torak ; or des signes parmi les étoiles semblaient indiquer que les Destinées avaient choisi de nouvelles incarnations pour une dernière rencontre. Nous les sentions évoluer, sans savoir qui ou ce qu'elles pouvaient être, car les pages du Livre étaient obscures et indéchiffrables. Nous sentions pourtant qu'une présence nimbée d'ombre évoluait dans les affaires humaines, et la lune nous avertissait clairement que cette sombre présence était celle d'une femme.

Une chose nous apparut dans l'immense confusion qui enténébrait désormais le Livre des Cieux. Les Ères se succédaient, chacune plus courte que la précédente, et les Événements marquant l'opposition des deux destinées se rapprochaient constamment. Le temps de la contemplation passive était révolu. Nous devions nous hâter faute de quoi l'ultime Événement nous prendrait au dépourvu.

Il nous appartenait de veiller à ce que les acteurs de cet Événement soient à l'endroit prévu au moment voulu, en les y incitant, par la ruse au besoin.

Aussi envoyâmes-nous l'image de Celle Qui Devait Effectuer Le Choix d'abord à la présence environnée de noir puis à Belgarion, le Tueur de Dieu, afin de les mettre sur le chemin menant au lieu de l'ultime Événement.

Nous devions ensuite procéder à nos propres préparatifs, car il y avait beaucoup à faire avant le Choix. La Création n'avait été que trop longtemps divisée. Lors de la rencontre entre les deux destinées, la division prendrait fin et tout serait à nouveau réuni.

PREMIÈRE PARTIE

KELL

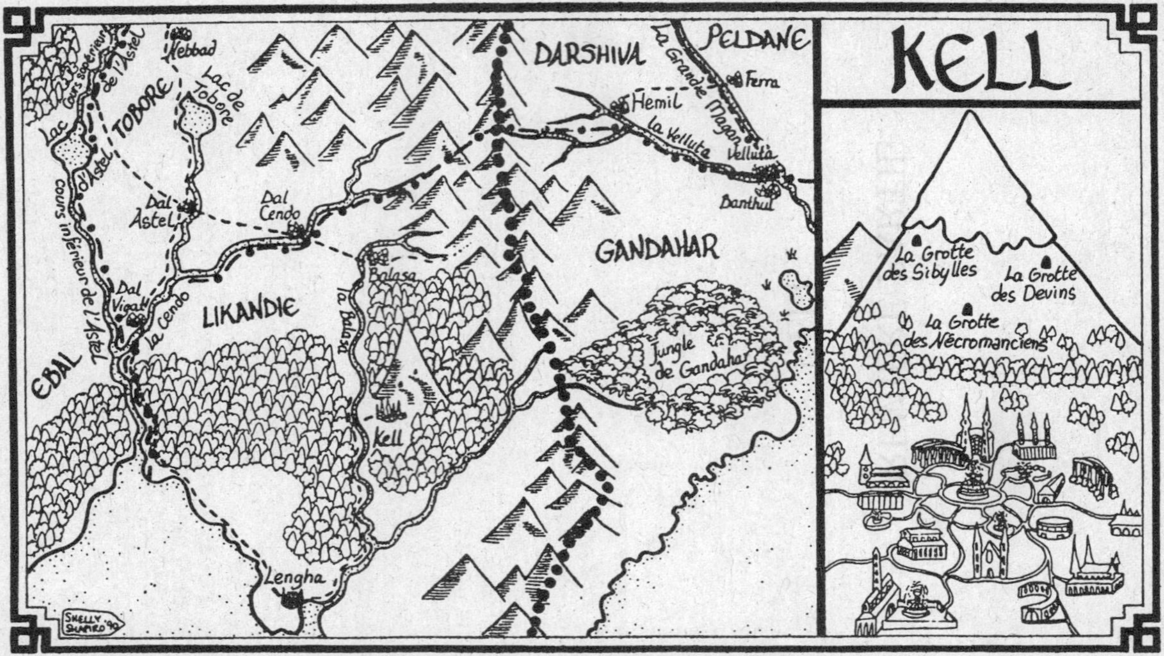
KELL
PELDANE
DARSHIVA
La Grande Magan
Ferra
Hemil
La Velluta
Velluta
Banthul
GANDAHAR
Jungle de Gandahar
Hebbad
Lac de Tobore
TOBORE
Lac
cours supérieur de l'Astel
d'Astel
cours inférieur de l'Astel
Dal Astel
Dal Cendo
Dal Vigat
La Cendo
LIKANDIE
Balasa
La Balasa
Kell
Lengha
EBAL
La Grotte des Sibylles
La Grotte des Devins
La Grotte des Nécromanciens
SHELLY SHAPIRO '90

CHAPITRE PREMIER

L'air était vif, piquant. La brise charriait la senteur résineuse des grands mélèzes d'un vert sombre, presque noir, qui montaient vers le ciel comme autant de muettes prières. Les champs de neige étincelaient au soleil, loin au-dessus d'eux, et mille torrents couraient alimenter des fleuves situés dans les plaines de Darshiva et de Gandahar, lesquels se ruaient vers la rencontre inéluctable avec l'immense Magan. Au rugissement des eaux se mêlait le soupir mélancolique du vent qui soufflait inlassablement dans la forêt. La route des caravanes grimpait encore et toujours en déroulant ses méandres sur les parois abruptes, passant parfois sous des cascades. En franchissant chaque sommet ils en embrassaient de nouveaux du regard, jusqu'à l'épine dorsale du continent qui dressait au-dessus de tous les autres ses pics d'une altitude inimaginable, purs et virginaux sous leur manteau de neige éternelle. Des montagnes, Garion en avait vu, mais jamais d'aussi colossales. Il savait que ces cimes qui effleuraient la voûte céleste étaient à des lieues et des lieues de là, pourtant l'air était si clair qu'elles lui semblaient à portée de la main.

Au tumulte et à l'angoisse auxquels ils avaient été soumis tout en bas dans la plaine avait succédé un calme ineffable, une paix qui effaçait tous leurs soucis et jusqu'à leurs pensées. Chaque détour de la route, chaque crête leur offraient sur le paysage un point de vue d'une splendeur renouvelée, qui les laissait émerveillés et sans voix.

Les œuvres humaines paraissaient soudain réduites à l'insignifiance. Jamais l'homme ne graverait son empreinte sur ces montagnes éternelles.

C'était l'été, et les journées étaient longues et chaudes. Des oiseaux chantaient dans les arbres, le long de la piste sinueuse. A l'odeur des pins et des épicéas chauffés par le soleil s'ajoutait le parfum délicat des fleurs sauvages qui couvraient les prairies abruptes. Les parois rocheuses se renvoyaient parfois le cri farouche, strident, d'un aigle.

— Vous n'avez jamais été tenté de déplacer votre capitale ? souffla Garion au Malloréen qui chevauchait à côté de lui.

Parler à haute voix lui aurait paru sacrilège.

— Pas vraiment, répondit Zakath. Le gouvernement ne pourrait travailler ici. L'administration est presque entièrement melcène, et les Melcènes ne sont pas aussi prosaïques qu'ils en ont l'air. J'aurais peur que les fonctionnaires passent la moitié de leur temps à admirer le paysage et l'autre à écrire de mauvais poèmes. Personne ne ferait plus rien. D'ailleurs, vous n'imaginez pas comment ça peut être par ici, l'hiver.

— La neige ?

— Et comment ! opina l'empereur de Mallorée. Les gens du coin ne la mesurent pas en pouces mais en pieds.

— Il y a des gens par ici, si haut ? Je n'ai vu personne.

— Des trappeurs qui chassent les animaux à fourrure, des chercheurs d'or, des gens comme ça. Mais à mon avis, ajouta-t-il en esquissant un sourire, ce n'est qu'un prétexte. Il y a des individus qui préfèrent la solitude.

— Pour ça, c'est l'endroit idéal.

Zakath avait changé depuis qu'ils avaient quitté le camp retranché d'Atesca. Il avait minci ; son regard, naguère éteint, avait retrouvé son éclat. Comme Garion et leurs autres compagnons, il avançait avec circonspection, l'œil et l'oreille aux aguets. Mais le changement le plus remarquable était intérieur : il avait toujours été pensif, mélancolique, sujet à des crises de profonde dépression, et en même temps animé d'une ambition dévorante. Garion se disait souvent que l'appétit de conquête du Malloréen, sa soif de pouvoir étaient moins un besoin réel, irrépressible, qu'une façon de se remettre constamment en question et peut-être aussi d'évacuer des pulsions autodestructrices. Il donnait un peu l'impression de se jeter, avec toutes les ressources de son empire, dans des combats désespérés dans le secret espoir qu'il finirait par tomber sur un adversaire assez puissant pour le tuer, le soulageant ainsi du fardeau d'une vie qui lui était intolérable.

Ce n'était plus le même homme depuis sa rencontre avec Cyradis sur les rives de la Magan. Le monde qui lui avait toujours paru morne et banal lui semblait maintenant paré de couleurs nouvelles. Garion avait parfois même l'impression de lire un vague espoir sur son visage, or l'espérance n'avait jamais figuré parmi les traits les plus marquants de sa personnalité.

La louve que Garion avait trouvée dans la forêt désolée de Darshiva les attendait patiemment, assise sur son derrière, à un détour de la route. Le comportement de l'animal l'intriguait de plus en plus. Maintenant que sa patte était guérie, elle faisait dans la forêt environnante des incursions sporadiques à la recherche de sa meute, et elle en revenait toujours bredouille, apparemment pas plus ennuyée que ça. Elle avait l'air très contente de sa nouvelle meute, si disparate qu'elle soit. Tant qu'ils étaient dans les montagnes et les forêts inhabitées, ça ne posait pas de problème, mais ils ne seraient pas toujours en pleine nature, et l'apparition d'une louve non apprivoisée et probablement craintive dans les rues d'une ville grouillante d'habitants risquait d'attirer l'attention, pour ne pas dire plus.

— Comment va notre petite sœur ? demanda-t-il aimablement dans la langue des loups.

— Tout est bien, répondit-elle.

— Notre petite sœur a-t-elle trouvé trace de sa meute ?

— Il y a bien des loups dans les environs, mais aucun de sa horde. Celle-ci restera encore un moment avec vous. Où est son petit ?

— Avec la compagne de celui-ci, dans la chose aux pieds ronds, répondit Garion avec un coup d'œil à la voiture qui rebondissait sur le chemin cahoteux, derrière lui.

La louve poussa un soupir réprobateur.

— A force de rester assis, il ne pourra plus ni chasser ni courir. Et si la compagne de celui-ci continue à lui donner à manger ainsi, il va prendre le gros ventre et ne survivra pas à la première saison de disette.

— On le lui dira.

— Ecoutera-t-elle ?

— Sans doute pas, mais on lui parlera quand même. Elle s'est prise d'affection pour le jeune et aime l'avoir près d'elle.

— Il faudra bientôt lui apprendre à chasser.

— Celui-ci le sait et l'expliquera à sa compagne.

— Grand merci. L'on vous encourage à la prudence, ajouta-t-elle avec gravité. Cet endroit est le territoire d'une créature. L'on a plusieurs fois flairé son odeur sans la voir. L'on pense toutefois qu'il s'agit d'une grosse bête.

— Grosse comment ?

— Plus grosse que la bête sur laquelle celui-ci est assis, répondit-elle en jetant à Chrestien un regard appuyé.

Le grand étalon gris s'était un peu habitué à la présence de la louve, mais Garion pensait qu'il aurait préféré la voir d'un peu plus loin.

— Celui-ci va prévenir le chef de la meute, déclara Garion.

Il avait un peu l'impression que la louve évitait Belgarath et se demandait quel aspect encore obscur de l'étiquette de l'espèce cette attitude reflétait.

— Celle-ci va poursuivre ses recherches, dit la louve en se relevant. Il se pourrait qu'elle rencontre l'animal. Elle saurait alors à quoi s'en tenir. Elle pense toutefois, d'après son odeur, qu'il s'agit d'une créature redoutable, ajouta-t-elle après un instant. Elle mange de tout, et même de ce que l'on s'abstient normalement de manger.

Sur ces paroles, elle se détourna et s'enfonça dans la forêt par petits bonds souples et silencieux.

— C'est vraiment étrange, nota Zakath. J'avais déjà entendu des hommes parler aux animaux, mais jamais dans leur langue.

— C'est de famille, répondit Garion avec un sourire. Au départ, je ne pouvais pas le croire non plus. Les oiseaux venaient tout le temps parler avec tante Pol. De leurs œufs, le plus souvent. Il paraît que les oiseaux adorent parler de leurs œufs. Il y a des moments où ça les fait complètement divaguer. Les loups sont beaucoup plus dignes. Euh... vous n'êtes pas obligé de dire à tante Pol que je vous ai raconté ça, ajouta-t-il presque aussitôt.

— De la duplicité, Garion ? s'esclaffa Zakath.

— De la prudence, rectifia l'intéressé. Il faut que j'aille dire quelque chose à Belgarath. Ouvrez l'œil. D'après la louve, il y aurait dans les parages une créature dangereuse. Une bête plus grosse qu'un cheval et qui mangerait de la chair humaine.

— Et à quoi ressemblerait-elle ?

— Elle l'ignore. Mais elle l'a sentie et elle a vu ses traces.

— Je vais faire attention.

— Ça vaudrait mieux.

Garion remonta la colonne et trouva Belgarath et tante Pol en grande conversation.

— Durnik aura besoin d'une tour au Val, disait Belgarath.

— Je ne vois pas pourquoi, rétorqua Polgara.

— Tous les disciples d'Aldur en ont une, Pol. C'est la coutume.

— A quoi bon respecter de vieilles coutumes qui ont perdu toute raison d'être ?

— Il lui faudra un endroit où étudier, Pol. Comment veux-tu qu'il se concentre s'il t'a tout le temps dans les jambes ? Hem..., fit-il comme elle braquait sur lui un regard glacial, ce n'est pas ce que je voulais dire. Je vais t'expliquer...

— Prends ton temps, Père. Je ne suis pas pressée.

— Grand-père, coupa Garion en retenant son gros étalon gris. Je viens de parler avec la louve. Elle dit qu'il y a un gros animal dans la forêt.

— Un ours ?

— Ça m'étonnerait. Elle l'a flairé à plusieurs reprises ; elle aurait probablement reconnu l'odeur d'un ours, non ?

— C'est probable, en effet.

— D'après elle, la bête ne serait pas très regardante sur le choix de sa nourriture. A propos, je me fais des idées, ou c'est une louve très bizarre ?

— Comment ça, bizarre ?

— C'est fou ce qu'elle arrive à dire dans le langage des loups, et j'ai l'impression qu'elle pourrait en dire encore plus long si elle voulait.

— Elle est intelligente, c'est tout. Ce n'est pas si fréquent chez les femelles, mais ça arrive.

— Cette conversation devient vraiment fascinante, observa Polgara d'une voix qui charriait des glaçons.

— Tiens, Pol, fit le vieux sorcier d'une voix atone, pas plus impressionné que ça par le regard noir de sa fille. Tu es encore là ? Je pensais que tu avais trouvé mieux à faire, depuis le temps. Bon, Garion, tu devrais peut-être prévenir les autres. Si c'était une bête ordinaire, la louve n'aurait pas pris la peine de t'en parler. Quelle que soit cette créature, elle est inhabituelle, et inhabituel signifie généralement dangereux. Dis à Ce'Nedra de se rapprocher de nous. Elle est trop vulnérable, en queue de colonne comme ça. Ne lui dis rien pour ne pas l'inquiéter, mais demande à Liselle de monter dans la voiture avec elle.

— Liselle ?

— La petite blonde avec les fossettes.

— Je connais Liselle, Grand-père. Mais tu ne penses pas que Durnik ou même Toth feraient mieux l'affaire ?

— Non. Elle comprendrait tout de suite qu'il y a quelque chose qui cloche, et je ne tiens pas à l'effrayer. Un animal qui chasse peut sentir la peur. Inutile de provoquer le danger. Liselle n'est pas une petite nature et elle a toujours deux ou trois dagues cachées en divers endroits de sa personne. Silk te dira où au juste si ça t'intéresse, ajouta-t-il avec un sourire rusé.

— Père ! hoqueta Polgara.

— Comment, Pol, tu n'étais pas au courant ? Eh bien, je te croyais plus observatrice.

— Quinze à rien, nota Garion, puis il tourna bride à nouveau sans laisser le temps à sa tante de réagir.

Ce soir-là, ils dressèrent le campement avec un soin particulier, dans un petit bosquet adossé à une falaise abrupte et que longeait, sur le devant, un torrent de montagne étroit mais profond. Le soleil plongeait dans les neiges éternelles, au-dessus d'eux, et le crépuscule emplissait les ravins et les gorges d'ombres azurées lorsque Beldin revint de son vol de reconnaissance.

— Déjà fatigué ? demanda-t-il hargneusement sitôt qu'il eut repris forme humaine.

— Moi non, mais les chevaux oui, répondit Belgarath avec un coup d'œil en biais à Ce'Nedra. Ça grimpe, par ici.

— Ouais, eh ben, tu n'es pas au bout de tes peines, rétorqua le nain bossu en clopinant vers le feu. Quand tu auras vu ce qui t'attend...

— Tu t'es amoché le pied, on dirait ?

— J'ai donné une petite leçon à un aigle. Complètement crétins, ces oiseaux. Même pas capables de faire la différence entre un faucon et un pigeon. Il m'a flanqué un coup de bec alors que je lui arrachais une poignée de rémiges.

— Mon oncle ! protesta Polgara.

— C'est lui qui a commencé.

— Tu as vu des soldats derrière nous ? coupa Belgarath.

— Des Darshiviens, à deux ou trois jours de marche. L'armée d'Urvon bat en retraite. Maintenant qu'ils sont hors jeu, Nahaz et lui, ses hommes n'ont aucune raison de s'incruster.

— C'est toujours autant que nous n'aurons pas sur le dos, commenta Silk avec satisfaction.

— Ne vous réjouissez pas trop vite. Les Gardiens et les Karandaques partis, ça laisse les coudées franches aux Darshiviens pour s'occuper de notre cas.

— Mouais. Vous croyez qu'ils savent que nous sommes là ?

— Zandramas est au courant, elle, et je ne vois pas pourquoi elle dissimulerait cette information à ses hommes. Demain, vous allez entrer dans la neige. Il faudrait peut-être que vous trouviez un moyen de dissimuler vos traces. Où est ta louve, Garion ? demanda-t-il en regardant autour de lui.

— Elle chasse. Elle cherche toujours sa meute.

— Au fait, chuchota Belgarath en s'assurant que Ce'Nedra était hors de portée de voix. La louve a dit à Garion qu'il y avait une drôle de bête dans le coin. Pol va jeter un coup d'œil cette nuit. Tu ferais peut-être bien de l'accompagner. Je ne suis pas d'humeur à encaisser une surprise.

— Je vais tâcher de voir de quoi il retourne.

Sadi et Velvet étaient assis de l'autre côté du feu, la petite bouteille de terre cuite entre eux. Ils tentaient d'attirer ses locataires au dehors avec des petits bouts de fromage.

— Si seulement nous avions du lait, fit Sadi de sa voix de fausset. Le lait est très bon pour les jeunes serpents, surtout pour leur dentition.

— Je m'en souviendrai, murmura Velvet.

— Envisageriez-vous, Margravine, de vous lancer dans l'élevage des serpents ?

— Ce sont de braves petites bêtes propres, calmes, qui mangent trois fois rien. Et puis elles peuvent être très utiles en cas de besoin.

— Vous feriez une bonne Nyissienne, Liselle, commenta l'eunuque avec un sourire affectueux.

— Pas tant que je serai là pour l'en empêcher, murmura Silk d'un ton funèbre.

Ce soir-là, ils mangèrent des truites grillées. Après avoir dressé les tentes, Durnik et Toth s'étaient installés au bord du torrent avec leurs gaules et des appâts. Sa récente élévation au rang de Disciple d'Aldur n'avait pas amoindri la passion du forgeron pour la pêche. Son ami muet et lui-même n'avaient même plus besoin de se consulter. Chaque fois qu'ils campaient à proximité d'un lac ou d'un cours d'eau, ils se retrouvaient automatiquement au bord.

Après dîner, Polgara s'envola sous les frondaisons noyées d'ombre, mais elle revint sans avoir vu trace de la créature contre laquelle la louve les avait mis en garde.

Il faisait froid lorsqu'ils se remirent en route, le lendemain matin, et l'air sentait le givre. Le souffle des chevaux planait lourdement dans l'air, et leurs cavaliers refermèrent étroitement leurs capes autour d'eux.

Beldin avait raison : ils arrivèrent en vue des premières neiges vers la fin de l'après-midi. Des roues avaient tracé de fines lignes blanches au départ, mais elles devenaient vite plus profondes dans la neige craquante. Ils établirent le campement un peu en dessous et repartirent après une bonne nuit de sommeil. Silk avait placé sur l'un des chevaux de bât une sorte de joug auquel étaient accrochées une douzaine de roches rondes, grosses comme la tête. Il examina d'un œil critique les traces qu'elles laissaient dans la neige lorsqu'ils s'engagèrent dans ce monde de blancheur.

— Ça fera l'affaire, fit-il d'un petit ton satisfait.

— J'avoue, Prince Kheldar, ne pas tout à fait comprendre le but de ce dispositif, avoua Sadi.

— Les pierres laissent un peu les mêmes traces que des roues de voiture, expliqua Silk. Les empreintes de sabots de chevaux tout seuls risqueraient d'éveiller les soupçons des soldats qui nous suivent, alors que des traces de voitures sur une route des caravanes ne devraient pas les étonner.

— Pas bête, approuva l'eunuque. Mais pourquoi ne pas tout simplement traîner des broussailles derrière nous ?

— Effacer toute trace dans la neige paraîtrait encore plus suspect, objecta Silk. C'est une route assez fréquentée.

— Vous pensez toujours à tout, hein ?

— Il était passé maître en finasseries, à l'académie, commenta Velvet depuis la petite voiture qu'elle partageait avec Ce'Nedra et le louveteau. Il finasse tout le temps, juste pour ne pas perdre la main.

— Tu n'as pas besoin de le crier sur les toits, Liselle. Et puis le terme « finasser » a une connotation péjorative, je trouve.

— Vous en voyez un meilleur ?

— « User d'artifices », par exemple. Ça sonne tout de même mieux, non ?

— Dans la mesure où ça veut dire exactement la même chose, je ne vois pas l'intérêt de se perdre en arguties sur la terminologie, fit-elle en lui dédiant un sourire malicieux qui creusa ses fossettes.

— C'est une question de style.

La piste montait de plus en plus vite, encadrée par des congères de plus en plus hautes. Le vent âpre, glacial, arrachait des masses de neige au sommet des montagnes et les rabattait sur eux en longs rideaux impalpables.

Vers midi, les pics qui barraient l'horizon disparurent soudain dans un banc de nuages noirs venus de l'ouest, et la louve revint vers eux à toute vitesse sur la piste.

— Celle-ci vous conseille de mettre la meute et ses bêtes à l'abri, fit-elle d'un ton pressant.

— Notre petite sœur a-t-elle trouvé la créature qui demeure par ici ? s'enquit Garion.

— Non. Ceci est plus dangereux, fit-elle en levant le nez vers les nuages qui approchaient.

— Celui-ci va prévenir le chef de meute.

— C'est bien. Que celui-ci me suive, reprit-elle en regardant Zakath. Il y a des arbres un peu plus loin, vers l'avant. Nous allons chercher un endroit convenable, lui et moi.

— Elle veut que vous la suiviez, Zakath, annonça Garion. Il y a une tempête qui se prépare, et elle nous suggère de nous abriter dans les arbres, un peu plus loin. Tâchez de trouver un bon endroit. Je vais prévenir les autres.

— Un blizzard ? demanda Zakath.

— Sans doute. Pour qu'un loup s'inquiète du temps, il faut que ce soit sérieux.

Garion talonna Chrestien et remonta la colonne pour aller prévenir les autres. Ils avaient du mal à avancer sur la piste abrupte, glissante, et le vent glacial charriait de petits grains de neige verglacée qui leur piquaient le visage. Ils retrouvèrent Zakath et la louve dans un bouquet de pins maigrichons, plantés tout près les uns des autres. Une avalanche avait ouvert une tranchée dans le bosquet, poussant un tas de branches et de troncs abattus contre la paroi verticale d'une falaise. Durnik et Toth se mirent aussitôt au travail, bientôt rejoints par Garion et les autres. Ils érigèrent rapidement une sorte de long auvent appuyé sur la roche, le recouvrirent d'une bâche solidement attachée et maintenue par des rondins. Puis ils déblayèrent l'intérieur et menèrent les chevaux vers la partie basse de l'abri de fortune alors que la tempête se déchaînait autour d'eux.

Le vent soufflait et hurlait avec fureur, malmenant les arbres maintenant invisibles dans les tourbillons de neige.

— Pourvu que Beldin n'ait pas de problème, murmura Durnik, un peu ennuyé.

— Ne t'en fais pas pour lui, répondit Belgarath. Ce n'est pas son premier orage. Soit il est passé au-dessus, soit il s'est métamorphosé en vitesse et enfoui dans une congère en attendant que ça passe.

— Mais il va geler à mort ! s'exclama Ce'Nedra.

— Pas sous la neige, voyons. Et puis Beldin se fiche pas mal du temps. Merci, petite sœur, de nous avoir prévenus, dit solennellement le vieux sorcier en se tournant vers la louve qui regardait tourbillonner la neige, devant l'appentis.

— Celle-ci fait à présent partie de la meute, vénérable chef, répondit-elle tout aussi cérémonieusement. Le bien-être de tous est de la responsabilité de chacun.

— Voilà, petite sœur, qui est sagement dit.

Elle remua la queue mais n'ajouta rien.

La tempête dura toute la journée. Le soir venu, Durnik fit du feu et ils se blottirent frileusement autour. Vers minuit, le vent tomba aussi soudainement qu'il s'était levé. La neige plana entre les arbres jusqu'au matin puis elle cessa à son tour. En attendant, elle avait fait son œuvre. Garion en avait jusqu'aux genoux.

— Il va falloir que nous ouvrions un chemin, fit sobrement Durnik. Nous sommes à un quart de lieue de la piste et cette neige fraîche pourrait dissimuler trop d'embûches. Ce n'est vraiment pas le moment — ni l'endroit — que l'un de nos chevaux se casse une patte.

— Et ma voiture ? demanda Ce'Nedra.

— Nous allons être obligés de la laisser là, Ce'Nedra. Même si nous arrivions à la remettre sur la route, le cheval ne pourrait jamais la tirer. La neige est trop profonde.

— C'était quand même une bonne petite voiture, soupira-t-elle. Je tiens absolument à vous remercier, Prince Kheldar, de me l'avoir prêtée. Je n'en ai plus besoin, alors si vous voulez la reprendre, elle est à vous, ajouta-t-elle avec aplomb.

Toth remonta la pente abrupte menant à la route des caravanes. Les autres le suivirent en élargissant la piste et en cherchant avec leurs pieds les branches et autres chausse-trapes dissimulées sous la neige. Quand ils rejoignirent la route, deux bonnes heures plus tard, l'effort et l'altitude les avaient mis hors d'haleine.

Ils redescendirent vers l'appentis où les dames les attendaient auprès des chevaux. Ils en étaient à mi-chemin lorsque la louve coucha les oreilles et se mit à grogner.

— Qu'y a-t-il ? demanda Garion.

— La créature, fit-elle dans un grondement. Elle chasse.

— Attention, vous autres ! hurla Garion. La bête est par ici !

Il tendit la main par-dessus son épaule et tira l'épée de Poing-de-Fer.

La créature sortit des fourrés, de l'autre côté de la tranchée ouverte par l'avalanche. Sa fourrure hirsute était maculée de neige et elle marchait à moitié pliée en deux, comme un primate. Son visage était hideux et Garion lui trouva une familiarité inquiétante. Elle avait des petits yeux porcins enfouis sous des arcades sourcilières saillantes, la mâchoire prognathe et deux grosses défenses jaunes recourbées sur les joues. Elle se redressa de toute sa hauteur, ouvrit la gueule et se mit à rugir en frappant son énorme torse velu avec ses deux poings. Elle faisait près de huit pieds de haut.

— Ce n'est pas possible ! s'exclama Belgarath.

— Quoi donc ? demanda Sadi.

— C'est un eldrak, et les seuls eldrakyn que je connaisse vivent en Ulgolande.

— Là, Belgarath, je pense que vous vous trompez, objecta Zakath. C'est ce qu'on appelle un oursinge. Il y en a quelques-uns dans ces montagnes.

— Vous ne pensez pas, Messieurs, que le moment est mal choisi pour engager la controverse ? susurra Silk. La seule vraie question, à l'heure actuelle, c'est de savoir si nous prenons la fuite ventre à terre ou si nous livrons combat.

— Nous ne pouvons pas courir dans cette neige, trancha Garion d'un ton sinistre. Il va falloir que nous nous battions.

— J'étais sûr que tu dirais ça.

— Le plus important, c'est de l'empêcher d'approcher de ces dames, décréta Durnik. Sadi, vous croyez que votre dague empoisonnée aurait raison de ce monstre ?

— C'est certain, affirma l'eunuque en regardant la créature hirsute d'un air dubitatif, mais compte tenu de sa taille, l'action du... produit ne se fera pas sentir tout de suite.

— Eh bien, c'est réglé, décida Belgarath. Nous allons le distraire pendant que Sadi en fera le tour. Quand il l'aura piqué, nous reculerons pour laisser le temps au poison d'agir. Bien, écartons-nous. Et ne prenez pas de risques, surtout.

Son image se brouilla et il se métamorphosa en loup.

Ils adoptèrent une formation plus ou moins circulaire en s'apprêtant à faire usage de leurs armes. Le monstre rugit encore un moment à la lisière des arbres puis, quand il estima avoir assez fait monter la pression, il avança lourdement en faisant jaillir la neige sous ses énormes pattes. Sadi remonta un peu vers la falaise, sa petite dague tendue devant lui, tandis que les deux loups se jetaient sur la bête dans l'intention manifeste de la déchiqueter avec leurs crocs.

Garion fit rapidement le tour de la situation tout en avançant dans la neige épaisse, son énorme épée pointée devant lui dans une attitude menaçante. L'eldrak n'était pas aussi rapide que Grul, celui qu'ils avaient jadis affronté. Il n'arrivait pas à esquiver les attaques fulgurantes des loups et son sang rougit bientôt la neige alentour. Il poussa un hurlement de rage et tenta désespérément de se jeter sur Durnik, mais Toth s'interposa et lui enfonça le bout de son lourd bâton en pleine face. La bête poussa un hurlement de douleur et tendit ses énormes bras velus pour empoigner le colosse muet dans une étreinte mortelle. Il n'en eut pas le temps. Garion lui flanqua un coup d'épée sur l'épaule tandis que Zakath se jetait sous son autre bras et lui tailladait le torse et le ventre.

Le monstre se mit à beugler et un flot de sang jaillit de ses blessures.

— A vous de jouer, Sadi ! lança Silk, en feintant et en esquivant puis en ajustant soigneusement le tir avec une de ses lourdes dagues.

Le Nyissien s'approcha prudemment dans le dos de la bête enragée qui battait l'air de ses bras énormes dans le vain espoir d'éloigner les loups qui poursuivaient leurs attaques incessantes sur ses flancs.

Puis, avec une précision presque chirurgicale, la louve bondit et sectionna d'un coup de crocs le muscle situé derrière le genou gauche du monstre.

La bête poussa un cri d'agonie d'autant plus atroce qu'il avait quelque chose d'étrangement humain. Puis elle tomba à la renverse en prenant sa jambe blessée à deux mains.

Garion se campa au-dessus de l'animal, un pied de chaque côté, retourna son énorme épée, prit la poignée à deux mains et la leva pour en enfoncer la pointe droit dans le torse velu.

— Je vous en prie ! cria la bête, et son faciès de brute se convulsa de terreur. Ne me tuez pas, je vous en conjure !

CHAPITRE II

Garion s'apprêtait à porter le coup de grâce à l'énorme créature gisant dans la neige ensanglantée lorsqu'elle devint floue et reprit forme humaine.

— Arrête ! s'écria âprement Durnik. C'est un homme !

Il retint son geste et tous s'approchèrent pour regarder le Grolim blessé à mort qui geignait dans le jour naissant.

— Très bien, fit Garion d'une voix frémissante de colère en appliquant la pointe de son épée sous le menton du prêtre. Parlez ! Et je vous conseille de vous montrer convaincant. Qui est derrière tout ça ?

— Naradas, gémit le Grolim. Le grand prêtre du Temple de Hemil.

— Le bras droit de Zandramas ? Celui aux yeux blancs ?

— Oui. Je ne faisais que lui obéir. Epargnez-moi, je vous en supplie !

— Quels étaient exactement vos ordres ?

— Je devais tuer l'un de vous.

— Lequel ?

— N'importe lequel ; ça lui était égal.

— Ça commence à devenir fastidieux, ronchonna Silk en rengainant ses poignards. Ces gens-là manquent vraiment d'imagination.

Sadi regarda Garion d'un air interrogateur en tendant sa petite dague d'un air suggestif.

— Non ! fit sèchement Essaïon.

— Il a raison, Sadi, confirma Garion à contrecœur. Nous ne pouvons pas le tuer de sang-froid, comme ça.

— Ces Aloriens ! soupira le Nyissien en levant les yeux au ciel. De toute façon, si nous l'abandonnons ici il va mourir et nous ne pouvons pas l'emmener parce qu'il nous retarderait. Sans compter que ce n'est pas le genre d'individu à qui je ferais confiance, personnellement.

— Essaïon, fit Garion, si tu allais chercher tante Pol ? Nous devrions nous occuper de ses blessures avant qu'il se vide de son sang. Tu as quelque chose à dire ? demanda-t-il à Belgarath qui venait de se métamorphoser à nouveau.

— Non, non, rien.

— Oui, eh bien, ça vaut mieux.

— Tu aurais dû le tuer avant qu'il reprenne forme humaine, fit une voix familière, depuis les fourrés, dans leur dos.

Beldin était assis sur un rondin et rongeait quelque chose qui n'était pas cuit et à quoi adhéraient encore des plumes.

— J'imagine qu'il ne te serait pas venu à l'idée de nous donner un coup de main ? ironisa Belgarath d'une voix acide.

— Vous vous en êtes très bien sortis sans — *burp !* — moi, rota le nain en lançant les reliefs de son petit déjeuner à la louve qui les attrapa au vol.

— Grand merci, dit-elle poliment.

Garion se demanda fugitivement si Beldin avait compris et se dit que c'était probable. Il savait tant de choses...

— Que fait cet eldrak ici, en Mallorée ? demanda Belgarath.

— Tu as bien vu que ce n'en était pas un vrai, rétorqua Beldin en crachouillant quelques plumes trempées de salive.

— Bon, alors comment un Grolim de Mallorée a-t-il pu savoir à quoi ressemblait un eldrak ?

— Tu n'as pas écouté, vieux frère. Il y en a quelques-uns dans ces montagnes. Des créatures vaguement apparentées aux eldrakyn, quoiqu'un peu moins grosses et encore moins futées.

— Je pensais que tous les monstres vivaient en Ulgolande.

— Je me demande vraiment à quoi te sert ta cervelle. Il y a des trolls à Cherek, les algroths descendent jusqu'en Arendie, les dryades ont établi domicile au sud de la Tolnedrie. Et puis il y a ce dragon qui gîte on ne sait où au juste. Il y a des monstres un peu partout, leur concentration est un peu plus forte en Ulgolande, c'est tout.

— Admettons, concéda Belgarath. Comment avez-vous appelé cette chose ? demanda-t-il à Zakath.

— Un oursinge, quoi que ça veuille dire. Les gens de la région ne sont pas très cultivés.

— Où est Naradas en ce moment ? demanda Silk, reprenant l'interrogatoire.

— Je l'ai rencontré à Balasa, répondit le Grolim. Je ne sais pas où il est allé après.

— Zandramas était avec lui ?

— Je ne l'ai pas vue, mais ça ne veut rien dire. La Sainte Prêtresse ne se montre plus guère.

— A cause des lumières qu'elle a sous la peau ? risqua le petit homme au museau de fouine.

— Nous n'avons pas le droit de parler de ça, même entre nous, répondit le Grolim d'une voix étouffée par la crainte.

— Vous avez ma permission, mon vieux, fit Silk avec un bon sourire en tâtant ostensiblement le fil de sa dague. Allons, un grand gaillard costaud comme vous, reprit-il d'un ton encourageant. Quand ces lumières sont-elles apparues ?

— Je ne saurais le dire avec certitude, reprit le Grolim en déglutissant péniblement. Zandramas est longtemps restée dans l'ouest avec Naradas. Les lumières avaient commencé à apparaître quand elle est revenue. D'après l'un des prêtres de Hemil qui parlait beaucoup, on aurait dit un genre de peste.

— Qui *parlait* ?

— Elle a eu vent de ses racontars et lui a fait arracher le cœur.

— Ça, c'est notre petite Zandramas tout craché.

Tante Pol remonta vers eux, dans la neige, Ce'Nedra et Velvet sur les talons. Elle soigna les blessures du Grolim sans mot dire pendant que Durnik et Toth faisaient sortir les chevaux de l'appentis, ôtaient la bâche de l'auvent et l'abattaient. Quand ils rejoignirent les autres près du blessé, Sadi prenait un petit flacon dans sa mallette de cuir rouge.

— Simple mesure de précaution, dit-il à Garion. Ça ne lui fera aucun mal, ajouta-t-il en réponse à son haussement de sourcil, mais ça le rendra accommodant. Et puisque vous êtes dans des dispositions humanitaires, ça apaisera ses douleurs.

— Vous n'êtes pas d'accord, hein ? Vous auriez préféré que je vous dise de le tuer ?

— Je trouve imprudent de le laisser en vie. Un ennemi mort, on ne risque pas de le retrouver derrière son dos, alors qu'un ennemi vivant... Enfin, c'est vous qui voyez, hein ?

— Je vais vous faire une fleur, décréta Garion. Restez près de lui. Si vous voyez qu'il fait des siennes, à vous de jouer.

— J'aime mieux ça, approuva le Nyissien avec un imperceptible sourire. Allons, vous finirez peut-être par assimiler les rudiments de la réalpolitik.

Ils remontèrent la pente abrupte en menant leurs chevaux par la bride et, une fois sur la route des caravanes, ils se mirent en selle. Le vent qui avait soufflé en tempête toute la nuit avait chassé la neige de la piste, l'accumulant dans les courbes et à l'abri des arbres ou des roches. Ils avançaient à vive allure quand la route était dégagée mais beaucoup plus lentement dans les endroits obstrués. Le soleil faisait étinceler la neige fraîche, et Garion avait beau plisser les paupières, au bout d'une heure il avait mal à la tête.

— Je pense que le moment est venu de prendre quelques précautions, annonça Silk en retenant sa monture.

Il tira une écharpe de tissu léger de son pourpoint et se banda les yeux. Garion songea tout à coup à Relg et à la façon dont l'Ulgo, qui était né dans les grottes, se protégeait les yeux lorsqu'il se retrouvait à l'air libre.

— Un bandeau, Prince Kheldar ? s'étonna Sadi. Vous apprêteriez-vous à nous faire des révélations telle une sibylle ?

— Je ne suis pas du genre à avoir des visions, rétorqua le petit Drasnien. Ce tissu est assez fin pour qu'on voie à travers tout en filtrant la réverbération du soleil sur la neige.

— J'avoue que la lumière est presque aveuglante.

— En effet, et si vous la regardiez assez longtemps, elle finirait par vous aveugler, au moins temporairement. C'est un truc que m'ont appris les gardiens de troupeau de rennes qui vivent au nord de la Drasnie. Ça marche assez bien.

— Excellente idée, approuva Belgarath en se bandant le visage avec un bout de chiffon. C'est peut-être comme ça que les Grolims sont devenus aveugles en approchant de Kell, hasarda-t-il avec un petit sourire.

— Je serais affreusement déçue si c'était aussi simple, déclara Velvet en se nouant un foulard sur les yeux. Pour moi, la magie doit être poétique et inexplicable. Votre hypothèse est beaucoup trop prosaïque.

Ils suivirent lentement la route envahie par les congères et vers le milieu de l'après-midi ils arrivèrent à un col entre deux pics imposants. La piste qui s'incurvait entre les parois abruptes, redevenait droite près du sommet. Ils s'arrêtèrent pour laisser souffler leurs chevaux et contempler la prodigieuse immensité qui les attendait de l'autre côté.

Toth ôta son bandeau, fit signe à Durnik de l'imiter et tendit le doigt.

— Regardez ! souffla le forgeron, impressionné.

Les autres se découvrirent les yeux à leur tour.

— Par Belar ! hoqueta Silk. Ce n'est pas possible ! Il ne peut rien exister d'aussi gros !

Les pics qui les entouraient et qui leur semblaient énormes étaient tout à coup ramenés à des proportions insignifiantes par une montagne qui se dressait toute seule, dans un splendide isolement, un pic si gigantesque, si monumental, que l'esprit ne pouvait l'appréhender. C'était un cône parfait, d'une blancheur immaculée, dont les versants s'incurvaient doucement vers le pied. Sa base était énorme et son sommet culminait à des milliers de pieds au-dessus des pics voisins. De cette immensité paraissait émaner un calme absolu, comme si, ayant obtenu tout ce à quoi pouvait prétendre une montagne, elle se contentait d'exister.

— C'est le toit du monde, dit tout bas Zakath. Les savants de l'Université de Melcène ont calculé son altitude ; il fait des milliers de pieds de plus que tous les autres sommets du continent occidental.

— N'en dites pas davantage, je vous en prie, fit Silk d'un air chagrin. Comme vous l'avez peut-être constaté, reprit-il en réponse à l'étonnement du Malloréen, je ne suis pas très grand. L'immensité me déprime. J'admets que votre montagne est plus haute que moi, mais je ne veux pas savoir de combien.

— Toth dit que Kell est dans l'ombre de cette chose, fit le forgeron, traduisant les signes du colosse muet.

— Voilà une précision intéressante, fit Sadi avec un rictus. La moitié du continent doit être à l'ombre de... de *ça*.

Beldin les rejoignit par la voie des airs.

— C'est grand, hein ? commenta-t-il en regardant entre ses paupières étrécies l'immense pic blanc qui bouchait les cieux.

— Oh ? Tu trouves ? ironisa Belgarath. Qu'y a-t-il par là ?

— Une belle descente. Jusqu'à ce que vous arriviez au pied de ce monument, du moins.

— Je vois ça d'ici.

— Félicitations. J'ai trouvé un endroit où vous pourrez vous débarrasser de votre Grolim. Et même de plusieurs, en fait.

— Qu'entendez-vous au juste, mon Oncle, par « nous débarrasser » ? s'enquit Polgara comme si elle suçait un bonbon.

— La piste longe des ravins assez vertigineux, répondit-il avec une indifférence étudiée. Il y a parfois des accidents, tu comprends.

— C'est rigoureusement hors de question. Je ne l'ai pas soigné pour qu'il reste en vie le temps que vous trouviez une falaise du haut de laquelle le balancer.

— Je te signale, Polgara, que tu heurtes mes convictions religieuses. Je croyais que tu étais au courant, ajouta-t-il comme elle le regardait en haussant un sourcil interrogateur. C'est un dogme imprescriptible : « Tue tous les Grolims que tu rencontreras ».

— Je me demande si je ne vais pas me convertir à cette religion, marmonna Zakath.

— Vous êtes vraiment sûr de ne pas avoir du sang arendais ? s'enquit Garion.

— Puisque tu as décidé, Pol, de me gâcher le plaisir, soupira Beldin, il y a des gardiens de moutons un peu plus bas.

— Des bergers, mon Oncle, rectifia la sorcière.

— C'est pareil.

— Berger sonne mieux.

— Tu parles ! fit-il dans un reniflement. Les moutons sont stupides, ils puent et ils ont encore plus mauvais goût. Pour passer sa vie au milieu de ces sales bêtes, il faut être dégénéré ou avoir un problème.

— Tu es dans une forme exceptionnelle, cet après-midi, le congratula Belgarath.

— C'était une journée idéale pour voler, répondit Beldin avec un sourire extatique. Tu imagines la masse d'air chaud qui monte de la neige quand le soleil tape dessus ? Je me suis élevé si haut que j'en avais des mouches devant les yeux.

— C'est malin, lança Polgara. Il ne faut jamais monter au point que l'air se raréfie.

— Tout le monde a le droit de faire un peu l'idiot de temps en temps. Et plonger d'une telle altitude est une sensation indescriptible. Viens avec moi, une fois, je te montrerai.

— Vous ne grandirez donc jamais !

— J'espère bien que non. A ta place, Belgarath, je descendrais encore d'une petite lieue et j'établirais le campement.

— Il est trop tôt.

— Non. Il est même déjà un peu tard. Le soleil de l'après-midi est très chaud, même aussi haut. La neige commence à ramollir. J'ai déjà vu trois avalanches. Tu pourrais descendre beaucoup plus vite que tu n'en as l'intention.

— Ça va, tu as gagné. Bon, nous allons quitter ce col et nous installer pour la nuit.

— Je vous précède, annonça Beldin. Tu es sûre, Pol, de ne pas vouloir m'accompagner ? demanda-t-il en s'accroupissant, les bras fléchis.

— Ne dites pas de bêtises, mon Oncle.

Le faucon prit son envol en laissant planer derrière lui un ricanement fantomatique.

Ils établirent le campement sur une crête. Ils étaient en plein vent, mais au moins ils n'avaient rien à craindre des avalanches. Garion dormit mal, cette nuit-là. De soudaines bourrasques faisaient vibrer comme un tambour la toile de la tente qu'il partageait avec Ce'Nedra, et il ne parvenait pas à faire abstraction du bruit pour s'abîmer dans un oubli bienfaisant. Il se tournait et se retournait sous ses couvertures.

— Tu n'arrives pas à dormir non plus ? murmura Ce'Nedra dans l'obscurité glaciale.

— C'est le vent, répondit-il.

— Essaie de ne pas y penser.

— Comment veux-tu que j'arrête d'y penser ? J'ai l'impression d'essayer de dormir dans un tambour.

— Tu as été très courageux, ce matin. J'étais terrifiée quand j'ai vu ce monstre.

— Ce n'est pas le premier auquel nous avons affaire. Tu finiras par t'y habituer, tu verras.

— Tu ne serais pas un peu blasé, toi ?

— Nous sommes tous blasés, nous autres les héros. C'est un critère de sélection. Nous combattons un ou deux monstres tous les matins, avant le petit déjeuner. Ça nous ouvre l'appétit.

— Tu as changé, Garion.

— Bof, tu crois ?

— Oh oui. La première fois que je t'ai vu, tu n'aurais jamais dit une chose pareille.

— Quand tu m'as rencontré, je prenais tout très au sérieux.

— Et alors, ce que nous faisons n'est pas sérieux, peut-être ? releva-t-elle d'un ton presque accusateur.

— Bien sûr que si, mais ce genre de péripéties, sûrement pas. Et puis je me demande pourquoi je m'en ferais pour quelque chose qui est déjà passé, hein ?

— Bon, eh bien, puisque nous n'arrivons pas à dormir, de toute façon...

Elle l'attira contre elle et l'embrassa tout ce qu'il y a de plus sérieusement.

La température chuta vertigineusement pendant la nuit et, quand ils se levèrent, la neige qui était dangereusement molle la veille avait gelé, aussi reprirent-ils leur chemin sans crainte des avalanches. Ce versant de la montagne étant exposé au vent, la piste était peu enneigée et ils avançaient assez vite. Vers le milieu de l'après-midi, ils quittèrent les neiges éternelles et s'engagèrent dans un monde printanier. Des fleurs sauvages hochaient la tête dans les prairies en pente, d'un vert luxuriant. Des ruisseaux issus des glaciers bondissaient sur les pierres luisantes. Des biches aux grands yeux les regardaient passer avec étonnement.

Quelques lieues plus bas, les premiers troupeaux de moutons paissaient avec une détermination inepte, mangeant l'herbe et les fleurs sauvages sans discrimination. Leurs bergers, des hommes vêtus de simples tuniques blanches, les regardaient rêveusement, assis sur des pierres ou des buttes de terre, tandis que leurs chiens faisaient tout le travail.

La louve trottait calmement à côté de Chrestien, mais quand le regard intense de ses yeux d'or tombait sur les moutons, elle dressait machinalement les oreilles.

— Nous te le déconseillons vivement, petite sœur, intervint Garion dans la langue des loups.

— Celle-ci n'y songeait pas vraiment, répondit-elle. Celle-ci a déjà rencontré de ces bêtes, ainsi que les deux-pattes et les quatre-pattes qui les gardent. Il ne serait pas difficile d'en emporter un, mais les quatre-pattes s'exciteraient et leurs aboiements sont néfastes à la digestion. Cela dit, on pourrait toujours les faire courir un peu, ajouta-t-elle en enroulant sa langue comme un serpentin, esquissant ce qui tenait lieu de sourire chez les loups. Toutes les créatures devraient savoir à qui appartient la forêt.

— Le chef de meute ne serait pas d'accord, je le crains.

— Ah. Le chef de meute se prend peut-être un peu trop au sérieux. Celle-ci a déjà cru le constater.

— Que dit-elle ? demanda Zakath, intrigué.

— Elle envisageait de pourchasser les moutons, répondit Garion. Pas forcément pour en tuer un, juste pour s'amuser.

— S'amuser ? Quelle drôle d'idée pour un loup.

— Pas vraiment. Les loups jouent beaucoup, et ils ont un sens de l'humour très raffiné.

— Vous voulez que je vous dise, Garion ? fit pensivement Zakath. L'homme croit dominer le monde, mais il le partage avec toutes sortes de créatures indifférentes à sa domination. Des créatures qui ont leurs propres sociétés, sans doute même leurs cultures, et qui se fichent éperdument de nous.

— Sauf quand nous leur nuisons.

— Rude coup pour l'ego, commenta l'empereur avec un sourire en biais. Nous sommes les deux hommes les plus puissants du monde, et les loups ne voient en nous que des empêcheurs de tourner en rond.

— C'est une bonne leçon d'humilité, approuva Garion. Et l'humilité est bonne pour l'âme.

Ils arrivèrent au campement des bergers vers la tombée du jour. Les camps de berger étant plus ou moins permanents, ils étaient généralement mieux organisés que les bivouacs provisoires des voyageurs. Les tentes étaient plus larges, et rangées de part et d'autre d'une rue faite de rondins de bois posés côte à côte. Un enclos pour les chevaux était situé en contrebas de la rue, et une sorte de barrage en rondins retenait un torrent de montagne, formant une petite mare miroitante où s'abreuvaient les bêtes. Des plumets de fumée bleutée montaient des feux de camp dans l'ombre qui envahissait peu à peu la petite vallée.

Un grand gaillard ascétique, au visage buriné sous une toison neigeuse, vêtu de la tunique blanche qui semblait être l'uniforme des bergers, sortit de l'une des tentes alors que Garion et Zakath retenaient leurs montures à l'entrée du camp.

— Nous étions au courant de votre venue, dit-il d'une voix calme et grave. Voulez-vous partager notre repas du soir ?

Garion lui trouva une vive ressemblance avec Vard, l'homme qu'ils avaient rencontré dans l'île de Verkat, à l'autre bout du monde. Inutile de se demander si les Dals et la race d'esclaves du Cthol Murgos étaient de la même souche.

— Ce serait un grand honneur, répondit Zakath. Mais nous ne voudrions pas nous imposer.

— Vous ne nous dérangez pas. Je m'appelle Burk. Mes hommes prendront soin de vos montures. Soyez les bienvenus, ajouta-t-il comme les autres arrivaient à leur tour. Nous avons mis une tente à votre disposition. Le repas du soir sera bientôt prêt.

Il regarda gravement la louve et inclina la tête comme pour la saluer, l'air peu troublé par sa présence, en tout cas.

— Voilà un accueil on ne peut plus courtois, nota Polgara en descendant de cheval. Et votre hospitalité est des plus inattendues si loin de la civilisation.

— L'homme emporte sa civilisation avec lui, ma Dame.

— Nous avons un blessé avec nous, annonça Sadi. Un pauvre voyageur que nous avons rencontré dans les montagnes. Nous avons fait ce que nous pouvions pour lui, mais des affaires pressantes nous attendent et je crains que le rythme auquel nous avançons n'aggrave ses blessures.

— Vous pouvez nous le laisser. Nous prendrons soin de lui, fit Burk en regardant d'un œil critique le prêtre qui somnolait sur sa selle. Un Grolim... Vous allez à Kell, peut-être ?

— Nous devons y passer, répondit prudemment Belgarath.

— Alors le Grolim ne pourrait vous accompagner.

— C'est ce que nous avons entendu dire, en effet, confirma Silk en bondissant à bas de sa selle. Deviennent-ils vraiment aveugles lorsqu'ils essaient d'aller à Kell ?

— D'une certaine façon, oui. Nous en avons un parmi

nous, en ce moment. Il errait dans la forêt quand nous avons emmené les troupeaux dans les pâturages d'été.

— Vous pensez que je pourrais lui parler ? suggéra Belgarath, les yeux étrécis. J'ai un peu étudié la question et tout ce qui s'y rapporte m'intéresse.

— Evidemment. Il est dans la dernière tente sur la droite.

— Garion, Pol, venez, fit le vieux sorcier d'une voix tendue en s'engageant sur le chemin de rondins.

Chose étrange, la louve les accompagna.

— Pourquoi cette soudaine curiosité, Père ? s'étonna Polgara lorsqu'ils furent hors de portée de voix.

— Je veux savoir si la malédiction que les Dals ont jetée sur la région de Kell est vraiment imparable. Dans le cas contraire, il se pourrait que nous tombions sur Zandramas lorsque nous y arriverons enfin.

Ils trouvèrent le Grolim assis par terre, dans sa tente. Ses traits sévères, angulaires, s'étaient adoucis, et ses yeux aveugles n'avaient plus la lueur brûlante de fanatisme commune à tous les Grolims. Ils exprimaient au contraire une sorte d'émerveillement.

— Comment ça va, l'ami ? demanda doucement Belgarath.

— Je suis heureux, répondit le Grolim, et ces mots résonnaient étrangement dans la bouche d'un prêtre de Torak.

— Pourquoi avez-vous tenté de venir à Kell ? Vous ignoriez la malédiction ?

— Ce n'est pas une malédiction. C'est une bénédiction.

— Une bénédiction ?

— La Sorcière Zandramas m'avait ordonné d'entrer dans la cité sacrée des Dals, poursuivit le Grolim. Elle m'avait dit que je serais élevé au-dessus de la multitude si j'y parvenais. Je pense qu'elle cherchait à savoir si elle pouvait s'y risquer sans danger, à cause de l'enchantement, ajouta-t-il avec un doux sourire.

— Je suppose que c'est impossible.

— C'est difficile à dire. Elle pourrait en retirer un grand bienfait.

— Je ne considère pas la cécité comme un bienfait.
— Mais je ne suis pas aveugle.
— Je pensais que c'était la nature de l'enchantement.
— Oh non. Je ne peux plus voir le monde qui m'entoure, mais je vois autre chose. Une chose qui m'emplit le cœur de joie.
— Ah bon ? Et quoi donc ?
— Le visage de Dieu, mon ami. Et je le verrai jusqu'à la fin de mes jours.

CHAPITRE III

Elle était toujours là. Même quand ils s'enfonçaient dans les forêts profondes, glaciales, ils sentaient sa présence immense et calme au-dessus d'eux. Ils en avaient plein les yeux et plein la tête. Elle occupait toutes leurs pensées, et même leurs rêves. Plus les jours passaient, plus ils avançaient vers cette montagne immaculée, étincelante, et plus Silk était en rogne. Il éclata par une après-midi ensoleillée :

— Et on voudrait que des individus normalement constitués entreprennent quoi que ce soit dans cette partie du monde, avec ce truc qui remplit la moitié du ciel ?

— Ils n'y font peut-être plus attention, susurra Velvet.

— Comment pourrait-on s'abstraire d'une chose aussi colossale ? Je me demande si elle sait à quel point elle est voyante, je dirais même vulgaire. Vulgaire, c'est ça !

— C'est absurde, Kheldar. Cette montagne se fiche pas mal de savoir ce que nous pensons d'elle. Elle sera là longtemps après que nous n'y serons plus. C'est peut-être ce qui vous ennuie ? ajouta-t-elle après réflexion. Qu'il y ait des choses immuables dans cette vie transitoire ?

— Les étoiles sont immuables, objecta le petit Drasnien. La terre elle-même est immuable, si tu vas par là. Mais elles ne s'imposent pas à nous comme ce monument. Quelqu'un est-il déjà monté au sommet ? demanda-t-il à Zakath.

— Pourquoi s'amuserait-on à faire une chose pareille ?

— Pour la vaincre. Pour lui rabattre son caquet. C'est complètement absurde, non ? s'esclaffa-t-il.

Mais Zakath regardait d'un air indécis la masse impressionnante qui bouchait l'horizon, au sud.

— Je ne sais pas, Kheldar, répondit-il. Je n'avais jamais imaginé que l'on puisse avoir envie de vaincre une montagne. Il est aisé de triompher des hommes. Mais d'un sommet... c'est une autre affaire.

— Ça lui serait peut-être égal, intervint Essaïon.

Il parlait si peu qu'on aurait pu le croire muet, comme Toth, et il semblait, depuis un moment, encore plus distant.

— Il se pourrait même qu'elle soit contente, ajouta-t-il avec un doux sourire. Si ça se trouve, elle se sent seule et elle aimerait partager la vue avec n'importe quel individu assez courageux pour monter là-haut l'admirer.

Zakath et Silk échangèrent un coup d'œil appuyé, presque avide.

— Il faudrait des cordes, reprit le petit Drasnien d'une voix assourdie.

— Et du matériel, ajouta le Malloréen. Pourquoi pas des espèces de pitons qu'on enfoncerait dans la roche et sur lesquels on pourrait prendre appui pour monter plus haut ?

— Durnik nous inventerait bien quelque chose.

— Ce n'est pas bientôt fini, vous deux ? rouspéta Polgara. Nous avons d'autres soucis, en ce moment, vous ne croyez pas ?

— Simples cogitations, chère Polgara, fit Silk d'un petit ton primesautier. Nos problèmes actuels ne dureront pas éternellement, et quand nous les aurons réglés, il faudra bien que nous trouvions une autre occupation, non ?

La montagne exerçait sur eux une influence subtile. Ils éprouvaient de moins en moins le besoin de parler ; il leur venait des pensées profondes qu'ils s'efforçaient d'échanger le soir, assis autour du feu. Et ce moment de calme semblait les laver, les guérir de tout. En approchant de cette immensité solitaire ils se rapprochaient les uns des autres.

Une nuit, Garion fut réveillé en sursaut par une lumière aussi vive qu'en plein midi. Il se leva sans bruit et regarda par le rabat de la tente. La pleine lune était levée et emplissait le monde de sa pâle clarté. La montagne se dressait, massive et blanche, sur le ciel noir, piqueté d'étoiles. Elle brillait d'une lueur froide et en même temps presque vivante.

Un mouvement attira son regard. Tante Pol sortit de sa tente. Elle portait une robe blanche qui semblait une émanation de la montagne même. Elle resta un moment plongée dans une contemplation silencieuse puis elle se retourna lentement.

— Durnik, souffla-t-elle. Viens voir...

Le forgeron la rejoignit. Il était torse nu et la lune faisait étinceler son amulette d'argent. Il prit sa femme par les épaules, et ils demeurèrent là un long moment, à boire des yeux la beauté de cette nuit parfaite entre toutes.

Garion s'apprêtait à leur faire signe, puis il se ravisa. Cet instant était trop privé ; il aurait eu l'impression de violer leur intimité. Au bout d'un long moment, tante Pol murmura quelque chose à l'oreille de Durnik et ils regagnèrent leur tente en souriant, main dans la main.

Garion laissa retomber le rabat de toile et se recoucha.

Au fur et à mesure qu'ils descendaient vers le sud-ouest, la forêt changeait. Ils étaient encore dans les montagnes, mais les pins faisaient parfois place à des trembles, puis ormes et bouleaux leur succédèrent, et enfin ils entrèrent dans une forêt de vieux chênes.

En s'engageant dans l'ombre des branches, sur le sol tavelé de soleil, Garion fut frappé par la ressemblance avec la Sylve des Dryades, au sud de la Tolnedrie. Un coup d'œil à sa petite femme lui confirma qu'elle avait également noté la similitude. Elle semblait écouter avec une satisfaction rêveuse des voix qu'elle était seule à entendre.

Vers midi, par une radieuse journée d'été, ils rencontrèrent un autre voyageur, un homme à la barbe blanche, vêtu de peaux de chamois — un chercheur d'or, à en juger par les outils qui dépassaient du sac informe attaché sur le dos de sa mule. C'était l'un de ces aventuriers solitaires qui errent dans les régions sauvages du monde. Il montait un poney de montagne à la toison épaisse et aux pattes si courtes que ses pieds traînaient presque par terre, de chaque côté.

— Je pensais bien avoir entendu monter quelqu'un derrière moi, fit le prospecteur en voyant approcher Garion et Zakath, en cotte de mailles et coiffés de leur casque. On voit pas grand-monde dans ces bois, avec la malédiction et tout ça.

— Je pensais que la malédiction ne frappait que les Grolims, remarqua Garion.

— La plupart des gens préfèrent éviter de tenter le sort. Où allez-vous ?

— A Kell, répondit Garion.

Ce n'était pas un secret d'Etat, après tout.

— J'espère pour vous que vous êtes attendus. Les gens de Kell n'aiment pas qu'on vienne les voir à l'improviste.

— Ils savent que nous venons.

— Oh. Alors c'est bon. Drôle d'endroit, Kell, et drôles de gens, d'ailleurs. Faut dire que ça doit rendre bizarre, à la longue, de vivre juste en dessous d'une montagne comme ça. Si ça vous ennuie pas, je vais vous accompagner jusqu'à la bifurcation de Balasa. C'est pas loin.

— Aucun problème, fit Zakath. Mais vous risquez de perdre un temps précieux qui serait mieux occupé à chercher de l'or, non ?

— L'hiver m'a surpris dans les montagnes, cette année, répondit le vieux. J'ai plus de provisions. Et pis, ça fait du bien de bavarder un peu de temps en temps. Le poney et la mule écoutent bien, mais y savent pas répondre, et les loups vont si vite qu'on a pas le temps d'faire la causette avec.

Il regarda la louve et lui parla, à l'étonnement général, dans sa propre langue.

— Ça va, la petite mère ? demanda-t-il.

Il avait un accent abominable et son phrasé était saccadé, mais il s'exprimait indéniablement dans la langue des loups.

— Quelle chose stupéfiante ! fit-elle, assez surprise.

Puis elle lui répondit selon la coutume :

— Celle-ci est contente.

— Celui-ci s'en réjouit. Que fais-tu avec ces deux-pattes ?

— Celle-ci a rejoint leur meute depuis un certain temps.

— Ah.

— Comment se fait-il que vous parliez la langue des loups ? demanda Garion, assez étonné en vérité.

— Ah, vous l'avez reconnue, remarqua le vieillard avec une certaine satisfaction. Y a que des loups par ici, et j'ai passé la majeure partie de ma vie parmi eux, répondit-il en se calant sur sa selle. Apprendre la langue des autochtones est la moindre des politesses. Pour être honnête, poursuivit-il avec un grand sourire édenté, au début j'y comprenais pas grand-chose, mais en y mettant du sien, on finit toujours par y arriver. J'ai passé un hiver avec une meute de loups, y a cinq ans. Ça m'a pas mal aidé.

— Ils vous ont laissé vivre avec eux ? releva Zakath.

— Ils ont mis un moment à s'y faire, admit le vieux, mais j'ai réussi à me rendre utile, alors ils m'ont accepté.

— Utile ?

— La tanière était un peu surpeuplée, et j'avais ces outils, expliqua-t-il avec un mouvement du pouce vers sa mule de bât. J'ai un peu agrandi la grotte, et ils ont eu l'air d'apprécier. Et puis au bout d'un moment, j'ai commencé à surveiller les petits pendant que les autres allaient chasser. Z'étaient vraiment mignons. Aussi joueurs que des chatons. Un peu plus tard, j'ai essayé de faire ami-ami avec un ours, mais j'ai jamais eu trop d'succès avec ces animaux-là. C'est des créatures qui gardent leurs distances. Les cerfs sont trop craintifs pour qu'on pactise avec, mais les loups, c'est quand vous voulez.

Le poney du vieux chercheur d'or n'allait pas très vite, et les autres les rattrapèrent vite.

— Ça biche ? lui demanda Silk, le nez frémissant.

— Pas mal, répondit évasivement le vieillard à la barbe blanche.

— Pardon, s'excusa Silk. Je ne voulais pas être indiscret.

— Y a pas d'offense, l'ami. J'vois bien que vous êtes un honnête homme.

Velvet étouffa un petit ricanement ironique.

— C'est juste une habitude que j'ai prise, continua le vieux. Faudrait que j'sois vraiment tombé sur la tête pour parler à d'parfaits inconnus de tout l'or qu'j'ai trouvé.

— Ça, c'est bien vrai.

— Et puis j'en emporte qu'un tout petit peu quand je descends dans la plaine. Juste pour payer ce dont j'ai besoin. Je laisse le reste caché quelque part dans les montagnes.

— Alors pourquoi faites-vous ça ? demanda Durnik. A quoi bon passer tout votre temps à chercher de l'or si vous n'en faites rien ?

— C'est une occupation comme une autre, répondit le drôle en haussant les épaules. Ça me donne un prétexte pour rester là-haut, dans les montagnes. Tout homme a besoin d'une raison d'être. Et puis, ajouta-t-il avec un sourire, y a l'excitation qu'on éprouve quand on tombe sur quelques pépites dans le lit d'un torrent. Y en a qui disent que c'est plus amusant de trouver que de dépenser, et l'or est assez joli à regarder.

— Ah, ça oui ! acquiesça Silk avec ferveur.

Le vieux chercheur d'or regarda la louve puis Belgarath.

— Je déduis de son comportement que vous êtes le chef de ce groupe, nota-t-il.

— Il a appris la langue des loups, expliqua Garion, notant la surprise de son grand-père.

— Quelle chose stupéfiante, lâcha le vieux sorcier, faisant inconsciemment écho à la louve.

— Je m'apprêtais à donner quelques conseils à ces deux jeunes gens, mais je ferais peut-être mieux de m'adresser à vous.

— Pour les bonnes idées, je suis toujours preneur.

— Les Dals sont des gens plutôt spéciaux, et ils ont des superstitions assez particulières. Sans aller jusqu'à dire qu'ils considèrent ces bois comme sacrés, ils y tiennent beaucoup. A votre place, je couperais pas d'arbres, et je tuerais rien ni personne ici, quoi qu'il arrive. Elle le sait déjà, ajouta-t-il en désignant la louve. Vous avez probablement remarqué qu'elle ne chassait pas par ici. Les Dals veulent pas que cette forêt soit profanée par le sang. A votre place, je respecterais cette exigence morale. Les Dals peuvent être très coopératifs, mais si vous heurtez leurs convictions, ils ont les moyens de vous empoisonner la vie.

— Merci pour ces recommandations, répondit Belgarath.

— Autant faire profiter les autres des informations qu'on a réussi à glaner. Eh ben, soupira le vieux chercheur d'or, je vais vous quitter là. La route de Balasa est juste devant. Ça m'a fait plaisir de bavarder un peu avec vous.

Il ôta son chapeau informe, inclina poliment la tête à l'attention de Polgara et regarda à nouveau la louve.

— Porte-toi bien, la petite mère, dit-il, puis il enfonça les talons dans les flancs de son poney.

L'animal adopta une allure tenant du trot et de l'amble, s'engagea à fond de train dans la route de Balasa et disparut.

— Quel délicieux vieil homme, soupira Ce'Nedra.

— Et très utile, qui plus est, ajouta Polgara. Tu ferais mieux de prévenir oncle Beldin de laisser les lapins et les pigeons tranquilles tant que nous serons dans cette forêt.

— Bonne idée, approuva-t-il. Je m'en occupe immédiatement.

Il leva le visage vers le ciel et ferma les yeux.

— Tu crois que ce vieillard pouvait vraiment parler aux loups ? demanda Silk.

— Il parle leur langue, confirma Garion. Pas très bien, mais il la connaît.

— Il est certain qu'il la comprend mieux qu'il ne la parle, confirma la louve.

Garion la regarda, un peu étonné qu'elle ait surpris leur conversation.

— Le langage des deux-pattes n'est pas difficile à apprendre, reprit-elle. Comme disait le deux-pattes à la fourrure blanche sur la figure, on peut l'apprendre très vite si on se donne la peine de l'écouter. Mais qui se soucierait de parler ce jargon ? ajouta-t-elle d'un ton critique. Tout ce qu'on risquerait, c'est de se mordre la langue.

Une idée germa tout à coup dans la tête de Garion, accompagnée par la certitude absolue qu'il avait vu juste.

— Grand-père, commença-t-il.

— Pas tout de suite, Garion. Je suis occupé.

— Ça ne fait rien. J'attendrai.

— C'est important ?

— Je crois que oui.

— Qu'y a-t-il ? demanda le vieux sorcier en rouvrant les yeux.

— Tu te rappelles cette conversation que nous avons eue à Tol Honeth, le matin où il neigeait ?

— Je crois, oui.

— Nous parlions de la façon dont tout ce qui arrivait semblait s'être déjà passé avant.

— Oui, je me souviens.

— Tu as dit que lorsque les deux prophéties avaient été séparées, les choses s'étaient pour ainsi dire arrêtées et qu'il n'y aurait pas d'avenir tant qu'elles ne seraient pas à nouveau réunies. Puis tu as dit qu'en attendant, nous devrions revivre la même séquence d'événements, encore et toujours.

— J'ai vraiment dit ça ? fit le vieil sorcier, l'air assez satisfait de lui. Je dois dire que ça ne manque pas de profondeur. Mais pourquoi m'en parles-tu maintenant ?

— Parce que je crois que ça vient juste de se reproduire. Silk, tu te souviens du vieux chercheur d'or que nous avons rencontré au Gar og Nadrak alors que nous allions à Cthol Mishrak, tous les trois ?

Le petit Drasnien hocha la tête d'un air méditatif.

— Eh bien, tu ne trouves pas que le vieillard avec qui nous venons de parler lui ressemble étrangement ?

— Maintenant que tu le dis..., fit-il en plissant les yeux. A votre avis, Belgarath, qu'est-ce que ça signifie ?

— Laissez-moi réfléchir un peu, marmonna le vieux sorcier en lorgnant les branches qui défilaient au-dessus de sa tête. Il y a bien des similitudes, admit-il. Ces hommes sont de la même espèce, et ils nous ont tous les deux mis en garde contre quelque chose. Je crois que je ferais mieux de dire à Beldin de redescendre ; ça pourrait être important.

Un petit quart d'heure plus tard, le faucon à bande bleue crevait le ciel, se brouillait et reprenait forme humaine.

— Pourquoi cette excitation ? demanda-t-il d'un ton revêche.

— Nous venons de rencontrer quelqu'un, répondit Belgarath.

— Félicitations.

— C'est sérieux, Beldin.

Belgarath lui expliqua rapidement sa théorie des événements récurrents.

— C'est un peu rudimentaire, grommela Beldin, mais ça n'a rien d'étonnant : toutes tes hypothèses le sont. Cela dit, tu n'as peut-être pas tort, ajouta-t-il en plissant les yeux. Il se pourrait même que tu aies raison, dans une certaine mesure.

— Merci, fit sèchement Belgarath.

Puis il entreprit de lui narrer par le menu les deux rencontres, celle du Gar og Nadrak et la dernière.

— Les similitudes sont frappantes, tu ne trouves pas ?

— Pure coïncidence.

— Mettre les choses sur le compte du hasard est la meilleure façon que je connaisse de s'attirer des ennuis.

— Bon, disons, pour l'amour de la discussion, que ce n'est pas une coïncidence, convint le nain en s'accroupissant dans la poussière du chemin, le front plissé par la réflexion. Poussons ton raisonnement un peu plus loin : et si ces répétitions se produisaient à des points cruciaux dans la succession des événements ?

— Comme des poteaux indicateurs, ou des bornes ? hasarda Durnik.

— Exactement. Je n'aurais pu trouver une meilleure comparaison. Supposons que ces bornes indiquent des choses vraiment importantes qui sont sur le point d'arriver, que ce sont des espèces d'avertissement.

— Je trouve qu'il y a beaucoup de « et si » et de « supposons que » dans tout ça, remarqua Silk d'un ton sceptique. A mon avis, vous vous engagez sur le terrain de la pure spéculation.

— Vous êtes un brave garçon, Kheldar, fit Beldin d'un

ton sarcastique. Imaginez que quelque chose se donne la peine de tenter de vous avertir d'une catastrophe potentielle et que vous décidiez d'ignorer cet avertissement ; ce serait soit très courageux, soit complètement débile. Je vous accorde le bénéfice du doute et je préfère vous considérer comme courageux plutôt que... l'autre chose.

— Un point pour lui, murmura Velvet.

— Et comment pourrions-nous savoir ce qui va arriver ? riposta Silk, les oreilles un peu rouges.

— Nous ne pouvons pas, répondit Belgarath. Les circonstances nous imposent de faire encore plus attention et voilà tout. Nous sommes prévenus. A nous de jouer.

Ils prirent des précautions spéciales en dressant le campement, ce soir-là. Polgara prépara rapidement le dîner, et ils éteignirent le feu dès qu'ils eurent fini de manger. Garion et Silk prirent le premier tour de garde.

— J'ai horreur de ça, chuchota le petit Drasnien comme ils scrutaient les ténèbres, debout en haut d'une butte, derrière le camp.

— De quoi ? demanda Garion.

— De savoir qu'il va se passer quelque chose et de me demander quoi. J'aimerais mieux que ces deux vieillards gardent leurs spéculations pour eux.

— Tu préfères avoir la surprise ?

— Ça vaut mieux que de vivre perpétuellement sous la menace. Mes nerfs ne sont plus ce qu'ils étaient.

— Je te trouve trop tendu, des fois. Regarde toutes les distractions que procure l'expectative.

— Tu me déçois beaucoup, Garion. Moi qui te prenais pour un gentil garçon sensé.

— Qu'est-ce que j'ai dit ?

— Tu as parlé d'expectative. Dans ce genre de situation, c'est une autre façon de dire « l'angoisse », et l'angoisse ne vaut rien à personne.

— Disons que nous nous tenons sur nos gardes au cas où il arriverait quelque chose.

— Je suis toujours sur mes gardes, Garion. C'est comme ça que j'ai réussi à vivre jusque-là, mais en ce moment je me sens aussi tendu que la corde d'un luth.

— Essaie de ne pas y penser.

— Ben voyons, rétorqua le petit Drasnien d'un ton sarcastique. Et puis, si ce n'est pas pour réfléchir au problème, à quoi bon être prévenu ?

Peu avant le lever du soleil, Sadi revint vers le campement sur la pointe des pieds et alla gratter au rabat de la tente de Garion.

— Il y a quelqu'un dehors, souffla-t-il d'un ton pressant.

Le jeune roi de Riva se glissa hors de ses couvertures, tendit machinalement la main vers son épée... et hésita. Le vieux chercheur d'or leur avait bien dit de ne pas verser le sang. Etait-ce l'événement qu'ils attendaient ? Et dans ce cas, étaient-ils censés se conformer à l'interdiction ou passer outre pour faire face à une exigence plus pressante ? Enfin, ce n'était pas le moment de tergiverser. Il sortit précipitamment de la tente, son épée à la main.

La lumière, sous les immenses ramures, avait quelque chose de métallique, comme toujours avant l'aube. C'était une lumière qui ne projetait pas d'ombre, plutôt une atténuation de l'obscurité qu'autre chose. Garion marchait très vite, en évitant sans y songer les branches et les amas de feuilles mortes qui jonchaient le sol de cette antique forêt. Il retrouva Zakath en haut de la butte, l'épée à la main.

— Où sont-ils ? chuchota Garion.

— Ils viennent du sud, répondit le Malloréen sur le même ton.

— Combien sont-ils ?

— Difficile à dire.

— Vous croyez qu'ils essaient de nous prendre par surprise ?

— Ça n'en a pas l'air. Ils auraient pu se cacher derrière les arbres, mais ils marchent dans la forêt comme si de rien n'était.

Garion scruta les ombres qui s'éclaircissaient. Puis il les vit. Ils étaient tous vêtus de blanc, de robes ou de longues tuniques, et ils ne faisaient rien pour passer inaperçus. Ils avançaient à la queue leu leu, à une dizaine de toises l'un de l'autre, d'un pas à la fois calme et délibéré. Garion trouvait à ce défilé une familiarité obsédante.

— Il ne leur manque que les torches, fit Silk, juste dans son dos.

Et ce satané petit bonhomme hurlait comme sur un champ de foire.

— Pas si fort ! siffla Zakath.

— Pourquoi ? Ils savent pertinemment que nous sommes là. Tu te souviens, Garion, l'autre fois, sur l'Ile de Verkat ? reprit-il avec un petit rire sardonique. Nous avons passé une demi-heure à ramper dans l'herbe trempée pour suivre Vard et ses gens. Je suis sûr et certain, aujourd'hui, qu'ils étaient parfaitement au courant de notre présence. Nous aurions pu nous épargner ces simagrées fort désagréables.

— De quoi parlez-vous, Kheldar ? souffla âprement Zakath.

— C'est encore une des répétitions de Belgarath. Nous avons déjà vu ça, Garion et moi. La vie risque de devenir rudement fastidieuse s'il ne se passe plus rien de nouveau, fit-il avec un soupir funèbre. Nous sommes là ! hurla-t-il en direction des silhouettes blanches qui trouaient les ombres de la forêt.

— Vous êtes fou ! s'exclama Zakath.

— Je ne crois pas, mais quand on est fou, le sait-on ? Ces gens sont des Dals et les Dals n'ont jamais fait le moindre mal à qui que ce soit depuis le commencement des temps.

Le chef de l'étrange compagnie s'arrêta au pied de la butte et renvoya en arrière le capuchon de sa robe blanche.

— Nous vous attendions, annonça-t-il. La Sainte Sibylle nous a demandé de vous escorter jusqu'à Kell.

CHAPITRE IV

Le roi Kheva de Drasnie était de mauvais poil, ce matin-là. Il avait surpris, la veille au soir, une conversation entre sa mère et un envoyé du roi Anheg de Cherek, et il ne pouvait évidemment pas raconter à sa chère maman qu'il avait en quelque sorte écouté aux portes ; il devrait attendre pour aborder le sujet qu'elle en parle la première, ce qui paraissait fort improbable. Il était donc très en rogne.

Il faut dire que le roi Kheva n'était vraiment pas du genre à fourrer normalement son nez dans les affaires personnelles de sa mère. C'était un garçon profondément honnête et bien élevé. Mais il n'était pas drasnien pour rien, et il partageait avec ceux de sa race une caractéristique fondamentale que l'on désignera, faute de mieux, sous le terme de *curiosité*. S'il arrive à tout le monde de se montrer curieux, chez les Drasniens, ce trait de caractère frise l'obsession. D'aucuns prétendent que c'est cette soif de connaissance qui a porté l'espionnage au rang d'industrie nationale ; d'autres soutiennent avec une égale force que ce sont des générations passées à fouiner qui ont affiné à ce point la curiosité naturelle des Drasniens. C'est l'éternelle histoire de l'œuf et de la poule. Tout petit déjà, Kheva s'amusait à suivre discrètement les espions officiels de la cour. C'est ainsi qu'il avait découvert certain placard secret dissimulé derrière le mur est du boudoir maternel. Il lui arrivait de se faufiler dans ce réduit pour se tenir au courant des affaires d'Etat et autres sujets intéressants. Il était le roi, après tout, il avait donc parfaitement le droit de se tenir informé, et il se disait qu'en espionnant il apprenait ce qu'il devait savoir en épargnant à sa mère le mal de le lui dire. Kheva était un garçon plein de délicatesse.

Bref, la conversation en question portait sur la mystérieuse disparition du Comte de Trellheim, de son bâtiment, l'*Aigle des mers*, et de plusieurs individus dont Unrak, le propre fils de Trellheim.

Barak, le comte de Trellheim, passait dans certains milieux pour un personnage peu recommandable, et ceux qui avaient disparu avec lui ne valaient pas plus cher. En résumé, les rois d'Alorie s'arrachaient les cheveux à l'idée des catastrophes que pouvait déclencher un Barak en telle compagnie, lâché sur Dieux seuls savaient quels océans.

Mais ce n'était pas le potentiel catastrophique de cette équipée qui ennuyait le jeune roi Kheva ; c'était le fait que son ami Unrak ait été convié à y participer et pas lui. L'injustice de cette mise à l'écart lui faisait l'effet d'une brûlure cuisante. Le fait qu'il soit roi semblait l'exclure automatiquement de tout ce qui pouvait présenter le moindre danger. Le monde entier se donnait un mal fou pour qu'il reste sain et sauf, mais Kheva se fichait pas mal de rester sain et sauf. La santé et la sécurité étaient des choses ennuyeuses, et Kheva était à un âge où n'importe quoi valait mieux que de s'ennuyer.

C'est dans ces dispositions d'esprit qu'il parcourait, tout de rouge vêtu, par ce froid matin d'hiver, les couloirs de marbre du palais de Boktor. Il s'arrêta devant une tenture murale, fit mine de l'examiner avec intérêt et, lorsqu'il fut aussi sûr qu'on pouvait l'être en Drasnie que personne ne le regardait, il se glissa derrière, puis dans le réduit ci-devant mentionné.

Sa mère s'entretenait avec Vella, la Nadrake, et son ami Yarblek, le rugueux associé du prince Kheldar. Vella mettait le roi Kheva mal à l'aise. Elle éveillait en lui des sensations qu'il n'était pas prêt à affronter et il s'arrangeait généralement pour l'éviter, alors que Yarblek pouvait être assez amusant. Il parlait d'une façon abrupte, souvent colorée, et pimentée de jurons que Kheva n'était pas censé comprendre.

— Ils finiront bien par réapparaître, disait Yarblek en tournant comme un ours en cage. Barak s'ennuyait, c'est tout.

— Je m'en ferais moins s'il s'ennuyait tout seul, rétorqua la reine Porenn. C'est le fait que son désœuvrement ait tourné à l'épidémie qui m'inquiète. Les acolytes de Barak ne sont pas les hommes les plus fiables du monde.

— Je les connais, et je dois dire que vous n'avez pas tort. Je vais demander à mes gens de les tenir à l'œil.

— Ecoutez, Yarblek, j'ai le meilleur service de renseignements du monde.

— Peut-être, Porenn, mais nous avons, Silk et moi, plus d'hommes que vous, et dans des endroits dont Javelin ne connaît même pas le nom. Bon, Vella, tu restes ici ou tu rentres au Gar og Nadrak avec moi ?

— En hiver ? protesta Porenn.

— Elle n'aura qu'à se couvrir un peu, rétorqua Yarblek avec un haussement d'épaules.

— Bon, et qu'est-ce que tu veux faire là-bas ? soupira la danseuse nadrake. Je me vois mal passer l'hiver au coin du feu à t'écouter parler boutique.

— Je pense que nous ferions bien d'aller à Yar Nadrak. Les hommes de Javelin ont apparemment du mal à découvrir ce que mijote Drosta. A moins..., fit-il en interrompant ses déambulations pour regarder la petite reine de Drasnie entre ses paupières étrécies. A moins qu'ils n'aient appris quelque chose dernièrement et que je ne sois pas encore au courant...

— Voyons, Yarblek, comment pouvez-vous imaginer que je vous ferais des cachotteries ? se récria vertueusement Porenn.

— Oh, je n'ai pas besoin de me forcer pour ça. Si vous savez quelque chose, dites-le-moi ; ça m'éviterait de faire le voyage pour rien. Yar Nadrak n'est pas un endroit très agréable en hiver.

— Je ne sais rien encore, répondit-elle gravement.

— Ça ne m'étonne pas, marmonna le Nadrak. Les Drasniens ont trop l'air de ce qu'ils sont pour passer inaperçus à Yar Nadrak. Alors ? fit-il en regardant Vella.

— Pourquoi pas ? acquiesça-t-elle. Ne le prenez pas mal, Porenn, mais votre projet de faire de moi une dame commence à me tourner la tête. Vous vous rendez compte qu'hier je suis sortie de ma chambre avec une seule dague ? Un peu de gnôle et d'air frais me remettront les idées en place.

— Essayez de ne pas oublier tout ce que je vous ai appris, soupira la petite reine de Drasnie.

— J'ai bonne mémoire ; je sais faire la différence entre Boktor et Yar Nadrak. Déjà, ça sent moins mauvais ici.

— Vous pensez rester longtemps partis ? demanda Porenn.

— Bof, un mois ou deux, répondit le Nadrak. Je préférerais arriver à Yar Nadrak par un chemin détourné, histoire de faire la surprise à ce cher Drosta.

— Pourquoi pas ? murmura la reine. Oh, Yarblek, juste une petite chose, ajouta-t-elle plus fermement. J'aime beaucoup Vella. Ne faites pas l'erreur de la vendre au Gar og Nadrak. Je serais très fâchée.

— Qui en voudrait ? rétorqua Yarblek avec un immense sourire, en esquivant machinalement la dague vers laquelle Vella ne pouvait manquer de tendre la main.

Salmissra l'Eternelle n'avait jamais considéré Adiss, son Chef Eunuque, avec autant de dégoût que ce matin-là. A l'incompétence, ce minable ajoutait la négligence. On aurait pu lire le menu de la semaine sur sa robe iridescente et des petits poils raides hérissaient son crâne et sa face. Ce n'était qu'un opportuniste, se dit-elle. Depuis qu'il avait accédé à ce poste enviable il se croyait peinard et se laissait complètement aller. Il abusait des drogues les plus dures en vente sur le marché nyissien et se présentait souvent devant elle dans un état voisin du somnambulisme. Le pire, c'est qu'il était fâché avec l'eau, et sous ce climat torride, ça ne pardonnait pas. Avec toutes les drogues qu'il prenait, il répandait une odeur fétide, et la Reine des Serpents qui palpait l'air de sa langue frémissante n'avait pas seulement l'impression de le sentir mais aussi de le goûter...

Il se traînait sur les dalles de marbre, devant son

estrade, en lui racontant de sa voix nasale, pleurnicharde, un détail insignifiant. Le Chef Eunuque n'avait que des problèmes dérisoires, les soucis majeurs lui passant bien au-dessus de la tête. Avec la concentration inepte d'un débile mental, il s'étendait sur des broutilles, leur donnait une importance disproportionnée et les présentait comme si elles revêtaient une importance cruciale. La Reine des Serpents le soupçonnait d'ignorer l'existence même de la plupart des dossiers auxquels il aurait dû se consacrer.

— Ça suffit, Adiss, chuinta Salmissra, ses anneaux crissant inlassablement sur le divan qui était son trône.

— Mais, ma Reine.., protesta l'eunuque, enhardi par la demi-douzaine, au moins, de drogues qu'il avait prises depuis le petit déjeuner. Cette affaire est d'une extrême gravité.

— Pour toi, peut-être. Moi, elle m'indiffère complètement. Engage un assassin pour couper la tête du Satrape et finissons-en.

— M-mais, Eternelle Salmissra, couina-t-il en ouvrant de grands yeux horrifiés, le Satrape est un pivot de la sécurité du royaume.

— Le Satrape est un petit fonctionnaire servile qui te graisse la patte pour conserver son poste. Il ne sert à rien. Dépose-le et apporte-moi sa tête comme preuve de ton obéissance et de ta dévotion absolues.

— S-sa tête ?

— Oui, Adiss, la partie du corps où il y a les yeux, siffla-t-elle sardoniquement. Ne te trompe pas ; ne m'apporte pas un pied à la place. Allez, va-t'en.

Il recula vers la porte d'une démarche chancelante, en se fendant d'une génuflexion tous les deux pas.

— Oh, Adiss, ajouta Salmissra. Ne te présente plus devant moi avant d'avoir pris un bain. Tu pues, précisa-t-elle comme il la regardait bouche bée, sans comprendre. Ton odeur me lève le cœur. Maintenant fiche le camp.

Il s'enfuit.

Oh, mon Sadi, soupira-t-elle intérieurement. *Où es-tu ? Pourquoi m'as-tu abandonnée ?*

Ce matin-là, Urgit, le monarque du Cthol Murgos, était

assis bien droit, dans un joli pourpoint bleu, sur son monstrueux trône du Drojim, le palais royal. Javelin soupçonnait secrètement la jeune épouse d'Urgit d'être pour beaucoup dans le changement de tenue — habillement et attitude — du roi des Murgos. Urgit n'avait pas très bien encaissé le choc consécutif au mariage. Il avait toujours l'air un peu hébété comme si quelque chose avait profondément bouleversé son existence.

— Telle est, Majesté, notre appréciation de la situation actuelle, fit Javelin en manière de conclusion. Kal Zakath a tellement réduit ses forces ici, au Cthol Murgos, que vous pourriez aisément repousser les Malloréens à la mer.

— C'est facile à dire, Margrave Khendon, répondit Urgit avec quelque aigreur. Mais je ne vois pas les Aloriens engager des forces pour participer au coup de balai.

— Votre Majesté soulève là un point délicat, concéda Javelin, la cervelle en ébullition. Nous avons accepté d'entrée de jeu de voir en l'empereur de Mallorée un ennemi commun, mais les millénaires d'inimitié qui ont opposé les Aloriens et les Murgos ne peuvent être effacés en une nuit. Voudriez-vous vraiment voir une flotte cheresque patrouiller le long de vos côtes, ou une mer de cavaliers algarois déferler sur les plaines de Cthan et de Hagga ? Les rois d'Alorie et la reine Porenn seraient assurément prêts à l'ordonner, mais les hommes de terrain risqueraient d'interpréter les directives royales d'une façon plus conforme à leurs préjugés. Et il est à craindre que vos généraux ne se... disons, méprennnent sur vos instructions en voyant une horde d'Algarois leur foncer dessus.

— Ce n'est pas faux, convint Urgit. Et les légions tolnedraines ? Les relations ont toujours été bonnes entre la Tolnedrie et le Cthol Murgos.

Javelin toussota délicatement et jeta un rapide coup d'œil circulaire, comme à l'affût des oreilles indiscrètes. Il était dans ses petits souliers. Cet Urgit se révélait beaucoup plus astucieux que prévu. Il était fuyant comme une anguille et donnait par moments l'impression de lire dans ses pensées de Drasnien pourtant rompu à l'art d'entortiller son adversaire.

— J'espère que ça restera entre nous, Majesté ? murmura-t-il d'une voix presque inaudible.

— Vous avez ma parole, Margrave, répondit Urgit sur le même ton. Encore qu'il faille vraiment manquer d'idée pour faire confiance à un Murgo, et à un membre de la Dynastie Urga, qui plus est : vous savez bien qu'on ne peut pas se fier aux Murgos, et que tous les Urgas sont fous.

Javelin se rongea un ongle. Il commençait à se dire qu'il avait affaire à forte partie.

— Nous avons reçu des nouvelles fort inquiétantes de Tol Honeth. Vous savez comment sont les Tolnedrains : toujours prêts à voler au secours de la victoire.

— Pour ça oui ! s'esclaffa Urgit. Le jour où Taur Urgas, mon défunt et peu regretté père, se laissa tomber à quatre pattes par terre et se mit à ronger les pieds des meubles à la réception des dernières propositions de Ran Borune compte au nombre de mes meilleurs souvenirs d'enfance !

— Comprenons-nous bien, Majesté. Je ne veux pas dire que l'empereur Varana lui-même est en cause, mais certains nobles tolnedrains et non des moins influents ont pris contact avec Mal Zeth.

— Ça, c'est plutôt ennuyeux. D'un autre côté, Varana contrôle ses légions. Et tant qu'il est opposé à Zakath, nous pourrons dormir tranquilles.

— En effet. Tant que Varana est en vie.

— Envisageriez-vous la possibilité d'un coup d'Etat ?

— Rien n'est impossible, Majesté. Votre propre royaume en est la vivante preuve. Les grandes familles du nord de la Tolnedrie en veulent à mort aux Borune et aux Anadile du tour qu'ils leur ont joué en mettant Varana sur le trône. S'il arrivait quelque chose à Varana et si un Vordue, un Honeth ou un Horbite lui succédait, nous ne pourrions plus être sûrs de rien. Une alliance entre Mal Zeth et Tol Honeth constituerait un véritable désastre tant pour les Murgos que pour les Aloriens. Mais le plus grave, ce serait qu'une telle alliance demeure secrète, que les légions tolnedraines entrent en force au Cthol Murgos et qu'elles reçoivent tout à coup pour instruction de changer de camp. Vous seriez pris en tenailles entre les Tolnedrains et les Malloréens. Et vous cesseriez pour longtemps de dormir sur vos deux oreilles.

Urgit réprima un frisson.

— Compte tenu des circonstances, Majesté, je me permettrai de vous suggérer la conduite suivante. Premièrement, reprit suavement Javelin en comptant sur ses doigts, l'occupation malloréenne au Cthol Murgos s'est grandement allégée. Deuxièmement, une présence alorienne à l'intérieur de vos frontières ne semble ni nécessaire, ni même souhaitable. Vos troupes devraient largement suffire à repousser les Malloréens hors du royaume et nous serions mal avisés de provoquer une confrontation accidentelle entre votre peuple et le nôtre. Troisièmement, la situation politique est tellement confuse en Tolnedrie qu'il paraît extrêmement risqué de faire entrer les légions ici.

— Dites donc, Khendon, grinça Urgit, vous êtes venu à Rak Urga avec toutes sortes d'histoires alléchantes d'alliances et d'intérêts communs, et dès qu'il est question de mettre des hommes sur le champ de bataille, vous vous dégonflez. Pourquoi me faites-vous perdre mon temps ?

— La situation a changé depuis que nous avons amorcé les négociations, Majesté, répondit Javelin. Nous ne nous attendions pas à un retrait des forces malloréennes d'une telle ampleur, et nous ne pouvions assurément pas prévoir l'instabilité politique en Tolnedrie.

— Et qu'est-ce que je retire de tout ça, moi ?

— Que pensez-vous que Kal Zakath fera à la seconde où il entendra dire que vous marchez sur ses places fortes ?

— Il fera demi-tour et il renverra sa saloperie d'armée au Cthol Murgos.

— A travers une flotte cheresque ? insinua Javelin. Il s'y est risqué juste après Thull Mardu, et il n'a pas oublié comment le roi Anheg et ses têtes brûlées ont envoyé ses navires par le fond — avec tous les hommes qui étaient à bord.

— C'est vrai, concéda Urgit d'un ton méditatif. Vous

pensez qu'Anheg accepterait de faire le blocus de la côte orientale afin d'empêcher l'armée de Zakath de revenir ?

— Je crois qu'il ne demanderait pas mieux. Les Cheresques prennent un plaisir enfantin à couler les bateaux des autres.

— Il lui faudrait des cartes pour contourner la pointe sud du Cthol Murgos.

— Hem... Nous en avons déjà, Majesté, fit Javelin en toussotant d'un air d'excuse.

— Ce coup-ci, Khendon, ça suffit ! s'exclama Urgit en flanquant un coup de poing sur l'accoudoir de son trône. Vous êtes ici en mission diplomatique, pas pour nous espionner.

— C'était juste pour ne pas perdre la main, Majesté, répondit-il d'une voix atone. Bien, en plus d'une flotte cheresque dans la Mer du Levant, nous serions prêts à positionner la cavalerie algaroise et les hallebardiers drasniens sur les frontières nord et ouest de Goska et sur la frontière nord-ouest d'Araga, ce qui aurait pour effet d'interdire toute retraite aux Malloréens prisonniers du Cthol Murgos, de couper la route d'invasion favorite de Kal Zakath vers le Mishrak ac Thull et d'empêcher les légions tolnedraines d'entrer, dans l'éventualité d'un accord entre Tol Honeth et Mal Zeth. De la sorte, tout le monde défendrait plus ou moins son propre territoire et les Cheresques empêcheraient les Malloréens de prendre pied sur le continent, pour notre plus grande satisfaction à tous.

— Ça aurait aussi pour effet d'isoler totalement le Cthol Murgos, objecta Urgit, faisant valoir le seul argument que Javelin espérait passer sous silence. J'épuise mon royaume à tirer les marrons du feu, après quoi les Aloriens, les Tolnedrains, les Arendais et les Sendariens pourraient entrer ici comme chez eux et éliminer toute présence angarake du continent occidental.

— Vous avez des alliés, Majesté : les Nadraks et les Thulls.

— Je vous propose un marché, fit sèchement Urgit. Vous me donnez les Arendais et les Riviens et vous pouvez prendre tous les Thulls et tous les Nadraks que vous voulez.

— Je pense qu'à ce stade, Majesté, il faut que je reprenne contact avec Boktor afin de demander des instructions. J'ai déjà outrepassé mes prérogatives.

— Transmettez mes salutations à Porenn. Et dites-lui que je souhaite tout le bien du monde à un parent commun.

Javelin se sentait beaucoup moins sûr de lui lorsqu'il quitta la salle du palais.

L'Enfant des Ténèbres avait brisé tous les miroirs du Temple grolim de Balasa où elle avait établi son quartier général. Son visage commençait à être atteint. En contemplant son reflet, ce matin-là, elle avait vu des lumières graviter sous la peau de ses joues et de son front. Elle avait alors fracassé le miroir qui les lui avait révélées, et tous les autres après. Puis elle avait contemplé avec horreur l'entaille qu'elle s'était faite à la main. Les lumières étaient même dans son sang. Elle songea avec amertume à la joie sauvage qui s'était emparée d'elle quand elle avait lu pour la première fois les paroles prophétiques : « Car en vérité l'Enfant des Ténèbres sera élevé au-dessus de la multitude et glorifié par la lumière des étoiles. » La lumière des étoiles n'était ni un halo ni un nimbe étincelant. C'était une maladie qui l'envahissait sournoisement, implacablement.

Les lumières tourbillonnantes n'étaient pas seules à la dévorer. Il lui semblait que ses pensées, ses souvenirs et même ses rêves cessaient de lui appartenir. Elle faisait toujours le même cauchemar, dont elle se réveillait en hurlant : elle avait l'impression de planer, insensible à tout, désincarnée, dans un néant inimaginable, et de regarder, indifférente, tournoyer une étoile géante précipitée dans une course erratique, une étoile qui devenait immense et s'embrasait comme si elle se ruait en frémissant vers une extinction inévitable. D'abord imperceptible, le frémissement de l'étoile désaxée devint un tremblement violent. La conscience désincarnée, asexuée, qui dérivait dans le néant éprouva alors un vague picotement d'intérêt puis une inquiétude croissante. Ce n'était pas bien. Ce n'était pas ce qui était prévu. C'était pourtant arrivé. L'explosion de la géante rouge avait eu lieu à un endroit où elle n'était pas censée se produire. Et parce qu'elle avait eu lieu au mauvais endroit, d'autres étoiles avaient été prises dans l'explosion. Une incommensurable boule d'énergie en expansion engloutit soleil après soleil jusqu'à ce qu'une galaxie entière ait été anéantie.

La conscience qui hantait le néant éprouva une épouvantable distorsion lorsque la galaxie explosa. Ce fut pendant un moment comme si elle existait en plusieurs endroits à la fois. Puis elle cessa d'être une unique entité.

— Cela ne doit pas être, fit la conscience, d'une voix silencieuse.

— En vérité, répondit une autre voix inaudible.

Voilà l'horreur qui amenait Zandramas à se réveiller en hurlant, nuit après nuit : l'impression d'une autre présence alors que, jusque-là, il y avait toujours eu la solitude parfaite, absolue, d'une éternelle unité.

L'Enfant des Ténèbres tentait de chasser ces pensées, ces souvenirs, si l'on veut, lorsqu'on frappa à la porte de sa chambre. Elle releva le capuchon de sa robe pour dissimuler son visage.

— Oui ? répondit-elle hargneusement.

C'était le grand prêtre du Temple.

— Naradas est parti, Sainte Sorcière, annonça-t-il. Vous aviez demandé qu'on vous prévienne.

— Très bien, répondit-elle platement.

— Un messager est arrivé de l'ouest, reprit l'homme. Un Grolim du Ponant, un grand prêtre, a débarqué sur la côte ouest de Finda et traverse la Dalasie en direction de Kell.

Zandramas en éprouva une vague satisfaction.

— Bienvenue en Mallorée, Agachak, fit-elle dans une sorte de ronronnement. Je t'attendais...

Il y avait du brouillard, ce matin-là, autour de la pointe sud de l'île de Verkat, mais Gart le pêcheur connaissait ces eaux comme sa poche. Il leva l'ancre aux premières lueurs de l'aube et prit le large en se guidant sur le balancement des vagues et l'odeur de la terre, derrière lui. De temps en temps, il cessait de ramer, remontait son filet et vidait sa prise dans la grande caisse sous ses pieds. Puis il lançait à nouveau son filet et se remettait à ramer, laissant les poissons aux flancs argentés se débattre à l'approche de la mort.

C'était un bon matin pour la pêche. Gart se fichait du brouillard. Il y avait d'autres bateaux au large, il le savait, mais dans tout ce coton il avait l'impression d'être seul au monde, que la mer était à lui, et il aimait ça.

Une imperceptible modification dans la direction du courant le mit en alerte. Il remonta ses avirons en hâte, se pencha en avant et fit tinter la cloche montée à la proue de sa barque pour avertir le navire approchant de sa présence.

Il le vit presque aussitôt. Il ne ressemblait à aucun des navires que Gart avait vus jusque-là. Il était long, énorme et en même temps élancé. Sa haute proue était ornée de sculptures compliquées. Des douzaines d'avirons sifflants le propulsaient en faisant écumer les flots. On ne pouvait se méprendre sur les raisons qui avaient présidé à la construction de ce terrible bâtiment. Gart le regarda filer en frémissant.

Un géant à la barbe rouge, vêtu d'une cotte de mailles, était appuyé au bastingage, près de la proue.

— Ça mord ? demanda-t-il d'une voix tonitruante.

— Beuh, couci-couça, répondit prudemment Gart.

Il n'était pas assez bête pour encourager l'équipage d'un aussi gros navire à tirer *ses* poissons de l'eau.

— Nous sommes encore loin de l'île de Verkat ? reprit le colosse à la barbe rouge.

Gart huma l'air et perçut l'odeur ténue de la terre.

— Vous l'avez presque dépassée, répondit-il. La côte s'incurve vers le nord-est à partir d'ici.

Un gaillard en armure étincelante rejoignit celui à la barbe rouge près du bastingage. L'homme en armure tenait son heaume sous le bras et il avait les cheveux noirs, ondulés.

— Tu parais, ô ami, détenir une bonne connaissance de ces eaux, dit-il dans un langage vieillot que Gart n'avait pas souvent l'occasion d'entendre. Et la promptitude avec laquelle Tu fais bénéficier autrui de Ta science témoigne d'une grande prévenance. Pourrais-Tu, d'aventure, nous indiquer le plus court chemin pour la Mallorée ?

— Ben, ça dépend. En quel endroit de la Mallorée voulez-vous aller au juste ? rétorqua le pêcheur.

— Au port le plus proche, précisa l'homme à la barbe rouge.

Gart plissa les yeux en tentant de se rappeler les détails de la carte qui prenait la poussière sur l'étagère du haut, dans sa cabane.

— Ça doit être Dal Zerba, au sud-ouest de la Dalasie. Vous n'avez qu'à mettre le cap à l'est sur dix ou vingt lieues puis reprendre au nord-est.

— A combien de temps estimes-Tu, ô ami, la durée de la traversée ? reprit l'homme en armure.

— Ça, ça dépend de la vitesse de votre vaisseau, rétorqua Gart en lorgnant l'immense bâtiment dressé au-dessus de lui. C'est à trois cent cinquante lieues à peu près, mais il faudra que vous repreniez le large pour éviter la barrière de Turim. C'est un endroit très dangereux, à ce qu'on dit, et personne n'essaie jamais de la traverser.

— Il se pourrait, Messire, que nous soyons les premiers à la braver, répondit gaiement le chevalier en regardant son ami.

Le géant à la barbe rouge poussa un soupir et se couvrit les yeux avec son énorme main.

— Non, Mandorallen, dit-il d'un ton funèbre. Si nous déchirons la coque de mon bateau sur un écueil, il faudra finir la traversée à la nage, et vous n'êtes vraiment pas en tenue pour ça.

— Qu'est-ce que c'est comme genre de bateau ? appela Gart comme le navire s'engloutissait dans la brume.

— Un vaisseau de guerre cheresque, fit la voix tonitruante avec une note de fierté. C'est le plus grand navire qui ait jamais pris la mer.

— Et comment l'appelez-vous ? hurla Gart entre ses mains en porte voix.

— L'*Aigle des mers*, répondit la voix fantôme.

CHAPITRE V

Ce n'était pas une grande ville, mais l'architecture y avait atteint un degré de sophistication inégalé. Elle s'étendait dans un creux, au pied de l'immense pic blanc, comme si elle était nichée dans le giron de la montagne. De la cité s'élevait une profusion de flèches, d'aiguilles et de spires blanches, élégantes. Les bâtiments bas étaient dotés de colonnades de marbre blanc et leurs murs étaient souvent entièrement faits de verre. Ils étaient entourés de vastes pelouses plantées d'arbres entre lesquels étaient disposés des bancs de marbre et des parterres de fleurs ceints de haies taillées, soulignées par de petits murets blancs. Des fontaines murmuraient dans les cours et dans les jardins tirés au cordeau.

Zakath contempla la cité de Kell avec ébahissement.

— Je ne savais pas qu'il y avait ça là ! s'exclama-t-il.

— Vous n'aviez jamais entendu parler de Kell ? fit Garion.

— Je connaissais son existence, mais je ne savais pas que c'était une telle splendeur ! A côté, Mal Zeth a l'air d'une agglomération de taudis, vous ne trouvez pas ?

— On pourrait en dire autant de Tol Honeth ou de Melcène.

— Je croyais les Dals incapables de construire une baraque qui tienne debout, et voilà sur quoi je tombe !

Toth esquissa quelques gestes à l'intention de Durnik.

— Il dit que c'est la plus vieille ville du monde, traduisit le forgeron. Elle était déjà comme ça longtemps avant que Torak ne fende le monde. Elle n'a pas changé en dix mille ans.

— Alors ils ont probablement oublié comment la faire, depuis le temps, soupira l'empereur de Mallorée. J'aurais bien débauché certains de leurs architectes. Mal Zeth n'aurait pas volé quelques embellissements.

Toth se remit à gesticuler et Durnik fronça le sourcil.

— J'ai dû mal comprendre, marmonna-t-il.

— Que dit-il ?

— Que les Dals n'ont rien oublié de ce qu'ils avaient fait un jour. C'est bien ça ? demanda le forgeron.

Le colosse muet opina du chef et reprit sa mimique. Durnik ouvrit de grands yeux.

— Il dit que tous les Dals actuellement en vie savent tout ce qu'ont su tous les Dals qui ont jamais vu le jour.

— Eh bien, ils doivent avoir de sacrées bonnes écoles, commenta Garion.

Toth lui répondit d'un sourire. Un drôle de petit sourire légèrement compatissant. Puis il fit un petit signe, descendit de cheval et s'éloigna.

— Où va-t-il ? s'enquit Silk.

— Voir Cyradis, soupira Durnik.

— Ne devrions-nous pas l'accompagner ?

— Elle viendra nous chercher quand elle sera prête.

Comme tous les Dals que Garion avait eu l'occasion de voir, les Kellénites portaient de simples robes blanches au large capuchon fixé aux épaules. Ils se promenaient sur les pelouses ou parlaient calmement, assis par petits groupes sur les bancs de marbre. Certains tenaient des livres ou des parchemins. Tout ceci rappelait un peu à Garion les universités de Tol Honeth et de Melcène, mais il était convaincu que cette communauté se consacrait à des recherches beaucoup plus sérieuses que les travaux souvent futiles auxquels se livraient les savants de ces institutions réputées.

Les Dals qui les avaient escortés jusqu'à cette fabuleuse cité les menèrent le long d'une large rue vers une maison toute simple. Un vieillard aux cheveux de neige et aux yeux bleu vif était plié en deux sur un long bâton, devant le seuil.

— Il y a si longtemps que nous vous attendions, dit-il d'une voix chevrotante. Le Livre des Ères nous avait annoncé que l'Enfant de Lumière et ses compagnons viendraient quérir notre avis au cours de la Cinquième Ère.

— Et l'Enfant des Ténèbres ? demanda Belgarath en mettant pied à terre. Sa venue est-elle aussi présagée ?

— Non, Vénérable Belgarath. Elle ne peut se présenter ici. Ses directives lui viendront d'ailleurs et d'un autre moyen. Je m'appelle Dallan. Je suis venu vous accueillir.

— Est-ce vous qui dirigez cet endroit ? demanda Zakath en descendant de cheval à son tour.

— Ici, personne ne dirige, répondit Dallan. Pas même vous, Empereur de Mallorée.

— Vous avez l'air de savoir qui nous sommes tous, nota Belgarath.

— Nous connaissons chacun de vous depuis le jour où le Livre des Cieux nous a été ouvert. Vos noms étaient inscrits en toutes lettres dans les étoiles. Je vais maintenant vous emmener à un endroit où vous pourrez vous détendre en attendant la Sainte Sibylle.

Il regarda la louve étrangement placide qui suivait Garion comme son ombre et le louveteau qui folâtrait à côté d'elle.

— Comment va notre petite sœur ? demanda-t-il avec quelque chose qui ressemblait à de la vénération.

— Celle-ci est contente, ami, répondit-elle.

— Celui-ci s'en réjouit, répondit le vieillard dans le langage de la bête.

— Tout le monde à la surface de cette planète parlerait-il la langue des loups sauf moi ? rouspéta Silk.

— Si tu veux, je pourrai te donner des leçons, proposa Garion.

Le vieillard aux cheveux de neige les mena d'un pas chancelant à travers les pelouses d'un vert luxuriant, vers un vaste bâtiment de marbre précédé d'un escalier majestueux, aux marches étincelantes.

— Cette maison, Vénérable Belgarath, a été préparée pour vous au début de la Troisième Ère. Sa première pierre fut posée le jour où vous avez récupéré l'Orbe de votre Maître à la Cité de la Nuit sans Fin.

— Ça fait un bail, remarqua le vieux sorcier.

— Les Ères étaient longues, au début, acquiesça Dallan. Elles vont en raccourcissant, maintenant. Reposez-vous bien. Nous prendrons soin de vos montures.

Il s'éloigna en s'appuyant sur son bâton.

— Le jour où un Dal dira ce qu'il a à dire sans l'enrober dans ce baragouin énigmatique, ce sera la fin du monde, grommela Beldin. Entrons. Si cette maison est là depuis aussi longtemps qu'il le prétend, il doit y avoir haut comme ça de poussière et nous aurons un sérieux ménage à faire.

— Nous feriez-vous une crise de propreté, mon Oncle ? ironisa Polgara en gravissant les marches de marbre.

— La crasse ne me dérange pas, Pol, mais la poussière me chatouille le nez.

Il n'y avait pas un grain de poussière dans la maison. Les murs intérieurs étaient curieusement incurvés, si bien qu'il n'y avait pas d'angles. Les fenêtres étaient drapées de rideaux d'une finesse arachnéenne que gonflait la brise estivale, parfumée. Les meubles, d'une conception et d'une construction étranges, étaient très confortables.

Ils explorèrent cette étrange maison puis se réunirent dans la grande pièce centrale, au plafond voûté. Une petite fontaine babillait sur l'un des murs.

— Il n'y a pas de porte de derrière, remarqua Silk.

— Notre Kheldar projetterait-il un départ précipité ? s'enquit Velvet.

— Pas forcément, mais je préfère en avoir la possibilité.

— S'il le fallait vraiment, vous pourriez toujours sauter par une fenêtre.

— Sauter par la fenêtre ! C'est un truc de ‹ ébutant !

— La fin justifie parfois les moyens.

Garion entendait un curieux bourdonnement. Il avait d'abord cru que c'était la fontaine, mais ça ne ressemblait pas tout à fait au murmure de l'eau courante.

— Vous croyez qu'ils m'en voudraient si j'allais faire un tour ? demanda-t-il.

— Attends un peu, lui conseilla Belgarath. Les Dals, et

Cyradis en particulier, ont quelque chose dont nous avons besoin. Ne les offensons pas en allant nous baguenauder sans autorisation. Durnik, Toth t'a-t-il dit quand elle avait l'intention de venir nous voir ?

— Non, mais j'ai eu l'impression que ce ne serait pas long.

— Ça nous fait une belle jambe, mon cher frère, ironisa Beldin. Les Dals ont une notion du temps assez particulière. Ils ne le comptent pas en années mais en millénaires.

— Vous avez vu que les murs étaient montés sans mortier ? remarqua Zakath en examinant les murs, du côté de la fontaine.

Durnik s'approcha de lui, tira son couteau de sa gaine et l'enfonça entre deux dalles de marbre.

— Tenons et mortaises, dit-il pensivement. Et les joints sont d'une finesse inimaginable. La construction de cette maison a dû prendre des années.

— Et celle de la ville a dû durer des siècles, si tout est bâti de la même façon, ajouta Zakath. Où ont-ils appris à travailler ainsi ? Et quand ?

— Sans doute au cours de la Première Ère, lâcha Belgarath.

— Ça suffit, Belgarath, coupa hargneusement Beldin. Voilà que tu te mets à parler exactement comme eux.

— Je m'efforce toujours de m'adapter aux coutumes locales.

— Je ne suis pas plus renseigné, geignit Zakath.

— La Première Ère va de la création de l'homme jusqu'au jour où Torak a fendu le monde, lui expliqua Belgarath. Le commencement n'est pas clair du tout. Notre Maître n'a jamais été très prolixe sur la façon dont ses frères et lui ont tiré le monde du néant. Pour moi, c'est parce que leur Père n'était pas d'accord. On en sait beaucoup plus long sur la façon dont le monde a été fendu.

— Vous étiez là quand c'est arrivé, Dame Polgara ? demanda Sadi en ouvrant de grands yeux.

— Non, répondit-elle. Nous sommes nées bien plus tard, ma sœur et moi.

— Il y a combien de temps ?

— Trois mille ans à peu près. N'est-ce pas, Père ?

— A peu près, oui.

— La désinvolture avec laquelle vous parlez de milliers d'années me fait froid dans le dos, remarqua l'eunuque en frissonnant.

— Qu'est-ce qui vous fait penser que cette technique de construction date de cette époque ? s'informa Zakath.

— J'ai lu une partie du Livre des Ères, répondit Belgarath. Il apporte des informations très intéressantes sur l'histoire des Dals. Quand le monde a été fendu et que la Mer du Levant s'est engouffrée dans l'abîme, les Angaraks ont fui vers la Mallorée. Les Dals savaient qu'ils reviendraient, tôt ou tard, et ils ont décidé de se faire passer pour de simples fermiers. Ils ont démantelé leurs villes — toutes, sauf celle-ci.

— Pourquoi ont-ils laissé Kell intacte ?

— Ils n'avaient pas besoin de la détruire. Ils se défiaient surtout des Grolims, or ils ne pouvaient pas venir ici.

— Mais les autres Angaraks auraient pu, eux, objecta Zakath. Comment se fait-il qu'aucun n'ait jamais signalé l'existence de cette ville à l'administration ?

— On les a probablement encouragés à l'oublier, répondit Polgara. C'est l'enfance de l'art, reprit-elle comme il la regardait d'un air intrigué. Il ne faut pas grand-chose pour effacer tout les souvenirs d'un individu. Quel est ce murmure incessant ? demanda-t-elle, un peu agacée.

— Je n'entends rien, fit Silk, un peu étonné.

— Vous devez avoir les oreilles bouchées, Prince Kheldar.

Vers le coucher du soleil, des jeunes femmes vêtues de douces robes de tissu blanc leur apportèrent à dîner.

— Je vois que c'est la même chose dans le monde entier, fit Velvet d'un petit ton malicieux. Ces messieurs restent assis à bavarder pendant que les femmes se tapent tout le boulot.

— Oh, ça ne nous dérange pas, répondit gravement une fille aux grands yeux noirs et aux cheveux bruns, lustrés. C'est un honneur de servir.

— C'est bien ce qu'il y a de pis, rétorqua la Drasnienne. Non contents de nous laisser faire tout le travail, ils réussissent à nous faire croire que ça nous plaît.

La fille lui jeta un regard étonné et se mit à glousser. Puis elle regarda autour d'elle d'un air coupable en rougissant jusqu'à la racine des cheveux.

Beldin se jeta sur une carafe de cristal, en remplit un gobelet à ras bord et le vida à grand bruit. A la surprise générale, il se mit à hoqueter et recracha le liquide violacé à tous les vents.

— Qu'est-ce que c'est que ça ? se récria-t-il, outré.

— Du jus des baies de la forêt, Messire, répondit avec sérieux la jeune femme aux cheveux bruns. Il est très frais. Il a été pressé ce matin-même.

— Vous ne lui laissez pas le temps de fermenter ?

— De se gâter, vous voulez dire ? Oh non ! Quand ça arrive, nous le jetons.

— Vous n'avez pas de bière, brune, blonde, n'importe quoi ? geignit-il.

— Qu'est-ce que c'est ?

— Je savais bien que j'avais raison de me méfier de ce patelin, grommela le nain.

Polgara, quant à elle, arborait un sourire béat.

— Pourquoi toutes ces simagrées ? marmonna Silk à l'oreille de Velvet lorsque les Dalasiennes eurent tourné les talons.

— Simples travaux d'approche, répondit-elle mystérieusement. Ça n'engage à rien de pactiser avec les indigènes.

— Ah, les femmes ! fit-il en prenant le ciel à témoin.

Garion et Ce'Nedra échangèrent un coup d'œil. Combien de fois s'étaient-ils dit à peu près la même chose, sur le même ton, au début de leur mariage ? Puis ils éclatèrent de rire.

— Je ne vois pas ce que ça a de drôle, bougonna Silk, vexé.

— Rien, Kheldar, répondit Ce'Nedra. Rien du tout.

Garion ne dormit pas de la nuit. Un murmure incessant bourdonnait à ses oreilles, le réveillant chaque fois qu'il était sur le point de s'assoupir. Il se leva de fort mauvaise humeur, le lendemain matin.

Il retrouva Durnik dans la pièce principale. Le forgeron avait l'oreille collée au mur, auprès de la fontaine.

— Il y a un problème ? demanda Garion.

— J'essaie de trouver l'origine du bruit. C'est peut-être un problème de tuyauterie. L'eau de cette fontaine vient bien de quelque part. Elle doit être amenée par des conduites encastrées dans le mur et qui descendent jusque dans le sol.

— Tu crois que de l'eau circulant dans un tuyau pourrait faire un bruit pareil ?

— Tu n'imagines pas le vacarme que peut faire une plomberie défectueuse ! s'esclaffa Durnik. Une fois, j'ai vu une ville entière abandonnée parce que tout le monde la croyait hantée. Le bruit venait du système de canalisations.

Sadi fit son entrée sur ces entrefaites. L'eunuque, qui portait depuis plusieurs mois un pantalon et de courtes bottes sendariennes, avait revêtu une de ses robes de soie irisées.

— Très joli, commenta Garion.

— Je ne sais pas pourquoi, j'avais le mal du pays, ce matin, soupira-t-il avec un haussement d'épaules. Je crois qu'il me suffirait, pour être heureux jusqu'à la fin de mes jours, de ne plus voir une seule montagne. Que faites-vous, Maître Durnik ? Vous examinez encore la construction ?

— Non. J'essaie de trouver l'origine de ce bruit.

— Quel bruit ?

— Eh bien, celui que nous entendons tous.

— J'entends les oiseaux qui chantent dehors, fit Sadi en penchant la tête. Il doit y avoir un cours d'eau pas loin d'ici. C'est tout.

Garion et Durnik échangèrent un coup d'œil perplexe.

— Silk ne l'entendait pas non plus, hier, rappela Durnik.

— Si nous faisions lever tout le monde ? suggéra Garion.

— J'ai peur que ça ne nous rende pas populaires.

— Nous nous en remettrons. C'est peut-être important.

La première chose que firent leurs amis en entrant dans

la salle fut de chercher Garion du regard. Un regard très noir.

— Qu'est-ce qui t'arrive, Garion ? ronchonna Belgarath.

— Je voudrais tenter... disons une expérience, Grand-père.

— Tu ne pourrais pas faire tes expériences à une heure décente ?

— Mmm, on est encore de bonne humeur, ce matin ! fit Ce'Nedra.

— J'ai mal dormi.

— Ça, c'est bizarre. Moi, j'ai dormi comme une souche.

— Durnik, tu veux bien aller là-bas, s'il te plaît ? demanda Garion en indiquant l'un des bouts de la salle. Sadi, mettez-vous là, lui ordonna-t-il en indiquant l'autre bout de la pièce. Ce ne sera pas long, vous autres. Je vais vous poser une question à laquelle je vous demande de répondre tout bas.

— Qu'est-ce que c'est que cette comédie ? pesta Belgarath.

— Je ne voudrais pas que vous faussiez l'expérience en parlant entre vous.

— Je dois dire que c'est un principe scientifique parfaitement honorable, approuva Beldin. Il a réussi à exciter ma curiosité. Personnellement, je suis prêt à lui complaire.

Garion passa de l'un à l'autre en demandant à chacun : « Entendez-vous ce murmure ? » Et selon la réponse, il l'envoyait rejoindre Sadi ou Durnik. Ce fut vite fait, et le résultat confirma ses soupçons. Avec Durnik se trouvaient Belgarath, Polgara, Beldin et, chose un peu surprenante, Essaïon, tandis que Silk, Velvet, Ce'Nedra et Zakath étaient du côté de Sadi.

— Bon. Tu vas nous expliquer ces salades, maintenant ? bougonna Belgarath.

— J'ai posé la même question à chacun de vous, Grand-père. Ceux qui sont avec toi entendent le bruit. Les autres non.

— Comment peut-on ne pas l'entendre ? Ce vacarme m'a empêché de dormir toute la nuit.

— C'est peut-être pour ça que tu as la comprenette si difficile, ce matin, commenta Beldin d'une voix fruitée. Excellente expérience, Garion. Maintenant, si tu éclairais un peu la lanterne de notre ami à la cervelle embrumée ?

— C'est vraiment très simple, Grand-père, fit Garion d'un petit ton condescendant. C'est même probablement parce que c'est si simple que tu n'y as pas pensé. Seules entendent le bruit les personnes ayant ce que tu appelles « le don ». Il est inaudible pour les autres.

— Je n'entends absolument rien, en effet, confirma Silk.

— Alors que moi je l'entends depuis que nous sommes en vue de Kell, ajouta Durnik.

— C'est intéressant, hein, Belgarath ? fit Beldin. Bon, on pousse le raisonnement un peu plus loin ou tu veux retourner te coucher ?

— Ne dis pas de bêtises, rétorqua distraitement le vieux sorcier.

— Très bien. Nous entendons un son inaudible pour les gens normaux. Ça me fait penser à un autre bruit. Pas toi ?

— Le bruit qui accompagne l'usage du Vouloir et du Verbe, répondit Belgarath en hochant la tête d'un air entendu.

— Ce n'est donc pas un bruit naturel, murmura rêveusement Durnik. Eh bien, Garion, je suis content que tu aies tiré ça au clair, ajouta-t-il avec un petit rire. Un peu plus et je démontais toute la maison.

— Pour quoi faire, au nom du ciel ? s'étonna Polgara.

— J'étais persuadé que ce tintamarre venait de la tuyauterie !

— Ce n'est pourtant pas de la sorcellerie, reprit Belgarath. Ça ne fait pas le même bruit et je n'éprouve pas les sensations habituelles.

— Dis donc, reprit Beldin. Ensemble, les gens d'ici auraient largement le pouvoir de régler leur compte à tous les Grolims qui s'aventureraient dans le coin. Alors pourquoi prendre la peine de les frapper d'une malédiction ?

— Je ne vois pas où tu veux en venir.

— A ceci : la plupart des Grolims sont des sorciers,

non ? Ils devraient donc être en mesure d'entendre ce bruit. Et si cet enchantement servait en fait à les empêcher de s'approcher suffisamment pour l'entendre ?

— Je n'y comprends rien du tout, remarqua Zakath.

— Pourtant, je simplifie. A quoi pourrait bien servir une malédiction conçue pour éloigner des gens dont on n'a rien à craindre ? Ça n'a pas de sens. Tout le monde a toujours cru que l'enchantement était destiné à protéger Kell, mais il me paraît évident qu'il doit y avoir quelque chose d'encore plus important à protéger.

— Vous voulez dire ce bruit ? Et pourquoi les Dals ne voudraient-ils pas qu'on l'entende ? rétorqua Velvet, perplexe.

— Bon, reprenons depuis le début. Qu'est-ce qu'un bruit ?

— Oh non, tu ne vas pas recommencer ! soupira Belgarath.

— Je ne te parle pas du bruit dans les bois. Un bruit n'est qu'un bruit, à moins qu'il n'ait un sens particulier. Quel nom donnons-nous à un bruit chargé de signification ?

— La parole ? risqua Silk.

— Exactement.

— Et pourquoi les Dals ne voudraient-ils pas que l'on surprenne leurs paroles ? objecta Ce'Nedra. Personne ne comprend rien à ce qu'ils racontent, de toute façon.

— Ce n'est peut-être pas tant ce qu'ils se disent que la façon dont ils se le disent qui a de l'importance, intervint Durnik qui faisait les cent pas, les mains nouées dans le dos.

— Et on m'accuse d'être obscur, fit Beldin en foudroyant Belgarath du regard. Que veux-tu dire, Durnik ?

— Je réfléchis tout haut, admit le forgeron, le front plissé. Ce son, ce bruit ou ce que vous voudrez ne veut pas dire qu'un individu est en train d'en changer un autre en salsifis. Au fait, avons-nous vraiment le pouvoir de faire ça ?

— Oui, répondit Beldin, mais je ne vois pas l'intérêt. Les salsifis poussent comme du chiendent et j'ai horreur de ça. Je préfère avoir affaire à un sale individu plutôt qu'à un million de saloperies de salsifis.

— Bref, ce n'est pas le bruit que fait la sorcellerie.
— Probablement pas, convint Belgarath.
— D'autre part, je crois que Ce'Nedra a raison. Les Dals sont seuls à comprendre vraiment ce qu'ils racontent. Je sais que j'ai bien du mal à suivre les discours de Cyradis.
— Bon, et où cela nous mène-t-il ? demanda Beldin d'un ton pressant, les yeux brillants.
— Eh bien, je me demande si la question n'est pas de savoir « comment » plutôt que « quoi ». Je parle trop, avoua tout à coup le forgeron, confus. Vous avez probablement des tas de choses plus intelligentes à dire sur la question que moi.
— Je n'en suis pas si sûr, fit Beldin. Je pense que tu es sur le point d'arriver à quelque chose. Ne perds pas le fil.
Des gouttelettes de sueur perlaient sur le front de Durnik. Il se passa une main sur les yeux en essayant de rassembler ses idées. Garion remarqua que tous, dans la pièce, regardaient, en se retenant de respirer, son vieil ami se débattre avec une notion qui leur passait probablement loin au-dessus de la tête.
— On dirait que les Dals s'efforcent de protéger quelque chose, poursuivit le forgeron. Ça doit être quelque chose de très simple, pour eux du moins, mais qu'ils ne veulent pas que le reste du monde comprenne. Si seulement Toth était là. Il pourrait peut-être nous expliquer de quoi il s'ag...
Il s'arrêta net et ouvrit de grands yeux.
— Qu'y a-t-il, mon Durnik ? demanda Polgara.
— Ce n'est pas possible ! s'exclama-t-il, très excité tout à coup. Ça ne peut pas être ça !
— Quoi donc, Durnik ? insista-t-elle, exaspérée.
— Tu te souviens quand nous avons commencé à parler par gestes, Toth et moi ? reprit le forgeron en parlant très vite, d'une voix presque haletante. Nous travaillions ensemble. A force, on finit par savoir ce que fait l'autre, et même ce qu'il pense, c'est bien connu. Vous connaissez le langage des signes, Pol, Garion et vous, Silk ?
— Oui, confirma le petit Drasnien, intrigué.

— Vous avez vu les gestes que fait Toth. Vous croyez que vous pourriez dire autant de choses dans votre langage secret que Toth rien qu'avec quelques vagues mouvements de la main ?

Garion connaissait déjà la réponse.

— Non, répondit Silk, tout songeur. Sûrement pas.

— Eh bien, moi, je comprends exactement ce qu'il veut dire. Les signes n'y sont pour rien. Il les fait juste pour que je... pour me fournir une explication de ce qu'il fait en réalité. Il met les mots directement dans ma tête, sans avoir besoin de parler, fit gravement Durnik. C'est forcé, puisqu'il est muet. Et si le murmure que nous entendons était la même chose ? Si c'était le bruit que font les Dals en parlant entre eux ? Et s'ils pouvaient le faire à distance ?

— Et par-delà le temps, ajouta Beldin en ouvrant de grands yeux, comme étonné par sa propre conjecture. Tu te souviens de ce que nous a dit ton grand ami muet quand nous sommes arrivés ici ? Il a dit que les Dals n'oubliaient rien, et que tous les Dals vivants savaient tout ce qu'avaient su tous les Dals qui avaient jamais vu le jour.

— Tu sais bien que c'est absurde, objecta Belgarath.

— Je ne vois pas pourquoi, après tout. Les abeilles et les fourmis y arrivent bien.

— Nous ne sommes ni des abeilles ni des fourmis.

— Le miel mis à part, je peux faire presque tout ce dont est capable une abeille, rétorqua le bossu. Et tu finirais probablement par construire une fourmilière satisfaisante, avec un peu d'exercice.

— L'un de vous aurait-il l'amabilité de nous expliquer ce que vous racontez ? demanda Ce'Nedra un peu agacée.

— Ils disent que nous avons peut-être affaire à un esprit de groupe, mon chou, traduisit calmement Polgara. Assez maladroitement, je vous l'accorde, mais c'est à ça qu'ils veulent en venir. Il existe des créatures, reprit-elle en les gratifiant d'un sourire un peu condescendant, des insectes pour la plupart, qui ne sont pas très futés pris individuellement mais qui, en groupe, font preuve d'une grande intelligence. Une abeille isolée n'a rien de génial, mais une ruche sait tout ce qui lui est arrivé au cours de son existence.

La louve arriva à cet instant, ses griffes cliquetant sur le sol de marbre, le louveteau folâtrant derrière elle.

— Les loups en sont capables aussi, intervint-elle.

Elle avait donc suivi la conversation derrière la porte.

— Que dit-elle ? demanda Silk.

— Que les loups font pareil, traduisit Garion. Ça me rappelle une chose que m'a racontée Hettar, une fois : les chevaux ne se voient pas comme des individus isolés mais comme faisant partie d'un troupeau.

— Est-ce possible ? Des êtres humains en seraient-ils capables ? demanda Velvet, incrédule.

— Il y a un moyen d'en avoir le cœur net, insinua Polgara.

— Non, Pol, protesta Belgarath. C'est trop dangereux. Tu risques d'être attirée dedans et de ne plus pouvoir repartir.

— Voyons, Père, répondit-elle calmement, les Dals ne me laisseront peut-être pas entrer, mais ils ne me feront aucun mal et ne me retiendront jamais contre mon gré.

— Comment le sais-tu ?

— Je le sais, c'est tout.

Et elle ferma les yeux.

CHAPITRE VI

Ils la regardèrent avec appréhension tandis qu'une étrange expression effleurait ses traits.

— Alors ? demanda Belgarath.

— Chut, Père. J'essaie d'écouter.

Il tambourina fébrilement sur le dossier d'une chaise avec ses doigts pendant que les autres attendaient en retenant leur souffle.

Polgara rouvrit enfin les yeux avec un air de vague regret.

— C'est énorme, murmura-t-elle. C'est fait de toutes les pensées et de tous les souvenirs que ces gens ont jamais eus depuis le commencement. Et chacun fait partie du tout.

— Et... toi aussi, tu as pu en faire partie ?

— L'espace d'un instant, Père. Ils m'ont permis de l'entrevoir. Mais certains aspects m'en sont restés celés.

— Nous aurions dû nous en douter, ronchonna Beldin. Ils ne vont pas nous laisser accéder à quelque chose qui nous donnerait le moindre avantage. Ils se cantonnent dans leur sublime impartialité depuis le commencement des temps.

Polgara alla en soupirant s'asseoir sur un divan.

— Ça va, ma Pol ? demanda Durnik avec sollicitude.

— Ça va. Tu comprends, l'espace d'un instant, j'ai eu accès à cette chose prodigieuse, et puis ils m'ont demandé de me retirer.

— Vous pensez qu'ils nous en voudraient si nous

allions nous promener un peu dans le coin ? s'informa Silk.

— Non. Ça leur est égal.

— Eh bien, c'est ce que je vais faire tout de suite, décida le petit homme. Nous savons que ce sont les Dals qui procéderont au choix final — ou du moins Cyradis, mais leur sur-âme lui donnera sans doute quelques indications.

— Ça, c'est une notion intéressante, nota Beldin. Où avez-vous pêché cette idée de sur-âme ?

— J'ai toujours eu le génie de la langue.

— Allons, nous arriverons peut-être à faire quelque chose de vous, après tout. Il faudra que nous ayons une petite conversation, un de ces jours.

— Quand vous voudrez, Beldin, répondit Silk avec une révérence exubérante. Enfin, puisque ce sont les Dals qui doivent décider de l'issue des choses, autant apprendre à mieux les connaître. S'ils penchent du mauvais côté, nous pourrions peut-être les amener à revoir leur position.

— Je reconnais bien là votre esprit tordu, commenta Sadi de sa voix flûtée, mais ce n'est peut-être pas une mauvaise idée. Je suggère que nous nous répartissions les tâches. Nous verrons davantage de choses ainsi.

— Après le petit déjeuner, acquiesça Belgarath.

— Enfin, Grand-père ! protesta Garion, impatient de se mettre en route.

— J'ai faim, Garion, et quand j'ai le ventre creux mon cerveau tourne à vide.

— Ce phénomène de vases communicants expliquerait bien des choses, nota platement Beldin. Tu n'as pas dû manger beaucoup quand tu étais plus jeune.

— Il y a des moments où je te trouve parfaitement insultant, tu sais ?

— Je constate que l'inanition nuit également à ton sens de l'humour.

Les jeunes femmes qui étaient déjà venues la veille leur apportèrent le petit-déjeuner. Velvet prit à part la fille aux grands yeux et aux cheveux bruns, lustrés, et lui dit quelques mots.

— Elle s'appelle Onatel et elle nous a invitées, Ce'Nedra et moi, à visiter l'endroit où elle travaille, annonça-t-elle après le départ des jeunes femmes. Nous apprendrons peut-être quelque chose d'intéressant.

— La voyante que nous avons rencontrée dans l'île de Verkat ne s'appelait-elle pas Onatel ? s'étonna Sadi.

— Beaucoup de jeunes Dalasiennes s'appellent ainsi. Onatel était l'une de leurs plus vénérées sibylles, expliqua Zakath.

— Verkat est pourtant une île du Cthol Murgos ? nota Sadi.

— Ça n'a rien d'étrange, confirma Belgarath. Tout semble indiquer que les Dals et la race d'esclaves du Cthol Murgos sont de la même souche et qu'il existe encore aujourd'hui un lien entre eux. En voilà une preuve supplémentaire.

Il faisait un temps radieux lorsqu'ils sortirent de la maison et partirent à l'aventure. Garion et Zakath avaient jugé inutile de s'encombrer de leur armure et de leurs armes. Le jeune roi de Riva avait seulement pris l'Orbe qu'il portait dans une bourse, à sa ceinture. Les deux hommes traversèrent une pelouse humide de rosée et dirigèrent leurs pas vers de grands bâtiments groupés près du centre de la cité.

— Vous faites toujours très attention à cette pierre, remarqua le Malloréen.

— Attention, pas vraiment, rectifia Garion. Encore que... C'est une pierre dangereuse, et je ne voudrais pas qu'il arrive malheur à quelqu'un.

— Que pourrait-elle lui faire ?

— Je l'ignore. Je ne l'ai jamais vue faire de mal à personne, à part Torak, et encore : c'est peut-être l'épée qui...

— Et vous êtes seul au monde à pouvoir toucher l'Orbe.

— A peu près. Essaïon l'a trimballée un peu partout pendant quelques années. Il n'arrêtait pas de la proposer au premier venu. Enfin, comme c'étaient surtout des Aloriens, ils savaient qu'il ne fallait pas y toucher.

— Vous êtes donc seuls, Essaïon et vous, à pouvoir y toucher ?

— Avec mon fils, rectifia Garion. J'ai posé sa main dessus juste après sa naissance. Vous ne pouvez pas savoir comme elle était contente de faire sa connaissance.

— Contente ? Une pierre ?

— Ce n'est pas une pierre comme les autres. Il lui arrive parfois de faire l'idiote, de se laisser emporter par son enthousiasme. Il faut que je fasse attention à ce que je pense. Si elle avait l'impression que j'ai vraiment envie de quelque chose, elle risquerait de prendre des mesures intempestives. Une fois que je réfléchissais à l'époque où Torak a fendu le monde, ajouta-t-il en souriant, elle a entrepris de m'expliquer comment on pourrait le ressouder !

— Vous voulez rire !

— Oh, pas du tout ! Elle n'a aucune idée de ce que veut dire le mot « impossible ». Si je voulais vraiment, elle pourrait probablement écrire mon nom dans les étoiles. Ah, ça suffit ! lança-t-il âprement à l'intention de l'Orbe, car il avait senti qu'elle s'agitait dans sa bourse. Je ne t'ai rien demandé ! C'était juste un exemple !

Zakath le regardait, les yeux hors de la figure.

— Vous imaginez ça ? fit Garion avec un drôle de petit rire. Le ciel nocturne barré, d'un horizon à l'autre, par l'inscription « Belgarion » ? Ce serait grotesque !

— Vous voulez que je vous dise, Garion ? J'ai toujours cru qu'un jour nous nous ferions la guerre. Seriez-vous terriblement déçu si je changeais d'avis ?

— Bof, je crois que je m'en remettrais, répondit Garion avec un grand sourire. Et puis, si ça me démangeait trop, je pourrais toujours commencer sans vous. Vous viendriez voir de temps en temps comment les choses avancent. Ce'Nedra vous ferait à manger. Ce n'est pas une cuisinière formidable, mais il faut parfois savoir faire des sacrifices, hein ?

Ils échangèrent un coup d'œil puis ils éclatèrent de rire. Le processus amorcé à Rak Urga avec cet exalté d'Urgit venait de s'achever. Garion songea avec satisfaction qu'il avait jeté les bases d'un armistice qui mettrait fin à cinq mille ans de haine sans merci entre les Aloriens et les Angaraks.

Les Dals ne leur prêtaient qu'une attention distraite tandis qu'ils déambulaient le long des rues de marbre, entre les fontaines qui murmuraient gaiement. Les Kellénites vaquaient à leurs activités tranquillement, les yeux perdus dans le vague comme absorbés dans leurs réflexions ou plongés dans une sorte de contemplation. Ils ne parlaient pas beaucoup, mais pourquoi se seraient-ils parlé ? Le langage était superflu entre eux.

— Drôle d'endroit, tout de même, observa Zakath. Je n'ai pas l'habitude des villes où personne ne travaille.

— Oh, ils font sûrement des tas de choses.

— Enfin, vous voyez ce que je veux dire : il n'y a pas de boutiques, personne ne balaie les rues, ce genre de travaux.

— Je vous accorde que c'est un peu bizarre. Le plus étrange, c'est que nous n'avons pas vu une seule sibylle depuis notre arrivée. J'étais pourtant persuadé qu'elles vivaient là.

— Elles ne sortent peut-être pas de chez elles.

— Allez savoir.

Ils n'apprirent pas grand-chose au cours de leur promenade matinale. Ils tentèrent vainement d'amorcer la conversation avec les citoyens en robe blanche : quoique d'une ineffable politesse, ils étaient peu bavards. Ils répondaient aux questions qu'on leur posait mais s'en tenaient là.

— C'est frustrant, non ? ronchonna Silk lorsqu'il regagna, toujours flanqué de Sadi, la maison qui avait été mise à leur disposition. Je n'ai jamais rencontré des gens aussi peu causants. Je n'ai pas croisé une seule personne qui ait envie de parler de la pluie et du beau temps.

— Tu as vu par où sont allées Ce'Nedra et Liselle ? demanda Garion.

— Par là, de l'autre côté de la ville. Mon petit doigt me dit que nous les reverrons à l'heure du déjeuner.

— Quelqu'un a-t-il vu une sibylle ? demanda Garion à la cantonade.

— Elles ne sont pas là, répondit Polgara qui raccommodait, assise près d'une fenêtre. Une vieille femme m'a dit qu'elles vivaient dans un endroit spécial, en dehors de la ville.

— Vous avez réussi à extorquer une réponse de quelqu'un ? Alors là, vous m'épatez ! s'émerveilla Silk.

— Je n'y suis pas allée par quatre chemins. Pour tirer quelque chose de ces Dals, il faut un peu les bousculer.

Comme l'avait prévu Silk, Velvet et Ce'Nedra revinrent avec les jeunes femmes qui leur apportaient à manger.

— Votre femme est merveilleuse, Belgarion, décréta Velvet après le départ des jeunes Dalasiennes. Elle a passé la matinée à babiller comme une vraie perruche.

— Une perruche ? s'indigna Ce'Nedra. Je ne trouve pas ça très flatteur ! Euh, pardon, Tante Pol...

— Vous leur avez joué la comédie, j'imagine ? risqua Sadi.

— Evidemment. J'ai tout de suite compris que ces filles ne seraient pas très bavardes, alors j'ai meublé la conversation. Elles ont fini, au bout d'un moment, par se décoincer un peu. J'ai parlé, parlé, parlé, pendant que Liselle les regardait sous le nez. Je crois pouvoir dire que ça n'a pas trop mal marché, conclut Ce'Nedra avec un petit sourire satisfait.

— Vous en avez tiré quelque chose ? s'informa Polgara.

— Rien de très précis, mais des indices, répondit Velvet. Nous devrions en savoir un peu plus long cet après-midi.

— Où est Durnik ? fit Ce'Nedra en parcourant la pièce du regard. Et Essaïon ?

— Où voulez-vous qu'ils soient ? soupira Polgara.

— Ne nous dites pas qu'ils ont trouvé un coin de pêche ?

— Durnik a un sixième sens pour ça, fit Polgara d'un air endeuillé. Il a le chic pour flairer l'eau à des lieues de distance. Il pourrait même vous dire quels poissons il y a dedans, et les appeler par leur petit nom.

— J'avoue que je n'ai jamais eu une passion pour le poisson, grommela Beldin.

— Je ne crois pas que Durnik aime beaucoup ça non plus.

— Alors pourquoi passe-t-il son temps à embêter ces pauvres bêtes ?

— Comment voulez-vous que je le sache ? fit-elle en écartant les mains devant elle en signe d'impuissance. Le pêcheur a des raisons que la raison ne connaît pas. Mais je peux vous donner un conseil : vous avez dit plusieurs fois que vous aimeriez avoir une petite conversation avec lui. Eh bien, si vous y tenez vraiment, vous feriez mieux d'apprendre à pêcher. Sans ça, vous risquez de ne jamais arriver à le coincer.

— Personne n'est venu nous donner de nouvelles de Cyradis ? s'enquit Garion.

— Personne, confirma Beldin.

— Nous n'allons quand même pas rester ici jusqu'à la fin des temps ! ronchonna Garion.

— Je devrais bien arriver à tirer les vers du nez à quelqu'un, intervint Zakath. Elle m'a ordonné de me présenter devant elle ici, à Kell. Je n'arrive pas à croire ce que je viens de dire, ajouta-t-il en faisant la grimace. Personne ne m'avait donné un ordre depuis mon huitième anniversaire... Enfin, vous voyez ce que je veux dire : j'ai une bonne raison d'insister pour qu'on m'emmène auprès d'elle, ce sont ses instructions mêmes.

— Obéir est un concept difficile à avaler pour un homme de votre rang, intervint Silk d'un petit ton dégagé. Vous n'avez pas peur de vous étouffer ?

— Il est vraiment exaspérant, marmonna le Malloréen.

— Vous trouvez aussi, hein ? soupira Garion.

— Enfin, Messieurs, fit Velvet en ouvrant de grands yeux innocents, on ne dit pas des choses pareilles.

— Vous ne le trouvez pas exaspérant ? protesta Zakath.

— Si, bien sûr, mais ce ne sont pas des choses à dire en face.

Silk le prit de très haut.

— Je peux sortir, si vous voulez. Vous seriez plus tranquilles pour bavarder.

— Non, non, Kheldar, ce n'est pas la peine, fit Velvet avec un de ses sourires pleins de fossettes.

Ils n'apprirent pas grand-chose de plus cet après-midi-là, et Garion rongeait son frein.

— Je commence à me demander si nous ne ferions pas

mieux de suivre votre idée, Zakath, marmonna-t-il après dîner. Demain matin, à la première heure, je vais trouver ce Dallan et lui dire que Cyradis vous a demandé de vous présenter devant elle. Je pense que le moment est venu de passer à l'action.

— D'accord, acquiesça le Malloréen.

Mais Dallan se révéla aussi peu communicatif que tous ses concitoyens.

— Soyez patients, leur conseilla-t-il. La Sainte Sibylle viendra à vous le moment venu.

— Et quand ce moment viendra-t-il ? insista Garion.

— Cyradis le sait. C'est tout ce qui compte, n'est-ce pas ?

— S'il n'était pas si vieux et si fragile, je vous assure que je lui aurais fait cracher le morceau, marmonna Garion, une fois dehors.

— Si ça continue, je risque d'oublier son âge et le respect qui lui est dû, grommela Zakath. Je n'ai pas l'habitude qu'on me fasse tourner en bourrique comme ça.

Ils retrouvèrent Velvet et Ce'Nedra devant le majestueux escalier de marbre de la maison. Les deux jeunes femmes arboraient une expression triomphante.

— Je pense que nous avons enfin réussi à apprendre quelque chose d'utile, annonça Velvet. Entrons, comme ça nous pourrons mettre les autres au courant.

Quand tout le monde fut réuni dans la grande salle voûtée, la jeune femme aux cheveux de miel prit la parole d'un ton empreint de gravité.

— Ce n'est pas très précis, admit-elle, mais je crains que nous n'arrivions pas à tirer davantage de ces gens. Ce matin, nous sommes retournées, Ce'Nedra et moi, à l'endroit où travaillent ces jeunes femmes. Elles tissaient et quand on se livre à ce genre d'activité machinale, on est toujours un peu moins sur ses gardes. Bref, la fille aux grands yeux, Onatel, n'était pas là ; Ce'Nedra a pris son air le plus ahuri, et...

— J'ai l'air ahuri, maintenant ! protesta Ce'Nedra, outrée.

— Vous avez été absolument parfaite, ma chère.

J'aurais voulu que vous voyiez ça : elle était plantée là, avec ses grands yeux innocents, à demander après « notre amie Onatel », et l'une des filles s'est trahie. Elle a dit qu'Onatel avait été appelée « chez les sibylles ». Ce'Nedra en a rajouté dans l'abrutissement, si c'était possible, et elle a posé des questions sur l'endroit où elles vivaient. Personne ne lui a répondu, mais l'une d'elles a regardé la montagne.

— Comment pourrait-on éviter de regarder ce monstre ? ironisa Silk. Je suis un peu sceptique, Liselle.

— La fille tissait, Kheldar. Ça m'est déjà arrivé une ou deux fois, et je sais qu'il vaut mieux regarder ce qu'on fait. Elle a levé les yeux en réponse à la question de Ce'Nedra, puis elle les a baissés très vite et a tenté de faire comme si de rien n'était. Je suis allée à l'Académie, moi aussi ; les gens sont transparents pour moi comme pour vous. Cette fille aurait hurlé à tue-tête que ce n'aurait pas été plus clair. Les sibylles sont quelque part dans cette montagne.

— Elle n'a peut-être pas tort, admit Silk. C'est l'une des premières leçons de l'Académie. Si on sait ce qu'on cherche, on peut lire sur le visage des gens comme à livre ouvert. Eh bien, Zakath, reprit-il en se redressant de toute sa taille, on dirait que nous allons escalader cette montagne un peu plus tôt que prévu.

— Désolée de vous décevoir, Kheldar, mais je ne crois pas, fit fermement Polgara. Vous pourriez passer la moitié de votre vie à enfoncer des piolets dans ces glaciers sans réussir à trouver les sibylles.

— Vous avez une meilleure idée ?

— J'en ai même plusieurs. Viens, Garion, ordonna-t-elle en se levant. Et vous aussi, mon Oncle.

— Tu pourrais nous dire ce que tu mijotes ? susurra Belgarath.

— Nous allons jeter un coup d'œil là-haut.

— Eh bien, c'est exactement ce que je me proposais de faire, protesta Silk.

— Il y a une légère différence, Kheldar, dit-elle d'une voix melliflue. Vous ne pouvez pas voler.

— Evidemment, fit-il, froissé. Si vous le prenez comme ça...

— Je le prends comme ça me chante, Silk. C'est l'un de mes privilèges. Etant une femme, je peux me montrer aussi injuste que je veux, et vous êtes obligé de l'accepter parce que vous êtes trop bien élevé pour faire autrement.

— Mmm, quinze points pour elle, murmura Garion.

— Je voudrais bien savoir ce que vous comptez comme ça, nota Zakath, intrigué.

— Oh, c'est juste un petit jeu auquel on joue en Alorie.

— Tu ne veux pas essayer de gagner un peu de temps, Pol ? suggéra Belgarath. Tu pourrais peut-être obtenir la confirmation de cet esprit de groupe avant d'aller fouiner là-haut.

— Très bonne idée, Père, acquiesça-t-elle.

Elle ferma les yeux et leva le visage. Au bout d'un moment, elle secoua la tête.

— Ils ne veulent plus me laisser entrer, soupira-t-elle.

— C'est une forme de confirmation en soi, ricana Beldin.

— Là, je ne vous suis pas, fit Sadi en caressant son crâne rasé de frais.

— Les Dals ont beau être d'une intelligence supérieure, ricana le bossu, ils ne sont pas roublards. Les filles ont réussi à leur soutirer une information. Si elle était sans importance, ces gens n'auraient aucune raison de tenir Polgara à l'écart. S'ils le font, c'est que nous sommes sur la bonne voie. Sortons un peu de la ville, ma cocotte. Inutile de leur dévoiler nos petits secrets.

— Tu sais que je ne vole pas très bien, Tante Pol, objecta Garion. Tu es sûre d'avoir besoin de moi ?

— Autant mettre toutes les chances de notre côté, Garion. Si les Dals sortent de leur réserve pour rendre cet endroit inaccessible, l'Orbe nous aidera peut-être à franchir leur barrage. En venant avec nous dès le début, tu nous éviteras de perdre du temps.

— Mouais. Tu as peut-être raison.

— Tenez-nous au courant, fit Belgarath alors qu'ils sortaient de la maison.

— Evidemment, grommela Beldin.

Ils s'engagèrent sur la pelouse, entre les grands arbres, et le nain lorgna les environs entre ses yeux étrécis.

— Par là, fit-il en tendant le doigt. Dans ce bosquet, à la limite de la ville, nous devrions être à l'abri des regards.

— Très bien, mon Oncle, acquiesça Polgara.

— J'ai une chose à te demander, Pol, reprit-il, et je ne voudrais pas que tu le prennes mal. Je ne te dis pas ça pour être blessant...

— Ça, c'est une grande première.

— Eh bien, je vois que tu es en forme, ce matin. Enfin, voilà : une montagne de ce genre doit générer des microclimats, et plus précisément ses propres vents.

— Oui, mon Oncle. Je suis au courant.

— Je sais combien tu aimes la chouette des neiges, mais ses plumes sont trop souples. Si tu es prise dans un courant aérien un peu fort, tu risques de te retrouver toute nue.

Elle lui jeta un de ses longs regards polaires.

— Tu aimerais y laisser toutes tes plumes ?

— Non, mon Oncle. Je n'aimerais pas ça du tout.

— Bon, alors, écoute-moi, pour une fois. Qui sait ? Tu prendras peut-être même un certain plaisir à être un faucon.

— A bande bleue, je suppose ?

— Ça, c'est à toi de voir, mais le bleu te va si bien...

— Vous êtes vraiment impossible ! s'esclaffa-t-elle. Très bien, mon Oncle. Je vais vous écouter.

— Je vais me changer le premier, proposa-t-il. Puis tu n'auras qu'à prendre modèle sur moi.

— Je sais à quoi ressemble un faucon, mon Oncle.

— Mais oui, Pol, bien sûr. Je disais ça juste pour te rendre service.

— Vous êtes trop bon.

Garion trouva très bizarre d'adopter une autre forme que celle du loup. Il se passa soigneusement en revue, en se référant constamment à Beldin qui était perché, farouche et magnifique, sur une branche, au-dessus de leur tête.

— Ça ira, concéda Beldin. Mais la prochaine fois, remplume-toi un peu plus la queue. Tu en auras besoin comme gouvernail.

— Très bien, Messieurs, fit Polgara, depuis une branche voisine. Allons-y.

— Je prends la tête, proposa Beldin. J'ai plus l'habitude que vous. Si vous rencontrez un courant descendant, écartez-vous de la montagne. Ne vous fracassez pas contre ces rochers.

Il déploya ses ailes et prit son essor.

Garion n'avait volé qu'une seule fois jusque-là : lors de la longue traversée de la Mer des Vents qui l'avait ramené de Jarviksholm à Riva, après l'enlèvement de Geran. Il avait alors pris la forme d'un faucon moucheté. Le faucon à bande bleue était beaucoup plus gros, et le survol de cette immense étendue dégagée ne l'avait pas préparé à ce qui l'attendait au-dessus de cette zone montagneuse. Des courants aériens imprévisibles tournoyaient et s'enroulaient dangereusement autour des roches.

Les trois faucons montèrent en spirale à la faveur d'une colonne d'air chaud. Ça n'exigeait aucun effort, et Garion comprit soudain la joie intense que Beldin prenait à voler. Il découvrit aussi qu'il avait une vue incroyablement perçante. Chaque détail de la paroi rocheuse lui apparaissait comme s'il en avait été tout près. Il distinguait chaque insecte et chaque pétale des fleurs sauvages. Il crispa involontairement les serres lorsqu'un petit rongeur s'échappa en courant d'une chute de pierres.

— Pense à ce que tu fais, Garion, fit la voix de Polgara dans le silence de son esprit.

— Mais...

L'envie de plonger, les serres écartées, tendues devant lui, était presque irrésistible.

— Il n'y a pas de mais, Garion. Tu as mangé comme un chancre, ce matin. Laisse cette pauvre créature tranquille.

— Rabat-joie, marmonna Beldin.

— Nous ne sommes pas là pour nous amuser, mon Oncle. Allez, nous vous suivons !

Ce fut incroyablement brutal et Garion fut pris au dépourvu. Un violent courant d'air manqua le plaquer sur la paroi rocailleuse, et il n'évita le désastre que de justesse. Le vent le ballottait en tous sens, lui tordant les ailes, et comme si ça ne suffisait pas, à la bourrasque s'ajouta soudain une tempête de grêle. D'énormes masses de glace le criblaient, pareilles à des marteaux détrempés.

— Ce n'est pas naturel, Garion ! fit âprement tante Pol.

Il la chercha désespérément du regard mais ne la vit pas.

— Où es-tu ? appela-t-il de toutes ses forces.

— Peu importe ! Sers-toi de l'Orbe ! Les Dals essaient de nous éloigner !

Garion n'était pas sûr que l'Orbe l'entendrait dans cet étrange endroit où elle allait lorsqu'il se métamorphosait, mais il ne pouvait faire autrement que d'essayer. Sous cette pluie battante, chassée par le vent hurlant, il ne fallait pas songer à se poser pour reprendre forme humaine.

— Que ça cesse ! hurla-t-il mentalement à l'Orbe. Arrête ça, le vent, la pluie, tout !

La force avec laquelle l'Orbe déchaîna son pouvoir le projeta tout pantelant dans le vide, et il dut battre frénétiquement des ailes pour reprendre son équilibre. Soudain, le ciel reparut, d'un bleu intense.

Les turbulences et la pluie battante avaient subitement cessé. Il retrouva la colonne d'air chaud qui montait calmement dans l'air estival.

Il avait perdu au moins mille pieds d'altitude, et ses compagnons de vol étaient à une demi-lieue de lui, dans des directions diamétralement opposées. Il recommença à monter en spirale et vit bientôt qu'ils en faisaient autant, en se rapprochant de lui.

— Reste sur tes gardes, l'exhorta tante Pol. Fais appel à l'Orbe si quoi que ce soit se dresse à nouveau devant nous.

Ils retrouvèrent en quelques minutes à peine l'altitude qu'ils avaient perdue et continuèrent à monter au-dessus des forêts et des pans de roche dénudée. Ils dépassèrent enfin les derniers arbres et arrivèrent sous la ligne des neiges éternelles. Les parois pentues étaient couvertes de prairies. Herbe et fleurs sauvages ondoyaient dans la brise.

— Là ! s'exclama Beldin d'une voix qui leur parut étrangement caquetante. Une piste !

— Vous êtes sûr, mon Oncle, que ce n'est pas une sente frayée par des animaux ? objecta Polgara.

— Elle est trop rectiligne, Pol. On n'a jamais vu un cerf marcher aussi droit, même pourchassé. Cette piste a été tracée par des hommes. Voyons où elle mène.

Il négocia un virage sur l'aile et descendit en vol plané vers le sentier qui menait à travers la prairie vers une faille ouverte dans une crête rocheuse. Arrivé en haut de la prairie, il écarta largement les ailes.

— Posons-nous, dit-il. Nous allons continuer à pied.

Tante Pol et Garion l'imitèrent, puis les trois oiseaux devinrent flous et reprirent forme humaine.

— C'était moins une, là-haut, commenta le petit sorcier bossu. J'ai bien cru que j'allais me casser le bec sur la paroi. Alors, Pol, tu es toujours aussi sûre que les Dals ne feraient pas de mal à une mouche ?

— Ce n'est pas le moment de polémiquer, mon Oncle.

— Je regrette de ne pas avoir pris mon épée, fit Garion. En cas d'ennuis, je suis assez désarmé.

— Je ne suis pas sûre que ton épée te servirait à grand-chose contre le genre d'ennuis que nous risquons d'avoir ici, rétorqua Beldin dans un reniflement. Enfin, reste en contact avec ta copine l'Orbe. Et voyons où ça mène...

Il suivit la piste en direction de la crête.

La faille était une passe étroite entre deux énormes blocs de pierre. Toth était planté au milieu et leur barrait le passage.

— Nous irons là où sont les sibylles, Toth, décréta Polgara d'un ton sans réplique. Nous irons, ainsi qu'il est écrit.

Le regard du colosse muet devint distant, puis il hocha la tête et s'écarta pour les laisser passer.

CHAPITRE VII

C'était une caverne gigantesque, et la ville était *dedans*. Une ville qui ressemblait beaucoup à la Kell d'en bas, sans ses pelouses et ses jardins, bien sûr, à cause de l'obscurité. Les sibylles aux yeux bandés n'avaient pas besoin de lumière, et Garion se dit que la vue de leurs guides muets avait dû s'accoutumer à la pénombre, depuis le temps.

Il y avait peu de monde dans les rues ombreuses, et les rares personnes qu'ils virent en suivant Toth ne firent guère attention à eux. Beldin marmonnait dans sa barbe et marchait en traînant les pieds.

— Allons, mon Oncle, qu'y a-t-il ? lui demanda Polgara.

— C'est fou ce que les gens peuvent être esclaves des conventions, bougonna-t-il.

— Que voulez-vous dire ?

— Cette ville est abritée dans une grotte et ils ont mis des toits sur toutes les maisons. Tu ne trouves pas ça absurde ? Il ne risque pourtant pas de pleuvoir, ici.

— De pleuvoir, non, mais il peut faire froid, surtout en hiver, et il est plus facile de garder la chaleur dans une maison couverte, vous ne croyez pas ?

— Mouais. J'avoue que je n'y avais pas pensé, convint-il.

Toth les mena vers une maison située au beau milieu de cette étrange cité troglodytique. Rien ne la différenciait des autres, mais on pouvait déduire de sa situation qu'elle était habitée par un important personnage. Toth entra — sans frapper — et les conduisit dans une pièce toute simple où Cyradis était assise à la lumière d'une unique chandelle.

— Nous ne vous attendions point si tôt, dit-elle.

Elle n'avait pas tout à fait la même voix que lors de leurs précédentes rencontres. Garion eut l'impression troublante qu'elle parlait de plusieurs voix à la fois, et le résultat avait quelque chose d'étrangement choral.

— Vous saviez donc que nous viendrions ? demanda Polgara.

— Evidemment. Toute la question était de savoir combien de temps il vous faudrait pour accomplir la triple tâche.

— Quelle tâche ?

— C'était une simple formalité pour une puissance telle que Toi, Polgara, mais cette épreuve était nécessaire.

— Je ne me rappelle pas...

— Comme je viens de Te le dire, c'était tellement simple que Tu ne T'en es sans doute point rendu compte.

— Nous pourrions savoir de quoi il s'agissait ?

— Bien sûr, doux Beldin, répondit la sibylle avec un sourire angélique. Vous avez trouvé cet endroit ; vous avez vaincu les éléments pour y parvenir ; et Polgara a prononcé les paroles qui vous ont permis d'entrer.

— Les devinettes, je commence à en avoir jusque-là, marmonna Beldin, grincheux.

— C'est parfois un bon moyen de retenir l'attention. Vous deviez résoudre les énigmes et accomplir les tâches avant que d'entendre ce que j'avais à vous révéler. Mais ne restons point ici, dit-elle en se levant. Redescendons vers Kell. Prends, mon guide et cher compagnon, le Livre qui doit être remis entre les mains du Vénérable Belgarath.

Toth alla chercher un gros ouvrage relié de cuir noir sur une étagère placée à l'autre bout de la pièce obscure, tendit la main à sa maîtresse et les mena hors de la maison.

— Pourquoi tous ces mystères, Cyradis ? reprit Beldin. Pourquoi les sibylles se terrent-elles dans ces montagnes au lieu de rester à Kell ?

— Nous sommes à Kell, doux Beldin.

— Alors quelle est la ville qui est dans la vallée ?

— C'est aussi Kell. Notre communauté a toujours été dispersée. Contrairement aux autres cités, la nôtre est répartie entre plusieurs endroits. Les sibylles vivent ici, mais il y a d'autres caches dans cette montagne, pour les magiciens, les nécromanciens et les devins. Et tous habitent à Kell.

— Ça, on peut faire confiance aux Dals pour inventer des complications inutiles.

— Les villes sont construites pour répondre aux priorités de leurs habitants. Certaines sont conçues pour le commerce, d'autres pour la défense. Notre cité est faite pour l'étude.

— Comment peut-on étudier si on doit se taper une journée de marche pour discuter avec ses collègues ?

— Nous n'avons pas besoin de marcher, Beldin. Nous pouvons nous concerter à tout moment. N'est-ce pas ainsi que vous conversez, le Vénérable Belgarath et toi ?

— Ce n'est pas la même chose, grommela-t-il. Nous tenons des conversations privées.

— Point n'avons besoin d'intimité. Les pensées de l'un sont les pensées de tous.

Peu avant midi, ils émergèrent de la caverne et retrouvèrent le soleil. Ils suivirent Toth et Cyradis vers la faille ouverte dans la crête puis le long du chemin abrupt qui descendait à travers les prairies. Une heure plus tard, ils entraient dans une fraîche forêt. Des oiseaux chantaient à tue-tête dans les arbres, et des insectes striaient les colonnes de lumière, telles de minuscules étoiles incandescentes.

Le chemin était très en pente, et Garion découvrit sans tarder l'un des désagréments de la descente en montagne. Il avait une magnifique ampoule au pied gauche, et son pied droit lui annonçait la paire pour bientôt. Il serra les dents et poursuivit stoïquement sa marche en traînant la jambe.

Le soleil était presque couché lorsqu'ils retrouvèrent la cité éblouissante de la vallée. Comme ils suivaient la rue de marbre menant à leur maison, Garion remarqua avec une pointe de satisfaction que Beldin boitait aussi.

Ils retrouvèrent leurs compagnons à table. Le regard de Garion tomba sur Zakath lorsque celui-ci vit que Cyradis était avec eux. Sa peau olivâtre blêmit légèrement, une pâleur encore accentuée par la courte barbe noire censée assurer son incognito. Il se leva et s'inclina devant elle.

— Sainte Sibylle, dit-il respectueusement.

— Salut à Toi, Zakath, répondit-elle. Ainsi que je Te l'avais promis dans les brumes de Darshiva, je me rends à Toi. Considère-moi comme Ton otage.

— Ne parlons plus d'otages, Cyradis, balbutia-t-il en s'empourprant, un peu gêné. Je m'étais emporté, à Darshiva. Je n'avais pas bien compris ce que j'avais à faire. Je suis convaincu, maintenant.

— Je n'en suis pas moins Ton otage, car c'était écrit. Je T'accompagnerai à l'Endroit-qui-n'est-plus, pour affronter la tâche qui m'attend.

— En attendant, vous devez avoir faim, suggéra Velvet. Vous ne voulez pas vous asseoir et partager notre repas ?

— Merci, Chasseresse, répondit la sibylle, de cette étrange voix chorale. Mais avant cela, je dois, Vénérable Belgarath, Te confier notre livre sacré, ainsi que nous l'ont ordonné les étoiles. Lis-le attentivement, car le lieu de Ta destination y est révélé.

Toth lui remit l'ouvrage qu'il avait descendu de la montagne. Elle le tendit à Belgarath qui s'approchait précipitamment, les mains tremblantes d'avidité.

— Merci, Cyradis. Je sais combien ce livre est précieux. Sois assurée que j'en prendrai grand soin et que je te le rendrai dès que j'aurai trouvé ce que je cherche.

Il s'assit à une petite table, près de la fenêtre, et ouvrit le lourd volume. Beldin le rejoignit en clopinant.

— Pousse-toi, marmonna-t-il en s'installant près de lui.

Les deux vieux sorciers se penchèrent sur les pages craquantes, oubliant tout le reste.

— Voulez-vous manger, à présent, Cyradis ? demanda Polgara à la fille aux yeux bandés.

— Grand merci, Polgara, répondit la sibylle de Kell. Je jeûnais depuis le moment de ton arrivée, en préparation de cette rencontre, et la faim m'affaiblit.

Polgara la conduisit doucement vers la table et l'aida à prendre place entre Ce'Nedra et Velvet.

— Comment va mon bébé, Sainte Sibylle ? demanda Ce'Nedra d'une voix étranglée.

— Bien, Reine de Riva. Mais il lui tarde de t'être rendu.

— Je suis étonnée qu'il se souvienne seulement de moi, fit amèrement Ce'Nedra. Il était si petit quand Zandramas l'a enlevé. J'ai manqué tant de choses, soupira-t-elle, la lèvre tremblante. Des choses qui ne reviendront jamais.

Garion s'approcha et la prit tendrement par les épaules.

— Tout finira par s'arranger, Ce'Nedra, lui assura-t-il.

— Vraiment, Cyradis ? demanda-t-elle, au bord des larmes. Vous croyez vraiment que tout finira par s'arranger ?

— Cela, Ce'Nedra, je ne puis Te le dire. Deux voies s'ouvrent devant nous, et les étoiles mêmes ignorent où nous mettrons nos pas.

— Alors, comment s'est passée votre petite promenade ? demanda Silk, plus, se dit Garion, pour changer de sujet que par réelle curiosité.

— Ce n'était pas une partie de plaisir, répondit-il. Je vole comme une enclume et nous avons essuyé un orage.

— Il a fait un temps de rêve toute la journée, rétorqua Silk en fronçant le sourcil.

— Sauf là où nous étions, riposta Garion avec un regard en biais à la sibylle, puis il décida de ne pas faire une histoire du grain qui aurait pu leur coûter la vie. Nous pouvons leur parler de l'endroit où vous vivez ? demanda-t-il.

— Assurément, Belgarion, acquiesça-t-elle avec un sourire. Ce sont Tes compagnons ; Tu ne dois rien leur celer.

— Tu te souviens du Mont Kahsha, au Cthol Murgos ? reprit Garion.

— Je ne sais pas ce que je donnerais pour l'oublier.

— Bon, eh bien, les sibylles habitent une cité construite dans une immense caverne, un peu comme les Dagashis, à Kahsha.

— Alors, je vais te dire : je me réjouis de ne pas vous avoir accompagnés.

Cyradis tourna vers lui son visage assombri par une préoccupation soudaine.

— Serait-ce, Kheldar, que Tu n'as point encore chassé la terreur irraisonnée qui T'habite ?

— Si peu que ça ne vaut pas la peine d'en parler. Mais je ne la trouve pas irraisonnée. Croyez-moi, Cyradis, j'ai mes raisons. Des tas de raisons, insista-t-il en frissonnant des pieds à la tête.

— Tu dois T'armer de courage, Kheldar, car il Te faudra assurément entrer en l'un de ces lieux que Tu redoutes.

— Oui, eh bien, ne comptez pas sur moi.

— Tu le devras, Kheldar. Tu n'auras pas le choix.

Le petit Drasnien pinça les lèvres mais ne répondit pas.

— Dites-moi, Cyradis, intervint alors Velvet, est-ce vous qui avez stoppé le cours normal de la grossesse de Zith ?

— Tu as fort judicieusement discerné une interruption dans ce processus des plus naturels, nota la sibylle. Mais non, Liselle, je n'y suis pour rien. C'est le magicien Vard, de l'île de Verkat, qui l'a priée d'attendre le moment où elle aurait accompli sa tâche à Ashaba.

— Vard est magicien ? s'étonna Polgara. Ça m'avait échappé, et pourtant j'arrive généralement à les détecter.

— Il est des plus habiles, acquiesça Cyradis. Les choses étant ce qu'elles sont au pays des Murgos, la pratique de nos arts doit s'accompagner de la plus grande discrétion. Les Grolims du Cthol Murgos sont toujours à l'affût des phénomènes qui accompagnent inévitablement son exercice.

— Nous vous en avons beaucoup voulu, à Verkat, intervint Durnik. Et puis nous avons compris vos raisons d'agir. J'ai peur d'avoir été très injuste envers Toth. Mais il a eu la bonté de me pardonner.

Le géant muet esquissa quelques gestes en souriant.

— Vous n'avez plus besoin de gesticuler, Toth, s'esclaffa le forgeron. J'ai fini par comprendre comment vous me parliez.

Toth baissa les mains et Durnik sembla écouter un moment.

— Oui, acquiesça-t-il. C'est beaucoup plus facile et plus rapide sans les mains. Oh, à propos, avec Essaïon, nous avons trouvé, juste en dehors de la ville, un petit étang plein de truites magnifiques.

Toth se fendit d'un immense sourire.

— Je pensais bien que ça vous plairait, fit Durnik, hilare.

— Je crains fort, Cyradis, que nous ayons corrompu votre guide, s'excusa Polgara.

— Que non point, Polgara, répondit la sibylle en souriant. Cette passion l'habite depuis l'enfance. Souventes fois, lors de nos déplacements, il trouvait des prétextes pour s'attarder un moment auprès d'un lac ou d'un torrent. Ce dont je ne lui ai jamais fait reproche, car j'aime le poisson, et il le prépare de façon exquise.

Après manger, ils restèrent assis autour de la table à bavarder tout bas pour ne pas déranger Belgarath et Beldin, toujours absorbés dans la lecture des Oracles de Mallorée.

— Comment Zandramas saura-t-elle où aller puisque, étant une Grolime, elle ne peut venir ici vous le demander ? s'enquit Garion.

— Cela, Enfant de Lumière, je ne puis Te le dire. Mais elle sera à l'endroit voulu au moment requis.

— Avec mon fils.

— Ainsi qu'il est écrit depuis l'aube des temps.

— J'attends cette rencontre avec impatience, dit-il d'un ton sinistre. Nous avons plusieurs petites choses à régler, Zandramas et moi.

— Ne Te laisse pas aveugler de haine au moment d'accomplir Ta tâche, objecta gravement la jeune fille aux yeux bandés.

— Et quelle est au juste ma tâche, Cyradis ?

— Tu le sauras lorsqu'elle se présentera à Toi.

— Et pas avant ?

— Que non point. Y songer trop longuement à l'avance risquerait d'influer sur Ta façon de l'acquitter.

— Et moi, Sainte Sibylle, quelle sera ma tâche ?

s'informa Zakath. Tu m'avais dit que Tu me l'indiquerais ici, à Kell.

— Je Te la révélerai en privé, Empereur de Mallorée. Sache toutefois qu'elle commencera lorsque Tes compagnons auront accompli la leur, et qu'elle T'absorbera jusqu'au dernier de Tes jours.

— A propos de tâches, intervint Sadi, vous pourriez peut-être m'expliquer la mienne ?

— Tu l'as déjà en partie effectuée, Sadi.

— A votre entière convenance, j'espère ?

— Nous n'avons pas à nous plaindre, fit-elle en souriant.

— Je m'en sortirais peut-être mieux si j'en connaissais la nature...

— Non, Sadi. Tout comme Belgarion, cela affecterait Ta façon de l'accomplir.

— L'endroit où nous allons est-il loin ? intervint Durnik.

— A bien des lieues d'ici, et il reste encore beaucoup à faire.

— Alors je vais demander des provisions à Dallan. Et puis j'aimerais bien vérifier les sabots des chevaux avant de partir. Nous n'aurons peut-être pas de sitôt l'occasion de les ferrer à nouveau.

— C'est impossible ! éclata tout à coup Belgarath.

— Quoi donc, Père ? s'inquiéta tante Pol.

— Korim ! La rencontre est censée avoir lieu à Korim !

— Et où cela se trouve-t-il ? s'informa Sadi, intrigué.

— Nulle part, maugréa Beldin. Ça n'existe plus. C'était une chaîne de montagnes qui a été engloutie sous les flots quand Torak a fendu le monde. Ce sont les fameuses « Cimes de Korim, qui ne sont plus » du *Livre d'Alorie*.

— Mouais. C'est tordu, mais assez logique en fin de compte, observa Silk. Toutes les prophéties parlaient bien d'un *Endroit-qui-n'est-plus*.

— Ça me rappelle autre chose, nota Beldin en fourrageant pensivement dans le paillasson feutré qui lui tenait lieu de barbe. Vous vous souvenez de ce que Senji nous a raconté à Melcène ? L'histoire du chercheur qui avait volé le Sardion ? La dernière fois qu'on a entendu parler de lui, il contournait le cap sud de Gandahar, puis on a perdu sa trace. D'après Senji, il aurait disparu dans une tempête, au large des côtes de Dalasie. Eh bien, mes bons amis, je commence à penser qu'il avait raison. Nous devons aller à l'endroit où est le Sardion, et j'ai le sentiment désagréable qu'il est en haut d'une montagne que la mer a submergée il y a plus de cinq mille ans.

CHAPITRE VIII

La reine de Riva était étrangement mélancolique en quittant Kell, et cette étrange langueur semblait s'accroître au fur et à mesure qu'ils s'éloignaient de l'étincelante cité de marbre et s'enfonçaient dans la forêt, à l'ouest. Elle ne disait pas un mot et c'est à peine si elle s'intéressait à la conversation générale.

— Je ne comprends pas comment vous faites pour garder votre calme dans la situation présente, disait Belgarath qui chevauchait auprès de Cyradis. Si le Sardion gît au fond des flots, vous échouerez dans votre tâche tout comme nous. Et pourquoi faisons-nous le détour vers Perivor ?

— C'est là, Vénérable Belgarath, que T'apparaîtront dans toute leur clarté les instructions que Tu as reçues du Saint Livre.

— Ne pourriez-vous me les expliquer ? Le temps commence à presser, vous savez.

— Cela m'est interdit. Je ne puis T'apporter une aide dont ne bénéficierait point Zandramas. Votre tâche, à l'un comme à l'autre, consiste à élucider cette énigme. Il nous est interdit de favoriser l'un ou l'autre.

— Ça m'aurait étonné, aussi, commenta-t-il d'un ton morne.

— Où est Perivor, Zakath ? s'enquit Garion.

— C'est une île du sud de la Dalasie, répondit le Malloréen. Elle est peuplée de farouches combattants, des gens très bizarres. D'après la légende, ils seraient venus du Ponant il y a deux mille ans : leur vaisseau aurait perdu le cap pendant une tempête et se serait échoué sur l'île. L'endroit n'a rien d'extraordinaire et, de l'avis général, ne vaut pas le coup que Mal Zeth tente de l'assujettir. Urvon ne s'est même pas donné la peine d'y envoyer des Grolims.

— S'ils sont tellement sauvages, vous ne pensez pas que nous prenons un risque en y allant ?

— Oh non. Ils sont plutôt civilisés et même accueillants, tant qu'on n'essaie pas d'y faire débarquer la troupe. C'est là que les choses ont toujours dégénéré.

— Vous croyez vraiment que nous avons le temps d'aller là-bas ? insista Silk.

— Amplement le temps, Prince Kheldar, répondit la sibylle. Depuis des millénaires, il est écrit dans les étoiles que l'Endroit-qui-n'est-plus vous attend, Tes compagnons et Toi-même, et que vous y arriverez le jour prévu pour la rencontre.

— De même que Zandramas, sans doute ?

— Comment pourrait-il y avoir rencontre si l'Enfant des Ténèbres n'était pas présente ? répondit-elle calmement.

— Il me semble discerner dans votre réponse une note d'humour assez surprenante de la part d'une sibylle, risqua Silk.

— Comme Tu nous connais mal, Prince Kheldar, répondit-elle, toujours souriante. Si Tu savais combien de fois il nous arrive de nous tordre de rire en lisant un message écrit en toutes lettres dans les étoiles, et en songeant au mal que d'aucuns peuvent se donner pour ignorer ce qui est écrit ou l'éviter. Soumets-Toi à l'injonction des cieux, Kheldar. Epargne-Toi l'angoisse et le tourment de tenter d'échapper à Ton destin.

— Je trouve, Cyradis, que vous employez bien légèrement le mot « destin », reprit le petit Drasnien d'un ton réprobateur.

— N'es-Tu point venu ici en réponse à un destin annoncé depuis le commencement des âges ? Tout le temps que Tu as consacré au commerce et à l'espionnage n'avait d'autre dessein que de T'occuper en attendant l'heure.

— C'est une façon courtoise de dire que je me suis comporté comme un enfant.

— Nous sommes tous des enfants, Kheldar.

Beldin revint en planant sous les branches. Il louvoyait entre les arbres en inclinant élégamment les ailes. Il se posa sur l'humus tavelé d'or et reprit forme humaine.

— Des ennuis ? demanda Belgarath.

— Le calme plat, et je trouve ça assez inquiétant, répondit le nain en se mouchant sur sa manche.

— Je reconnais bien là ton amour du paradoxe.

— Le paradoxe est le luxe des esprits inventifs. Zandramas ne pouvait pas aller à Kell, d'accord ?

— D'accord, pour autant que nous le sachions.

— Pour arriver à l'endroit de la rencontre, elle n'a donc qu'une solution : nous coller au train, toujours d'accord ?

— A moins qu'elle ne trouve un autre moyen de le découvrir.

— C'est justement : si elle voulait vraiment nous suivre, elle aurait fait cerner cette forêt par ses troupes et ses Grolims pour voir par où nous repartirions, tu ne crois pas ?

— Ça paraît logique, en effet.

— Or il n'y a pas d'armée dans le coin. Juste quelques patrouilles, qui ont manifestement d'autres chats à fouetter.

— Que mijote-t-elle ? fit Belgarath en se renfrognant.

— C'est exactement ce que je me demande. Elle nous réserve sûrement un tour à sa façon.

— Eh bien, ouvre l'œil. Je n'aimerais pas tomber dans une embuscade.

— Ça simplifierait peut-être les choses.

— J'en doute. Depuis le début, tout est compliqué dans cette affaire, et je ne vois pas pourquoi ça changerait maintenant.

— Je repars en éclaireur, annonça le nain.

Son image se brouilla et il s'envola d'un coup d'ailes.

Ils campèrent, ce soir-là, près d'un torrent qui jaillissait entre des roches couvertes de mousse. Belgarath n'avait pas l'air de bonne humeur, et les autres l'évitèrent en vaquant aux corvées dont ils s'acquittaient maintenant sans même y songer, tant ils y étaient habitués.

— Tu es bien silencieuse, murmura Garion à l'oreille de Ce'Nedra alors qu'ils étaient assis autour du feu, après dîner. Il y a quelque chose qui t'ennuie ?

— Non, je n'ai pas envie de parler, c'est tout.

La petite reine avait passé la journée dans ce curieux état léthargique. Garion l'avait même surprise plusieurs fois à somnoler sur sa selle, vers la fin de l'après-midi.

— Tu es fatiguée ?

— Un peu, oui. Il y a longtemps que nous sommes sur la route ; c'est peut-être ça qui commence à me peser.

— Tu devrais aller te coucher. Ça ira mieux après une bonne nuit de sommeil, tu verras.

Elle bâilla et lui tendit les bras.

— Porte-moi, dit-elle.

Il la regarda avec étonnement. Ce'Nedra adorait surprendre son mari. Elle lui trouvait un air tellement gamin avec ses grands yeux écarquillés.

— Tu ne te sens pas bien ? demanda-t-il.

— Mais si, Garion, je vais bien. J'ai juste envie de dormir et d'être un peu bercée, comme un bébé. Porte-moi dans la tente, mets-moi au lit et borde-moi.

— Eh bien, si ça peut te faire plaisir...

Il se leva, la prit dans ses bras comme une plume et la porta à l'autre bout du camp, vers leur tente.

— Garion ? murmura-t-elle rêveusement quand il lui eut tendrement remonté les couvertures jusqu'au menton.

— Oui, mon petit chou ?

— Tu ne pourrais pas enlever ta cotte de mailles avant de venir te coucher ? Tu sens le vieux chaudron rouillé, là-dedans.

Ce'Nedra dormit d'un sommeil agité, cette nuit-là. Elle rêva de gens et d'endroits qu'elle avait quittés et auxquels elle n'avait pas songé depuis des années. Elle vit les légionnaires qui gardaient le palais impérial, et Messire Morin, le chambellan de son père, qui courait dans les couloirs de marbre. Puis elle se retrouva à Riva, plongée dans une grande conversation sans queue ni tête avec Brand, le Gardien de Riva, pendant qu'Arell, sa nièce aux cheveux de lin, filait à côté de la fenêtre. Arell n'avait pas l'air ennuyée par le poignard qui lui sortait du dos. Ce'Nedra se retourna en marmonnant des paroles incompréhensibles et replongea aussitôt dans un autre rêve.

Elle était à Rhéon, en Drasnie orientale. Elle prenait, comme si c'était parfaitement normal, une des dagues que Vella, la danseuse nadrake, avait toujours à la ceinture et, tout aussi naturellement, l'enfonçait jusqu'à la garde dans le ventre d'Ulfgar, le chef du culte de l'Ours. Ce sale bonhomme parlait à Belgarath avec un rictus insultant, sans même remarquer que Ce'Nedra lui remuait son couteau dans les entrailles.

La scène changea à nouveau. Ils étaient à Riva, Garion et elle, assis tout nus à côté d'une mare étincelante. Un ruisseau murmurait dans la forêt. Des milliers de papillons voletaient autour d'eux.

Elle parcourut des contrées entières dans une sorte de fièvre onirique. Ce voyage frénétique, incohérent, l'emmena sans effort de la vieille cité du Val d'Alorie à Cherek, puis à Boktor, lors de l'enterrement du roi Rhodar, et sur le champ de bataille de Thull Mardu, où le visage de celui qui s'était intitulé son protecteur, Olban, le fils de Brand, revint la hanter. Elle avait l'impression de chercher quelque chose à travers le temps et l'espace, une chose qu'elle avait perdue, mais quoi ? Elle ne le savait plus.

Elle se réveilla, le lendemain matin, aussi fatiguée qu'en se couchant. Le moindre mouvement l'épuisait et elle n'arrêtait pas de bâiller.

— Qu'y a-t-il ? demanda Garion alors qu'ils s'habillaient. Tu n'as pas bien dormi ?

— Pas très, répondit-elle. J'ai fait de drôles de rêves.

— Tu veux en parler ? C'est parfois le meilleur moyen de les empêcher de revenir toutes les nuits et de les oublier pour de bon.

— C'étaient des rêves décousus, comme si elle m'emmenait d'un endroit à l'autre pour je ne sais quelle raison.

— Elle ? Il y avait une femme ?

— Je ne sais pas pourquoi je dis *elle*. Je n'ai vu personne en particulier. J'espère, marmonna-t-elle en bâillant à se décrocher la mâchoire, que si c'est quelqu'un qui m'a fait ça, il a fini. Je n'a pas envie de passer une autre nuit comme ça. Il y avait tout de même des bouts de rêve qui n'étaient pas si désagréables, ajouta-t-elle en lui jetant un regard appuyé entre ses cils. A un moment donné, nous étions auprès de cette mare, à Riva. Tu veux que je te dise ce que nous faisions ?

Le cou de Garion s'empourpra lentement.

— Euh... hem... Ce n'est pas la peine, tu sais.

Elle le lui raconta tout de même, avec un tel luxe de détails qu'il finit par abandonner précipitamment le terrain, c'est-à-dire la tente.

Cette nuit difficile ajouta à l'étrange abattement qui s'était emparé d'elle depuis leur départ de Kell, et elle chevaucha, ce matin-là, dans une espèce de léthargie dont elle n'arrivait pas à sortir. Garion dut l'avertir à plusieurs reprises qu'elle laissait vagabonder sa monture, puis, voyant qu'elle avait du mal à garder les yeux ouverts, il lui prit les rênes des mains et mena son cheval par la bride.

Beldin reparut vers le milieu de la matinée.

— Vous feriez mieux de vous mettre à l'abri, annonça-t-il laconiquement. Une patrouille de Darshiviens vient par ici.

— Ils nous cherchent ? demanda Belgarath.

— Comment savoir ? En tout cas, ils n'y mettent pas beaucoup d'ardeur. Enfoncez-vous un peu dans les bois et laissez-les passer. Je te préviendrai quand ils seront partis.

— Entendu.

Belgarath quitta la piste et conduisit ses compagnons sous le couvert des arbres. Ils mirent pied à terre et attendirent en retenant leur souffle. Un bruit de sabots, un cliquetis métallique les avertirent bientôt que des soldats passaient au trot sur la piste.

Malgré la menace qui pesait sur eux, Ce'Nedra n'arrivait pas à garder les yeux ouverts. Elle entendit vaguement les autres parler à voix basse et sombra à nouveau dans une profonde torpeur.

Elle se réveilla à moitié et s'aperçut qu'elle marchait toute seule dans la forêt, l'esprit encore embrumé. Elle se dit confusément qu'elle aurait dû s'inquiéter d'être séparée de ses compagnons, mais ça lui était étrangement égal. Elle continua à avancer, sans but précis, en réponse à une sorte d'appel subtil.

Elle arriva à une clairière. Une grande jeune fille à la peau d'une blancheur laiteuse, aux cheveux blonds, roulés en macarons sur les oreilles, était debout dans l'herbe et les fleurs sauvages. Elle portait un paquet enroulé dans des langes. C'était Arell, la nièce de Brand.

— Bonjour, Majesté, dit-elle. Je vous attendais.

Quelque chose, au fond d'elle-même, avait envie de hurler que ce n'était pas possible, la grande Rivienne ne *pouvait pas* être là. Mais Ce'Nedra n'arrivait pas à se souvenir pourquoi, et cette idée s'enfuit.

— Bonjour, Arell, dit-elle. Que faites-vous là ?

— Je suis venue vous aider, Ce'Nedra. Regardez ce que j'ai trouvé.

Elle releva le coin du lange, révélant un petit visage.

— Mon bébé ! s'écria-t-elle, folle de joie.

Elle courut vers la jeune femme, lui prit avidement l'enfant des bras et le serra contre elle.

— Comment l'avez-vous retrouvé ? s'extasia la petite reine de Riva. Nous le cherchions depuis si longtemps !

— Je me promenais dans la forêt,. répondit Arell, quand j'ai senti la fumée d'un feu de camp. Je suis allée voir et j'ai trouvé une tente dressée à côté d'un petit ruisseau. J'ai regardé à l'intérieur et j'ai reconnu le Prince Geran. Il n'y avait personne, alors je l'ai pris et je suis venue à votre rencontre.

Quelque chose en elle se révoltait et tentait de hurler, mais Ce'Nedra était trop heureuse pour lui prêter attention. Elle pressait son bébé endormi sur son cœur, la joue appuyée sur ses boucles blondes, et le berçait en lui murmurant mille petites choses douces, tendres et folles.

— Où est le roi Belgarion ? demanda Arell.

— Oh, par là, répondit Ce'Nedra avec un geste vague.

— Vous devriez aller le voir et lui dire que son fils va bien.

— Oui. Il sera tellement heureux !

— Je dois partir, Ce'Nedra. Vous croyez que vous arriverez à retrouver votre chemin ?

— Oui, oui, sans problème, mais vous ne pouvez pas venir avec moi ? Sa Majesté aimerait sûrement vous remercier d'avoir retrouvé notre fils.

— Le bonheur que je lis sur votre visage est ma récompense, répondit Arell en souriant, et j'ai quelque chose de très important à faire. Mais je vous rejoindrai peut-être plus tard. Où allez-vous ?

— Au sud, je crois. Vers la côte, répondit évasiment Ce'Nedra.

— Ah bon ?

— Oui. Nous allons dans une île. Perivor, il me semble.

— J'ai cru comprendre qu'il devait bientôt y avoir une sorte de rencontre. Aura-t-elle lieu là-bas ?

— Oh non, fit Ce'Nedra en riant, son bébé étroitement serré contre elle. Nous ne resterons pas à Perivor. Nous n'y allons que pour recueillir d'autres informations sur cet endroit.

— Je ne pourrai peut-être pas vous rejoindre à Perivor, fit Arell en se rembrunissant. Si vous me disiez où la rencontre doit avoir lieu, je vous y retrouverais plus tard.

— Voyons un peu..., fit Ce'Nedra en se concentrant. Quel nom ont-ils dit, déjà ? Oh oui, ça me revient ! Cet endroit s'appelle Korim.

— *Korim* ? s'exclama Arell, stupéfaite.

— Oui. Belgarath avait l'air vraiment furieux quand il a appris ça, mais Cyradis lui a dit que tout s'arrangerait. C'est pour ça que nous devons aller à Perivor. Les choses devraient s'expliquer là-bas. Il me semble qu'elle a parlé d'une carte ou de quelque chose. Pour être honnête avec vous, Arell, ajouta-t-elle avec un petit rire perlé, j'ai tellement envie de dormir depuis quelques jours que je ne sais plus très bien où j'en suis.

— Certes, fit distraitement Arell. Perivor... Pourquoi la clé de cette énigme absurde se trouverait-elle là-bas ? murmura-t-elle, songeuse. Vous êtes sûre qu'ils ont bien parlé de Korim ? Vous avez peut-être mal compris.

— C'est ce que j'ai cru entendre. Je ne l'ai pas lu de mes propres yeux, mais Belgarath et Beldin n'arrêtaient pas de parler des « Cimes de Korim, Qui ne Sont Plus » et la rencontre est bien censée se produire à l'Endroit-qui-n'est-plus, n'est-ce pas ? Alors, c'est assez cohérent, non ?

— Oui, répondit Arell avec un curieux froncement de sourcils. En y réfléchissant, ça se tient. Il faut que je vous quitte, maintenant, Ce'Nedra, fit-elle en se redressant de toute sa hauteur et en lissant le devant de sa robe. Allez montrer votre bébé à votre mari, et dites-lui bonjour de ma part. Faites aussi mes amitiés à Polgara, ajouta-t-elle d'un ton malicieux, les yeux brillants dans le soleil.

Elle tourna les talons et repartit dans la clairière semée de fleurs vers l'ombre des grands arbres.

— Au revoir, Arell ! fit Ce'Nedra dans son dos. Et merci beaucoup d'avoir retrouvé mon bébé !

Arell ne se retourna pas et ne répondit pas.

Garion fut pris de panique lorsqu'il s'aperçut que sa femme avait disparu. Il bondit en selle et fonça au galop dans la forêt. Il avait parcouru trois cents toises lorsque Belgarath réussit à le rattraper.

— Garion ! Arrête ! hurla le vieux sorcier.

— Non, Grand-père ! répondit-il sur le même ton. Il faut que je retrouve Ce'Nedra.

— Et tu espères la retrouver comme ça ? fit-il en claquant les doigts. Tu as l'intention de tourner en rond pendant combien de temps ?

— Mais...

— Je me demande parfois si tu as une cervelle ! Nous avons un autre moyen beaucoup plus rapide de la chercher. Tu connais son odeur, non ? Eh bien, sers-toi de ton nez. Descends de ce cheval et renvoie-le. Nous allons suivre la trace de Ce'Nedra sous notre autre forme. Ça ira plus vite et ce sera autrement efficace.

— Je n'ai pas réfléchi, avoua Garion.

Il se sentait complètement stupide, tout à coup.

— Ça, je m'en suis aperçu. Débarrasse-toi de ce cheval.

Garion mit pied à terre et flanqua une bonne claque sur la croupe de Chrestien. Le grand étalon gris fila ventre à terre rejoindre les autres.

— Mais qu'est-ce qui lui est passé par la tête ? fulmina Garion.

— De drôles de choses, sûrement, grommela son grand-père. Elle était bizarre depuis quelques jours. Bon, retrouvons-la en vitesse. Ta tante nous expliquera bien ce mystère.

La silhouette du vieil homme se brouilla et l'énorme loup argenté se dressa à la place.

— Suis sa piste, toi, grogna-t-il à l'intention de Garion. Tu connais mieux son odeur que moi.

Garion se métamorphosa et décrivit des zigzags jusqu'à ce qu'il flaire le parfum familier de Ce'Nedra.

— Elle est passée par ici ! annonça-t-il mentalement en se mettant à courir.

— Il y a longtemps ? demanda le vieux loup.

— Ça ne doit pas faire plus d'une demi-heure, répondit Garion en se mettant à courir.

— Parfait. C'est parti !

Les deux loups s'éloignèrent à petits bonds dans les bois, le nez collé au sol comme s'ils chassaient.

Ils la retrouvèrent un quart d'heure plus tard. Elle venait vers eux, tout heureuse, en berçant tendrement un paquet auquel elle chantait une petite chanson.

— Ne lui fais pas peur, l'avertit Belgarath. Il y a quelque chose qui cloche. Surtout ne la contrarie pas, quoi qu'elle te raconte.

Les deux loups reprirent forme humaine.

En les voyant, Ce'Nedra poussa un petit cri de ravissement et courut vers eux.

— Oh, Garion ! Regarde ! Arell a retrouvé notre bébé !

— Arell ? Mais elle est...

— Ta gueule ! souffla hargneusement Belgarath. Tu veux qu'elle pique une crise de nerfs ?

— Euh... mais c'est merveilleux, Ce'Nedra ! fit Garion d'une voix qu'il espérait aussi naturelle que possible.

— Ça faisait tellement longtemps, reprit la jeune

femme, les yeux pleins de larmes, et pourtant, il n'a pas changé du tout. Regarde Garion, n'est-ce pas qu'il est mignon ?

Elle releva le coin de la couverture et Garion vit que ce qu'elle serrait si fort dans ses bras n'était pas un bébé mais un paquet de chiffons.

DEUXIÈME PARTIE

PERIVOR

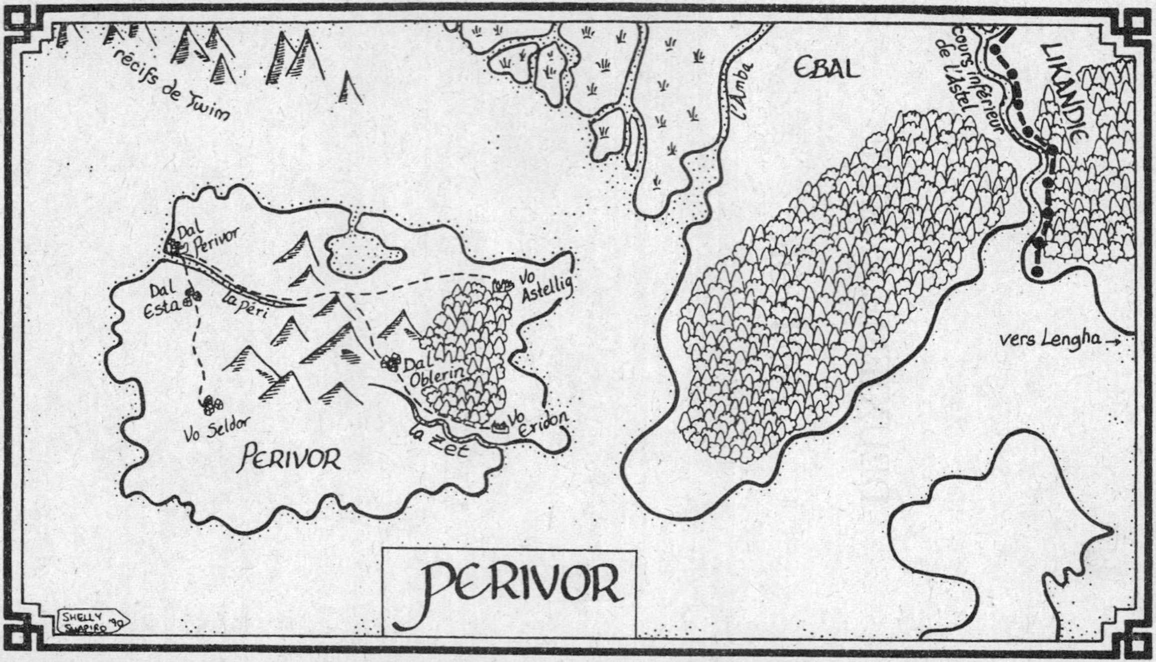
récifs de Twim
l'Amba
EBAL
cours inférieur
de l'Astel
LIKANDIE
Dal
Perivor
Dal
Esta
la Péri
Vo
Astellig
Dal
Oblerin
Vo Seldor
Vo
Eridon
la Zet
PERIVOR
vers Lengha →
PERIVOR
SHELLY
SHAPIRO '90

CHAPITRE IX

Salmissra l'Eternelle avait décidé de se passer des services d'Adiss, son Chef Eunuque. Il avait à peine franchi les portes de la salle du trône qu'elle avait compris : il avait encore oublié de prendre un bain et il était complètement abruti par ses drogues. Elle l'avait froidement regardé se prosterner sur les dalles de marbre et commencer son rapport quotidien, mais il s'emmêlait trop la langue. Elle lui avait fait grâce de la suite. Elle avait poussé un chuintement impérieux, un petit serpent vert était sorti en ronronnant de sous le divan qui était son trône et l'insubordination d'Adiss avait reçu la récompense qu'elle méritait.

A présent, la Reine des Serpents était enroulée sur son trône et se regardait paresseusement dans son miroir en ruminant de mornes pensées. Il fallait qu'elle se choisisse un nouveau Chef Eunuque et elle n'était vraiment pas d'humeur à ça. Elle décida de remettre cette corvée à plus tard. Ça laisserait tout le temps aux eunuques du palais d'intriguer pour ce poste enviable. A ces manœuvres succédaient généralement un certain nombre d'accidents mortels, et il y avait beaucoup trop d'eunuques au palais en ce moment.

Un grommellement irrité se fit entendre sous son trône. Son petit serpent vert favori n'avait pas l'air content...

— Qu'y a-t-il, Ezahh ? demanda-t-elle.

— Ecoute, Salmissra, tu pourrais leur dire d'aller se laver avant que je les morde, geignit Ezahh. Ou alors, la moindre des choses, ce serait que tu me préviennes de ce qui m'attend.

— Pardonne-moi, Ezahh. Je ferai plus attention à l'avenir.

La Reine des Serpents se montrait, envers tous les serpents — et surtout les espèces venimeuses — d'une courtoisie qui contrastait étonnamment avec le mépris dans lequel elle tenait globalement la gent humaine. Cela dit, d'aucuns considéraient que c'était la sagesse même, entre ophidiens.

— Allons, tu ne l'as pas fait exprès. (Ezahh faisait preuve de la même civilité, en bon serpent venimeux qu'il était.) Seulement maintenant j'ai un goût affreux dans la bouche.

— Je vais demander qu'on t'apporte une soucoupe de lait pour te rincer les crocs.

— Merci, Salmissra, mais j'ai peur que les miasmes de cet humain ne fassent cailler le lait. Si ça ne t'ennuie pas, je préférerais une bonne grosse souris. Vivante, de préférence.

— Bien sûr, Ezahh. Toi, là-bas ! siffla-t-elle en faisant pivoter sa tête triangulaire vers l'un des eunuques qui se traînait à genoux sur le côté du trône. Va chercher une souris. Mon petit ami vert a faim.

— Tout de suite, Divine Salmissra, répondit obséquieusement l'eunuque.

Il se releva d'un bond et fonça vers la porte en se fendant d'une génuflexion tous les deux pas.

— Merci, Salmissra, ronronna Ezahh. Les humains sont des êtres tellement vulgaires, n'est-ce-pas ?

— Ils ne réagissent qu'à la crainte. Et au désir.

— A propos, as-tu réfléchi à ma demande de l'autre jour ?

— Je m'en suis occupée, lui assura-t-elle. Mais les spécimens de ton espèce sont rares, tu le sais, et nous mettrons peut-être un moment à te trouver une femelle.

— J'attendrai, Salmissra, ronronna-t-il. Nous savons attendre. Je ne voudrais pas que tu le prennes mal, ajouta-t-il au bout d'un moment, mais si tu n'avais pas chassé Sadi, tu n'aurais pas eu à t'en soucier. Nous nous entendions très bien, sa petite protégée et moi.

— C'est ce que j'ai cru remarquer à plusieurs reprises. Si ça se trouve, à l'heure qu'il est tu es papa.

Le petit serpent vert glissa la tête hors du divan et la regarda. Une rayure rouge vif courait tout le long de son dos.

— Qu'est-ce qu'être père ? demanda-t-il avec indifférence.

— C'est une notion assez difficile à expliquer. Les humains en font tout un plat, va savoir pourquoi.

— Qui s'intéresse aux perversités de ces viles créatures ?

— Sûrement pas moi. Plus maintenant, en tout cas.

— Ah, Salmissra, tu as toujours été un reptile dans l'âme.

— Merci, Ezahh, siffla-t-elle, flattée. Il va falloir que je choisisse un nouveau Chef Eunuque, ajouta-t-elle d'un ton méditatif, ses anneaux crissant lentement les uns contre les autres. Quel pensum !

— Pourquoi choisir ? Prends n'importe lequel, au hasard. Ces humains se valent tous, au fond.

— La plupart, oui. J'ai quand même fait rechercher Sadi. J'aimerais le convaincre de revenir à Sthiss Tor.

— Je t'accorde que celui-ci n'est pas comme les autres. Pour un peu, on dirait qu'il a du sang de serpent dans les veines.

— Tu lui trouves aussi des qualités reptiliennes, hein ? C'est un voleur, une canaille, mais il s'occupait du palais comme personne. Si je n'avais pas été en pleine mue quand il s'est attiré ma défaveur, je lui aurais peut-être pardonné.

— Il est toujours pénible de se dépouiller de son ancienne peau, acquiesça Ezahh avec compassion. Si je puis me permettre de te donner un petit conseil, Salmissra, tu devrais demander aux humains de t'éviter dans ces moments-là.

— Il m'en faut bien quelques-uns dans les parages. Quand ce ne serait que pour avoir quelque chose à mordre.

— Tiens-t'en aux souris. Elles ont meilleur goût, et on peut n'en faire qu'une bouchée.

— Si seulement Sadi pouvait revenir, ça réglerait notre problème à tous les deux... Il dirigerait le palais sans m'exaspérer et tu retrouverais ta petite camarade de jeux.

— C'est une perspective intéressante. Dis-donc, Salmissra, ajouta-t-il en regardant autour de lui, l'humain que tu as envoyé chercher ma souris, il l'élève au biberon ou quoi ?

Yarblek et Vella entrèrent discrètement à Yar Nadrak en fin de soirée, juste avant la fermeture des portes. Vella avait laissé ses robes de satin lavande à Boktor et remis son éternelle tenue de cuir noir. Et comme c'était l'hiver — il avait neigé toute la journée — elle avait jeté pardessus un manteau de zibeline qui aurait coûté une fortune à Tol Honeth.

— Pourquoi cette ville sent-elle toujours aussi mauvais ? grommela-t-elle en suivant son propriétaire dans les petites rues enneigées menant vers le front de mer.

— Pff, Drosta a confié la construction du système de tout-à-l'égout à un de ses cousins, répondit Yarblek en resserrant le col de son manteau de feutre râpé autour de son cou. Les citoyens l'ont senti passer ; les impôts locaux ont phénoménalement augmenté à la faveur des travaux. Et maintenant ils le sentent tout court : le cousin de Drosta était plus doué pour l'escroquerie que comme ingénieur. Ça doit être atavique. Drosta pique même dans son propre trésor.

— C'est complètement stupide !

— Notre roi est complètement stupide, Vella.

— Hé, je croyais que le palais était par là, fit-elle en indiquant le centre de la ville.

— Drosta n'y est sûrement pas à cette heure-ci. Le coucher du soleil lui donne du vague à l'âme et il cherche généralement de la compagnie.

— Dans ce cas, il pourrait être n'importe où.

— Pas vraiment. Notre roi est tellement populaire qu'il ne se risque pas partout après la tombée de la nuit. Nous allons d'abord passer chez notre agent, fit Yarblek en menant son cheval vers une ruelle jonchée d'ordures. Comme ça, tu pourras t'habiller convenablement.

— Qu'est-ce que tu reproches à ma tenue ?

— Ta zibeline risque d'attirer l'attention là où nous allons, et je te rappelle que nous essayons de passer inaperçus.

Les bureaux de l'empire commercial planétaire de Silk et Yarblek étaient installés au-dessus d'un immense entrepôt plein à craquer de ballots de fourrure et de piles de tapis malloréens. L'agent, un dénommé Zelmit, était un Nadrak à l'air peu recommandable, et qui ne l'était probablement pas. Vella, à qui il avait toujours inspiré la plus grande méfiance, avait coutume, en sa présence, de porter ostensiblement la main à la poignée de ses dagues afin d'éviter tout malentendu. Après tout, elle appartenait théoriquement à Yarblek, et Zelmit avait la réputation d'en prendre à son aise avec les biens de son maître.

— Comment vont les affaires ? demanda Yarblek en entrant, suivi de Vella, dans le petit bureau encombré de papiers.

— Pas trop mal, répondit Zelmit d'une voix rocailleuse.

— Epargnez-moi ces fadaises, mon vieux, coupa sèchement Yarblek. Des faits, s'il vous plaît.

— Nous avons trouvé un moyen de couper aux douanes drasniennes en évitant Boktor.

— Ça, c'est une bonne nouvelle.

— C'est plus long, mais ça nous permet de faire entrer nos fourrures à Tol Honeth sans payer les taxes drasniennes. Nos bénéfices sur ce marché ont augmenté de soixante pour cent.

— Je crois inutile d'en informer notre ami Silk, s'il revient jamais par ici, fit Yarblek, rayonnant. Il a parfois des accès de patriotisme, et Porenn est tout de même sa tante.

— Il n'entrait pas vraiment dans mes intentions de le mettre au courant. D'un autre côté, les tapis malloréens passent toujours par la Drasnie. Nous les vendons essentiellement à la grande foire d'Arendie centrale, et ça coûterait trop cher de payer quelqu'un pour leur faire traverser l'Ulgolande. Mais il y a quelqu'un qui casse les prix, ajouta-t-il pensivement. Tant que nous ne saurons pas ce qui se passe au juste, il serait peut-être préférable de ralentir un peu nos importations.

— Vous avez réussi à vendre quelques-unes des pierres que j'avais rapportées de Mallorée ?

— Evidemment. Nous les avons fait sortir en douce puis nous les avons vendues ici et un peu plus bas au sud.

— Parfait. Se montrer où que ce soit avec un tonneau plein de ces trucs-là fait toujours chuter les cours. Vous savez si Drosta est à l'endroit habituel, ce soir ?

— Il y est arrivé juste après le coucher du soleil.

— Vous n'auriez pas un manteau moins voyant pour Vella ?

Zelmit lui coula un regard par en dessous. La farouche Nadrake ouvrit son manteau de fourrure à la volée et porta les mains à ses dagues.

— Vous voulez y goûter tout de suite, Zelmit ? Allez, venez, qu'on en finisse !

— Loin de moi cette idée, Vella, se récria-t-il en écarquillant ses yeux bridés d'un air aussi innocent que possible. Je regardais quelle taille vous faisiez, c'est tout.

— C'est ce que j'ai remarqué, lança-t-elle. La boutonnière que je vous ai faite à l'épaule a fini par cicatriser ?

— Elle se rappelle à mon bon souvenir quand le temps se met à la pluie, répondit-il d'un ton geignard.

— La prochaine fois, gardez vos pattes dans vos poches.

— J'ai un vieux manteau qui devrait faire l'affaire, mais je vous préviens qu'il a connu des jours meilleurs.

— Tant mieux, approuva Yarblek. Nous allons au Chien Borgne et je ne tiens pas à ce qu'elle se fasse remarquer.

Vella posa sa zibeline sur le dossier d'une chaise.

— Ne l'égarez pas, Zelmit, lui conseilla-t-elle avec un calme inquiétant. J'y tiens beaucoup et je suis sûre que vous n'aimeriez pas ce qui arriverait si elle se retrouvait par mégarde dans une caravane à destination de Tol Honeth.

— Allons, Vella, pas de menaces, reprit Yarblek d'un ton apaisant.

— Oh, ce n'était pas une menace. Je voulais juste être sûre que nous nous comprenions bien, tous les deux.

— Je vais vous chercher votre manteau, dit vivement Zelmit.

— Faites donc, faites donc.

S'il avait connu des jours meilleurs, c'était il y a bien longtemps. Rien qu'à l'odeur, cette infâme pelure n'avait jamais été lavée. Vella la mit sur ses épaules avec répugnance.

— Relève le capuchon, lui ordonna Yarblek.

— Peux pas. Je serais obligée de me laver la tête, et tu sais combien de temps mes cheveux mettent à sécher en hiver.

— Fais ce que je te dis, Vella. Pourquoi faut-il toujours que tu discutes ?

— C'est une question de principe.

— Occupez-vous de nos chevaux, Zelmit, fit-il avec un soupir funèbre. Nous irons à pied.

Ils quittèrent les bureaux. Quand ils furent dans la rue, Yarblek tira une chaîne et un collier de cuir des profondeurs de sa houppelande et les tendit à Vella.

— Mets ça, lui dit-il.

— Il y a des années que je n'ai pas porté une chaîne ou un collier, protesta-t-elle.

— C'est pour ton bien, Vella, reprit-il avec lassitude. Nous allons dans un coin mal famé de la ville, et la taverne du Chien Borgne est l'une des plus mal fréquentées. Si tu te promenais en liberté, certains hommes risqueraient de se croire tout permis, alors que si tu es enchaînée, personne ne t'embêtera, ou il aura affaire à moi.

— Et à quoi penses-tu que servent mes dagues ?

— Je t'en prie, Vella. Je ne sais pas pourquoi, mais je t'aime bien, au fond, et je ne voudrais pas qu'il t'arrive quelque chose.

— On est rudement sentimental, ce soir ! Je croyais que la seule chose que tu aimais vraiment, c'était l'argent.

— Je ne suis pas une ordure finie, Vella.

— Tu feras l'affaire jusqu'à ce que l'homme de ma vie se présente, dit-elle en attachant le collier à son cou. Au fond, je t'aime bien, moi aussi. Ah, pas à ce point-là, tout de même ! ajouta-t-elle très vite comme il ouvrait de grands yeux et se fendait d'un sourire en tranche de courge.

La taverne du Chien Borgne était peut-être l'endroit le plus sordide dans lequel Vella ait jamais mis les pieds, et des bouges sinistres et des estaminets minables, elle en avait vu depuis l'âge de douze ans. Elle en avait écarté, des importuns, avec ses dagues. Elle n'en avait pas envoyé beaucoup *ad patres*, juste quelques enthousiastes, mais elle ne s'en était pas moins établi une réputation de fille qu'il valait mieux regarder de loin si on avait deux nadrakmes d'idée. Il lui arrivait de le regretter un peu. C'est-à-dire qu'elle regrettait que personne ne se risque plus à lui faire des avances. Une ou deux entailles sans gravité pratiquées sur un admirateur impénitent auraient encore affirmé son honneur, et puis... eh bien, qui sait ?

— Evite de toucher à leur bière, l'avertit Yarblek en entrant. Il n'y a pas de couvercle sur le tonneau, et j'ai déjà vu des rats flotter dessus.

Il enroula sa chaîne autour de son poing.

— C'est vraiment dégoûtant, ici, souffla-t-elle en parcourant la salle du regard.

— Chochotte ! Tu es restée trop longtemps à te prélasser chez Porenn !

— Tu veux vraiment que je t'éventre ?

— Brave petite ! fit-il, hilare. Bon, on monte.

— Qu'est-ce qu'il y a là-haut ?

— Les filles. Drosta ne vient pas ici que pour boire de la bière aromatisée au rat crevé.

— C'est répugnant !

— Tu n'as pas encore eu le plaisir de rencontrer notre bien-aimé souverain, je crois ? Il me donne des hauts-le-cœur, et je ne suis pas un délicat.

— Tu as l'intention d'aller le trouver comme ça ? Tu ne préfères pas fouiner un peu dans le coin avant ?

— Y a pas de doute, je t'ai laissée trop longtemps en Drasnie, rétorqua-t-il en montant les marches grinçantes. Drosta me connaît. Il sait qu'il n'a pas intérêt à me mener en bateau. Je vais tout de suite tirer cette affaire au clair et nous pourrons quitter cette ville pourrie.

— Tiens donc, tu te mets à faire des manières, toi aussi ?

Deux soldats nadraks plantés de chaque côté d'une porte, au bout du couloir, disaient plus clairement qu'un communiqué officiel que le roi Drosta lek Thun était derrière.

— Il en est à combien ? demanda Yarblek en s'arrêtant devant eux, Vella en laisse.

— Trois, non ? hasarda l'un des hommes en regardant son collègue.

— Trois ou quatre, j'sais plus, répondit l'autre en haussant les épaules. Pour moi, elles se ressemblent toutes.

— Il est occupé, là ? reprit Yarblek.

— Il reprend des forces.

— Il vieillit. Dans le temps, il lui en fallait une bonne dizaine avant de demander grâce. Vous voulez lui dire que je suis là ? J'ai une proposition à lui faire.

Yarblek leva d'un air suggestif le poing tenant la chaîne de Vella. Les soldats la zyeutèrent de bas en haut et de haut en bas.

— Y a tout c'qu'y faut pour le réveiller, commenta l'un d'eux avec un sourire égrillard.

— Si *ça* le réveille, je le rendors aussi sec, et pour de bon, rétorqua Vella en écartant les pans de sa pelure pour leur faire voir ses dagues.

— Vous êtes une de ces femmes sauvages de la forêt, hein ? demanda l'autre soldat. On d'vrait pas vous laisser entrer avec ces couteaux, vous savez.

— Vous voulez venir les chercher ?

— Non, fillette, sûrement pas, répondit-il prudemment.

— Parfait. Affûter une lame est fastidieux, et elles se sont déjà ébréchées sur pas mal d'os ces temps-ci.

L'autre soldat ouvrit la porte.

— C'est encore ce Yarblek, Majesté, annonça-t-il. Il a une fille à vous vendre.

— J'viens d'm'en payer trois, fit une voix de fausset ponctuée d'un gargouillis obscène qui devait être un ricanement.

— Pas des comme ça, Majesté.

— Toujours agréable de se savoir appréciée, grinça Vella.

— Ça va, Yarblek, entre ! piaula le roi Drosta.

— Tout de suite, Majesté ! Viens, Vella, fit Yarblek en tirant sur sa chaîne.

Drosta lek Thun, roi du Gar og Nadrak, était vautré, à moitié nu, sur un lit ravagé. C'était un maigrichon aux yeux globuleux et à la barbe pelée sur un visage grêlé, squameux. Vella n'avait jamais vu un homme aussi laid. A côté de lui, Beldin, le nain bossu, était presque séduisant.

— Ma parole, tu es malade ! lança-t-il. Yar Nadrak grouille d'espions malloréens ! Ils savent que tu es l'associé du prince Kheldar et que tu vis pratiquement au palais de Porenn !

— Personne ne m'a vu, Drosta, répondit le Nadrak, et même si on m'avait vu, j'avais une raison parfaitement légitime de venir, riposta-t-il en secouant la chaîne de Vella.

— Tu veux vraiment la vendre ? demanda le roi des Nadraks en la reluquant.

— Non, mais nous pourrons toujours raconter aux petits curieux que nous n'avons pas réussi à nous mettre d'accord sur le prix.

— Alors qu'est-ce que tu fais ici ?

— Porenn se demande ce que vous mijotez. Javelin a mis des hommes à lui au palais, mais ils n'ont pas appris grand-chose. Je me suis dit que j'allais gagner du temps et vous le demander directement.

— Et qu'est-ce qui te fait croire que je mijote quelque chose, comme tu dis ?

— Vous préparez toujours quelque chose.

Drosta partit d'un petit rire strident.

— Ce n'est pas faux, mais pourquoi devrais-je te le raconter ?

— Si vous ne me le dites pas, j'établis le campement au palais et les Malloréens vont croire que vous leur faites un enfant dans le dos.

— Ça, Yarblek, c'est du chantage.

— Ouais, et alors ?

le roi des Nadraks poussa un soupir à fendre l'âme.

— Très bien, Yarblek. Mais je te prie de réserver ça à

Porenn. Je ne veux pas que vous en tiriez profit, Silk et toi. J'essaie de me rabibocher avec Zakath. Il m'en voulait à mort d'avoir changé de camp à Thull Mardu. Il finira, tôt ou tard, par achever la conquête du Cthol Murgos, et je n'aimerais pas qu'il tourne la tête vers le nord et qu'il regarde par chez moi. J'ai négocié avec Brador, son ministre de l'Intérieur, et nous sommes pratiquement arrivés à un accord. J'ai sauvé ma peau en acceptant que ses agents passent par le Gar og Nadrak pour infiltrer le Ponant. Zakath est un garçon pragmatique, assez en tout cas pour renoncer au petit plaisir de me faire écorcher vif tant que je lui serai utile.

— Hon-hon, fit Yarblek en le regardant d'un air dubitatif. Et quoi d'autre ? Parce que ce n'est pas ça qui empêchera Zakath de vous peler comme une pomme.

— Il y a des moments où je te trouve un peu trop futé pour ta santé, Yarblek.

— Accouchez, Drosta. Je n'ai pas envie de passer l'hiver à fouiner dans tout Yar Nadrak.

Le roi des Nadraks rendit les armes.

— J'ai levé les droits de douane sur les tapis malloréens. Zakath a besoin de revenus fiscaux pour financer l'effort de guerre au Cthol Murgos. L'exemption de taxes permettra aux marchands malloréens de vous tailler des croupières à Silk et toi sur les marchés du Ponant. Ma grande idée est de me rendre tellement indispensable à Sa Majesté impériale qu'elle ne pourra plus se passer de moi.

— Je me demandais, aussi, pourquoi nos marges avaient chuté sur les tapis, commenta Yarblek d'un ton rêveur. C'est tout ?

— Je te le jure, Yarblek.

— Nous connaissons, Majesté, le prix de vos serments.

— Tu es sûr que tu ne veux pas vendre cette fille ? insista Drosta en soupesant Vella du regard.

— Je suis trop chère pour vous, Majesté, lâcha platement l'intéressée. Et tôt ou tard, vos instincts reprendraient le dessus, m'obligeant à défendre ma vertu.

— Tu n'oserais pas lever une arme contre ton roi ! ?

— Je me gênerais !

— Oh, encore une petite chose, Drosta, coupa très vite

Yarblek. A partir de maintenant, vous nous appliquerez à Silk et à moi les mêmes droits de douane qu'aux Malloréens.

— C'est hors de question ! glapit Drosta, les yeux hors de la figure. Et si Brador l'apprenait ?

— Eh bien, nous veillerons à ce que ça ne lui vienne jamais aux oreilles, pas vrai ? C'est le prix de mon silence. Si vous ne nous exemptez pas de ces taxes, je raconterai sur tous les toits que vous l'avez fait. Et Zakath risquerait de vous trouver beaucoup moins indispensable, pas vrai ?

— C'est du racket, Yarblek !

— Les affaires sont les affaires, Drosta, répondit Yarblek d'une voix rigoureusement atone.

Le roi Anheg de Cherek était venu à Tol Honeth s'entretenir avec l'empereur Varana. Il ne tourna pas longtemps autour du pot, une fois introduit dans les appartements impériaux.

— Varana, nous avons un problème, annonça-t-il de but en blanc. Vous connaissez mon cousin, le comte de Trellheim ?

— Barak ? Et comment !

— Il y a un moment que personne ne l'a vu. Il a pris son énorme vaisseau de guerre, avec quelques-uns de ses amis.

— La mer est à tout le monde, que je sache. Et quels amis ?

— Hettar, le fils de Cho-Hag, Mandorallen, le chevalier mimbraïque, et Lelldorin, l'Asturien. Il a aussi emmené son propre fils, Unrak, et Relg, le fanatique Ulgo.

— Drôle d'équipage pour une croisière d'agrément, commenta l'empereur de Tolnedrie, le sourcil froncé.

— Je ne saurais mieux dire. On dirait plutôt une catastrophe naturelle à la recherche d'un endroit où se produire.

— Et vous avez une idée de ce qu'ils préparent ?

— Je le devinerais peut-être si je savais où ils vont.

On frappa discrètement à la porte.

— Un Cheresque demanda à voir Sa Majesté impériale, annonça l'un des plantons de service. C'est un marin, je crois, et il prétend avoir quelque chose à dire au roi Anheg.

— Faites-le entrer, ordonna l'empereur.

C'était Greldik, et il était un peu gris.

— J'ai peut-être résolu votre problème, Anheg. Après vous avoir déposé sur ce quai, je me suis un peu promené dans le port pour voir ce qu'on racontait.

— Dans *les tavernes* du port, vous voulez dire.

— Ben, les marins, ça prolifère pas dans les salons de thé. Bref, je suis tombé sur le capitaine d'un navire marchand malloréen. Il venait du sud. Il avait traversé la Mer du Levant et contourné le cap sud du Cthol Murgos.

— C'est fascinant. Et en quoi cela nous intéresse-t-il ?

— Il a vu un bateau, et quand je lui ai décrit l'*Aigle des mers*, il m'a dit que c'était bien celui-là.

— C'est toujours un début. Et où Barak allait-il ?

— Où vouliez-vous qu'il aille ? En Mallorée, bien sûr.

Après une semaine en haute mer, l'*Aigle des mers* mouilla l'ancre dans le port de Dal Zerba, sur la côte sud-ouest de la Mallorée. Barak posa quelques questions et conduisit ses amis au siège du correspondant de Silk dans la cité portuaire.

Le correspondant en question était d'une telle minceur qu'on l'eût dit sous-alimenté.

— Nous cherchons le Prince Kheldar, grommela Barak. Il s'agit d'une affaire assez urgente, et nous vous serions reconnaissants de nous dire où nous pourrions le trouver.

— La dernière fois que j'ai entendu parler de lui, répondit l'homme en fronçant le sourcil, il était à Melcène, de l'autre côté du continent, mais c'était il y a déjà plus d'un mois, et le prince Kheldar ne reste jamais longtemps en place.

— Ça, c'est bien vrai, murmura Hettar.

— Vous n'avez pas une idée de l'endroit où il a pu aller en quittant Melcène ? insista Barak.

— Cette agence est assez récente, répondit l'homme,

et je suis comme qui dirait le dernier maillon de la chaîne. L'agent de Dal Finda n'a pas apprécié que Kheldar et Yarblek ouvrent un bureau ici. Il doit s'imaginer que je lui fais concurrence. Il oublie parfois de me mettre au courant de certaines choses. Il est établi depuis un bon moment, et les messagers ne manquent jamais de s'arrêter chez lui. Si quelqu'un, dans cette partie de la Dalasie, sait où est Kheldar, c'est lui.

— Très bien. Et où est Dal Finda ?

— A une quarantaine de lieues en amont du fleuve.

— Merci de votre aide, l'ami. Auriez-vous, par hasard, une carte de la région ?

— Je devrais arriver à vous trouver ça.

— Ça nous aiderait beaucoup. Nous ne connaissons pas bien cette partie du monde.

— Alors nous remontons le fleuve ? releva Hettar lorsque l'agent de Silk fut parti à la recherche de la carte.

— Si ça peut nous permettre de découvrir où sont passés Garion et les autres, la question ne se pose pas, rétorqua le géant à la barbe rouge.

La Finda coulait lentement, paresseusement, et les rameurs de l'*Aigle des mers* n'eurent pas de mal à la lui faire remonter. Ils arrivèrent à destination le lendemain, en fin de journée, et cherchèrent aussitôt les bureaux de Silk.

Le correspondant local offrait un contraste saisissant avec celui de Dal Zerba. C'était un grand gaillard costaud, au visage rubicond et aux mains comme des battoirs. Il ne se montra pas très coopératif au début.

— Qu'est-ce qui me prouve que vous êtes des amis du prince ? demanda-t-il avec méfiance. Je ne vais pas révéler où il est à de parfaits étrangers.

— Je vois ce que c'est. Monsieur veut se faire prier un peu, susurra suavement Barak.

L'homme regarda le géant à la barbe rouge et déglutit péniblement.

— Ce n'est pas ça. C'est que le prince n'a pas forcément envie qu'on sache où il va et ce qu'il fait.

— Ça, quand on passe sa vie à voler, ça se comprend, commenta Hettar.

— Comment ça, voler ? se récria l'homme, offusqué. Le prince est un respectable homme d'affaires.

— Ouais, doublé d'un menteur, d'un tricheur, d'un escroc et d'un espion, compléta Hettar. Bon, et maintenant, où est-il ? Nous avons entendu dire qu'il était allé à Melcène. Où s'est-il rendu après ?

— Vous pourriez le décrire ? contra le bonhomme.

— Il n'est pas plus grand que ça, répondit Hettar. Il est assez mince. Il a un museau de fouine, le nez pointu, une grande gueule et c'est fou ce qu'il se croit drôle.

— Je dois dire que la description est assez fidèle, concéda l'agent d'un ton pincé.

— Il nous est apparu qu'un grand danger menaçait notre ami, intervint Mandorallen. Nous avons parcouru moult lieues pour lui offrir notre assistance et lui porter secours.

— Je me demandais pourquoi vous étiez en armure, vous autres. Oh, ça va. La dernière fois que j'ai entendu parler de lui, il allait à un endroit appelé Kell.

— Montrez-nous ça, grommela Barak en déroulant sa carte.

— C'est par là, répondit l'agent.

— Ce fleuve est-il navigable ?

— Jusqu'à Balasa — là.

— Bon. Nous allons contourner le continent par le sud et le remonter. A quelle distance de la rivière se trouve ce Kell ?

— La ville de Kell est à une lieue à peu près de la rive orientale. Elle est située juste au pied d'une énorme montagne. A votre place, je ferais attention. Kell a une étrange réputation. C'est là que vivent les sibylles, et elles n'aiment pas beaucoup les étrangers.

— Il va bien falloir que nous tentions le coup, rétorqua Barak. Merci de ces renseignements, l'ami. Nous dirons à Kheldar que vous avez été très serviable, quand nous le reverrons.

Ils repartirent au fil du courant dès le lendemain matin. Le vent s'était levé, venant à l'aide des rameurs, et ils avançaient bien. Peu avant midi, de vives détonations se firent entendre sur la rive, juste à l'avant du navire.

— Point ne serais étonné qu'un orage éclate d'ici peu, risqua Mandorallen.

— Le ciel est parfaitement dégagé, Mandorallen, objecta le colosse à la barbe rouge. Et puis ce ne sont pas des coups de tonnerre. Levez les avirons et amenez la toile ! ordonna-t-il de sa voix tonitruante, et il donna un coup de barre, faisant brutalement accoster l'*Aigle des mers*.

Hettar, Relg et Lelldorin remontèrent sur le pont.

— Pourquoi nous arrêtons-nous ? demanda Hettar.

— Il y a quelque chose de bizarre droit devant, grommela Barak, et plutôt que de nous jeter tête baissée dans je ne sais quel guêpier, je propose que nous descendions jeter un coup d'œil.

— Vous voulez que je fasse remonter les chevaux ?

— Je ne crois pas. Ça a l'air d'être tout près, et nous nous ferons moins remarquer à pied.

— Vous commencez à parler comme Silk.

— Ça doit être contagieux. Unrak ! Nous allons voir ce que c'est que ce vacarme. Je te confie le bâtiment.

— Enfin, Père ! protesta le jeune homme aux cheveux de feu qui était debout à la proue.

— C'est un ordre, Fils ! rétorqua Barak.

— Oui, M'sieur ! répondit Unrak d'un ton boudeur.

Doucement ballotté par le courant visqueux, l'*Aigle des mers* heurtait mollement la rive broussailleuse. Barak et les autres sautèrent sur le rivage et s'enfoncèrent dans l'intérieur des terres en regardant bien où ils mettaient les pieds.

Ils entendirent à nouveau plusieurs de ces étranges détonations qui ne ressemblaient pas tout à fait à des coups de tonnerre.

— Quoi que ce soit, c'est droit devant nous, confirma Hettar de sa voix calme.

— Restons bien à couvert tant que nous ne saurons pas de quoi il retourne, suggéra Barak. J'ai l'impression d'avoir déjà entendu ce genre de bruit à Rak Cthol, quand Belgarath et Ctuchik se sont battus.

— Seraient-ce donc des sorciers ? avança Mandorallen.

— Je n'en suis pas sûr, mais ça se pourrait bien. Tâchons de ne pas nous montrer jusqu'à ce que nous sachions qui — ou *ce qui* est dans le coin.

Ils rampèrent jusqu'à la lisière des broussailles et embrassèrent du regard une vaste zone dégagée.

Des silhouettes en robe noire étaient craintivement blotties à l'autre bout du terrain. D'autres gisaient à terre. Des volutes de fumée montaient de leurs carcasses.

— Des Murgos ? souffla Hettar, surpris.

— M'est avis que non, Messire, objecta Mandorallen. Si Tu voulais regarder plus attentivement, Tu verrais que leurs capuchons sont doublés de différentes couleurs. Ces nuances indiquent le rang des Grolims. Tu serais bien avisé, Messire de Trellheim, de conseiller la prudence.

— Mais pourquoi fument-ils comme ça ? murmura Lelldorin en titillant nerveusement la corde de son arc.

Comme en réponse à sa question, une forme encapuchonnée de noir dressée sur un tertre esquissa un geste d'une désinvolture insultante. Une boule de feu naquit dans sa main, décrivit une parabole, fila dans l'air au-dessus du champ et alla frapper en pleine poitrine l'un des Grolims épouvantés. Ils reconnurent les détonations qu'ils entendaient depuis le fleuve. Le Grolim se plia en deux et s'écroula, les deux mains crispées sur la poitrine.

— Nous savons au moins d'où venait ce bruit, observa Relg.

— Barak, chuchota Hettar. C'est une femme qui est debout là-haut.

— Comment ça, une femme ?

— J'ai de bons yeux, Barak, et je sais reconnaître un homme d'une femme.

— Moi aussi, mais quand ils sont attifés comme ça...

— Regarde ses coudes la prochaine fois qu'elle lèvera les bras. Les coudes des femmes ne sont pas articulés comme les nôtres. Adara dit que c'est à force de porter les enfants.

— Tu as peur de sortir de ton trou, Agachak ? demanda avec une ironie mordante la femme dressée au sommet de la petite colline, puis elle lança une autre boule de feu, faisant mordre la poussière à un Grolim de plus.

— Tu ne me fais pas peur, Zandramas ! rétorqua une voix caverneuse issue d'entre les arbres, au bord du champ.

— Bon, nous connaissons maintenant leurs noms, nota Hettar. Mais pourquoi se battent-ils ?

— Zandramas serait une femme ? hoqueta Lelldorin, stupéfait.

— La reine Porenn le savait depuis quelque temps déjà, confirma le grand Algarois en opinant du chef. Elle l'avait fait dire aux rois d'Alorie, et Cho-Hag m'avait mis au courant.

Zandramas abattit presque nonchalamment les trois derniers Grolims.

— Alors, Agachak, tu sors de ton trou ou tu veux que je vienne te chercher ?

Un grand Grolim d'une maigreur cadavérique sortit du bois.

— Tes petites boules de feu ne me font pas peur, Zandramas, fit-il en s'avançant vers la femme encapuchonnée.

— Je ne pensais pas à ça, Agachak, répondit-elle dans un ronronnement. Vois quel sera ton destin !

Sa silhouette donna tout à coup l'impression de se brouiller, puis, à l'endroit qu'elle occupait l'instant d'avant, se dressa soudain une bête énorme, hideuse, un monstre au long cou de serpent et aux énormes ailes de chauve-souris.

— Par Belar ! jura Barak. Elle s'est changée en dragon !

Le dragon déploya ses ailes. Leur battement souleva un nuage de poussière et la bête s'envola. Le Grolim cadavérique rentra la tête dans les épaules et leva les bras pour se protéger le visage. Un bruit les fit sursauter et le dragon se retrouva tout à coup environné d'un rideau de flammes vertes. De sa gueule monta une voix pareille à un roulement de tonnerre et qui était encore celle de Zandramas.

— Quelque chose a dû t'échapper au cours de tes études, Agachak. Si tu avais fait plus attention, tu saurais que Torak en créant les dragons les a immunisés contre la sorcellerie !

Le dragon plana au-dessus du Grolim transi d'horreur.

— Au fait, Agachak ! Je suis sûre que tu seras heureux d'apprendre la mort d'Urvon. Tu lui donneras mon bonjour quand tu le verras.

Puis elle frappa. Elle enfonça ses serres dans le torse du cadavre ambulant et lui cracha au visage un geyser de flammes noirâtres. L'homme poussa un hurlement atroce, qui cessa net. Le monstre lui avait arraché la tête entre ses mâchoires.

Lelldorin étouffa un hoquet comme s'il allait vomir.

— Par Chaldan ! souffla-t-il, révulsé. Elle va le manger !

D'horribles craquements, des bruits sinistres, des gargouillis écœurants accompagnèrent le festin du dragon. Puis, quand elle eut fini, la créature déploya ses ailes et s'envola vers l'est avec un cri strident, triomphal.

— Vous croyez que je peux sortir, maintenant ? demanda une petite voix tremblante, tout près d'eux.

— Vous feriez mieux, répondit Barak d'une voix menaçante en tirant son épée.

C'était un Thull. Un jeune Thull aux cheveux couleur de boue et à la lippe pendante.

— Que faites-vous ici ? s'étonna Lelldorin.

— C'est Agachak qui m'a emmené, répondit l'étranger en tremblant de tous ses membres.

— Comment vous appelez-vous ? demanda Relg.

— Nathel. Je suis le roi du Mishrak ac Thull. Agachak m'a dit qu'il ferait de moi le roi des rois des Angaraks si je venais avec lui en Mallorée. Je vous en prie, ne m'abandonnez pas ici...

Et des larmes ruisselaient sur son visage.

Barak interrogea ses compagnons du regard, mais ils n'avaient d'yeux que pour le jeune étranger. Des yeux pleins de pitié.

— Oh, c'est bon, dit-il de sa grosse voix. Vous n'avez qu'à venir avec nous.

CHAPITRE X

— Qu'est-ce qu'elle a, Tante Pol ? demanda Garion en regardant Ce'Nedra qui gazouillait, assise dans un coin, le ballot de chiffons serré sur son cœur.

— C'est ce que je voudrais bien savoir, rétorqua la sorcière. Sadi, donnez-moi un peu d'oret.

— Est-ce bien raisonnable, Dame Polgara ? objecta l'eunuque. Dans l'état où elle est..., ajouta-t-il en étendant devant lui ses mains aux doigts effilés.

— Dis, Tante Pol, si c'est dangereux..., commença Garion.

— L'oret est relativement inoffensif, coupa-t-elle. Il accélère un peu le rythme cardiaque, mais Ce'Nedra a le cœur solide. On l'entendrait battre à l'autre bout du continent. Il faut que nous sachions ce qui lui est arrivé, et l'oret est le moyen le plus rapide.

Le Nyissien préleva un petit flacon dans sa mallette rouge et le tendit à Polgara. Elle fit prestement tomber trois gouttes de liquide jaune dans une timbale qu'elle remplit d'eau.

— Vous devez avoir soif, Ce'Nedra, dit-elle en lui présentant le récipient. Tenez, ça va vous faire du bien.

La petite jeune femme aux cheveux de feu lui prit avidement le gobelet des mains et le vida sans reprendre son souffle.

— Merci, Dame Polgara, dit-elle enfin. J'allais justement demander à boire.

— Bien joué, Pol, murmura Beldin.

— Elémentaire, mon Oncle.

— De quoi s'agit-il ? souffla Zakath à l'oreille de Garion.

— Ce'Nedra n'avait pas plus soif que ça. C'est tante Pol qui lui a mis cette idée dans la tête.

— Vous pouvez faire des choses comme ça ?

— Comme elle vient de le dire, c'est l'enfance de l'art.

— Et vous, vous savez le faire ?

— Je ne sais pas. Je n'ai jamais essayé, répondit-il laconiquement, les yeux rivés au visage souriant, presque extatique, de sa petite femme.

Polgara attendait calmement.

— Je crois, Dame Polgara, que vous pouvez y aller, suggéra Sadi au bout de quelques minutes.

— Ecoutez, Sadi, fit-elle, l'air de penser à autre chose, nous nous connaissons assez pour oublier le protocole, non ? Je ne vous donne pas du *Votre Excellence* gros comme le bras. Vous ne pourriez pas me faire grâce de ces « ma Dame » ?

— Avec plaisir, Polgara.

— Alors, Ce'Nedra ? commença la sorcière.

— Oui, Tante Pol ? demanda la petite reine en la regardant comme si elle n'y voyait pas très clair.

— *Tante Pol* ? Ça, c'est une première, chuchota Silk. Je me demande ce qu'elle dirait si je l'appelais comme ça..., ajouta-t-il rêveusement.

— Je vous déconseille de tenter l'expérience, marmonna Beldin. Enfin, c'est vous qui voyez. Vous feriez un salsifis très intéressant.

— Ce'Nedra, continuait Polgara, vous pourriez me raconter comment vous avez retrouvé votre bébé ?

— C'est Arell qui l'a retrouvé, rectifia la petite reine, radieuse. J'ai une raison de plus de l'aimer, maintenant.

— Nous aimons tous Arell.

— N'est-ce pas qu'il est beau ? roucoula Ce'Nedra en repliant le coin de la couverture pour leur montrer les haillons qu'elle berçait tendrement.

— Adorable, mon chou. Vous avez pu parler un peu, Arell et vous ?

— Oh oui, Tante Pol. Elle a quelque chose de très

important à faire et elle ne pourra pas se joindre à nous tout de suite, mais elle nous retrouvera à Perivor, ou alors après, à Korim.

— Elle savait donc où nous allions ?

— Oh non, Tante Pol ! J'ai dû le lui dire. Elle avait vraiment envie de venir avec nous, mais elle ne pouvait pas. Elle m'a demandé où nous allions, et je le lui ai dit. Elle a eu l'air assez surprise d'apprendre que nous allions à Korim.

— Je vois, murmura la sorcière en étrécissant les yeux. Durnik, si tu dressais la tente ? Je crois que Ce'Nedra et son bébé aimeraient se reposer un peu.

— Tout de suite, Pol, répondit vivement son mari.

— Maintenant que vous me le faites remarquer, fit joyeusement Ce'Nedra, je suis très fatiguée, et je suis sûre que Geran aurait bien besoin de faire un petit somme, lui aussi. Les bébés ont besoin de beaucoup de sommeil. Je vais lui donner la tétée et il va dormir. Il dort toujours après avoir tété.

Les yeux de Garion s'emplirent de larmes.

— Allons, allons, murmura Zakath en posant fermement la main sur son épaule.

— Que se passera-t-il quand elle se réveillera ?

— Polgara saura quoi faire.

La sorcière mena la petite jeune femme rêveuse sous la tente que Durnik avait dressée. Un instant plus tard, Garion perçut une légère vague d'énergie et le murmure familier. Puis Polgara ressortit avec le paquet de chiffons et le lui fourra dans les mains.

— Débarrasse-nous de ça, dit-elle entre ses dents.

— Tu crois que ça va aller ? demanda-t-il.

— Elle va dormir une petite heure. Quand elle se réveillera, elle aura tout oublié et l'affaire en restera là.

Garion cacha le paquet de chiffons sous un buisson, dans les bois. Quand il revint, il s'approcha de Cyradis.

— C'était Zandramas, n'est-ce pas ? avança-t-il.

— Oui, répondit simplement la sibylle.

— Et vous saviez que ça allait arriver ?

— Oui.

— Alors, pourquoi ne nous l'avez-vous pas dit ?

— C'eût été interférer dans un événement qui devait se produire.

— Que c'était cruel, Cyradis !

— La nécessité l'est parfois. Je Te l'ai dit, Belgarion, Zandramas ne pouvait aller à Kell. Il fallait qu'elle apprenne de l'un de vous le lieu de la rencontre, faute de quoi elle n'aurait pu être au moment voulu à l'Endroit-qui-n'est-plus.

— Mais pourquoi Ce'Nedra ?

— Zandramas, souviens-T'en, lui a plusieurs fois déjà imposé sa volonté. Renouer le lien était aisé.

— Je m'en souviendrai, Cyradis.

— Laissez tomber, Garion, intervint Zakath. Ce'Nedra est saine et sauve et Cyradis ne pouvait pas faire autrement.

Garion lui trouva l'air bien déterminé, tout à coup. Il tourna les talons et s'éloigna à grands pas, livide de colère.

Quand Ce'Nedra se réveilla, c'était comme s'il ne s'était rien passé. Elle n'avait gardé aucun souvenir de la rencontre dans les bois et elle était redevenue elle-même. Durnik démonta la tente et ils repartirent.

Ils arrivèrent à la lisière de la forêt en fin de journée et dressèrent les tentes sous les arbres. Pendant toute la durée des préparatifs, Garion veilla à éviter Zakath. Il ne lui pardonnait pas d'avoir pris le parti de Cyradis et craignait de ne pouvoir garder son calme en sa présence. Depuis la longue conversation que le Malloréen et la sibylle avaient eue avant leur départ de Kell, l'empereur semblait complètement gagné à sa cause. Il avait parfois l'air un peu troublé et se tournait souvent sur sa selle pour la regarder.

Mais Garion ne pouvait éternellement se dérober. La confrontation eut lieu lorsqu'ils se retrouvèrent à monter la garde ensemble.

— Vous m'en voulez toujours, Garion ? demanda Zakath.

— Pff... non, soupira-t-il. Ce n'est pas vraiment après vous que j'en ai, c'est surtout après Zandramas. Je n'aime pas qu'on joue des tours à ma femme.

— C'était inévitable, vous savez. Il fallait bien que Zandramas extorque le renseignement à quelqu'un. Elle doit être à cette rencontre, elle aussi.

— Vous devez avoir raison. Cyradis vous a-t-elle expliqué en quoi consistait votre tâche ?

— Un peu. Mais je ne suis pas censé en parler. Tout ce que je peux vous dire, c'est que quelqu'un de très important va venir et que je dois l'aider.

— Jusqu'à la fin de vos jours ?

— Oui, et probablement d'un tas d'autres gens aussi.

— Moi y compris ?

— Là, je ne crois pas. Je pense que votre tâche prendra fin après la rencontre. Cyradis m'a laissé entendre que vous l'aviez déjà accomplie.

Ils repartirent de bon matin et s'engagèrent dans la plaine mamelonnée qui s'étendait à l'ouest de la Balasa. Ils passèrent devant des villages aux maisons simples mais dont Durnik apprécia la construction en connaisseur. Les fermiers dalasiens travaillaient les champs avec des outils rudimentaires.

— Et tout ça pour la galerie, fit Zakath avec un sourire entendu. Ces gens sont probablement plus évolués que les Melcènes eux-mêmes, et ils se donnent un mal fou pour le cacher.

— Ton peuple et les prêtres de Torak les auraient-ils laissés vivre en paix s'ils avaient su la vérité ? insinua Cyradis.

— Probablement pas, admit-il. Les Melcènes, pour ne citer qu'eux, auraient sûrement cherché à les enrôler dans l'administration.

— C'eût été incompatible avec nos tâches.

— Je m'en rends compte à présent. En rentrant à Mal Zeth, je crois qu'il y aura du changement dans la politique impériale envers les Protectorats de Dalasie. Votre peuple effectue quelque chose d'infiniment plus important que la culture des betteraves et des navets.

— Si tout se passe bien, Empereur Zakath, notre tâche sera achevée lorsque la rencontre aura eu lieu.

— Vous poursuivrez tout de même vos études, n'est-ce pas ?

— Assurément, confirma-t-elle avec un sourire. On ne renonce pas ainsi à des habitudes millénaires.

— Vous ne pourriez pas nous en dire un peu plus long sur ce que nous sommes censés chercher en arrivant à Perivor ? demanda Belgarath en approchant son cheval de celui de la sibylle.

— Je Te l'ai dit à Kell, Vénérable Belgarath. A Perivor se trouve la carte qui Te mènera à l'Endroit-qui-n'est-plus.

— Comment se fait-il que les habitants de Perivor en sachent plus que le reste du monde ?... Mouais, encore une de ces choses que vous ne voulez pas dire, soupira-t-il comme elle ne répondait pas.

— Je ne le puis, Belgarath.

Beldin tomba du ciel, se posa dans la poussière de la piste et reprit forme humaine.

— Tenez-vous prêts. Il y a une patrouille de soldats darshiviens droit devant, annonça-t-il.

— Combien sont-ils ? demanda très vite Garion.

— Une douzaine à peu près, dont un Grolim. Je n'ai pas voulu m'approcher de trop près, mais il me semble que c'est notre ami aux mirettes blanches. Ils vous attendent en embuscade dans un bosquet, derrière cette colline.

— Comment ont-ils deviné que nous passerions par ici ? s'interrogea Velvet.

— Zandramas sait que nous allons à Perivor, répondit Polgara, et comme c'est le chemin le plus court...

— Nous n'avons pas grand-chose à craindre d'une douzaine de Darshiviens, observa Zakath avec assurance. Que peuvent-ils espérer de cette escarmouche ?

— Nous retarder, répondit Belgarath. Afin de permettre à Zandramas d'arriver à Perivor avant nous. Elle communique avec Naradas à distance. Nous pouvons nous attendre à ce qu'elle nous tende des pièges à chaque lieue jusqu'à Lengha.

Zakath grattouilla pensivement sa courte barbe, puis il pêcha dans une de ses fontes, en tira une carte et la déroula.

— Nous sommes à une quinzaine de lieues de Lengha,

constata-t-il en regardant Beldin d'un air songeur. Combien de temps vous faudrait-il pour couvrir cette distance ?

— Quelques heures. Pourquoi ?

— Il y a une garnison impériale, là-bas. Je pourrais vous donner pour le commandant de la garnison un message portant mon sceau et lui ordonnant de faire sauter les pièges par-derrière. Dès que nous aurons rejoint mes hommes, Naradas ne nous ennuiera plus... Sainte Sibylle, ajouta-t-il, comme si une autre idée venait de lui passer par la tête, vous m'avez dit à Darshiva de laisser mes troupes derrière moi en venant à Kell. Cette interdiction est-elle toujours valide ?

— Que non point, Kal Zakath.

— Bien. Je vais écrire ce message.

— Et les braves garçons tapis dans ce bosquet ? objecta Silk. Nous ne pouvons pas les décevoir.

— Nous n'allons pas attendre ici, les bras ballants, l'arrivée des troupes de Zakath, répondit Garion. Tu aimerais prendre un peu d'exercice ?

Silk lui répondit d'un sourire rigoureusement pervers.

— Il y a tout de même un petit problème, intervint Velvet. Si Beldin part pour Lengha, il n'y aura plus personne pour reconnaître le chemin et nous prévenir des éventuelles embûches.

— Dis à la deux-pattes aux cheveux jaunes de ne pas s'en faire, fit la louve en regardant Garion. L'on peut se déplacer sans se faire repérer, et même si l'on nous voyait, les deux-pattes ne s'inquiètent guère de nous.

— Tout va bien, traduisit Garion. La louve s'en occupera.

— C'est vraiment une personne providentielle, commenta Velvet avec un sourire.

— Une personne ? releva Silk. Au fond, tu n'as peut-être pas tort, ajouta-t-il en fronçant le sourcil. Elle a une sacrée personnalité, hein ?

La louve le regarda en remuant la queue et s'éloigna à petits bonds élastiques.

— Très bien, Messieurs, déclara Garion en dégainant

l'épée de Poing-de-Fer. Allons dire bonjour à ces braves Darshiviens.

— Et si Naradas essaie de nous jouer un tour à sa façon ? demanda Zakath en remettant son message à Beldin.

— Je serais déçu qu'il ne tente rien, rétorqua Garion.

Mais Naradas n'était plus parmi les hommes en embuscade. L'échauffourée fut de courte durée et révéla que les Darshiviens étaient bien meilleurs à la course qu'au combat.

— Des amateurs, nota Zakath d'un ton méprisant en essuyant la lame de son épée sur la cape d'une de ses victimes.

— Vous savez que vous vous débrouillez de mieux en mieux ? le félicita Garion.

— Ça doit être l'entraînement que j'ai reçu dans ma jeunesse qui revient, répondit modestement le Malloréen.

— Tu ne trouves pas qu'il tient cette épée un peu comme Hettar brandit son sabre ? remarqua Silk en récupérant une de ses dagues fichée dans la poitrine d'un Darshivien.

— Tout à fait, approuva Garion. Hettar a été formé par Cho-Hag qui est l'un des meilleurs bretteurs d'Algarie, expliqua-t-il à Zakath.

— Taur Urgas s'en est aperçu à ses dépens, ajouta Silk.

— Je ne sais pas ce que j'aurais donné pour voir ça, soupira tristement Zakath.

— Et moi donc ! renchérit Garion. Mais j'étais occupé ailleurs à ce moment-là.

— A vous glisser sournoisement dans le dos de Torak, peut-être, suggéra le Malloréen.

— Oh, sournoisement, sournoisement... Il était au courant de mon arrivée, vous savez.

— Bon, je vais chercher les autres, décréta Durnik.

— Beldin est entré en contact avec moi, annonça Belgarath en les rejoignant. Naradas a filé juste avant votre arrivée. Beldin a songé un moment à lui régler son compte, mais il avait ce parchemin dans les serres.

— En quoi Naradas s'est-il changé ? s'enquit Silk.

— En corbeau, répondit Belgarath, écœuré. Les Grolims raffolent des corbeaux. Je me demande ce qu'ils leurs trouvent.

— Vous vous rappelez le jour où Asharak le Murgo avait fui dans le ciel d'Arendie sous cette forme ? reprit Silk en riant. Polgara a demandé à un aigle qui planait par là de s'en occuper. Il a plu des plumes noires pendant une heure.

— Qui est Asharak le Murgo ? s'informa Zakath.

— *Etait*, corrigea le vieux sorcier. C'était l'un des sous-fifres de Ctuchik.

— Et l'aigle l'a tué ?

— Non, répondit Silk. C'est Garion qui l'a fait, plus tard. A main nue.

— Eh bien, il a dû lui flanquer une sacrée claque. Les Murgos ne sont généralement pas des mauviettes.

— A vrai dire, je lui ai juste flanqué une gifle, rectifia Garion. Et je l'ai fait brûler vif.

Il y avait des années qu'il n'avait pas pensé à Asharak et il se rendit compte avec surprise que ce souvenir ne l'ennuyait plus du tout.

— Il avait tué mes parents, reprit-il en voyant que Zakath ouvrait de grands yeux horrifiés. Et comme il les avait fait périr par le feu, j'ai pensé que ça s'imposait. Je n'ai fait que lui rendre la monnaie de sa pièce. Bon, on continue ou on prend le thé, là ?

La louve infatigable leur signala deux autres embuscades avant le coucher du soleil. L'ennui, c'est que les survivants de la première avaient prévenu leurs collègues et qu'en voyant Garion et ses compagnons foncer sur eux, ceux-ci filèrent ventre à terre, en proie à une panique incontrôlable.

— C'est très décevant, commenta Sadi en rengainant sa petite dague empoisonnée tandis que les Darshiviens du deuxième groupe fuyaient comme s'ils avaient le diable aux trousses.

— Naradas va leur passer un drôle de savon quand il saura qu'ils ont raté leur coup, ajouta plaisamment Silk. Il se pourrait même qu'il fasse quelques exemples s'il arrive à mettre la main sur un autel.

Ils opérèrent la jonction avec les hommes de la garnison impériale de Lengha vers midi, le lendemain. Leur commandant s'approcha de Zakath et le regarda avec une certaine stupeur.

— Majesté, commença-t-il en hésitant. C'est vraiment vous ?

— Oh, c'est ma barbe qui vous intrigue, Colonel ! s'esclaffa Zakath en se caressant le menton. C'était une suggestion de ce vénérable vieillard, ajouta-t-il en indiquant Belgarath. Je tenais à voyager incognito, et comme mon profil orne toutes les pièces de ce continent... Vous n'avez pas eu trop de problèmes en venant ici ?

— Rien de bien sérieux, Majesté. Nous avons rencontré une douzaine de détachements de Darshiviens, pour la plupart tapis dans des bosquets. Nous les avons encerclés les uns après les autres, et ils se sont empressés de se rendre. Ils ont l'air très doués pour ça.

— Nous avons remarqué qu'ils étaient aussi très doués pour la course, ironisa Zakath.

— J'espère, Majesté, que vous ne m'en voudrez pas de vous dire ça, reprit timidement le colonel, mais je vous trouve changé depuis la dernière fois que je vous ai vu à Mal Zeth. D'abord, c'est la première fois que je vous vois manier les armes.

— Nous traversons une époque troublée, Colonel. Très, très troublée.

— Et... pardonnez ma franchise, Majesté, mais je ne vous avais jamais vu rire. Ou seulement sourire.

— Je n'avais guère de sujets d'amusement, Colonel. Bon, vous nous emmenez à Lengha ?

Ils ne s'éternisèrent pas en ville. Cyradis et Toth les menèrent directement au port où les attendait un étrange navire.

— Merci, Colonel, fit chaleureusement Zakath. Vous avez été fort avisé de mettre ce bâtiment à notre disposition.

— Pardonnez-moi, Majesté, répondit le colonel, mais je ne suis pour rien dans la présence de ce vaisseau.

Zakath posa sur Toth un regard interrogateur et le géant muet lança un bref sourire à Durnik.

— Cramponnez-vous, Kal Zakath, commença le forgeron en se rembrunissant. Les arrangements concernant ce navire ont été pris il y a plusieurs milliers d'années.

— Eh bien, on dirait que nous sommes dans les temps, commenta Belgarath avec un immense sourire. Tant mieux. Je mets un point d'honneur à être à l'heure à mes rendez-vous !

— Ça, c'est nouveau ! ironisa Beldin. Je me souviens qu'une fois tu t'es montré cinq ans après la date prévue.

— J'avais eu un empêchement.

— Tu as toujours des empêchements. Ce n'était pas l'époque où tu passais ton temps avec les filles de Maragor ?

Belgarath étouffa discrètement une petite toux et jeta un coup d'œil penaud en direction de Polgara.

Laquelle arqua un sourcil mais ne dit mot.

Le bâtiment était armé par un équipage muet du même genre que celui qui les avait emmenés de la côte de Gorut, au Cthol Murgos, vers l'île de Verkat. Garion eut encore une fois l'impression obsédante que l'histoire se répétait. Dès qu'ils furent à bord, l'équipage largua les amarres et mit à la voile.

— Curieux, remarqua Silk. La brise vient de la mer et nous naviguons vent debout.

— J'avais remarqué, acquiesça Durnik.

— Ça, j'en étais sûr. Il faut croire que les lois naturelles ne s'appliquent pas aux Dals.

— Consentirais-Tu, Belgarion, à m'accompagner, ainsi que Ton ami Zakath, vers la cabine arrière ? demanda Cyradis quand ils eurent quitté le port.

— Bien sûr, Sainte Sibylle, acquiesça Garion.

Il nota, comme ils allaient tous les trois vers la poupe, que Zakath avait pris la jeune fille par la main pour la guider, retrouvant sans doute inconsciemment la sollicitude de Toth. Une idée particulière lui effleura alors l'esprit. Il porta sur son ami un regard différent. Il lut sur son visage une expression d'une étrange douceur et dans ses yeux une lueur insolite. C'était complètement absurde, et pourtant Garion eut la certitude qu'il avait vu juste. Il aurait pu lire dans le cœur du Malloréen qu'il n'en aurait pas été plus convaincu. Il se garda bien de leur laisser voir son sourire.

Dans la cabine se trouvaient deux armures étincelantes qui rappelaient étrangement celles des chevaliers de Vo Mimbre.

— Il vous faudra les revêtir à Perivor, annonça la sibylle.

— J'imagine qu'il y a une raison à ça, répondit Garion.

— Assurément. Et quand nous approcherons cette côte, chacun de vous devra abaisser sa visière et ne montrer son visage sous aucun prétexte tant que nous serons dans l'île — à moins que je ne vous relève de cette consigne.

— Et vous ne pouvez pas nous dire pourquoi, bien sûr ?

Elle eut un doux sourire et posa une main sur son bras.

— Sache seulement qu'il doit en être ainsi.

— J'aurais parié qu'elle dirait ça, soupira Garion en retournant vers la porte de la cabine. Durnik ! beugla-t-il. Nous avons besoin de toi !

— Nous ne sommes peut-être pas obligés de la revêtir tout de suite, objecta Zakath.

— Vous avez déjà enfilé une armure ? Eh bien, vous verrez que ça fait un drôle d'effet au début. Même Mandorallen a dû mettre un moment à s'y faire.

— Mandorallen ? Votre ami mimbraïque ?

— Lui même, acquiesça Garion. Le champion de Ce'Nedra.

— Je croyais que c'était vous.

— Ah non, moi, je ne suis que son mari.

Il regarda d'un œil critique l'épée de Zakath, une arme à la lame plutôt légère et étroite.

— Il lui faudrait une épée plus lourde, Cyradis.

— Dans ce placard, Belgarion.

— Décidément, elle pense à tout, commenta Garion d'un ton aigre-doux.

Dans le placard était dressée une énorme épée qui lui arrivait à l'épaule. Il n'eut pas trop de ses deux mains pour la prendre et la présenter au Malloréen, la poignée en avant.

— Votre épée, Majesté.

— Merci, Majesté, répondit Zakath avec un grand sourire.

Il le ravala en vitesse. Il rattrapa son arme juste avant qu'elle ne tombe à terre et ouvrit de grands yeux.

— Par les dents de Torak ! Il y a vraiment des gens qui utilisent des trucs comme ça pour se taper dessus ?

— Des tas. C'est la distraction favorite des Arendais, par exemple. Et si vous trouvez qu'elle est lourde, vous devriez essayer de soulever la mienne. Hé, mais j'y songe... Réveille-toi ! dit-il d'un ton péremptoire à l'Orbe. L'arme de mon ami est un peu trop lourde pour lui, reprit-il sans prendre garde au murmure outragé de la pierre. Tu ne pourrais pas l'alléger un peu, tout doucement ? Surtout n'en fais pas trop, hein !

Il regarda Zakath qui s'efforçait vainement de décoller la pointe de son épée du sol.

— Un peu plus ! dit-il à la pierre où palpitait la vie.

La pointe de l'épée remonta tout doucement.

— Qu'est-ce que vous en dites ? s'enquit Garion.

— Beuh..., grommela Zakath.

— Encore un petit effort ! ordonna Garion à l'Orbe.

— Ça va mieux, soupira Zakath. Mais vous croyez qu'il est vraiment prudent de parler à cette pierre sur ce ton ?

— Il faut parfois savoir faire preuve de fermeté. Comme avec les chiens, les chevaux — ou les femmes.

— Je n'oublierai pas cela de sitôt, roi Belgarion, nota fraîchement la sibylle.

— Venant de vous, Sainte Sibylle, le contraire serait étonnant, riposta-t-il en souriant.

— Un point pour vous, nota Zakath.

— Ah, vous voyez comme c'est pratique ? s'esclaffa Garion. Nous finirons par faire de vous un bon Alorien, si les petits cochons ne vous mangent pas avant.

CHAPITRE XI

Ils étaient à trois lieues, peut-être, de la côte, et voguaient toujours vent debout quand l'albatros apparut, glissant tel un fantôme sur ses ailes séraphiques. Il poussa un cri, un seul. Polgara inclina la tête en réponse, puis il se plaça juste devant la proue comme s'il menait le vaisseau.

— C'est drôle, remarqua Velvet. Il ressemble à celui que nous avons vu en allant à l'île de Verkat.

— Il ne lui ressemble pas, mon chou : c'est lui, rectifia Polgara.

— C'est impossible, Dame Polgara. Il était de l'autre côté du monde.

— Ses ailes de géant se rient des océans.

— Que fait-il ici ?

— Il a une tâche à mener, lui aussi.

— Oh ? Et laquelle ?

— Il n'a pas jugé bon de me le dire, et il serait impoli de le lui demander.

Zakath arpentait le pont de long en large en remuant les épaules comme pour trouver sa place dans son armure.

— Ça a fière allure vu de loin, mais à porter c'est une vraie plaie.

— Pensez à celles qui vous attendraient si vous ne la portiez pas en cas d'urgence ! rétorqua Garion.

— Enfin, on doit finir par s'y habituer, à la longue.

— N'y comptez pas trop.

L'île de Perivor n'était pas tout près, mais l'étrange

navire manœuvré par son équipage muet glissait si vite sur les gouffres amers qu'il accosta dès le lendemain midi le long d'une côte boisée.

— Tu ne peux pas savoir comme je suis content de retrouver le plancher des vaches, fit Silk alors qu'ils menaient les chevaux à terre. Un vaisseau qui file face au vent et des marins qui ne jurent pas, ça me met un peu mal à l'aise.

— Il y a des tas de choses dans cette affaire qui me mettent *très* mal à l'aise, rétorqua Garion.

— Oui, seulement, moi, je suis un garçon ordinaire, alors que toi tu es un héros.

— Et alors ?

— Les héros n'ont pas le droit d'avoir les foies.

— Qui a décrété ça ?

— C'est de notoriété publique. Où est passé cet albatros ?

— Il est parti quand nous sommes arrivés en vue de la côte, répondit Garion en abaissant sa visière.

— Polgara peut dire ce qu'elle veut, reprit Silk avec un frisson, j'ai connu des tas de marins, et je n'en ai jamais entendu un seul dire du bien de ces volatiles.

— Les marins sont superstitieux.

— Il y a un fondement objectif à toutes les superstitions. Ce n'est pas un rivage très accueillant, hein ? soupira-t-il en scrutant, les paupières plissées, les arbres au tronc noir qui bordaient le haut de la plage. Je me demande pourquoi ils ne nous ont pas débarqués dans un port ?

— Qui peut dire pourquoi les Dals font les choses ? Ils ont des raisons que la raison ne connaît pas.

Lorsque tous les chevaux furent à terre, Garion et ses compagnons se mirent en selle et remontèrent vers le haut de la plage et les bois.

— Je vais vous couper des lances, à Zakath et à toi, proposa Durnik en mettant pied à terre. Cyradis ne vous a sûrement pas fait revêtir ces armures pour rien, et puis je trouve qu'un homme en armure a l'air tout nu sans lance.

Il disparut entre les arbres avec sa hache et revint quelques instants plus tard avec deux solides perches.

— Je les taillerai en pointe ce soir, quand nous nous arrêterons, promit-il.

— Eh bien, ça va être commode, marmonna Zakath, tout empêtré avec sa lance et son bouclier.

— Regardez, intervint Garion en lui faisant une démonstration. Vous passez la courroie de votre bouclier à votre bras gauche, vous tenez les rênes du cheval avec la même main, vous coincez le bout de la lance dans l'étrier, à côté de votre pied droit, et vous la maintenez avec votre main libre.

— Vous vous êtes déjà battu avec *ça* ?

— Quelques fois, oui. C'est assez efficace contre un homme en armure. Quand on lui fait vider les étriers, il lui faut un moment pour se relever !

Beldin, qui était parti en éclaireur, selon son habitude, revint en planant comme un fantôme sur ses ailes silencieuses, presque immobiles, et reprit forme humaine.

— Vous n'allez pas me croire.

— Dis toujours, soupira Belgarath.

— Un château, droit devant.

— Un *quoi* ?

— Un château. Un très gros bâtiment avec des murailles, des douves et un pont-levis.

— Je sais ce que c'est qu'un château, Beldin.

— Alors pourquoi tu me le demandes ? Enfin, celui-ci offre une particularité : il donne l'impression d'avoir été déménagé pierre par pierre d'Arendie.

— Notre amie Cyradis pourrait peut-être nous expliquer ce mystère ? hasarda Belgarath.

— Ce n'est point un mystère, Vénérable Ancien, répondit la fille aux yeux bandés. Il y a deux mille ans, des aventuriers venus du Ponant ont échoué sur cette île. Comprenant qu'ils ne pourraient réparer leur bâtiment, ils se sont installés ici et ont épousé des habitantes de la région. Ils sont restés fidèles aux us, aux coutumes et même au parler de leur pays natal.

— Des tas de « m'est avis que » et de « messire » ? risqua Silk.

Elle opina du chef.

— Des donjons ?

Elle acquiesça à nouveau sans mot dire.

— Et des hommes en armure, comme Garion et Zakath ?

— Il en est bien ainsi, Prince Kheldar.

Il mit sa main devant ses yeux et poussa un gémissement.

— Quel est le problème, Kheldar ? s'inquiéta le Malloréen.

— Quand je pense que nous avons fait des milliers de lieues pour nous retrouver nez à nez avec des Mimbraïques...

— Tous les récits que l'on m'a fait de la bataille de Thull Mardu sont unanimes : ce sont des hommes très courageux. Ça explique peut-être la réputation de cette île.

— Ça, pour être courageux, ils sont courageux, confirma le petit Drasnien. Ce sont les hommes les plus intrépides du monde — peut-être parce qu'il faut un minimum de cervelle pour connaître la peur. Mandorallen, l'ami de Garion, est absolument convaincu d'être invincible.

— Il l'est ! affirma Ce'Nedra, toujours prompte à voler au secours de son chevalier. Une fois, je l'ai vu tuer un lion à mains nues.

— Sa réputation est parvenue jusqu'à mes oreilles, confirma Zakath, mais je la croyais un tantinet exagérée.

— A peine, lui assura Garion. Je l'ai moi-même entendu proposer à Barak et Hettar d'attaquer à eux trois les légions tolnedraines tout entières !

— Il disait peut-être ça pour rire.

— Les chevaliers mimbraïques ignorent la plaisanterie, réfuta Silk.

— Je ne vous laisserai pas insulter mon chevalier ! protesta la petite reine de Riva.

— Ce n'est pas une insulte, se récria le petit homme au museau de fouine, c'est une description. Il est tellement noble qu'il me donne la chair de poule.

— Il faut dire que la noblesse est un concept tellement étranger aux Drasniens..., insinua-t-elle perfidement.

— Pas étranger, Ce'Nedra. Incompréhensible.

— Allons, ils ont peut-être évolué, en deux mille ans, fit Durnik d'un ton plein d'espoir.

— A ta place, mon cher frère, je n'y compterais pas trop, grommela Beldin. D'après mon expérience, dans l'isolement, les gens ont tendance à se confire comme des cornichons dans leur vinaigre.

— Je me dois de vous avertir, reprit Cyradis. Les habitants de cette île ont de curieuses particularités dues à leur origine : s'ils sont à bien des égards tels que vous les décrivez, ils ont aussi un héritage dalasien et n'ignorent rien des arts propres à notre peuple.

— C'est complet ! fit sardoniquement Silk. Des Mimbraïques adeptes de la sorcellerie ! Enfin, à condition qu'ils aient réussi à piger dans quel sens jeter leurs sorts...

— Est-ce pour cela, Cyradis, que nous sommes en armure, Zakath et moi ? fit Garion. Vous auriez pu nous le dire, non ?

— Il était nécessaire que vous l'appreniez par vous-même.

— Eh bien, allons voir ça, soupira Belgarath. Ce ne sont pas les premiers Mimbraïques auxquels nous avons affaire et nous nous en sommes généralement bien sortis.

Ils traversèrent la forêt marbrée d'or par le soleil et, en arrivant à la lisière des arbres, il virent le château dont leur avait parlé Beldin. Il se dressait au sommet d'une butte et rien n'y manquait des créneaux et des mâchicoulis rituels.

— Très impressionnant, murmura Zakath.

— Inutile de rester tapis sous les arbres, déclara Belgarath. Nous n'avons aucune chance de traverser cette zone dégagée sans nous faire repérer. Garion, Zakath, prenez la tête. Les hommes en armure sont souvent accueillis avec courtoisie.

— Euh... vous voulez que nous approchions du château comme ça ? s'étonna Silk.

— C'est ce que nous avons de mieux à faire. S'ils ont conservé les schémas de pensée des Mimbraïques, ils ne pourront pas s'empêcher de nous offrir l'hospitalité pour la nuit, et comme nous avons besoin d'informations...

Ils s'engagèrent donc au pas à travers la prairie, vers la sinistre bâtisse.

— Quand nous y serons, laissez-moi faire la conversation, suggéra Garion. Je connais un peu leur façon de parler.

— Bonne idée, acquiesça Zakath. Je m'emmêlerais sûrement la langue dans toutes ces formules archaïques.

Un coup de trompe émanant du château annonça qu'on les avait vus, et quelques minutes plus tard, une douzaine de chevaliers en armure franchissaient le pont-levis au trot. Garion talonna Chrestien pour lui faire prendre légèrement la tête.

— Veuille, Seigneur Chevalier, modérer l'allure de ton destrier, commença l'homme qui semblait être le chef de la délégation. Je suis Messire Astellig, baron de ces lieux. Souffre que je Te demande Ton nom et ce qui vous amène, Tes compagnons et Toi-même, aux portes de mon donjon ?

— Je ne puis, Sire Chevalier, Te révéler mon nom, répondit Garion, et ce pour des raisons que je T'exposerai en temps utile, mais je puis Te dire que nous sommes, mon frère d'armes et moi-même, engagés ainsi que nos compagnons ici présents dans une quête de la première urgence et venons Te demander l'hospitalité pour la nuit, qui devrait descendre sur nous, m'est avis, d'ici quelques heures à peine.

Garion s'interrompit pour reprendre son souffle. Il était assez content de son petit discours.

— Considère-Toi, Seigneur Chevalier, comme chez Toi, répondit le baron avec emphase. Tout noble digne de ce nom est tenu par l'honneur, sinon par la courtoisie, d'offrir aide et protection aux preux investis dans une quête.

— Onc ne saurais, Sire Astellig, suffisamment T'exprimer ma gratitude. Nous escortons, ainsi que Tu peux le voir, des dames de qualité que les rigueurs du voyage ont moult lassées.

— En ce cas, Sire Chevalier, procédons de suite vers ma demeure. Veiller au bien-être des dames est le devoir primordial de l'homme de haute naissance.

Il fit volter son cheval et les mena vers son nid d'aigle, aussitôt imité par ses hommes.

— Très élégant, commenta Zakath d'un ton admiratif.

— On s'habitue à leur façon de parler, au bout d'un moment, répondit modestement Garion. L'ennui, c'est qu'ils font des phrases tellement compliquées qu'on oublie parfois le début avant d'arriver à la fin.

Ils mirent pied à terre dans une cour dallée de pierre.

— Mes gens vont vous conduire, Tes compagnons et Toi-même, Sire Chevalier, à des appartements confortables où vous pourrez vous rafraîchir, annonça le baron Astellig. Ensuite de quoi, si cela ne Te messied point, peut-être daigneras-Tu m'exposer en quoi je pourrais T'aider dans Ta noble quête.

— Sache, Messire, que nous apprécions fort Ta courtoisie. Crois bien que mon frère chevalier et moi-même nous joindrons à Toi sitôt que nous serons assurés du bien-être de ces dames.

Ils suivirent l'un des serviteurs du baron qui les mena vers le premier étage du bâtiment principal et leur ouvrit les portes d'une enfilade de suites.

— Garion, tu m'étonneras toujours, déclara Polgara. J'aurais juré que tu n'avais pas idée de ce qu'était le langage civilisé.

— Merci, répondit-il un peu aigrement.

— Il vaut peut-être mieux que vous redescendiez seuls, Zakath et toi, suggéra Belgarath. Tu as assez habilement esquivé quand le baron t'a demandé ton nom, mais si nous allons discuter avec lui, il risque d'exiger des présentations en bonne et due forme. Faites attention à ce que vous lui direz. Renseignez-vous sur les coutumes locales, les conflits en cours, ce genre de chose. Zakath, quelle est la capitale de l'île ?

— Ça doit être Dal Perivor.

— C'est sans doute là que nous devons aller. Vous avez une idée de l'endroit où ça se trouve ?

— De l'autre côté de l'île.

— Naturellement, soupira Silk.

— Bon, eh bien, allez-y, suggéra Belgarath aux deux hommes en armure. Ne faites pas attendre notre hôte.

— Quand tout ça sera fini, Garion, vous ne pourriez pas me le louer ? demanda Zakath alors que les deux hommes suivaient un corridor dans un grand bruit de ferraille. Vous vous feriez un beau petit pécule et moi j'aurais le gouvernement le plus efficace du monde.

— Vous vous encombreriez d'un immortel qui aurait toutes les chances de gouverner jusqu'à la fin des temps ? releva Garion avec amusement. Sans compter qu'il est sûrement encore plus corrompu que Silk et Sadi réunis. C'est un vieillard pervers, Kal Zakath. Il est plus sage que des générations entières, mais plein de sales habitudes.

— Comment pouvez-vous parler ainsi de votre grand-père ? se récria Zakath.

— Les faits sont les faits, Majesté.

— Les Aloriens sont décidément de drôles de gens.

— Nous n'avons jamais prétendu le contraire.

Un cliquetis de griffes se fit entendre dans leur dos, et la louve se glissa entre eux.

— Celle-ci se demandait où vous alliez, dit-elle.

— Eh bien, petite sœur, celui-ci et son ami vont parler avec le maître de cette demeure, répondit Garion.

— Celle-ci va vous accompagner. Celle-ci contribuera peut-être à vous éviter des impairs.

— Que dit-elle ? s'enquit Zakath.

— Elle vient avec nous. Elle nous empêchera de raconter trop de bêtises, répondit Garion.

— Une louve ?

— Ce n'est pas une louve ordinaire. Elle commence à m'inspirer certains soupçons.

— Celle-ci se réjouit de savoir ce louveteau doté d'un sens de l'observation minimal, nota la louve en reniflant.

— Grand merci, répondit Garion. Celui-ci se réjouit d'avoir l'approbation d'une parente tant-aimée.

— Celle-ci te serait reconnaissante, toutefois, de garder ta découverte pour toi, fit-elle en remuant la queue.

— Ça va de soi, promit-il.

— Et là, qu'est-ce qu'elle vous racontait ?

— Oh, des histoires de loups, répondit évasivement Garion. Des trucs intraduisibles.

Le baron Astellig les attendait, assis dans un grand fauteuil devant un bon feu de cheminée. Il avait ôté son armure.

— Il en a toujours été ainsi, ô Preux Chevaliers, dit-il. La pierre protège contre les ennemis, mais elle est d'une froidure inexorable et l'hiver s'attarde longuement en son sein. Aussi entretenons-nous des feux même quand l'été berce notre île de sa douceur.

— La pierre, en vérité, héberge une oppressante glacialité, acquiesça Garion avec conviction. Il en est ainsi jusques aux murailles inviolables de Vo Mimbre.

— Adoncques, ô Chevalier, Tu as vu Vo Mimbre ! s'exclama le baron, émerveillé. Je donnerais tout en ce monde et dans l'autre pour contempler cette cité fabuleuse ! A quoi ressemble-t-elle ?

— Elle est immense, Messire, répondit Garion. Et ses pierres d'or renvoient aux cieux la lumière du soleil ainsi que pour les humilier de sa splendeur.

— Sire Chevalier, je suis béni entre tous les hommes, dit-il d'une voix vibrante d'émotion, l'œil humide. Cette rencontre inespérée avec un chevalier animé de la plus noble des missions et doté d'une éloquence à nulle autre pareille demeurera de ma vie le couronnement, car le précieux souvenir de Vo Mimbre vibre toujours dans nos mémoires et nous soutient dans notre exil solitaire, quoique chaque saison qui passe en assourdisse l'écho, tout comme l'âge cruel enserrant notre cœur dans sa gangue estompe et fait disparaître le visage de nos chers disparus ainsi que les rêves au matin.

— Sache, Messire, fit Zakath, un brin haletant, que Tes paroles me brisent le cœur. Si j'en ai le pouvoir — et je l'ai assurément —, je Te mènerai, dans un proche avenir, à Vo Mimbre même, je Te présenterai à ceux qui règnent en cet endroit et Tu retrouveras enfin ceux de Ton peuple.

— Vous voyez, ça s'attrape, murmura Garion à l'oreille de son ami.

Le baron s'épongea les yeux sans fausse pudeur.

— Je remarque, Preux Chevaliers, votre étrange chien, dit-il pour rompre un silence qui devenait pesant. Ou plutôt votre chienne, ce me semble.

— Du calme ! ordonna fermement Garion à la louve.

— Ce terme est tout de même parfaitement injurieux, gronda-t-elle.

— Bon, il n'y peut rien. Ce n'est pas lui qui l'a inventé.

— Elle est élancée et semble souple, continua le baron. Et ses yeux d'or témoignent d'une intelligence qui de loin passe celle des infortunés bâtards infestant ce royaume. Sauriez-vous, d'aventure, identifier sa race ?

— C'est une louve, Messire, répondit Garion.

— Une louve ! s'écria le baron en se levant d'un bond. Fuyons, Messeigneurs, devant que cette terrifiante bête ne se jette sur nous et ne nous dévore !

C'était un peu théâtral, mais ça impressionnait parfois les populations. Garion se pencha et gratta la louve entre les oreilles.

— Tu es, ô Sire Chevalier, d'une bravoure à nulle autre pareille ! s'exclama le baron, émerveillé.

— Elle est mon amie, Messire, répondit ledit Chevalier. Nous sommes unis par des liens que Tu ne saurais imaginer.

— Celle-ci te conseille de cesser ce grattouillis, grogna la louve. A moins que tu n'aies une patte de devant de rechange.

— Vous n'oseriez pas faire ça ! s'exclama-t-il en retirant précipitamment sa main.

— Va savoir, fit-elle en découvrant les crocs dans quelque chose qui pouvait passer pour un sourire.

— Tu parles le langage des bêtes ? hoqueta le baron.

— Seulement de quelques-unes, Messire. Elles ont chacune leur parler, ainsi que Tu le sais sûrement. Je ne suis point parvenu à maîtriser celui des serpents, sans doute à cause de la forme de ma langue.

— Par ma foi, Sire Chevalier, Tu es un drôle d'homme ! s'esclaffa le baron. Je Te dois d'ores et déjà moult sujets de méditation et d'émerveillement. Or donc, venons-en à l'essentiel : que peux-Tu me révéler de Ta quête ?

— Là, tu as intérêt à faire attention à ce que tu dis, l'avertit la louve.

— Ainsi que Tu le sais peut-être, Messire, commença Garion en pesant chaque mot, le monde est la proie d'un grand péril.

Là, il ne risquait pas grand-chose. Le monde était toujours la proie d'un grand péril. Et plus le péril était éloigné, plus il avait l'air grand.

— En vérité, confirma le baron avec ferveur.

— Nous nous sommes assigné pour tâche, mon fidèle compagnon et moi-même, de combattre ce mal. Or la rumeur, si elle avait vent de notre identité, nous précéderait en tous lieux, tel un chien hurlant, pour annoncer notre venue au mécréant dont nous avons voué la perte. Si cet ennemi vicieux devait être informé de notre approche, ses séides nous mettraient des bâtons dans les roues. Voilà pourquoi il faut nous cacher derrière nos visières et nous garder de clamer nos noms à la face du monde, encore qu'ils soient auréolés d'honneur dans moult contrées, décréta Garion qui commençait à s'amuser comme un petit fou. Si nous ne craignons aucun être vivant, nous n'osons mettre en danger la vie de nos compagnons d'aventure, poursuivit-il en se disant que Mandorallen n'aurait pas fait mieux. De plus, notre quête est jonchée de chausse-trapes, des maléfices si puissants qu'ils risqueraient d'entraver nos prouesses. Adoncques sommes-nous contraints, quoique ce procédé nous répugne, d'approcher ce méprisable mécréant aussi furtivement que le serpent pour lui administrer le châtiment qu'il mérite.

Il s'efforça de prononcer ces dernières paroles comme s'il était l'agent du destin, ou au moins de leur donner l'impact d'un coup de tonnerre. Le baron réagit comme prévu.

— Mon épée, le bras de mes compagnons d'armes sont à Toi, Messire, fit-il, tétanisé. Permets-nous de contribuer à l'éradication de ce péril, pour toujours et à jamais.

Garion leva la main pour tempérer son enthousiasme. Allons, ce baron était un Mimbraïque pur sucre...

— Hélas, Messire Astellig, reprit-il d'un ton de regret. De tout mon cœur, de toute mon âme, j'aimerais associer Tes preux à notre quête, mais cela ne se peut. Cette tâche nous incombe à mes compagnons et à moi-même. Accepter Ton aide dans cette entreprise serait nous aliéner les hordes du monde des esprits qui sont partie prenante dans cette affaire. Nous ne sommes que des mortels, tous autant que nous sommes, alors que le monde des esprits est peuplé d'immortels. En défiant les injonctions des esprits nous risquerions fort d'écarter les entités amicales qui sont de notre côté dans ce combat ultime.

— Cela me brise le cœur, Messire Chevalier, répondit tristement le baron, mais Ton argumentation ne manque pas de pertinence. Sache en outre qu'un de mes proches est récemment venu de Dal Perivor, notre capitale, et m'a secrètement averti que la cour était le théâtre d'événements préoccupants. Il y a quelques jours, un sorcier est apparu au palais royal. Grâce sans nul doute à des enchantements tels que ceux que Tu viens de mentionner, il a réussi à gagner en quelques heures à peine la confiance de notre roi dont il est maintenant le plus proche conseiller. Il détient une autorité quasiment absolue sur le royaume. Gardez-vous bien, Preux Chevaliers. Si le sorcier se trouvait, par le plus grand des hasards, être l'un des séides de votre ennemi, sachez qu'il a désormais le pouvoir de gravement vous nuire. M'est avis, ajouta-t-il avec un petit sourire en coin, qu'il n'a pas dû lui être bien difficile d'embobeliner notre souverain. Il ne sied point de juger son roi, mais les facultés intellectuelles de Sa Majesté sont limitées.

Hein ? se dit Garion. Rêvait-il ou avait-il vraiment entendu un Mimbraïque prononcer ces paroles ?

— Ce sorcier, continua le baron, est un homme pervers, et je me dois de T'aviser, au nom de la fraternité qui unit les chevaliers, de l'éviter.

— Grâce T'en soit rendue, Messire, répondit Garion. Mais notre destinée, notre quête, nous commandent d'aller à Dal Perivor. Si nécessaire, nous affronterons ce sorcier et débarrasserons le royaume de son influence pernicieuse.

— Puissent les Dieux et les esprits guider votre main, fit le baron avec ferveur. Et qui sait, ajouta-t-il avec un grand sourire, peut-être pourrai-je vous admirer, Ton vaillant et laconique compagnon ainsi que toi-même, quand vous lui administrerez le châtiment que vous jugerez lui revenir.

— Nous en serions honorés, Messire, affirma Zakath.

— C'est dans cette perspective, Preux Chevaliers, que je vous offre, si cela vous sied, de nous accompagner dès demain, quelques nobles et moi-même, au palais royal de Dal Perivor où notre roi a ordonné un grand tournoi afin de sélectionner les champions destinés à résoudre certain problème récurrent qui se pose à nous. Sachez encore que, selon une tradition séculaire, les malentendus et les inimitiés font l'objet d'une trêve générale au cours de cette période et que nous n'avons rien à craindre au cours de ce voyage.

— Nulle suggestion, Messire, fit Garion avec une courbette qui arracha un grincement à son armure, ne saurait mieux servir nos desseins que cette gracieuse invitation. Aussi Te prierons-nous de nous autoriser à nous retirer pour procéder à nos préparatifs.

Garion et Zakath repartirent dans les interminables corridors, le cliquetis de leurs armures accompagné par celui des griffes de la louve.

— Celle-ci s'estime satisfaite, déclara-t-elle. Vous ne vous en êtes pas trop mal sortis, pour deux louveteaux.

CHAPITRE XII

Perivor était une île agréable, au relief varié et au sol fertile. Les prairies d'un vert émeraude, semées de petits moutons blancs, alternaient avec des terres labourées, presque noires, où se dressaient des rangées rectilignes d'épis dorés caressés par le vent.

— C'est un beau pays, observa fièrement le baron Astellig en balayant les environs du regard. Quoique moins beau, assurément, que la lointaine Arendie.

— M'est avis que Tu serais, noble Sire, quelque peu déçu par la patrie de Tes ancêtres, objecta Garion. Si la contrée est attrayante, le royaume est le théâtre de luttes intestines et les serfs y souffrent misère

— Cette triste situation prévaut donc encore... Le servage a été aboli ici il y a moult et moult années, révéla-t-il à un Garion fort surpris. Cette île était peuplée, avant notre arrivée, par des êtres doux et pacifiques, et nos ancêtres prirent épouse parmi eux. Ils tentèrent, au début, de réduire ces simples gens à la servitude, conformément à la coutume arendaise, mais ils comprirent bientôt qu'il y avait là une grave injustice, puisque les serfs étaient leurs frères par le mariage. Dis-moi, Sire Chevalier, si notre foyer ancestral souffre gravement des luttes intestines que Tu évoquais à l'instant ? demanda-t-il en se rembrunissant.

— D'aucuns nourrissent l'espoir de voir enfin l'apaisement du conflit, soupira Garion. Trois grands duchés guerroyaient depuis des siècles jusqu'à ce que l'un d'eux

— Mimbre — impose sa domination aux deux autres ; toutefois la rébellion couve toujours sous la surface et les barons du sud de l'Arendie s'affrontent sans merci pour des motifs triviaux.

— La guerre ? Vraiment ? Perivor n'est pas exempt de rivalités, mais nous nous sommes efforcés de formaliser les disputes de sorte que nous déplorons peu de trépas, à présent.

— Qu'entends-tu, Messire, par « formaliser » ?

— A la possible exception des outrages ou des insultes irréparables, les différends se règlent d'ordinaire en lice. J'ai eu, de fait, à connaître d'un certain nombre de prétendues controverses forgées de toutes pièces par des adversaires complices, pour le simple plaisir de rompre des lances, ce qui distrait mêmement la noblesse et le peuple.

— Comme c'est civilisé, Messire ! s'exclama Zakath.

Garion, qui commençait à en avoir assez de forger des phrases ampoulées, invoqua le besoin de s'entretenir avec ses compagnons et remonta la colonne.

— Hé, hé, on dirait que vous êtes copains comme cochons, le baron et toi, lui lança Silk au passage.

— Ce n'est pas un mauvais bougre. En se frottant aux Dals, ces Arendais se sont débarrassés des travers les plus exaspérants de la race.

— Allons bon ! Lesquels, par exemple ?

— La bêtise au front de taureau, déjà. Ils ont aboli le servage et, au lieu de s'entretuer pour des broutilles, ils règlent leurs comptes par des tournois. Grand-père, fit Garion en s'approchant de Belgarath qui somnolait sur sa selle, tu crois que nous avons réussi à devancer Zandramas ?

— Comment veux-tu que je le sache ? rétorqua le vieux sorcier en ouvrant un œil.

— Et si j'utilisais l'Orbe ?

— J'aimerais autant éviter pour l'instant. Même si elle est dans l'île, ça ne nous dira pas où. Pour que l'Orbe réagisse, il faudrait qu'elle soit passée par ici. Or je suis sûr qu'elle peut la sentir et nous ne réussirions qu'à révéler notre présence. Et puis le Sardion est dans cette partie du monde et je ne vois pas l'intérêt de le réveiller.

— Tu pourrais peut-être interroger ton ami le baron, suggéra Silk. Si elle est dans les parages, il en a peut-être entendu parler.

— Ça, il y a peu de chances, quand on pense au mal de chien qu'elle s'est donné jusque-là pour passer inaperçue.

— Exact, admit Silk. Il est même probable qu'elle s'en donnera de plus en plus avec les lumières qu'elle a sous la peau.

— Attendons d'être à Dal Perivor, décida Belgarath. Je voudrais tirer certaines choses au clair avant que nous ne commettions l'irréparable.

— Et si nous interrogions Cyradis ? souffla Garion en jetant un coup d'œil à la sibylle installée dans la somptueuse voiture que le baron avait mise à la disposition des dames.

— A quoi bon ? Elle n'aurait pas le droit de nous répondre.

— Il se pourrait que nous ayons un petit avantage quand même, nota Silk. C'est Cyradis qui va faire le choix, et le fait qu'elle voyage avec nous et pas avec Zandramas est plutôt bon signe, vous ne pensez pas ?

— A mon avis, renifla Garion, elle nous accompagne surtout pour tenir Zakath à l'œil. Il a une tâche primordiale à accomplir et elle ne tient pas à ce qu'il s'égare en route.

Le petit Drasnien acquiesça d'un grommellement.

— Bon, reprit-il, par où avez-vous l'intention de commencer à chercher la carte que nous sommes censés trouver ?

— Dans une bibliothèque, répondit le vieux sorcier. C'est encore une de ces fichues énigmes et j'ai eu la main plutôt heureuse, jusque-là, dans les endroits de ce genre. Garion, quand nous serons à Dal Perivor, essaie de convaincre le baron de nous introduire à la cour du roi. Les bibliothèques royales sont souvent bien fournies. Et puis j'aimerais assez voir la tête du sorcier dont il nous a parlé. Silk, vous avez un bureau, ici ?

— Hélas non, Belgarath. Il n'y a rien dans cette île qui vaille la peine qu'on en fasse le négoce.

— Tant pis ; nous nous débrouillerons autrement.

Vous êtes un homme d'affaires et il y en a forcément d'autres en ville. Allez parler boutique avec eux. Interrogez-les sur les voies navigables dans le secteur et regardez toutes les cartes sur lesquelles vous pourrez mettre la main. Vous savez ce que nous cherchons.

— Ça, Belgarath, c'est de la triche, ronchonna Beldin. C'est à toi que Cyradis a dit de trouver la carte.

— J'ai quand même le droit de déléguer certaines démarches !

— Je doute qu'elle voie les choses comme ça.

— Eh bien, tu lui expliqueras la situation. Tu es beaucoup plus convaincant que moi.

Ils avançaient par courtes étapes pas trop fatigantes, plus pour épargner leurs montures qu'autre chose car les petits chevaux de Perivor peinaient sous le poids des hommes en armure. Aussi plusieurs jours avaient-ils passé lorsque, en arrivant au sommet d'une colline, ils embrassèrent du regard la cité portuaire qui était la capitale de Perivor.

— Contemplez Dal Perivor ! déclama le baron. La couronne et le cœur de l'île.

Les Arendais qui s'étaient échoués, deux mille ans auparavant, sur ce rivage du bout du monde, s'étaient manifestement donné un mal fou pour reproduire la ville de Vo Mimbre. Des étendards multicolores ornaient les flèches et les tours qui se dressaient au-dessus des immenses remparts jaunes.

— D'où viennent ces pierres jaunes, Messire ? s'enquit Zakath. Je n'en ai point vu de cette couleur en chemin.

Le baron étouffa une petite toux embarrassée.

— Les murailles sont peintes, Sire Chevalier, répondit-il. De Vo Mimbre nos ancêtres avaient une si forte nostalgie qu'ils se sont efforcés de la reconstruire ici le plus fidèlement possible. Vo Mimbre est le joyau de notre Arendie originelle, et l'or de ses murailles continue de vibrer en notre âme par-delà les siècles et les océans. Ainsi que je vous l'ai promis, Messeigneurs, je me ferai une joie de vous mener, vos amis et vous-mêmes, au palais du roi où Sa Majesté vous honorera sans nul doute de son hospitalité.

— Nous T'en sommes, noble Chevalier, infiniment reconnaissants, répondit Garion avec chaleur.

— Je me dois de T'avouer, Sire Chevalier, reprit le baron avec un petit sourire en coin, que je ne suis pas mû par des motifs entièrement désintéressés. Présenter à la cour des chevaliers étrangers animés par une si noble quête me vaudra assurément un grand prestige.

— Voilà qui me convient parfaitement, mon ami, s'esclaffa Garion. Ainsi, tout le monde en tire avantage.

Le palais ressemblait étonnamment à celui de Vo Mimbre. C'était une véritable forteresse à l'intérieur de la citadelle avec ses remparts et sa porte bardée de fer.

— Cette fois, au moins, mon grand-père ne sera pas obligé de faire pousser un arbre, marmonna Garion.

— Pardon ? fit Zakath.

— La première fois que nous sommes allés à Vo Mimbre, le chevalier qui montait la garde aux portes du palais n'a pas voulu croire Mandorallen quand il lui a présenté Belgarath le Sorcier. Grand-père a pris une brindille qui s'était accrochée à la queue de son cheval et il a fait pousser un pommier sur la place, devant le palais. Puis il a ordonné au chevalier incrédule de s'en occuper jusqu'à la fin de ses jours.

— Et... il le fait ?

— Sûrement. Les Mimbraïques ont un grand sens du devoir.

— Ce sont de drôles de gens.

— Comme vous dites ! J'ai dû mettre l'épée dans les reins de Mandorallen pour lui faire épouser une fille qu'il aimait depuis l'enfance, et il a fallu, accessoirement, que j'arrête une guerre.

— Comment arrête-t-on une guerre ?

— Avec des menaces. Ils les ont prises assez au sérieux, je dois dire. L'orage que j'ai provoqué n'y était peut-être pas pour rien, ajouta-t-il pensivement. Enfin, Mandorallen et Nerina s'aimaient et souffraient en silence depuis des années. C'était magnifique, bien sûr, mais j'ai fini par en avoir assez et je les ai obligés à passer aux actes — sous la menace, encore une fois. Ce grand canif, fit-il en indiquant son arme du pouce, m'aide parfois à me faire respecter.

— Garion ! s'esclaffa Zakath. Vous êtes un paysan.

— D'accord. N'empêche qu'ils ont fini par se marier. Ils sont fous de bonheur et si quelque chose cloche un jour, ils pourront toujours me le mettre sur le dos, pas vrai ?

— Vous n'êtes pas un homme comme les autres, déclara le Malloréen, soudain très grave.

— Non, soupira Garion. Pas vraiment. Et si vous saviez comme je le regrette... Nous portons le monde sur nos épaules, Zakath, il pèse très lourd et ne nous laisse guère de temps à nous. Vous n'avez jamais eu envie de sortir à cheval, par un beau matin d'été, de regarder le soleil se lever et d'aller voir ce qu'il y a derrière la colline là-bas ?

— C'est un peu ce que nous faisons en ce moment, non ?

— Pas tout à fait. Nous le faisons parce que nous y sommes obligés et non pour le plaisir.

— Il y a des années que je n'ai rien fait pour le plaisir.

— Même quand vous avez menacé le roi Gethel de le crucifier, comme me l'a raconté Ce'Nedra ?

— Là, je dois dire que je me suis bien amusé, admit le Malloréen. Seulement je ne pouvais pas le faire. Gethel était un fieffé imbécile mais j'en avais trop besoin, à ce moment-là.

— On en revient toujours au même point. Nous faisons ce que nous devons faire et pas ce qui nous aimerions. Nous n'avons ni l'un ni l'autre demandé à être là où nous en sommes mais nous faisons ce qu'il faut et ce qu'on attend de nous. Si nous ne le faisions pas, ce serait la fin du monde et d'un tas de gens honnêtes et bons. Je ne permettrai pas que ça arrive si je peux faire autrement. Je ne trahirai pas ces hommes honnêtes et bons, et vous non plus. Vous êtes trop bon vous même.

— Ça, c'est nouveau !

— Vous vous sous-estimez, Zakath, et je pense que quelqu'un viendra très bientôt vous apprendre à ne plus vous haïr. Vous ne saviez pas que j'étais au courant ? insista impitoyablement Garion comme le Malloréen accusait le coup. Mais c'est déjà fait, ou à peu près. Vous avez déjà presque oublié la souffrance, la douleur et le remords, et si vous avez besoin de conseils sur le bonheur, je suis à votre disposition. Après tout, c'est à ça que servent les amis, non ?

La visière de Zakath étouffa un bref sanglot. La louve qui trottait à côté d'eux leva la tête vers Garion.

— Bien joué ! Il se peut que celle-ci t'ait mal jugé, jeune loup. Tu n'es peut-être plus un louveteau, après tout.

— Celui-ci fait de son mieux, répondit-il dans la langue des loups. Il espère seulement ne point trop démériter.

— Celle-ci a l'impression que tu promets, Garion.

— Merci, Grand-mère, dit-il, ses soupçons enfin confirmés.

— Il t'a fallu tout ce temps pour le dire ?

— Cela aurait pu être considéré comme impoli.

— Celle-ci commence à penser que tu es trop longtemps resté avec sa fille aînée. Celle-ci a eu l'occasion de remarquer son attachement aux bonnes manières. Peut-on te demander de garder ta découverte pour toi ?

— Si vous le souhaitez.

— Ce serait peut-être préférable. Quel est ce bâtiment ?

— Le palais du roi.

— Que sont les rois pour les loups ?

— Les deux-pattes ont pour coutume de les honorer, Grand-mère. Ils respectent plus la coutume que le porteur de la couronne.

— Quelle chose stupéfiante, fit-elle dans un reniflement.

Le pont-levis descendit dans un roulement de tonnerre et quelques grincements, puis le baron Astellig et ses chevaliers menèrent leurs hôtes dans la cour du palais.

La salle du trône de Dal Perivor n'avait rien à envier à celle de Vo Mimbre. Des contreforts de pierre sculptée saillaient sur les murs et montaient jusqu'au plafond voûté, encadrant de hautes fenêtres étroites, et la lumière filtrant à travers leurs vitraux multicolores sertissait de joyaux les dalles de marbre poli. Un tapis rouge menait au bout de l'immense salle vers l'estrade de pierre où se dressait le trône de Perivor. Le mur tendu de velours rouge s'ornait d'armes antiques, massives : des lances, des masses, des épées énormes, plus grandes que Garion, accrochées entre les bannières des rois qui s'étaient succédé là depuis deux mille ans.

Cette similitude rendait Garion tout rêveur. Il n'aurait pas été étonné de voir Mandorallen en armure étincelante, Barak, le géant à la barbe rouge et Hettar, avec sa queue de cheval, traverser la salle à grands pas pour les accueillir. Il eut à nouveau cette étrange impression de déjà-vu. Il réalisa avec un sursaut d'étonnement qu'en racontant ses expériences passées à Zakath, il les avait en quelque sorte revécues. Il lui sembla confusément qu'évacuer ainsi le passé le purifiait en vue de la rencontre maintenant inéluctable à l'Endroit-qui-n'est-plus.

— Souffrez, Preux Chevaliers, que je vous présente à Oldorin, notre roi, fit le baron Astellig à l'intention de Garion et Zakath. J'aviserai Sa Majesté des contraintes que votre quête fait peser sur vous.

— Cette courtoisie, cette considération, Messire Astellig, T'honorent grandement, fit Garion. C'est avec joie que nous nous inclinerons devant Ton roi.

Les trois hommes suivirent le tapis rouge menant au trône. Garion remarqua que le roi Oldorin avait l'air plus costaud que Korodullin d'Arendie, mais son regard exprimait une vacuité vertigineuse. Jamais pensée n'avait dû effleurer le cerveau qui se trouvait derrière ces yeux.

Un grand chevalier carré d'épaules s'approcha d'Astellig.

— Voilà, Messire, qui est contraire à la bienséance, dit-il. Ordonne à Tes compagnons de relever leur visière de sorte que le roi puisse contempler ceux qui l'approchent.

— J'exposerai à Sa Majesté la raison de cette nécessaire dissimulation, répondit Astellig avec une certaine raideur. Fais-moi la grâce de croire, Messire, que ces chevaliers, que j'ai la fierté de considérer comme des amis, ne sont point motivés par l'irrespect envers notre bien-aimé roi.

— Je regrette, insista le chevalier, mais je ne puis permettre ceci.

Le baron porta la main à la poignée de son épée.

— Du calme, intervint Garion en retenant son bras de sa main gantée d'acier. Il est, ainsi que nous le savons tous, interdit de dégainer son arme en présence du roi.

— Tu fais, Sire Chevalier, montre d'une connaissance certaine des usages, nota, un ton plus bas, l'homme qui leur barrait le chemin.

— J'ai été maintes fois en présence de monarques, Messire, et suis au fait des usages. Je T'assure que nous n'avons nulle intention de manquer de respect à Sa Majesté en l'approchant à visage couvert, mais nous y sommes contraints par un austère devoir.

— Tu parles bien, Messire Chevalier, admit le chevalier, l'air un peu moins sûr de lui à présent.

— Adoncques consentiras-Tu, Preux Chevalier, à nous accompagner, le baron Astellig, mon compagnon et moi-même vers le trône ? Un homme de Ta bravoure devrait, ce me semble, savoir prévenir tout acte de malveillance.

Garion avait remarqué qu'un peu de brosse à reluire suffisait souvent à détendre l'atmosphère.

— Certes. Qu'il en soit ainsi, Messeigneurs, décida le chevalier comme si on lui arrachait la langue.

Les quatre hommes s'avancèrent et s'inclinèrent avec raideur devant le trône.

— Loué sois-Tu, ô mon roi, commença Astellig.

— Baron, répondit Oldorin en opinant mécaniquement du chef.

— J'ai l'honneur de Te présenter deux chevaliers étrangers qui ont fait un long voyage pour mener à bien une noble quête.

Une lueur d'intérêt s'alluma dans l'œil du roi. Le mot « quête » avait éveillé un écho dans sa tête de Mimbraïque.

— Ainsi que l'a assurément remarqué Sa Majesté, continua Astellig, mes amis ont abaissé leur visière. Qu'elle n'y voie point signe d'irrespect, mais l'indice d'une précaution exigée par la nature de leur quête. Un grand péril menace le monde, et ils ont voyagé ainsi que plusieurs vaillants compagnons afin de l'affronter. Tous jouissent d'une réputation enviable par-delà les vastes océans, aussi craignent-ils, en révélant leur visage, d'être aussitôt reconnus et que le malfaisant personnage dont ils ont voué la perte ne s'ingénie à leur faire obstacle. Adoncques ne peuvent-ils relever leur visière.

— C'est une raisonnable précaution, acquiesça le roi. Salut à vous, Preux Chevaliers, et soyez les bienvenus.

— Loué sois-Tu, ô Sire, fit Garion, et sache que nous Te sommes infiniment reconnaissants de Ta compréhension. Moult enchantements adverses ont déjà émaillé notre quête et m'est avis que révéler notre identité serait nous condamner à l'échec, et promettre le monde entier à la damnation.

— Nous comprenons, Sire Chevalier, et n'exigerons point que Tu nous informes plus avant sur Ta quête. Les murs de tout palais ont des oreilles, et d'aucuns, ici-même, ont peut-être partie liée avec le mécréant que Tu cherches.

— C'est fort bien dit, ô mon Roi, fit une voix râpeuse venue du fond de la salle. Je ne le sais que trop, les pouvoirs des enchanteurs sont tels que même les prouesses de ces deux braves chevaliers ne sauraient en venir à bout.

Garion se retourna. L'homme qui venait de parler avait des yeux d'albâtre, complètement blancs.

— Le sorcier dont je Te parlais, murmura le baron Astellig à l'oreille de Garion. Prends garde à lui, Sire Chevalier, car il a l'oreille du roi.

— Ah, mon bon Erezel ! fit Oldorin en s'illuminant. Daigne approcher du trône. Peut-être, dans Ta grande sagesse, sauras-Tu conseiller à ces preux chevaliers le moyen d'éviter les enchantements qui se dresseront assurément sur leur chemin.

— Avec moult plaisir, ô Sire, répondit Naradas.

— Vous savez qui c'est, j'imagine ? souffla Zakath.

— Oui, répondit Garion sur le même ton.

Naradas s'approcha du trône.

— Si je puis me permettre de vous faire une suggestion, Messeigneurs, fit-il d'une voix onctueuse, un grand tournoi doit avoir lieu d'ici peu. Vous abstenir d'y participer risquerait de mettre la puce à l'oreille des espions qu'a sans doute placés ici celui que vous cherchez. Aussi ne saurais-je trop vous conseiller d'y prendre part.

— Que voilà une merveilleuse idée ! approuva chaleureusement le roi écervelé. Sachez, Preux Chevaliers, qu'Èrezel est un grand sorcier et notre plus proche conseiller. Prenez bien garde à ses paroles, car elles recèlent une infinie sagesse. Nous serons, en outre, fort honoré que deux vaillants chevaliers tels que vous prennent part à nos prochaines joutes.

Garion l'aurait tué. Par cette suggestion apparemment anodine, Naradas venait de gagner un temps précieux. Seulement il ne voyait pas comment se sortir de là.

— Tout l'honneur est pour nous, et nous sommes immensément flattés à la perspective de rompre des lances avec les champions de Sa Majesté, dit-il en serrant les dents. Et quand le tournoi commence-t-il ?

— Dans dix jours d'ici, Messire Chevalier.

CHAPITRE XIII

Les appartements qu'on leur attribua leur semblèrent d'une familiarité troublante — encore une fois. Ces Arendais venus du bout du monde, tant de siècles auparavant, s'étaient manifestement efforcés de reconstituer le palais royal de Vo Mimbre dans ses moindres détails, avec tous ses inconvénients. C'est ce que remarqua aussitôt Durnik, qui ne perdait jamais son esprit pratique.

— Ils auraient tout de même pu profiter de l'occasion pour procéder à quelques améliorations, observa-t-il.

— L'archaïsme a son charme, mon Durnik, répondit Polgara avec un sourire.

— Le charme de la nostalgie, peut-être, Pol, mais quelques touches de modernisme n'auraient pas fait de mal dans le tableau. Tu as remarqué que les bains étaient dans les caves ?

— Là, Dame Polgara, il n'a pas tort, acquiesça Velvet.

— C'était bien plus agréable à Mal Zeth, renchérit Ce'Nedra. Avoir une baignoire dans ses appartements permet de s'amuser et de faire toutes sortes de bêtises tranquillement.

Les oreilles de Garion devinrent d'un beau rouge.

— J'ai l'impression de rater quelque chose d'intéressant, nota finement Zakath.

— Laissez tomber, lâcha sèchement le jeune roi de Riva.

Puis les couturières arrivèrent et les dames s'absorbèrent dans cette activité qui semblait toujours emplir l'âme féminine de rêves voluptueux, ainsi que l'avait remarqué Garion.

Aussitôt après les couturières vinrent des tailleurs apparemment résolus à faire en sorte que tout le monde ait l'air aussi démodé que possible. Beldin refusa obstinément leurs services, bien sûr, et alla jusqu'à montrer à un gaillard un peu insistant un très gros poing noueux afin de lui faire comprendre combien il était satisfait de sa tenue habituelle.

Quant à Garion et Zakath, étant prisonniers de la contrainte que leur avait imposée la Sibylle de Kell, ils restèrent en conserve dans leur armure.

— Faites bien attention pendant le tournoi, leur dit Belgarath quand ils furent enfin seuls. Naradas sait qui nous sommes, et il a déjà réussi à nous retarder. Il pourrait essayer d'améliorer son score. Où allez-vous ? demanda-t-il âprement à Silk qui se glissait subrepticement vers la porte.

— Oh, fouiner un peu par-ci, par-là, répondit le petit voleur en ouvrant de grands yeux innocents. Ça ne peut pas nuire de se tenir un peu au courant des événements.

— D'accord, mais faites attention. Veillez en particulier à ce que rien ne se glisse dans vos poches par erreur. Nous marchons sur la corde raide. Si on vous voyait faucher quoi que ce soit, nous pourrions tous avoir de gros ennuis.

— Enfin, Belgarath, riposta Silk, offensé. M'a-t-on jamais vu faucher quoi que ce soit ?

Sur ces mots, il sortit en marmonnant dans sa barbe.

— Il veut dire qu'il ne vole pas ? demanda Zakath.

— Non, répondit Essaïon avec un sourire. Seulement qu'on ne l'a jamais pris la main dans le sac. Il a quelques mauvaises habitudes, mais nous essayons de l'en débarrasser.

Il y avait longtemps que Garion n'avait pas entendu la voix de son jeune ami. Essaïon était de plus en plus réservé, presque distant. C'était troublant. Il avait toujours été un peu étrange, mais il semblait maintenant voir des choses qui leur échappaient à tous. Garion sentit son sang se glacer dans ses veines en repensant aux paroles prophétiques de Cyradis à Rhéon : « Ta quête sera fertile en grands dangers, et l'un de tes compagnons y laissera la vie. »

Comme si cette évocation l'avait fait apparaître, la sibylle émergea de la chambre où les couturières bourdonnaient autour de ces dames. Ce'Nedra surgit aussitôt derrière elle, vêtue en tout et pour tout d'une courte — *très* courte — chemise.

— C'est une robe parfaitement convenable, Cyradis, protestait-elle.

— Pour Toi, Reine de Riva, rétorqua la sibylle, mais ces fanfreluches ne sont pas pour moi.

— Ce'Nedra ! fit Garion, estomaqué. Ne te promène donc pas toute nue !

— Oh, la barbe ! Tout le monde sait ce que c'est qu'une femme en petite tenue. Aide-moi plutôt à raisonner notre jeune amie mystique. Cyradis, si vous ne mettez pas cette robe, je serai très fâchée contre vous. Et puis il faut absolument que nous fassions quelque chose avec vos cheveux.

La sibylle prit spontanément la petite reine dans ses bras.

— Chère, chère Ce'Nedra ! dit-elle affectueusement. Tu es un noble cœur, et le souci que Tu prends de ma personne m'emplit l'âme de joie. Sois assurée que si d'aventure mes goûts changeaient je me soumettrais volontiers à Ton arbitrage, mais pour l'heure je suis satisfaite de ma simple toilette.

— On ne peut pas discuter avec elle, marmonna Ce'Nedra en levant les bras au ciel.

Puis, sur un charmant retroussis d'ourlet, elle repartit comme elle était venue : en coup de vent.

— Tu ne lui donnes pas assez à manger, Garion, remarqua Beldin. Elle n'a que la peau sur les os.

— Elle me plaît comme ça, rétorqua l'intéressé. Vous voulez vous asseoir, Cyradis ? proposa-t-il courtoisement.

— Si c'est possible.

— Bien sûr.

Il écarta d'un geste Toth qui s'apprêtait automatiquement à aider sa maîtresse et lui approcha un fauteuil confortable.

— Grand merci, Belgarion. Tu es aussi bon que brave, dit-elle, et un sourire illumina son visage. Suis-je si vilaine ainsi ? demanda-t-elle en portant la main à ses cheveux.

— Vous êtes merveilleuse, Cyradis, se récria-t-il. Il faut toujours que Ce'Nedra exagère. Elle ne peut pas s'empêcher de dicter leur conduite aux gens — à commencer par moi.

— Ses efforts ne te pèsent-ils point, Belgarion ?

— Oh non. Je crois même que si elle n'essayait plus de me réformer, ça me manquerait.

— Tu es pris dans les rets de l'amour, roi Belgarion. Si puissant sorcier que Tu sois, m'est avis que cette petite reine a un plus grand pouvoir encore, puisqu'elle Te tient dans le creux de sa main.

— C'est possible, mais ça m'est égal, au fond.

— Ecœurant, ronchonna Beldin. Si ça continue, je crois que je vais vomir.

Silk revint sur ces entrefaites.

— Alors ? demanda Belgarath.

— Naradas vous a coiffé au poteau. Je suis passé à la bibliothèque, et le type qui s'en occupe...

— Le bibliothécaire, dit machinalement le vieux sorcier.

— Si vous voulez. Bref, il m'a dit que Naradas n'avait rien eu de plus pressé en arrivant que de passer la bibliothèque au peigne fin.

— C'est donc ça, murmura Belgarath. Zandramas a envoyé son acolyte faire le boulot à sa place. Et il fouille toujours ?

— Apparemment pas.

— Autant dire qu'il l'a trouvée.

— Et probablement détruite pour nous empêcher d'y jeter un coup d'œil, ajouta Beldin.

— Que non point, doux Beldin, intervint Cyradis. La carte qui T'intéresse existe toujours, mais elle n'est pas à l'endroit où Tu Te proposes de regarder.

— Et, naturellement, vous n'avez pas le droit de nous en dire plus, ironisa Belgarath. Naturellement, répéta-t-il d'un air entendu comme elle hochait la tête en signe de dénégation.

— Vous avez dit *la* carte, insista Beldin, abordant le sujet par la bande. Cela veut-il dire qu'il n'y en a qu'un exemplaire ?

Elle acquiesça d'une inclinaison de tête.

— Eh bien, nous n'avons plus qu'à la découvrir, conclut le nain en haussant ses épaules difformes. Ça nous fera une occupation pendant que nos deux héros ici présents s'amuseront à faire des bosses dans les armures de leurs collègues.

— Au fait, Zakath, s'exclama Garion en se tournant vers le Malloréen. J'imagine que vous n'avez pas souvent eu l'occasion de tenir une lance ?

— Pas vraiment, non.

— Eh bien, demain matin, nous tâcherons de trouver un coin tranquille et je vous donnerai quelques conseils.

— Ce n'est peut-être pas une mauvaise idée...

Les deux hommes se levèrent tôt, le lendemain, et sortirent du palais à cheval.

— Nous allons quitter la ville, suggéra Garion. Il y a un champ clos près du palais, mais nous risquons d'y rencontrer du monde et... hem, ne le prenez pas mal, mais les premières passes sont généralement assez difficiles, et je préfère laisser leurs illusions à tous ces gens qui nous prennent pour de valeureux chevaliers. Ils n'ont pas besoin de savoir que vous n'y connaissez rien.

— Merci, fit sèchement Zakath.

— Je doute que vous aimiez être publiquement humilié ?

— Ça non.

— Eh bien, faites ce que je vous dis, croyez-moi.

Ils s'arrêtèrent dans une prairie à quelques lieues de la ville.

— Vous avez deux boucliers, remarqua Zakath. Est-ce la coutume ?

— Le second est pour notre adversaire.

— Quel adversaire ?

— Une souche ou un arbre. Il nous faut bien une cible. Bon, fit Garion en respirant un grand coup, nous allons participer à un tournoi d'apparat. Le but n'est pas de tuer qui que ce soit ; c'est plutôt mal vu. Nous jouterons probablement avec des lances épointées. Ça réduit généralement le nombre des victimes.

— Il arrive tout de même qu'il y ait des morts, non ?

— Ce sont des choses qui arrivent, mais la règle du jeu consiste seulement à faire vider les étriers à l'adversaire. Pour ça, on lui fonce dessus en visant le centre de son bouclier avec la pointe de notre lance.

— Et l'autre nous fait la même chose, sans doute ?

— Exactement.

— Ça doit être assez pénible.

— Ça l'est. Après quelques échanges, vous serez probablement couvert de bleus et de bosses des pieds à la tête.

— Et ils font ça pour s'amuser ?

— Pas seulement. Comme dans toute compétition, ils le font aussi pour voir qui est le plus fort.

— Ah, ça, c'est une chose que je comprends.

— J'en étais sûr.

Ils attachèrent le second bouclier sur la branche basse, élastique, d'un cèdre.

— Ça doit être à peu près la bonne hauteur, décréta Garion. Je vais effectuer quelques passes. Regardez bien comment je m'y prends, puis vous essaierez.

Il maniait la lance comme s'il n'avait fait que ça toute sa vie. Il frappa l'écu en plein milieu à chaque passage.

— Pourquoi vous levez-vous au dernier moment ? demanda Zakath.

— Je ne me lève pas complètement, si vous avez bien regardé. Le principe consiste à se dresser sur ses étriers, à se pencher en avant et à s'arc-bouter. Comme ça, on ajoute la masse de son cheval à son propre poids.

— Pas bête. Bon, à mon tour.

Zakath rata complètement le bouclier lors de sa première tentative.

— Ça n'a pas marché, constata-t-il, mais du diable si je comprends pourquoi.

— Quand vous vous êtes penché en avant, la pointe de votre lance a plongé vers le bas. Vous devez prendre garde à la maintenir bien droite.

— Je vois. Bon, je vais faire un second essai.

Ce coup-ci, il flanqua au bouclier un coup d'une telle force que l'écu fit un magnifique soleil autour de la branche.

— C'était mieux ? demanda-t-il.

— Là, vous l'avez tué, répondit Garion. Quand vous frappez la partie supérieure de l'écu, comme ça, votre lance est déviée vers le haut et rentre droit dans le heaume. Vous avez brisé la nuque de votre adversaire.

— Je vais essayer encore une fois.

Vers midi, le Malloréen avait fait des progrès notables.

— Bon, ça suffira pour aujourd'hui, décréta Garion. Il commence à faire chaud, je trouve.

— Moi, ça va.

— Je pensais plutôt à votre cheval.

— C'est vrai qu'il est en nage.

— Il écume comme tout un bord de mer. Et puis j'ai l'estomac dans les talons, moi.

Le matin du tournoi, il faisait un temps radieux. Une foule bigarrée se pressait dans les rues de Dal Perivor et autour du champ clos où devait se dérouler le tournoi.

— Je viens d'avoir une idée, souffla Garion à Zakath alors qu'ils quittaient le palais. Nous nous fichons complètement de remporter le tournoi, pas vrai ?

— Où voulez-vous en venir ?

— Nous avons quelque chose d'important à faire, et un assortiment de fractures nous retarderait gravement. Nous effectuons un ou deux passages, nous faisons vider les étriers à quelques chevaliers et nous nous laissons désarçonner à notre tour. Nous aurons satisfait aux exigences de l'honneur sans courir trop de danger.

— Vous voudriez que nous nous laissions délibérément vaincre ? avança Zakath, incrédule.

— A peu près, oui.

— Je n'ai jamais perdu une seule compétition de ma vie.

— Je trouve que vous ressemblez chaque jour un peu plus à Mandorallen, soupira Garion.

— D'autre part, reprit Zakath, vous oubliez que nous

sommes censés être des chevaliers invincibles embarqués dans une noble quête. Si nous mordons la poussière comme de vulgaires débutants, Naradas risque de glisser dans l'oreille du roi toutes sortes de sous-entendus et d'insinuations. Alors qu'en gagnant, nous lui coupons l'herbe sous le pied.

— Gagner ? renifla Garion. Vous pigez vite et vous avez appris beaucoup de choses ces derniers jours, mais les chevaliers que nous allons affronter s'exercent depuis leur plus tendre enfance. Nous n'avons pas la moindre chance de vaincre.

— Bon. Je vous propose un compromis, fit Zakath avec un petit sourire. Si nous remportons le tournoi, le roi ne pourra rien nous refuser, d'accord ?

— C'est plus ou moins comme ça que ça marche en général.

— Eh bien, il nous accorderait sûrement de jeter un coup d'œil à cette fameuse carte, ou bien il pourrait obliger Naradas à nous la montrer. Je suis sûr qu'il sait où elle est.

— Mouais... je dois dire que là, vous marquez un point.

— Vous êtes sorcier. Vous pourriez certainement faire en sorte que nous l'emportions, pas vrai ?

— Ce serait de la triche, non ?

— Là, mon ami, il faudrait savoir. Il n'y a pas cinq minutes, vous vouliez que nous nous laissions délibérément tomber de cheval. Si ce n'est pas de la triche, je veux qu'on m'explique ce que c'est. Je vais vous dire : l'empereur de l'infinie Mallorée vous donne sa permission impériale de truander. Maintenant toute la question est de savoir comment vous allez vous y prendre.

Garion réfléchit un instant et tout à coup la lumière fut.

— Je vous ai raconté une fois que j'avais dû mettre fin à une guerre pour permettre à Mandorallen et à sa dulcinée de convoler en justes noces ? Eh bien, voilà comment j'ai fait : les lances finissent toujours par se briser. Avant la fin de ce tournoi, les lices seront pleines d'échardes ; on en aura jusqu'aux chevilles. Or le jour où j'ai arrêté cette guerre, ma lance ne cassait jamais. Je l'avais environnee d'une sorte de champ de force. C'était très efficace. Personne n'est resté en selle, ce jour-là, et les meilleurs chevaliers de Mimbre étaient là.

— Je pensais que vous aviez conjuré un orage ?

— Ça, c'était après. Les deux armées s'apprêtaient à se rentrer dedans de part et d'autre du champ de bataille, mais la foudre a commencé à ouvrir des cratères dans le sol et ils ne s'y sont pas risqués. Ils ne sont quand même pas stupides à ce point.

— Quelle carrière vous avez déjà derrière vous, mon jeune ami ! s'esclaffa Zakath.

— Je dois dire que je me suis bien amusé, ce jour-là, admit Garion. Je n'ai pas souvent eu l'occasion d'embêter deux armées au grand complet. Mais ça m'a valu de gros ennuis par la suite. Quand on fricote avec le temps, on ne peut jamais mesurer toutes les conséquences. Belgarath et Beldin ont passé six mois à arranger les choses dans tous les coins du monde. Mon grand-père m'en a beaucoup voulu. Il m'a traité d'un tas de noms d'oiseaux, et *triple buse* n'était pas le pire.

— Vous avez parlé de lices. De quoi s'agit-il ?

— Ils plantent des poteaux dans le sol et ils y fixent une longue perche, à peu près à la hauteur du garrot du cheval. Les chevaliers foncent l'un vers l'autre de chaque côté de cette perche. Je pense que c'est pour empêcher les chevaux de se rentrer dedans. Les bonnes montures sont précieuses. Au fait, la taille et le poids de nos bêtes devraient nous avantager sensiblement par rapport à nos adversaires.

— Certes, mais je me sentirais quand même plus à l'aise si vous nous donniez un petit coup de pouce.

— Je n'y manquerai pas. Si nous devions jouter à la loyale, nous prendrions tant de coups que nous ne pourrions pas mettre un pied par terre pendant huit jours, et nous avons un rendez-vous. A condition de trouver où il doit avoir lieu...

Le théâtre des opérations était gaiement décoré d'étendards multicolores qui claquaient au vent. Les villageois massés d'un côté du champ regardaient en ouvrant de grands yeux la tribune érigée de l'autre côté pour la cour :

le roi, les dames et les nobles vraiment trop âgés pour entrer en lice. Deux jongleurs en vêtements bigarrés distrayaient la foule pendant que les chevaliers s'apprêtaient. Des pavillons aux rayures de couleurs vives étaient dressés à chaque bout du terrain : les chevaliers pourraient y faire réparer leurs armures et les blessés souffrir à l'abri des regards, le spectacle de gens qui gémissent et se tordent de douleur ayant une fâcheuse tendance à assombrir des après-midi autrement fort agréables.

— Je reviens, fit Garion à son ami. J'ai deux mots à dire à grand-père.

Il mit pied à terre et s'approcha du banc où était assis Belgarath vêtu d'une somptueuse robe de laine blanche. Il avait l'air d'un volcan sur le point d'entrer en éruption.

— Très élégant, commenta Garion.

— Il y a des gens qui se croient drôles, ronchonna-t-il.

— Que voulez-vous, vieille branche, vous avez l'air tellement auguste et vénérable qu'on ne peut s'empêcher de vous vêtir dignement, commenta impudemment Silk qui était assis juste derrière lui.

— Oh, vous, ça va, hein ! Qu'y a-t-il, Garion ?

— Nous allons tricher un peu, Zakath et moi. Si nous gagnons, le roi ne pourra nous refuser une faveur, comme de te laisser regarder sa carte.

— Pas bête.

— Comment peut-on tricher dans un tournoi ? s'étonna Silk.

— On peut toujours tricher, tu devrais le savoir.

— Et tu es sûr de gagner ?

— Quasiment.

Le petit Drasnien se releva d'un bond.

— Où allez-vous ? demanda hargneusement Belgarath.

— Prendre quelques paris, lança le petit homme en détalant.

— Il ne changera jamais, observa le vieux sorcier.

— Encore une petite chose : Naradas est là. C'est un Grolim. Il comprendra tout de suite ce qui se passe. Je voudrais que tu m'en débarrasses. Je n'aimerais pas l'avoir sur le dos au moment crucial.

— Je m'occuperai de lui, promit Belgarath d'un ton

menaçant. Vas-y et fais de ton mieux. Fais attention quand même.

— Oui, Grand-père, promit le jeune homme.

Il tourna les talons et rejoignit Zakath près des chevaux.

— Nous devrions passer en deuxième ou troisième position, annonça-t-il. L'usage veut que les gagnants du précédent tournoi joutent en premier. Ça vous permettra de voir comment on entre en lice. On nous prendra nos lances et on nous donnera celles que vous voyez dans le râtelier, là-bas. Je m'en occuperai dès que nous les aurons en main.

— Vous êtes un homme de ressources, Garion. Dites-moi, que fait Kheldar ? Il court dans ces tribunes comme un vide-gousset au marché.

— Dès qu'il a appris ce que nous préparions, il est allé prendre quelques paris.

— J'aurais dû y penser ! s'esclaffa le Malloréen. Je regrette de ne pas lui avoir demandé de parier pour moi.

— Mouais. Vous auriez peut-être eu du mal à lui faire rendre gorge.

Leur ami, le baron Astellig, mordit la poussière dès son second passage.

— J'espère qu'il n'est pas trop amoché, fit Zakath, un peu ennuyé.

— Il remue toujours, répondit Garion. Il a dû se casser une jambe, c'est tout.

— Au moins, nous n'aurons pas à l'affronter. J'ai horreur de faire du mal aux amis. Sauf que je n'ai presque pas d'amis, bien sûr.

— Vous en avez sûrement plus que vous ne pensez.

Après le troisième passage des chevaliers du premier rang, Zakath dit :

— Garion, vous avez fait de l'escrime ?

— A part les Algarois, les Aloriens ne se battent guère à l'arme blanche, vous savez.

— Bon, imaginez tout de même que vous fassiez pivoter votre poignet ou votre coude au dernier moment, ça détournerait la lance de votre adversaire. Vous n'auriez ensuite qu'à viser le centre de son bouclier alors que sa lance est complètement déviée. Ce serait imparable, vous ne croyez pas ?

— Ce n'est vraiment pas orthodoxe, répondit Garion avec une moue dubitative.

— La sorcellerie non plus. Alors, qu'en dites-vous ?

— Ecoutez, Zakath, vous tenez une lance de quinze pieds. A raison de deux livres par pied, il faudrait avoir des bras de gorille pour arriver à la faire tourner aussi vite.

— Une légère torsion suffirait. Vous me permettez d'essayer ?

— Bof... Je serai là pour vous ramasser si ça rate.

— Je savais que je pouvais compter sur vous, s'exclama le Malloréen avec une excitation presque enfantine.

— O mes aïeux..., gémit Garion, effondré.

— Ça ne va pas ? s'inquiéta Zakath avec sollicitude.

— Si si, très bien. Allez-y et tentez le coup si vous y tenez tant que ça.

— Qu'est-ce que ça peut faire, de toute façon, puisque je ne risque pas d'être blessé ?

— A votre place, je n'en serais pas si sûr. Vous voyez ça ? fit Garion en lui indiquant un chevalier qui avait été désarçonné, projeté à la renverse sur la perche séparant les lices, et qui semait des bouts d'armure à tous les vents.

— Il n'est pas mort, au moins ?

— Il remue faiblement, mais avant que les médecins ne s'occupent de lui, il leur faudra un forgeron pour l'extraire de sa cuirasse.

— Ça doit marcher, j'en suis persuadé, répéta obstinément Zakath.

— Si ça rate, je vous promets des funérailles nationales. Bon, c'est à nous. Allons chercher nos lances.

L'extrémité des lances de tournoi était rembourrée par des couches superposées de peaux de mouton entourées de toile, ce qui formait une boule ronde, à l'air inoffensif. Garion savait pourtant qu'elle pourrait projeter un homme à terre avec une force prodigieuse, et que c'était moins l'impact de l'arme qui faisait des dégâts que le contact violent avec le sol. Il avait la tête un peu ailleurs quand il concentra son Vouloir et ne trouva pas mieux pour le Verbaliser que de dire : « Fais comme ça ». Les choses ne se passèrent pas tout à fait comme prévu. Son premier adversaire fut désarçonné cinq pieds avant que la hampe du jeune roi de Riva n'effleure son bouclier et Garion dut ajuster le champ de force entourant leurs armes. Il constata non sans surprise que la technique de Zakath marchait parfaitement. Une torsion presque indécelable de l'avant-bras déviait la lance de son adversaire tandis que la sienne heurtait le bouclier de l'autre en plein centre. Garion constata qu'un homme brutalement éjecté du dos d'un cheval au galop parcourait une certaine distance en vol plané et faisait, en heurtant le sol, un bruit assez comparable à celui d'une forge qui s'effondrerait. Leurs deux adversaires repartirent à l'horizontale, sur des civières.

Ce ne fut pas une bonne journée pour l'honneur de Perivor. Au fur et à mesure que le roi de Riva et l'empereur de Mallorée se familiarisaient avec leurs lances améliorées, les preux cuirassés d'acier tombaient comme des fétus de paille et allaient emplir les infirmeries. La joute prit bientôt des allures de cataclysme. Mais l'aveuglement héréditaire des Mimbraïques finit par céder devant la vague intuition qu'ils affrontaient deux adversaires invincibles. Les chevaliers survivants de Perivor se réunirent et tinrent conseil. Puis, à l'unanimité, ils déclarèrent forfait.

— Quel dommage, soupira Zakath avec regret. Je commençais juste à m'amuser.

Garion préféra s'abstenir de toute réponse.

Les deux hommes se dirigeaient vers la tribune d'honneur pour les salutations traditionnelles lorsque Naradas, le sorcier aux yeux blancs, s'approcha avec un sourire onctueux.

— Félicitations, Preux Chevaliers, dit-il. Vous êtes hommes de grande valeur et d'une habileté extraordinaire. Vous l'avez emporté et les lauriers de la victoire sont à vous. Peut-être êtes-vous au fait de la suprême récompense dévolue aux vainqueurs de ce tournoi ?

— J'avoue que non, répondit platement Garion.

— Vous vous êtes battus, ce jour, pour l'honneur de

vaincre une créature importune qui tantôt semait la perturbation dans notre beau royaume.

— Quel genre de créature ? s'enquit Garion, sur la défensive.

— Voyons, Sire Chevalier ! Un dragon, bien sûr

CHAPITRE XIV

— Il nous a encore blousés ! grommela Beldin alors qu'ils regagnaient leurs appartements après le tournoi. Il commence à me courir, ce salopard aux yeux de poisson bouilli. Je vais finir par prendre des mesures radicales.

— Ce ne serait pas discret, objecta Belgarath. Les gens d'ici ne sont pas complètement mimbraïques. La sorcellerie fait un certain bruit, précisa-t-il à l'intention de Cyradis.

— Oui, acquiesça-t-elle. Je sais.

— Vous l'entendez donc... Y a-t-il sur cette île d'autres Dals qui pourraient l'entendre aussi ?

— Oui, Vénérable Belgarath.

— Et ces Mimbraïques mâtinés de Dalasiens ? Croyez-vous qu'ils le percevraient également ?

— C'est certain.

Garion tiqua.

— Si je comprends bien, la moitié des habitants de Dal Perivor ont entendu ce que j'ai fait avec les lances.

— Avec ce vacarme ? Ça m'étonnerait, objecta Belgarath.

— Je ne savais pas que ça faisait une différence.

— Bien sûr que si.

— Eh bien, moi, commença Silk, je me passerai de la sorcellerie et je vous garantis que ça ne fera pas de bruit.

— Ça laisserait des traces, Kheldar, objecta Sadi, et nous sommes les seuls étrangers au palais. On risquerait de se poser toutes sortes de questions embarrassantes si on retrouvait Naradas avec une de vos dagues entre les omoplates. Je vous propose de me laisser régler le problème. Avec mes méthodes, ça paraîtrait beaucoup plus naturel.

— Enfin, Sadi, c'est un assassinat de sang-froid que vous projetez, se récria Durnik.

— Croyez, mon bon Maître Durnik, que je comprends vos scrupules, répondit l'eunuque, mais ce n'est pas la première fois que nous nous faisons avoir par ce Naradas et ça pourrait nous coûter cher à la longue. Il faut en finir.

— Il a raison, Durnik, confirma Belgarath.

— Zith ? suggéra Velvet.

— Elle ne veut plus quitter sa progéniture, même pour le plaisir de mordre quelqu'un, répondit l'eunuque en secouant la tête. Mais j'ai d'autres petites choses tout aussi efficaces.

— En attendant, à cause de ce stupide tournoi, reprit Garion d'un ton morne, Zakath et moi, nous devons maintenant affronter Zandramas. Et tout seuls, encore.

— Zandramas, sûrement pas, rectifia Velvet. Pendant que vous vous couvriez d'honneur, nous avons parlé avec les dames de la cour, Ce'Nedra et moi. Nous avons appris que cette « redoutable créature » se montrait de temps en temps, depuis des siècles, or Zandramas n'est dans la course que depuis une douzaine d'années, si je suis bien renseignée. Je crois donc que vous allez combattre un vrai dragon.

— J'en suis moins sûre que vous, Liselle, objecta Polgara. Zandramas peut se changer en dragon. C'est peut-être elle qui terrorise la contrée, cette fois, pendant que le vrai dragon dort tranquillement dans son repaire. Elle n'a jamais renoncé à provoquer la confrontation avant l'heure.

— Si c'est elle, je le saurai tout de suite, fit Garion. La dernière fois que nous nous sommes rencontrés, je lui ai coupé le bout de la queue. Si le dragon que nous combattons demain a la queue sectionnée, nous saurons à quoi nous en tenir.

— Nous sommes vraiment obligés d'assister aux festivités de ce soir ? ronchonna Beldin.

— C'est l'usage, mon Oncle, acquiesça Polgara.

— J'avions rein à nous met' su'l'dos, geignit le petit sorcier bossu en retrouvant l'accent paysan de Feldegast.

— Je vais vous arranger ça, moi, fit-elle entre ses dents.

Le banquet de ce soir-là était en préparation depuis des semaines. C'était le couronnement du tournoi, et rien n'y manquait, depuis le festin (auquel, avec leur visière, Garion et Zakath ne purent goûter) jusqu'aux danses (dont, toujours bardés de fer, ils devaient se dispenser), en passant par toutes sortes de discours ampoulés glorifiant les exploits de ces « puissants champions qui ont, par leur présence, apporté un lustre inégalé à notre île du bout du monde », ainsi que le dirent et le répétèrent *ad nauseam* les nobles assemblés à la cour du roi Oldorin.

— Vous pensez qu'ils vont encore longtemps rivaliser d'éloquence comme ça ? souffla Zakath à l'oreille de Garion.

— Oh, ça peut durer des heures.

— J'avais peur que vous me répondiez ça, soupira-t-il. Hé, voilà les dames.

Arguant de la nécessité de rester anonymes, les dames n'avaient pas quitté leurs appartements depuis leur arrivée. Elles firent leur entrée dans la salle du trône exactement comme si elles venaient de l'acheter. Polgara était royale dans son éternelle tenue de velours bleu bordé d'argent. Ce'Nedra portait une robe crème qui ressemblait beaucoup à sa robe de mariage, sans les perles, et son opulente chevelure cuivrée cascadait sur l'une de ses épaules. Velvet avait opté pour du satin bleu pervenche, et tous les jeunes chevaliers de Perivor, ou du moins ceux qui tenaient encore debout compte tenu de leurs activités de la journée, tombèrent aussitôt éperdument amoureux d'elle. Cyradis, étrangement, n'était pas là. Mais était-ce si étrange que ça, au fond ?

— Je crois que le moment est venu de procéder à certaines obscures présentations, murmura Garion.

Il s'avança pour escorter ces dames jusqu'au trône et s'inclina légèrement.

— Je ne puis, ô Sire, pour les motifs de discrétion que

je T'ai exposés, Te révéler les détails de leur origine, mais je manquerais à tous les devoirs de la courtoisie envers Toi comme envers ces gentes dames en m'abstenant de Te les faire connaître. J'ai l'honneur de présenter à la cour Sa Grâce, la Duchesse d'Erat.

Là, il ne risquait pas grand-chose. Qui, dans cette île du bout du monde, aurait pu entendre parler d'Erat ?

— Majesté, fit Polgara de sa belle voix grave, en s'inclinant gracieusement.

Oldorin se leva avec enthousiasme et se plia en deux.

— La présence de Sa Grâce illumine notre modeste palais, déclama-t-il avec emphase.

— Son Altesse la Princesse Xera, reprit Garion. Ton vrai nom risque d'être un peu trop connu, chuchota-t-il en voyant Ce'Nedra ouvrir des yeux comme des soucoupes

La petite reine comprit aussitôt de quoi il retournait.

— Majesté, murmura-t-elle en esquissant une révérence en tout point digne de celle de Polgara.

Allons, une fille ne pouvait pas grandir dans un palais impérial sans finir par apprendre deux ou trois trucs.

— Ta beauté, Princesse, nous prive de repartie, répondit galamment le roi.

— Il est mignon tout plein, non ? ronronna Ce'Nedra.

— Enfin, Sire, continua Garion en désignant Velvet d'un ample geste du bras, la troisième mais certainement pas la moindre des trois, la Margravine de Turia.

Il n'était pas mécontent de ce nom à l'instant surgi de son imagination.

— Majesté, murmura Velvet en s'inclinant, et quand elle se releva, elle braqua sur le souverain son fameux sourire plein de fossettes.

— Ton minois, gente damoiselle, nous fait battre le cœur tel un oiseau affolé, bredouilla le roi en se fendant d'une nouvelle révérence, puis il regarda autour de lui avec étonnement. Nous pensions, Sire Chevalier, avoir vu une autre dame parmi Tes compagnons, remarqua-t-il.

— Une aveugle, Sire, répondit très vite Polgara. Une pauvre fille qui s'est récemment jointe à nous. Que voudraient dire les fastes et les réjouissances de la cour pour une malheureuse qui vit perpétuellement dans les ténèbres ? Son grand compagnon s'occupe d'elle. C'était un fidèle serviteur de sa famille. Il la guide et la protège depuis le triste jour où la lumière a pour jamais déserté son regard.

Deux grosses larmes roulèrent sur les joues du roi. Décidément, ces Arendais étaient aussi sentimentaux que leurs lointains cousins.

Puis les autres compagnons de Garion firent leur entrée et le jeune roi de Riva se félicita de porter sa visière baissée. Elle dissimulait son sourire. Beldin évoquait un orage sur le point d'éclater. On lui avait lavé, démêlé et peigné les cheveux et la barbe, et il portait une robe assez semblable à celle de Belgarath mais de couleur bleue. Garion improvisa une série de présentations aussi fantaisistes que les précédentes et qu'il conclut ainsi :

— Enfin, Sire, voici Maître Feldegast, un bateleur de génie dont les prodigieuses facéties illuminent notre route.

Beldin le foudroya du regard et se fendit d'une courbette symbolique.

— Ah, Majesté, j'étions submergé par la splendeur d'vot' cité et d'vot' sublim' palais, là. Vous faites honte à Tol Honeth, Mal Zeth et Melcène, autant d'villes qu'j'avions visitées au cours d'mes pérégrinations et qui s'sont point encore r'mises d'mon incomparab' prestation, j'vous l'disions comme je l'pensions.

— Ah, Maître Feldegast ! fit le roi avec un sourire qui lui allait d'une oreille à l'autre. Des hommes comme Toi sont des biens rares et précieux dans cette vallée de larmes !

— C'est ben grand et généreux d'vot' part ed'dire ça !

Les formalités achevées, Garion et ses compagnons se mêlèrent à la foule. Une jeune femme aux yeux de braise se propulsa avec détermination vers Garion et Zakath.

— Vous êtes assurément, Messeigneurs, les plus braves chevaliers du monde, déclama-t-elle en se prosternant devant eux. La sublime position de vos compagnons proclame hautement que vous êtes sans nul doute des hommes de haut rang, voire royal. Quel est, Sire Chevalier, Ta condition ? demanda-t-elle à Garion en le gratifiant d'une œillade incendiaire. Serais-Tu, d'aventure, libre de tout engagement ?

Encore une de ces répétitions, soupira intérieurement Garion. Enfin, cette fois, au moins, il savait comment négocier la situation.

— Je suis marié, Gente Demoiselle, répondit-il.

— Ah, fit-elle, visiblement déçue. Et Toi, Sire Chevalier ? demanda-t-elle en se tournant vers Zakath. Es-tu mêmement engagé, marié, ou promis ?

— Que non point, Ma Dame, répondit Zakath, un peu intrigué.

Les yeux de la fille se mirent à briller. Garion jugea le moment venu d'intervenir.

— Il est temps, ami, de prendre Ton remède.

— Mon remède ? s'étonna Zakath.

Garion poussa un soupir à fendre l'âme.

— M'est avis que le mal empire, dit-il d'un air chagrin. Ces absences présagent les symptômes plus violents qui s'ensuivront inévitablement. Puissent les sept Dieux faire en sorte que nous menions rapidement notre quête à son terme, avant qu'il ne succombe irrémédiablement à la folie héréditaire qui est la malédiction de sa famille.

Le jeune femme battit en retraite, l'air beaucoup moins résolu tout à coup.

— Que racontez-vous, Garion ? marmonna Zakath d'un ton accusateur.

— Je suis déjà passé par là. Cette fille cherchait un mari.

— C'est ridicule !

— Pas pour elle, je vous assure.

Puis les courtisans ouvrirent le bal. Garion et Zakath se replièrent sur le côté et observèrent un instant les évolutions des danseurs.

— Grotesque, marmonna Zakath. Je n'ai jamais compris que des hommes sensés puissent perdre leur temps à se trémousser comme ça.

— Ils font ça pour leurs femmes, répondit Garion. Elles adorent toutes danser. Ça doit être un truc viscéral.

Il jeta un coup d'œil vers le trône. Le roi Oldorin battait la mesure du pied en souriant, et il était tout seul. Garion poussa Zakath du coude et lui fit signe de le suivre.

Il trouvèrent Belgarath à l'abri d'un contrefort, en train de s'ennuyer ferme.

— Grand-père, souffla Garion, personne ne parle au roi pour l'instant. Je crois que c'est le moment de lui parler de cette carte.

— Bonne idée. Les festivités risquent de durer une bonne partie de la nuit, et nous avons peu de chance d'obtenir une audience privée.

Ils approchèrent du trône et s'inclinèrent avec dignité.

— Serait-ce, Sire, trop Te demander que de nous entendre quelques instants ? commença Garion.

— Que non point, Messeigneurs. Vous êtes, Ton compagnon et Toi-même, nos champions, et il serait en vérité fort discourtois de notre part que de ne point vous prêter une oreille attentive. De quelle affaire souhaites-Tu nous entretenir ?

— Ce n'est qu'une petite chose, Majesté. Maître Garath, que voici (Garion avait pris la précaution d'omettre le *Bel* de son nom lors des présentations), est, ainsi que j'ai eu l'honneur de Te le dire, mon conseiller le plus avisé. Il guide mes pas depuis l'enfance. C'est, par ailleurs, un érudit de grand renom et il s'est récemment tourné vers l'étude de la géographie. Les géographes sont opposés par une antique querelle concernant la configuration du monde antique, or Maître Garath a entendu dire qu'une antique charte serait conservée ici, au palais de Perivor. La curiosité étant le propre du chercheur, Maître Garath m'a prié de Te demander si Tu lui accorderais, dans Ton infinie bonté, la faveur de la consulter.

— De fait, Maître Garath, nous Te confirmons l'exactitude de Tes informations, répondit le roi. La carte que Tu cherches est l'une de nos plus précieuses reliques, car c'est celle-là même qui jadis guida nos ancêtres jusqu'à ces rivages. Dès que nous en aurons le loisir, c'est avec grand plaisir en vérité que nous T'en faciliterons l'accès, Te permettant ainsi d'avancer dans Tes études.

C'est alors que Naradas sortit, tel un diable de sa boîte, des draperies pourpres tendues derrière le trône.

— Il est à craindre, ô mon bien-aimé Roi, que le moment ne se prête guère aux études, lâcha-t-il avec hauteur. Je T'apporte, hélas, des nouvelles préoccupantes. Un messager venu de l'est nous annonce que l'odieux dragon ravage le village de Dal Esta à moins de trois lieues d'ici. Nul ne peut prédire jusqu'où s'étendront les déprédations de la bête. Elle pourrait ensuite rôder dans la forêt pendant des jours avant d'en sortir. Tu auras sans doute à cœur, ô mon Roi, de tirer parti de cette tragédie. Le moment est venu de frapper. Nos deux champions ne pourraient trouver meilleure occasion pour déclarer sus à la bête et nous en débarrasser. Constatant par ailleurs que ces puissants chevaliers se reposent beaucoup sur les conseils de ce sage vieillard, je suggère qu'il les accompagne pour guider leur stratégie.

— Tu parles d'or, Erezel ! s'exclama chaleureusement le monarque sans cervelle. Nous redoutions qu'il ne nous faille des semaines pour débusquer la bête. Allez donc, mes champions, Maître Garath. Débarrassez mon royaume de ce dragon et rien de ce que vous pourrez nous demander ne vous sera refusé.

— Voilà, Maître Erezel, une nouvelle qui tombe à pic, lâcha Belgarath. Comme le dit Sa Majesté, Tu nous auras fait gagner bien du temps, cette nuit. Sitôt que j'en aurai le loisir, je Te récompenserai comme Tu le mérites.

Il parlait d'une voix atone, mais Garion connaissait assez son grand-père pour discerner la menace sous ces paroles anodines. Naradas ne s'y trompa pas.

— Ne me remercie point, Maître Garath, répondit-il en rentrant la tête dans les épaules. Je ne fais que mon devoir envers mon roi et son royaume.

— Le devoir, bien sûr, reprit Belgarath. Nous avons tous des devoirs, n'est-ce pas ? Rappelle-moi au bon souvenir de l'Enfant des Ténèbres, la prochaine fois que Tu l'invoqueras. Dis-lui que nous nous rencontrerons sans tarder, ainsi qu'il est écrit de toute éternité.

Puis il fit volte face et traversa la salle à grands pas, écartant les danseurs. Il quitta la salle, ses compagnons en armure sur les talons, et sitôt dans le corridor désert, il éclata en imprécations.

— Il m'a encore refait ! fulmina-t-il. Juste au moment où j'allais mettre la main sur cette fichue carte !

— Tu veux que je prévienne les autres ? proposa Garion.

— Non. Ils voudraient nous accompagner et je ne suis pas d'humeur à discuter. Nous allons leur laisser un mot.

— Encore ?

— L'histoire ne balbutie plus, elle bégaye, hein ?

— Pourvu que tante Pol ne réagisse pas comme l'autre fois !

— Quelle autre fois ? demanda Zakath, intrigué.

— Quand nous sommes partis, Silk, Grand-père et moi, pour aller affronter Torak, nous avons quitté Riva sans tambours ni trompettes, lui expliqua Garion. Nous avions laissé un mot à tante Pol et elle l'a plutôt mal pris. Il paraît qu'il y a eu pas mal de pleurs, de grincements de dents et de bris de vaisselle.

— Dame Polgara ? C'est la distinction même !

— Ne vous y trompez pas, renifla Belgarath. Elle peut être redoutable quand les choses ne marchent pas comme elle veut.

— Ça doit être de famille, fit platement Zakath.

— Ah, ah, très drôle. Allez aux écuries, tous les deux. Sellez vos chevaux et faites-vous expliquer où est au juste ce village. Je vais voir Cyradis et tâcher de lui extorquer quelques réponses avant de partir. On se retrouve dans la cour.

Garion et Zakath récupéraient leurs lances dans le râtelier fixé au mur de l'écurie quand Belgarath les rejoignit. Les trois hommes montèrent en selle et quittèrent le palais.

— Tu as tiré quelque chose de Cyradis ? demanda Garion.

— Deux ou trois informations, répondit Belgarath. Elle m'a confirmé que le dragon de la région n'était pas Zandramas.

— C'en serait donc un vrai ?

— Sans doute, mais à ce moment-là, elle s'est remise à parler par énigmes : des esprits influenceraient le dragon. Autant dire que vous avez intérêt à prendre garde, vous deux. Le dragon est généralement une créature stupide, mais guidé par un esprit, il pourrait avoir des lueurs d'intelligence.

Une ombre furtive s'approcha d'eux. C'était la louve.

— Comment va notre petite sœur ? demanda Garion en se retenant, au dernier moment, de l'appeler « Grand-mère ».

— Celle-ci est contente, répondit-elle. Celle-ci va chasser avec vous.

— La créature que l'on traque n'est pas bonne à manger, sache-le.

— L'on ne chasse pas seulement pour se nourrir.

— Celui-ci se réjouit, dans ce cas, de ta compagnie.

— Que dit-elle ? s'informa Zakath.

— Elle veut venir avec nous.

— Vous lui avez dit que ça risquait d'être dangereux ?

— Je crois qu'elle le sait.

— De toute façon, les loups n'en font qu'à leur tête, fit Belgarath en haussant les épaules.

Ils franchirent les portes de la ville et prirent la route que leur avait indiquée un garçon d'écurie.

— Le village serait à quatre lieues d'ici, annonça Garion.

Belgarath leva la tête. La lune était pleine et haute dans le ciel.

— Parfait, conclut-il. Allez, au galop ! Nous réduirons l'allure quand nous en serons à une demi-lieue.

— Et à quoi verrons-nous que nous en sommes à une demi-lieue ? objecta Zakath.

— Aux lumières, répondit laconiquement Belgarath.

— Les dragons ne crachent pas vraiment du feu, quand même ?

— Si, pourquoi ? Vous êtes en armure, vous n'avez rien à craindre. Enfin, ses flancs et son ventre devraient être un peu plus tendres que son dos. Essayez de lui planter vos lances dans le corps, puis achevez-le à l'épée. Tâchez de ne pas traîner. Je voudrais rentrer au palais en vitesse et mettre la main sur cette carte. Bon, on y va !

Une heure plus tard, ils arrivaient en vue de la lueur attendue. Belgarath retint son cheval.

— Allons-y doucement, dit-il. Essayons de le repérer avant de tomber dessus tête baissée.

— Celle-ci part en reconnaissance, annonça la louve et elle s'enfonça dans les ténèbres.

— Je suis content qu'elle soit venue, fit Belgarath. Je ne sais pas pourquoi, je trouve sa présence réconfortante.

Garion se félicita pour la énième fois que sa visière dissimule son sourire.

Le village de Dal Esta était perché au sommet d'une colline. Des colonnes de flammes d'un rouge sale montaient des granges et des maisons en feu. Ils entamèrent la montée. La louve les attendait à mi-chemin.

— Celle-ci a vu la créature recherchée, annonça-t-elle. Elle mange de l'autre côté de l'endroit où se trouvent les tanières des deux-pattes.

— Et... que mange-t-elle ? demanda Garion, prêt à tout.

— Une bête comme celle où les deux-pattes sont assis.

— Alors ? demanda Zakath.

— Le dragon est de l'autre côté du village, traduisit Belgarath. En train de manger un cheval.

— Un cheval ? Ecoutez, Belgarath, ce n'est pas le moment de plaisanter. De quelle taille est cette *chose* ?

— Bof, de la taille d'une maison. Plus les ailes, bien sûr.

— Bon, reprit le Malloréen en déglutissant péniblement. On pourrait peut-être reconsidérer la question ? Je n'ai pas eu beaucoup de joies dans la vie, ces dernières décennies. J'aimerais bien en profiter encore un peu.

— Je crains que nous ne puissions plus reculer, soupira Garion. Les dragons ne volent pas très vite et il leur faut un moment pour quitter le sol. Nous allons essayer de le prendre par surprise pendant qu'il finit sa dégustation et de le tuer avant qu'il ne se jette sur nous.

Ils contournèrent prudemment la colline en remarquant au passage les récoltes ravagées et les carcasses de vaches à demi dévorées. Ce n'étaient pas les seules choses mortes, mais Garion évita soigneusement de regarder les autres.

Et puis ils le virent.

— Par les dents de Torak ! jura Zakath. C'est plus gros qu'un éléphant !

Le dragon maintenait une carcasse de cheval par terre avec ses pattes de devant et il ne mangeait pas : il bâfrait.

— C'est le moment de tenter le coup, murmura Belgarath. Ces animaux-là ont généralement tendance à oublier tout le reste quand ils dévorent. Faites attention. Ecartez-vous dès que vous aurez planté vos lances dedans et ne laissez pas tomber vos montures. Si elles ont le malheur de toucher le sol, le dragon les tuera, et un homme à terre est plus vulnérable qu'à cheval. Nous allons nous glisser par-derrière, notre petite sœur et nous-mêmes, et nous jeter sur sa queue. Ces monstres sont généralement sensibles de ce côté-là, et quelques morsures devraient vous fournir la diversion dont vous avez besoin.

Il mit pied à terre, s'éloigna un peu des chevaux, son image se brouilla et il se changea en un grand loup argenté.

— Ça ne me dit rien du tout, admit Zakath.

Garion observait attentivement le dragon en train de dîner.

— Bien, vous remarquerez qu'il a les ailes relevées, dit-il tout bas. Quand il a la tête penchée comme ça, elles l'empêchent de voir ce qui se passe dans son dos. Faites-en le tour de ce côté-ci, je passe de l'autre. Quand nous serons en position, je sifflerai et nous chargerons. Tâchez de rester derrière cette aile soulevée. Enfoncez votre lance le plus profondément possible et laissez-la dedans. Quand le monstre sera hérissé de lances, il devrait avoir un peu de mal à bouger. Après l'avoir embroché, filez de là ventre à terre.

— Vous dites ça avec un sang-froid...

— Ce n'est pas le moment de perdre le nord. Si nous commençons à nous poser des questions, nous sommes fichus. Ce que nous allons faire n'est pas formidablement rationnel, vous savez. Allez, bonne chance.

— Bonne chance à vous aussi !

Ils se séparèrent et s'approchèrent lentement de la bête toujours occupée à son sinistre festin. Quand il fut en place, Zakath leva deux fois sa lance. Garion respira un grand coup. Il remarqua que ses mains tremblaient légèrement. Il chassa toute pensée, se concentra sur un point situé juste derrière l'omoplate du dragon et poussa un sifflement strident.

Ils chargèrent.

L'un dans l'autre, la stratégie de Garion ne marcha pas mal, mais les écailles du dragon étaient beaucoup plus coriaces que prévu et leurs lances ne plongèrent pas aussi profondément dans ses flancs qu'ils l'auraient voulu. Il fit volter Chrestien et s'éloigna à bride abattue.

La bête poussa un cri strident, cracha un geyser de feu et tenta de se tourner vers Garion. Comme il l'espérait, les lances qui hérissaient les flancs du monstre nuisaient à sa maniabilité. Puis Belgarath et la louve fondirent sur lui et lui mordirent sauvagement la queue. Le dragon battit désespérément ses ailes de chauve-souris, s'éleva majestueusement dans les airs en hurlant et en vomissant des flammes.

— *Il s'en va* ! projeta mentalement Garion à l'intention de son grand-père.

— *Il va revenir. C'est une créature très vindicative.*

Garion rejoignit Zakath de l'autre côté du cheval crevé.

— Nous l'avons sûrement blessé à mort, fit le Malloréen d'un ton plein d'espoir.

— N'y comptez pas trop, objecta le jeune roi de Riva. Nous n'avons pas enfoncé les lances très profondément. Nous aurions dû prendre davantage d'élan. Grand-père dit qu'il va revenir.

— *Garion*, fit mentalement Belgarath. *Je vais faire quelque chose. Dis à Zakath de ne pas paniquer.*

— Zakath, traduisit Garion, Grand-père va faire appel à la magie. Je ne sais pas ce qu'il prépare au juste, mais n'ayez pas peur.

Peu après, Garion perçut la vague d'énergie familière et le ciel devint d'un beau bleu azur.

— Très joli, mais pourquoi fait-il ça ? s'étonna Zakath d'une voix un peu tendue tout de même.

Belgarath sortit silencieusement des ténèbres.

— Ça devrait aller, dit-il dans la langue des loups.

— Qu'as-tu fait ? questionna son petit-fils.

— Un genre de bouclier. Ça vous protègera des flammes, au moins partiellement. Votre armure fera le reste. Vous aurez peut-être un peu chaud, mais vous ne finirez pas rôtis. Evitez quand même de faire les fous. Cette créature a toujours ses grandes dents pointues.

— C'est un genre de bouclier, traduisit Garion à Zakath. Il devrait contribuer à nous protéger des flammes.

A cet instant, de l'est, montèrent un hurlement et une colonne de flammes noirâtres.

— Attention ! dit sèchement Garion. Le revoilà !

Il dégaina l'épée de Poing-de-Fer en ordonnant à l'Orbe de se tenir tranquille. Un sifflement métallique lui apprit que Zakath avait lui aussi tiré son épée à deux mains.

— Ecartons-nous, lança Garion, qu'il ne puisse pas nous attaquer tous les deux à la fois. Jetez-vous sur sa queue, ça les rend toujours dingues, ces animaux-là. Il tentera de se retourner pour protéger ses arrières. Puis celui de nous deux qui sera devant essaiera de lui trancher le cou.

— Parfait, acquiesça Zakath.

Ils se séparèrent à nouveau et attendirent l'assaut du monstre en serrant les dents.

Le dragon avait arraché à coups de dents les lances dont ils l'avaient lardé ; il n'en subsistait que de courts moignons. Il se jeta sur Zakath avec une telle violence qu'il lui fit vider les étriers. Le Malloréen tenta désespérément de reprendre son équilibre alors que la bête l'engloutissait sous les flammes.

Il s'efforça frénétiquement de se remettre sur ses pieds, mais il ne pouvait s'empêcher de se recroqueviller à chaque jet de flammes tout en esquivant les serres du dragon qui plongeaient sur lui. La tête reptilienne fondit sur lui et ses crocs crissèrent sur son armure.

Garion décida alors de revoir sa stratégie. Il se laissa glisser à terre et vola au secours de Zakath.

— Du feu ! hurla-t-il à l'Orbe, et son épée s'anima aussitôt de la flamme bleue coutumière.

Il savait que Torak avait créé les dragons réfractaires à la sorcellerie ordinaire, mais ils n'étaient peut-être pas immunisés contre le pouvoir de l'Orbe. Garion fit un bouclier de son corps à Zakath qui se débattait toujours à terre et repoussa le dragon en lui assenant des coups redoublés de son immense épée. Sa lame embrasée s'enfonçait en crépitant dans son museau et la bête poussait des hurlements de douleur à chaque coup, mais elle tenait bon.

— Debout, vite ! cria-t-il à Zakath.

Il entendait, derrière lui, bringuebaler l'armure du Malloréen qui essayait de se redresser. Tout à coup, faisant fi de la douleur, le dragon lança ses serres vers Garion, le déséquilibrant. Il tomba à la renverse, sur Zakath. La bête poussa un cri de triomphe et plongea sur eux. Le jeune homme darda frénétiquement sa lame crépitante vers le mufle hideux du monstre et fit sauter son œil gauche, proéminent. Tout en se démenant pour se relever, Garion fut traversé par une étrange pensée : c'était le même œil. C'était l'œil gauche de Torak que le pouvoir de l'Orbe avait détruit, et voilà que la même mésaventure venait d'arriver au dragon. Alors, malgré le terrible danger qui les menaçait, Garion fut certain qu'ils allaient l'emporter.

Le dragon recula en hurlant de peur et de rage. Garion en profita. Il se releva comme il put et aida Zakath à en faire autant.

— Attaquez-le par la gauche ! aboya-t-il. Il est aveugle de ce côté, maintenant ! Visez son cou pendant que je détourne son attention !

Ils se hâtèrent de passer à l'action avant que le dragon ne reprenne ses esprits. Garion lui abattit sa grande épée embrasée sur la tête et lui ouvrit dans le mufle une énorme blessure d'où jaillit un flot de sang. La bête riposta en l'engloutissant dans un tourbillon de flammes. Garion l'ignora. Il plongea en avant et lui frappa le museau à coups redoublés. Il voyait Zakath abattre, tel un bûcheron, son épée sur le cou reptilien du monstre, mais la cuirasse écailleuse défiait tous ses efforts. Comme Garion le harcelait de plus belle, le monstre borgne tenta de l'écraser sous l'une de ses serres. Le jeune roi de Riva s'acharna alors sur sa patte écailleuse, la tranchant à moitié. Fou de douleur, le dragon commença à reculer lentement, peu à peu.

— Continuez, Zakath ! beugla Garion. Ne lui laissez pas le temps de se reprendre !

Les deux hommes en armure conjuguèrent leurs efforts pour repousser la hideuse bête. Quand Garion frappait, le dragon braquait sa tuyère sur lui et le noyait sous les flammes. Alors Zakath lui flanquait un coup sur la nuque, plus vulnérable. La bête faisait pivoter son cou reptilien pour riposter et Garion attaquait à nouveau. Affolé, le monstre tournait la tête d'un côté et de l'autre, impuissant. Son souffle incendiaire atteignait les buissons et la terre plus souvent que ses assaillants. Pour finir, incapable d'en supporter davantage, il battit fébrilement ses ailes pareilles à du cuir.

— Il ne faut pas qu'il s'envole ! hurla Garion sans cesser de frapper d'estoc et de taille. Tapez-lui sur les ailes !

Ils concentrèrent leurs efforts sur les épaisses membranes noires, cireuses, dans l'espoir de les réduire en lambeaux, mais la peau cuirassée résista à toutes leurs tentatives. Le dragon s'éleva lourdement dans les airs, les aspergeant de sang, les noya sous les flammes tout en continuant à hurler et s'enfuit vers l'est.

Belgarath revint vers eux sous sa forme humaine, le visage livide de colère.

— Vous êtes devenus complètement fous ? s'écria-t-il. Je vous avais dit de faire attention !

— La situation nous a un peu échappé, Belgarath, répondit Zakath, tout pantelant. Nous n'avons guère eu le choix. Vous m'avez encore sauvé la vie, Garion, ajouta-t-il. Ça commence à devenir une habitude.

— Ben, ça m'a paru la meilleure chose à faire, sur le coup, soupira l'intéressé en se laissant tomber à terre, épuisé. Va falloir que nous le pourchassions ou il reviendra.

— Celle-ci en doute fort, objecta la louve. Celle-ci a une longue expérience des bêtes blessées. Vous lui avez enfoncé des piques dans le corps, arraché un œil, entamé la face et la patte avec du feu. La bête va regagner son repaire et y rester jusqu'à la guérison. Ou la mort.

Garion s'empressa de traduire ses paroles à Zakath.

— Ça pose un problème, remarqua le Malloréen. Comment allons-nous convaincre le roi que toute menace est écartée ? Si nous avions tué le dragon, c'était très simple, mais là, Naradas risque de lui souffler de nous garder sous la main pour le cas où le monstre reviendrait.

— Je commence à penser que Cyradis avait raison, marmonna Belgarath en fronçant le sourcil. Le dragon n'avait pas un comportement normal. Il reculait quand Garion le frappait avec son épée embrasée.

— Vous en auriez fait autant à sa place, non ? nota Zakath.

— Vous ne comprenez pas. Le dragon n'aurait même pas dû sentir la brûlure, mais la force qui l'animait n'était pas immunisée contre l'Orbe, elle. Il faudra que j'en parle avec Beldin. Bon, vous avez deux minutes pour récupérer et on y va. Je voudrais rentrer à Dal Perivor et jeter un coup d'œil à cette satanée carte.

CHAPITRE XV

Ils arrivèrent au palais peu avant le lever du jour mais ils trouvèrent tout le monde debout. Une houle de soupirs stupéfaits parcourut la foule lorsque Garion et Zakath entrèrent dans la salle du trône. L'armure de Garion était rougie par le sang du dragon et noircie par les flammes ; le surcot de Zakath était calciné et de grandes marques de crocs rayaient le pectoral de sa cuirasse. L'état de leurs armures en disait plus long qu'un discours sur la violence de l'affrontement.

— Nos champions ! Nos preux chevaliers ! exulta le roi.

Garion trouva qu'il sautait un peu vite aux conclusions. Tout ce que prouvait leur retour, c'est qu'ils avaient sauvé leur peau, pas qu'ils avaient tué le dragon. Mais le roi poursuivit :

— Depuis cent et mille années que cette maudite bête ravage le royaume, c'est la première fois que l'on parvient à la mettre en fuite. Il y a moins de deux heures, ajouta-t-il en réponse à l'air intrigué de Belgarath, elle a survolé la cité en poussant des hurlements de peur et de douleur.

— Par où est-elle allée, ô Sire ? s'enquit Garion.

— Elle a fui par-delà les océans, Sire Chevalier. Son repaire se trouve quelque part vers l'ouest. Le châtiment que vous lui avez administré, Ton vaillant compagnon et Toi-même, l'a chassée du royaume. Il est indéniable qu'elle va se terrer dans son antre et y lécher ses blessures. Adoncques, si tel est votre bon plaisir, nos oreilles se languissent du récit de vos prouesses.

— Laissez-moi faire, murmura Belgarath en avançant d'un pas. Les champions de Sa Majesté sont des hommes modestes, ainsi qu'il sied à des gens de haut lignage, reprit-il à haute voix. Ils feraient, je le crains, preuve de retenue en relatant leurs exploits, dans le souci légitime de ne point être pris pour des hâbleurs. Mieux vaudrait, ce me semble, que je décrive l'affrontement à leur place de sorte que vous receviez, Toi, Sire, et vous tous, nobles courtisans, une version plus sincère de ce qui s'est véritablement produit.

— C'est bien parlé, Maître Garath, approuva le roi. L'humilité est le blason de tout homme de haute naissance, mais elle ternit souvent, ainsi que Tu le dis, le miroir de la vérité. Conte-nous, nous t'en prions, la rencontre ainsi que ces preux chevaliers l'ont vécue.

— Par où commencer... ? fit Belgarath d'un ton rêveur. Ah oui. Sitôt que Maître Èrezel nous eut informés que le dragon dévastait Dal Esta, nous filâmes à bride abattue vers le village. De grandes flammes montaient des maisons incendiées par le souffle du monstre. Des bêtes et moult villageois avaient déjà été massacrés et partiellement dévorés par la créature, laquelle se nourrit indifféremment de toute chair.

— Quelle pitié ! soupira le roi.

— Il est bien miséricordieux, murmura Zakath à l'oreille de Garion, mais je me demande s'il serait prêt à puiser dans le trésor pour aider ces malheureux à reconstruire leurs maisons.

— Comment ! s'exclama Garion, faussement indigné. Restituer à son peuple un peu des impôts qu'il s'est donné tant de mal à leur extorquer ? Quelle idée choquante !

— Les champions de Sa Majesté reconnurent les alentours du village, poursuivait Belgarath en s'animant, et ils eurent tôt fait de localiser le dragon, qui dévorait alors les carcasses d'un troupeau de chevaux.

— Je n'en ai vu qu'un, chuchota Zakath.

— Il lui arrive d'enjoliver un peu la réalité, répondit Garion sur le même ton.

— Sur mon conseil, continuait modestement Belgarath, les champions de Sa Majesté s'arrêtèrent afin de prendre la mesure de la situation. Il apparut que la bête était absorbée par son sinistre festin, et qu'en raison tant de sa taille que de sa férocité elle devait ignorer la méfiance. Les champions se séparèrent et encerclèrent le monstre en train de se repaître afin de l'attaquer chacun par un côté et de lui enfoncer leurs lances dans les viscères. Ils s'avancèrent prudemment, pas à pas, car pour être les hommes les plus braves du monde, ils ne sont pas follement téméraires.

On aurait entendu une mouche voler. Tous écoutaient Belgarath en retenant leur souffle, avec la même fascination qu'autrefois, à la ferme de Faldor, se dit Garion.

— Vous ne trouvez pas qu'il en rajoute un peu ? lui souffla Zakath.

— C'est plus fort que lui. Même les bonnes histoires, il faut qu'il les gratifie d'improvisations artistiques.

Voyant que son public était suspendu à ses lèvres, le vieux conteur utilisa toute la palette des trucs de métier en jouant sur le ton, le rythme et le volume sonore. Il s'amusait manifestement comme un petit fou. Il décrivit le double assaut avec un luxe de détails fascinants. Il révéla comment le dragon avait battu en retraite, et attribua aux deux chevaliers la certitude d'avoir infligé au monstre des blessures mortelles assortie d'un sentiment de triomphe parfaitement fictif. S'il n'y avait pas un mot de vrai dans tout ça, le résultat n'en était pas moins atteint : l'auditoire était haletant.

— Je regrette de ne pas avoir assisté à ce combat-là, murmura Zakath. Le nôtre était beaucoup plus prosaïque.

Belgarath entreprit alors de narrer le retour du dragon, sa soif de vengeance et, pour dramatiser, il s'étendit à plaisir sur le péril mortel auquel Zakath avait échappé de justesse.

— Alors, déclama-t-il, indifférent à son propre sort, son vaillant compagnon vola à son secours. Animé par la crainte que son ami n'ait déjà reçu le coup fatal, empli d'une juste colère, il se jeta dans la gueule même de la bête et lui assena de puissants coups de son immense épée à deux mains.

— Vous vous êtes vraiment dit tout ça ? demanda Zakath.

— A peu près, oui.

— Peut-être fûmes-nous abusés par la lumière capricieuse montant du village en flammes, continua Belgarath, quoi qu'il en soit, l'épée du héros parut s'embraser. Il frappa le dragon à coups redoublés, lui arrachant des hurlements d'agonie. Son sang immonde jaillissant par d'innombrables plaies, sentant la vie s'échapper de lui, le monstre projeta l'une de ses redoutables serres dans le dos de son tortionnaire et — horreur ! — le déséquilibra. Notre champion tomba en plein sur le corps de son compagnon, qui s'efforçait en vain de se relever.

Un soupir d'angoisse monta de la foule assemblée dans la salle du trône. La présence des deux héros aurait pourtant dû les rassurer sur l'issue de l'affrontement, se dit Garion.

— Force m'est d'admettre, reprit Belgarath, que mon cœur s'emplit à cet instant d'un noir désespoir. Mais alors que le farouche dragon s'apprêtait à porter le coup de grâce à nos héros, celui-ci, dont je ne puis prononcer le nom, lui plongea sa lame de feu dans l'œil.

Un tonnerre d'applaudissements accueillit la nouvelle.

— L'effroyable bête recula en hurlant de douleur. Nos champions profitèrent de ce répit pour se relever, mais le combat devait reprendre aussitôt, plus âpre que jamais.

Belgarath leur décrivit alors, avec une profusion de détails pittoresques, dix fois plus de coups d'épée que Garion et Zakath n'en avaient jamais portés à l'infortunée créature.

— Si je lui avais tapé dessus comme ça, mes bras se seraient décrochés, commenta Zakath *mezzo voce*.

— Si ça lui fait plaisir, souffla Garion, en ce qui me concerne il peut raconter ce qu'il veut.

— Enfin, conclut le vieux sorcier, incapable de supporter plus longtemps le terrible châtiment, le dragon qui n'avait jamais connu la peur fit volte-face et abandonna le terrain pour passer, ainsi que Tu l'as dit, doux Sire, au-dessus de cette magnifique cité et regagner son antre. Je gage que la peur dont elle a fait, cette nuit, l'apprentissage mettra plus de temps à guérir que ses blessures, et il y a peu de risques de la revoir jamais en ce royaume où elle a enduré une telle souffrance. Et voilà comment les choses se sont passées.

— Magnifique ! s'exclama le roi, en extase.

Nobles et courtisans applaudirent à tout rompre, les yeux pleins de larmes. Belgarath se retourna, s'inclina et invita d'un geste Garion et Zakath à partager les acclamations. Tous alors se précipitèrent afin de les congratuler, les deux héros pour leur exploit, Belgarath pour le récit coloré qu'il en avait fait. Garion remarqua que Naradas était planté à côté du roi, ses prunelles blanches brûlantes de haine.

— Attention, souffla Garion à l'intention de ses deux amis. Naradas mijote un mauvais coup.

Lorsque le tumulte se fut un peu apaisé, le Grolim aux yeux d'albâtre fit quelques pas vers le devant de l'estrade.

— Je tiens à joindre ma voix à ce concert de louanges pour encenser la bravoure de ces preux chevaliers et l'éloquence de leur conseiller avisé. Onc ne vis leurs pareils en ce royaume. M'est avis, pourtant, que la prudence s'impose. Je crains que Maître Garath, l'âme encore embrasée du fabuleux spectacle de ce combat et légitimement exalté par son heureuse conclusion, ne se montre exagérément confiant quant au devenir du dragon. En vérité, la plupart des créatures ordinaires éviteraient un endroit qui a été le théâtre d'une telle agonie, mais cette bête immonde n'est pas une créature ordinaire. Sachant ce que nous savons, il paraît plus probable qu'elle soit dévorée de colère et avide de revanche. Si ces puissants champions devaient partir à présent, notre bien-aimé royaume serait désarmé face aux déprédations vengeresses d'un monstre consumé de haine.

— J'en étais sûr, grinça Zakath entre ses dents.

— Par ma foi, je me dois, ô mon roi, de Te conseiller, ainsi qu'à cette noble assemblée, de bien réfléchir, continua Naradas. Songez, avant de laisser repartir vos champions, qu'ils sont peut-être seuls au monde à pouvoir affronter victorieusement le monstre. De combien d'autres chevaliers dans toute la contrée pouvons-nous affirmer la même chose sans crainte de nous tromper ?

— Il se peut, Maître Erezel, il se peut, rétorqua le roi avec une froideur surprenante, mais il serait malvenu de notre part de les retenir ici contre leur volonté, surtout sachant qu'ils sont engagés dans une quête sacrée. Nous ne les avons que trop retenus déjà. Ils nous ont rendu grand service. Exiger davantage d'eux serait faire montre d'une profonde ingratitude. Nous décrétons donc que demain sera par tout le royaume une journée de fête et de réjouissances qui s'achèvera par un banquet royal lors duquel nous honorerons ces puissants chevaliers et leur ferons, à regret, nos adieux. Nous voyons que le soleil s'est levé et nous gageons que nos champions doivent se ressentir des rigueurs du tournoi d'hier et de leur rencontre de cette nuit avec ce terrible dragon. Allez donc, Preux Chevaliers, vous préparer à la journée de demain, qui sera toute de joie et d'actions de grâces. Allons tous jouir d'un repos bien gagné afin de pouvoir nous consacrer plus assidûment aux diverses tâches qui nous attendent.

— Je commençais à me demander s'il y arriverait, marmonna Zakath alors que les trois compagnons fendaient à nouveau la foule qui se pressait dans la salle du trône. Je tombe de sommeil.

— Attendez deux minutes, je vous en supplie, protesta Garion. Avec votre armure, vous feriez un bruit épouvantable et je n'aimerais pas être réveillé en sursaut. Je dors debout.

— Au moins, vous avez quelqu'un avec qui dormir.

— Deux. Vous oubliez le louveteau. Ces petites bêtes s'intéressent beaucoup aux orteils, à ce que j'ai remarqué. Dis, Grand-père, reprit Garion tandis que Zakath s'étouffait de rire, jusque-là, le roi obéissait aveuglément à Naradas. C'est toi qui l'as amené à changer d'avis ?

— Disons que je lui ai fait quelques suggestions, avoua Belgarath. Je n'aime pas faire ça, mais la situation est assez inhabituelle.

Naradas les rattrapa dans le couloir, hors de la salle du trône.

— Tu n'as pas encore gagné, Belgarath, siffla-t-il.

— Pas encore, Naradas, convint Belgarath avec

aplomb, mais toi non plus, et je vois d'ici la tête de Zandramas — j'imagine que ce nom te dit quelque chose — quand elle saura que tu t'es planté ici. Peut-être, en prenant le départ tout de suite, parviendras-tu à lui échapper. Pendant un petit moment.

— Tu auras de mes nouvelles, Belgarath.

— J'espère bien, vieille canaille, fit le vieux sorcier en tapotant la joue de Naradas dans une attitude insultante. Allez, Grolim, file ventre à terre pendant que tu en as encore la force. A moins, bien sûr, que tu ne veuilles absolument régler ça avec moi, ajouta-t-il après réflexion. Et compte tenu de tes pouvoirs limités, je ne te le conseille pas. Maintenant, c'est à toi de voir, bien sûr.

Le Grolim aux yeux d'albâtre contempla l'Homme Eternel avec stupeur et détala sans demander son reste.

— Je ne m'en lasserai jamais, jubila Belgarath.

— Vous êtes incorrigible ! s'esclaffa Zakath.

— Je crains, en effet, de ne plus pouvoir m'améliorer, rétorqua le vieux sorcier avec un sourire impudent. Bon, allons discuter un peu avec Sadi. Ce Naradas commence à me courir sur l'haricot et je crois que le moment est venu de prendre des mesures radicales.

— Vous ne reculeriez devant rien, hein ? reprit le Malloréen alors qu'ils repartaient le long du couloir.

— Pour arriver à mon but ? Non, rien du tout.

— Quand j'ai tenté de vous résister, à Rak Hagga, vous auriez pu m'anéantir d'un claquement de doigts, hein ?

— Probablement, oui.

— Et pourquoi ne l'avez-vous pas fait ?

— Je me suis dit que je pourrais avoir besoin de vous plus tard. Et puis j'ai vu en vous quelque chose que les autres ne voyaient pas.

— Autre chose que l'empereur de la moitié du monde ?

— Ça, mon pauvre Zakath, c'est de la crotte de bique. Votre copain ici présent est roi des rois du Ponant et c'est tout juste s'il arrive à mettre ses bottes au bon pied.

— Là, tu exagères ! se récria Garion avec véhémence.

— Mouais. Heureusement que Ce'Nedra est là pour

t'aider. C'est ça qu'il vous faudrait, Zakath, une femme, quelqu'un pour veiller à ce que vous soyez à peu près présentable.

— Ça, c'est malheureusement hors de question, soupira le Malloréen.

— C'est ce qu'on verra, conclut le Vénérable Belgarath.

L'accueil qu'ils reçurent dans leurs appartements du palais royal de Dal Perivor ne fut pas des plus cordiaux.

— Espèce de vieux fou ! s'exclama Polgara en voyant entrer son père, et à partir de là, les choses s'envenimèrent très vite.

— Bougre d'imbécile ! hurla Ce'Nedra à l'intention de Garion.

— Je vous en prie, mon chou, fit aimablement Polgara. Je souhaiterais en finir la première.

— Mais certainement, Dame Polgara, acquiesça la reine de Riva avec une égale courtoisie. Je vous demande pardon. Vous avez des années d'exaspération d'avance. Je vais emmener celui-ci au lit et lui dire ce que je pense entre quatre-z'yeux.

— Et vous vouliez que je me marie ? soupira Zakath.

— Ça, il y a parfois des inconvénients, répondit calmement Belgarath. Enfin, je constate que les murs sont encore debout, ajouta-t-il avec un regard circulaire, et vierges de toute trace d'explosion. Tu finiras peut-être par devenir adulte, en fin de compte, Pol.

— Un billet ! hurla-t-elle de toute la force de ses poumons. Vous m'avez à nouveau laissé un minable billet !

— Nous étions pressés.

— Vous avez affronté ce dragon seuls, tous les trois ?

— Oui, enfin, avec la louve.

— *La louve* ! C'est ce que tu appelles une protection ?

— Elle nous a bien aidés.

C'est là que Polgara se mit à jurer, en différentes langues.

— Ecoute, Pol, protesta-t-il faiblement, tu ne sais même pas ce que tout ça veut dire. Enfin, j'espère...

— Ne me sous-estime pas, vieux loup. Et tu n'as pas fini d'en entendre parler. Très bien, Ce'Nedra, à vous.

— Je crois que je vais plutôt m'entretenir avec Sa Majesté en privé, hors de portée des oreilles sensibles, fit la petite reine d'une voix qui charriait des glaçons.

Garion rentra la tête dans les épaules.

Cyradis prit alors la parole, à la surprise générale.

— Je considère comme fort discourtois de Ta part, Empereur de Mallorée, de T'être jeté à la face d'un danger mortel sans me consulter au préalable.

Belgarath s'était donc arrangé pour ne pas lui dire ce qu'ils projetaient au juste quand il s'était entretenu avec elle avant de partir affronter le dragon.

— J'implore, Sainte Sibylle, Ton pardon, s'excusa Zakath, adoptant, peut-être inconsciemment, le parler archaïque de la fille aux yeux bandés. Le problème était d'une telle urgence que je n'ai point eu le temps de Te consulter.

— Comme c'est joliment dit, murmura Velvet. Vous verrez que nous finirons par en faire un vrai gentilhomme.

Zakath souleva sa visière et lui dédia un sourire étonnamment juvénile.

— Sache, Kal Zakath, reprit Cyradis d'un ton sévère, que je suis fort marrie de la hâte et de l'inconscience avec lesquelles Tu as agi.

— Je suis confus, Sainte Sibylle, de T'avoir offensée, et j'espère que Ton cœur Te soufflera le pardon de mes erreurs.

— OoOh, soupira Velvet. Il sera vraiment parfait. Kheldar, vous devriez en prendre de la graine !

— Moi ? fit Silk, surpris.

— Oui, vous.

Il se passait trop de choses en même temps. Trop pour Garion, en tout cas. Si ça continuait, il allait s'écrouler.

— Durnik, appela-t-il d'un ton plaintif, tu pourrais m'aider à sortir de là-dedans ? fit-il en tapotant le pectoral de son armure.

— Si tu veux, répondit le forgeron.

Et même dans sa voix il crut discerner une certaine fraîcheur.

— Il est vraiment obligé de dormir avec nous ? protesta Garion vers le milieu de la matinée.

— Il est bien chaud, et je ne pourrais pas en dire autant de tout le monde, rétorqua Ce'Nedra d'un petit ton pincé. Ensuite, il comble une partie du vide que j'ai dans le cœur.

Le louveteau tapi au fond du lit léchait avec application les orteils de Garion puis, quand il les avait bien nettoyés, il les mordillait, et il recommençait.

Ils dormirent presque toute la journée et se levèrent dans l'après-midi. Ils firent prévenir le roi qu'ils ne pourraient assister aux festivités de la soirée pour cause d'épuisement.

— Ce serait peut-être le moment de lui rappeler qu'il a promis de nous faire voir sa carte, suggéra Beldin.

— Je ne crois pas, répondit Belgarath. Naradas doit être aux abois. Il sait que Zandramas n'est pas portée à la mansuétude et il ne reculera devant rien pour nous empêcher d'y jeter un coup d'œil. Il a encore l'oreille du roi ; il inventera bien quelque chose pour nous empêcher d'y arriver. Laissons-le plutôt mariner dans son jus et se demander ce que nous préparons. Ça contribuera peut-être à le déstabiliser le temps que Sadi trouve le moyen de le calmer pour toujours.

L'eunuque se fendit d'une petite courbette ironique.

— Et si j'allais un peu fouiner par-ci, par-là ? proposa Silk. J'arriverais sûrement à repérer l'endroit où ils gardent cette précieuse carte, et un petit cambriolage de rien du tout résoudrait le problème.

— Et si vous vous faites pincer ? objecta Durnik.

— Je vous en prie, cher ami, protesta le petit Drasnien, froissé. Vous ne vous rendez pas compte de ce que cette supposition peut avoir d'insultant.

— Ça offre des perspectives intéressantes, insista Velvet. Kheldar volerait les dents d'un homme aux lèvres cousues.

— Ne courons pas de risques, intervint Polgara. Naradas est un Grolim ; il a très bien pu tendre des chausse-trapes autour de cette carte. Il nous connaît tous au moins de réputation et je suis sûre qu'il n'ignore rien des dons particuliers de notre ami Silk.

— Nous sommes vraiment obligés de le tuer ? demanda tristement Essaïon. Naradas, je veux dire.

— Nous n'avons pas le choix, répondit Garion. Tant qu'il sera en vie, il nous mettra des bâtons dans les roues. Je me fais peut-être des idées, mais Zandramas n'a pas l'air disposée à laisser le choix à Cyradis. Elle doit se dire que si elle parvient à nous mettre dans l'impossibilité d'agir, elle l'emportera par défaut.

— Tu as une juste vision des choses, Belgarion, acquiesça la sibylle. Zandramas a véritablement fait tout ce qui était en son pouvoir pour m'interdire de mener ma tâche à bien. Je Te le dis, en vérité, ajouta-t-elle avec un petit sourire fugitif, elle m'a fort contrariée, et si je devais choisir entre elle et Toi, je serais assurément tentée de lui dénier la préférence à titre de représailles.

— Si on m'avait dit que j'entendrais un jour une sibylle prononcer de telles paroles..., ironisa Beldin. Serait-ce, Cyradis, que vous avez décidé de renoncer à votre sacro-sainte neutralité ?

Elle eut encore un sourire.

— Cher, bien cher Beldin, dit-elle avec un bon sourire, notre neutralité n'est pas l'effet d'un choix, mais d'un devoir qui nous a été imposé avant même Ta naissance.

Comme ils avaient dormi presque toute la journée, ils parlèrent jusqu'à une heure avancée de la nuit. Garion se réveilla en pleine forme le lendemain matin et s'apprêta à affronter les réjouissances de la journée.

Les nobles assemblés à la cour du roi Oldorin avaient manifestement passé la journée de la veille et sans doute aussi la moitié de la nuit à préparer leurs discours : d'interminables panégyriques ampoulés et généralement fastidieux à périr en l'honneur de « nos champions héroïques ». Garion se prit plus d'une fois à somnoler derrière sa visière, non parce qu'il était fatigué mais parce qu'il mourait d'ennui. A un moment donné, il fut réveillé par un coup sur le flanc de son armure.

— Aïe ! fit Ce'Nedra en se frottant le coude.

— Qu'y a-t-il, ma tendresse ?

— Tu es vraiment obligé de garder cette carapace d'acier ?

— Oui, et tu sais bien pourquoi. Qu'est-ce qui te prend, aussi, de me bourrer les côtes ?

— Pff, l'habitude. Ne dors pas, Garion.

— Je ne dormais pas, se récria-t-il vertueusement.

— Ah oui ? Alors pourquoi ronflais-tu ?

Après les discours, le roi, constatant que ses courtisans avaient les yeux vitreux, appela « Notre excellent maître Feldegast » pour ranimer un peu l'assistance.

Beldin était dans une forme insensée, ce soir-là. Il marcha sur les mains, il fit des saut périlleux inimaginables et il jongla avec une dextérité stupéfiante, tout cela sans cesser de raconter des blagues avec son accent paysan.

— J'espérions avoir apporté, dans la m'sure d'mes modestes moyens, un peu d'joie à la soirée d'Sa Majesté, conclut-il en s'inclinant sous les applaudissements frénétiques de l'assemblée.

— Tu es, Maître Feldegast, un véritable virtuose, le complimenta le roi. Le souvenir de Ta prestation de ce soir réchauffera plus d'un cœur pendant les longues soirées d'hiver.

— Sa Majesté est trop bonne, fit Beldin en s'inclinant.

Avant le banquet, Garion et Zakath regagnèrent leurs appartements pour faire une légère collation. Ne pouvant soulever leur visière en public, ils ne pouvaient en effet profiter du festin auquel, en tant qu'invités d'honneur, ils étaient tenus d'assister.

— Je ne vois vraiment pas l'intérêt de regarder bâfrer les autres, marmonna Zakath à l'oreille de Garion alors qu'ils reprenaient place à la table royale.

— Si vous voulez vous amuser, regardez Beldin, répondit le jeune roi de Riva. Tante Pol lui a recommandé avec la plus grande fermeté de se tenir convenablement, ce soir. Vous avez vu comment il mangeait d'habitude. La contrainte à laquelle il sera soumis pourrait bien le faire exploser.

Naradas était assis à la droite du roi. Il avait l'air un peu désorienté sinon complètement égaré. Il était visiblement intrigué par le fait que Belgarath n'ait rien tenté pour mettre la main sur la carte.

Les serviteurs commencèrent à passer les plats. Garion, qui en avait l'eau à la bouche, se prit à regretter de n'avoir pas mangé un peu plus copieusement avant cette épreuve.

— Il faudra que je parle avec le chef avant de partir, déclara Polgara. Cette soupe est délicieuse.

Sadi eut un petit rire entendu.

— Aurais-je dit quelque chose d'amusant ?

— Ouvrez bien l'œil, Polgara, c'est tout. Je ne voudrais pas vous gâcher la surprise.

Soudain, un grand tumulte se fit entendre au bout de la table. Naradas s'était redressé. Il se tenait la gorge à deux mains. Ses yeux blancs lui sortaient de la tête et il émettait des bruits étranglés.

— Il étouffe ! s'écria le roi. Que l'on vienne à son aide !

Les nobles qui étaient assis auprès d'eux se levèrent en hâte et entreprirent de taper dans le dos du Grolim, en pure perte. Il suffoquait. Il avait la figure toute bleue et la langue sortie de la bouche.

— Sauvez-le ! glapit le roi d'une voix stridente.

Mais il n'y avait plus rien à faire pour Naradas. Il se cambra en arrière, se raidit et tomba par terre. Des cris de désespoir saluèrent sa chute.

— Là, Sadi, je ne vois vraiment pas comment vous avez réussi ce coup-là, murmura Velvet, sincèrement admirative. A aucun moment vous ne vous êtes approché de son assiette, j'en jurerais.

— Ce n'était plus la peine, répondit l'eunuque avec un sourire diabolique. L'autre soir, j'ai repéré sa place à table. Il siégeait à la droite du roi. Je me suis faufilé ici, il y a une heure, et j'ai enduit sa cuillère d'une substance qui a pour effet de bloquer la gorge du sujet. J'espère qu'il a aimé sa soupe, ajouta-t-il après réflexion. Personnellement, je l'ai beaucoup appréciée.

— Tu sais, Liselle, intervint Silk, en rentrant à Boktor, tu devrais dire deux mots à ton oncle. Sadi est au chômage en ce moment, et Javelin aurait sûrement un petit boulot à lui proposer.

— Il neige à Boktor, souffla Sadi en fronçant le nez.

— Vous ne seriez pas obligé de vous installer à Boktor. Vous préféreriez peut-être Tol Honeth ? L'ennui, c'est qu'il faudrait que vous vous laissiez pousser les cheveux.

— Félicitations, Sadi, souffla Zakath en étouffant un petit rire. Et bravo, surtout, pour votre sens de l'à-propos. Naradas m'a empoisonné à Rak Hagga, vous l'empoisonnez ici... Je vais vous dire : je double toutes les offres que pourrait vous faire Javelin et je vous propose un poste à Mal Zeth.

— Zakath ! se récria Silk.

— Eh bien, je suis très demandé, constata sobrement le Nyissien.

— Les hommes de valeur ne courent pas les rues, répondit Zakath.

On escorta lentement le roi, tout tremblant et la face livide, hors de la salle de banquet. Comme il passait auprès de lui, Garion l'entendit sangloter. Belgarath se mit à jurer tout bas.

— Qu'y a-t-il, Père ? s'enquit Polgara.

— Ce corniaud va porter le deuil pendant des semaines. Je n'arriverai jamais à mettre la main sur cette satanée carte.

CHAPITRE XVI

Belgarath vociférait toujours lorsqu'ils regagnèrent leurs appartements.

— Je me suis pris à mon propre piège, pesta-t-il. Nous aurions dû ouvrir les yeux du roi avant de tuer son chouchou.

— Qu'as-Tu combiné, Vénérable Ancien ? demanda Cyradis.

Elle mangeait un frugal repas, assise à la table, Toth debout derrière elle dans une attitude protectrice.

— Naradas a défunté, répondit le vieux sorcier, et le roi porte son deuil. Parti comme c'est, il mettra des semaines à reprendre assez le dessus pour me montrer cette carte.

Le visage de la sibylle se figea et Garion eut l'impression d'entendre murmurer cet étrange esprit de groupe.

— J'ai l'autorisation de T'aider, Vénérable Ancien, annonça-t-elle. L'Enfant des Ténèbres a transgressé le commandement que nous lui avions imposé en lui précisant sa tâche. Elle a dépêché son acolyte ici au lieu d'y venir en personne. Certaines contraintes qui m'étaient imposées sont donc levées. Je vais envoyer chercher quelqu'un qui va nous aider.

Elle s'appuya au dossier de sa chaise et dit quelques mots à Toth. Celui-ci acquiesça et quitta discrètement la pièce.

— Que préparez-vous au juste ? s'enquit Silk.

— Il serait malavisé de ma part de Te le dire à

l'avance, Prince Kheldar. Pourrais-Tu néanmoins t'informer de l'endroit où repose la dépouille de Naradas ?

– Sans problème, répondit-il en sortant à son tour.

– Quand le Prince Kheldar reviendra avec l'information requise, je Te demande, Roi de Riva, et Toi, Empereur de Mallorée, de persuader le roi de vous accompagner à minuit près de son défunt ami, car certaines vérités lui seront révélées qui pourraient alléger son chagrin.

– Ah, Cyradis, soupira Beldin, pourquoi faut-il toujours que vous compliquiez les choses ?

– C'est l'un de mes rares plaisirs, doux Beldin, murmura-t-elle avec un timide sourire. Parler par énigmes amène les autres à peser plus soigneusement mes paroles et j'aime assez sentir la compréhension se faire lentement jour en eux.

– Sans compter que c'est assez exaspérant pour les autres en question.

– Il se peut que cela entre en ligne de compte, acquiesça-t-elle effrontément.

– Tu vois, Belgarath, elle est peut-être humaine, au fond, risqua Beldin.

Silk revint une dizaine de minutes plus tard.

– Je l'ai trouvé, annonça-t-il d'un petit ton finaud. Ils ont dressé un catafalque dans la chapelle de Chaldan, au rez-de-chaussée. Je suis allé voir de quoi il avait l'air et je peux vous dire qu'il est bien mieux les yeux fermés. Les funérailles sont prévues pour demain. Ils craignent probablement que sa charogne ne se garde pas avec cette chaleur.

– Quelle heure est-il à Ton avis, bon Maître Durnik ? questionna la sibylle.

Le forgeron s'approcha de la fenêtre et scruta les étoiles.

– Pas loin d'une heure avant minuit, répondit-il.

– Allez-y, donc, Belgarion, Zakath, et usez de votre force de persuasion. Il est essentiel que le roi soit dans cette chapelle à minuit.

– Il y sera, Sainte Sibylle, lui promit le Malloréen.

– Nous l'y traînerons par les cheveux s'il le faut, renchérit Garion.

— Elle aurait tout de même pu nous dire ce qu'elle mijote, grommela Zakath, une fois dans le couloir. Ça nous aurait peut-être permis de convaincre le roi plus aisément.

— Mouais. A moins qu'il ne rejette tout ça en bloc, objecta Garion. Je pense que Cyradis prépare quelque chose d'assez exotique, et il y a des gens sceptiques, vous savez.

— Comme vous dites ! acquiesça Zakath avec un petit rire.

— Sa Majesté ne veut point être dérangée, répondit l'un des hommes de garde à la porte du roi lorsqu'ils demandèrent audience.

— Il est d'une extrême importance que nous lui parlions, rétorqua Garion.

— Je vais plaider votre cause, Sire Chevalier, mais Sa Majesté est fort affectée par le trépas de son ami.

Le garde revint quelques instants plus tard.

— Sa Majesté consent à recevoir ses champions mais vous implore d'être brefs. Sa souffrance est extrême.

— Bien sûr, promit Garion avec componction.

La décoration des appartements du roi de Perivor relevait de ce que l'on appelle « l'horreur du vide ». Oldorin était assis dans un fauteuil profond comme un tombeau et lisait un mince opuscule à la lumière d'une unique chandelle. Il avait les yeux rouges et tout indiquait qu'il avait pleuré toutes les larmes de son corps.

— Un ouvrage fort consolant, dit-il en levant son livre pour le leur montrer. Mais il n'apaise guère notre chagrin. En quoi pouvons-nous, Preux Chevaliers, vous être utile ?

— Nous sommes venus, doux Sire, Te présenter nos condoléances, commença prudemment Garion. Sois assuré que les premiers assauts du chagrin sont toujours les plus violents. Le temps allégera sans nul doute Ta peine.

— Onc ne la bannira totalement, Sire Chevalier.

— Hélas, trois fois hélas... Ce que nous sommes venus Te demander, doux Sire, peut paraître cruel à la lumière des événements, et point n'aurions osé faire intrusion dans Ta douleur si l'affaire n'était d'une suprême urgence — moins pour nous que pour Toi, en vérité.

– Parle, mon champion, ordonna le roi, et une faible lueur d'intérêt fit briller ses yeux.

– Certains faits doivent T'être révélés cette nuit-même, et ne sauraient l'être qu'en présence de Ton défunt ami.

— C'est impensable, Sire Chevalier, lança le roi d'un ton sans réplique.

— Nous avons reçu, de la bouche même qui Te doit révéler ces faits, l'assurance qu'ils pourraient dans une certaine mesure atténuer Ton chagrin. Èrezel était Ton plus cher ami ; il n'aurait point voulu que Tu souffres indûment.

— Sans doute... C'était un homme de cœur.

— De grand cœur, renchérit Garion comme s'il suçait un citron.

— Tu as peut-être, ô Sire, une autre raison, plus personnelle, de Te rendre auprès de Maître Èrezel, ajouta Zakath. La mise au tombeau doit avoir lieu, ce me semble, demain. Toute la cour assistera à la cérémonie. La nuit T'offre l'occasion de lui rendre en privé un ultime hommage et de graver dans Ta mémoire ses traits bien-aimés.

— Tu lis dans notre âme à livre ouvert, Sire Chevalier, admit le roi après réflexion. Tout en redoutant que cela nous soit un déchirement, nous souhaitons en vérité contempler une dernière fois ce visage tant aimé. Adoncques, allons nous recueillir sur la dépouille de notre ami.

Il se leva et les mena par les couloirs obscurs, vers la chapelle de Chaldan, le Dieu-Taureau des Arendais.

L'unique cierge placé sur la bière, à la tête du cadavre, baignait la salle d'une lueur sinistre. Une draperie tissée d'or couvrait le corps inerte du Grolim jusqu'au torse. Ses traits étaient détendus, comme apaisés. Sachant ce qu'il savait de la carrière de Naradas, Garion vit dans cette sérénité apparente une suprême ironie.

— Nous garderons, doux Sire, la porte de la chapelle afin que nul ne trouble Ton recueillement, annonça Zakath en ressortant, Garion sur ses talons.

— Je vous ai trouvé très bien, commenta le jeune roi

de Riva en fermant la porte derrière lui. A la fois sobre et compatissant, vraiment très, très bien.

— Vous ne vous en êtes pas mal sorti non plus, approuva Zakath. Enfin, sobres ou non, nous avons réussi à le traîner ici, et c'est tout ce qui compte.

Les autres arrivèrent un quart d'heure plus tard.

— Il est là ? demanda Belgarath.

— Oui. Nous avons dû déployer des trésors de persuasion et d'éloquence, mais il a fini par céder à nos arguments.

Cyradis était flanquée d'une silhouette encapuchonnée de noir — sans doute une femme, et probablement une Dalasienne, mais c'était la première que Garion voyait vêtue autrement que de blanc.

— Voici la personne qui va nous aider, déclara la sibylle. Allons-y, car l'heure est proche.

Garion ouvrit la porte et les mena dans la chapelle.

Le roi leva les yeux, surpris.

— Ne sois point troublé, Oldorin de Perivor, commença Cyradis. Ainsi que Te l'ont dit tes Champions, nous venons Te révéler des vérités qui apaiseront Ton chagrin.

— Nous Te sommes, Gente Dame, reconnaissant de Tes efforts, mais les croyons perdus d'avance. Notre chagrin ne saurait être atténué ou banni. Ici repose notre plus cher ami, et notre cœur gît pour jamais avec lui, sur cette dalle glacée.

— Ton héritage, Roi de Perivor, est en partie dalasien, reprit la sibylle. Tu sais que nombre d'entre nous ont certains dons. Celui que Tu appelles Èrezel ne t'a pas tout dit. J'ai fait venir une personne qui l'interrogera avant que son âme ne se perde dans les ténèbres.

— Une nécromancienne ? Vraiment ? Nous en avons entendu parler mais n'en avons jamais vu pratiquer leur art.

— Sais-Tu que celles qui disposent de ce don ne peuvent proférer autre chose que la vérité révélée par les esprits ?

— C'est ce que nous nous sommes laissé dire, en effet.

— Je Te confirme que c'est la vérité même. Sondons

l'esprit de cet Èrezel et voyons quelle vérité il nous révélera.

La femme encapuchonnée de noir s'approcha du cadavre, posa ses mains pâles, fines, sur sa poitrine, et Cyradis commença l'interrogatoire.

— Qui es-tu ?

— Naradas est mon nom, répondit la silhouette en noir, d'une voix caverneuse, haletante. Je viens de Darshiva. J'étais le grand prêtre grolim du Temple de Torak à Hemil.

Le roi regardait alternativement Cyradis et le corps inerte de Naradas avec une stupeur voisine de la stupéfaction.

— Qui servais-tu ? reprit la sibylle.

— Je servais l'Enfant des Ténèbres : Zandramas, la prêtresse grolime.

— A quelle fin es-tu venu dans ce royaume ?

— Ma maîtresse m'a envoyé ici chercher une certaine carte et retarder la venue de l'Enfant de Lumière à l'Endroit-qui-n'est-plus.

— Et par quels moyens comptais-tu y parvenir ?

— J'ai approché le roi de cette île, un homme stupide et vain, et l'ai enjôlé. Il m'a montré la carte que je cherchais, et j'y ai vu une merveille que mon ombre a aussitôt transmise à ma maîtresse. Elle sait maintenant où doit se tenir l'ultime rencontre. J'ai profité de la crédulité du roi pour lui faire faire diverses choses qui ont retardé l'Enfant de Lumière et ses compagnons afin que ma maîtresse arrive avant eux à l'Endroit-qui-n'est-plus, évitant ainsi d'abandonner le choix à certaine sibylle dont elle se défie.

— Pourquoi ta maîtresse n'a-t-elle point accompli elle-même la tâche qui lui incombait ? demanda froidement Cyradis.

— Zandramas avait d'autres préoccupations. J'étais son bras droit. Je n'ai rien fait qu'elle n'aurait fait elle-meme.

— Son esprit, Sainte Sibylle, s'abîme dans le néant, fit la nécromancienne d'une voix plus normale. Questionne-le vite car je ne serai bientôt plus en mesure d'en obtenir de réponse.

— Quel est cet empêchement qui a dissuadé ta maîtresse de venir ici en personne ainsi qu'elle en avait reçu l'ordre ?

— Un grand-prêtre Grolim nommé Agachak était venu du Cthol Murgos chercher l'Endroit-qui-n'est-plus dans l'espoir de supplanter ma maîtresse. Il était le dernier de notre race qui eût le pouvoir de la défier. Elle l'a affronté et vaincu près du désert de Finda.

La voix sépulcrale se brisa et un gémissement désespéré s'échappa de la bouche de la nécromancienne.

— Zandramas ! hurla la voix. Tu m'avais dit que je ne mourrais pas ! Tu m'avais promis, Zandramas !

Puis ce fut comme si ses paroles sombraient dans un abîme insondable. La tête de la femme en noir retomba sur sa poitrine et elle se mit à trembler de tous ses membres.

— Son esprit a fui, Sainte Sibylle, dit-elle avec une infinie lassitude. La minuit est passée. Il est pour jamais hors d'atteinte.

— Grâce te soit rendue, dit simplement Cyradis.

— J'espère, Sainte Sibylle, avoir pu T'aider, si peu que ce soit, dans la tâche qui est la Tienne. Permets-moi, à présent, de me retirer. Le contact avec cet esprit au désespoir m'a affligée plus que je ne saurais dire.

Cyradis acquiesça d'un hochement de tête et la nécromancienne s'éloigna sur la pointe des pieds.

Le roi de Perivor, le visage de cendre mais la mâchoire crispée dans une expression déterminée, s'approcha de la bière et arracha la draperie dorée qui couvrait Naradas.

— Une guenille, vite ! grinça-t-il entre ses dents. Je ne veux plus voir la tête de cette ordure !

— Je vais chercher quelque chose, murmura Durnik avec compassion.

Il quitta la chapelle tandis que ses compagnons entouraient silencieusement le roi. Celui-ci s'était détourné du cadavre et contemplait un point situé loin derrière eux en serrant et desserrant les poings.

Le forgeron revint quelques instants plus tard avec un vieux sac de toile taché de rouille et de moisissure.

— Cette loque bouchait un trou à rats, dit-il. N'est-ce pas plus ou moins ce que voulait Sa Majesté ?

— Ce sera parfait, mon ami. Veuille, s'il te plaît, le jeter sur la face de cette charogne. Je déclare solennellement que ce traître n'aura pas d'obsèques. Un fossé et quelques pelletées de terre seront son tombeau.

— Plusieurs pelletées, Majesté, objecta prudemment Durnik. Il a déjà suffisamment corrompu votre royaume. Vous ne tenez sûrement pas à ce qu'il le pollue davantage, n'est-ce pas ? Laissez-moi faire, je vais m'en occuper.

— Grand merci, mon ami. Veille, je te prie, à ce qu'il soit enfoui face contre terre.

— Comptez sur nous, Majesté, promit Durnik.

Toth l'aida à enlever la carcasse de Naradas du catafalque, puis à le traîner hors de la chapelle, ses pieds chaussés de sandales rebondissant peu protocolairement sur les dalles.

— Alors comme ça Agachak est mort, murmura Silk. Urgit sera fou de joie d'apprendre ça. Hé, Zakath, vous ne voudriez pas lui envoyer un messager pour lui annoncer la bonne nouvelle ?

— Entre votre frère et moi, ce n'est pas encore la détente, Kheldar.

— Qui êtes-vous tous ? demanda Oldorin. Cette prétendue quête n'était-elle qu'un subterfuge ?

— Le moment est venu de révéler notre identité, déclara gravement Cyradis. Le besoin de dissimulation est à présent passé, car les espions que Zandramas avait infiltrés au palais à l'insu même de Naradas ne peuvent plus entrer en communication avec elle maintenant qu'il a cessé d'être.

— Ça, c'est du Zandramas tout craché, marmonna Silk. Elle n'a même pas confiance en elle-même.

Garion et Zakath enlevèrent leur heaume avec soulagement.

— Je sais que votre royaume est très isolé, Majesté, commença Garion, retrouvant sa façon de parler normale. Que savez-vous du monde extérieur ?

— Il arrive que les marins relâchent dans ce port. Ils nous apportent des nouvelles en même temps que des marchandises.

— Et que savez-vous des événements qui ont jadis ébranlé le monde ?

— Nos ancêtres avaient apporté de nombreux livres avec eux, Sire Chevalier, car les heures sont longues en mer. Parmi ces livres se trouvaient des ouvrages d'histoire que j'ai lus.

— Tant mieux. Ça simplifiera peut-être un peu les choses. Je suis Belgarion, le roi de Riva, déclara Garion en guise de présentation.

— Le Tueur de Dieu ? hoqueta le roi en ouvrant de grands yeux.

— Je vois que vous avez entendu parler de cette affaire, commenta le jeune homme avec un petit sourire amer.

— Le monde entier a entendu parler de cet événement. As-Tu, en vérité, tué le Dieu des Angaraks ?

— J'en ai bien peur. Mon ami ici présent est Kal Zakath, l'empereur de Mallorée.

— Que peut-il se passer de si grave en ce monde pour vous persuader de renoncer à une haine ancestrale ? balbutia le roi.

— J'y arrive, Majesté. Celui de nos compagnons qui est allé enterrer Naradas est Durnik, le dernier disciple en date du Dieu Aldur. Voici Beldin, un autre disciple, et l'homme aux favoris d'argent est Belgarath le sorcier.

— L'Homme Eternel ? avança le roi, incrédule.

— Tu ne devrais pas insister aussi lourdement, Garion, fit Belgarath d'un ton funèbre. Il y a des gens que ça ennuie.

— Ça fait gagner du temps, Grand-père. La grande dame à la mèche blanche est la fille de Belgarath, Polgara la Sorcière. La petite aux cheveux roux est Ce'Nedra, ma femme. La jeune femme blonde est la margravine Liselle, la nièce du chef des services secrets drasniens, et la fille aux yeux bandés qui vous a révélé la vérité sur Naradas est la Sibylle de Kell. Le grand gaillard qui la conduit et qui est parti avec Durnik est Toth, son guide, et voici le prince Kheldar de Drasnie.

— L'homme le plus riche du monde ?

— Peut-être pas tout à fait, Majesté, protesta Silk d'un petit ton modeste. Mais je m'efforce d'y parvenir.

— Ce jeune homme s'appelle Essaïon. C'est un ami très cher.

— Je suis terrifié de me trouver en si auguste compagnie. Lequel d'entre vous est l'Enfant de Lumière ?

— Ce fardeau pèse sur mes épaules, Majesté, soupira Garion. Il en est surtout question dans l'histoire et les prophéties aloriennes, mais vous savez peut-être qu'à plusieurs reprises, dans le passé, l'Enfant de Lumière et l'Enfant des Ténèbres se sont affrontés. Nous nous apprêtons à l'ultime rencontre, celle qui décidera du sort du monde. Nous cherchons actuellement l'endroit où doit avoir lieu cette rencontre.

— Adoncques, Ta quête, Roi Belgarion, est plus terrible encore que je ne l'imaginais. Je T'aiderai par tous les moyens à ma disposition. Cet immonde Grolim m'a incité à vous retarder. Si peu que je puisse vous aider, je le ferai pour réparer cette erreur. J'enverrai pour Toi mes vaisseaux chercher l'endroit de la rencontre, où qu'il se puisse trouver, des plages d'Ebal aux récifs de Korim.

— Les récifs de *quoi* ? s'exclama Belgarath.

— Korim, Vénérable Belgarath. Ils sont situés au nord-ouest de l'île. Ils figurent sur la carte que Tu cherchais. Regagnons mes appartements, et je vous la montrerai.

— Je pense que nous sommes enfin au bout de nos peines, nota Beldin. Dès que tu auras jeté un coup d'œil sur cette carte, Belgarath, tu pourras rentrer chez toi.

— Qu'est-ce que tu racontes ?

— C'est là que s'achève ta mission, vieux sorcier. Enfin, tu ne nous auras pas été complètement inutile.

— Tu me permettras de vous accompagner, tout de même ?

— Si tu veux, fit Beldin avec un sourire exaspérant, mais nous ne voudrions pas t'empêcher de vaquer aux occupations vitales auxquelles tu as renoncé pour nous donner ce petit coup de main.

Belgarath était son plus beau jouet.

En se retournant vers la porte de la chapelle, Garion vit que la louve était assise dans l'entrée de la porte. Ses yeux d'or étincelaient et elle déroulait la langue en quelque chose qui pouvait passer pour un sourire.

CHAPITRE XVII

Ils suivirent le roi le long des corridors ténébreux et déserts en cette heure tardive. Garion était en proie à une intense excitation. Ils avaient gagné ! Zandramas avait eu beau multiplier les obstacles, ils avaient gagné quand même. La réponse à l'énigme n'était plus qu'à quelques pas de là, et quand ils la connaîtraient, la rencontre aurait lieu. Aucune puissance au monde ne pourrait plus l'empêcher.

— *Ça suffit*, fit la voix sèche qui lui parlait dans le silence de son esprit. *Tu dois absolument rester calme. Pense à la ferme de Faldor. Ça réussit généralement à t'apaiser.*

— *Où étiez-vous...*, commença Garion avant de s'arrêter net.

— *Oui ?*

— *Non, rien. On dirait que cette question vous agace.*

— *C'est stupéfiant. Te souviendrais-tu d'une chose que j'ai dite ? La ferme de Faldor, Garion. La ferme de Faldor.*

Il obéit docilement. Des souvenirs qu'il croyait enfuis depuis des années lui revinrent tout à coup avec une netteté stupéfiante. Il revit la cour centrale autour de laquelle étaient disposées les granges et les écuries, la cuisine, la forge, la grande salle du rez-de-chaussée et la galerie du premier étage où donnaient les chambres. Il entendit le tintement clair du marteau de Durnik qui montait de la forge et il sentit l'odeur du pain en train de cuire dans la cuisine de tante Pol. Il revit Faldor, le vieux Cralto, et même Brill. Il revit Doroon, Rundorig et enfin Zubrette, si blonde, si jolie et si faussement innocente. Un calme immense s'empara de lui, un calme qui ressemblait assez à celui qui l'avait envahi quand il était entré dans la tombe du Dieu borgne, à la Cité de la Nuit Sans fin, il y avait si longtemps de ça.

— *C'est mieux*, approuva la voix. *Essaie de rester dans ces dispositions d'esprit. Tu auras besoin de toute ta lucidité pendant les prochains jours, et comment veux-tu réfléchir si tes idées filent dans tous les sens ? Tu pourras te disperser quand tout sera fini.*

— *Pour ça, il faudrait que je sois encore vivant.*

— *Il n'est pas interdit de l'espérer.*

Puis la voix se tut.

Les gardes plantés devant la porte des appartements royaux s'écartèrent pour les laisser passer et le roi s'approcha d'un cabinet, l'ouvrit et en sortit un vieux rouleau de parchemin.

— Il est un peu décoloré, je le crains, dit-il. Nous avons essayé de le protéger de la lumière, mais il est bien ancien.

Il le posa sur une table, le déroula avec des soins paternels et en cala les coins sous des livres. Garion sentit remonter l'excitation et se força à penser à la ferme de Faldor pour se calmer.

— Perivor est ici, fit le roi en indiquant un point de la carte avec son doigt. Les récifs de Korim sont là.

Garion se dit que s'il regardait trop longtemps l'endroit fatidique il ne pourrait chasser le sentiment de triomphe et l'excitation farouche, aussi après y avoir jeté un rapide coup d'œil laissa-t-il ses yeux parcourir le reste de la carte. Les noms étaient écrits d'une façon étrangement archaïque : son royaume était orthographié *Ryva*. Il lut aussi *l'Aryndie*, *Kherech*, *Tol Nydra*, *la Draksnye* et *Cthall Margose*.

— Il y a une faute d'orthographe, nota Zakath. Le vrai nom de cet endroit est la barrière de Turim.

Beldin entreprit de lui expliquer ce phénomène, mais Garion avait déjà compris.

— Tout change, commença le petit sorcier bossu, les choses et même le nom que nous leur donnons. La prononciation évolue au fil des siècles. Cette barrière a probablement changé plusieurs fois de nom au cours des derniers milliers d'années. C'est un phénomène connu. Si Belgarath parlait la langue de l'endroit où il est né, par exemple, aucun d'entre nous ne le comprendrait. Je suppose que, pendant un certain temps, le récif s'est appelé Torim, ou quelque chose dans ce goût-là, et puis le nom est devenu Turim. Il n'a peut-être pas fini de changer. J'ai bien étudié ce genre de choses. Vous comprenez, ce qui se passe, c'est que...

— Bon, tu as fini de palabrer ? protesta Belgarath, agacé.

— Tu n'as pas envie d'enrichir tes connaissances ?

— Ce n'est vraiment pas le moment.

— Enfin, soupira Beldin, ce que nous appelons l'écriture n'est qu'un mode de transcription du langage. Quand la prononciation des mots évolue, leur orthographe se modifie aussi. La différence s'explique aisément.

— Ton explication est fort intéressante, doux Beldin, intervint Cyradis, mais dans ce cas précis, la modification a été imposée.

— Imposée ? répéta Silk. Mais... par qui ?

— Par les deux prophéties, Prince Kheldar. Elles ont changé la prononciation du nom dans le cadre de leur jeu. Dans le but d'en dissimuler l'emplacement au Vénérable Belgarath et à Zandramas afin qu'ils soient obligés de résoudre l'énigme pour assister à la rencontre finale.

— Un jeu ? releva Silk, indigné. Comment peut-on jouer avec quelque chose d'aussi important ?

— Ces deux consciences éternelles ne sont pas comme nous, Prince Kheldar. Elles s'affrontent par une myriade de moyens. Tantôt l'une s'efforce de modifier la trajectoire d'une étoile tandis que l'autre s'ingénie à la maintenir en place. Tantôt l'une essaie de déplacer un grain de sable alors que l'autre met tout en œuvre pour l'empêcher de bouger. De telles joutes se déroulent sur des millénaires entiers. Les énigmes qu'elles ont posées à Belgarath et Zandramas n'étaient qu'une façon de s'opposer, car si elles devaient jamais s'affronter directement, l'univers n'y survivrait point.

Garion se souvint d'une image qui lui était venue à la cour du roi Korodullin, juste avant qu'il ne confonde Nachak le Murgo. Il avait cru voir deux joueurs d'échecs sans visage s'affronter dans une partie aux mouvements si complexes que son esprit ne pouvait les appréhender. Il comprit qu'il avait eu une vision de la réalité supérieure que Cyradis venait de leur décrire.

— *Vous l'avez fait exprès ?* demanda-t-il à sa voix intérieure.

— *Evidemment. Tu avais besoin d'un petit coup de pouce pour faire une chose nécessaire. Tu aimes la compétition, et j'ai pensé que l'image de ce jeu à l'échelle cosmique pourrait te le procurer.*

C'est alors qu'il eut une autre idée.

— Cyradis, comment se fait-il que nous soyons si nombreux alors que Zandramas est pour ainsi dire toute seule ?

— L'Enfant des Ténèbres a toujours été solitaire, Belgarion. Ainsi, Torak était isolé dans son orgueil alors que Toi, Tu es humble. Tu ne Te mets jamais en avant, car Tu ignores Ta propre valeur. C'est ce qui Te rend attachant, Enfant de Lumière. Tu n'es pas imbu de Ton importance. La Prophétie des Ténèbres s'est toujours choisi un unique instrument qu'elle investit de toute sa puissance. La Prophétie de la Lumière, au contraire, répartit son pouvoir entre plusieurs vecteurs. Si le fardeau repose essentiellement sur Tes épaules, Tes compagnons T'aident à le supporter. La différence entre les deux prophéties est simple mais profonde.

— Un peu comme entre l'absolutisme et la responsabilité partagée ? avança Beldin, le sourcil froncé.

— Un peu, en effet. Mais la divergence est plus complexe.

— Je disais ça dans un souci de clarification.

— Ça, c'est une première, ironisa Belgarath, puis il se tourna vers Oldorin. Pouvez-vous nous décrire ce récif, Majesté ? La carte n'en donne pas une idée très précise.

— Assurément, Venérable Belgarath. J'y suis allé au

temps de ma jeunesse, car c'est une sorte de prodige. Les marins disent qu'il n'a pas son pareil au monde. Il est constitué d'une série de monts qui surgissent des flots. Ils sont faciles à voir et donc à éviter. Les flots masquent cependant d'autres dangers. Avec la marée, des courants impétueux se ruent dans les failles entre les rochers, et le temps y est des plus instables. En raison de tous ces périls, le récif n'a jamais été cartographié en détail. Les marins avisés prennent grand soin de passer bien au large de ce dangereux obstacle naturel.

Durnik et Toth revinrent sur ces entrefaites.

— C'est fait, Majesté, annonça Durnik. Là où il est à présent, Naradas n'est pas près de revenir vous embêter. Et nous non plus. Vous voulez savoir où nous l'avons enterré ?

— M'est avis que non, mes amis. Vous m'avez rendu grand service, cette nuit, Ton compagnon et Toi-même. Je vous implore, si je puis jamais vous rendre la pareille, de me le faire aussitôt savoir.

— Cyradis, fit Belgarath, était-ce la dernière devinette ou bien en avez-vous d'autres en réserve ?

— Que non point, Vénérable Ancien. Le jeu des énigmes est terminé. Maintenant commence le jeu de rôle.

— Ah, tout de même ! soupira le vieux sorcier, soulagé.

— Vous l'avez trouvé ? demanda Durnik. Je veux dire, la carte montre-t-elle l'emplacement de Korim ?

— Venez voir, répondit Silk en le conduisant vers la table. C'est une très, très vieille carte. Les cartes modernes écrivent mal le nom. Voilà pourquoi nous devions venir jusqu'ici.

— Nous en aurons fait, des lieues, pour trouver de vieux bouts de papier, observa le forgeron.

— Comme vous dites ! D'après Cyradis, ça ferait partie d'un jeu auquel joueraient l'ami que Garion a dans la tête et l'autre, celui que Zandramas doit avoir dans le crâne.

— Dis donc, Belgarath, c'est bien par là que se trouvaient les Cimes de Korim, remarqua Beldin en mesurant les distances avec ses doigts. Elles ont peut-être un peu bougé quand Torak a fendu le monde.

— Des tas de choses ont bougé ce jour-là, si je me souviens bien. Majesté, que savez-vous d'autre sur ce récif ? Essayer d'accoster sur une paroi rocheuse, abrupte, à partir d'un bateau ballotté par les vagues risque d'être assez dangereux.

— Si je ne m'abuse, Vénérable Belgarath, il se trouve là-bas quelques plages de galets, constituées, sans nul doute, de fragments détachés de la paroi et broyés par le courant inlassable. La marée basse découvre ces éboulis accumulés au fil des siècles, si bien que l'on peut aller d'un pic à l'autre.

— Un peu comme le Pont de Pierre qui mène du pays des Morindiens en Mallorée, commenta Silk avec un petit rire amer. Ce n'était pas une promenade très agréable.

— Il n'y a rien de particulier, où que ce soit ? insista Belgarath. Cette barrière rocheuse semble assez étendue. Nous pourrions patauger longtemps avant de trouver l'endroit où nous devons aller.

— Je ne le puis attester pour l'avoir vu de mes propres yeux, répondit le roi, mais d'après certains marins, il y aurait une grotte sur la paroi nord du pic le plus élevé. Certains esprits aventureux ont parfois tenté de l'explorer, les endroits retirés étant fort recherchés par les pirates et les contrebandiers, mais ce promontoire a toujours repoussé les efforts les plus acharnés. Chaque fois que l'un de ces aventuriers tentait d'y accoster, la mer entrait en fureur et d'un ciel sans nuages surgissaient soudain des orages meurtriers.

— C'est ça, Belgarath ! s'exclama Beldin en s'étouffant de joie. On dirait que quelque chose se donne bien du mal pour empêcher les curieux de tomber sur cette grotte par hasard.

— *Deux* choses, tu veux dire, acquiesça Belgarath. Mais tu as raison. Je crois que nous avons enfin localisé l'endroit exact de la rencontre. Elle aura lieu dans cette grotte.

Silk poussa un gémissement.

— Serais-Tu malade, Prince Kheldar ? s'enquit le roi.

— Pas encore, Majesté, mais ça ne saurait tarder.

— Notre cher Kheldar est fâché avec les grottes,

Majesté, expliqua Velvet avec un sourire plein de fossettes.

— Je ne suis pas fâché, Liselle, objecta le petit homme au museau de fouine. Chaque fois que je vois une grotte, je suis pris d'une panique absolue, c'est tout.

— J'ai entendu parler de cette maladie, fit le roi. L'on se perd en conjectures sur ses mystérieuses origines.

— Il n'y a rien de mystérieux, Majesté, dans l'origine de ma phobie, rectifia Silk. Je sais très bien d'où elle vient.

— Si Tu es déterminé, Vénérable Belgarath, à défier ce périlleux récif, reprit Oldorin, un solide bâtiment T'y mènera. Je donnerai des ordres afin que le vaisseau soit prêt à prendre la mer avec la marée du matin.

— Votre Majesté est infiniment aimable.

— Ce n'est qu'un modeste gage de ma reconnaissance pour l'inestimable service que Tu m'as rendu cette nuit. Il se peut que je sois un homme stupide et vain, ainsi que l'a proclamé l'esprit de ce maudit Naradas, reprit le souverain d'un ton mordant, mais je ne suis point un ingrat. Vous avez tous des préparatifs à faire, aussi ne vous retarderai-je point. Nous nous reverrons demain matin, avant votre départ.

— Grand merci, Majesté, fit Garion en s'inclinant, au grand dam de son armure qui émit un grincement de protestation.

Puis il mena les autres hors des appartements royaux. La louve était assise juste derrière la porte, naturellement.

— Nous sommes donc dans les délais, constata Polgara lorsqu'ils furent tous dans le couloir. Cyradis nous avait dit à Ashaba que neuf mois passeraient avant la rencontre. Si je compte bien, elle devrait avoir lieu après-demain.

— Tes calculs sont exacts, Polgara, confirma la sibylle.

— Tout se passe comme prévu, alors. Il nous faudra bien la journée pour atteindre le récif et nous nous rendrons à la grotte le lendemain matin. Nous redoutions depuis le début d'arriver en retard, fit Polgara avec un petit sourire crispé, mais nous y serons juste à temps.

Nous aurions pu nous éviter de belles angoisses ! conclut-elle en éclatant de rire.

— Bon. Maintenant que nous savons où et quand, intervint Durnik, nous n'avons plus qu'à y aller et en finir.

— Ça résume assez bien la situation, acquiesça Silk.

Essaïon poussa un soupir et Garion fut effleuré par un terrible soupçon.

— *C'est lui qui va mourir* ? demanda-t-il à sa voix intérieure. *C'est Essaïon qui doit mourir* ?

Mais la voix ne voulut pas lui répondre.

Ils regagnèrent leurs appartements, suivis par la louve.

— Il nous en a fallu, du temps, pour en arriver là, soupira Belgarath avec lassitude. Je commence à être trop vieux pour ces périples interminables.

— Pfff ! renifla Beldin. Tu étais déjà vieux le jour de ta naissance. Et puis je crois que tu as encore quelques lieues de réserve dans ta vieille carcasse.

— Quand nous serons de retour au Val, je resterai un siècle dans ma tour sans mettre le nez dehors.

— Ça, c'est une idée. Il te faudra bien ce temps-là pour y mettre de l'ordre. Tu pourrais même en profiter pour réparer cette marche branlante.

— J'y songerai. Un de ces siècles.

— Vous donnez tous l'impression de penser que nous allons gagner, nota Silk. Personnellement, je trouve un peu prématuré de tirer des plans sur la comète. A moins que la Sainte Sibylle ne juge approprié de nous donner un petit tuyau sur l'issue de la rencontre ? fit-il en regardant Cyradis.

— Point n'en aurais le droit, Prince Kheldar, quand bien même je la connaîtrais.

— Vous voulez dire que vous l'ignorez ?

— Le Choix n'a point eu lieu encore. Je ne me prononcerai qu'en présence de l'Enfant de Lumière et de l'Enfant des Ténèbres. Jusque-là, l'issue du Choix demeurera incertaine.

— A quoi vous sert d'être sibylle si vous ne pouvez prédire l'avenir ?

— Cet Evénement particulier ne relève point de la divination, Kheldar, riposta-t-elle sèchement.

— Nous ferions mieux d'aller dormir, coupa Belgarath. Les jours à venir risquent d'être un peu mouvementés.

La louve suivit Garion et Ce'Nedra jusqu'à leur chambre et entra derrière eux. A la surprise de Ce'Nedra, elle s'approcha du lit sans hésitation, posa les pattes dessus et regarda le louveteau qui était couché sur le dos, les pattes en l'air.

— Celle-ci constate qu'il a pris du ventre, dit-elle d'un air de reproche. Ta compagne l'a trop gavé et dorloté. Il ne sera plus jamais un vrai loup. Il n'en a même plus l'odeur.

— Notre compagne lui donne un bain de temps en temps, expliqua Garion.

— Un loup se lave lorsqu'il pleut ou quand il lui arrive de traverser une rivière, rétorqua-t-elle avec mépris. Celle-ci voudrait demander une faveur à ta compagne.

— Celui-ci se fera un plaisir de la lui transmettre.

— Celle-ci y compte bien. Pourrais-tu demander à ta compagne de continuer à s'occuper du petit ? Elle l'a tellement pourri-gâté qu'elle en a fait un chien de manchon.

— Celui-ci se permettra de reformuler un peu cette requête.

— Que dit-elle ? demanda Ce'Nedra.

— Elle voudrait savoir si tu accepterais de t'occuper de son petit.

— Evidemment ! J'en ai envie depuis le début. Je m'occuperai de lui ! promit-elle en passant impulsivement ses bras autour du cou de la louve.

— L'on note qu'elle ne sent pas mauvais, fit la louve.

— L'on s'en était aperçu.

— L'on était pratiquement sûre que tu l'aurais remarqué.

Puis elle se releva et quitta silencieusement la pièce.

— Elle va nous quitter maintenant, hein ? demanda Ce'Nedra d'un petit ton mélancolique. Elle me manquera.

— Qu'est-ce qui te fait penser ça ?

— Pourquoi sans cela abandonnerait-elle son petit ?

— Je pense que ce n'est pas si simple. Elle se prépare pour quelque chose.

— Je suis épuisée, Garion. Allons nous coucher.

Plus tard, alors qu'ils étaient au lit, blottis l'un contre l'autre comme des cuillères rangées dans un tiroir Ce'Nedra poussa un soupir à fendre l'âme.

— Plus que deux jours et je vais revoir mon bébé. Ça fait tellement, tellement longtemps.

— Essaie de ne pas y penser, mon petit chou. Tu as besoin de sommeil et si tu y penses trop fort, tu n'arriveras jamais à dormir.

Elle soupira encore un peu puis elle finit par s'assoupir. Alors, dans les ténèbres de velours, la voix intérieure de Garion lui parla.

— *Cyradis n'est pas seule à devoir choisir. Vous aussi, Zandramas et toi, vous avez un choix à faire.*

— *Un choix ? Quel choix ?*

— *Celui de vos successeurs. Zandramas a déjà choisi le sien. Tu devrais réfléchir à ta dernière tâche en tant qu'Enfant de Lumière. Elle aura de lourdes conséquences.*

— *J'imagine que je regretterai ce fardeau, d'une certaine façon, mais au fond, je ne serai pas fâché de le refiler à quelqu'un d'autre. Je vais enfin redevenir un homme comme les autres.*

— *Tu n'as jamais été comme les autres, tu le sais. Tu étais l'Enfant de Lumière depuis que tu as vu le jour.*

— *Vous allez me manquer.*

— *Fais-moi grâce de ces mièvreries, Garion. Et puis il se pourrait que je revienne de temps en temps voir ce que tu deviens. Allez, dors, maintenant.*

Lorsqu'il se réveilla, le lendemain matin, Garion resta un moment allongé sans bouger, à réfléchir. Il s'était longtemps efforcé de repousser une certaine pensée, mais il était obligé de regarder les choses en face. Il avait toutes les raisons au monde de haïr Zandramas, et pourtant...

Il finit par se lever, s'habilla et alla chercher Belgarath. Il le trouva attablé avec Cyradis, dans le grand salon.

— Grand-père, dit-il. J'ai un problème.

— Ce n'est pas nouveau. Qu'est-ce que c'est, ce coup-ci ?

— Demain, je vais affronter Zandramas.

— Non ? Ce n'est pas possible !

— Je t'en prie, Grand-père. C'est sérieux.

— Pardon, Garion. Je me sens d'humeur folâtre, aujourd'hui.

— Je crains que la seule façon de mettre fin à ses agissements ne soit de la tuer, et je ne suis pas sûr d'en être capable. Torak, c'était une chose, mais Zandramas... c'est tout de même une femme.

— *C'était* une femme. Je doute fort que son sexe ait beaucoup d'importance maintenant. A part pour elle, peut-être.

— J'ai peur quand même d'en être incapable.

— Ne crains rien, Belgarion, lui assura Cyradis. Un autre destin attend Zandramas, quel que soit mon choix. Tu n'auras pas à verser son sang.

— Merci, Sainte Sibylle, souffla Garion, immensément soulagé. Je redoutais de devoir la tuer. Je suis bien content de savoir que ça ne fait pas partie des tâches qui m'attendent. Au fait, Grand-père, l'ami que j'ai là-dedans — il se tapota le front — est revenu me parler, cette nuit. Il m'a dit que ma dernière tâche serait de me choisir un successeur. Tu ne peux pas m'aider, hein ?

— Ça, Garion, j'ai bien peur que ce soit impossible. Je ne suis pas censé l'aider, hein, Cyradis ?

— Non, Vénérable Belgarath. Cette tâche incombe à l'Enfant de Lumière et à lui seul.

— Je m'en doutais, soupira Garion d'un ton sinistre.

— Un petit conseil quand même, Garion, reprit Belgarath. Celui que tu choisiras a de bonnes chances de devenir un Dieu. Je te préviens que je ne suis pas qualifié pour le poste.

Les autres les rejoignirent, un par un ou deux par deux. A leur entrée, Garion les regarda attentivement en essayant de les imaginer dans la peau d'un Dieu. Tante Pol ? Non, il n'aurait su dire pourquoi mais il ne la voyait vraiment pas dans ce rôle, et ça excluait automatiquement Durnik. Il ne pouvait pas la priver de son mari. Silk ? A cette idée, Garion manqua se rouler par terre. Zakath ? Ça offrait certaines perspectives. Zakath était un Angarak, et le nouveau Dieu serait le Dieu de ce peuple. L'ennui, c'est qu'il était trop instable. Il n'y a pas si longtemps encore, il était assoiffé de pouvoir. Une soudaine déification risquait de rompre un équilibre encore fragile et de le faire retomber dans ses errements. Garion poussa un soupir. Il faudrait qu'il réfléchisse encore.

On leur apporta leur petit déjeuner. Ce'Nedra, qui n'avait pas oublié sa promesse de la veille au soir, prépara pour le louveteau une assiette avec des œufs, une saucisse et un monticule de confiture. La louve détourna la tête en frémissant.

Ils évitèrent délibérément d'évoquer la rencontre du lendemain. La confrontation était inévitable, alors à quoi bon en parler ?

— Garion, tu n'oublieras pas de remercier le roi pour son hospitalité, hein ? fit Belgarath en repoussant son assiette vide avec satisfaction.

La louve qui l'évitait généralement jusque-là s'approcha de lui et posa sa tête sur ses cuisses.

— Qu'y a-t-il, petite sœur ? demanda-t-il, étonné.

Alors, à la surprise générale, la louve éclata de rire et s'exprima distinctement dans le langage humain.

— Décidément, Vieux Loup, tu as la cervelle ramollie ! Je pensais que tu m'aurais reconnue depuis longtemps. Ça va peut-être t'aider, fit-elle, et un halo bleu l'entoura tout à coup. Ou peut-être ça !

La louve disparut et à sa place se dressa une femme aux yeux d'or, aux cheveux feuille morte, vêtue d'une robe brune.

— Mère ! s'exclama tante Pol.

— Tu n'es pas plus observatrice que ton père, Polgara. Garion m'a reconnue depuis un bon moment, maintenant.

Mais Belgarath regardait le louveteau en ouvrant de grands yeux horrifiés.

— Oh, ne sois pas stupide, Vieux Loup, le gourmanda-t-elle. Tu sais que nous sommes l'un à l'autre pour l'éternité. Le petit était faible et malade, alors la meute a dû l'abandonner. J'ai pris soin de lui et voilà tout.

La Sibylle de Kell eut alors un doux sourire.

— C'est la Femme-qui-Regarde, déclara-t-elle. Vous êtes désormais au complet. Sache encore, Vénérable Belgarath, qu'elle sera pour jamais à tes côtés, comme elle l'a toujours été.

TROISIÈME PARTIE

LES CIMES DE KORIM

LES CIMES DE KORIM
BARRIÈRE DE KORIM
Korim
PERIVOR
Dal Perivor
La Péri
Dal Estan
Vo Astellig
SHELLY SHAPIRO '90

CHAPITRE XVIII

Garion avait vu plusieurs fois sa grand-mère — ou son image — mais il fut frappé par sa ressemblance avec tante Pol. Il y avait des différences, bien sûr : tante Pol avait les cheveux d'un noir presque bleuté et les yeux d'un bleu profond alors que la chevelure de Poledra était presque aussi claire que celle de Velvet et ses yeux dorés comme la louve qu'elle était aussi, mais leurs visages semblaient calqués l'un sur l'autre, de même que l'était celui de Beldaran, la sœur de tante Pol dont Garion avait vu une image. Belgarath, sa femme et sa fille s'étaient retirés à l'autre bout de la pièce, et Beldin, son visage perpétuellement renfrogné ruisselant de larmes, se dressait devant eux comme pour empêcher les autres d'approcher et garantir une certaine intimité à leurs retrouvailles.

— Qui est-ce ? demanda Zakath, intrigué.

— Ma grand-mère, répondit Garion. La femme de Belgarath.

— Je ne savais pas qu'il était marié.

— D'où croyez-vous que vient tante Pol ?

— Je dois dire que je n'y avais pas réfléchi, avoua le Malloréen. Mais pourquoi tout le monde est-il en larmes ? s'étonna-t-il en voyant Ce'Nedra et Velvet se tamponner les yeux avec leurs fameux petits mouchoirs arachnéens.

— Nous pensions tous qu'elle était morte en donnant le jour à tante Pol et à Beldaran, sa sœur.

— Il y a longtemps de ça ?

— Tante Pol a plus de trois mille ans, répondit Garion avec un haussement d'épaules désinvolte.

— Et Belgarath a porté son deuil tout ce temps ? reprit Zakath avec un frémissement.

— Oui.

Garion n'était pas d'humeur à bavarder. La seule chose dont il avait envie en ce moment, c'était de contempler les visages radieux de sa famille. Ce mot lui était venu spontanément à l'esprit, et il se rappela tout à coup l'angoisse qu'il avait éprouvée en apprenant que Polgara n'était pas sa tante au sens strict du terme. Ça avait pris des années, mais tout était enfin arrangé. Sa *famille* était presque au complet. Belgarath, Poledra et tante Pol étaient assis tout près les uns des autres et se regardaient dans les yeux en se tenant par la main. Ils ne se parlaient pas, car les paroles n'étaient pas nécessaire. Garion sentait bien qu'il ne pouvait seulement entrevoir la force de leur émotion. Mais loin de se sentir coupé d'eux il partageait complètement leur joie.

Durnik s'approcha de lui. Même ce bon, solide Durnik bien prosaïque avait les yeux embués de larmes.

— Si nous leur fichions la paix ? suggéra-t-il. Nous devrions emballer nos affaires, de toute façon. Nous avons un bateau à prendre, je te signale.

— Elle a dit que tu étais au courant, Garion, fit Ce'Nedra d'un ton accusateur lorsqu'ils furent seuls dans leur chambre.

— Oui, admit-il.

— Et pourquoi ne me l'as-tu pas dit ?

— Elle m'avait demandé de garder le secret.

— On n'a pas de secrets pour sa femme, Garion.

— Ah bon ? fit-il avec une stupeur admirablement feinte. Et quand cette loi a-t-elle été votée ?

— Tout de suite, par moi, admit-elle. Oh, Garion ! fit-elle en lui lançant impétueusement ses bras autour du cou. Je t'aime tant !

— J'espère bien. Bon, si nous allions faire nos paquets ?

Après les froids couloirs du palais royal de Dal Perivor, Garion et Ce'Nedra trouvèrent agréablement chaude la grande salle qu'illuminait le soleil matinal filtrant par les hautes fenêtres en ogive. C'était comme si les éléments eux-mêmes bénissaient ce qui était, après tout, un jour spécial, voire sacré.

Lorsqu'ils se retrouvèrent Belgarath, sa femme et sa fille s'étaient suffisamment repris pour prendre plaisir à voir arriver de la compagnie.

— Voulez-vous que je vous les présente, Mère ? proposa tante Pol.

— Je les connais, Polgara, répondit Poledra. Il y a un moment que je suis parmi vous, je te rappelle.

— Pourquoi ne m'avez-vous rien dit ?

— Je voulais voir si tu t'en apercevrais toute seule, Polgara. Je dois dire que tu m'as un peu déçue.

— Enfin, Mère ! Pas devant les enfants !

Elles éclatèrent toutes les deux du même rire grave et chaleureux.

— Mesdames et Messieurs, déclara tante Pol, je vous présente ma mère, Poledra.

Ils se réunirent autour de la légende vivante aux cheveux feuille morte. Silk se fendit d'une révérence extravagante et lui baisa galamment la main.

— C'est Belgarath que nous devrions congratuler, Dame Poledra. Tout bien considéré, je pense qu'il fait une meilleure affaire que vous. Il y a trois millénaires maintenant que votre fille tente de le réformer, sans grand succès.

— Celle-ci dispose peut-être, Prince Kheldar, d'autres armes que sa fille, répondit Poledra en retrouvant machinalement le mode d'expression qui était le sien jusqu'alors.

— Bon, Poledra, grommela Beldin en s'approchant. Que s'est-il passé ? Après la naissance des filles, notre Maître nous a dit que tu n'étais plus parmi nous. Nous avons tous compris que tu étais morte. Les jumeaux ont pleuré pendant deux mois sans respirer et j'ai dû m'occuper des bébés. Qu'est-il arrivé en réalité ?

— Aldur n'avait pas menti, Beldin, répondit-elle calmement. Je n'étais plus de ce monde, au sens propre du terme. Juste après la naissance des filles, Aldur et UL sont venus à moi. Ils m'ont expliqué qu'ils avaient une grande tâche à me confier, mais qu'elle exigerait de moi un sacrifice à son échelle. Je devais tous vous quitter pour m'y préparer. J'ai d'abord refusé, mais quand ils m'ont exposé la nature de cette tâche, force m'a été d'accepter. J'ai tourné le dos au Val et je suis partie avec UL pour Prolgu afin d'y être instruite. Il me permettait de revenir de temps en temps, invisible, dans le monde pour voir ce que devenait ma famille. Nous avons beaucoup de choses à nous dire, Vieux Loup, dit-elle en regardant sévèrement Belgarath.

Le vieux sorcier rentra la tête dans les épaules.

— Et vous ne pouvez évidemment pas nous éclairer sur la nature de cette tâche ? avança Sadi de sa voix flûtée.

— Je crains bien que ce ne soit impossible.

— Evidemment, soupira l'eunuque.

— Essaïon, dit alors Poledra.

— Poledra, répondit le jeune homme blond.

La tournure prise par les événements n'avait pas l'air de l'étonner, mais il n'avait jamais l'air étonné, se dit Garion.

— Tu as grandi depuis la dernière fois, remarqua-t-elle.

— Ça, j'imagine, acquiesça-t-il.

— Tu es prêt ?

Cette question fit froid dans le dos à Garion. Elle lui rappelait l'étrange rêve qu'il avait fait la nuit précédant la révélation de sa véritable identité.

On frappa timidement à la porte. Durnik alla ouvrir.

— Sa Majesté me prie de T'avertir, Messire, que le navire est prêt à appareiller, annonça un chevalier en armure.

— Je ne suis pas.., commença le forgeron.

— Laissez tomber, Durnik, murmura Silk. Où pouvons-nous, Sire Chevalier, trouver Sa Majesté ? Nous voudrions prendre congé d'Elle et La remercier de Son infinie bonté.

— Sa Majesté vous attend tous au port, Messire. Elle tient à vous souhaiter un bon voyage et à assister à votre départ pour la grande aventure qui vous attend.

— Eh bien, nous y allons de ce pas, répondit le petit

Drasnien. Il serait fort discourtois en vérité de faire attendre l'un des plus grands monarques de ce monde. Tu T'es noblement acquitté de Ta tâche, Sire Chevalier. Sache que nous T'en savons gré.

L'homme s'inclina, radieux, et s'éloigna dans le corridor.

— Où avez-vous appris à parler comme ça, Kheldar ? s'émerveilla Velvet.

— Ah, gente damoiselle ! répondit Silk avec emphase. Ne sais-Tu point que le poète sommeille sous les dehors les plus ordinaires ? Et si Tu veux m'en croire, ajouta-t-il en la toisant d'un œil lubrique, je vais Te dire moult compliments sur Ta ravissante personne et Ton insurpassable tournure.

— Kheldar ! s'exclama-t-elle en devenant rouge vif.

— C'est assez amusant, vous savez, commenta Silk, faisant allusion au langage archaïque — du moins est-ce ce qu'espérait Garion. Quand on a appris à articuler tous ces *Messire*, *souffre*, *moult* et autres *m'est avis que* sans se faire des nœuds à la langue, c'est un parler qui ne manque pas de rythme et qui sonne assez bien, en fin de compte.

— Ah, Mère, nous sommes cernés par les imposteurs, soupira Polgara.

— Belgarath, intervint sérieusement Durnik, nous n'avons aucune raison d'emmener les chevaux, n'est-ce pas ? Ce que je veux dire, c'est qu'en arrivant au récif, nous allons patauger dans l'eau et escalader des rochers. Ils risquent de nous embarrasser plutôt qu'autre chose, non ?

— C'est probable, acquiesça le vieux sorcier.

— Alors je vais parler aux garçons d'écurie, annonça le forgeron. Ne m'attendez pas, vous autres. Je vous rattraperai.

Il quitta aussitôt la pièce.

— Un homme éminemment pratique, commenta Poledra.

— Sache, toutefois, qu'un poète sommeille sous ses dehors ordinaires, répondit Polgara en souriant. Et point n'imagines le plaisir que je retire de cet aspect de sa personnalité.

— Il est grand temps, Vieux Loup, que nous quittions cette île, fit Poledra d'un ton moqueur. Encore deux jours et nous retrouvions tout le monde assis dans l'herbe à rimailler.

Des serviteurs vinrent chercher leurs bagages pour les emmener au port. Garion et ses compagnons suivirent, tel un bataillon s'apprêtant au combat, les couloirs du palais puis les rues de Dal Perivor. Le ciel était limpide au lever du soleil, mais de lourds nuages violets commençaient à s'accumuler à l'ouest, augurant mal du temps qu'il devait faire à Korim.

— Ça, il fallait s'en douter, ironisa Silk. Une fois, une seule fois, je voudrais voir un de ces stupides événements se produire par beau temps.

Garion savait à quoi s'en tenir sur le ton apparemment dégagé qu'affectaient ses compagnons. Ils ne pouvaient songer au lendemain sans appréhension. Tous pensaient à ce que Cyradis leur avait dit à Rhéon : l'un d'eux ne survivrait pas à la rencontre. Et comme toujours depuis que le monde était monde, ils tentaient de se rire de leurs craintes. Une idée en amenant une autre, il ralentit un peu l'allure pour se laisser rattraper par la Sibylle de Kell.

— Cyradis, vous ne nous avez pas dit si nous devions remettre notre armure en arrivant au récif ? demanda-t-il en tiraillant le devant du pourpoint qu'il avait enfilé ce matin-là avec soulagement, en faisant le vœu de ne plus jamais avoir besoin de se barder d'acier. Ce que je veux dire, c'est que si notre affrontement est purement spirituel, c'est inutile. D'un autre côté, s'il y a le moindre risque que nous livrions combat, il vaudrait peut-être mieux que nous y soyons prêts ?

— Tu es aussi transparent que le verre, Belgarion de Riva, le railla-t-elle gentiment. Tu penses m'arracher des réponses que je n'ai point le droit de Te donner. Agis à Ta guise, Roi de Riva. La prudence conseille toutefois, pour approcher une situation qui peut réserver des surprises, d'agrémenter sa tenue d'un peu d'acier çà et là.

— Je me laisserai guider par notre Sainte Sibylle, répondit Garion avec un grand sourire. Ses conseils de prudence me semblent la sagesse même.

— Serait-ce, Belgarion, une maladroite tentative d'humour ?

— Comment peux-Tu, Cyradis, imaginer une chose pareille ?

Il lui dédia un sourire qui dévoila toutes ses dents et remonta encore un peu la colonne jusqu'à Belgarath et Poledra qui marchaient main dans la main, derrière Zakath et Sadi.

— Grand-père, je crois que je viens d'extorquer une réponse à Cyradis, annonça-t-il.

— Eh bien, tout arrive, tu vois, rétorqua le vieux sorcier.

— Je pense qu'il risque d'y avoir de la bagarre quand nous arriverons au récif. Je lui ai demandé si, en arrivant là-bas, nous devions mettre notre armure, Zakath et moi, et elle ne m'a pas répondu directement mais elle a dit que ce ne serait peut-être pas une mauvaise idée, juste au cas où.

— Mouais. Préviens les autres. On ne sait jamais.

Le roi les attendait sur une longue jetée qui s'avançait dans les eaux agitées du port. Il était entouré d'un aréopage de courtisans vêtus de couleurs vives et, malgré la relative chaleur de ce début de matinée, il portait un manteau d'hermine et une lourde couronne d'or.

— Longtemps nous vous regretterons, Toi, Belgarion de Riva, et Tes nobles compagnons, déclama-t-il d'une voix vibrante. C'est avec tristesse que nous contemplons la perspective de votre départ. Nombreux sont ceux qui ont manifesté le désir de T'exprimer leur désespoir, mais sachant l'urgence de Ta quête, nous leur avons, en Ton nom, dénié cette permission.

— Loué sois-Tu, fidèle et sincère ami, répondit Garion avec ferveur, en songeant à tous les discours ampoulés auxquels il avait échappé. Sois assuré, ajouta-t-il en prenant chaleureusement la main du roi entre les siennes, que si les Dieux nous accordent la victoire, nous reviendrons aussitôt dans cette île heureuse afin de T'exprimer plus amplement notre gratitude ainsi qu'aux membres de Ta cour, qui tous nous avez traités avec une si noble courtoisie, déclama-t-il en se gardant d'ajouter que, de toute façon, il faudrait bien qu'ils repassent chercher leurs chevaux. Et maintenant, doux Sire, la destinée nous attend. Nous allons devoir, après avoir brièvement pris congé, monter à bord et affronter l'avenir, le cœur résolu. Nous serons bientôt de retour, s'il plaît aux Dieux. Au revoir, donc, mon ami.

Adieu et bon vent, Belgarion de Riva, répondit le roi, les yeux embués. Puissent les Dieux vous accorder la victoire, à Tes compagnons et à Toi-même.

— Puisse-t-il en être ainsi !

Garion se détourna dans une grande envolée de cape assez théâtrale et précéda ses amis sur la passerelle. Il jeta un coup d'œil par-dessus son épaule et constata que Durnik se frayait un chemin dans la foule. Ouf... Dès qu'il serait à bord, Garion donnerait l'ordre de larguer les amarres, abrégeant ainsi les adieux hurlés par-dessus le bastingage qui risquaient autrement de se prolonger jusqu'à Erastide.

Le forgeron était suivi par les charrettes qui apportaient leurs paquets. Ceux-ci furent rapidement transférés à bord, et Garion alla parlementer avec le capitaine, un vieux matelot au visage buriné sous une tignasse poivre et sel.

Contrairement aux vaisseaux du Ponant, dont les bordages étaient souvent blanchis à force d'être briqués, le pont et les bastingages du navire étaient enduits d'un épais vernis noirâtre. Des cordes neigeuses, soigneusement roulées, pendaient des mâts polis comme des miroirs. L'ensemble témoignait du soin méticuleux que le maître du vaisseau prenait de son bâtiment. Le capitaine lui-même portait un pourpoint bleu un peu décoloré et un petit chapeau de velours coquinement incliné sur l'oreille. Il était encore au port, après tout.

— Quand vous voudrez, Capitaine, déclara Garion. Je pense que nous ferions aussi bien de lever l'ancre et de quitter le port avant le changement de marée.

— Je vois, mon jeune maître, que ce n'est pas la première fois que vous prenez la mer. J'espère que vos amis sont dans le même cas. Il est toujours pénible d'avoir à bord des gens qui n'ont pas l'habitude de naviguer. Ils n'arrivent pas à comprendre qu'il est malavisé de vomir contre le vent.

Puis il hurla d'une voix tonitruante :

— Laaarguez les amaarres ! Paaaré à appareiller !

— Vous ne parlez pas comme les habitants de cette île, remarqua Garion.

— Certes non, mon jeune maître. Je viens des îles de Melcénie. Il y a une vingtaine d'années, on a fait circuler de vilains bruits sur moi, dans certains quartiers, et j'ai préféré m'absenter un moment. Vous n'auriez pas idée de ce que ces gens appelaient un « navire » quand je suis arrivé ici.

— Des espèces de châteaux flottants ? risqua Garion.

— Vous en avez déjà vu ?

— Dans une autre partie du monde.

— Levez les voiles ! beugla le capitaine. Là, mon jeune maître, fit-il avec un bon sourire. Vous serez hors de portée de voix d'ici un rien de temps. Ça devrait nous épargner pas mal de prodiges d'éloquence. Où en étais-je ? Ah oui ! Quand je suis arrivé ici, les vaisseaux de Perivor étaient si lourds du haut qu'un bon éternuement les aurait fait chavirer. Vous me croirez si je vous dis qu'il m'a fallu cinq ans pour leur expliquer ça ?

— Vous avez dû vous montrer étonnamment persuasif ! s'esclaffa Garion.

— Un ou deux bouts et quelques cabillots m'ont un peu aidé, reconnut le capitaine. J'ai tout de même été obligé de leur lancer un défi. Ces abrutis n'ont pas pu s'empêcher de relever le gant ! Je leur ai proposé une course autour de l'île. Vingt bâtiments ont pris le départ. Seul le mien est revenu. A partir de là, ils ont commencé à m'écouter. J'ai passé les cinq années suivantes au chantier de construction navale, puis le roi a fini par me laisser repartir en mer. Ils m'ont même bombardé baronnet, ce qui me fait une belle jambe, entre nous. Je dois aussi avoir un château quelque part.

Un barrissement cuivré monta du quai. Ces chevaliers mimbraïques n'auraient pu supporter l'idée de les laisser partir sans les gratifier d'une petite sonnerie de trompe.

— Pitoyable, non ? soupira le capitaine. Je ne pense

pas qu'il y ait un seul homme sur toute cette île qui puisse entonner un air reconnaissable. Bon, vous allez au récif de Turim ? fit-il en soupesant Garion du regard.

— Korim, rectifia machinalement Garion.

— Vous avez trop longtemps écouté parler ces gens-là. Ils n'arrivent même pas à prononcer correctement les noms. Enfin, avant de décider où vous voulez aborder, touchez-m'en un mot. Les courants sont particulièrement traîtres autour de ce récif ; dans ce coin-là, on ne se trompe qu'une fois : la dernière. Et j'ai des cartes assez précises.

— Le roi nous a dit qu'il n'y avait pas de cartes du récif.

— Les rumeurs dont je vous parlais il y a un moment ont incité certains capitaines de vaisseau à tenter de me suivre, confia-t-il à Garion avec un clin d'œil complice. Enfin, suivre... disons plutôt pourchasser. Les promesses de récompense font souvent cet effet aux gens. Bref, un jour que je passais près du récif par beau temps, j'ai décidé de sonder les fonds. Ça ne peut pas faire de mal de connaître un endroit où les autres hésiteront à vous suivre.

— Comment vous appelez-vous, capitaine ? demanda Garion.

— Kresca, mon jeune maître.

— Garion.

— Eh bien, Garion, maintenant, descendez de ma passerelle que je fasse sortir cette vieille barcasse du port.

Il ne parlait pas de la même façon, ils étaient à l'autre bout du monde, mais le capitaine Kresca ressemblait tellement à Greldik, l'ami de Barak, que Garion se sentit tout à coup en parfaite sécurité. Il descendit rejoindre ses compagnons dans les cabines.

— Nous avons de la chance, leur annonça-t-il. Notre capitaine est un Melcène. Ce n'est peut-être pas un homme exagérément scrupuleux, mais il a des cartes du récif, peut-être les seules au monde. Il m'a proposé de nous conseiller au moment d'accoster.

— C'est très aimable à lui, fit Silk.

— C'est surtout qu'il ne tient pas à déchirer la coque de son navire.

— Sage précaution, approuva Silk. Surtout tant que je serai à bord.

— Je remonte sur le pont, déclara Garion. Quand je prends la mer, je n'aime pas rester enfermé le premier jour.

— Et tu règnes sur une île ? releva Poledra.

— Tout est affaire d'adaptation, Grand-mère.

Les sombres nuées venues de l'ouest en longs rouleaux majestueux, les vagues nées sans doute quelque part au large du Cthol Murgos étaient en révolution. Bien que roi d'une nation insulaire, Garion savait que le phénomène n'était pas inhabituel — il l'avait souvent observé — mais il éprouva tout de même une sorte de crainte superstitieuse en constatant que les vents qui caressaient la crête des vagues soufflaient vers l'ouest alors que plus haut, ainsi que le proclamait l'avancement des nuages, ils allaient vers l'est. Il ne put s'empêcher de se demander si, cette fois, les éléments obéissaient à des causes naturelles ou à autre chose. Il se demanda distraitement ce qu'auraient fait ces deux consciences éternelles s'ils n'avaient pas trouvé de navire, ses amis et lui. Il eut une vision fugitive de la mer s'ouvrant pour leur offrir une large chaussée jonchée de poissons bouche bée. Et comme pendant la longue traversée qui les avait amenés de Cthol Mishrak, il eut l'impression vertigineuse que les deux prophéties le poussaient, qu'il soit d'accord ou non, vers Korim en vue d'une rencontre qui était l'ultime Evénement vers lequel l'univers entier tendait depuis le commencement des âges. Un plaintif « Pourquoi moi » lui effleura les lèvres.

Puis Ce'Nedra fut là. Elle se coula sous son bras comme elle le faisait lors de ces premiers jours troublants au cours desquels ils s'étaient enfin avoué leur amour.

— A quoi penses-tu ? lui demanda-t-elle doucement.

Elle avait troqué la robe de satin vert antique qu'elle portait au palais contre une robe de laine grise plus commode.

— Bof, à rien de précis, soupira-t-il. Je rumine, quoi.

— A quoi bon, puisque nous allons gagner ?

— Ce n'est pas encore certain.

— Bien sûr que tu vas gagner. Tu gagnes toujours.

— Cette fois, c'est un peu différent. Mais je ne m'en fais pas seulement à cause de la rencontre. Je dois choisir mon successeur, le prochain Enfant de Lumière, qui sera très probablement un Dieu. Si je fais le mauvais choix, je risque de provoquer un affreux désastre. Tu imagines Silk en Dieu ? Je le vois d'ici faire les poches de ses associés et inscrire des reparties spirituelles dans les constellations !

— Il n'a pas vraiment le profil, approuva-t-elle. Moi je l'aime bien, mais UL n'approuverait peut-être pas ton choix. Il y a autre chose qui t'ennuie ?

— Tu le sais bien. L'un de nous ne verra pas le soleil se coucher, demain soir.

— Ne t'en fais pas pour ça, dit-elle d'un petit ton mélancolique. Ce sera moi. Je le sais depuis le début.

— Absurde. J'ai un moyen de pression sur eux.

— Tiens donc ! Et lequel ?

— Je n'aurai qu'à leur dire que je n'effectuerai pas le Choix s'ils te font le moindre mal.

— Garion ! hoqueta-t-elle. C'est impossible ! Tu ne voudrais pas détruire l'univers !

— Je me gênerais ! Sans toi, je me fiche pas mal de l'univers, figure-toi.

— C'est adorable, mais tu ne pourrais pas faire ça. Je sais que tu ne le ferais pas. Tu as bien trop le sens des responsabilités.

— Et qu'est-ce qui t'amène à penser que ce sera toi ?

— Les tâches, Garion. Chacun de nous a une tâche à accomplir, certains même plusieurs. Belgarath devait trouver l'endroit de la rencontre. Velvet était chargée de tuer Harakan. Même Sadi avait un rôle à jouer : nous débarrasser de Naradas. Je n'en ai aucun — juste celui qui consiste à mourir.

Garion décida le moment venu de la mettre au courant.

— Tu avais une tâche à accomplir, Ce'Nedra, lui révéla-t-il. Et tu t'en es magnifiquement acquittée.

— De quoi parles-tu ?

— Tu ne peux pas t'en souvenir. Quand nous avons quitté Kell, tu a passé plusieurs jours dans une sorte de torpeur.

— Si, je m'en souviens.

— Ce n'était pas une fatigue normale. C'était Zandramas qui reprenait le contrôle sur toi. Elle l'avait déjà fait. Tu te rappelles que tu as été malade en allant à Rak Hagga ? Eh bien, les symptômes n'étaient pas les mêmes, mais c'était déjà Zandramas. Il y a plus d'un an, maintenant, qu'elle s'efforce d'assurer son emprise sur ton esprit. Bref, continua-t-il tandis qu'elle le regardait en ouvrant de grands yeux, quand nous avons quitté Kell, elle a réussi à t'endormir. Tu t'es égarée dans la forêt et tu as cru revoir Arell.

— Arell ? Mais elle est morte !

— Je sais, mais tu as cru la rencontrer tout de même. Elle t'a donné ce que tu croyais être notre bébé. Puis cette prétendue Arell t'a posé des questions et tu y as répondu.

— Quel genre de questions ?

— Il fallait bien que Zandramas découvre le lieu de la rencontre, or elle ne pouvait pas aller à Kell. Elle s'est fait passer pour Arell afin de te tirer les vers du nez. Tu lui as parlé de Perivor, de la carte, et de Korim. C'était ta tâche.

— Je t'ai trahi ? demanda-t-elle avec un regard de bête blessée.

— Non. Tu as sauvé l'univers. Zandramas doit absolument être à Korim au moment voulu. Il fallait bien que quelqu'un lui donne les indications nécessaires, et c'était ton rôle.

— Je t'ai trahi tout de même !

— Tu as fait ce qui devait être fait, Ce'Nedra, affirma Garion avec un pâle sourire. Les deux parties en présence ont eu la même attitude. Nous avons fait des pieds et des mains, Zandramas et nous, pour trouver Korim et empêcher l'adversaire de le découvrir dans l'espoir de l'emporter par défaut. Mais ça ne pouvait pas se passer ainsi. Il faut que la rencontre ait lieu, parce que Cyradis doit faire son choix. Les prophéties n'auraient jamais laissé les choses tourner autrement. Les deux camps se sont démenés pour atteindre un but tout simplement impossible. Nous aurions dû nous en rendre compte depuis le début, les uns comme les autres. Nous aurions économisé bien des efforts. Ma seule consolation, c'est que Zandramas s'est donné beaucoup plus de mal que nous.

— Tu peux dire ce que tu veux, je sais que ce sera moi.

— C'est ridicule.

— J'espère seulement qu'ils me laisseront embrasser mon bébé avant de mourir, dit-elle tristement.

— Tu ne mourras pas, Ce'Nedra.

— Je veux que tu fasses attention à toi, Garion, dit-elle fermement. Ne mange pas n'importe quoi, couvre-toi bien en hiver et veille à ce que notre fils ne m'oublie pas.

— Ce'Nedra, ça suffit !

Elle l'ignora superbement.

— Et puis, quand je serai partie depuis un moment, tu te remarieras. Je n'aimerais pas que tu passes des milliers d'années à te lamenter dans tous les coins, comme Belgarath.

— Mais il n'en est pas question ! Et d'abord, il ne t'arrivera rien.

— Nous verrons bien. Promets-moi, Garion. Tu n'es pas fait pour vivre seul. Tu as trop besoin qu'on s'occupe de toi.

— Ce n'est pas bientôt fini, tous les deux ? lança Poledra en sortant de derrière un mât d'un pas déterminé. Je trouve ça très beau et d'un romantisme infernal, mais un peu trop mélodramatique. Garion a raison, Ce'Nedra. Il ne vous arrivera rien, alors remballez toute cette grandeur d'âme et mettez-la dans votre poche avec votre mouchoir par-dessus.

— Je sais ce que je sais, Poledra, répéta obstinément Ce'Nedra.

— Eh bien, j'espère que vous ne serez pas trop déçue quand vous rouvrirez les yeux après-demain et que vous vous rendrez compte que vous pétez la forme.

— Alors, qui voulez-vous que ce soit ?

— Moi, répondit simplement la femme qui était une louve. Il y a plus de trois mille ans que je le sais. J'ai eu le temps de m'y faire. Au moins j'ai eu cette journée avec ceux que j'aime avant de devoir les quitter pour toujours. Ce'Nedra, ce vent est glacial. Vous allez attraper froid. Descendons.

— Elle est exactement comme ta tante Pol, hein ? fit

Ce'Nedra par-dessus son épaule alors que Poledra l'entraînait d'une poigne de fer vers l'escalier menant aux cabines.

— Fatalement, répondit Garion dans son dos.

— Je vois que c'est commencé, constata Silk, tout près de lui.

— Quoi donc ?

— Les adieux déchirants. Chacun ou presque est persuadé que c'est lui qui ne verra pas le soleil se lever demain matin. Tu vas voir qu'ils vont tous monter ici à tour de rôle pour te dire adieu. Je croyais être le premier et ouvrir la voie aux autres, mais Ce'Nedra m'a coiffé au poteau.

— Toi ? Voyons, Silk, personne ne peut te tuer. Tu as trop de chance.

— Je me la suis fabriquée, Garion. Il n'est pas si difficile de forcer la chance aux dés. Nous nous sommes tout de même payé du bon temps, pas vrai ? Je pense qu'il y a eu largement plus de bons moments que de mauvais, et que peut-on espérer de mieux ? ajouta-t-il pensivement.

— Tu es encore plus mélo que Ce'Nedra et ma grand-mère réunies.

— Oui, hein ? Et je suis mauvais comme un cochon dans ce rôle-là. Mais ne sois pas triste, Garion. Si c'est vraiment moi, ça m'évitera de prendre une décision très désagréable.

— Allons bon ! Et de quoi s'agit-il ?

— Tu connais mes idées sur le mariage ? Eh bien, il se pourrait que je fasse en faveur de Liselle une exception à mes principes les plus fermement arrêtés.

— Je me demandais combien de temps tu tiendrais le coup.

— Tu étais au courant ?

— Tout le monde est au courant, mon pauvre Silk. Elle avait décidé de te mettre le grappin dessus, et elle y est arrivée.

— C'est vraiment déprimant. Me faire piéger au moment où je sombre dans le gâtisme, fit-il d'un ton lugubre.

— Allez, ne dramatise pas. Tu peux encore servir.

— Il faut que je sois gâteux pour envisager une chose pareille. Nous pourrions continuer à nous voir comme ça, mais je ne sais pas pourquoi, je trouve un peu sordide de me glisser sournoisement dans sa chambre au milieu de la nuit, et je ne veux pas lui faire ça. J'ai trop d'affection pour elle.

— De l'affection ?

— Très bien, lança Silk. Je l'aime. Ça y est, je l'ai dit ! Tu es content ?

— Je voulais juste être sûr que nous nous comprenions bien. C'est la première fois que tu le dis — que tu *te* le dis ?

— J'ai tout fait pour éviter d'en arriver là. Bon, si on parlait d'autre chose ? bougonna le petit Drasnien en levant le nez, maussade. Pff, il ne pourrait pas trouver un autre secteur pour voler, celui-là ?

— Qui ça ?

— Ce maudit albatros. Le revoilà.

Garion suivit son regard et vit le vaste oiseau des mers aux grandes ailes blanches qui planait au-dessus de la figure de proue. Les nuages violacés, à l'ouest, étaient maintenant presque noirs, et sur ce fond ténébreux, ce prince des nuées semblait luire d'un éclat qui n'était pas de ce monde.

— C'est très bizarre, acquiesça Garion.

— Je n'aime vraiment pas ça. Bon, je descends. Je ne veux plus le voir. Nous nous sommes bien amusés, fit-il d'une voix rauque, en prenant brusquement la main de Garion entre les siennes. Fais bien attention à toi.

— Hé, ne t'en va pas !

— Il faut que je laisse la place à tous ceux qui font la queue pour voir Sa Majesté. Si tu veux mon avis, tu es parti pour vivre des moments rares, conclut-il en lui flanquant une bonne claque dans le dos. Bon, je vais voir si Beldin a déjà trouvé le tonneau de bière.

Il lui dédia un petit salut impertinent, tourna les talons et repartit vers l'escalier menant aux cabines.

Ce sacré Silk avait vu juste. L'un après l'autre, tous les amis de Garion montèrent sur le pont pour lui faire part de leur prochain trépas et prendre congé de lui. Pour une sale journée, ce fut vraiment une sale journée.

Ce défilé de condoléances d'un genre un peu spécial s'acheva enfin vers le crépuscule. Garion resta appuyé au bastingage, à regarder sans le voir le sillage phosphorescent qui suivait leur vaisseau.

— Ce n'était pas un bon jour, hein ?

C'était encore Silk.

— Epouvantable ! Beldin a trouvé le tonneau de bière ?

— Ouais, et je te déconseille vivement d'y goûter. Tu auras besoin de toute ta tête, demain. J'étais juste venu m'assurer qu'après les discours funèbres de tes amis tu n'envisageais pas de te fiche à l'eau. Hé, qu'est-ce que c'est que ça ?

— Quoi donc ?

— J'ai entendu un drôle de grondement. Tiens, ça recommence, fit-il d'une voix tendue en indiquant la proue du navire.

A l'approche du soir, le ciel était devenu presque noir, un noir crevé ça et là par des taches rouges, farouches : les derniers rayons du soleil filtrant à travers les nuages. Une vague brume roussâtre barrait l'horizon, un brouillard qui semblait porter une collerette blanche, celle de l'écume qui coiffe les flots en furie.

Le capitaine Kresca s'approcha de la démarche chaloupée propre à tous les marins du monde.

— Nous y sommes, annonça-t-il. C'est le récif.

Garion regarda l'Endroit-qui-n'est-plus, en proie à un tumulte de pensées et d'émotions chaotiques.

Alors l'albatros poussa un cri étrange, presque triomphant. Il battit une fois des ailes et s'en fut vers Korim.

CHAPITRE XIX

Le visage blême et l'esprit en ébullition, Oskatat fonçait dans les couloirs du Drojim. Il devait absolument voir Urgit, le monarque absolu du Cthol Murgos.

— Je veux parler avec Sa Majesté, déclara-t-il aux gardes plantés à l'entrée de la salle du trône.

Les hommes se hâtèrent d'ouvrir les portes en grand. Bien qu'Urgit et lui-même aient décidé d'un commun accord qu'Oskatat n'était plus sénéchal qu'en titre, tout le monde au palais considérait le grand gaillard balafré comme le personnage le plus puissant du royaume après le roi.

Il trouva ledit roi au museau de fouine en train de deviser gaiement avec la reine Prala et la reine mère Tamazin, l'épouse d'Oskatat.

— Ah, Oskatat ! Ma petite famille est au complet, s'exclama Urgit. Nous envisagions de faire des travaux assez importants au palais royal, figurez-vous. Toutes ces pierreries, les tonnes d'or qui surchargent les plafonds sont du plus mauvais goût, je trouve, et puis j'ai besoin d'argent. La somme que je tirerai de toute cette quincaillerie me sera très utile pour soutenir l'effort de guerre.

— Il est arrivé un événement important, Urgit, annonça Oskatat.

Le roi avait expressément ordonné au sénéchal de l'appeler par son prénom lorsqu'ils s'entretenaient en privé.

— Comme c'est déprimant, fit Urgit en s'avachissant dans les coussins de son trône.

Taur Urgas, le défunt « père » d'Urgit, réprouvait les éléments de confort comme les coussins. Il mettait un point d'honneur à vivre à la dure et donnait l'exemple du stoïcisme murgo en passant des heures assis sur la pierre glacée. Il devait à ces beaux principes une fistule qui ne lui avait pas arrangé le caractère pendant les dernières années de sa vie.

— Redresse-toi, Urgit, protesta machinalement Dame Tamazin.

— Oui, Mère, répondit Urgit en obtempérant docilement. Je vous écoute, Oskatat, mais allez-y mollo, je vous en prie. J'ai remarqué que l'adjectif « important » avait une fâcheuse tendance à vouloir dire « calamiteux », ces temps derniers.

— J'avais demandé à Jaharb, le doyen des Dagashis, de se renseigner sur les mouvements d'Agachak, reprit le sénéchal. Eh bien, notre grand prêtre a quitté le Cthol Murgos.

— Enfin une bonne nouvelle ! s'exclama Urgit, hilare. Si seulement il pouvait aller à l'autre au bout du monde... Eh bien, ça me fait plaisir, Oskatat. Je dormirai mieux maintenant que je sais que ce cadavre ambulant n'est plus là pour polluer ce qui reste de mon royaume. Sait-on où il est allé ?

— Il est parti pour la Mallorée, Urgit. Il semble croire que le Sardion est là-bas. Il est passé par Thull Mardu et a convaincu le roi Nathel de l'accompagner.

— Non, il n'a pas fait ça ! s'écria Urgit en hurlant de rire. C'est moi qui lui avais suggéré d'emmener Nathel à ma place quand il partirait chercher le Sardion, expliqua-t-il à ses compagnons en réponse à leurs regards interrogateurs. Il l'a fait, l'imbécile, il s'est encombré de ce crétin ! Je voudrais être une souris pour entendre ce qu'ils se racontent ! S'il réussit son coup, il bombardera Nathel roi des rois des Angaraks. Nathel, qui ne sait même pas lacer ses chaussures !

— Tu ne penses pas vraiment qu'Agachak va réussir ? releva la reine Prala en plissant son front lisse.

La reine Prala était enceinte de plusieurs mois et manifestait une certaine propension à tout prendre au sérieux sinon au tragique.

— Réussir ? renifla Urgit. Aucun danger. Il faudrait pour ça qu'il passe sur le corps de Belgarion, sans parler de Belgarath et Polgara. Ils vont le pulvériser. C'est vraiment agréable d'avoir des amis si puissants, reprit-il avec un sourire sardonique. Je crois tout de même que nous ferions mieux de prévenir Belgarion. Et Kheldar, ajouta-t-il en se vautrant à nouveau dans ses coussins. La dernière fois que nous avons entendu parler d'eux, ils avaient quitté Rak Hagga avec Kal Zakath. Nous avons supposé, en toute logique, qu'ils allaient à Mal Zeth, soit en tant qu'invités soit comme prisonniers. Je connais assez Belgarion pour savoir qu'il n'est pas du genre à rester longtemps prisonnier. D'un autre côté, Zakath sait probablement où il est. Oskatat, vous ne pourriez pas faire entrer un Dagashi à Mal Zeth ?

— On peut toujours essayer, mais je n'y crois pas beaucoup et je ne suis pas sûr que les Dagashis soient les mieux placés pour rencontrer l'empereur. Zakath a une guerre civile sur les bras, et il doit avoir des tas de soucis.

— Evidemment. Cela dit, reprit Urgit en tiraillant son long nez pointu, il ne s'est guère laissé dépasser par les événements chez nous, au Cthol Murgos... Et si nous l'utilisions comme messager auprès de Belgarath ?

— Excusez-moi, Urgit, mais ça va un peu trop vite pour moi, objecta Oskatat.

— Quelle est la plus proche ville occupée par les Malloréens ?

— Ils ont toujours une garnison réduite à Rak Cthaka. Nous pourrions les anéantir en quelques heures, mais je doute que vous ayez envie de fournir un prétexte à Zakath pour revenir en force au Cthol Murgos.

— Je dois avouer que je serais personnellement assez favorable à cette ligne de pensée, convint Urgit en réprimant un frisson, mais je dois quelques bonnes manières à Belgarion et je tiens à protéger mon frère dans toute la mesure du possible. Voilà ce que vous allez faire, Oskatat : vous allez prendre trois corps d'armée avec vous et foncer vers Rak Cthaka. Les Malloréens de la région fileront à Rak Hagga pour faire prévenir Kal Zakath que nous nous apprêtons à attaquer ses places fortes. Ça devrait l'intéresser. Vous tournerez un peu en rond puis vous entrerez dans la ville. Vous demanderez à parlementer avec le commandant de la place et vous lui expliquerez la situation. Je vais écrire à Kal Zakath une lettre exposant notre communion d'intérêts. Il n'a sûrement pas plus envie de voir Agachak en Mallorée que je ne souhaite le récupérer ici, au Cthol Murgos. Je lui suggérerai de mettre Belgarion au courant et nous n'aurons qu'à nous caler confortablement dans notre trône en attendant que le Tueur de Dieu régle le problème à notre place. Qui sait ? fit-il avec un soudain sourire. Il se pourrait que ce soit le premier pas vers une réconciliation entre Son Implacabilité impériale et moi-même. Je crois vraiment que le moment est venu pour les Angaraks d'arrêter de s'entretuer.

— Enfin, Greldik, vous ne pouvez pas faire avancer ce truc-là plus vite ? tempêta le roi Anheg de Cherek.

— Mais bien sûr, Anheg, grommela Greldik. Je pourrais hisser toute la toile, et nous irions aussi vite qu'une flèche. Pendant cinq minutes. Puis les mâts casseraient et nous nous retrouverions à la rame. Dans quelle équipe voudriez-vous que je vous mette ?

— Greldik, avez-vous jamais entendu le terme *lèse-majesté* ?

— Souvent, Anheg, et la plupart du temps dans votre bouche. Mais vous devriez vous intéresser un peu plus au droit maritime. A bord de ce bateau, et en mer, j'exerce une autorité encore plus absolue que vous au Val d'Alorie. Si je vous dis de ramer, vous ramerez, et sinon vous continuerez à la nage.

Le roi de Cherek s'éloigna en vociférant.

— Vous avez réussi à en tirer quelque chose ? demanda l'empereur Varana comme Anheg s'approchait de la proue en frappant le pont de ses talons.

— Il m'a envoyé promener, maugréa Anheg. Et puis il m'a dit que si j'étais pressé, je n'avais qu'à ramer moi-même.

— Vous avez déjà manœuvré les rames ?

— Une fois. Les Cheresques sont un peuple de marins,

et mon père trouvait éducatif de me faire engager comme mousse. Le plus ennuyeux, ce n'était pas de ramer, c'était le fouet.

— Ils n'ont tout de même pas osé fouetter le prince héritier ? se récria l'empereur de Tolnedrie.

— Comment voulez-vous reconnaître les rameurs quand vous êtes derrière eux ? rétorqua Anheg. Le chef de nage trouvait que nous n'allions pas assez vite. Nous pourchassions un navire de commerce tolnedrain et il ne fallait pas qu'il retrouve la sûreté des eaux territoriales tolnedraines.

— Anheg ! s'exclama Varana.

— C'était il y a longtemps, Varana. J'ai interdit l'arraisonnement des vaisseaux tolnedrains. Surtout en présence de témoins. L'ennui, vous comprenez, c'est que Greldik n'a pas tort. S'il se couvre de toile, le vent va déraciner ses mâts et nous finirons par ramer tous les deux.

— Dans ce cas, je ne vois pas comment nous pourrions rattraper Barak.

— Allez savoir. Barak n'est pas aussi bon marin que Greldik et son immense bâtiment obéit moins bien à la barre. Nous gagnons un peu sur lui tous les jours. Quand il arrivera en Mallorée, il faudra qu'il s'arrête dans chaque port pour poser des questions. La plupart des Malloréens ne reconnaîtraient pas Garion s'il se jetait sur eux et leur crachait à la figure, mais Kheldar, c'est une autre histoire. Je me suis laissé dire que ce petit voleur avait des bureaux dans la plupart des villes et des villages de Mallorée. Je sais ce que Barak a en tête. Il va chercher à retrouver Silk, puisqu'ils sont probablement ensemble, Garion et lui. Ce sera plus facile pour nous. Nous n'aurons qu'à décrire l'*Aigle des mers* à quelques-uns des hommes qui traînent sur les quais. Pour le prix d'un tonnelet de bière, nous devrions pouvoir suivre Barak où qu'il aille. Avec un peu de chance, nous le rattraperons avant qu'il ne trouve Garion et ne gâche tout. Dommage que cette aveugle lui ait dit qu'il ne pouvait pas l'accompagner. Je ne connais pas de moyen plus infaillible de convaincre Barak de faire une chose que de la lui interdire. Au moins, s'il était parti avec Garion, Belgarath serait là pour le tenir à l'œil et l'empêcher de faire des bêtises.

— Et comment espérez-vous l'arrêter même si nous le rattrapons ? Son bâtiment va peut-être moins vite que le nôtre mais il est plus grand et il peut transporter plus de monde.

— Greldik a un accessoire spécial dans la cale. Un truc qui se fixe à la proue du navire. Si Barak refuse d'obtempérer quand je lui ordonnerai de mettre en panne, Greldik l'éperonnera, et on ne va pas loin dans un vaisseau qui prend l'eau.

— Anheg, c'est monstrueux !

— Ce que Barak essaie de faire ne l'est pas moins. S'il réussit à retrouver Garion, Zandramas va gagner, et nous finirons tous sous la botte de quelqu'un d'encore pire que Torak. Je coulerais dix fois l'*Aigle des mers* pour éviter ça. Enfin, soupira-t-il, je n'aimerais pas que mon cousin se noie. Il me manquerait.

La reine Porenn de Drasnie avait convoqué le margrave Khendon, le chef de ses services de renseignements, dans ses appartements privés afin de lui donner certaines instructions.

— Tous, sans exception, Javelin, avait-elle dit d'un ton sans équivoque. J'exige que tous les espions quittent cette aile du palais jusqu'à la fin de la journée.

— Porenn ! hoqueta Javelin. Je n'ai jamais entendu une chose pareille !

— Si : vous venez de l'entendre, et de ma bouche, encore. Ça vaut aussi pour tous les espions non officiels. Je veux que cette aile du palais soit totalement vide d'ici une heure. J'ai mes propres espions, Javelin, et je connais chacune de leurs cachettes. Faites-les toutes nettoyer.

— Vous me décevez amèrement, Porenn. Ce ne sont pas des façons de traiter les services de renseignements. Vous imaginez l'impact que ça va avoir sur le moral des hommes ?

— Franchement, Khendon, le moral de vos fouineurs professionnels, je m'en bats l'œil. J'ai d'autres problèmes.

— Mes hommes ont-ils jamais démérité ? demanda Javelin, d'un petit ton pincé.

— Deux fois, si je me souviens bien. La première quand le culte de l'Ours a réussi à infiltrer vos services, la seconde quand ils ne se sont pas aperçus de la trahison du général Haldar.

— Très bien, Porenn, j'admets que quelques détails mineurs nous ont parfois échappé, soupira Javelin.

— Ah, parce que vous considérez comme un détail mineur le ralliement du général Haldar au culte de l'Ours ?

— Je vous trouve inutilement blessante, Porenn.

— Ça suffit, Javelin. Evacuez cette aile ou je convoque mon fils et nous interdisons définitivement l'espionnage de la famille royale.

— Vous ne feriez pas ça ! se récria Javelin, pâle comme un linge. C'est le service tout entier qui s'écroulerait. L'honneur d'espionner la famille royale a toujours constitué la récompense suprême. Mes hommes ne rêvent que de ça. Sauf Silk, qui l'a refusé par trois fois, ajouta-t-il, soudain méditatif.

— Eh bien, évacuez tout votre petit monde, Javelin. Et n'oubliez pas le placard caché derrière la tapisserie dans le couloir, juste dehors.

— Comment l'avez-vous découvert ?

— C'est à Kheva qu'en revient le mérite.

Javelin poussa un gémissement funèbre.

Quelques heures plus tard, Porenn attendait impatiemment dans son salon avec le roi Kheva, son fils. Kheva était presque aussi grand que Rhodar, maintenant. Il avait une belle voix grave et un duvet ombrait ses joues. Contrairement à la plupart des régents, sa mère tenait à ce qu'il prenne l'habitude d'assister aux conseils d'Etat et de négocier avec les puissances étrangères. D'ici peu, elle le mènerait en douceur au premier plan et se retirerait du pouvoir qu'elle avait assumé bien malgré elle. Kheva ferait un bon roi, se disait-elle. Il était presque aussi rusé que son père et il avait une qualité irremplaçable pour un monarque : le bon sens.

On frappa lourdement à la porte.

— C'est moi, Yarblek, fit une grosse voix rocailleuse.

— Entrez. Nous avons beaucoup de choses à voir ensemble.

Vella apparut derrière lui. Porenn étouffa un soupir. La jeune femme avait tout oublié au Gar og Nadrak. Elle s'était dépouillée du mince vernis d'éducation dont Porenn l'avait revêtue à grand peine. Rien qu'à sa tenue, il était évident qu'elle était redevenue la créature farouche, indomptable, qu'elle avait toujours été.

— Alors, Porenn, il y a le feu ? fit Yarblek sans préambule en balançant dans un coin son manteau de feutre informe et son bonnet de fourrure hirsute. Votre messager a failli crever son cheval sous lui.

— Il est arrivé quelque chose d'important et qui nous concerne tous. Mais je tiens à ce que ça reste entre nous.

— Entre nous ! s'esclaffa Yarblek. Vous savez bien, Porenn, qu'il n'y a de secret pour personne dans votre palais !

— Cette fois, si, répondit la reine d'un petit ton pincé. J'ai ordonné ce matin même à Javelin de faire sortir tous ses espions de cette aile du palais.

— Et comment l'a-t-il pris ? s'enquit le Nadrak avec un immense sourire.

— Pas très bien, j'en ai peur.

— Ça lui fera les pieds. Il commençait à avoir la grosse tête, ces temps derniers. Bon, venons-en au fait. Quel est le problème ?

— Je vais vous le dire. Mais avant, avez-vous trouvé ce que tramait Drosta ?

— Evidemment. Il voudrait faire la paix avec Zakath. Il a négocié — à distance — avec le responsable du Département de l'Intérieur, un certain Brador, je crois. Bref, il a accepté de laisser des agents malloréens passer par le Gar og Nadrak pour infiltrer le Ponant.

C'est le ton de sa voix plus qu'autre chose qui mit la puce à l'oreille de Porenn.

— Très bien, Yarblek, mais vous ne me dites pas tout.

— J'ai horreur de traiter avec des femmes intelligentes. Je ne sais pas pourquoi, je ne trouve pas ça naturel, geignit le Nadrak en s'écartant prudemment de

Vella. Bon, ça va... Zakath a besoin d'argent, beaucoup d'argent pour poursuivre les guerres qu'il mène sur deux fronts différents. Drosta a exempté de droits de douane sur les tapis malloréens les marchands qui paient leurs impôts à Mal Zeth. Ils nous ont piqué tout le marché arendais à Silk et moi.

— Je suppose que vous avez su tirer parti de ces informations.

— Ben voyons. Vous pourriez vous faire un pactole, vous savez, Porenn. Drosta a réduit de quinze pour cent les droits de douane sur toutes importations de Mallorée. Vous n'auriez qu'à augmenter les vôtres d'autant pour vous en mettre plein les poches, et nous resterions compétitifs, Silk et moi.

— Je crois surtout que vous êtes en train d'essayer de me rouler, fit Porenn d'un ton suspicieux. Enfin, nous verrons ça plus tard. Pour l'instant, écoutez-moi bien : Barak, Mandorallen, Hettar, Lelldorin et Relg font voile vers la Mallorée, sans doute tans l'intention de s'immiscer dans la quête de Belgarion. Vous étiez à Rhéon. Vous savez ce que la sibylle dalasienne nous a dit. Ces têtes brûlées doivent absolument rester à l'écart de tout ça. Combien de temps vous faudrait-il pour faire parvenir un message à vos agents en Mallorée ?

— Quelques semaines. Peut-être un peu moins.

— Cette affaire est de la plus extrême urgence, Yarblek. Anheg et Varana sont partis à sa poursuite, mais rien ne prouve qu'ils le rattraperont à temps. Nous devons retarder Barak, et pour ça le meilleur moyen est de lui faire parvenir de fausses informations. Je veux que vous disiez à vos agents malloréens de lui raconter des histoires, de l'envoyer sur de fausses pistes. Barak va chercher Kheldar ; il ira se renseigner dans vos bureaux en Mallorée. Si Kheldar et les autres vont à Maga Renn ou Penn Daka, dites à vos hommes de faire croire à Barak qu'il sont partis pour Mal Dariya.

— Je connais la musique. Dites, Porenn, vous allez bientôt transmettre les rênes du pouvoir à Sa Majesté ici présente ? avança le Nadrak en la lorgnant d'un air calculateur.

— Oui, enfin, d'ici quelques années.

— Quand cette affaire sera terminée, nous aimerions, Silk et moi, avoir une petite conversation avec vous. Que diriez-vous d'accepter une participation minoritaire dans nos affaires ? Quand vous serez dégagée de vos obligations officielles, bien sûr.

— Je suis très flattée, Yarblek, mais qu'est-ce qui me vaut une telle proposition ?

— Vous êtes très futée, Porenn, et vous avez un sacré carnet d'adresses. Je pense que nous pourrions aller jusqu'à cinq pour cent des parts.

— C'est absolument hors de question, intervint Kheva, et ils furent surpris de sa voix grave. Vingt pour cent.

— *Vingt ?* s'étrangla le Nadrak.

— Je dois veiller aux intérêts de ma mère, fit-il d'un ton sans réplique. Elle ne sera pas éternellement jeune et je ne voudrais pas qu'elle passe la fin de sa vie à faire des ménages.

— C'est du racket, Kheva ! protesta le Nadrak, la face rouge comme une betterave.

— Je ne veux pas vous étrangler, Yarblek, reprit le jeune roi de Drasnie, imperturbable. Il vaudrait peut-être mieux, en fin de compte, que ma mère se mette à son propre compte. Ça ne devrait lui poser aucun problème, d'autant que toutes les marchandises destinées à la famille royale drasnienne passent par la valise diplomatique et sont exemptées de frais de douane.

— On dirait que tu t'es piégé tout seul, Yarblek, ironisa Vella. Enfin, puisque tu es parti pour recevoir de mauvaises nouvelles aujourd'hui, je te signale que, quand tout ça sera fini, je te demanderai de me revendre.

— Te revendre ? Et à qui ?

— Je te le dirai le moment venu.

— Et... il a de l'argent ?

— Je n'en sais rien. Mais ça n'a pas d'importance. Je te paierai ma part moi-même.

— Là, je ne te reconnais pas. Faut vraiment que ce soit le grand béguin.

— Tu ne peux pas savoir, Yarblek. J'ai été faite pour lui.

— Nous avons pour ordre de rester ici, Atesca, répéta obstinément Brador.

— C'était avant ce long silence, riposta Atesca en arpentant nerveusement le vaste pavillon qu'il partageait avec le Melcène. Le bien-être et la sécurité de l'empereur relèvent de ma responsabilité.

Le général au nez de lutteur de foire était vêtu d'un pectoral d'acier incrusté d'or qui tintait à chaque pas.

— Pas plus que de la mienne, rétorqua Brador en caressant le petit ventre rond du chaton qui ronronnait sur ses genoux.

— Alors pourquoi ne faites-vous rien ? Il y a des semaines que nous sommes sans nouvelles de lui. Même vos services de renseignements sont incapables de nous dire où il est.

— Je sais, mais je ne vais pas désobéir aux ordres de l'empereur parce que vous êtes énervé ou que vous vous ennuyez.

— Eh bien, restez ici à dorloter ses chats ! Moi, demain, je donne ordre à l'armée de sortir d'ici.

— Vous êtes injuste, Atesca.

— Pardon, Brador. Ce long silence me rend un peu irritable, et j'en oublie mes bonnes manières.

— Je suis aussi inquiet que vous, Atesca, mais toute mon éducation se révolte à l'idée de transgresser un commandement impérial. Vous savez, murmura Brador alors que le chaton vautré sur ses genoux lui mordillait les doigts, je crois que quand sa Majesté rentrera, je lui demanderai si je peux garder celui-ci. Je commence à m'y attacher.

— Pourquoi pas ? Essayer de caser trois ou quatre portées de chatons tous les ans vous fera une distraction. Et si je vous proposais un compromis ? ajouta le général en se caressant pensivement le menton.

— Je suis ouvert à toutes les suggestions.

— Bon. Nous savons que l'armée d'Urvon s'est égaillée dans la nature et que tout laisse penser que ledit Urvon est mort.

— Et alors ?

— Zandramas a fait déplacer ses forces vers les protectorats de Dalasie.

— C'est ce que me disent mes hommes.

— Nous sommes l'un comme l'autre des hauts fonctionnaires du gouvernement de sa Majesté, d'accord ?

— D'accord.

— Nous sommes donc censés prendre, sans en référer à Mal Zeth, toutes les initiatives tactiques qui s'imposent pour tirer parti des avantages présentés par une situation donnée.

— Sans doute. Vous avez passé plus de temps que moi sur les champs de bataille.

— C'est l'usage, Brador. Darshiva serait donc pour ainsi dire sans défense. Je vous propose d'entrer à Peldane, de l'autre côté de la rivière, d'y ramener l'ordre, puis d'occuper Darshiva. Nous couperions ainsi Zandramas de ses arrières. Nous pourrions masser nos forces au pied de ces montagnes pour repousser ses troupes si elles tentaient de battre en retraite. Nous ramènerions ces deux provinces dans le giron de l'empire. Nous pourrions même y gagner une ou deux médailles.

— Sa Majesté en serait sans doute assez satisfaite.

— Elle serait folle de joie, Brador.

— Ce que je ne vois pas, c'est en quoi l'occupation de Darshiva nous permettrait de repérer plus facilement Sa Majesté.

— Bien. Nous devons garder trace de l'ennemi — des Darshiviens, en l'occurrence. La procédure militaire standard dans un tel cas consiste à envoyer des patrouilles en force afin de déterminer l'ampleur des troupes ennemies et leurs intentions probables. Et si ces patrouilles entraient par hasard en contact avec l'Empereur...

Il écarta les mains devant lui dans un geste éloquent.

— Vous avez intérêt à donner des instructions précises aux commandants de ces patrouilles, repartit prudemment Brador. Un lieutenant un peu naïf pourrait se laisser aller à dire des choses dont l'Empereur n'a pas forcément à être informé.

— J'ai dit des *en force*, Brador, rétorqua Atesca avec un sourire. Je pensais à des brigades entières. Une brigade est sous l'autorité d'un colonel, et j'ai un certain nombre de colonels assez intelligents.

— Quand commençons-nous ? demanda Brador avec un sourire.

— Vous avez quelque chose de prévu pour demain matin ?

— Rien qui ne puisse attendre, répondit le Melcène.

— Comment se fait-il que tu ne l'aies pas sentie venir ? hurlait Barak sous le nez de Drolag, son maître d'équipage.

Les deux hommes étaient plantés à la proue, sous la pluie que le vent chassait à l'horizontale par-dessus le bastingage.

— Moi non plus, Barak, j'comprends pas ! protesta l'autre en tirant sur sa barbe agitée par la tempête. C'est la première fois que ma patte me fait ce coup-là.

Drolag faisait partie de ceux qui s'étaient un jour cassé une jambe. Il avait constaté, quand la fracture s'était consolidée, que sa patte était devenue sensible aux changements de temps : il prédisait les orages avec une précision surnaturelle. Ses compagnons de bord l'observaient toujours avec attention. Quand Drolag faisait la grimace à chaque pas, ils scrutaient l'horizon à la recherche des inévitables nuages ; quand il boitait, ils amenaient la toile et commençaient à capeler les lignes de sécurité. Et quand il tombait en poussant un cri de douleur, ils s'empressaient de mouiller l'ancre flottante, de descendre à la cale et de fermer toutes les écoutilles. Drolag avait changé un handicap temporaire en une carrière à vie. Il était royalement payé et ne faisait jamais rien. Tout ce qu'on lui demandait, c'était d'arpenter le pont de sorte que tout le monde puisse le voir. Sa jambe miraculeuse lui permettait même d'annoncer à quel endroit la tempête devait éclater. Mais cette fois, la tempête s'était abattue sans prévenir sur le pont de l'*Aigle des mers*, et Drolag était aussi surpris que ses compagnons de bord.

— Tu ne t'es pas soûlé, tu n'es pas tombé et tu ne te l'es pas recassée, au moins ? avança Barak d'un ton soupçonneux.

Barak ne connaissait de l'anatomie humaine que les endroits où il était intéressant d'assener sa hache ou son épée quand l'anatomie en question était celle d'un ennemi. Il se disait brumeusement que si une fracture avait valu à Drolag le don de prédire le temps, une seconde fracture avait pu l'en priver.

— Tu penses bien que non, Barak, répondit pitoyablement Drolag. J'vais pas risquer mon gagne-pain pour quelques chopes de mauvaise bière.

— Alors explique-moi comment cette tempête nous est tombée dessus sans que tu la sentes venir ?

— J'en sais rien, moi, Barak. C'est p't-être pas une tempête normale. Elle a p't-être été provoquée par magie. J'sais pas si ma patte peut sentir v'nir les tempêtes magiques.

— C'est un peu facile comme excuse, ricana Barak. Toutes les fois qu'un ignorant ne comprend pas une chose, il la met sur le compte de la magie.

— C'est pas d'ma faute, Barak ! protesta Drolag avec véhémence. J'fais c'que j'peux, mais faut pas m'tenir pour responsable des forces surnaturelles.

— Descends, grinça Barak entre ses dents. Va discuter avec ta patte et tâche de trouver une meilleure explication.

Drolag se détourna en marmonnant dans sa barbe et s'éloigna clopin-clopant sur le pont qui tanguait et roulait.

Barak était de mauvais poil. Tout semblait conspirer à le retarder. Ils venaient d'assister, ses amis et lui-même, à la fin spectaculaire d'Agachak quand un tronc d'arbre invisible sous l'eau avait fait un trou dans la coque de l'*Aigle des mers*. Ils avaient réussi, en écopant comme des forcenés, à descendre le fleuve jusqu'à Dal Zerba et à hisser l'énorme bâtiment sur un banc de boue pour le réparer, mais cette corvée leur avait pris deux semaines, et voilà que cet orage venu de nulle part les ralentissait encore. Il en était là de ses réflexions quand son fils remonta sur le pont, le triste roi des Thulls à la remorque. Unrak regarda autour de lui, comme s'il y avait quelque chose à voir dans cette tourmente, tandis que la bourrasque s'acharnait sur sa tignasse de feu.

— Ça n'a pas l'air de se calmer, hein, Père ?

— Pas spécialement, non.

— Hettar voudrait te parler.

— Il faut que je tienne la barre de cette grosse brute.

— Laisse-là à ton second, Père. Hettar a étudié cette carte et il pense que nous courons un danger.

— A cause de cette petite tempête de rien du tout ? Ne dis pas de bêtises !

— La coque de l'*Aigle des mers* serait-elle assez solide pour résister à des récifs ?

— Nous sommes en haute mer !

— Plus pour longtemps, à mon avis. Descends un instant, Père. Hettar te montrera.

Barak abandonna la barre à son second et suivit son fils en rechignant, Nathel sur ses talons. Le roi des Thulls était sensiblement plus âgé qu'Unrak mais on ne l'aurait pas dit. Il avait pris l'habitude de le suivre comme un chien perdu. Quant au fils de Barak, il ne faisait pas preuve d'une mansuétude désordonnée envers son compagnon indésirable.

— Qu'est-ce que c'est que cette histoire, Hettar ? demanda Barak en entrant dans la cabine exiguë.

— Venez voir, répondit le grand Algarois en indiquant la carte posée sur la table rivée au sol. Nous avons quitté Dal Zerba hier matin, n'est-ce pas ?

— Exact. Nous en serions partis plus vite si quelqu'un avait regardé un peu ce qui se passait sur ce fleuve. Je pense que je vais chercher qui était de quart d'avant, ce jour-là, et lui donner de la cale humide.

— Qu'est-ce que c'est que la cale humide ? demanda Nathel.

— Quelque chose de très désagréable, répondit sèchement (!) Unrak.

— Oh, alors je préfère que vous ne me le disiez pas. Je n'aime pas les choses désagréables.

— Comme vous voudrez, Majesté.

Unrak avait tout de même des manières.

— Vous ne pourriez pas m'appeler Nathel ? demanda plaintivement le Thull. Je ne suis pas vraiment un roi, de toute façon. C'est ma mère qui décide tout.

— Comme vous voudrez, Nathel, fit Unrak qui commençait à le prendre en pitié.

— Bon, quelle distance avons-nous parcourue depuis hier ? reprit Hettar.

— Disons une vingtaine de lieues, répondit Barak. Je vous rappelle que nous sommes dans des eaux inconnues et que nous avons dû mettre en panne cette nuit.

— Alors nous ne devons pas être loin de *ça*, conclut l'Algarois en indiquant un symbole inquiétant sur la carte.

— Nous ne pouvons pas être dans les parages de ce récif, Hettar, répondit patiemment Barak. Nous avons mis le cap au sud-est dès que nous sommes sortis de l'estuaire, à l'embouchure du fleuve.

— Nous ne sommes pas allés vraiment vers le sud-est, Barak. Un courant longe de toute évidence la côte ouest de la Mallorée, et il est assez puissant, je l'ai vérifié à plusieurs reprises. La proue pointait bien vers le sud-est, mais l'*Aigle des mers* a dérivé latéralement presque plein sud à cause de ce courant.

— Depuis quand vous y connaissez-vous en navigation à la voile ?

— Il n'est pas nécessaire de s'y connaître, Barak. Prenez un bout de bois et lancez-le par-dessus le bastingage à bâbord : vous le rattraperez en deux minutes. Peu importe dans quelle direction est tournée la proue du vaisseau, vous allez plein sud. Je vous garantis que d'ici une heure, nous entendrons les vagues se briser sur ce récif.

— Je confirme, Messire de Trellheim, la véracité des dires de notre ami, intervint Mandorallen. J'ai moi-même assisté à l'expérience à laquelle il a procédé avec son bout de bois. Nous allons bel et bien vers le sud.

— Qu'allons-nous faire ? demanda Lelldorin, un peu inquiet.

Barak contempla la carte d'un œil endeuillé.

— Nous n'avons pas le choix, répondit-il. Nous ne pouvons reprendre le large avec cette tempête. Nous allons mouiller les deux ancres en espérant toucher le fond. Puis nous allons serrer les fesses et attendre que ça passe. Comment s'appelle ce récif, Hettar ?

— Turim, répondit le farouche Algarois.

CHAPITRE XX

La cabine du bateau de Kresca était comme toutes les autres cabines de bateau, avec son mobilier vissé au plancher et son plafond bas. Les lampes à huile accrochées aux poutres sombres se balançaient au gré des longs rouleaux venus de la mer du Levant, loin là-bas. Garion aimait être en mer. Il s'y sentait apaisé, comme allégé de ses soucis. A terre, il avait toujours l'impression de courir d'un endroit à l'autre au milieu d'une foule de gens qui lui cassaient les oreilles, alors qu'en mer il se retrouvait seul avec lui même, et le balancement régulier des vagues berçait ses pensées.

Ils dînèrent frugalement, ce soir-là, d'une épaisse soupe de pois et de pain noir, puis ils restèrent un moment assis autour de la table de bois brut, à parler de tout et de rien en attendant le capitaine. Il avait promis de les rejoindre dès qu'il aurait amarré son bâtiment.

Le jeune loup était couché sous la table, aux pieds de Ce'Nedra. Il la regardait d'un air implorant, soigneusement étudié, et elle lui glissait des bouchées de nourriture en douce. Qui a dit que les loups étaient bêtes ?

— La mer a l'air drôlement agitée, fit Zakath en penchant la tête pour écouter les vagues qui s'écrasaient sur le récif. Ça risque de poser problème quand nous voudrons aborder, non ?

— J'en doute, objecta Belgarath. Cette tempête couvait probablement depuis le jour où le monde est sorti du néant. Ce n'est pas ça qui nous empêchera de prendre pied sur ce rocher.

— Je te trouve bien fataliste, protesta Beldin. Et peut-être un peu trop confiant.

— Pourquoi ? Les deux prophéties doivent se rencontrer. Elles convergent vers cet endroit depuis l'aube des temps. Elles ne laisseront rien s'opposer à l'arrivée de leurs instruments.

— Elles ont tout de même provoqué cette tempête.

— Elle n'était pas censée nous éloigner, Zandramas et nous, mais tous les autres. Seul un petit groupe de gens bien précis doit être sur ce récif, demain. Les prophéties veilleront à ce que personne d'autre n'y mette les pieds jusqu'à ce que nous ayons fait ce que nous avons à faire.

Garion regarda Cyradis. Elle était calme et sereine sous le bandeau qui lui masquait la moitié du visage. Il prit tout à coup conscience de son extraordinaire beauté.

— Ça soulève un point intéressant, Grand-père, commença-t-il. Cyradis, vous nous avez dit que l'Enfant des Ténèbres avait toujours été solitaire. Cela signifie-t-il que Zandramas nous affrontera seule, demain ?

— Tu as mal interprété mes paroles, Belgarion de Riva. Ton nom et celui de Tes compagnons sont inscrits dans les étoiles depuis le commencement des âges. Au contraire, ceux qui accompagnent l'Enfant des Ténèbres sont indifférents. Leur nom ne figure pas dans le Livre des Cieux. Zandramas est la seule émissaire de la prophétie des Ténèbres qui ait la moindre importance. Ceux qu'elle amènera avec elle auront sans nul doute été choisis au hasard, et leur nombre équilibrera le vôtre.

— Nous nous affronterons donc à forces égales, murmura Velvet d'un ton approbateur. Nous devrions nous en sortir.

— L'affaire ne se présente pas si bien pour moi, nota Beldin. A Rhéon, vous avez dressé la liste de ceux qui devaient accompagner Garion ici. Mon nom n'y figurait pas. Aurait-on oublié de m'envoyer une invitation ?

— Que non point, doux Beldin. Ta présence ici est à présent nécessaire. Zandramas a inclus dans ses forces une personne qui excède les prophéties. Tu rétablis l'équilibre.

— Cette Zandramas ne peut pas s'empêcher de tricher, soupira Silk.

— Ce n'est pas comme vous, rétorqua acidement Velvet.

— Ça n'a aucun rapport. Moi, je joue pour des petits bouts de métal de rien du tout. L'enjeu de cette partie est infiniment plus grave.

La porte de la cabine s'ouvrit devant le capitaine Kresca tenant plusieurs rouleaux de parchemin. Il avait troqué son pourpoint pour un caban taché de goudron et ôté son petit chapeau. Ses cheveux courts, argentés, offraient un contraste saisissant avec son visage boucané.

— On dirait que la tempête se calme, au moins autour du récif, dit-il. Je ne crois pas en avoir jamais vu de pareille.

— Le contraire m'étonnerait, Capitaine, confirma Beldin. Nous avons de bonnes raisons de croire que c'est la première, et probablement la dernière, de son espèce.

— Mais non, voyons, objecta le marin. Il n'y a rien de nouveau sous le soleil, en matière de temps comme dans les autres domaines. Tout s'est déjà produit, et plusieurs fois.

— Laisse tomber, souffla Belgarath à l'oreille de Beldin. C'est un Melcène. Il n'est pas préparé à ce genre de chose.

— Bon, fit le capitaine en poussant leurs assiettes pour étaler ses cartes sur la table. Nous sommes ici, reprit-il en indiquant un point sur la carte. De quel côté du récif voulez-vous que je vous dépose ?

— Le pic le plus élevé, répondit Belgarath.

— J'aurais dû m'en douter, soupira Kresca. C'est là où mes cartes sont les moins précises. Le temps que j'effectue les sondages autour de ce rocher, un grain a surgi de nulle part et j'ai dû prendre le large. Enfin, ça ne fait rien, nous en resterons à un quart de lieue environ et nous nous rapprocherons avec la chaloupe. Il faut tout de même que je vous dise : il y a des gens dans cette partie du récif.

— Ça, ça m'étonnerait.

— Vous connaissez d'autres créatures qui font du feu, vous ? Il y a une caverne sur la face nord de ce pic, et les marins voient parfois des flammes briller dedans. Pour moi, c'est un repaire de pirates. Ils doivent sortir par les nuits sans lune pour rançonner les navires marchands.

— On peut voir ces feux d'ici ? demanda Garion.

— Je suppose. Nous pouvons toujours jeter un coup d'œil.

Les dames, Sadi et Toth restèrent dans la cabine pendant que Garion et les autres suivaient Kresca dans la coursive et sur le pont. Le vent et les flots s'étaient apaisés.

— Tenez, fit le capitaine en tendant le doigt. Ce n'est pas évident sous cet angle, mais quand on est en pleine mer, dans l'axe de la grotte, c'est beaucoup plus net.

Garion distinguait vaguement une lueur rougeâtre à mi-hauteur d'un chicot massif qui se dressait au-dessus des flots. Les autres pics de la barrière étaient plus fins, plus élancés, mais celui du milieu rappelait étrangement à Garion la montagne tronquée qui était le site de Prolgu, en Ulgolande.

— Personne n'a jamais réussi à m'expliquer pourquoi le sommet de cette montagne est plat comme ça, fit Kresca.

— Ça doit être une longue et vieille histoire, fit Silk en frissonnant. Il ne fait pas chaud, ici. Moi, je redescends.

— A ton avis, Grand-père, d'où vient cette lumière ? demanda discrètement Garion.

— Ça doit être le Sardion, répondit le vieux sorcier sur le même ton. Nous savons qu'il est dans cette grotte.

— Comment ça, nous le savons ?

— Evidemment : lors de la rencontre, l'Orbe et le Sardion doivent être en présence l'un de l'autre tout comme Zandramas et toi. Le chercheur melcène qui a volé le Sardion — celui dont Senji nous a parlé — a contourné la pointe sud de Gandahar et disparu dans ces eaux. La coïncidence est trop belle. Le Sardion manipulait le savant et s'est fait livrer à l'endroit précis où il voulait aller. Il nous attend probablement ici, dans cette grotte, depuis près de cinq cents ans.

Garion jeta un coup d'œil par-dessus son épaule. La poignée de son épée était couverte par sa gaine de cuir, mais il était à peu près sûr qu'il aurait vu luire l'Orbe à travers.

— D'habitude, l'Orbe réagit à la présence du Sardion, objecta-t-il.

— D'abord nous ne sommes peut-être pas encore assez près, ensuite les grandes étendues d'eau l'ont toujours perturbée, et puis il se peut qu'elle n'ait pas envie de se faire repérer par le Sardion, va savoir ?

— Tu la crois capable de tenir des raisonnements aussi subtils ? Jusque-là, elle m'a plutôt paru assez simpliste.

— Ne la sous-estime pas, Garion.

— Alors tout a l'air de se tenir, hein ?

— Il le faut, mon petit vieux. Sans ça, ce qui va se passer demain ne pourrait pas avoir lieu.

— Eh bien, Père ? demanda Polgara lorsqu'ils regagnèrent la cabine.

— Il y a du feu dans cette grotte, en effet, confirma-t-il, mais ses doigts tenaient un autre langage : *Nous en parlerons tout à l'heure*. Dans combien de temps la mer sera-t-elle au plus bas ? demanda-t-il à Kresca.

— Elle commence juste à remonter, répondit le marin. Elle va redescendre vers le lever du jour, et ça devrait être une marée d'équinoxe. Bon, je vais vous laisser dormir, maintenant. J'ai cru comprendre qu'une rude journée vous attendait.

— Merci, Capitaine, fit Garion en lui serrant la main.

— De rien, mon jeune maître, répondit le bonhomme. Le roi de Perivor m'a très bien payé ; j'aurais mauvaise grâce à ne pas me montrer coopératif.

— Tant mieux, fit Garion avec un grand sourire. Je suis toujours content de voir mes amis réussir dans la vie.

Le capitaine éclata de rire et les quitta sur un signe de main amical.

— Qu'est-ce que c'est qu'une marée des... je ne sais qui ? demanda Sadi.

— D'équinoxe. Les marées d'équinoxe sont très fortes. Ça vient de la position de la lune et du soleil, expliqua Beldin.

— Décidément, les éléments semblent se conjuguer pour faire de demain une journée très spéciale, observa Silk.

— Alors, Père, coupa Polgara. Qu'est-ce que c'est que cette histoire ? Il y aurait du feu dans cette grotte ?

— Mouais, et je doute fort que ce soient des pirates

qui le fassent. Pas après tout le mal que se sont donné les prophéties pour empêcher les touristes d'approcher de cet endroit. Pour moi, c'est sûrement le Sardion.

— Il brillerait d'un éclat rouge ?

— L'Orbe émet bien une lueur bleue, rétorqua le vieux sorcier avec un haussement d'épaules. Il est logique de penser que le Sardion rayonne d'une couleur différente.

— Pourquoi pas verte ? avança Silk.

— Le vert n'est pas une couleur primaire, objecta Beldin. C'est un mélange de jaune et de bleu.

— Vous êtes vraiment une mine d'informations inutiles, vous savez, ironisa le petit Drasnien.

— Il n'y a pas d'informations inutiles, Kheldar, riposta Beldin avec un reniflement.

— Bon, intervint Zakath. Et comment allons-nous approcher de cet endroit ?

— Cyradis, fit Belgarath, ce n'est qu'une hypothèse, mais je ne crois pas être loin de la vérité : nous arriverons ensemble à cette grotte, n'est-ce pas ? Les prophéties ne laisseront pas Zandramas nous y précéder, pas plus qu'elles ne nous permettront de la devancer, je me trompe ?

La sibylle se figea et prit une expression distante. Garion eut l'impression d'entendre ce lointain murmure collectif.

— C'est bien raisonné, Vénérable Ancien. Zandramas en a eu la révélation il y a un moment, aussi ne te dévoilé-je rien qu'elle ne sache déjà. Mais l'Enfant des Ténèbres a rejeté ses propres conclusions et s'est efforcée de passer outre.

— Si j'ai bien compris, dit Zakath, nous devons tous arriver là-bas en même temps et tout le monde est au courant, alors à quoi bon finasser ? Nous n'avons qu'à débarquer sur cette plage et aller en procession jusqu'à la grotte, non ?

— En prenant tout de même le temps d'enfiler notre armure, ajouta Garion. Je ne vois pas l'intérêt de la revêtir ici.

— Votre plan me semble correct, Zakath, approuva Durnik.

— Je ne sais pas..., objecta Silk. J'ai toujours pensé qu'un bon coup d'œil valait mieux qu'une mauvaise impasse.

— Ah, ces Drasniens ! soupira Ce'Nedra.

— Ecoutons toujours son argumentation, suggéra Velvet.

— Voilà où nous en sommes, reprit le petit voleur. Zandramas sait bien, au fond, qu'elle ne peut pas nous coiffer au poteau, n'empêche qu'elle fait des pieds et des mains pour ça depuis des mois, comme si elle espérait qu'il y aurait une exception pour elle. Mettons-nous un peu à sa place.

— Plutôt crever ! lança Ce'Nedra en faisant la grimace.

— C'est juste une façon de parler, Ce'Nedra. Bon, elle a tout fait, contre toute raison, pour arriver avant nous à cette grotte afin de couper à la rencontre avec Garion. Il a tout de même tué Torak ; quel individu sensé accepterait de gaieté de cœur d'affronter le Tueur de Dieu ?

— Je vais faire enlever ça de mes cartes de visite, ça ne va pas traîner, fit aigrement Garion.

— Attends d'être rentré à Riva. Bon, supposez qu'elle arrive devant la grotte ; elle jette un coup d'œil à droite, à gauche, et elle ne nous voit pas. A votre avis, que peut-il bien se passer dans sa tête ?

— Je crois que je vois où vous voulez en venir, fit Sadi d'un ton admiratif.

— Ça, ça ne m'étonne pas de vous, fit sèchement Zakath.

— C'est assez brillant en vérité, Kal Zakath, susurra l'eunuque. Zandramas devrait éprouver une sauvage exultation et se dire qu'elle a réussi à embobiner les prophéties et à l'emporter malgré elles.

— Maintenant, continua Silk, imaginons qu'elle nous voie sortir de derrière un rocher ; elle réalise soudain qu'elle n'est pas sortie de l'auberge, en fin de compte : elle doit encore affronter Garion et se soumettre au choix de Cyradis. Que croyez-vous qu'elle se dise ?

— Elle risque d'être déçue, répondit Velvet.

— Déçue est un bel euphémisme. Je dirais plutôt *assez*

déconfite. Ajoutez à ça une bonne dose d'exaspération, une rasade de trouille, et elle devrait pas mal perdre le nord. Nous avons de bonnes raisons de penser qu'il y aura de la bagarre quand nous arriverons là-bas, et il est toujours avantageux d'affronter un adversaire affolé.

— C'est une tactique intéressante, convint Zakath.

— Je vous suis, fit Belgarath. Même si ça ne sert qu'à la mettre en rogne, ce sera toujours ça de pris. Il y a trop longtemps que j'attends l'occasion de lui rendre la monnaie de sa pièce. Je lui dois bien ça pour avoir mis les Oracles ashabènes en lambeaux. Je vais parler au capitaine Kresca, demain matin. S'il y avait une plage du côté est du pic, nous pourrions nous glisser le long de la paroi sans nous faire repérer. A marée basse, nous devrions y arriver. Je me vois déjà attendre près de l'entrée de la grotte que Zandramas fasse son apparition pour sortir de ma cachette et lui faire la surprise de sa vie, ajouta-t-il avec gourmandise.

— Je pourrais faire un petit vol de reconnaissance et vous prévenir quand elle abordera à son tour, proposa Beldin.

— D'accord, mon Oncle, mais pas sous la forme d'un faucon, objecta Polgara.

— Et pourquoi pas ?

— Zandramas n'est pas stupide. Que voudriez-vous qu'un faucon trouve à manger sur ce récif ?

— Elle penserait peut-être que la tempête m'a poussé vers la haute mer.

— Vous voulez vraiment risquer votre gouvernail de queue pour des suppositions ? Une mouette, mon Oncle.

— Une mouette ? s'étrangla le petit sorcier bossu. Ces volatiles sont tellement stupides et répugnants !

— Ça ne devrait pas vous déplaire, ironisa Silk.

— N'en rajoutez pas, Kheldar, gronda Beldin.

— Quel jour du mois est né le prince Geran ? demanda très vite le petit Drasnien en comptant sur ses doigts.

— Le septième, pourquoi ? répondit Ce'Nedra.

— Demain sera *vraiment* une journée spéciale. Si je ne me trompe, ce sera le deuxième anniversaire de votre fils.

— Mais non, voyons ! Mon bébé est né en hiver.

— Ce'Nedra, fit doucement Garion. Riva est presque tout en haut du monde. Nous sommes tout en bas. C'est l'hiver à Riva en ce moment. Additionne les mois que Geran a passés avec nous avant que Zandramas ne l'enlève, le temps qu'il nous a fallu pour aller de Rhéon à Prolgu puis à Tol Honeth, en Nyissie et je ne sais où encore et tu verras que ça fait déjà deux ans.

Elle fronça les sourcils comme si elle comptait mentalement, puis elle ouvrit tout grand les yeux.

— Mais c'est vrai ! Geran aura deux ans demain !

— Je vais vous trouver quelque chose à lui offrir, Ce'Nedra, fit gentiment Durnik. Un garçon qui a été si longtemps séparé de sa famille a bien mérité un cadeau d'anniversaire.

Les yeux de Ce'Nedra s'emplirent de larmes.

— Oh, Durnik ! dit-elle en se jetant à son cou. Vous pensez toujours à tout !

Garion regarda tante Pol.

— *Tu devrais la mettre au lit,* suggéra-t-il en remuant discrètement les doigts. *Nous sommes tous à bout et si elle commence à ressasser, elle va se mettre dans tous ses états. La journée de demain sera assez éprouvante comme ça.*

— *Bonne idée.*

Lorsque les dames furent parties se coucher, Garion et ses compagnons restèrent encore un moment ensemble, à passer en revue les aventures qu'ils avaient vécues depuis cette nuit battue par les vents, il y avait si longtemps, où Garion, Belgarath, tante Pol et Durnik avaient quitté la ferme de Faldor pour arpenter le monde — un monde où le possible et l'impossible se mêlaient inexorablement. Garion eut à nouveau l'impression de se laver de tout, mais il y avait autre chose. En récapitulant ce qui leur était arrivé au cours du long voyage qui les avait amenés devant ce récif dressé dans les ténèbres, c'était comme s'ils affermissaient leur résolution et se concentraient sur le but à atteindre, et il en retirait une sorte de réconfort.

— Bon, ça suffit, dit enfin Belgarath en se levant. Le passé est le passé. Il est temps de remballer tout ça et de regarder vers l'avenir. Allons dormir.

Garion tenta de se glisser sous les couvertures sans réveiller Ce'Nedra, mais elle se retourna vers lui.

— Je croyais que tu ne viendrais jamais te coucher, dit-elle d'une voix ensommeillée.

— Nous parlions.

— Je sais. On vous entendait jusqu'ici. Et les hommes prétendent que les femmes sont bavardes !

— Tu n'es pas d'accord ?

— Peut-être, mais au moins elles arrivent à parler en s'occupant les mains, alors que les hommes...

Il y eut un long silence.

— Garion, reprit-elle enfin. Tu pourrais me prêter ton couteau, celui que Durnik t'avait donné quand tu étais petit ?

— Si tu veux couper quelque chose, dis-le moi, je le ferai.

— Ce n'est pas ça, Garion. Je voudrais juste avoir un couteau sur moi, demain.

— Pour quoi faire ?

— Pour tuer cette Zandramas.

— Ce'Nedra, voyons !

— J'ai le droit de la tuer, Garion. Tu as dit à Cyradis que tu ne pensais pas pouvoir le faire parce que c'était une femme. Je n'aurai pas tant de scrupules. Je vais lui arracher le cœur — si elle en a un —, et je prendrai bien mon temps.

Elle prononça ces paroles avec une férocité dont il ne l'aurait pas crue capable.

— J'ai soif de sang, Garion ! Je veux voir couler son sang et l'entendre crier quand je lui tordrai la lame dans le cœur. Tu me prêteras ta dague, dis, Garion ?

— Sûrement pas !

— Eh bien, tant pis, dit-elle d'une voix glaciale. Je suis sûre que Liselle me prêtera une des siennes. C'est une femme. Elle me comprendra, elle.

Sur ce, elle lui tourna le dos.

— Ce'Nedra, dit-il d'un ton implacable.

— Oui ? répondit-elle, boudeuse.

— Sois raisonnable, mon petit chou.

— Je n'ai pas envie d'être raisonnable. Je veux tuer Zandramas.

— Je ne te laisserai pas faire une telle folie. Nous avons des choses infiniment plus importantes à faire demain.

— Tu as raison, soupira-t-elle. C'est juste que... Oh, rien...

Elle se retourna et le prit par le cou.

— Allez, on dort.

Elle se blottit tout contre lui et, au bout d'un moment, il sentit à sa respiration régulière qu'elle s'était assoupie.

— *Tu aurais dû lui donner ce qu'elle te demandait*, fit sa voix intérieure. *Silk le lui aurait aisément repris.*

— *Mais...*

— *J'ai autre chose à te dire, Garion. As-tu pensé à ton successeur ?*

— *Oui. Un peu. Mais je n'en vois aucun qui fasse l'affaire.*

— *As-tu sérieusement réfléchi ?*

— *Je crois, mais je n'ai pas encore réussi à me décider.*

— *Tu n'es pas obligé de choisir tout de suite. Il te suffit pour l'instant de penser très fort à chacun d'eux afin de graver leur image dans ton esprit.*

— *Et quand devrai-je prendre ma décision ?*

— *Le plus tard possible, Garion. Zandramas est peut-être capable de lire dans tes pensées, mais elle ne peut deviner ce que tu n'as pas encore décidé.*

— *Et si je me trompe ?*

— *Je ne crois pas que tu puisses te tromper, Garion. Vraiment, je ne le crois pas.*

Garion dormit d'un sommeil agité. Il fit des rêves chaotiques, désordonnés, dont il se réveillait pour replonger aussitôt dans d'autres, plus fébriles encore. Il revécut, déformés, les étranges songes qui l'avaient tellement perturbé cette fameuse nuit, dans l'Ile des Vents, juste avant que sa vie ne bascule à jamais. La question « Es-tu prêt ? » revenait sans cesse et ses échos retentissaient dans le labyrinthe de son esprit. Il se revit devant Rundorig et les conseils de tante Pol sur la façon de tuer son ami d'enfance rugirent à nouveau dans son esprit. Puis il se retrouva dans les bois enneigés, à l'extérieur du Val d'Alorie, devant le sanglier qui fonçait dans la neige, les yeux brûlants de haine.

— Es-tu prêt ? lui demanda Barak avant de lâcher l'animal.

Il se revit alors dans la plaine sans couleur aucune, entouré par les pièces d'un jeu incompréhensible. Il se demandait quelle pièce déplacer et la voix qui retentissait dans le secret de son esprit lui disait de se dépêcher.

Le rêve changea subtilement et prit une coloration différente. Nos rêves, si bizarres soient-ils, ont toujours quelque chose de familier. Après tout, ils sont générés par notre propre esprit. Garion avait à présent l'impression que ses rêves étaient forgés par une conscience différente et hostile, de la même façon que Torak avait fait intrusion dans ses songes et ses pensées avant la rencontre de Cthol Mishrak.

Il fut une fois de plus devant Asharak le Murgo, dans la Sylve des Dryades. Il déchaînait son Vouloir par cette seule gifle et ce mot fatidique : « Brûle ! » C'était un cauchemar familier. Il hantait le sommeil de Garion depuis des années. Il vit fumer et se racornir la joue d'Asharak. Il entendit sa plainte terrifiante : « Grâce, Maître, grâce ! » Mais il repoussa cette prière et affermit son Vouloir. Seulement au lieu du dégoût de lui-même qui l'accompagnait toujours, ce souvenir était assorti d'une cruelle jubilation. C'est avec un plaisir malsain qu'il regardait son ennemi brûler et se tordre de douleur devant lui. Et en même temps, au plus profond de lui-même, quelque chose hurlait et reniait cette joie hideuse.

Puis il se revit à Cthol Mishrak. Son épée embrasée plongeait dans le corps du Dieu mutilé. Le cri atroce de Torak, son « Mère ! » ne l'emplit pas, cette fois, de pitié, mais d'une bouleversante exaltation. Il sentit qu'il éclatait d'un rire sauvage, impitoyable, qui effaçait toute humanité en lui.

Alors Garion poussa un hurlement d'horreur silencieux, moins inspiré par le désespoir et la souffrance de ceux qu'il avait anéantis que par la joie que lui inspirait leur agonie.

CHAPITRE XXI

C'est un groupe bien sombre qui se réunit dans la grande cabine, peu avant le lever du soleil, le lendemain matin. Garion eut l'intuition soudaine, presque surnaturelle, qu'il n'avait pas été seul à faire des cauchemars. Il n'était pas habitué à ces visions percutantes. Son éducation sendarienne, matérialiste, rejetait ces perceptions comme sujettes à caution et même un peu immorales, au fond.

— *C'est vous qui me faites ça* ? demanda-t-il à sa voix intérieure.

— *Non, mais je n'en reviens pas : tu as compris tout seul. Tu fais des progrès. Lentement, mais des progrès tout de même.*

— *Merci.*

— *Pas de quoi.*

Silk fit son entrée, l'air particulièrement ébranlé et l'œil hagard. Il se laissa tomber sur un banc et s'enfouit le visage dans ses mains tremblantes.

— Vous n'auriez pas un peu de bière ? demanda-t-il à Beldin d'une voix rauque.

— On se sent un peu mou des genoux, ce matin, Kheldar ?

— Non, répondit Garion, à sa place. Ce n'est pas ça. Il a fait des mauvais rêves, cette nuit.

— Comment le sais-tu ? demanda hargneusement Silk.

— Moi aussi, j'ai fait des cauchemars. J'ai revécu tout ce que j'avais fait à Asharak le Murgo et j'ai retué Torak je ne sais combien de fois. Et je peux te dire que l'accoutumance, ça n'existe pas pour ces choses-là.

— J'étais emprisonné dans une grotte, soupira Silk en frémissant. Il n'y avait pas un poil de lumière, mais je sentais les murs qui se refermaient sur moi. La prochaine fois que je vois Relg, je lui flanque mon poing en plein dans les dents. Pas trop fort, bien sûr. Relg est tout de même un ami.

— Je ne suis donc pas seul dans ce cas, soupira Sadi.

Il regardait Zith et ses bébés laper un bol de lait en ronronnant. Garion remarqua que personne ne faisait plus attention à eux. Il faut croire que les gens s'habituent à tout.

— J'en étais réduit à mendier dans les rues de Sthiss Tor, reprit l'eunuque en passant ses longs doigts effilés sur son crâne rasé. C'était effroyable.

— J'ai vu Zandramas sacrifier mon bébé, fit Ce'Nedra d'une voix tremblante. Il pleurait, et il y avait des flots de sang.

— C'est étrange, intervint Zakath. Je présidais un tribunal. Je devais condamner un certain nombre de gens, dont une personne à qui je tenais plus que tout au monde.

— J'ai fait un cauchemar, moi aussi, admit Velvet.

— Nous en avons tous fait, acquiesça Garion. La même chose m'est arrivée quand je suis allé à Cthol Mishrak. Torak n'arrêtait pas de faire intrusion dans mes rêves. Cyradis, l'Enfant des Ténèbres se livre-t-il toujours à ce genre de manigances ? Nous avons constaté qu'au fur et à mesure que nous approchions de ces fameuses rencontres, les événements se répétaient. Est-ce l'une de ces choses qui se renouvellent sans cesse ?

— Tu es fort observateur, Belgarion de Riva, confirma la sibylle. Depuis le commencement des âges et la première de ces rencontres, aucun instrument des prophéties n'avait jamais réalisé que les séquences se répéteraient inlassablement tant que la Création serait divisée.

— Je n'avais pas beaucoup de mérite, Cyradis, admit-il. Si j'ai bien compris, le laps de temps qui sépare les rencontres diminue sans cesse. Je suis probablement le premier Enfant de Lumière — ou des Ténèbres — qui ait jamais participé à deux de ces rencontres, et malgré cela, il m'a fallu un moment pour comprendre ce qui se passait. Les cauchemars font donc partie du schéma ?

— Tu vois clair et juste, Belgarion, répondit-elle avec un doux sourire. Mais Tu as mal deviné, et je trouve regrettable de gâcher une perception aussi aiguë.

— Vous moqueriez-vous de moi, Sainte Sibylle ?

— Crois-tu, noble Belgarion, que j'oserais ? ripostat-elle dans une étonnante imitation du phrasé de Silk.

— Tu pourrais lui flanquer une fessée, suggéra Beldin.

— Avec cette montagne humaine qui veille sur elle ? objecta Garion en regardant Toth par en dessous. Vous n'avez pas le droit de nous en dire plus long, n'est-ce pas, Cyradis ? Ça ne fait rien, soupira-t-il en réponse à son hochement de tête désolé. Nous trouverons bien la réponse tout seuls. Voyons, Torak avait essayé de me terroriser avec des cauchemars ; Zandramas tente manifestement de faire la même chose, sauf que cette fois, elle nous le fait à tous. Si ce n'est pas une de ces répétitions, qu'est-ce que ça peut être ?

— Ton petit-fils commence à faire preuve d'un certain esprit d'analyse, murmura Beldin avec un clin d'œil.

— Normal, fit modestement Belgarath.

— Fais attention, tu as les chevilles qui enflent et tu ne pourras bientôt plus remettre tes bottes, ironisa le petit sorcier bossu. Bon. Ce n'est donc pas simplement une de ces répétitions qui nous ralentissent depuis le début, d'accord ?

— D'accord, acquiesça Belgarath.

— D'autre part, il s'est passé à peu près la même chose la dernière fois. Exact, Garion ?

— Exact, confirma l'intéressé.

— Ça ne s'est produit que deux fois à notre connaissance. Il se pourrait que ce ne soit qu'une coïncidence, mais partons du principe que non. Nous savons que l'Enfant de Lumière a des compagnons alors que l'Enfant des Ténèbres est solitaire.

— C'est ce que nous a dit Cyradis, acquiesça Belgarath.

— Elle n'a pas de raison de nous mentir. Bien. Le fait

que l'Enfant de Lumière soit toujours accompagné et pas l'Enfant des Ténèbres constitue un sérieux désavantage pour les forces des Ténèbres, non ?

— C'est le moins qu'on puisse dire.

— Or les deux parties en présence ont toujours été de forces à peu près égales, puisque les Dieux eux-mêmes ne peuvent prévoir l'issue de la confrontation. L'Enfant des Ténèbres doit donc avoir quelques compensations. Ces cauchemars en font peut-être partie.

— Ce genre de discussion me donne mal à la tête, ronchonna Silk. Je monte sur le pont.

Il quitta la cabine et, sans raison apparente, le louveteau dégingandé le suivit.

— Tu crois vraiment que quelques cauchemars puissent faire la différence ? objecta Belgarath.

— Et si les cauchemars n'étaient qu'un aspect du problème, Vieux Loup ? demanda Poledra. Vous étiez tous les deux à Vo Mimbre, Pol et toi, et c'était une autre de ces rencontres. Vous avez été par deux fois les compagnons de l'Enfant de Lumière. Que s'est-il passé à Vo Mimbre ?

— Nous avons fait des cauchemars, concéda Belgarath.

— Et c'est tout ? insista le nain.

— Nous avons vu des choses qui n'existaient pas, mais c'était peut-être un coup des Grolims qui étaient dans le coin.

— Et à part ça ?

— Eh bien, tout le monde est devenu plus ou moins fou. Nous avons eu un mal de chien à empêcher Brand d'attaquer Torak à mains nues. A Cthol Mishrak, j'ai scellé Belzedar dans la roche et Pol m'a imploré de le déterrer pour boire son sang.

— Voyons, Père ! Je n'ai jamais dit ça !

— Tout coïncide, Vieux Loup, reprit gravement Poledra. Notre côté se bat avec des armes normales. L'épée de Garion est peut-être un peu exceptionnelle, mais ce n'est qu'une épée.

— Tu aurais dû voir ça à Cthol Mishrak, renifla son mari.

— J'y étais, Belgarath, répondit-elle.

— Comment ça, tu y étais ?

— Hé oui. J'ai tout vu, cachée dans les ruines. Enfin, l'Enfant des Ténèbres restaure l'équilibre en s'attaquant non au corps mais à l'esprit.

— Des cauchemars, des hallucinations et la folie, fit Polgara d'un ton méditatif. C'est un formidable arsenal de moyens. Avec un peu plus de doigté, Zandramas aurait pu réussir.

— Que veux-tu dire ? s'enquit Durnik.

— Elle a commis une erreur capitale. Si un seul d'entre nous avait fait des cauchemars, au lieu d'en parler il aurait probablement essayé de les chasser et cette conversation n'aurait pas eu lieu. Seulement elle n'a pas pu s'empêcher de nous en envoyer à tous.

— C'est consolant de savoir qu'elle peut faire des bourdes, elle aussi, nota Belgarath. Bon, nous savons donc qu'elle joue sur notre esprit. Le meilleur moyen de la battre à son propre jeu c'est d'évacuer ces cauchemars.

— Et de faire preuve d'une méfiance particulière si nous commençons à voir des choses qui ne devraient pas exister, ajouta Polgara.

Silk et le louveteau rentrèrent dans la cabine.

— Mesdames et Messieurs, il fait un temps de rêve, annonça-t-il gaiement en grattouillant les oreilles de l'animal.

— De rêve ! releva ironiquement Sadi.

L'eunuque enduisait précautionneusement sa petite dague de poison. Il portait un justaucorps et des cuissardes de cuir épais. A Sthiss Tor, il paraissait presque invertébré, malgré sa minceur. Il avait maintenant l'air tendu comme la corde d'un arc. Une bonne année d'exercice forcé — et de sevrage de drogues — l'avait beaucoup changé.

— Et comment, reprit Silk. Un beau brouillard gris, humide et épais à souhait. Pour un peu, on marcherait dessus. De quoi faire les délices d'un cambrioleur.

— C'est un spécialiste qui nous parle, souligna Durnik.

Il était habillé comme toujours, si ce n'est qu'au lieu de

sa hache, qu'il avait donnée à Toth, il tenait le terrible marteau avec lequel il avait mis le démon Nahaz en déroute.

— Les prophéties nous mènent encore une fois par le bout du nez, ronchonna Beldin. Enfin, il faut croire que nous avons pris la bonne décision hier soir. Nous ne devrions pas avoir de mal à passer inaperçus dans la brume.

Le petit sorcier bossu était égal à lui-même : crasseux, en haillons, et toujours aussi laid.

— Elles font peut-être ça pour nous aider, hasarda Velvet.

Elle avait fait une entrée remarquée, un peu plus tôt, dans une tenue de cuir ajustée, presque masculine, qui rappelait curieusement celle de Vella, la danseuse nadrake, et qui lui conférait quelque chose d'implacable.

— Elles ont bien aidé Zandramas. Elles ont peut-être décidé de nous donner un petit coup de pouce.

— *Dit-elle vrai* ? demanda Garion à la conscience qui partageait son esprit. *Auriez-vous décidé de nous aider, pour une fois, votre alter ego et vous-même* ?

— *Ne dis pas de bêtises, Garion. Personne n'aide qui que ce soit. C'est interdit à ce stade du jeu.*

— *Alors d'où vient ce brouillard* ?

— *D'où vient d'ordinairement le brouillard* ?

— *Comment voulez-vous que je le sache* ?

— *C'est bien ce que je pensais. Demande à Beldin. Il pourra sans doute te le dire. Ce brouillard est parfaitement naturel.*

— Désolé, Liselle, mais je viens de questionner mon ami, fit Garion en se tapotant le front, et ce brouillard n'est pas un stratagème. C'est une conséquence naturelle de la tempête.

— Je suis très déçue, soupira-t-elle.

Ce'Nedra avait décidé, en se levant, de mettre une tunique de dryade, mais Garion s'était formellement opposé à ce projet. Elle portait donc une simple robe de laine grise, sans jupe de dessous pour être plus libre de ses mouvements. Elle préparait manifestement quelque chose. Garion aurait juré qu'elle avait au moins un couteau dissimulé dans ses atours.

— Bon, qu'attendons-nous pour y aller ? demanda-t-elle.

— Il fait trop noir, mon chou, répondit patiemment Polgara. Nous allons attendre qu'on y voie un peu plus clair.

Tante Pol et sa mère étaient habillées de robes simples, presque identiques, grise pour elle et brune pour Poledra.

— Garion, commença celle-ci, tu pourrais aller aux cuisines et leur dire de nous apporter à manger ? Je doute que nous ayons le temps de déjeuner, et surtout le cœur à ça.

Poledra et Belgarath étaient assis côte à côte et se tenaient par la main, peut-être inconsciemment. Garion fut d'abord ulcéré. Il était roi, après tout, pas un larbin. Puis il se dit que c'était stupide, mais le temps qu'il se lève, Essaïon l'avait devancé.

— J'y vais, Garion, dit-il doucement.

Garion eut l'impression qu'il lisait dans ses pensées. Il était vêtu, comme toujours, de sa tunique brune de paysan, et ne portait rien qui ressemblât, même de loin, à une arme.

En le voyant quitter la cabine, Garion eut une idée bizarre. Pourquoi s'intéressait-il tant à la mise de ses compagnons ? Ce n'était pas la première fois qu'il les voyait, et pour la plupart dans la tenue qu'ils portaient ce jour-là. Il n'aurait même pas dû y faire attention. Puis, avec une certitude terrifiante, il comprit. L'un d'eux allait mourir aujourd'hui, et il les gravait dans sa mémoire de façon à se rappeler jusqu'à la fin de ses jours celui qui allait faire le sacrifice de sa vie. Il regarda Zakath. Le Malloréen avait rasé sa courte barbe. Sa peau mate était bronzée, à l'exception de la marque maintenant plus claire sur son menton et sa mâchoire, et il avait l'air plus sain. Il était vêtu un peu comme Garion. Ils mettraient leur armure en arrivant au récif.

Toth portait son éternel pagne, ses sandales et sa couverture de laine écrue jetée sur l'épaule. Mais au lieu de son bâton, c'est la hache de Durnik que le colosse impassible tenait en travers de ses cuisses.

Le bandeau qui masquait les yeux de la Sibylle de Kell,

sa robe blanche à capuchon, étaient comme toujours immaculés. Il fut effleuré par une pensée atroce. Et si c'était Cyradis qui disparaissait aujourd'hui ? Elle avait tout sacrifié pour sa tâche. Les deux prophéties ne pouvaient exiger d'elle cet ultime sacrifice. Elles n'auraient pas cette cruauté.

Belgarath ne s'était pas changé non plus. Il ne *pouvait pas* changer. Il avait remis les bottes dépareillées, le pantalon rapiécé et la tunique rouille de couleur de Sire Loup, le conteur que Garion voyait parfois arriver à la ferme de Faldor. La seule différence, c'est qu'il n'avait pas de chope de bière à la main. La veille, au dîner, il s'en était machinalement tiré une et Poledra la lui avait fermement retirée de la main pour la vider par un hublot. Garion soupçonnait fortement que Belgarath avait bu sa dernière bière avant très, très longtemps. Il décida que ça le changerait de bavarder avec un grand-père sobre jusqu'au bout de la discussion.

Ils prirent leur petit-déjeuner sans guère parler, mais qu'auraient-ils pu se dire de plus ? Ce'Nedra, qui donnait à manger au louveteau, leva tristement les yeux sur Garion.

— Tu t'occuperas de lui, hein ?

Il était inutile de discuter avec elle. L'idée qu'elle ne verrait pas se coucher le soleil était si fermement ancrée en elle qu'aucun argument ne la ferait changer d'avis.

— Tu le donneras à Geran, ajouta-t-elle. Un garçon doit avoir un chien, et s'en occuper le responsabilisera.

— Je n'ai jamais eu de chien, rétorqua Garion.

— Ça, Tante Pol, ce n'était pas gentil, dit-elle, retrouvant inconsciemment — mais l'était-ce vraiment ? — ce terme affectueux.

— Il n'aurait pas eu le temps de s'en occuper, mon chou, répondit la sorcière. Notre Garion a eu une vie mouvementée.

— Espérons qu'elle le sera moins quand tout ça sera terminé, murmura l'intéressé.

Ils finissaient de manger quand le capitaine Kresca entra dans la cabine avec une carte.

— Elle n'est pas très précise, dit-il d'un ton d'excuse,

mais comme je vous l'ai dit hier soir, je n'ai pas pu procéder à des sondages très précis autour de ce chicot. Nous nous approcherons à quelques centaines de toises de la plage, puis nous prendrons la chaloupe. Je crains que ce brouillard ne complique encore les choses.

— Y a-t-il une plage à l'est ? demanda Belgarath.

— Oui, mais très étroite. Cela dit, la marée d'équinoxe devrait la découvrir davantage.

— Parfait. Nous avons quelques petites choses à emporter, annonça Belgarath en indiquant les deux gros sacs de toile contenant les armures de Zakath et de Garion.

— Je vais les faire mettre dans la barque.

— Quand pourrions-nous partir ? fit impatiemment Ce'Nedra.

— D'ici une vingtaine de minutes, ma jeune Dame.

— Tant que ça ?

— A moins que vous n'ayez un moyen de faire lever le soleil plus vite, soupira le marin en faisant la moue.

Ce'Nedra jeta un rapide coup d'œil à Belgarath.

— Ne comptez pas sur moi, répondit-il sèchement.

— Capitaine, vous pourriez demander qu'on s'occupe de notre animal ? demanda-t-elle en indiquant le jeune loup. Il est encore un peu jeune et enthousiaste, et nous ne voudrions pas qu'il se mette à hurler au mauvais moment.

— Bien sûr, ma Dame, promit l'homme qui n'avait pas dû rester assez longtemps à terre pour reconnaître un loup quand il en voyait un.

Les marins levèrent les ancres, tirèrent sur les avirons et s'approchèrent toise par toise, avec une lenteur fastidieuse. Tous les trois coups de rame, ils s'arrêtaient et un matelot, à la proue, plongeait dans l'eau une ligne lestée d'un poids.

— Ça ne va pas vite, murmura Silk alors qu'ils assistaient tous au processus, debout sur le pont, mais au moins ça ne fait pas de bruit.

— Le fonds remonte, capitaine ! souffla l'homme à la sonde.

Les préparatifs guerriers de leurs passagers avaient imposé la discrétion plus efficacement que toutes les injonctions. Le marin replongea sa ligne, et l'attente reprit, interminable, pendant que le bâtiment filait au-dessus de la ligne de sonde.

— Le fond remonte très vite, Capitaine, murmura le sondeur. Il ne doit pas être à plus de deux brasses.

— Levez les avirons, ordonna tout bas Kresca. Mouillez l'ancre. Nous ne pouvons pas aller plus loin. Quand nous serons dans la chaloupe, dit-il à son second, recule d'une centaine de toises et mouille l'ancre. Nous sifflerons quand nous serons prêts à revenir. Le signal habituel. Tu nous guideras pour le retour.

— Je vois que vous connaissez la manœuvre, nota Silk.

— Je l'ai déjà effectuée quelques fois, admit Kresca.

— Si tout se passe comme nous l'espérons aujourd'hui, j'aimerais avoir une petite conversation avec vous. Il se pourrait que j'aie une proposition intéressante à vous faire.

— Vous ne pensez jamais à autre chose ? s'indigna Velvet.

— Une occasion manquée ne se retrouve jamais, ma chère, riposta-t-il un peu pompeusement.

Une mèche de toile imbibée d'huile assourdit le bruit de la chaîne qui suivait l'ancre dans les flots noirs. Garion sentit plutôt qu'il ne l'entendit le raclement des pointes d'acier sur les roches du fond.

— Embarquons, suggéra Kresca. L'équipage abaissera la chaloupe quand nous serons à bord. Vous allez être obligés de ramer avec nous, ajouta-t-il d'un ton d'excuse. La barque ne peut pas contenir assez de rameurs.

— Evidemment, Capitaine.

— Je vous accompagne pour m'assurer que vous avez bien touché terre.

— Capitaine, intervint Belgarath. Quand nous serons sur la plage, reprenez un peu le large. Nous vous ferons signe quand nous serons prêts à repartir. Si vous ne voyez pas de signal d'ici demain matin, retournez à Perivor. Ça voudra dire que nous ne repartons pas.

— Ce que vous prévoyez de faire sur ce récif est donc si dangereux que ça ? releva Kresca d'un ton solennel.

— A un point que vous ne pouvez pas imaginer, confirma Silk. Nous nous donnons un mal fou pour ne pas y penser.

Ramer dans ces eaux noires, huileuses, d'où montaient des volutes de brouillard grisâtre avait quelque chose d'irréel. Tout en souquant, Garion songea soudain à Sthiss Tor et à la nuit brumeuse où ils avaient traversé la rivière du Serpent en se fiant au seul sens de l'orientation d'Issus. Il se demanda distraitement ce que l'assassin borgne avait bien pu devenir.

Après une dizaine de coups de rame, le capitaine Kresca, qui barrait l'embarcation, leur fit signe de lever les avirons et pencha la tête pour écouter le bruit des vagues.

— Plus qu'une centaine de toises, annonça-t-il tout bas. Toi, là-bas, fit-il au matelot qui sondait, à la proue, fais bien attention. Je n'aimerais pas heurter un rocher.

La chaloupe s'enfonçait dans le brouillard opaque vers la plage invisible où les longs rouleaux chuintaient sur les pierres, soulevaient le gravier de la plage et se retiraient avec un soupir mélancolique, comme rappelés par la mer toujours affamée qui pleurait son incapacité à engloutir la terre et changer le monde en un océan infini où des vagues que rien n'arrêterait pourraient faire trois fois le tour du globe.

Les nuages qui bouchaient l'horizon, à l'est, s'éclaircissaient. L'aube se levait sur les flots noirs, nimbés de brume.

— Plus que cent toises, fit Kresca d'une voix tendue.

— Quand nous y serons, Capitaine, lui dit Belgarath, dites à vos hommes de rester dans la barque. Inutile de leur faire courir de risques. Nous vous repousserons vers le large.

Kresca déglutit péniblement et acquiesça.

Le bruit des vagues était plus distinct, à présent, et Garion sentait l'odeur aigre des algues qui marquait la rencontre de la terre et de la mer. Puis, juste avant que la ligne sombre de la plage n'apparaisse à travers le brouillard, les redoutables brisants s'apaisèrent et la mer qui entourait la chaloupe devint aussi étale qu'une vitre.

— Ils sont vraiment trop aimables, ironisa Silk.

— Chh.., fit Velvet en portant un doigt à ses lèvres. J'essaie d'écouter.

La coque de la chaloupe racla les graviers du fond et Durnik en sortit pour la tirer sur le rivage. Garion et ses amis descendirent alors dans l'eau qui leur arrivait à la cheville et pataugèrent vers la plage.

— A demain, Capitaine. Enfin, espérons-le..., souffla Garion alors que Toth repoussait la barque vers le large.

— Bonne chance, dit le capitaine. Vous en aurez des choses à me raconter quand je reviendrai vous chercher.

— J'aurai peut-être envie de tout oublier, à ce moment-là, soupira mélancoliquement Garion.

— Pas si vous gagnez, fit la voix de Kresca dans la brume.

— Montons vers le haut de la plage, suggéra Belgarath. Malgré ce que l'ami de Garion lui a dit, ce brouillard me paraît un peu ténu. Je me sentirai beaucoup mieux adossé au rocher.

Durnik et Toth ramassèrent les deux sacs de toile contenant les armures tandis que Garion et Zakath dégainaient leur épée et ouvraient la marche sur le rivage de gravier. La montagne semblait faite de granit moucheté, fracturé en blocs d'aspect artificiel. Garion avait vu assez de granit dans les montagnes des quatre coins du monde pour savoir que les intempéries avaient généralement pour effet d'arrondir la pierre.

— C'est curieux, murmura Durnik en donnant un coup de pied dans l'angle parfaitement droit de l'un des blocs.

Il posa son sac de toile à terre, tira son couteau et fora un moment dans la roche avec la pointe.

— On dirait du granit, mais ça n'en est pas, conclut-il tout bas. C'est beaucoup trop dur. C'est autre chose.

— Nous aurons tout le temps après de procéder à des études géologiques, coupa Beldin. Trouvons un endroit à couvert, pour le cas où le soupçon de Belgarath se confirmerait, et je ferai une ou deux fois le tour de cet endroit.

— Vous n'y verrez rien, prédit Silk.

— Possible, mais je pourrai toujours entendre.

— Par là, fit Durnik en pointant son marteau. On dirait

que l'un des blocs s'est délogé et a roulé vers la plage. Il y a une assez grande niche au coin.

— Ça suffira pour ce que nous avons à faire, approuva Belgarath. Beldin, quand tu te métamorphoseras, vas-y doucement. Zandramas a dû toucher terre au même moment que nous, et elle pourrait t'entendre.

— Je sais ce que j'ai à faire, tout de même !

La niche qui se trouvait sur le côté de cet étrange pic en marches d'escalier était plus qu'assez large pour les abriter. Ils s'y engagèrent avec précaution.

— Parfait, fit Silk. Je vous propose d'attendre ici en soufflant un peu pendant que Beldin se change en mouette et fait le tour de l'île. Moi, je pars reconnaître le chemin.

— Faites attention, murmura Belgarath.

— Un jour, Belgarath, vous oublierez de me dire ça et ce sera la fin du monde.

Le petit homme au museau de fouine ressortit de la niche et disparut dans le brouillard. Ses bottes souples ne faisaient aucun bruit sur la roche humide.

— C'est vrai que tu n'arrêtes pas de le lui répéter, confirma Beldin.

— Silk est trop spontané. Il faut toujours le rappeler à l'ordre. Bon, tu y vas ou tu attends Erastide ?

Beldin cracha un chapelet d'épithètes assez désobligeantes, son image se brouilla très lentement et il prit son vol.

— Décidément, Vieux Loup, ton caractère ne s'est pas amélioré, commenta Poledra.

— Il ne *peut pas* s'améliorer.

— Evidemment. Mais l'espoir fait vivre.

Malgré les pronostics de Belgarath, le brouillard ne se leva pas. Beldin revint une demi-heure plus tard.

— Quelqu'un a touché terre sur la plage ouest, annonça-t-il. Je n'ai pas réussi à voir de qui il s'agissait, mais je les ai entendus. Les Angaraks ne peuvent pas s'empêcher de gueuler. Euh, pardon, Zakath, mais c'est pourtant vrai.

— Je vais édicter une loi ordonnant aux trois ou quatre générations à venir de parler à voix basse, si ça peut vous faire plaisir.

— Ne prenez pas cette peine, Zakath. Tant que je serai en délicatesse avec une poignée d'Angaraks, je préfère les entendre venir. Bon, que fabrique ce Kheldar ? Ces blocs de pierre sont beaucoup trop gros pour qu'il les fauche.

Silk se glissa au même instant par-dessus le bord de la niche et se laissa tomber sans bruit sur le sol de pierre.

— Vous n'allez pas me croire, murmura-t-il.

— Dites toujours, rétorqua Velvet.

— Ce chicot a été créé de main d'homme — ou du moins artificiellement. Ces blocs l'encerclent comme des terrasses, lisses et rectilignes, qui forment des marches jusqu'à un endroit plat au sommet. Il y a un autel là-haut, et un immense trône.

— C'était donc ça ! s'exclama Beldin en claquant les doigts. Belgarath, tu as lu le Livre de Torak ?

— J'ai essayé quelques fois. Mais je ne parle pas très bien l'angarak ancien.

— Vous parlez l'angarak ancien ? s'étonna Zakath. C'est une langue interdite en Mallorée. Je suppose que Torak procédait à quelques petites modifications et ne tenait pas à être pris la main dans le sac.

— Je l'ai appris avant l'entrée en vigueur de l'interdiction. Bon, et alors, Beldin ?

— Tu te souviens de ce passage, presque au début, où Torak dit qu'il est allé sur les hauteurs à jamais disparues de Korim pour parler de la création du monde avec UL ?

— Vaguement, oui.

— Bon, UL ne voulait pas discuter avec lui, alors Torak a tourné le dos à son père, il est redescendu, il a réuni les Angaraks et les a menés vers Korim. Il leur a fait part des projets qu'il formait pour eux ; sur quoi, en bons Angaraks, ils se sont jetés à plat ventre et ont commencé à s'offrir mutuellement en sacrifice à leur Dieu. Il y a un mot dans ce passage : *halagachak*, ce qui veut dire *temple* ou quelque chose d'approchant. J'ai toujours cru que Torak parlait au sens figuré, mais il faut croire que non. Ce chicot est le temple en question. L'autel qui est en haut le confirme plus ou moins. Ces terrasses sont l'endroit où les Angaraks attendaient au garde-à-vous pendant que les Grolims sacrifiaient les gens à leur Dieu.

Si je ne me trompe, c'est aussi l'endroit où Torak a parlé avec son père. Quoi que l'on pense de l'autre grand brûlé, cet endroit est l'un des plus sacrés du monde.

— Vous avez dit « le père de Torak », intervint Zakath. J'ignorais qu'il y avait des pères et des fils chez les Dieux.

— Evidemment, fit Ce'Nedra d'un petit ton supérieur. Tout le monde sait ça.

— Eh bien, je l'ignorais.

— UL est le père de tous les dieux, reprit-elle d'un petit ton désinvolte.

— C'est aussi le Dieu des Ulgos, que je sache ?

— Il ne l'est pas devenu de gaieté de cœur, soupira Belgarath. Le premier Gorim lui a plus ou moins forcé la main.

— Comment peut-on forcer la main à un Dieu ?

— En prenant des gants, répondit Beldin.

— J'ai rencontré UL, ajouta gratuitement Ce'Nedra. Il m'aime bien, je crois.

— Elle est agaçante, hein ? murmura Zakath à l'oreille de Garion.

— Ah, vous avez remarqué ?

— Je ne vous force pas à m'aimer, fit-elle en renvoyant ses boucles en arrière. Aucun de vous n'y est obligé. Tant qu'une fille est aimée des Dieux, ça lui suffit.

L'espoir renaît, se dit Garion. Si Ce'Nedra était prête à jouter ainsi avec eux, c'est qu'elle ne croyait plus sérieusement à sa disparition prochaine. Cela dit, il aurait tout de même été soulagé s'il avait pu la débarrasser de son couteau.

— Pendant vos fascinantes explorations, auriez-vous, par hasard, mon cher Silk, réussi à localiser cette grotte ? demanda Belgarath avec une ironie mordante. Je pensais que c'était plus ou moins pour ça que vous étiez parti fouiner dans le brouillard.

— La grotte ? Il ne m'a pas fallu dix minutes pour la localiser, répondit le petit Drasnien avec impertinence. Elle est sur la paroi nord, à peu près au centre. Il y a une sorte d'amphithéâtre devant. Enfin, ajouta-t-il tandis que Belgarath le foudroyait du regard, ce n'est pas exactement une grotte. Il y en a peut-être une à l'intérieur du chicot, mais l'ouverture ressemble plutôt à une grande arche avec des piliers de chaque côté et un visage familier au-dessus du linteau.

— Torak ? demanda Garion avec une sensation nauséeuse au creux de l'estomac.

— En personne, mon petit vieux.

— Nous ferions peut-être mieux d'y aller, suggéra Durnik. Si Zandramas est déjà sur l'île...

— Et alors ? rétorqua Beldin. Si j'ai bien compris, poursuivit-il en regardant Cyradis, Zandramas ne peut pas entrer dans la grotte avant nous, n'est-ce pas ?

— Que non point, confirma-t-elle. C'est interdit.

— Bon, eh bien, laissons-la poireauter un peu. Je suis sûre que cette attente lui procurera un plaisir infini. Personne n'a rien à manger ? Passe encore que vous m'obligiez à me changer en mouette, mais ne comptez pas sur moi pour bouffer du poisson cru.

CHAPITRE XXII

Ils attendirent pendant près d'une heure — heure que Garion et Zakath mirent à profit pour revêtir leur armure —, puis Beldin décida que Zandramas devait être près de l'apoplexie et qu'il allait s'en assurer *de visu*. Il se changea lentement en mouette et s'éloigna dans le brouillard. Il revint peu après et reprit forme humaine.

— C'est la première fois que j'entends une femme utiliser ce genre de vocabulaire, dit-il avec un rire mauvais. Elle te ferait honte, même à toi, Pol.

— Que fait-elle ? coupa Belgarath.

— Elle est plantée devant la porte, l'arche ou je ne sais quoi, bref, l'ouverture de la grotte. Elle avait amené une quarantaine de Grolims.

— Quarante ? Je croyais que les forces devaient être équilibrées ! protesta Garion en se tournant vers Cyradis.

— N'en vaux-Tu pas au moins cinq, Belgarion ? riposta-t-elle simplement.

— Beldin, tu as dit *avait* amené, releva Belgarath.

— Notre amie à la peau étoilée a dû sommer certains de ses Grolims de forcer ce qui lui interdit l'entrée de la grotte. Je ne sais pas si c'est à cause de ce barrage ou si elle s'est énervée en voyant qu'ils n'y arrivaient pas, ce qui est sûr, c'est que cinq d'entre eux sont raides morts à l'heure qu'il est, et Zandramas fait des huit autour en vociférant. Le capuchon de tous ses Grolims est orné d'une ganse violette, au fait.

— Ce sont donc des sorciers, murmura Polgara, les lèvres pincées.

— Les Grolims ne sont pas des sorciers de génie, contra Beldin en haussant les épaules.

— Vous avez vu si elle avait ces lumières sous la peau ? s'enquit Garion.

— Pour ça oui ! Sa figure ressemble à une prairie pleine de lucioles par un soir d'été. Et ce n'est pas tout. Cet albatros est dans le coin, lui aussi. Nous nous sommes salués de loin, mais nous n'avons pas eu le temps de nous poser pour bavarder.

— Que fait-il là ? demanda Silk d'un ton méfiant.

— Il plane, c'est tout. Vous savez comment sont ces albatros ; ils ne doivent pas bouger les ailes plus d'une fois par semaine. Bon, le brouillard commence à se lever. Je vous propose de sortir de là et d'aller nous planter sur la terrasse, juste au-dessus de l'amphithéâtre, avant que cette purée de pois ne se dissipe complètement. Nous voir surgir de nulle part devrait lui donner une secousse, vous ne pensez pas ?

— Vous avez vu mon bébé ? demanda Ce'Nedra d'une voix vibrante.

— Ce n'est plus un bébé, mon petit chou. C'est un beau petit garçon aussi blond que l'était naguère Essaïon. Il n'a pas l'air d'apprécier ses actuels compagnons de voyage, et à en juger par la tête qu'il fait, il est parti pour avoir le même sale caractère que toute sa famille. Si Garion pouvait descendre là-bas et lui prêter son épée, nous n'aurions qu'à attendre tranquillement qu'il règle le problème à notre place.

— Je préférerais attendre qu'il ait perdu ses dents de lait avant de le laisser embrocher les gens, rétorqua Garion. Il y a quelqu'un d'autre, là-bas ?

— A en juger d'après la description de sa chère et tendre épouse, l'archiduc Otrath est de la fête. Il porte une couronne de fer blanc, un manteau de cour mangé aux mites, et il a l'air d'une stupidité abyssale.

— Celui-là, vous me le laissez, grinça Zakath. Je n'ai jamais eu l'occasion de régler un cas de haute trahison sur un plan personnel.

— Je gage que sa femme vous en sera éternellement reconnaissante, approuva Beldin avec un sourire hideux.

Qui sait, il se pourrait qu'elle vienne à Mal Zeth vous remercier en nature. C'est une femelle appétissante, Zakath. Je vous conseille de prendre des forces.

— Je ne prise guère le tour que prend cette conversation, coupa sèchement Cyradis. Le jour avance. Allons-y.

— Tout c'qué vot'cœur désire, ma p'tite chérie, fit Beldin, gouailleur.

Et la sibylle ne put retenir un sourire.

Voilà qu'ils se remettaient à galéjer, se dit Garion. Ils approchaient de ce qui était probablement l'Evénement le plus important de tous les temps. Le prendre à la légère était une réaction bien humaine.

Ils sortirent de la niche et suivirent Silk. Garion et Zakath prenaient bien garde à ne pas faire cliqueter leur armure. Les terrasses de pierre se dressaient à la verticale, cubes parfaits de dix pieds de côté. Des marches disposées à intervalles réguliers menaient d'une terrasse à l'autre. Silk leur fit ainsi gravir trois niveaux, puis il les mena latéralement sur la pyramide tronquée. Arrivé à l'angle nord-est, il donna le signal de la halte.

— Maintenant, plus un bruit, chuchota-t-il. Nous sommes tout près de cet amphithéâtre et les Grolims ont l'ouïe fine.

Ils contournèrent furtivement le coin et se glissèrent sur la paroi nord pendant plusieurs minutes. Puis Silk s'arrêta et se pencha par-dessus le bord pour scruter le brouillard.

— C'est là, murmura-t-il. L'amphithéâtre est une cavité rectangulaire creusée dans la paroi rocheuse. Elle va de la plage jusqu'à l'entrée de la grotte. D'ici, on voit que les terrasses en dessous ont été en quelque sorte découpées à la verticale de l'amphithéâtre. Nous devons être à une petite centaine de toises de Zandramas, pas plus.

Garion tenta de percer le brouillard et songea un instant à écarter ces ténèbres blanchâtres d'un seul effort de volonté afin de pouvoir regarder son ennemie en face.

— Du calme, chuchota Beldin. Ça arrivera toujours assez tôt. Tu ne veux pas lui gâcher la surprise, hein ?

Des voix discordantes montaient de la brume. Des voix rauques, gutturales, que le brouillard semblait étouffer, de sorte que Garion ne distinguait rien dans ce magma pâteux. Comme si ça avait le moindre intérêt, d'ailleurs.

Ils attendirent.

Le disque livide du soleil était faiblement visible, juste sur l'horizon, à travers le brouillard et les nuées qui avaient suivi la tempête. Des tourbillons s'amorcèrent dans la grisaille. La brume commença à se dissiper au-dessus d'eux et Garion revit le ciel. Une épaisse masse cotonneuse, d'un gris sale, planait à la verticale du chicot et s'étirait à quelques lieues vers l'est. Le soleil, qui était maintenant complètement sorti de la mer, brillait sous la face inférieure des nuages et les teintait d'une vilaine couleur rougeâtre, fuligineuse. On aurait dit que le ciel était en feu.

— Très pittoresque, murmura Sadi en passant nerveusement sa dague empoisonnée d'une main dans l'autre.

Il ouvrit sa mallette de cuir rouge, y prit certaine bouteille de terre cuite, la déboucha et la posa par terre.

— Il y a sûrement des souris ou des œufs de mouette sur ce rocher, dit-il. Zith et ses bébés devraient être bien.

Puis il préleva un petit sac dans sa mallette, le fourra dans la poche de sa tunique et se redressa.

— Simple précaution, murmura-t-il en guise d'explication.

Garion entendit un étrange cri mélancolique et leva les yeux. L'albatros planait sur ses ailes immobiles au-dessus du brouillard qui s'étendait maintenant tel un océan gris, nacré, dans l'ombre de la pyramide. Le jeune homme ôta machinalement le manchon de cuir gainant la poignée de son épée. L'Orbe luisait d'une faible lueur non pas bleue mais d'un rouge menaçant, presque de la même couleur que le ciel embrasé.

— Ça confirme ce que nous pensions, Vieux Loup, murmura Poledra. Le Sardion est bien dans cette grotte.

Belgarath acquiesça d'un grommellement. La lueur rouge réfléchie par les nuages ensanglantait ses cheveux et sa barbe argentés.

Tout à coup, la surface du brouillard fut agitée d'une sorte de houle, puis il se dissipa et Garion distingua peu à peu des formes ombreuses, encore vagues, d'un noir uniforme.

— Sainte Sorcière ! s'écria un Grolim, affolé. Regarde !

Une silhouette encapuchonnée de satin noir, luisant, fit volte-face, et Garion contempla enfin la face de l'Enfant des Ténèbres. Il avait souvent entendu parler des lumières qui brillaient sous sa peau, mais aucune description ne l'avait préparé à ce spectacle. Les points lumineux qui hantaient la chair de Zandramas n'étaient pas fixes ; ils tournoyaient inlassablement. Son visage disparaissait dans l'ombre du capuchon et de l'antique pyramide, mais on aurait vraiment dit, pour reprendre les termes cryptiques des Oracles ashabènes, que ses traits renfermaient « l'univers étoilé ».

Derrière lui, Ce'Nedra étouffa un hoquet. Il se retourna et vit sa petite reine, une dague à la main et les yeux embrasés de haine, dévaler en courant les marches menant vers l'amphithéâtre. Mais Polgara et Velvet devaient être au courant de son plan désespéré car elles la retinrent précipitamment et la désarmèrent.

Poledra s'avança vers le bord de la terrasse.

— Le moment est enfin venu, Zandramas, dit-elle d'une voix claire.

— J'attendais que tu rejoignes tes amis, Poledra, répondit la sorcière d'un air de défi. Je commençais à craindre que tu ne te sois égarée. Maintenant que nous sommes au complet, nous pouvons poursuivre ainsi qu'il convient.

— Ce souci des conventions vient un peu tard, Zandramas, reprit Poledra, mais peu importe. Nous sommes, ainsi qu'il était annoncé, arrivés à l'endroit voulu au moment prévu. Cessons de tergiverser et entrons. L'univers doit commencer à s'impatienter.

— Pas tout de suite, Poledra, lâcha platement Zandramas.

— Comme c'est ennuyeux, répondit avec lassitude la femme qui était une louve. Tu as un gros défaut, Zandramas. Il faut toujours que tu t'obstines, même quand les choses refusent à l'évidence de marcher comme tu voudrais. Tu t'es démenée pour éviter cette rencontre, en pure perte. Toutes tes tentatives n'ont servi qu'à t'amener ici plus vite. Ne crois-tu pas qu'il est temps de renoncer à ces petits jeux et de te résigner ?

— Je ne crois pas, Poledra.

— Tu l'auras voulu, Zandramas, soupira Poledra. J'appelle le Tueur de Dieu ! déclara-t-elle avec un ample mouvement du bras vers Garion.

Lentement, délibérément, Garion passa la main derrière son dos et la referma sur la poignée de son épée. La lame émit un sifflement avide en quittant son fourreau. Elle était déjà embrasée d'une lueur bleue, aveuglante. Garion était à présent d'un calme glacial. Il avait banni toute peur, tout doute, comme à Cthol Mishrak, quand l'esprit de Lumière avait pris pleinement possession de son Enfant. Il prit son immense épée à deux mains et la leva, dirigeant la flamme bleue qui l'animait vers les nuages embrasés au-dessus de sa tête.

— Rencontre ton destin, Zandramas ! rugit-il d'une voix terrible, ces paroles archaïques venant à ses lèvres sans qu'il les ait formulées.

— Ça reste à voir, Belgarion, répondit Zandramas du ton provocant qui lui était coutumier, mais il y avait autre chose derrière cette attitude de défi. Le destin ne se laisse pas toujours aisément déchiffrer.

Elle fit un geste impérieux. Ses Grolims l'entourèrent et entonnèrent un chant âpre dans une langue ancienne, hideuse.

— Reculez, vous autres ! lança sèchement Polgara en s'approchant de sa mère, aussitôt imitée par Belgarath et Beldin.

A la limite du champ de vision de Garion apparut une ombre vacillante, noire comme de l'encre, dans laquelle il reconnut une menace vague, imprécise.

— Faites attention, souffla-t-il à ses amis. Elle prépare une de ces illusions dont nous parlions hier soir.

A cet instant, il manqua d'être renversé par un prodigieux champ de forces qu'accompagnait un rugissement phénoménal. Une vague de ténèbres absolues monta des mains étendues des Grolims massés autour de Zandramas, mais la vague vola en mille éclats noirs qui se dispersèrent en crépitant, telles des souris effrayées. Les quatre sorciers l'avaient pulvérisée avec une aisance méprisante, d'un seul mot articulé à l'unisson. Plusieurs Grolims tombèrent à terre en se tordant de douleur. Les autres reculèrent craintivement, le visage blême.

— Tu veux pas r'commencer, dis, ma p'tite chérie ? fit Beldin avec un ricanement insultant. Si c'est ça qu'tu voulais faire, l'aurait fallu qu't'amènes plus de Grolims. Tu les uses à un rythme affolant, j'vais t'dire !

— Je ne supporte pas cet accent péquenaud, pesta Belgarath.

— Je doute fort qu'il lui plaise davantage. Les gens qui se prennent au tragique détestent qu'on les tourne en ridicule.

Sans aucun signe avant-coureur, Zandramas lança une boule de feu au nain bossu, mais il l'écarta d'un revers de main, comme un insecte importun. Garion comprit tout à coup. Les ténèbres soudaines, la boule de feu, rien de tout cela n'était sérieux. C'était une simple diversion, un moyen de détourner leur attention de cette ombre qu'il voyait du coin de l'œil.

— Peu importe, petit bouffon, grinça la Sorcière de Darshiva avec un sourire glacial. Ce n'était qu'un moyen de tester ton adresse. Ris donc, Beldin. J'aime voir les gens mourir heureux.

— Tu d'vrais t'dépêcher d'rigoler un peu toi-même, ma p'tite chérie. Et tu f'rais aussi bien d'regarder autour de toi et d'dire au revoir au soleil tant qu't'y es, parce que j'doutions qu'tu l'revoies avant un bon moment.

— Ce n'est pas bientôt fini ? soupira Belgarath, excédé.

— C'est l'usage, rétorqua Beldin. Les insultes et les rodomontades sont le prélude habituel à tout affrontement un peu sérieux. Et puis c'est elle qui a commencé. Ah, quand même ! reprit-il tout haut alors que les Grolims de Zandramas se remettaient en formation et commençaient à avancer. Si nous descendions préparer une bonne marmite de ragoût. Du ragoût de Grolims, en tout petits morceaux ?

Il tendit la main, claqua des doigts et les referma sur la poignée d'un couteau ulgo à la pointe incurvée en crochet.

Ils suivirent Garion qui les menait avec résolution vers le haut des marches et amorcèrent la descente alors que les Grolims se précipitaient au pied de l'escalier en brandissant des armes diverses et variées.

— Recule ! lança Silk en voyant Velvet se joindre à eux.

Elle tenait une dague très bas devant elle comme si elle n'avait fait que ça toute sa vie.

— Sûrement pas, riposta-t-elle froidement. Je protège mon investissement.

— De quoi parles-tu ?

— Je n'ai pas le temps de vous expliquer. Je suis occupée.

Le Grolim qui montait les marches en premier était presque aussi grand que Toth. Il balançait une énorme hache, une lueur de folie dans le regard. Lorsque Garion en fut à une demi-douzaine de pas, Sadi s'avança derrière son dos et lança une poignée de poudre d'une étrange couleur en plein dans les yeux de l'homme. Celui-ci secoua la tête en se frottant les yeux, renifla et se mit à hurler. Il laissa tomber sa hache en poussant des cris d'épouvante, fit volte-face et dévala l'escalier à la vitesse de l'éclair en bousculant ses compagnons. Il ne s'arrêta pas au niveau de l'amphithéâtre mais courut vers la mer. Il pataugea dans l'eau qui lui arrivait à la taille, puis, arrivé à la limite d'une des immenses marches invisibles sous la surface, il perdit pied. Il ne savait manifestement pas nager.

— Je croyais que vous n'aviez plus de cette précieuse poudre, nota Silk en lançant élégamment un de ses poignards.

Un Grolim recula en titubant, les mains crispées sur la poignée de la dague plantée dans sa poitrine, rata une marche et tomba lourdement à la renverse dans l'escalier.

— J'en garde toujours un peu pour les cas graves, répondit l'eunuque en esquivant un coup d'épée.

Il enfonça délicatement sa dague empoisonnée dans le

ventre d'un Grolim. L'homme se raidit et bascula lentement par-dessus le côté de l'escalier. Un certain nombre d'hommes en robe noire, cherchant à les prendre à revers, escaladaient les parois abruptes. Velvet s'agenouilla et enfonça froidement un de ses poignards dans la face levée vers le ciel de celui qui était le plus près d'elle. Il porta ses deux mains à son visage avec un cri rauque et retomba en arrière, entraînant plusieurs de ses complices dans sa chute.

La Drasnienne aux cheveux de miel se précipita alors de l'autre côté de l'escalier, sa corde de soie aux mains. Elle la passa avec dextérité autour du cou d'un Grolim qui tentait de prendre pied sur les marches, se glissa sous ses bras qui battaient l'air comme des ailes, se retourna jusqu'à ce qu'ils se retrouvent dos à dos et se pencha en avant. Les pieds du Grolim impuissant quittèrent le sol et il porta ses mains à la corde qui l'étranglait. Ses pieds battirent inutilement l'air pendant quelques instants, son visage devint noir, puis il se ramollit. Velvet se retourna, dénoua sa corde et, d'un coup de pied, le balança froidement dans le vide.

Durnik et Toth avaient pris position à côté de Garion et Zakath et les quatre hommes descendaient lentement mais implacablement vers le bas de l'escalier, frappant d'estoc et de taille les silhouettes en robe noire qui se ruaient vers eux. Le marteau de Durnik paraissait à peine moins redoutable que l'épée du roi de Riva, et les Grolims se couchaient, comme les épis de blés fauchés, devant le terrible quatuor qui descendait inexorablement les marches. Toth balançait méthodiquement la hache de Durnik avec l'impassibilité d'un bûcheron abattant un arbre. Zakath, qui était un escrimeur, feintait et parait avec son épée massive et en même temps légère, assenant des coups rapides et souvent mortels. Les marches furent bientôt jonchées de cadavres convulsés, ruisselants de sang.

— Attention où vous mettez les pieds, les avertit Durnik en fracassant le crâne d'un nouveau Grolim. Ça devient glissant.

D'un revers, Garion envoya valdinguer une tête de

Grolim qui dévala l'escalier en rebondissant à chaque marche tandis que le corps basculait dans le vide. Garion jeta un rapide coup d'œil derrière lui. Belgarath et Beldin aidaient Velvet à repousser les hommes en noir qui tentaient d'escalader les côtés de l'escalier. Beldin semblait prendre un plaisir pervers à enfoncer sa lame en crochet dans les yeux des Grolims puis, avec une torsion du poignet et une secousse, à les arracher, accompagnés d'une masse impressionnante de cervelle. Belgarath attendait tranquillement, les pouces passés dans la corde qui lui tenait lieu de ceinture. Quand la tête d'un Grolim apparaissait à son niveau, il prenait son élan et lui balançait en pleine figure un coup de pied mortel. Il y avait trente pas du haut de l'escalier jusqu'au sol de l'amphithéâtre, et rares étaient les Grolims ainsi renvoyés à leur point de départ qui tentaient l'escalade à nouveau.

Quand ils arrivèrent au pied de l'escalier, seuls une poignée de Grolims avaient survécu. Avec sa prudence coutumière, Sadi fila d'un côté de l'escalier puis de l'autre pour larder systématiquement de sa dague empoisonnée les corps affalés sur les dalles, sans faire de discrimination entre les cadavres inertes et les blessés gémissants.

Zandramas semblait un peu refroidie par la rapidité avec laquelle ses sous-fifres avaient été massacrés, mais elle resta drapée dans une attitude de défi méprisant. Derrière elle, la bouche ouverte sur un cri muet de pure terreur, se tenait un homme au front ceint d'une couronne minable et vêtu d'un manteau de cour élimé. Il ressemblait vaguement à Zakath, et Garion comprit qu'il s'agissait de l'archiduc Otrath. Puis — enfin —, il vit son fils. Il avait évité de le regarder pendant la sanglante descente, parce qu'il se méfiait de sa propre réaction à un moment où il avait besoin de toute sa concentration. Beldin avait dit vrai. Geran n'était plus un bébé. Ses boucles blondes conféraient une sorte d'innocence à son visage, mais il n'y avait aucune douceur dans son regard. Il détestait manifestement la femme qui le tenait fermement par le bras.

Garion leva gravement son épée au niveau de sa visière.

en guise de salut et, tout aussi gravement, Geran leva sa main libre en réponse.

Puis le roi de Riva commença une implacable avance, prenant juste le temps d'écarter d'un coup de pied la tête tranchée d'un Grolim qui se trouvait sur son chemin. L'incertitude qu'il avait éprouvée à Dal Perivor était oubliée. Zandramas n'était qu'à quelques pas de lui, et le fait que ce soit une femme n'avait plus d'importance. Il leva son épée embrasée sans cesser d'avancer.

L'obscurité vacillante qui planait à la limite de son champ de vision s'opacifia et il hésita, en proie à une impression de danger croissante et qu'il ne pouvait bannir.

L'ombre, vague au début, prit lentement la forme d'un visage hideux planant au-dessus de la sorcière en robe noire. Ses yeux étaient vides et sans âme, et sa bouche ouverte sur une expression de détresse insondable, comme si son détenteur avait soudain été précipité de la lumière et de la gloire dans une horreur insondable. Mais cette détresse ne s'accompagnait ni de compassion ni d'indulgence, elle exprimait uniquement l'avidité de trouver des compagnons d'infortune.

— Contemplez le roi des Enfers ! cria triomphalement Zandramas. Fuyez maintenant si vous voulez vivre encore quelques instants, ou il vous attirera tous dans les ténèbres, les flammes et le désespoir éternels !

Garion se figea, incapable d'avancer vers cette horreur.

Puis une voix émergea de ses souvenirs, et avec cette voix vint une image. Il devait être debout dans une clairière humide, dans une forêt perdue au milieu de nulle part. Une pluie fine, drue, tombait d'un ciel lourd, presque nocturne. Les feuilles, sous leurs pieds, étaient détrempées. Essaïon, indifférent à tout cela, leur parlait. C'était arrivé, songea Garion, juste après leur première rencontre avec Zandramas, lorsqu'elle avait pris la forme d'un dragon pour les affronter.

— Mais le feu n'était pas réel. Vous ne le saviez pas ? leur disait le jeune homme, et il avait l'air un peu surpris qu'ils n'aient pas compris cette évidence. Ce n'était qu'une illusion. Le mal n'est jamais autre chose qu'une illusion. Je regrette que vous vous soyez inquiété, mais je n'avais pas le temps de vous expliquer.

C'était la clé du problème, Garion le comprenait maintenant. L'hallucination était le produit d'un dérangement, pas les visions. Il ne devenait pas fou. Le masque du roi de l'enfer n'était pas plus réel que ne l'était l'Arell que Ce'Nedra avait rencontrée dans la forêt hors de Kell. L'Enfant des Ténèbres n'avait qu'une arme pour contrer l'Enfant de Lumière et c'était l'illusion, une subtile tricherie dirigée contre l'esprit. C'était une arme puissante, mais fragile. Un rayon de lumière pouvait l'anéantir. Il fonça dessus.

— Garion ! s'écria Silk.

— Ne t'occupe pas de ce visage ! rétorqua Garion. Il n'a aucune réalité. C'est Zandramas qui essaie de nous affoler. Ce pétendu roi des Enfers n'existe pas. Il est moins réel qu'une ombre !

Zandramas accusa le coup et l'énorme visage qui planait au-dessus d'elle vacilla et disparut. Ses yeux erraient en tous sens mais s'attardèrent fugitivement, à ce qu'il sembla à Garion, sur l'entrée de la grotte. Il eut alors la certitude qu'il y avait quelque chose à l'intérieur — le dernier atout de son ennemie. Puis, comme indifférente à la dissipation de l'arme qui l'avait toujours si bien servie, elle fit un geste rapide à l'attention de ses derniers Grolims encore vivants.

— Non ! fit la voix claire, musicale, de la Sibylle de Kell. Je ne puis permettre cela. C'est le Choix qui doit décider de l'issue, pas des menaces dénuées de sens. Rengaine Ton épée, Belgarion de Riva, et Toi, Zandramas de Darshiva, dis à Tes hommes de se retirer.

Garion s'avisa tout à coup qu'il avait les jambes paralysées et ne pouvait plus faire un pas. Il se retourna péniblement. Cyradis descendait l'escalier, maintenant guidée par Essaïon. Ils étaient suivis de tante Pol, Poledra et Ce'Nedra.

— La tâche qui vous incombe à tous deux ici, continua Cyradis de cette étrange voix chorale, n'est pas de vous détruire mutuellement, car s'il arrivait que l'un anéantisse l'autre, vos tâches demeureraient incomplètes, je serais dans l'incapacité de mener la mienne à bien et tout ce qui est, tout ce qui fut, tout ce qui sera un jour, périraient à jamais. Remets Ton épée au fourreau, Belgarion, et renvoie Tes Grolims, Zandramas. Entrons à l'Endroit-qui-n'est-plus et procédons à nos Choix. De nos tergiversations l'univers a grande lassitude.

Garion rengaina son épée à regret, mais la Sorcière de Darshiva regarda ses derniers Grolims en étrécissant les yeux.

— Tuez-la, ordonna-t-elle avec une indifférence terrifiante. Tuez la Dalasienne aveugle, au nom du nouveau Dieu des Angaraks !

Le visage extatique, les Grolims s'avancèrent vers le bas de l'escalier. Essaïon poussa un soupir et se planta résolument devant Cyradis pour lui faire un bouclier de son corps.

— Ce ne sera pas nécessaire, Porteur de l'Orbe, affirma la fragile jeune fille.

Elle inclina légèrement la tête et la voix chorale s'enfla, emplissant la tête de Garion. Les Grolims hésitèrent, puis ils se mirent à tourner sur place, désorientés, en scrutant la lumière de leurs yeux écarquillés comme s'ils n'y voyaient plus.

— L'enchantement, murmura Zakath. L'enchantement qui entoure Kell. Ils sont aveugles !

Mais ce que les Grolims voyaient cette fois dans leurs ténèbres n'était pas la face du Dieu qu'avait contemplée le vieux prêtre de Torak qu'ils avaient rencontré dans le campement de bergers, au-dessus de Kell. Ça devait être quelque chose de tout différent. Il faut croire que l'enchantement pouvait revêtir des aspects bien divers. Les Grolims poussèrent des cris d'abord surpris puis terrorisés. Leurs cris devinrent des hurlements, ils se retournèrent en se marchant dessus, se précipitèrent vers la plage dans le vain espoir de fuir leur vision et suivirent le même chemin que l'immense Grolim à qui Sadi avait envoyé cette étrange poudre dans la figure : ils entrèrent dans les vagues à présent anodines et perdirent pied les uns après les autres.

Quelques-uns savaient nager. Ceux-là s'éloignèrent

désespérément vers le large et une mort certaine. Les autres sombrèrent dans les abysses amères, leurs mains implorantes encore tendues vers le ciel alors que leur tête avait déjà disparu. Des colonnes de bulles crevèrent pendant quelques instants à la surface noire, huileuse, et puis plus rien.

L'albatros les survola un moment, sans bouger les ailes, puis il revint planer au-dessus de l'amphithéâtre.

CHAPITRE XXIII

— Tu es seule, à présent, ainsi que Tu l'as toujours voulu, Enfant des Ténèbres, annonça Cyradis d'une voix morne.

— Ceux qui m'ont accompagnée ici étaient sans importance, Cyradis, lâcha froidement la sorcière. Ils ont joué leur rôle. Je n'ai plus besoin d'eux.

— Es-Tu donc prête à entrer par cette porte dans l'Endroit-qui-n'est-plus, à Te tenir en présence du Sardion et à faire ton choix ?

— Bien sûr, Sainte Sibylle, fit Zandramas avec une docilité inattendue. C'est avec joie que je me joindrai à l'Enfant de Lumière et qu'avec lui j'entrerai dans le Temple de Torak.

— Méfie-toi, Garion, souffla Silk. Cette brusque soumission ne me dit rien qui vaille. Elle prépare quelque chose.

Mais Cyradis nourrissait manifestement les mêmes soupçons.

— Ta soudaine obéissance ne laisse pas de m'intriguer, Zandramas, dit-elle. Tu T'es vainement efforcée, pendant tous ces mois, d'éviter la rencontre, et voilà que Tu contemples avec avidité la perspective d'entrer dans la grotte. D'où vient ce revirement d'attitude ? Un péril invisible nous attendrait-il en ce lieu ? Chercherais-Tu encore à vouer l'Enfant de Lumière à sa perte, croyant ainsi éviter la nécessité du Choix ?

— La réponse à ta question, sorcière aveugle, tu la

trouveras derrière cette porte ! rétorqua Zandramas de sa voix âpre. Le Tueur de Dieu ignore assurément la peur, ajouta-t-elle en tournant son visage étoilé vers Garion. A moins que celui qui a tué Torak ne soit devenu tout à coup craintif et timoré ? Quelle menace une faible femme comme moi pourrait-elle présenter pour le plus puissant guerrier du monde ? Allons ensemble voir ce qu'il y a dans cette grotte. C'est en confiance que je remets mon sort entre tes mains, Belgarion.

— Il n'en sera point ainsi, Zandramas, objecta la sibylle. Trêve de subterfuges et de traîtrises. Seul le Choix Te libérera, désormais.

Elle inclina brièvement la tête et Garion entendit à nouveau ce murmure choral.

— Ah, dit-elle enfin. Tout s'éclaire. Ce passage du Livre des Cieux était obscur, mais nous le comprenons à présent.

Elle se tourna vers l'entrée de la grotte.

— Avance, Démon. Ne reste pas terré dans l'ombre à guetter ta proie, viens dans la lumière que tous puissent te voir.

— *Non !* rauqua Zandramas.

Trop tard. Lentement, comme à son corps défendant, le dragon estropié se traîna hors de la grotte en poussant un rugissement accompagné d'un geyser de flammes noirâtres.

— Ça ne va pas recommencer ! gémit Zakath.

Mais Garion voyait autre chose derrière le dragon. Tout comme il avait vu l'image de Barak superposée à celle de l'ours monstrueux qui venait à son secours le jour où il avait embroché le sanglier dans la forêt enneigée du Val d'Alorie, il reconnaissait, sous la forme du dragon, celle de Mordja, l'éternel ennemi de Nahaz, celui qui avait entraîné Urvon dans les Enfers. Mordja, qui, de ses bras reptiliens, brandissait une épée — une épée énorme, terrifiante, que Garion ne connaissait que trop. Le Démon Majeur qui avait adopté la forme du dragon s'avança à pas monstrueux en dardant vers lui Cthrek Goru, l'épée d'ombre de Torak.

Les nuages rouges qui obstruaient le ciel au-dessus

d'eux entrèrent en éruption et crachèrent des éclairs tandis que la hideuse bête jumelle s'approchait d'eux.

— Ne restez pas groupés ! hurla Garion. Silk ! Occupe-toi des autres ! Dis-leur quoi faire !

Il inspira profondément alors que des éclairs effroyables s'abattaient du ciel en furie et frappaient avec un fracas assourdissant les flancs de la pyramide tronquée.

— Allons-y ! s'écria Garion à Zakath en tirant une fois de plus l'épée de Poing-de-Fer.

Il se figea, déconcerté, en voyant Poledra s'approcher de cette monstruosité aussi calmement que si elle avait traversé un jardin fleuri.

— Ton Maître, Mordja, est le Seigneur de la Traîtrise, dit-elle à la créature soudain immobilisée devant elle. Mais il est temps que la traîtrise prenne fin. Qu'es-tu venu faire, ici ? Que viennent faire ici tous ceux de ton espèce ?

Le Démon Majeur, emprisonné dans le corps du dragon, grondait et se tortillait dans le vain espoir de se libérer.

— Parle, Mordja ! ordonna Poledra. Quelqu'un a-t-il jamais eu un tel pouvoir ?

— Je ne parlerai pas ! cracha Mordja.

— Oh si, tu parleras ! fit la grand-mère de Garion avec un calme terrifiant.

Mordja poussa alors un cri perçant, insoutenable, un vrai cri d'agonie.

— Quel est ton dessein ? insista Poledra.

— Je sers le Roi des Enfers ! hurla le démon.

— Quelles visées le Roi des Enfers poursuit-il en ce lieu ?

— Il veut s'approprier les pierres du pouvoir !

— Pour quoi faire ?

— Pour rompre ses chaînes, les chaînes avec lesquelles UL le Maudit l'a entravé longtemps avant la création de ce monde.

— A quelle fin alors as-tu aidé l'Enfant des Ténèbres, de même que ton ennemi Nahaz aidait le Disciple de Torak ? Ton Maître ignorait-il que chacun voulait susciter un Dieu — un Dieu qui entraverait davantage encore ses mouvements ?

— Leurs motifs étaient sans importance, gronda Mordja. Si nous nous sommes affrontés, Nahaz et moi, ce n'était pas pour le compte de ce fou d'Urvon ou de cette catin de Zandramas. Sitôt que l'un d'eux aurait pris possession du Sardion, le Roi des Enfers s'en serait saisi, par mes mains ou par celles de Nahaz, puis, grâce à son pouvoir, l'un ou l'autre d'entre nous aurait arraché Cthrag Yaska au Tueur de Dieu et aurait remis les deux pierres à notre Maître. A cet instant, il serait devenu le nouveau Dieu. Il aurait brisé ses chaînes et affronté UL d'égal à égal. Non — il aurait été infiniment plus puissant, et tout ce qui est, tout ce qui fut, tout ce qui sera jamais aurait été à lui et à lui seul.

— Et quel sort comptait-il réserver à l'Enfant des Ténèbres et au Disciple de Torak ?

— Ils devaient nous échoir en récompense. Nahaz se repaît à présent et pour jamais de ce fou d'Urvon, et je me délecterai de Zandramas dans le puits le plus profond des Enfers. L'ultime récompense du Roi des Enfers est le tourment éternel, conclut Mordja d'un air de défi, tandis que la Sorcière de Darshiva étouffait un hoquet d'horreur en entendant ainsi prononcer la condamnation de son âme. Tu ne peux m'arrêter, Poledra, car c'est le Roi des Enfers qui anime mon bras.

— Seulement ton bras est prisonnier du corps de cette bête primitive, rétorqua Poledra. Tu as fait ton choix, et en cet endroit, ce qui est décidé ne peut être défait. Tu combattras, allié non point au Roi des Enfers mais à la créature inepte que tu as choisie, et à nulle autre.

Le démon leva son mufle hideux, poussa un terrible hurlement, roula ses énormes épaules et se démena furieusement pour se libérer de la forme dans laquelle il était emprisonné.

— Nous n'allons quand même nous battre contre *ça* ? hasarda Zakath d'une voix mal assurée.

— J'ai bien peur que si.

— Enfin, Garion, vous avez perdu la tête ?

— Nous n'avons pas le choix, Zakath. Je ne sais pas

comment Poledra a limité le pouvoir de Mordja, mais au moins nous avons une chance de l'emporter. Allons-y.

Garion abaissa sa visière et s'avança en faisant passer son épée embrasée d'une main dans l'autre.

Silk et les autres s'étaient déployés en éventail et encerclaient le dragon.

Comme il s'en approchait avec circonspection, Garion constata une chose qui pouvait tourner à leur avantage. La fusion entre l'esprit rudimentaire du dragon et celui, vieux comme le monde, du démon, était incomplète. Le monstre stupide et borné ne voyait, avec son unique œil, que les ennemis qui étaient devant lui et il fonça sur eux sans s'inquiéter du reste, alors que Mordja était bien conscient du danger qui se refermait sur lui par l'arrière et par les côtés. La dichotomie de cet esprit artificiellement unifié fit que l'énorme créature aux ailes de chauve-souris marqua une sorte d'hésitation bien peu caractéristique, proche de l'indécision. Silk, qui avait ramassé l'épée d'un Grolim mort, en profita pour se jeter sur lui par-derrière et hachicoter la queue qui se tortillait.

Le dragon poussa un hurlement de douleur environné de flammes. Echappant au contrôle imparfait que Mordja exerçait sur lui, il se retourna lourdement pour riposter à l'agression de Silk. Mais le petit voleur esquiva habilement tandis que les autres se jetaient sur le monstre par les côtés, Durnik lui martelant rythmiquement l'un des flancs et Toth lui tailladant tout aussi mécaniquement l'autre flanc.

Voyant que le dragon lui tournait le dos, Garion fut pris d'une idée folle.

— Zakath ! Occupez-vous de sa queue ! hurla-t-il.

Il recula de quelques pas pour prendre son élan, fonça, un peu empêtré par son armure, sur l'appendice caudal qui fouettait l'air et courut sur le dos du dragon.

— Garion ! hurla Ce'Nedra, horrifiée.

Ignorant son cri de terreur, il poursuivit l'escalade du dos écailleux et s'arc-bouta sur les épaules du dragon, entre ses ailes cireuses. Il savait que son épée embrasée ne pouvait rien contre le monstre ; il ne la sentirait même pas. Alors que Mordja... Il leva l'épée de Poing-de-Fer à deux mains et en porta un coup prodigieux à la base du cou cuirassé. La bête fit osciller sa tête terrifiante en crachant aveuglément un nuage de feu et de fumée tandis que Mordja hurlait de douleur, torturé par le pouvoir de l'Orbe. C'était leur atout : seul, le dragon ne pouvait longtemps soutenir leur attaque ; c'était le surcroît d'intelligence apporté par le Démon Majeur qui le rendait si redoutable, or Garion savait que la pierre où palpitait la vie infligeait aux démons une douleur insoutenable. Elle lui conférait, en quelque sorte, une puissance supérieure à celle d'un Dieu. Les Démons pouvaient fuir les Dieux, ils ne pouvaient échapper au châtiment de l'Orbe d'Aldur.

— Brûle ! ordonna-t-il à la pierre en levant à nouveau sa lame.

Il frappa, frappa et frappa encore, sans trêve ni relâche. L'immense lame ne rebondissait plus sur les écailles du dragon. Elle les traversait et pénétrait dans sa chair. L'image indistincte de Mordja qui animait le dragon vociférait alors que l'épée lui tranchait le cou en même temps que celui du monstre. Garion retourna son épée et, prenant la garde à deux mains, la plongea entre ses énormes omoplates.

Mordja poussa un hurlement assourdissant. Son bourreau fit levier avec son épée pour élargir la plaie. Même le dragon sentait la douleur, à présent. Il se mit à hurler à son tour. Garion dégagea sa lame et la plongea à nouveau, de toutes ses forces, dans l'ouverture d'où jaillissait un flot de sang.

Le dragon et Mordja rugirent à l'unisson.

Une idée incongrue passa par la tête de Garion. Il songea à ce jour lointain où le vieux Cralto creusait des trous pour y planter les pieux d'une barrière. Il imita sciemment les mouvements cadencés du vieux fermier, levant son épée au-dessus de sa tête et la plongeant dans la chair du dragon comme Cralto levait sa pelle et l'enfonçait dans le sol. A chaque coup meurtrier, la brèche s'élargissait et un torrent de sang cascadait au-dehors. Apercevant l'ivoire de l'os, il visa un peu à côté. Même l'épée de Poing-de-Fer ne pouvait entailler cette colonne vertébrale grosse comme un tronc d'arbre.

Ses amis marquèrent un temps d'arrêt, sidérés par sa témérité, puis, remarquant que le dragon, éperdu de douleur, dressait très haut sa tête reptilienne dans l'espoir d'atteindre son tourmenteur, ils repartirent à l'assaut. Fonçant et reculant précipitamment pour éviter d'être écrasés par le monstre, Silk, Velvet et Sadi tailladaient, poignardaient et lardaient de coups les écailles plus souples de sa gorge et de son ventre tandis que Durnik et Toth frappaient toujours, inlassablement, le flanc du dragon, lui cassant méthodiquement les côtes. Belgarath et Poledra s'étaient métamorphosés en loup et s'acharnaient sur sa queue qui fouaillait l'air.

Garion trouva enfin ce qu'il cherchait : le tendon pareil à un câble de marine menant à l'une des ailes du dragon.

— Brûle ! Plus fort ! commanda-t-il à l'Orbe.

Une longue flamme bleue jaillit de l'épée. Cette fois, au lieu de frapper, Garion plaça le bord tranchant de sa lame contre le tendon et lui imprima un mouvement de va-et-vient comme pour le scier, mais le cautérisant plus qu'il ne le hachait. Le tendon finit par se rompre et ses bouts disparurent en sifflant tels des serpents dans la chair sanguinolente.

De la gueule béante jaillit, parmi un nuage de flammes, un cri effroyable qui fit vibrer les pierres de la pyramide. Le dragon bondit et retomba en agitant désespérément ses serres.

Garion fut entraîné dans la chute du dragon. Il roula sur lui-même pour éviter l'immense corps agité de soubresauts. Zakath se précipita pour l'aider à se relever.

— Vous êtes fou ! s'écria-t-il d'une voix que la peur rendait criarde. Ça va ?

— Ça va, répondit Garion entre ses dents. Finissons-en.

Toth l'avait devancé. Il était planté, les pieds écartés, les muscles jouant sous la peau de ses épaules, dans l'ombre de l'immense tête du monstre, et lui frappait la base du cou à coups redoublés dans l'espoir de lui sectionner la trachée-artère. Les efforts conjugués de Garion et de ses amis ne lui avaient pas causé d'énormes dégâts jusque-là. En revanche, l'attaque du géant muet mettait sa vie en jeu. S'il parvenait à trancher ou même seulement à faire un trou dans l'épais cartilage du conduit respiratoire, le dragon mourrait, étouffé ou noyé dans son propre sang. Il se releva tant bien que mal sur ses pattes de devant et se souleva très haut au-dessus de son bourreau.

— Fichez le camp, Toth ! hurla Durnik. Il va frapper !

Ce ne fut pas la gueule hérissée de crocs qui entra en action. Garion vit, par-delà la masse sanglante du dragon, la forme de Mordja élever Cthrek Goru, l'épée d'ombre de Torak, et l'abattre. Comme si elle était dénuée de substance, la lame émergea du dragon, plongea dans le torse de Toth et ressortit dans son dos. Le géant muet se raidit et s'affaissa lentement, incapable même dans la mort de pousser le moindre cri.

— NoOon ! hurla Durnik, fou de douleur.

Un froid glacial, absolu, envahit Garion.

— Gardez-moi de sa gueule, dit-il d'une voix atone.

Il fonça en renvoyant son épée en arrière et visa, non le cou de l'animal mais son poitrail, et frappa avec une violence dont il ne se serait jamais cru capable.

Cthrek Goru se darda pour parer le coup, mais Garion la dévia, puis il appuya son épaule sur l'énorme poignée de son épée. Il braqua un regard embrasé de haine sur le démon qui l'observait maintenant en frémissant de crainte et plongea sa lame dans le poitrail du dragon. Il y mit toute sa force, et la prodigieuse vague d'énergie déployée par l'Orbe manqua le déséquilibrer.

L'épée du roi de Riva pénétra dans le cœur du dragon comme un bâton dans l'eau.

Le dragon et le Démon Majeur poussèrent un unique rugissement qui se mua en un soupir gargouillant.

Garion en arracha sinistrement son épée et recula un peu devant la bête secouée de tremblements convulsifs. Puis, comme une maison incendiée s'effondre sur elle-même, le dragon se ratatina, eut encore quelques spasmes et cessa de bouger.

Garion se retourna avec circonspection.

Le visage de Toth était serein. Agenouillés de part et d'autre de son corps, Cyradis et Durnik pleuraient sans retenue.

Très haut dans le ciel, l'albatros poussa un cri endeuillé.

Cyradis trempait son bandeau de larmes.

Les nuages d'un orange sale bouillonnaient au-dessus d'eux, leurs entrailles ensanglantées par le soleil levant révélant des taches mouvantes, d'un noir d'encre. Des éclairs déchiquetés surgissaient de ces ténèbres, poignardaient l'air embrumé et frappaient sauvagement le pinacle dressé sur les eaux qui était l'autel du Dieu Borgne.

Et Cyradis pleurait.

Le sol et les parois de l'amphithéâtre étaient formés de blocs de pierre réguliers, d'une dureté adamantine, piquetés de points blancs, brillants comme des étoiles sous le linceul d'humidité abandonné par la pluie de la veille puis par la brume qui drapait encore le récif.

Et Cyradis pleurait.

Garion inspira un bon coup et balaya l'amphithéâtre du regard. Il lui paraissait soudain moins vaste qu'il ne croyait, sûrement pas assez grand, en tout cas, pour contenir ce qui s'y était passé, mais y aurait-il eu assez de place pour ça dans le monde entier ? Tantôt embrasés par le ciel de feu, tantôt d'une pâleur cadavérique à la lueur intermittente des éclairs, ses compagnons contemplaient, les yeux pleins de crainte et d'une sorte de vénération, l'énormité de ce qui venait d'arriver. L'amphithéâtre était jonché de cadavres de Grolims, masses noires, recroquevillées sur la pierre humide ou pantins grotesques affalés sur les marches. Garion entendit une sorte de grondement qui s'acheva sur un soupir. Il regarda machinalement le dragon. Sa langue sortait de sa gueule béante et ses yeux vitreux le regardaient sans le voir. Le bruit qu'il avait entendu émanait de l'immense carcasse. Les entrailles de la bête, encore ignorantes de leur mort, poursuivaient leur œuvre méthodique de digestion. Zandramas était figée par le choc. La bête qu'elle avait élevée, le démon qu'elle avait suscité n'étaient plus. De ses tentatives désespérées pour échapper à l'obligation de se présenter seule et désarmée à l'endroit du Choix il ne restait rien. L'espoir s'était évanoui, tel un château de sable balayé par les vagues. Le fils de Garion leva les yeux sur son père avec une fierté, une confiance absolues, et Garion puisa un certain réconfort dans son clair regard.

Cyradis pleurait. Des pensées et des impressions incohérentes se bousculaient dans l'esprit de Garion, mais une certitude demeurait : la Sibylle de Kell était effondrée de chagrin. Elle était, en ce moment particulier, la personne la plus importante de l'univers, et peut-être l'avait-elle toujours été. Si ça se trouve, songeait Garion, le monde avait été créé dans le but unique d'amener cette frêle jeune fille à cet endroit, en cet instant précis, en vue de ce Choix unique. Mais pourrait-elle l'effectuer ? Et si la mort de son guide et protecteur — le seul être au monde qu'elle ait jamais aimé — la mettait dans l'incapacité de procéder au Choix ?

Cyradis pleurait, et les minutes passaient. Garion eut l'intuition fulgurante que le moment de la rencontre et du choix n'était pas ce jour entre tous mais *un instant précis* de cette journée, et que si la sibylle, brisée de chagrin, était dans l'incapacité de choisir à cet instant, tout ce qui avait été, tout ce qui était, tout ce qui devait jamais être chancellerait et disparaîtrait comme un rêve fugitif. Il fallait qu'elle cesse de pleurer ou tout serait perdu pour toujours.

Ce fut au début une voix unique, une voix claire et limpide qui s'éleva pour exprimer une tristesse insondable, la somme des douleurs humaines. Alors d'autres voix se mêlèrent à elle, isolément, par trois ou par huit, et l'esprit de groupe des sibylles joignit son chœur à la douleur de Cyradis. Le chant s'abîma dans les profondeurs de son chagrin puis diminua, se perdit dans le plus noir désespoir et sombra dans un silence plus profond que celui de la tombe.

Cyradis pleurait, mais elle ne pleurait pas seule. Tout son peuple pleurait avec elle.

La voix solitaire reprit et esquissa à nouveau la mélodie qui venait de s'estomper. L'oreille profane de Garion ne perçut pas immédiatement la différence, mais un subtil changement de tonalité s'était produit et lorsque les autres voix se joignirent à elle, d'autres accords se fondirent au chœur, et les notes finales reniaient le chagrin, la souffrance inexprimables.

Le chant reprit une dernière fois, entonné non plus par une seule voix, mais par un chœur formidable qui faisait vibrer les piliers des cieux d'une affirmation triomphante. Si la mélodie était toujours la même, ce qui avait commencé comme un chant funèbre était désormais plein de joie, d'une farouche exaltation.

Cyradis posa doucement la main de Toth sur sa poitrine inerte, lui caressa les cheveux et tendit la main pour effleurer la joue ruisselante de Durnik dans un geste consolateur.

Elle se leva, et elle ne pleurait plus. Les craintes de Garion se dissipèrent comme le brouillard qui engloutissait le récif au matin avait été chassé par le soleil.

— Allons, dit-elle d'une voix résolue en indiquant l'entrée que rien ne gardait plus à présent. Le moment est proche. Toi, Enfant de Lumière, et Toi, Enfant des Ténèbres, entrez dans la grotte, car nous devons procéder à des choix qui, une fois effectués, ne pourront plus être défaits. Venez avec moi à l'Endroit-qui-n'est-plus, et décidons du sort de tous les hommes.

Et d'une démarche assurée, la Sibylle de Kell les mena vers le portail surmonté par l'effigie de Torak.

Subjugué par cette voix claire, musicale, Garion s'approcha de Zandramas et c'est d'un même pas qu'ils franchirent le portail derrière la mince sibylle. Il sentit quelque chose effleurer son épaule cuirassée d'acier et se prit à songer, non sans ironie, que les forces qui présidaient à cette rencontre n'étaient pas si sûres d'elles en fin de compte. Elles avaient établi une barrière entre la Sorcière de Darshiva et lui. La gorge nue, vulnérable, de la femme en robe de soie était à portée de ses mains vengeresses, mais la barrière la rendait aussi inaccessible que si elle avait été sur la face cachée de la lune. Il se rendit vaguement compte que ses amis lui emboîtaient le pas tandis que Geran et l'archiduc Otrath, tremblant comme une feuille, suivaient Zandramas.

— Ceci n'est pas nécessaire, Belgarion de Riva, chuchota Zandramas d'un ton impérieux. Nous en remettrons-nous, toi et moi, les deux êtres les plus puissants du monde, au choix hasardeux de cette pauvre d'esprit ? Portons notre choix sur nous-mêmes. Ainsi nous deviendrons tous les deux des Dieux. Nous écarterons aisément UL et ses comparses et nous gouvernerons conjointement la création tout entière.

Le mouvement des lumières qui tournoyaient sous la peau de son visage s'accéléra et ses yeux s'animèrent d'une lueur rougeâtre.

— Quand nous serons parvenus à la divinité, tu répudieras ta femme terrestre, qui n'est même pas humaine, au fond, et nous pourrons, Belgarion, nous unir. Ensemble nous engendrerons une race de Dieux et nous nous rassasierons de plaisirs d'un autre monde. Tu me trouveras à ton goût, roi de Riva, ainsi que tous les autres hommes avant toi, je t'embraserai d'une passion divine et nous consommerons la rencontre de la Lumière et des Ténèbres.

Garion fut étonné et même un peu impressionné par l'obstination de l'Esprit qui animait l'Enfant des Ténèbres. Il était aussi implacable et immuable que la roche. Et s'il ne changeait pas, c'est parce qu'il ne pouvait pas changer, ce qui l'amena à la compréhension d'une chose fondamentale. La lumière était capable de changement ; chaque jour en était la preuve. L'obscurité en était incapable. Telle était la signification véritable de la division qui avait séparé l'univers. Les Ténèbres cherchaient l'immobilité perpétuelle ; la Lumière cherchait l'évolution. Les Ténèbres attendaient, figées dans ce qu'elles percevaient comme la perfection alors que la Lumière évoluait, consciente de sa perfectibilité. Quand Garion parla, ce ne fut pas en réponse aux propositions insultantes de Zandramas mais à l'adresse de l'Esprit des Ténèbres lui-même.

— Ça va changer, vous savez. Rien de ce que vous pourrez dire ne m'empêchera de le croire. Torak m'a proposé d'être mon père, Zandramas s'offre à devenir ma femme. J'ai rejeté Torak. Je repousse Zandramas. Vous ne pouvez me figer dans l'immobilité. Si je ne change qu'une petite chose, vous avez perdu. Allez arrêter les marées si vous en avez le pouvoir et laissez-moi faire ce que j'ai à faire.

Zandramas laissa échapper un cri étranglé qui n'était pas complètement humain. La soudaine prise de conscience de Garion avait atteint l'esprit des Ténèbres et pas seulement son instrument. Il eut l'impression d'être sondé avec la douceur d'une plume et ne fit rien pour empêcher cela.

Zandramas poussa un sifflement, le regard haineux.

— Tu n'as pas obtenu ce que tu voulais ? demanda Garion.

De sa bouche sortit une voix sèche, dénuée d'émotion.

— Tu finiras bien par faire ton choix, tu sais, dit-elle.

Par les lèvres de Garion s'exprima une voix qui n'était pas la sienne, une voix tout aussi froide et insensible.

— Nous avons tout le temps. Mon instrument choisira quand il le faudra.

— C'était bien joué, mais la partie n'est pas finie.

— Bien sûr que non. Le dernier mouvement appartient à la Sibylle de Kell.

— Qu'il en soit donc ainsi.

Ils suivaient un long couloir qui sentait le renfermé.

— Je ne supporte pas ça, murmura Silk, derrière Garion.

— Tout ira bien, Kheldar, souffla Velvet d'un ton réconfortant. Je ne permettrais pas qu'il vous arrive quelque chose.

Le corridor déboucha dans une grotte submergée, aux parois irrégulières, car elles n'avaient pas été élevées de main d'homme ; c'était une caverne naturelle. Il y régnait une légère odeur reptilienne à laquelle se mêlaient des remugles de chair corrompue. Le sol était jonché d'ossements blanchis, portant des traces de morsure. Ironiquement, le repaire du Dieu-Dragon était devenu celui du dragon lui-même. Nul gardien n'aurait pu mieux veiller sur cet endroit.

Un petit bruit cristallin, monotone, attira le regard de Garion vers le fond de la grotte. De l'eau suintait sur la roche, formant une mare noire. Devant la paroi se dressait un trône massif, sculpté dans un unique bloc de pierre.

Sur un autel comme il n'en avait que trop vu était placée une pierre oblongue, un peu plus grosse qu'une tête humaine. La chose luisait d'une vilaine lueur rouge qui illuminait la caverne. Juste à côté gisait un squelette humain au bras tendu dans un geste possessif. Garion fronça le sourcil. Une victime sacrifiée à Torak ? Une proie du dragon ? Mais non ! Le savant qui avait volé le Sardion à l'université de Melcène et fui avec pour mourir ici, dans l'adoration démente de la pierre qui l'avait tué.

Garion entendit, derrière lui, l'Orbe pousser un grondement animal tandis que le Sardion émettait un son similaire. Il y eut un tumulte de voix parlant dans une multitude de langues, certaines venues, pour ce qu'en savait Garion, des confins les plus reculés de l'univers. Des stries bleuâtres, vacillantes, illuminèrent les profondeurs d'un rouge laiteux du Sardion et des vagues ondoyantes de lumière rouge, farouche, emplirent l'Orbe alors que tous les conflits de toutes les époques se réunissaient dans cet espace restreint.

— Contrôle-la, Garion ! fit sèchement Belgarath. Sinon, elles vont se détruire mutuellement, et l'univers avec elles !

Garion tendit la main par-dessus son épaule, plaça sa paume marquée sur l'Orbe et parla silencieusement à la pierre assoiffée de vengeance.

— Pas encore, lui dit-il. Quand le moment sera venu.

Il n'aurait su dire pourquoi il avait prononcé ces paroles précises, mais l'Orbe marmonna comme un enfant boudeur et la mit en sourdine. Le Sardion réprima aussi, à contrecœur, son grognement. Toutefois, les lueurs menaçantes continuèrent à briller dans les deux pierres.

— *Tu ne t'es pas mal tiré de ce coup-là*, le félicita sa voix intérieure. *Notre ennemi est un peu déstabilisé, à présent. Mais ne sois pas trop sûr de toi. L'Esprit des Ténèbres est très fort ici et nous sommes désavantagés.*

— *Vous n'auriez pas pu me le dire plus tôt ?*

— *M'aurais-tu écouté ? Fais bien attention, Garion. Mon adversaire est d'accord pour que nous nous en remettions au choix de Cyradis, mais Zandramas n'a pas pris le même engagement. Il est probable qu'elle va faire une dernière tentative. Mets-toi entre le Sardion et elle. Ne la laisse pas toucher à cette pierre quoi qu'il arrive.*

— *Très bien*, répondit Garion d'un ton résolu.

Il se dit qu'il n'abuserait pas la Sorcière de Darshiva en se déplaçant pouce par pouce. Il s'approcha donc calmement et délibérément de l'autel, dégaina son épée, en posa la pointe sur le sol et appuya ses deux mains sur le pommeau.

— Que fais-tu ? demanda âprement Zandramas.

— Tu le sais parfaitement, Zandramas, répondit Garion. Les deux esprits ont consenti à laisser Cyradis arbitrer leur partie. Je ne t'ai pas entendue accepter. Crois-tu encore pouvoir éviter le Choix ?

— Tu me le paieras, Belgarion, grinça la sorcière de Darshiva, et les lumières accélérèrent leur tournoiement dans son visage convulsé de haine impuissante. Tout ce que tu es, tout ce que tu aimes périra ici.

— Ça, c'est à Cyradis d'en décider, pas à toi. Et personne ne touchera le Sardion avant qu'elle n'ait fait le Choix.

Zandramas serra les dents, au comble de la rage.

Alors Poledra se rapprocha, sa chevelure feuille morte ensanglantée par la lueur du Sardion.

— Bien joué, Jeune Loup, dit-elle sobrement.

Des lèvres immobiles de Zandramas sortirent ces paroles étrangement abstraites :

— Tu n'as plus le pouvoir, Poledra.

— Objection ! fit la voix sèche, par la bouche de Poledra, cette fois.

— Je ne vois pas pourquoi.

— Parce que tu as toujours rejeté tes instruments après en avoir fini avec eux. Poledra était l'Enfant de Lumière à Vo Mimbre. Elle est arrivée à mettre Torak en échec, même pour un temps. Une fois accordé, ce pouvoir ne peut être complètement ôté. Son contrôle sur le Démon Majeur aurait dû te le prouver.

Garion fut estomaqué. Poledra, l'Enfant de Lumière du terrible affrontement qui avait eu lieu cinq siècles auparavant ?

— Retiens-tu l'objection ? insista la voix.

— Quelle différence cela peut-il faire ? La partie sera bientôt terminée.

— J'élève une objection. Notre règlement exige que tu la prennes en considération.

— Ça va, objection retenue. Tu deviens vraiment puéril, tu sais.

— La règle est la règle, et la partie n'est pas terminée.

Garion se remit à observer attentivement Zandramas afin de la retenir si elle faisait mine de s'approcher du Sardion.

— Quand le moment viendra-t-il, Cyradis ? demanda tout bas Belgarath.

— Bientôt, répondit la Sibylle de Kell. Très bientôt.

— Nous sommes tous réunis, intervint Silk, le dos rond comme s'il craignait que la voûte ne lui tombe sur la tête. Qu'attendez-vous pour en finir ?

— C'est le jour, Kheldar, mais ce n'est pas encore le moment. A l'instant du Choix, une grande lumière apparaîtra, une lumière que même moi je verrai.

Garion éprouva un étrange détachement, comme dans les ruines de Cthol Mishrak lorsqu'il avait affronté Torak, et il comprit que l'ultime Evénement était sur le point d'arriver.

Puis, comme si le seul fait d'évoquer son nom avait arraché, même fugitivement, le Dieu borgne à son sommeil éternel, Garion eut l'impression d'entendre la terrible voix de Torak scander le dernier passage des Oracles ashabènes :

« Sache, ô Belgarion, que nous sommes frères. Quand l'aversion qui nous dresse l'un contre l'autre ébranlerait un jour les cieux, nous demeurerions unis comme des frères par la terrible tâche qui pèse sur nous. Si tu prends connaissance de ma parole, c'est que tu auras été mon destructeur. Il me faut donc te charger d'une mission. Ce que j'annonce dans ces pages est une abomination. Point ne dois la laisser survenir. Anéantis le monde, anéantis l'univers s'il le faut, mais ne permets point à cette infamie de se produire. Tu tiens entre tes mains le sort de tout ce qui est, de tout ce qui fut, de tout ce qui sera jamais. Salut à toi, ô mon frère de haine, et adieu. Nous nous sommes rencontrés, ou nous nous rencontrerons, dans la Cité de la Nuit sans Fin, où notre conflit doit, de toute éternité, trouver son issue. Mais une tâche nous attend encore à l'Endroit-qui-n'est-plus. L'un de nous deux s'y rendra pour affronter l'ultime horreur. Si c'est toi, ne nous manque pas. Quand tout le reste échouerait, tu devrais ôter la vie de ton fils unique comme tu m'auras ravi la mienne. »

Seulement, cette fois, les paroles de Torak ne lui tirèrent pas une larme. Elles affirmèrent sa résolution. Il comprenait enfin. Torak avait eu, à Ashaba, une vision si terrible qu'elle avait eu raison de sa formidable arrogance : en reprenant pied dans la réalité, après son rêve prophétique, il était allé jusqu'à envisager la nécessité de confier cette effroyable tâche à son plus redoutable ennemi. Par la suite, quand l'orgueil avait repris ses droits, le Dieu borgne avait mutilé les pages de sa prophétie, mais dans ce sinistre moment de lucidité, Torak avait parlé vrai pour la première fois peut-être de sa vie. Garion imaginait l'agonie que cette sincérité, cette humiliation, avait coûtée à Torak. Il jura silencieusement fidélité à la tâche dont son antique ennemi l'avait investi.

— Je ferai tout ce qui est en mon pouvoir pour empêcher cette horreur de se produire, lança-t-il avec ferveur à l'esprit de Torak. Dors en paix, mon frère. J'assumerai ton fardeau.

La lueur rouge sale du Sardion atténuait l'éclat des étoiles qui tournoyaient sous la peau de Zandramas, et Garion distinguait nettement ses traits. Elle avait l'air troublée. Elle ne s'attendait manifestement pas au calme soudain de l'esprit qui la dominait. Sa volonté de vaincre à tout prix était frustrée par cette modération. Son propre esprit — ou ce qu'il en restait — s'efforçait toujours d'échapper au Choix. Les deux prophéties avaient accepté au commencement des temps de s'en remettre à l'arbitrage de la Sibylle de Kell. Les faux-fuyants, les traîtrises, les innombrables atrocités qui avaient marqué le passage de l'Enfant des Ténèbres en ce monde étaient toutes dues à la perception viciée de la Grolime qu'était Zandramas. Elle était plus dangereuse maintenant qu'elle ne l'avait jamais été.

— Eh bien, intervint Poledra, est-ce le moment que tu as choisi pour notre rencontre ? Nous détruirons-nous mutuellement alors que nous sommes si près de l'ultime instant ? En attendant le Choix de Cyradis, tu conserves une chance raisonnable d'obtenir ce pour quoi tu as si désespérément lutté. En m'affrontant, moi, tu te livres au hasard. Troqueras-tu une demi-chance de succès contre l'incertitude absolue ?

— Je suis plus puissante que toi, Poledra, décréta Zandramas d'un ton de défi. Je suis l'Enfant des Ténèbres !

— J'ai été l'Enfant de Lumière. Je te fais le pari que j'en ai encore la force et le pouvoir. Combien es-tu prête à miser ? Risqueras-tu le tout pour le tout, Zandramas ?

Zandramas étrécit les yeux. Garion sentit qu'elle concentrait son Vouloir. Elle le déchaîna dans une vague renversante d'énergie et un rugissement assourdissant. Une aura de ténèbres l'entoura soudain. Elle se saisit de Geran et le souleva.

— C'est ainsi que je vaincrai, Poledra ! siffla-t-elle.

Elle empoigna la menotte de l'enfant qui se débattait et l'obligea à tendre sa paume marquée par l'Orbe.

— A l'instant où la main du fils de Belgarion touchera le Sardion, je triompherai !

Elle s'avança implacablement, pas à pas.

Garion leva son épée et la braqua vers la Sorcière de Darshiva.

— Repousse-la ! ordonna-t-il à l'Orbe.

De la pointe de l'épée jaillit un éclair de lumière bleue, aveuglante, mais il se divisa en heurtant le halo noir entourant l'ombre et Zandramas continua d'avancer.

— *Faites quelque chose !* hurla silencieusement Garion.

— *Je ne puis intervenir*, répondit sa voix intérieure.

— C'est tout ce dont tu es capable, Zandramas ? demanda froidement Poledra.

Garion avait souvent entendu tante Pol s'exprimer sur ce ton, mais jamais avec cette détermination. Poledra leva la main comme si de rien n'était et relâcha son Vouloir. Garion fut ébranlé par la vague d'énergie. L'aura de ténèbres qui environnait Zandramas disparut, mais la sorcière de Darshiva ne flancha pas. Elle poursuivit sa lente avance.

— Sacrifierais-tu ton fils, Belgarion de Riva ? Tu sais que tu n'as aucune chance de me frapper sans l'atteindre.

— *Je ne peux pas faire ça* ! s'écria Garion, les yeux pleins de larmes. *Je ne peux pas* !

— *Il le faut. Tu savais que ça pouvait arriver. Si elle réussit, si ton fils pose sa main sur le Sardion, ce sera pis que s'il était mort. Fais ce qui doit être fait, Garion.*

— *Non !*

C'était Ce'Nedra. Elle traversa la grotte en courant, le visage d'une pâleur mortelle, et se jeta devant Zandramas.

— Si tu veux tuer mon bébé, Garion, il faudra me tuer aussi ! dit-elle d'une voix entrecoupée de sanglots.

Elle tourna le dos à Garion et pencha la tête en avant.

— De mieux en mieux, jubila Zandramas. Oteras-tu en même temps la vie de ton fils et de ta femme, Belgarion de Riva ? Emporteras-tu cela avec toi dans la tombe ?

Une douleur insoutenable crispa le visage de Garion mais il referma son étreinte sur la poignée de son épée. D'un coup de son arme embrasée, c'est sa vie entière qu'il allait détruire.

— Tu ne feras pas ça ! s'exclama Zandramas, incrédule. Tu ne pourras jamais faire ça !

Garion serra les dents et leva son épée.

L'incrédulité de Zandramas se changea en frayeur. Elle s'arrêta et commença à reculer.

— Maintenant, Ce'Nedra ! craqua la voix de Polgara, telle un coup de fouet.

La petite reine de Riva, qui était tendue comme un ressort sous la soumission apparente à l'inéluctable, bondit, arracha Geran des bras de Zandramas et courut rejoindre Polgara.

Zandramas poussa un hurlement bestial et tenta de la suivre, les traits convulsés de rage.

— Non, Zandramas ! s'écria Poledra. Si tu te détournes, je te tue, ou Belgarion le fera. Tu as, malgré toi, fait connaître ton choix. Tu as cessé d'être l'Enfant des Ténèbres pour redevenir une prêtresse grolime comme tant d'autres. Nous n'avons plus besoin de toi. Tu es libre de partir, ou de mourir.

La Sorcière de Darshiva se figea.

— Toutes tes fourberies, tes tentatives de tricherie ne t'auront menée à rien, Zandramas. Tu n'as plus le choix. Te soumettras-tu enfin à l'arbitrage de la Sibylle de Kell ?

La femme encapuchonnée de noir la regarda avec un mélange de terreur et de haine.

— Eh bien, Zandramas, reprit Poledra, que décides-tu ? Mourras-tu si près de l'exaltation qui t'était promise ? Je vois que non, dit-elle implacablement, et ses yeux d'or, pénétrants, scrutaient le visage constellé d'étoiles. Tu ne souhaites pas la mort. Mais je veux te l'entendre dire, Zandramas. Te soumettras-tu à la décision de Cyradis ?

La prêtresse grolime serra les dents.

— J'y consens, grinça-t-elle.

CHAPITRE XXIV

Le tonnerre grondait, la foudre frappait et le vent hurlait dans la galerie menant de l'amphithéâtre à la grotte. L'orage qui couvait depuis la création du monde se déchaînait toujours au-dehors. Tout en rengainant son épée, Garion songea avec détachement au mécanisme de sa pensée. C'était arrivé si souvent auparavant qu'il s'étonnait de ne pas l'avoir prévu. Les circonstances exigeaient qu'il prenne une décision. Le fait qu'au lieu d'y réfléchir il s'intéressait à ce qui l'entourait signifiait qu'il avait déjà choisi, quelque part, dans un recoin si profond de son esprit qu'il n'avait même pas effleuré sa conscience. Il y avait, admit-il, une excellente raison à cela. Ruminer la crise ou la confrontation imminente ne ferait que le perturber, l'amener à toutes sortes de conjectures, de réticences et d'arrière-pensées qui risquaient de le condamner à une indécision torturante. Bonne ou mauvaise, sa décision était prise. Continuer à se ronger les sangs ne servirait à rien. Et cette décision, il le savait, n'était pas seulement basée sur un raisonnement minutieux mais aussi sur des sentiments profonds. Sa paix intérieure, sa sérénité, venaient de la certitude que son choix, quel qu'il soit, était le bon. Il ramena calmement son attention vers la grotte.

C'était difficile à dire à la lueur rouge du Sardion, mais les pierres de la paroi semblaient être de basalte, et s'être fracturées en une myriade de surfaces planes et d'arêtes tranchantes. Le sol était étrangement lisse, mais avait-il été patiemment érodé par l'action millénaire des eaux ou aplani par une seule pensée de Torak lorsqu'il était venu dans cette caverne affronter et finalement rejeter UL, son père ? — mystère. Le murmure de l'eau qui gouttait dans la mare, à l'autre bout de la grotte, constituait une autre énigme. C'était le plus haut pic du récif. L'eau aurait dû couler vers le bas, pas remonter vers une source invisible dans la muraille. Enfin, Beldin ou Durnik lui expliqueraient sûrement ce phénomène. Garion savait qu'il devait rester sur ses gardes dans cet étrange endroit ; ce n'était pas le moment de se déconcentrer en se posant des problèmes de physique hydraulique.

Et puis, comme c'était la seule source de lumière dans cette sombre grotte, le regard de Garion tomba inévitablement sur le Sardion. C'était un gros galet repoussant, strié de bandes étroites, orange et d'un blanc laiteux, à présent teinté de bleu par la lueur fluctuante de l'Orbe. Il était aussi lisse que celle-ci. Elle avait été polie par la main d'Aldur, mais le Sardion, qui l'avait poli ? Un Dieu inconnu ? Un clan de brutes hirsutes, accroupies autour dans une morne patience, se consacrant, génération après génération, à la tâche unique, incompréhensible, d'en frotter la surface orange et blanche avec leurs mains calleuses, aux ongles cassés, plus semblables à des pattes qu'à des appendices humains ? Si dénués de pensée qu'ils soient, ces hommes primitifs avaient dû sentir le pouvoir de la pierre, se dire que c'était un Dieu, ou du moins un objet divin, et peut-être leur polissage aveugle était-il devenu une forme d'adoration obscure ?

Garion laissa ensuite errer ses yeux sur les visages familiers de ces hommes et ces femmes qui, en réponse à des destinées inscrites dans les étoiles depuis le premier jour du monde, l'avaient accompagné à cet endroit par ce jour entre tous. La mort de Toth avait répondu à une question jusqu'à présent sans réponse, et tout était en ordre.

Encore éplorée, le visage crispé par la douleur, Cyradis s'avança vers l'autel et se tourna vers eux.

— L'instant approche, dit-elle d'une voix claire et ferme. L'Enfant de Lumière et l'Enfant des Ténèbres doivent à présent faire connaître leur décision. Tout doit être prêt pour le moment de mon Choix. Sachez tous les deux que votre choix, une fois effectué, ne pourra être défait.

— Mon choix est fait depuis le commencement des âges, déclara Zandramas. Tout le long des interminables avenues du temps, le nom du fils de Belgarion retentit car il a touché Cthrag Yaska, ce qui en détourne toutes les autres mains à part celle de Belgarion lui-même. A l'instant où Geran effleurera Cthrag Sardius, il deviendra un Dieu omnipotent, plus puissant que tous les autres, et il établira son pouvoir et sa domination sur la Création tout entière. Approche, Enfant de Lumière. Prends place devant l'autel de Torak et attends le Choix de la Sibylle de Kell. A l'instant où elle te choisira, tends la main et saisis ta destinée.

C'était le dernier indice. Garion connaissait désormais le choix qu'il avait fait dans le secret de son âme, et il sut pourquoi il était si parfaitement juste. Geran s'approcha de l'autel à regret, s'arrêta et se retourna avec gravité.

— Le moment est maintenant venu pour Toi, Enfant de Lumière, de faire connaître Ton choix, dit Cyradis. Auquel de Tes compagnons transmettras-Tu le fardeau ?

Garion n'avait pas le sens du mélodrame. Ce'Nedra et tante Pol avaient le chic pour tirer tout le potentiel dramatique d'une situation donnée, mais avec sa solide éducation sendarienne, matérialiste, il était plus porté à la sobriété. Seulement il se disait que Zandramas devait, même vaguement, connaître son choix. Il savait aussi que si elle avait accepté, à son corps défendant, de remettre son sort entre les mains de Cyradis, elle était encore capable d'une dernière tentative désespérée. Il devait faire quelque chose pour la déstabiliser afin qu'elle hésite au moment crucial. S'il lui laissait croire qu'il s'apprêtait à faire un mauvais choix, elle exulterait et croirait avoir finalement gagné. Puis, au dernier moment, il ferait le bon choix. La déception fulgurante de l'Enfant des Ténèbres arrêterait peut-être son bras, et Garion en profiterait pour la mettre hors d'état de nuire. Il nota soigneusement leur position respective, à Geran, Otrath et elle. Geran était à une dizaine de pieds peut-être devant l'autel, Zandramas à quelques pas de lui. Otrath était collé au mur du fond de la grotte.

Il ne pouvait se permettre la moindre erreur. Il allait laisser monter la tension chez Zandramas puis, presque aussitôt, réduire ses espoirs à néant. Il se forgea, assez artistiquement, se dit-il, une expression à la fois perplexe et angoissée. Il erra entre ses amis en s'arrêtant devant chacun pour le regarder sous le nez, en se payant le luxe de lever parfois un peu la main comme s'il s'apprêtait à faire le mauvais choix. Et chaque fois il sentait distinctement l'exaltation farouche qui montait en Zandramas. Elle ne tentait même pas de dissimuler ses émotions. De mieux en mieux. Son ennemie avait perdu toute raison, à présent.

— Qu'est-ce que tu fabriques ? murmura Polgara lorsqu'il passa devant elle.

— Je t'expliquerai plus tard, répondit-il tout bas. C'est nécessaire et important. Fais-moi confiance, Tante Pol.

En s'approchant de Belgarath, il sentit l'appréhension qui émanait de Zandramas. L'Homme Eternel n'était pas de la petite bière, et s'il se retrouvait doté des pouvoirs de l'Enfant de Lumière accrus d'une possible divinité, il pouvait constituer un adversaire redoutable.

— Alors, tu te décides ? ronchonna son grand-père.

— J'essaie de feinter Zandramas, chuchota Garion. Surveille-la quand je choisirai. Il se pourrait qu'elle tente quelque chose.

— Alors tu sais qui choisir ?

— Evidemment. Sauf que je m'efforce de ne pas y songer tout de suite. Je ne veux pas qu'elle le lise dans mes pensées.

— Fais ce que tu crois devoir faire, Garion, grommela le vieux sorcier avec une grimace. Mais ne traîne pas trop. N'irrite pas Cyradis en même temps que Zandramas.

Garion passa devant Sadi et Velvet tout en sondant les états d'âme de Zandramas. Elle était en proie à des émotions tumultueuses, fébriles. Laisser durer le plaisir ne servirait à rien. Il s'arrêta enfin devant Silk et Essaïon.

— Ne réagis pas, souffla-t-il à son ami au museau de fouine. Ne manifeste rien, quoi que je fasse.

— Ne fais pas de bêtises, Garion, grinça Silk entre ses dents. Je ne suis pas à la recherche d'une promotion, tu le sais.

Garion acquiesça d'un battement de cils. C'était presque fini. Il regarda Essaïon, ce jeune homme qui était presque son frère.

— Je te demande pardon, Essaïon, souffla-t-il. Tu ne me remercieras probablement pas pour ce que je vais faire.

— Tout va bien, Belgarion, sourit Essaïon. Je le savais depuis un certain temps maintenant. Je suis prêt.

Tout s'encliquetait. C'était sûrement la dernière fois qu'Essaïon répondait à cette multiple question : « Es-tu prêt ? ». Il en avait l'air. Il l'était probablement depuis le jour de sa naissance. Toutes les pièces du puzzle étaient en place, et si étroitement imbriquées que rien ne pourrait plus jamais les défaire.

— Choisis, Belgarion, intervint Cyradis d'un ton pressant.

— Mon choix est fait, Cyradis, répondit simplement Garion.

Il tendit la main et la posa sur l'épaule d'Essaïon.

— Voici mon choix. Voici l'Enfant de Lumière.

— *Parfait !* s'exclama Belgarath.

— *C'est fait*, approuva, en écho, la voix intérieure de Garion.

Garion éprouva un pincement au cœur puis une sorte de vide, de regret. Il n'était plus l'Enfant de Lumière. Ce rôle incombait désormais à Essaïon. Mais il savait qu'une dernière responsabilité pesait sur lui. Il se retourna lentement, avec une indifférence étudiée. La nuit étoilée qui était le visage de Zandramas exprimait un mélange d'expressions complexes alliant la colère à la peur et la frustration. Garion en retira la certitude qu'il avait bien choisi. Il n'avait jamais eu l'occasion d'essayer ce à quoi il s'apprêtait maintenant et le moment était peu propice aux expériences, mais il avait vu et senti tante Pol le faire plusieurs fois. Il étendit à nouveau, prudemment, un pseudopode mental vers la conscience de Zandramas, moins cette fois pour en obtenir une réponse émotionnelle globale qu'une précision. Il devait savoir exactement ce qu'elle préparait avant de passer à l'action.

La Sorcière de Darshiva était en proie à un tumulte de pensées et d'émotions confuses. L'espoir farouche que le subterfuge de Garion avait soulevé en elle semblait avoir atteint son but. Elle hésita, déconcertée, incapable d'arrêter une conduite et en même temps déterminée à agir. Elle ne pouvait s'en remettre au choix de la Sibylle de Kell. Elle ne pouvait tout simplement pas s'y résoudre.

— Viens donc, Enfant de Lumière. Approche-Toi de l'Enfant des Ténèbres afin que je choisisse entre vous, dit Cyradis.

Essaïon opina du chef et rejoignit Geran.

— C'est fait, Cyradis, dit Poledra. Tous les choix sont faits, sauf le tien. C'est l'endroit voulu, et le jour prévu. Le moment de t'acquitter de ta tâche est venu.

— Point encore, Poledra, objecta Cyradis d'une voix frémissante. Je dois attendre du Livre des Cieux le signal que l'instant du choix est arrivé.

— Le Livre des Cieux n'est point visible, Cyradis, rétorqua la grand-mère de Garion. Nous sommes au sein de la terre.

— Point n'ai besoin d'accéder au Livre des Cieux. Il viendra à moi.

— Songes-y, Cyradis, susurra Zandramas d'un ton mielleux, insinuant. Songe à mes paroles. Il n'y a pas de choix possible hormis le fils de Belgarion.

Ses paroles firent à Garion l'effet d'un signal d'alarme. Elle avait pris une décision. Elle savait ce qu'elle allait faire, mais elle avait réussi à le lui cacher. Sacrée Zandramas ! Elle avait prévu depuis le début, avec une précision quasi militaire, chacun de ses mouvements à lui, puis chacune de ses propres contre-attaques. Quand une de ses manœuvres échouait, elle passait à la suivante. Voilà pourquoi il ne pouvait surprendre ses réflexions. Elle n'avait pas besoin de réfléchir, elle savait d'avance ce qu'elle allait faire. Il avait tout de même l'impression que son prochain mouvement concernait Cyradis elle-même. C'était son ultime ligne de défense.

— Ne fais pas ça, Zandramas, lui dit-il. Tu sais que ce n'est pas la vérité. Laisse-la en paix.

— Alors, choisis, Cyradis ! ordonna la sorcière.

— Je ne puis. L'instant n'est point encore arrivé.

Et son visage était crispé par une mortelle angoisse.

Garion sentit alors que Zandramas émettait des ondes de doute et d'indécision concentrées sur Cyradis. C'était sa dernière chance. Ses tentatives successives sur les autres ayant échoué, elle s'attaquait maintenant à la Sibylle de Kell.

— *Aide-la, Tante Pol*, implora silencieusement Garion. *Zandramas l'empêche de faire le choix.*

— *Oui, Garion*, répondit la voix calme de Polgara. *Je sais.*

— *Fais quelque chose !*

— *Pas encore. Pas avant le moment du Choix. Si j'interviens trop tôt, Zandramas prendra des mesures pour me contrer.*

— Il se passe quelque chose, dehors, fit Durnik d'une voix tendue. On dirait qu'il y a de la lumière dans la galerie.

Garion détourna très vite les yeux. La lumière était encore vague, indistincte, mais elle ne ressemblait à rien de connu.

— C'est le moment du choix, Cyradis ! lança Zandramas d'un ton implacable. Choisis !

— Je ne le puis, gémit la sibylle en se tournant vers la lumière plus vive d'instant en instant. Point encore ! Je ne puis choisir ! se lamenta-t-elle, et elle tituba vers le centre de la caverne en se tordant les mains. Je n'y suis point prête ! Je ne puis effectuer le Choix ! Que quelqu'un d'autre le fasse !

— Choisis ! répéta impitoyablement Zandramas.

— Si seulement je pouvais les voir ! sanglota Cyradis. Si seulement j'y voyais !

Alors, enfin, Polgara s'avança.

— C'est facile à arranger, Cyradis, dit-elle d'une voix calme, étrangement réconfortante. Ta vision a obscurci Ta vue, et voilà tout.

Elle tendit la main et lui enleva doucement son bandeau.

— Regarde-les donc avec tes yeux humains et fais ton Choix.

— C'est interdit ! protesta Zandramas d'une voix stridente en voyant voler en éclat son dernier atout.

— Non, rétorqua Polgara. Si c'était interdit, je n'aurais pu le faire.

Mais Cyradis reculait, aveuglée par la sombre clarté de la grotte.

— Je ne le puis ! s'écria-t-elle en se masquant les yeux avec les mains. Je ne puis le faire !

— Je triomphe ! exulta Zandramas, pleine d'un espoir insensé. Le Choix doit être fait, mais il le sera par quelqu'un d'autre. Il ne t'appartient plus, Cyradis, car la décision de ne pas choisir est un choix en elle-même.

— C'est vrai, Beldin ? demanda très vite Garion.

— Il y a deux écoles de pensées à ce sujet.

— Oui ou non, Beldin ?

— Je ne sais pas, Garion. Vraiment pas.

Une explosion silencieuse illumina soudain la galerie qui menait au dehors. La lumière devint éblouissante, plus aveuglante que le soleil même, si impossiblement intense qu'elle brillait jusque dans les interstices entre les pierres.

— Le moment est enfin arrivé, fit, par les lèvres d'Essaïon, la voix atone du compagnon intérieur de Garion. C'est le moment du Choix. Choisis, Cyradis, ou tout cessera d'être.

— C'est arrivé, dit, par la bouche de Geran, une autre voix tout aussi inexpressive. C'est le moment du Choix. Choisis, Cyradis, ou rien ne sera plus.

Cyradis tangua, tourmentée par une atroce indécision. Son regard allait de l'un à l'autre des deux visages placés devant elle. Elle se tordit à nouveau les mains.

— Elle ne peut pas ! s'exclama l'empereur de Mallorée en se précipitant impulsivement vers elle.

— Elle doit le faire ! rétorqua Garion en retenant son ami par le bras. Si elle ne choisit pas, tout est perdu à jamais !

— C'en est trop pour elle ! croassa Zandramas, les yeux brillants d'une joie malsaine. Tu as fait ton choix, Cyradis ! Il ne peut être défait. Je vais choisir à ta place et je serai élevée au-dessus de la multitude quand le Dieu des Ténèbres reviendra !

Ce fut peut-être l'ultime erreur, l'erreur fatale de Zandramas. Cyradis se redressa et la regarda bien en face, les prunelles étincelantes.

— Il n'en sera point ainsi, Zandramas, dit-elle d'une voix tranchante. J'ai exprimé mon hésitation, non un choix, et le moment n'est pas encore passé.

Elle leva son beau visage et ferma les yeux. Le chœur des Sibylles de Kell s'enfla, monta crescendo dans les limites étroites de la grotte et s'acheva sur une note interrogative.

— La décision m'appartient donc toujours, confirma Cyradis. Toutes les conditions sont-elles remplies ? demanda-t-elle aux deux consciences invisibles qu'abritaient Essaïon et Geran.

— Elles le sont, répondit l'une par la bouche d'Essaïon.

— Elles le sont, répondit l'autre par les lèvres de Geran.

— Alors, prenez connaissance de mon Choix, dit-elle.

Elle regarda encore une fois, intensément, le petit garçon et le jeune homme. Puis, avec un cri de désespoir inhumain, elle se laissa tomber dans les bras d'Essaïon.

— Je te choisis ! s'exclama-t-elle en sanglotant. Pour le meilleur ou pour le pire, c'est toi que je choisis !

Il y eut une embardée titanesque, mais non un tremblement de terre, car pas un gravillon ne fut délogé des parois ou de la voûte de la grotte. Garion eut, sans savoir comment, la certitude que le monde entier s'était déplacé latéralement — de quelques pouces, de quelques toises, de plusieurs milliers de lieues peut-être — et que ce mouvement avait été universel. Le pouvoir déchaîné par la décision que Cyradis avait eu tant de mal à prendre passait l'entendement humain.

La lumière aveuglante diminua peu à peu, et la lueur émise par le Sardion devint faible et malsaine. Zandramas se tassa sur elle-même. Les lumières qui tournoyaient sous sa peau vacillèrent, puis leur éclat s'intensifia et elles se mirent à tourner de plus en plus vite.

— Non ! hurla-t-elle. NON !

— Peut-être ces lumières qui hantent ta chair, Zandramas, témoignent-elles de ton élévation, fit Poledra. Il se pourrait que tu brilles bientôt d'une lumière plus vive qu'une constellation. Tu n'as pas démérité de la Prophétie des Ténèbres. Elle trouvera bien un moyen de t'exalter.

La Sorcière de Darshiva recula piteusement devant elle.

— Ne me touche pas ! cracha-t-elle entre ses dents.

— Ce n'est pas à toi, Zandramas, que j'en veux, mais à ta défroque. Je veux voir ta récompense, je veux te voir t'élever au-dessus des multitudes !

Poledra lui arracha sa robe. La Sorcière de Darshiva ne fit rien pour dissimuler sa nudité, car, de fait, elle n'était pas nue. Elle n'était plus qu'un contour vague, indistinct, une silhouette d'ombre emplie de lumières tourbillonnantes, étincelantes, plus vives d'instant en instant.

Geran courut vers sa mère de toute la vitesse de ses petites jambes. Ce'Nedra le prit dans ses bras et le serra sur son cœur en pleurant de joie.

— Que va-t-il lui arriver ? s'interrogea tout haut Garion. C'est l'Enfant des Ténèbres, après tout.

— Il n'y a plus d'Enfant des Ténèbres, Garion, répondit Essaïon. Ton fils n'a rien à craindre.

Garion éprouva un immense soulagement. Puis l'impression d'une *présence* bouleversante qu'il avait eue lorsque Cyradis avait fait son Choix se précisa : il était en présence d'un Dieu. Il regarda plus attentivement Essaïon et cette sensation se confirma. Son jeune ami n'était plus le même. Le jeune homme doux et innocent, d'une vingtaine d'années à peine, semblait maintenant à peu près du même âge que Garion, bien que son visage grave et sage soit étonnamment sans âge.

— Nous avons une dernière chose à faire ici, Belgarion, dit-il solennellement.

Il s'approcha de Zakath et lui déposa doucement, tendrement dans les bras la sibylle agitée de sanglots inconsolables.

— Prenez soin d'elle, je vous en prie, dit-il.

— Jusqu'au dernier de mes jours, Essaïon, promit Zakath en menant la fille en pleurs vers ses compagnons.

— Maintenant, Belgarion, reprit Essaïon, ôte l'Orbe de mon frère de l'épée de Poing-de-Fer et confie-la moi. Il est temps de finir ce que nous avons commencé ici.

Garion passa docilement la main derrière son épaule et mit la main sur le pommeau de son épée.

— Viens, toi, dit-il.

L'Orbe se détacha avec un petit cliquetis. Il la tendit au jeune Dieu.

Essaïon prit la pierre palpitante d'une lumière bleue, se tourna vers le Sardion et la regarda à nouveau. Son visage traduisit une émotion inexprimable alors qu'il contemplait les deux pierres qui étaient au centre de la Division. Mais, quand il leva la tête, ses traits étaient redevenus sereins.

— Ainsi soit-il, dit-il enfin.

Alors, devant les yeux horrifiés de Garion, il emprisonna l'Orbe dans sa main et l'enfonça délibérément dans le Sardion.

La lueur rougeâtre qui animait la pierre sembla vaciller. Puis, comme Ctuchik au dernier moment, elle se dilata, se contracta, se dilata une dernière fois et — comme Ctuchik —, elle implosa, c'est-à-dire qu'elle explosa dans les limites restreintes d'un globe de force inimaginable, issu du Vouloir d'Essaïon, du pouvoir de l'Orbe, ou de tout autre source. Garion savait que sans cette force, le monde entier aurait été pulvérisé par ce qui se passait dans cet endroit confiné.

Bien que partiellement étouffée par le corps immortel et indestructible d'Essaïon, la déflagration fut colossale, et ils furent tous projetés à terre par sa violence. Une grêle de pierres tomba de la voûte, et l'îlot pyramidal qui était tout ce qui restait de Korim fut ébranlé par un tremblement de terre plus puissant que celui qui avait détruit Rak Cthol. Dans le périmètre de la grotte, le bruit fut impensable. Sans réfléchir, Garion roula de l'autre côté du sol qui tanguait afin de faire à Ce'Nedra et Geran un abri de son corps en armure, notant au passage que tous ses compagnons protégeaient de la même façon ceux qui leur étaient chers.

La terre trembla convulsivement pendant un moment. Ce qui se tenait maintenant sur l'autel, la main d'Essaïon encore enfouie dedans, n'était plus le Sardion mais une sphère d'énergie mille fois plus lumineuse que le soleil.

Enfin, toujours aussi calmement, Essaïon ôta l'Orbe

d'Aldur de la masse incandescente qui avait jadis été le Sardion. Comme si, par ce geste, il la privait de ce qui avait assuré sa cohésion, Cthrag Sardius vola en une myriade de fragments éblouissants qui montèrent vers le ciel en traversant la voûte de la grotte, déchiquetant le sommet de la pyramide encore agitée de soubresauts, faisant voler en tous sens, tels d'infimes gravillons, d'énormes blocs de pierre.

Le ciel soudain révélé brillait d'une clarté aveuglante où se perdirent les éclats du Sardion.

Zandramas poussa un gémissement inhumain, une plainte de bête blessée à mort. Le contour imprécis auquel elle était réduite se convulsait, grouillait comme un nid de serpents.

— Non ! hurla-t-elle. Cela ne se peut ! Tu avais promis !

Garion ne savait pas, ne pouvait savoir, à qui s'adressaient ces paroles. Elle tendit les mains vers Essaïon dans un geste implorant.

— Aide-moi, Dieu des Angaraks ! supplia-t-elle. Ne me laisse pas tomber entre les mains de Mordja ou dans l'effroyable étreinte du Dieu des Enfers ! Sauve-moi !

Sa masse ombreuse s'ouvrit en deux et les lumières mouvantes qui étaient devenues sa substance suivirent inexorablement les fragments du Sardion dans l'intense clarté du ciel.

Ce qui restait de la Sorcière de Darshiva tomba à terre, telle une mue de serpent, déchiquetée, ratatinée, dépouille que nul ne revêtirait plus désormais.

La voix qui sortit des lèvres d'Essaïon était très familière à Garion. Il l'avait entendue toute sa vie.

— Echec, dit-elle avec détachement, comme on énonce un fait indiscutable. Echec et mat.

CHAPITRE XXV

Un silence soudain, presque surnaturel, emplit la grotte. Garion se redressa et aida Ce'Nedra à se relever.

— Ça va ? lui demanda-t-il d'une voix assourdie.

Ce'Nedra acquiesça distraitement. Elle examina leur petit garçon, un pli soucieux barrant son front gris de poussière.

— Tout le monde va bien ? répéta Garion à la cantonade.

— C'est fini ? hoqueta Silk qui protégeait toujours Velvet.

— C'est fini, Kheldar, répondit Essaïon, puis il se tourna et rendit gravement l'Orbe à Garion.

— Tu... euh, Vous n'êtes pas censé la garder ? murmura-t-il. Je me disais que...

— Non, Garion. Tu es toujours le Gardien de l'Orbe.

Garion se sentit étrangement soulagé. Malgré le tumulte, il s'était senti dépouillé, privé de quelque chose. Il avait plus ou moins pensé qu'il devrait rendre la pierre. Il n'était pas spécialement attaché aux biens matériels, mais avec le temps, l'Orbe était devenue plus une amie qu'un joyau précieux.

— Ne pourrions-nous quitter cet endroit ? suggéra Cyradis d'une voix profondément attristée. Point ne voudrais laisser mon cher compagnon seul, sans personne pour s'occuper de lui.

Durnik lui étreignit l'épaule dans un geste compatissant, puis ils quittèrent silencieusement la grotte.

Ils reprirent la galerie, qui avait été sérieusement ébranlée, et se retrouvèrent à l'air libre. La clarté intense qui avait pénétré jusque dans la roche s'était atténuée, mais, sans être aveuglante, la lumière était plus vive que d'ordinaire. Garion regarda autour de lui. L'heure n'était pas la même, bien sûr, et pourtant il avait l'étrange impression d'avoir déjà vécu tout cela. La tempête qui faisait rage sur l'Endroit-qui-n'est-plus s'était apaisée. Les nuages avaient été chassés par le vent et les bourrasques qui balayaient le récif pendant le combat avec le dragon et le démon Mordja avait laissé place à une douce brise. Après la mort de Torak, à Cthol Mishrak, Garion avait eu l'impression insolite de voir se lever l'aube du premier jour. Des années avaient passé, mais il lui semblait être à midi de cette même journée et que ce qui avait commencé à Cthol Mishrak venait seulement de s'achever. C'était fini, et il éprouvait un immense soulagement, une sorte d'ivresse. Il avait dépensé une énergie physique et émotionnelle phénoménale depuis que l'aube s'était levée sur ce jour important entre tous, et il était vidé, au bord de l'épuisement. Il aurait donné n'importe quoi pour enlever son armure, mais l'idée de l'effort que cela lui coûterait le faisait frémir. Il décida d'ôter son heaume, ce qu'il fit avec lassitude. Il regarda à nouveau ses amis.

Geran savait évidemment marcher, maintenant, mais Ce'Nedra ne voulait pas le lâcher. Elle le serrait contre elle, sa joue collée à la sienne, ne l'en détachant que le temps de l'embrasser. Et le petit garçon n'en paraissait pas fâché.

Zakath avait passé son bras sur les épaules de la Sibylle de Kell et n'avait pas l'air de vouloir l'enlever de sitôt. Garion ne put retenir un sourire en songeant à la façon dont Ce'Nedra n'arrêtait pas de se faufiler sous son bras dans une attitude assez semblable lorsqu'ils s'étaient enfin avoué leur amour. Il s'approcha avec circonspection d'Essaïon qui regardait les vagues éclaboussées de soleil.

— Je peux... euh, *te* poser une question ?

— Bien sûr, Garion.

— Est-ce que ça s'inscrit dans l'ordre normal des choses ? reprit le jeune roi de Riva en indiquant Zakath et Cyradis du regard. Tu comprends, Zakath a perdu quelqu'un à qui il tenait beaucoup quand il était jeune. S'il perdait Cyradis maintenant, ça pourrait le détruire. Je n'aimerais pas ça du tout.

— Rassure-toi, Garion. Rien ne les séparera plus. Cela aussi était prévu de toute éternité.

— Je m'en réjouis. Et... ils le savent ?

— Cyradis est au courant, répondit Essaïon en souriant. Elle l'expliquera à Zakath en temps utile.

— Elle a donc conservé son pouvoir de divination ?

— Non. Cette partie de sa vie a pris fin lorsque Polgara lui a ôté son bandeau. Mais elle a vu l'avenir, et elle a bonne mémoire.

Garion réfléchit un instant et ouvrit de grands yeux.

— Ça voudrait dire que le sort de l'univers dépendait du choix d'une femme comme les autres ? releva-t-il, incrédule.

— Je n'irais pas jusqu'à dire que Cyradis est une femme comme les autres. Elle se préparait à cette tâche depuis l'enfance. Mais tu as raison dans une certaine mesure : le Choix devait être fait par un être humain, et sans l'aide de personne. Même son propre peuple ne pouvait aider Cyradis à cet instant.

— Quelle décision terrifiante ! commenta Garion en réprimant un frisson. Elle a dû se sentir affreusement seule.

— On est toujours seul quand on choisit.

— Elle n'a pas choisi au hasard, j'imagine ?

— Non. Et ce n'est pas vraiment entre ton fils et moi qu'elle devait choisir, mais entre la Lumière et les Ténèbres.

— Alors je ne vois pas ce que le choix avait de si difficile. Tout le monde préfère la lumière à l'obscurité, non ?

— Toi et moi, peut-être, mais les Sibylles ont toujours su que la Lumière et les Ténèbres ne sont que deux aspects d'une même chose. Ne t'en fais pas trop pour Cyradis et Zakath, Garion. Notre ami commun, fit le jeune Dieu en se tapotant le front, a quelques projets pour eux. Zakath va devenir un personnage très important jusqu'à la fin de ses jours, et cette jeune personne a le chic pour encourager les gens à faire ce qu'il faut en les récompensant... parfois un peu en avance.

— Comme Relg et Taïba ?

— Oui, et comme Ce'Nedra et toi, ou Polgara et Durnik.
— Tu as le droit de me dire ce que Zakath est censé faire ? Que peux-tu bien attendre de lui ?
— Il va finir ce que tu as commencé.
— Je ne le faisais pas bien ?
— Bien sûr que si, Garion, seulement tu n'es pas un Angarak. Tu comprendras avec le temps. Ce n'est pas si compliqué.
— Tu le savais depuis le début, hein ? Tu savais qui tu étais, je veux dire ?
— Je savais que c'était possible, mais ce n'est devenu vrai qu'au moment où Cyradis a fait son Choix. Je crois qu'ils ont besoin de nous, murmura-t-il en regardant les autres, tristement assemblés autour de la dépouille de Toth.
Le colosse avait le visage serein. Ses mains croisées sur sa poitrine dissimulaient la blessure que Cthrek Goru y avait ouverte quand Mordja l'avait tué. Cyradis était blottie dans les bras de Zakath, le visage ruisselant de larmes.
— Tu es sûr que c'est une bonne idée ? demanda Beldin.
— Oui, répondit simplement Durnik. Tu comprends...
— Tu n'as pas besoin de m'expliquer, coupa le bossu. Je voulais juste savoir si tu étais sûr. Bon, nous allons lui faire une litière. C'est plus digne.
D'un geste, il fit apparaître des bâtons et un rouleau de corde. Les deux hommes confectionnèrent soigneusement une sorte de civière, puis ils soulevèrent l'énorme corps du géant et le déposèrent dessus.
— Belgarath, Garion ! appela Beldin. Venez nous aider !
Les quatre sorciers auraient aisément pu translocaliser le malheureux Toth, mais ils préférèrent le conduire à sa dernière demeure en une cérémonie aussi vieille que le monde.
Comme l'ascension au ciel du Sardion avait crevé la voûte, la lumière baignait la caverne naguère obscure. Cyradis ne put réprimer un mouvement de recul en revoyant le sinistre autel sur lequel était naguère posée la pierre maléfique.
— Il est bien sombre et bien laid, fit-elle d'une toute petite voix.
— Il n'est vraiment pas beau, confirma Ce'Nedra. On ne pourrait pas... ? hasarda-t-elle en se tournant vers Essaïon.

— Bien sûr, acquiesça le jeune Dieu.

Il regarda l'autel grossièrement équarri qui se brouilla et devint un catafalque de marbre blanc, étincelant.

— C'est autrement mieux, dit-elle. Merci.

— Il était aussi mon ami, Ce'Nedra, répondit le jeune Dieu.

La cérémonie n'eut rien de solennel. Ils se réunirent simplement autour du catafalque pour contempler une dernière fois le visage de leur défunt ami. Tant de pouvoir était concentré dans cette petite caverne que Garion ne sut jamais qui avait créé la première fleur. Des tiges vertes, portant des corolles blanches, parfumées, grimpèrent tout à coup sur les parois. Le temps d'un battement de cœur, le sol de la grotte fut tapissé de mousse et une profusion de fleurs couvrit le catafalque. Cyradis s'avança pour déposer sur la poitrine du géant assoupi la rose blanche, immaculée, que Poledra avait tirée du néant pour elle. Elle embrassa son front glacé et poussa un soupir.

— Les fleurs faneront et mourront trop vite, hélas.

— Non, Cyradis, releva gentiment Essaïon. Elles ne se flétriront jamais. Elles resteront ainsi jusqu'à la fin des temps.

— Loué sois-Tu, Dieu des Angaraks, dit-elle avec ferveur.

Après s'être discrètement entretenus dans un coin, près de la mare, Durnik et Beldin levèrent les yeux, concentrèrent leur Vouloir et rebouchèrent la voûte avec du cristal de roche. La lumière du soleil décomposée par le quartz forma mille arcs-en-ciel dans la grotte.

— Il est temps de partir, Cyradis, suggéra Polgara. Nous avons fait tout ce que nous pouvions pour lui.

La sorcière et sa mère prirent la sibylle, toujours inconsolable, par le bras et la menèrent doucement vers la galerie. Leurs compagnons leur emboîtèrent le pas en silence.

Durnik fut le dernier à partir. Il resta un moment debout près du catafalque, la main sur l'épaule inerte de Toth. Puis il tira du néant la canne à pêche du géant muet, la posa doucement sur le catafalque, à côté de son ami mort, tapota une dernière fois ses mains croisées, se détourna et sortit à son tour.

Lorsqu'ils furent tous dehors, Beldin et le forgeron scellèrent l'entrée de la grotte, toujours en cristal de roche.

— Très joli, observa tristement Silk en indiquant l'effigie placée au-dessus de la porte. Qui a eu cette idée ?

Garion se retourna. Le masque de Torak avait disparu et à la place, le visage souriant d'Essaïon semblait les bénir.

— Sais pas, répondit-il laconiquement. Et je ne suis pas sûr que ça soit vraiment important. Dis, tu pourrais m'aider à m'extraire de là-dedans ? ajouta-t-il en tapotant le plastron de son armure. Je crois que je n'en ai plus besoin.

— Ça, je pense qu'on peut être tranquilles, acquiesça Silk. Vu la façon dont les choses ont tourné, tu risques même d'être à court d'adversaires pendant un moment.

— Espérons-le...

Plus tard, après avoir déblayé l'amphithéâtre des Grolims et autres résidus — à part l'immense carcasse du dragon dont ils ne savaient que faire — Garion resta un moment assis sur la dernière marche de l'escalier, Ce'Nedra, qui tenait toujours leur fils endormi, somnolant dans ses bras.

— Pas mal, pas mal du tout, fit la voix familière, mais cette fois, elle ne résonnait pas dans les labyrinthes de son esprit. Elle semblait plutôt se faire entendre à côté de lui.

— Je croyais que vous étiez parti, répondit Garion, tout bas pour ne pas réveiller sa femme et son fils.

— Non, pas vraiment, répondit la voix.

— Il me semblait vous avoir entendu dire une fois qu'après le Choix, quand tout serait décidé, vous seriez remplacé par une nouvelle voix, ou plutôt une nouvelle conscience.

— Il y en a bien une, mais j'en fais partie.

— Je ne comprends pas.

— C'est pourtant simple, Garion. Avant l'accident, il n'y avait qu'une conscience, mais elle fut divisée comme tout le reste. Elle a maintenant retrouvé son intégrité, et comme je faisais partie de la conscience originale, je l'ai rejointe. Nous ne faisons plus qu'un à nouveau.

— Et vous trouvez ça simple ?

— Tu veux un complément d'explications ?

Garion s'apprêtait à dire quelque chose, puis il se ravisa.

— Vous pouvez donc encore vous séparer ?

— Non. Ça ne mènerait qu'à une nouvelle division.

— Mais dans ce cas, comment...

Puis il décida que la réponse ne l'intéressait pas vraiment.

— Laissons tomber. Quelle était cette lumière ?

— Celle de l'accident, de l'Evénement qui avait divisé l'univers, nous séparant, mon adversaire et moi, et dissociant l'Orbe du Sardion.

— Je croyais que c'était arrivé il y a longtemps.

— Très, très longtemps, en effet.

— Mais...

— Essaie de m'écouter, pour changer. Que sais-tu de la lumière ?

— Bah, c'est de la lumière et c'est tout, non ?

— Non, ce n'est pas tout. Tu t'es déjà trouvé à une certaine distance de quelqu'un qui coupait du bois ? Tu as remarqué que tu n'entendais le coup qu'un peu après avoir vu la hache heurter l'arbre ?

— Oui, maintenant que vous m'y faites penser. Et alors ?

— Le son va moins vite que la lumière. Cela dit, il faut tout de même un certain temps à la lumière pour aller d'un point à un autre. Tu sais ce qu'était *l'accident* ?

— Quelque chose dans les étoiles, si j'ai bien compris.

— En effet. Une étoile est morte à un endroit où ça n'aurait pas dû arriver. L'étoile mourante n'était pas là où elle aurait dû, et en explosant elle a embrasé une galaxie — un amas d'étoiles. La destruction de la galaxie a déchiré le tissu de l'univers. Il s'est protégé en se divisant. C'est ce qui a déclenché tout ce que tu sais.

— Bon, mais ça ne me dit pas ce qu'était cette lumière ?

— C'était celle de l'explosion, de l'accident. Elle vient seulement d'arriver ici.

Garion déglutit péniblement.

— A quelle distance exactement cela s'est-il produit ?

— Les nombres ne te diraient rien.

— Et c'est arrivé il y a longtemps ?

— C'est encore un nombre que tu ne comprendrais pas. Cyradis pourrait sûrement te le dire. Elle avait une raison très particulière de le calculer avec une grande précision.

Tout à coup, Garion eut l'illumination.

— C'est donc ça ! fit-il avec une excitation involontaire. L'instant du Choix était celui où la lumière de l'accident devait atteindre ce monde.

— Bien raisonné, Garion.

— L'amas d'étoiles qui a explosé a-t-il été remplacé quand Cyradis a fait le Choix ? demanda-t-il. Enfin, il faut bien que quelque chose bouche ce trou dans l'univers, non ?

— De mieux en mieux, Garion. Je suis fier de toi. Tu te souviens comment le Sardion et Zandramas ont volé en éclats de lumière quand ils ont crevé la voûte de la grotte ?

— Je ne suis pas près de l'oublier.

— Eh bien, Zandramas et le Sardion — ou du moins leurs fragments — sont en route pour ce « trou » comme tu l'appelles. Ils vont le combler. Ils grandiront en chemin, bien sûr.

— Et combien de temps... Mouais, encore un nombre qui ne me dirait rien, j'imagine, fit Garion.

— Oh, rien du tout.

— J'ai cru comprendre certaines choses au sujet de Zandramas. Elle avait tout prévu depuis le début, hein ?

— Mon adversaire a toujours été très méthodique.

— D'accord, mais elle avait tout calculé à l'avance, alors qu'elle était encore en Nyissie, avant de partir pour Cherek, rallier les adeptes du culte de l'Ours. Elle avait tout minutieusement préparé quand elle est allée à Riva enlever Geran. Elle avait même fait ce qu'il fallait pour que nous soupçonnions le culte à sa place.

— Elle aurait sûrement fait un très bon général.

— Elle est allée encore plus loin. Aussi bons que soient ses plans, elle avait toujours une solution de repli au cas où ça raterait. Est-ce que Mordja l'a eue, bien qu'elle ait explosé en même temps que Sardion ? Son esprit est-il mêlé à ces étoiles, ou bien s'est-il abîmé en Enfer ? Elle avait l'air tellement terrorisée juste avant de disparaître...

— Je l'ignore, Garion. Nous nous occupions de cet univers, mon adversaire et moi, or l'Enfer est un univers à part.

— Et que se serait-il passé si Cyradis avait choisi Geran au lieu d'Essaïon ?

— Eh bien, à l'heure qu'il est, vous seriez en train de déménager pour une nouvelle adresse, l'Orbe et toi.

Garion sentit ses cheveux se dresser sur sa tête.

— Et vous ne m'avez pas averti ? se récria-t-il, indigné.

— Tu aurais vraiment préféré le savoir ? Et quelle différence cela aurait-il fait ?

Garion décida de laisser passer.

— Essaïon a-t-il toujours été un Dieu ? demanda-t-il.

— Tu ne l'as pas écouté, tout à l'heure ? Essaïon devait être le septième Dieu. Torak était une erreur provoquée par l'accident.

— Il a donc toujours été là ? Essaïon, je veux dire.

— Toujours, ça fait beaucoup de temps, Garion. L'esprit d'Essaïon était présent depuis l'accident. Il a commencé à arpenter le monde quand tu es né.

— Nous avons donc le même âge ?

— L'âge ne veut rien dire pour un Dieu. Il peut avoir celui qu'il veut. C'est le vol de l'Orbe qui a fait avancer les choses vers ce qui s'est passé ici aujourd'hui. Zedar voulait voler l'Orbe, alors Essaïon est allé le trouver et lui a montré comment faire. C'est ce qui t'a mis en mouvement, toi. Si Zedar n'avait pas volé l'Orbe, tu serais probablement encore à la ferme de Faldor, sans doute marié à Zubrette. Dis-toi, Garion, que le monde a été créé dans une certaine mesure pour te permettre d'arranger les choses.

— Je ne trouve pas ça drôle.

— Je suis très sérieux, Garion. Tu es la personne la plus importante qui ait jamais vu le jour, ou qui le verra jamais, à part peut-être Cyradis. Tu as tué un mauvais Dieu et tu l'as remplacé par un bon. Tu as pas mal pataugé, mais tu as fini par y arriver, et c'est tout ce qui compte. Je suis assez fier de toi. L'un dans l'autre, tu n'as pas trop mal tourné.

— J'ai été beaucoup aidé.

— C'est vrai, mais tu pourrais te permettre une ou deux minutes d'autosatisfaction. Cela dit, à ta place, je n'en rajouterais pas ; ça risquerait de te rendre assez impopulaire.

Garion réprima un sourire.

— Pourquoi moi ? demanda-t-il d'un ton aussi niais que possible.

Il y eut un silence surpris, puis la voix éclata bel et bien de rire.

— Je t'en prie, Garion, ne recommence pas.

— Pardon. Et maintenant, que va-t-il se passer ?

— Tu vas rentrer chez toi.

— Non, pas pour moi, pour le monde.

— Oh ! Bien des choses dépendent de Zakath. Essaïon est le nouveau Dieu des Angaraks, et n'en déplaise à Urgit, Drosta et Nathel, Zakath est véritablement Roi des Rois des Angaraks. Ça lui prendra peut-être un moment, et ça risque de coûter la vie à pas mal de Grolims, mais il finira par faire avaler Essaïon à tous les Angaraks du monde.

— Il y arrivera, assura Garion. Zakath est très doué pour faire avaler les choses aux gens.

— J'ai confiance en Cyradis pour adoucir cet aspect de sa personnalité.

— Bon, et quand tous les Angaraks auront accepté Essaïon ?

— Ça fera tache d'huile. Tu vivras probablement assez vieux pour voir le jour où Essaïon sera le Dieu du monde entier. C'est ce qui était prévu depuis le début.

— Il règnera sur le monde et il aura tout pouvoir sur ses peuples ? releva Garion avec un sentiment nauséeux en se remémorant certaines prophéties grolimes.

— Tu connais assez bien Essaïon pour savoir que ce n'est pas son genre. Tu le vois assis sur un trône à se repaître du sang des sacrifices ?

— Non, pas vraiment. Mais... Aldur et les autres Dieux, que vont-ils devenir ?

— Ils vont partir. Ils ont fini ce qu'ils avaient à faire ici, et il y a une infinité d'autres mondes dans l'univers.

— Et UL ? Il va partir, lui aussi ?

— UL n'est nulle part, Garion. Il est partout. Bien, ai-je répondu à tes questions ? J'ai quantité de choses à faire et de dispositions à prendre concernant bien des gens. Oh, à propos, félicitations pour tes filles !

— Mes filles ?

— De petits enfants de sexe féminin, Garion. Malignes, plus jolies que les garçons, et qui sentent meilleur.

— Combien ? demanda Garion, le souffle coupé.

— Oh, un certain nombre en vérité, mais ne compte pas sur moi pour te dire combien au juste. Je ne voudrais pas te gâcher la surprise. Cela dit, en rentrant à Riva, tu ferais bien d'agrandir la chambre d'enfants.

Il y eut un long silence.

— Au revoir, maintenant, Garion, fit la voix, et il ne la trouva plus si sèche. Porte-toi bien.

Puis elle cessa d'être là.

Le soleil était bas sur l'horizon. Garion, Ce'Nedra et Geran avaient rejoint leurs compagnons devant l'entrée de la grotte, non loin de la carcasse du dragon. Tout était calme.

— Nous devrions faire quelque chose pour lui, murmura Belgarath. Ce n'était pas une mauvaise bête, au fond. Juste un gros animal stupide, ce qui n'a jamais été un crime. Il m'a toujours fait pitié, et je n'aime pas l'idée de le laisser picorer par les oiseaux.

— Tu sais que je trouve ce sentimentalisme écœurant ? ronchonna Beldin.

— Tout le monde devient un peu sentimental en vieillissant, répondit le vieux sorcier en haussant les épaules.

— Ça va ? demanda Velvet comme Sadi revenait avec la bouteille de Zith. Vous en avez mis du temps !

— Toute la famille va bien, répondit l'eunuque. L'un des bébés jouait à cache-cache. J'ai eu du mal à le rattraper.

— Si nous n'avons plus rien à faire ici, nous pourrions peut-être allumer ce feu afin que le capitaine Kresca vienne nous chercher avant la nuit ? proposa Silk.

— Nous attendons de la visite, Kheldar, objecta Essaïon.

— Nous ? De la visite ?

— Des amis qui ont prévu de passer.

— Des amis à vous ou à nous ?

— Les deux. D'ailleurs, en voilà un, reprit Essaïon en tendant le doigt vers la mer.

Ils se retournèrent avec un ensemble parfait.

— Sacré Barak ! s'esclaffa Silk. J'aurais dû m'en douter ! Il n'a jamais su obéir à un ordre !

L'*Aigle des mers* avait un peu souffert de la tempête, mais il bravait fièrement l'océan apaisé sous un vent de tribord qui allait lui faire rater le récif en beauté.

— Beldin, vous voulez bien m'accompagner sur la plage, que nous allumions un feu ? suggéra Silk.

— Vous ne pouvez pas faire ça tout seul ?

— Avec plaisir. Dès que vous m'aurez montré comment enflammer la roche.

— Oh, pardon ! Je n'avais pas pensé à ça !

— Je commence à me dire que vous devez être beaucoup plus vieux que Belgarath, avec tous ces trous de mémoire...

— N'en rajoutez pas, Silk. Bon, tâchons d'attirer ce bateau-lavoir vers ce rivage pittoresque.

Les deux hommes descendirent vers le bord de l'eau.

— C'était prévu ? demanda Garion. L'apparition de Barak, je veux dire ?

— Ce n'est pas tout à fait un hasard, admit Essaïon. Il faut bien que vous rentriez à Riva, et Barak et les autres ont amplement mérité de savoir ce qui s'est passé ici.

— Ils ont le droit ? A Rhéon, Cyradis nous avait dit...

— Il n'y a plus de problème, affirma Essaïon en souriant. Le Choix est fait. Un certain nombre de gens s'apprêtent à nous rejoindre ici, à vrai dire. On dirait que notre ami mutuel aime les histoires bien ficelées.

— Alors tu t'en es aperçu, toi aussi.

L'*Aigle des mers* mouilla l'ancre du côté sous le vent du récif, et les hommes mirent une chaloupe à la mer par tribord. Tous rejoignirent Silk et Beldin sur la plage tandis que la chaloupe s'approchait sur l'eau pareille à une coulée d'or en fusion dans la lueur du couchant. Barak était planté à la proue et le soleil embrasait sa barbe rouge.

— Qu'est-ce que tu fichais ? brailla Silk. On a failli attendre !

— Comment ça s'est terminé ? hurla Barak, radieux.

— Pas trop mal, en fin de compte. Oh, pardon, Cyradis ! fit le Drasnien, confus. Comme gaffeur, je me pose là, hein ?

— Que non point, Prince Kheldar. Le sacrifice de mon compagnon était librement consenti, et je gage que son esprit se réjouit du succès autant que nous-mêmes.

Garion vit qu'aucun de ses amis ne manquait à l'appel : l'armure de Mandorallen étincelait juste derrière Barak. La mèche crânienne de Hettar flottait au vent. Lelldorin était là, lui aussi, et même Relg. Unrak, le fils de Barak, avait grandi. Il était enchaîné à la poupe, l'air un peu démoralisé. Pourquoi lui avait-on infligé cette brimade ? Mystère !

Barak plaça son énorme pied sur le plat-bord comme s'il s'apprêtait à quitter l'embarcation.

— Attention ! l'avertit Silk. C'est profond, ici. Un certain nombre de Grolims s'en sont rendu compte à leurs dépens.

— C'est toi qui les a jetés à la baille ? s'enquit Barak.

— Non, non. Ils sont allés faire trempette tout seuls.

La coque de la chaloupe racla les pierres érodées par les flots. Barak et les autres pataugèrent dans les vaguelettes.

— Nous ne vous avons pas trop manqué ? questionna le géant à la barbe rouge.

— Bof, répondit le petit voleur avec désinvolture, c'était la mission classique de sauvetage de l'univers, tu vois le genre. Dis donc, ton fils a des ennuis ?

— Noon ! Vers midi, il s'est changé en ours. La routine, quoi. Nous avons pensé que c'était peut-être un signe.

— Je vois que c'est une affaire de famille. Mais pourquoi l'avoir enchaîné ?

— Sans ça, les marins refusaient de monter dans la chaloupe.

— Alors là, je n'y comprends *rien*, murmura Zakath, un peu dépité.

— C'est en quelque sorte une charge héréditaire, expliqua Garion. Les membres de la famille de Barak sont les protecteurs du Roi de Riva et ils ont le pouvoir de se changer en ours quand leur protégé est en danger. C'est arrivé plusieurs fois à Barak, quand j'étais menacé. Il a apparemment transmis ça à son fils, Unrak.

— Unrak serait donc votre protecteur ? Je le trouve un peu jeune. Et puis vous n'avez plus besoin d'être ainsi défendu.

— Je crois plutôt qu'il est le protecteur de Geran, maintenant. Et Geran était assez en péril dans la grotte.

— Messieurs, fit Ce'Nedra d'une voix triomphale, j'ai l'honneur de vous présenter le prince héritier de Riva !

Elle leva Geran de sorte que tous puissent le voir.

— Si elle ne le repose pas par terre, il ne saura bientôt plus marcher, grinça Beldin.

— Elle finira bien par en avoir plein les bras, répondit Belgarath d'un ton confiant.

Barak et les autres entourèrent la petite reine alors que les rameurs ôtaient, sans enthousiasme, les chaînes qui entravaient Unrak.

— Unrak ! rugit Barak. Viens un peu par ici ! Ce jeune homme est sous ta protection, déclara-t-il en lui montrant Geran. Je n'aimerais pas qu'il lui arrive quelque chose.

— Majesté, fit Unrak en s'inclinant devant Ce'Nedra. Vous avez l'air en pleine forme.

— Merci, Unrak, répondit-elle avec un sourire radieux.

— Je peux ? demanda le jeune homme en tendant les bras. Autant que nous fassions connaissance, Sa Majesté et moi.

— Bien sûr ! ronronna Ce'Nedra en lui confiant son fils.

— Sa Majesté nous a beaucoup manqué, fit Unrak en souriant à son jeune protégé. La prochaine fois qu'Elle prévoira une de ces petites escapades, il faudra nous prévenir. Nous étions assez inquiets.

Geran se mit à glousser. Puis il tendit la main et empoigna le projet de barbe d'Unrak, lui arrachant une grimace.

Ce'Nedra embrassa chacun de ses vieux compagnons. Plusieurs fois. Et elle recommença. Mandorallen pleurait comme un veau, évidemment. Au moins, comme ça, ils coupaient à ses discours ampoulés. Lelldorin était à peu près dans le même état. Relg leur réservait une manière de surprise : il n'eut pas le mouvement de recul attendu quand la petite reine de Riva s'approcha de lui. Il faut croire que sa philosophie avait évolué depuis son mariage avec Taïba.

— Je vois que vous vous êtes fait de nouveaux amis, remarqua Hettar de sa voix calme.

— Je suis vraiment nul ! s'exclama Silk en se flanquant une claque sur le front. Excusez-moi ! Je vous présente Dame Poledra, la mère de Polgara et la femme de Belgarath. Les rumeurs concernant son trépas étaient très exagérées.

— Vous ne pouvez pas arrêter un peu de faire le gugusse ? ronchonna Belgarath alors que tous saluaient sa femme d'un air un peu craintif.

— Pas question, répondit impudemment Silk. Je

m'ennuierais trop sans ça, et je suis spécialement en forme aujourd'hui. Vous vous souvenez certainement, Messieurs, de Sadi, le chef eunuque du palais de la reine Salmissra.

— Ex-chef eunuque, Kheldar, rectifia le Nyissien. Messieurs, fit-il en s'inclinant.

— Votre Excellence, répondit Hettar. Je suis sûr que vous nous expliquerez tout ça plus tard.

— Vous connaissez tous Cyradis, reprit Silk. La Sainte Sibylle de Kell est un peu lasse, en ce moment. Elle a dû prendre une importante décision vers midi.

— Où est le grand gaillard qui était avec vous à Rhéon ? s'enquit Barak.

— Hélas, Messire de Trellheim..., répondit Cyradis. Mon guide et protecteur a donné sa vie pour assurer notre succès.

— Je suis vraiment navré, dit simplement le Cheresque.

— Ah, et puis voici Sa Majesté impériale Kal Zakath de Mallorée, poursuivit Silk d'un petit ton détaché. Il lui est parfois arrivé de se rendre utile.

Les amis de Garion regardèrent le Malloréen en ouvrant de grands yeux où la surprise le disputait à la méfiance.

— Je vous propose de faire table rase du passé et de ses désagréments, fit urbainement Zakath. Nous avons plus ou moins résolu nos différends, Garion et moi.

— Heureux, noble Sire, ceux qui auront vécu pour voir la paix revenir sur le monde, déclama Mandorallen en s'inclinant dans un grand bruit de quincaillerie.

— Ta réputation, ô Messire de Mandor, Merveille du monde connu, m'est parvenue en mes lointaines contrées, répondit Zakath en une parodie assez réussie de mimbraïque. Force m'est cependant de reconnaître que Ta réputation n'est qu'un pâle reflet de la stupéfiante réalité.

Mandorallen se fendit d'un sourire rayonnant.

— Pas mal, murmura admirativement Hettar à l'oreille de Zakath.

Le Malloréen lui répondit d'un clin d'œil complice et se tourna vers Barak.

— La prochaine fois, Messire de Trellheim, que vous verrez Anheg, prévenez-le que je vais lui facturer tous les bateaux qu'il m'a envoyés par le fond, dans la Mer du Levant, après Thull Mardu. Je pense qu'il me doit réparation.

— Je vous souhaite bonne chance, Majesté, répondit civilement Barak, mais vous risquez fort d'être déçu. Anheg a des oursins dans la poche où il range la clé de son trésor.

— Laisse tomber, Lelldorin, murmura Garion en voyant le jeune Asturien se redresser, le visage livide et le regard farouche, à la mention du nom de Zakath.

— Mais...

— Il n'y est pour rien. Ton cousin est mort à la guerre. Ce sont des choses qui arrivent, et on ne gagne rien à se montrer rancunier. C'est ce qui a mis l'Arendie à feu et à sang depuis deux mille cinq cents ans.

— Je pense que vous avez tous reconnu Essaïon, ex-Mission, qui est à présent le nouveau Dieu des Angaraks, lâcha Silk de ce petit ton dégagé qu'il affectait.

— Le *quoi* ? s'exclama Barak.

— Décidément, mon pauvre Barak, tu n'es au courant de rien, lança le Drasnien en s'astiquant les ongles sur le devant de sa tunique.

— Silk, fit Essaïon d'un ton de reproche.

— Pardon, je n'ai pas pu me retenir. Votre Divinité pourra-t-elle jamais me pardonner ? Votre Divinité... Tssk... c'est vraiment ennuyeux... Comment devons-nous vous appeler ?

— Pourquoi pas Essaïon, tout simplement ?

Relg, qui était devenu d'une pâleur mortelle, s'agenouilla dans une attitude révérencieuse.

— Je vous en prie, Relg, ne faites pas ça ! protesta Essaïon. Vous me connaissez depuis ma plus tendre enfance, non ? Levez-vous, je vous assure, fit-il en lui tendant la main. Oh, à propos ! Mon père vous envoie toutes ses amitiés.

Relg le regarda comme s'il avait été frappé par la foudre.

— Bon, poursuivit Silk avec un rictus sardonique, autant cracher le morceau tout de suite. Vous connaissez tous, Messieurs, la margravine Liselle — ma fiancée.

— Ta f-fiancée ? bredouilla Barak, sidéré.

— Il faut bien faire une fin, rétorqua le petit homme au museau de fouine avec un haussement d'épaules.

Ils se bousculèrent pour le féliciter, mais Liselle n'avait pas l'air très contente.

— Il y a un problème, ma chérie ? s'enquit Silk en ouvrant de grands yeux innocents.

— Vous n'avez rien oublié, Kheldar ? grinça-t-elle.

—... Je ne vois pas.

— Vous avez omis de me demander mon avis.

— Non, pas possible ! Bon, et si je te l'avais demandé, tu n'aurais pas refusé, j'espère ?

— Evidemment pas.

— Alors... ?

— Alors, Kheldar, vous n'avez pas fini d'en entendre parler, dit-elle d'un ton inquiétant.

— Tssk, tssk. Là, je crois que j'ai fait une gaffe.

— Une *énorme* gaffe, acquiesça-t-elle chaleureusement.

Ils firent un gigantesque feu de joie dans l'amphithéâtre, non loin de la gigantesque carcasse du dragon. Durnik avait, contre tous ses principes, translocalisé un tas impressionnant de bois échoué sur les diverses plages du récif.

— Quand je pense à tout le temps que nous avons passé, Essaïon et moi, à ramasser du bois sous la pluie, commenta Garion d'un ton réprobateur.

— C'est une occasion spéciale, répondit le forgeron, tout penaud. Et puis, si tu avais voulu, tu aurais pu le translocaliser toi-même, non ?

Garion lui jeta un regard noir, puis il éclata de rire.

— Oui, Durnik, je suppose que j'aurais pu le faire. Mais je ne pense pas qu'il soit utile de le dire à Essaïon.

— Parce que tu crois qu'il ne le sait pas ?

Ils parlèrent jusqu'à une heure très avancée de la nuit. Il s'était passé des tas de choses depuis la dernière fois qu'ils s'étaient vus, et ils avaient des tas d'histoires à se raconter. Finalement, ils s'endormirent les uns après les autres.

Garion se réveilla en sursaut quelques heures avant l'aube.

Ce qui l'avait ramené à la réalité n'était pas un bruit mais une lumière, un rayon d'un bleu intense qui illuminait l'amphithéâtre. Il fut bientôt rejoint par de grandes colonnes de lumière pure, rouge, jaune, verte, et d'autres couleurs sans nom, descendues du ciel nocturne pour se dresser en arc de cercle le long de la grève. Là, au centre de l'arc-en-ciel, l'albatros d'une blancheur immaculée planait sur ses ailes séraphiques. Les formes incandescentes que Garion avait déjà vues à Cthol Mishrak apparurent dans les colonnes de lumière. Aldur et Mara, Issa et Nedra, Chaldan et Belar, tous les Dieux étaient là, illuminés de la joie des retrouvailles.

— C'est le moment, soupira Poledra, blottie dans les bras de Belgarath.

Elle s'arracha à son étreinte et se leva.

— Non ! protesta Belgarath, désespéré. Nous avons encore le temps.

— Tu savais que ça finirait comme ça, Vieux Loup, dit-elle doucement. Il ne pouvait en être autrement, tu le sais bien.

— Je ne te perdrai pas une deuxième fois, décréta-t-il en se levant à son tour. Et puis, à quoi bon, maintenant ? Pol !

— Oui, Père, répondit-elle en s'approchant, Durnik à son côté.

— Il va falloir que tu prennes les choses en mains, maintenant. Beldin, Durnik et les jumeaux vont t'aider.

— Vous n'allez pas me rendre orpheline d'un seul coup ? objecta-t-elle, au bord des larmes.

— Tu es forte, Pol. Tu le supporteras. Nous sommes contents de toi, ta mère et moi. Prends bien soin de toi.

— Ne sois pas stupide, Belgarath, dit fermement Poledra.

— Je ne suis pas stupide. Je ne veux plus vivre sans toi, c'est tout.

— Nous n'avons pas le droit.

— Eh bien, nous allons le prendre. Même notre Maître ne pourrait m'en empêcher. Tu ne repartiras pas seule, Poledra. Je t'accompagne. C'est mieux comme ça, je t'assure.

Il prit sa femme par les épaules et plongea le regard dans ses yeux d'or.

— Comme tu voudras, mon mari, dit-elle enfin. Mais nous devons agir maintenant, avant l'arrivé d'UL. Il aurait le pouvoir de nous le défendre, lui, aussi fort que tu le veuilles.

Puis Essaïon fut là.

— Tu as bien réfléchi, Belgarath ? demanda-t-il.

— Oh oui ! J'ai eu le temps d'y penser, au cours des trois derniers millénaires. Mais je devais attendre Garion. Rien ne me retient plus maintenant qu'il est là.

— Rien ne pourrait te faire changer d'avis ?

— Non. Je ne veux plus être séparé d'elle.

— Alors il va falloir que je fasse le nécessaire.

— C'est interdit, Essaïon, objecta Poledra. Je me suis résignée à tout en acceptant ma tâche.

— Tout accord est renégociable, Poledra. Et puis, mon père et mes frères ayant négligé de me faire part de leur décision, il va bien falloir que je me passe de leur avis pour régler la question.

— Tu ne peux défier la volonté de ton père, objecta-t-elle.

— Je ne connais pas sa volonté. Je lui ferai toutes mes excuses, mais je suis sûr qu'il ne m'en voudra pas trop, et puis personne ne peut rester éternellement fâché — pas même mon père. Du reste, aucune décision n'est irrévocable. Si nécessaire, je lui rappellerai comment il a changé d'avis à Prolgu, quand il a fini par accéder aux prières du Gorim.

— J'ai l'impression d'entendre parler notre prince Kheldar, soupira Barak. On dirait que le Nouveau Dieu des Angaraks est resté un peu trop longtemps en contact avec lui.

— Ça doit être contagieux, acquiesça Hettar.

— Tu veux bien me prêter l'Orbe à nouveau, Garion ? demanda doucement Essaïon.

— Evidemment, répondit l'intéressé.

Sentant naître un impossible espoir dans son cœur, il ôta la pierre de la poignée de son épée et la remit au jeune Dieu. Essaïon s'approcha de Belgarath et Poledra, tendit la main et leur effleura doucement le front avec la pierre où palpitait la vie. Garion, qui savait que son contact était mortel, bondit en étouffant un cri — trop tard.

Un halo bleu entoura le vieux sorcier et la femme qui était une louve. Puis Essaïon rendit l'Orbe au roi de Riva.

— Tu n'as pas peur d'avoir des ennuis ? s'enquit Garion.

— Tout ira bien, affirma Essaïon. Je risque d'être amené à rompre un certain nombre de règles dans les années qui viennent, alors autant m'y mettre tout de suite.

Des colonnes de lumière étincelantes dressées au bord de l'eau monta une note profonde, vibrante. Garion leva vivement les yeux vers les Dieux assemblés et vit que l'albatros était devenu d'une blancheur aveuglante.

Puis l'albatros disparut. A l'endroit où il planait se tenait à présent le père de tous les Dieux, entouré de ses enfants.

— Très bien, mon Fils, dit UL.

— Il m'a fallu un moment pour comprendre ce que Tu avais en tête, Père, s'excusa Essaïon. J'espère que Tu me pardonneras d'avoir eu l'esprit aussi lent.

— Tu n'as pas l'habitude de ces choses, mon Fils, fit UL avec mansuétude. Je dois dire que Tu as fait de l'Orbe de ton frère un usage inattendu mais des plus ingénieux. Même si j'avais été déterminé à ne pas me laisser ébranler, ajouta-t-il, et un sourire effleura le Visage Eternel, cela seul m'aurait convaincu.

— Je pensais bien que cela pouvait être le cas, Père.

— Pardonne, je t'en prie, Poledra, cette petite comédie cruelle en apparence, reprit UL. Sache qu'elle ne t'était pas destinée à toi mais à mon fils. Il a toujours été d'une nature réservée, peu enclin à exercer son Vouloir, mais celui-ci prévaudra sur ce monde, et il doit apprendre maintenant à le libérer ou à le retenir ainsi qu'il en décidera.

— C'était donc une sorte d'examen, Très Saint ? demanda Belgarath d'un ton un peu pincé.

— Tout ce qui arrive a valeur d'examen, Belgarath, répliqua calmement UL. Tu seras certainement content d'apprendre que vous l'avez brillamment réussi, ton épouse et toi-même. Ce sont les décisions que vous avez prises tous les deux qui ont amené mon fils à agir comme il l'a fait. Ainsi continuez-vous de servir alors même que tout semble accompli. Et maintenant, Essaïon, rejoins-nous, tes frères et moi-même. Nous allons un peu nous écarter pour te souhaiter la bienvenue en ce monde que nous remettons maintenant entre tes mains.

CHAPITRE XXVI

Le soleil était levé, disque doré, bas sur l'horizon, dans le ciel d'un bleu intense, et une brise légère soufflait de l'ouest, coiffant les vagues de blanc. L'odeur pénétrante du brouillard de la veille planait encore sur l'étrange pyramide qui surgissait de la mer, au centre du récif.

Garion était ivre de fatigue. Son corps l'implorait de se reposer, mais son esprit filait d'une impression à une pensée puis à une image et revenait, le maintenant, tout hébété, à la frontière du sommeil. Il aurait le temps, plus tard, de trier tout ce qui s'était passé ici, à l'Endroit-qui-n'est-plus. Il se dit au passage que si un endroit avait jamais été, c'était bien Korim ; Korim était plus réel, et le serait toujours plus, que Tol Honeth, Mal Zeth ou le Val d'Alorie. Il serra tendrement sa femme et son fils contre lui. Ils sentaient bon. Les cheveux de Ce'Nedra avaient leur parfum fleuri habituel, et Geran donnait, comme tous les petits garçons du monde, l'impression qu'il n'aurait pas volé un bon bain. Garion, quant à lui, n'avait pas l'impression mais la certitude qu'un bain lui ferait le plus grand bien. La journée de la veille avait été épuisante.

Ses amis étaient réunis par petits groupes disparates dans l'amphithéâtre. Barak, Hettar et Mandorallen parlaient avec Zakath. Liselle peignait les cheveux de Cyradis avec une concentration abstraite. Toutes ces dames semblaient déterminées à prendre la Sibylle de Kell en mains. Sadi et Beldin étaient vautrés par terre, près de la carcasse du dragon — et surtout autour d'un tonnelet de bière. Sadi arborait une expression polie, mais il était évident qu'il consommait le breuvage amer par politesse plus que par réelle envie. Unrak se livrait à des explorations. Nathel — la chiffe molle qui était le roi des Thulls — le suivait comme un petit chien. L'archiduc Otrath était debout près de l'entrée maintenant scellée de la grotte, l'air pour le moins inquiet. Kal Zakath s'était abstenu jusque-là d'aborder certains problèmes avec son lointain cousin, mais celui-ci ne se faisait manifestement pas d'illusions. Essaïon s'entretenait avec tante Pol, Durnik, Belgarath et Poledra. Le jeune Dieu était entouré d'une étrange aura lumineuse. Silk était invisible.

Il reparut enfin à l'angle de la pyramide. Derrière lui, de l'autre côté du chicot de pierre, montait une colonne de fumée noire. Il s'approcha de Garion.

— J'ai allumé le signal pour le capitaine Kresca. Il sait comment rentrer à Perivor et l'*Aigle des mers* est fait pour la pleine mer, pas pour louvoyer entre les écueils. Sans compter que j'ai *vu* Barak naviguer dans des eaux dangereuses.

— Tu sais que ça lui ferait beaucoup de peine, ça ?

— Je n'ai pas l'intention de le lui dire.

— Et Liselle, elle t'a dit ce qu'elle avait sur le cœur ? s'enquit Garion.

— Je crois qu'elle se réserve pour un moment où elle sera sûre de ne pas être interrompue, soupira Silk en s'asseyant à côté de Garion et de sa petite famille. C'est toujours comme ça, le mariage ? Je veux dire, on vit perpétuellement dans l'appréhension, dans l'attente de ce genre de conversation ?

— Bof, ça arrive de temps en temps. Mais tu n'es pas marié.

— Pas encore, mais je n'aurais jamais cru en être aussi près.

— Et ça t'ennuie tant que ça ?

— Non, au fond. Nous sommes faits l'un pour l'autre, Liselle et moi. Nous avons des tas de choses en commun. C'est juste que je n'aimerais pas voir un nuage noir planer en permanence au-dessus de ma tête, fit le petit homme au museau de fouine en parcourant l'amphithéâtre d'un œil morne. Il est vraiment obligé de luire comme ça ?

ronchonna-t-il en indiquant Essaïon d'un mouvement de menton.

— Il ne sait peut-être pas qu'il brille. Tout ça est nouveau pour lui. Ça s'arrangera avec le temps.

— Tu te rends compte que nous sommes assis là à critiquer un Dieu ?

— C'était un ami avant, Silk. On peut faire des remarques amicales à ses amis.

— Je te trouve bien philosophe, ce matin. J'ai cru que mon cœur allait s'arrêter de battre quand il a effleuré Belgarath et Poledra avec l'Orbe.

— Moi aussi. Mais il faut croire qu'il savait ce qu'il faisait, soupira Garion.

— Tu en as gros sur la patate, on dirait ?

— Maintenant que c'est fini, ça va me manquer. C'est-à-dire que ça me manquera quand j'aurai rattrapé mon retard de sommeil.

— Je dois dire que les derniers jours ont été assez mouvementés. Enfin, en réfléchissant un peu, nous devrions bien trouver quelque chose d'excitant à faire.

— Je sais déjà ce que je vais faire. Je vais être très occupé à faire le papa.

— Ton fils ne sera pas toujours petit, Garion.

— Geran ne restera pas longtemps seul. Mon ami ici, dans ma tête, m'a dit que j'aurais un paquet de filles.

— Magnifique ! Ça te mettra peut-être un peu de plomb dans la cervelle. Ne le prends pas mal, surtout, Garion, mais il y a des moments où tu es affreusement instable. Il ne se passe pas une année que tu ne files au bout du monde avec cette épée lumineuse.

— Ah, ah, très drôle.

— Allons, tu n'auras tout de même pas autant de filles que ça, reprit-il en s'appuyant sur ses coudes. Il y a bien un moment où les femmes arrêtent d'avoir des enfants.

— Silk, soupira Garion d'un ton funèbre, tu te souviens de Xbel, la dryade que nous avons rencontrée près de la rivière de la Sylve, au sud de la Tolnedrie ?

— Celle qui aimait tant les hommes — tous les hommes ?

— Ouais. Tu crois qu'elle est d'âge à avoir des enfants ?

— Oh oui !

— Eh bien, elle a plus de trois cents ans. Ce'Nedra est une dryade, elle aussi, tu sais.

— Je vois. Mais tu finiras inévitablement, un jour, par être trop vieux pour... Oh, par tous les Dieux ! fit-il en regardant Belgarath. On dirait que tu n'es pas sorti de l'auberge...

Il était presque midi lorsqu'ils montèrent à bord de l'*Aigle des mers*. Barak avait accepté, après pas mal de simagrées, de suivre le capitaine Kresca jusqu'à Perivor. Les choses s'arrangèrent un peu quand les deux hommes se furent rencontrés et eurent mutuellement inspecté leurs bâtiments. Kresca n'avait pas mesuré les éloges sur l'*Aigle des mers*, ce qui était un bon moyen de se concilier les bonnes grâces de Barak.

Alors qu'ils levaient l'ancre, Garion regarda une dernière fois l'étrange pyramide qui se dressait au-dessus des flots. Une colonne de fumée noire montait de l'amphithéâtre, sur la face nord.

— Je regrette vraiment de ne pas avoir été là, murmura Hettar, accoudé au bastingage à côté de Garion. Comment c'était ?

— Bruyant, répondit laconiquement Garion.

— Pourquoi Belgarath a-t-il absolument tenu à brûler ce dragon ?

— Il lui faisait pitié.

— Il a tout de même de drôles d'idées, des fois.

— Ça, tu l'as dit. Et comment vont Adara et les enfants ?

— Très bien. Elle attend un autre enfant, tu sais.

— Encore ? Vous êtes presque aussi redoutables que Relg et Taïba, dis donc !

— Pas tout à fait, répondit modestement l'Algarois. Il y a de la triche, aussi, reprit-il en fronçant le sourcil d'un air réprobateur. Taïba fait ses bébés par deux ou trois. Adara n'est pas de taille à lutter, qu'est-ce que tu veux ?

— Je ne voudrais pas cafter, mais je ne serais pas surpris que ce soit un coup de Mara. Il lui faudra un moment pour repeupler Maragor. Qu'est-ce que ça veut dire ? ajouta-t-il avec un mouvement de menton vers Unrak qui était planté à la proue, Nathel dans son ombre.

— Pff... Ce pauvre garçon est plutôt pathétique dans son genre et Unrak a pitié de lui, je crois. Nathel n'a sûrement pas eu beaucoup de tendresse dans sa vie, et même la pitié vaut mieux que rien du tout. Tu as l'air fatigué, ajouta-t-il en regardant Garion. Tu devrais aller te reposer.

— Je suis crevé, admit Garion, mais si je dors maintenant, je vais être complètement décalé. Allons plutôt voir Barak. Il n'avait pas l'air content en arrivant, hier.

— Tu sais comment il est. Il est vexé d'avoir raté la bagarre. Raconte-lui ce qui s'est passé. Il aime presque autant les bonnes histoires que la castagne.

C'était bon de retrouver ses vieux amis... Garion se sentait orphelin depuis qu'il les avait quittés, à Rhéon. Moins que leurs grandes gueules, leurs rodomontades si rassurantes dans les coups durs, c'était leur amitié qui lui manquait, cette complicité qui se cachait derrière les chicaneries. En allant vers la poupe où Barak était planté, sa grosse patte posée sur la barre, Garion vit Zakath et Cyradis debout dans l'ombre d'une chaloupe. Il fit signe à Hettar de s'arrêter et mit un doigt sur ses lèvres.

— Ça ne se fait pas d'espionner ses amis, Garion, murmura le grand Algarois.

— Je ne les espionne pas, je veux juste être sûr que je n'aurai pas besoin d'intervenir. Je t'expliquerai.

— Et que vas-tu faire maintenant, Sainte Sibylle ? demandait Zakath d'une voix où vibrait une passion contenue.

— Le monde est ouvert devant moi, Kal Zakath, répondit-elle un peu tristement. Je suis relevée du fardeau de ma tâche, et point ne dois plus me donner le nom de Sibylle, car, de fait, je ne le mérite plus. Mes yeux perçoivent désormais la lumière banale, ordinaire, du jour, et je ne suis plus qu'une femme banale et ordinaire.

— Pas banale, Cyradis, et encore moins ordinaire.

— Tu es trop aimable, Kal Zakath.

— Laissons tomber ce *Kal*, Cyradis. Ce n'était qu'une affectation. Il signifiait Dieu. Maintenant que j'ai vu de vrais Dieux, je comprends à quel point j'étais présomptueux. Mais revenons-en à l'essentiel. Vous avez eu les yeux bandés pendant des années. Avez-vous eu l'occasion, depuis, de vous regarder dans un miroir ?

— Ni l'occasion, ni la tentation.

Zakath ne manquait pas de subtilité. Il comprit que le moment était venu de certaines extravagances.

— Laisse mes yeux être Ton miroir, Cyradis, dit-il. Regarde dans mes yeux et vois comme Tu es belle.

Cyradis s'empourpra.

— Ces flatteries, Zakath, me laissent sans voix.

— Ce ne sont pas des flatteries, Cyradis, répondit-il, renonçant à son parler ampoulé. Vous êtes de loin la plus belle femme que j'ai jamais vue et la pensée de vous laisser retourner à Kell ou ailleurs me brise le cœur. Vous avez perdu votre guide et votre ami. Permettez-moi de devenir l'un et l'autre. Revenez avec moi à Mal Zeth. Nous avons tant de choses à nous dire que cela nous occupera jusqu'à la fin de nos jours.

Cyradis détourna légèrement son pâle visage pour ne pas lui laisser voir l'imperceptible sourire de triomphe qui retroussa les commissures de ses lèvres. Il était évident qu'elle voyait beaucoup plus loin qu'elle ne voulait bien le dire. Puis elle releva sur le Malloréen ses grands yeux innocents et susurra :

— Prendrais-Tu en vérité plaisir à ma compagnie ?

— Ta compagnie, Cyradis, sera l'accomplissement de mes jours ! déclama-t-il.

— Alors je Te suivrai avec joie à Mal Zeth, car tu es à présent mon plus sincère ami et mon plus cher compagnon.

Garion fit signe à Hettar et ils repartirent vers la poupe.

— Nous n'aurions pas dû, Garion, protesta Hettar. Ça ne nous regarde pas, après tout.

— Oh si ! On m'avait dit que ça finirait comme ça, mais, comme dit Silk, un bon coup d'œil vaut mieux qu'une mauvaise impasse. Je crois que Zakath aura été l'homme le plus solitaire du monde, continua Garion en réponse à l'air perplexe de son ami. C'est pour ça qu'il était si vide, si dépourvu d'âme. Et si dangereux. Mais c'est fini. Il ne sera plus jamais seul, et ça devrait l'aider à faire ce qu'il a à faire.

— Je trouve que tu fais bien des mystères, Garion. Ce que j'ai vu, moi, c'est une jeune personne qui embobinait un pauvre homme sans défense.

— Ça y ressemblait bien, hein ?

Le lendemain matin, Ce'Nedra se leva d'un bond et grimpa en hâte l'échelle menant sur le pont. Garion la suivit, alarmé.

— Excusez-moi, dit-elle à Polgara, penchée par-dessus le bastingage.

Elle prit place à côté de la femme sans âge et elles restèrent un moment côte à côte à vomir tripes et boyaux.

— Non, vous aussi ? fit Ce'Nedra avec un pâle sourire.

Polgara se tamponna les lèvres avec un mouchoir et acquiesça d'un hochement de tête. Ce'Nedra lui sauta au cou et les deux femmes éclatèrent d'un rire énorme.

— Elles sont malades ? demanda Garion à Poledra qui s'approchait, le louveteau sur les talons, comme toujours. Elles n'ont pas le mal de mer, d'habitude.

— Ce n'est pas le mal de mer, Garion, répondit Poledra avec un sourire indéchiffrable.

— Ben, alors, qu'est-ce que...

— Elles vont très bien, Garion. Mieux que ça, même. Allez, retourne te coucher. Je m'occupe d'elles.

Garion venait de se réveiller et il avait encore les idées un peu brumeuses. C'est pour ça qu'il n'eut l'illumination — disons plutôt une faible clarté — qu'à la moitié de l'échelle. Il s'arrêta net et ouvrit de grands yeux.

— *Ce'Nedra* ! s'exclama-t-il. Et *tante Pol* ?

Puis il éclata de rire à son tour.

Un silence révérencieux salua l'apparition à la cour du roi Oldorin de Messire Mandorallen, l'invincible baron de Vo Mandor. En fait, Perivor étant au bout du monde, la prodigieuse réputation de Mandorallen n'était pas parvenue jusqu'à cette île, mais sa seule présence frappa la cour de stupeur. Mandorallen était la noblesse et la perfection incarnées, bref, le parangon du Mimbraïque, c'était écrit sur sa figure.

Garion et Zakath, de nouveau en armure, escortèrent ce phénomène vers le trône.

— Majesté, commença Garion en s'inclinant, point ne saurais dire ma joie de T'annoncer que nous avons mené notre quête à bien. La bête qui ravageait Ton royaume n'est plus et le mal qui arpentait le monde est pour jamais vaincu. La chance, décidément prodigue de bienfaits, nous a accordé de revoir des amis très chers, que je m'en vais Te présenter. M'est avis, toutefois, qu'il est d'une suprême importance pour Toi, doux Sire, et tous ceux ici assemblés, de faire avant toute chose la connaissance d'un puissant chevalier venu de la lointaine Arendie, d'un preux qui s'est toujours tenu à la droite de Sa Majesté le roi Korodullin et qui vous accueillera sans nul doute, Toi, Oldorin, et toute Ta cour, dans la fraternité et l'amour. J'ai l'honnehhonneur de Te présenter Messire Mandorallen, baron de Vo Mandor, le plus noble chevalier du monde.

— Vous vous en sortez de mieux en mieux, murmura Zakath.

— La pratique, renifla Garion d'un petit ton supérieur.

— O Sire, commença Mandorallen d'une voix qui fit vibrer les voûtes de la salle du trône, c'est avec une joie sans nom que je Te salue ainsi que les membres de Ta cour, et que je vous donne à tous le nom de frères. Je prends sur moi de vous transmettre les plus chaleureuses salutations de leurs Majestés, le roi Korodullin et la reine Mayaserana, souverains de la bien-aimée Arendie, car, n'en doutons point, sitôt que je serai de retour à Vo Mimbre et que j'aurai révélé que ceux qui avaient jadis disparu sont à présent retrouvés, les yeux de leurs Majestés s'empliront de larmes de joie, elles se répandront en actions de grâces et vous embrasseront de loin tels des frères, et — si Chaldan le veut — je me représenterai bientôt à Ta magnifique cité, chargé de missives exprimant une considération et une affection unanimes, et investi de la mission de préparer une réunion prochaine, voire, j'ose l'espérer, une réunification des branches naguère jadis séparées du sang sacré de la sainte Arendie.

— Il a réussi à dire tout ça en une seule phrase ? souffla Zakath avec une admiration voisine de la stupeur.

— Je crois qu'il a mis un point après frères, murmura Garion. Il est comme un poisson dans l'eau, ici. Ça risque de prendre un moment. Au moins deux ou trois jours.

Il n'était pas loin du compte. Les discours des nobles de la cour du roi Oldorin furent assez rudimentaires au début.

La soudaine apparition de Mandorallen les avait pris au dépourvu et son éloquence leur coupait un peu la chique, mais une nuit blanche consacrée à de fiévreuses compositions devait y remédier. La journée du lendemain fut consacrée à des discours fleuris, un banquet interminable et des distractions assorties. Belgarath céda aux supplications générales et gratifia l'assistance d'un compte-rendu à peine enjolivé des événements dont le récif avait été le théâtre. Le vieux conteur évita, par prudence, toute allusion aux péripéties les plus incroyables, la soudaine apparition de divinités au milieu d'un récit d'aventures ayant généralement pour effet d'éveiller le scepticisme du public, si crédule soit-il.

— Il a au moins réussi à préserver ton anonymat, souffla Garion à Essaïon qui était assis juste en face de lui.

— Oui, acquiesça le jeune Dieu. Il faudra que je trouve un moyen de le remercier.

— Tu l'as déjà fait en lui rendant Poledra, je crois. Mais tu ne pourras pas éternellement dissimuler ton identité.

— Je pense qu'une certaine préparation s'impose avant la révélation. A ce propos, j'aimerais bien avoir une petite conversation avec Ce'Nedra.

— Ce'Nedra ?

— Je voudrais savoir comment elle s'y est prise pour lever l'armée qu'elle a emmenée à Thull Mardu. Si je suis bien informé, elle a amorcé un mouvement qui a commencé tout petit et s'est amplifié. C'est peut-être le meilleur moyen de procéder.

— Ton éducation sendarienne commence à transparaître, commenta Garion en riant. Durnik a déteint sur nous deux, tu ne trouves pas ? Euh..., fit-il en se raclant la gorge, un peu gêné, tu recommences.

— Je recommence ?

— A briller.

— Je brille ?

— J'en ai bien peur, opina Garion.

— Il va falloir que je fasse attention à ça.

Les banquets et les festivités durèrent plusieurs jours et plusieurs nuits, mais comme les nobles n'ont pas pour habitude de se lever tôt, Garion et ses amis avaient leurs matinées à eux pour se raconter tout ce qui s'était passé depuis qu'ils s'étaient séparés à Rhéon. Les récits de ceux qui étaient restés chez eux étaient émaillés de nouvelles personnelles : problèmes familiaux et affaires d'Etat. Garion apprit avec satisfaction que Kail, le fils de Brand, dirigeait le royaume de Riva aussi bien qu'il l'aurait fait lui-même. Les Murgos étant préoccupés par la présence malloréenne dans le sud du Cthol Murgos, la paix régnait plus ou moins dans les royaumes du Ponant et le commerce était florissant. Nouvelle qui fit frétiller le nez de Silk...

— C'est bien joli tout ça, tonna Barak, mais si nous passions à la véritable histoire ? Je meurs de curiosité !

Ils entrèrent donc dans le vif du sujet. Aucune tentative d'enjolivement ne fut autorisée, mais tous les détails furent longuement savourés.

— Tu as vraiment fait ça, Garion ? demanda Lelldorin lorsque Silk leur eut raconté par le menu la première rencontre avec le dragon qui était Zandramas, dans les collines au-dessus de la plaine d'Arendie.

— Je ne lui ai pas coupé toute la queue, se récria modestement le jeune roi de Riva. Juste un petit bout de quatre pieds, mais ça a suffi à détourner son attention.

— En rentrant chez lui, notre magnifique héros ici présent devrait fonder une officine de chasse au dragon, suggéra Silk.

— Il n'y a plus de dragons, Kheldar, objecta Velvet.

— Essaïon pourrait peut-être en recréer quelques-uns ?

A un certain moment du récit, tous demandèrent à voir Zith, et Sadi exhiba fièrement son petit serpent vert et sa grouillante progéniture.

— Elle est vraiment si venimeuse que ça ? grommela Barak.

— Va demander ça à Harakan, susurra Silk, la bouche en cul de poule. A Ashaba, Liselle lui a lancé cette petite chérie en pleine figure et il en est resté littéralement pétrifié.

— Tu veux dire *mort* ? demanda le grand gaillard.

— Aussi mort qu'on peut l'être.

— Nous n'en sommes pas encore là, protesta Hettar.

— Nous ne pourrons jamais tout vous raconter en une seule matinée, fit Durnik d'un ton d'excuse.

— Ça ne fait rien, le rassura Barak. Nous avons quelques semaines de bateau en perspective avant de rentrer chez nous.

Cet après-midi là, Beldin céda à la demande plus ou moins générale et répéta le numéro qu'il avait fait devant la cour la veille de leur départ pour le récif. Puis, pour permettre à certains de ses compagnons de faire étalage de leur talent, Garion suggéra que tout le monde se rende au champ clos. Lelldorin gratifia l'assistance d'une démonstration de tir à l'arc et conclut sa performance en beauté par une petite séance de cueillette sur un prunier assez éloigné. Barak transforma une barre de fer en bretzel ou quelque chose d'avoisinant. Hettar mit la foule en transe avec un numéro stupéfiant d'équitation. Mais le clou du spectacle manqua tourner mal. Quand Relg traversa un mur de pierre de taille, beaucoup de dames défaillirent et certains des plus jeunes membres de l'assistance s'enfuirent en poussant de grands cris.

— Ils ne sont pas encore prêts pour ça, nota Silk (lequel avait résolument tourné le dos quand Relg s'était approché du mur). Personnellement, je crois que je ne le serai jamais.

Vers midi, quelques jours plus tard, deux vaisseaux entrèrent dans le port. Le premier était un bâtiment de guerre cheresque d'où descendirent le roi Anheg et l'empereur Varana, cornaqués par le capitaine Greldik. L'autre amenait le général Atesca et Brador, le chef du département de l'Intérieur.

— Barak ! rugit Anheg en mettant pied à terre. Donne-moi une raison, une seule, de ne pas te ramener au Val d'Alorie enchaîné à fond de cale !

— Il n'a pas l'air de bonne humeur, constata Hettar.

— Je vais le pinter, ça ira tout de suite mieux, rétorqua Barak en haussant les épaules.

— Je suis navré, Garion, reprit Anheg de sa voix tonitruante. Nous avons essayé de le rattraper, Varana et moi, mais sa grosse baleine de bateau va plus vite que nous ne pensions.

— Ma grosse baleine de bateau ? protesta mollement Barak.

— Tout va bien, Anheg, le rassura Garion. Ils sont arrivés juste au bon moment. Tout était fini.

— Vous avez donc récupéré votre fils ? Eh bien, allez le chercher, mon garçon, et au trot ! Nous nous sommes donné assez de mal pour le récupérer !

Ce'Nedra s'approcha, Geran dans les bras, et Anheg les emprisonna dans une étreinte digne d'un ours des cavernes.

— Majesté ! Et son Altesse ! fit-il aussi protocolairement que possible.

Il chatouilla le menton du petit garçon qui éclata de rire. Ce'Nedra esquissa une révérence.

— Pas de ça entre nous, Ce'Nedra, je vous en prie, objecta Anheg. Vous allez laisser tomber le gamin.

— Mon oncle, fit-elle avec un petit rire en se tournant vers l'empereur Varana.

— Ce'Nedra ! s'exclama le Tolnedrain. Tu as l'air en pleine forme, dis donc. Je me fais des idées, ou tu prends du poids ?

— C'est provisoire, mon oncle. Je vous expliquerai.

Brador et Atesca s'approchèrent de Zakath.

— Eh bien, Majesté, fit le général avec une feinte surprise. Si on m'avait dit que je vous retrouverais ici !

— Général Atesca, rétorqua Zakath, nous nous connaissons depuis assez longtemps pour ne pas nous raconter de fadaises.

— Nous nous en faisions à votre sujet, Majesté, répondit Brador. Et comme nous étions dans les parages..., ajouta-t-il en écartant les mains.

— Et que faisiez-vous au juste par ici ? Je croyais vous avoir laissé sur les rives de la Magan.

— Il s'est passé des tas de choses, Majesté, reprit Atesca. L'armée d'Urvon est en déroute et les Darshiviens étaient un peu désorientés. Nous en avons profité, Brador et moi, pour ramener Peldane et Darshiva dans le giron de l'Empire, et nous avons poursuivi les réfractaires dans la Dalasie de l'Est.

— Très bien, Messieurs, approuva Zakath. Très, très bien. Je devrais partir en vacances plus souvent.

— Il appelle ça des vacances ? murmura Sadi.

— Ben oui, pourquoi ? riposta Silk. Il n'y a pas plus revigorant que de combattre des dragons.

— Majestés, intervint Garion en voyant que Zakath et

Varana se regardaient en chiens de faïence, permettez-moi de faire les présentations. Empereur Varana, voici Sa Majesté impériale Kal Zakath de Mallorée. Empereur Zakath, voici Sa Majesté Ran Borune XXIV, empereur de Tolnedrie.

— Varana, rectifia le Tolnedrain. J'ai beaucoup entendu parler de vous, Kal Zakath, dit-il en lui tendant la main.

— Pas en bien, je le crains, répondit Zakath avec un sourire, en serrant chaleureusement la main de son confrère.

— La rumeur est parfois injuste, Zakath.

— Nous avons beaucoup de choses à nous dire, Majesté, reprit l'empereur de Mallorée.

— Enormément de choses, renchérit le Tolnedrain.

Garion crut que le roi Oldorin de Perivor allait être frappé d'apoplexie en voyant son royaume insulaire soudain envahi par les rois, les empereurs et *tutti quanti*. Il fit les présentations avec toute la délicatesse possible. Le roi Oldorin bredouilla quelques salutations, puis Garion le prit à part.

— C'est une occasion mémorable, Majesté, dit-il. La présence en cet endroit de Zakath de Mallorée, de Varana de Tolnedrie et d'Anheg de Cherek pourrait bien être le présage de la paix universelle que le monde attend depuis des millénaires.

— Ta seule présence, Belgarion de Riva, confère à cet événement un lustre à nul autre pareil.

Garion le remercia d'une courbette respectueuse.

— La courtoisie et l'hospitalité de Ta cour font l'admiration du monde connu, reprit-il, et il serait stupide de ne point profiter de l'occasion pour faire avancer cette noble cause. Je T'implore donc, doux Sire, de nous accorder à mes amis et à moi-même la possibilité de nous réunir en privé afin de nous permettre d'explorer les possibilités offertes par cette rencontre de hasard, lequel hasard semble au demeurant n'avoir joué qu'un faible rôle dans la situation, les Dieux en étant assurément les instigateurs.

— Sans nul doute, Majesté, acquiesça Oldorin. Il y a des salles du conseil dans les étages du palais. Elles sont à Ta disposition immédiate, Roi Belgarion, ainsi que de tes royaux amis. Je ne doute point que des choses immenses émergeront de cette réunion, et l'honneur d'en être l'hôte me comble plus que je ne saurais dire.

Une réunion impromptue eut aussitôt lieu au palais royal de Perivor, sous la présidence de Belgarath. Garion représenta la reine Porenn et Durnik le roi Fulrach. Relg parla pour l'Ulgolande et Maragor, Mandorallen pour l'Arendie, Hettar pour son père et Silk pour son frère, Urgit. Sadi s'exprima au nom de Salmissra, et Nathel, les rares fois où il ouvrit la bouche, défendit les intérêts des Thulls. Personne ne manifesta le désir de représenter Drosta lek Thun, roi du Gar og Nadrak.

Il fut décidé d'entrée de jeu que les problèmes commerciaux seraient exclus de la discussion — à la déception manifeste de Varana — et l'assemblée se mit au travail.

Vers midi, le lendemain, Garion s'appuya au dossier de son fauteuil en écoutant distraitement Silk et Zakath négocier les termes d'un traité de paix entre la Mallorée et le Cthol Murgos. Il poussa un soupir. Il y avait quelques jours à peine, ils participaient, ses amis et lui, au plus formidable Evénement de l'histoire, et ils étaient maintenant assis autour d'une table, à régler les affaires vulgaires de la politique internationale. Ça paraissait bien trivial, et pourtant la vie de la plupart des habitants du monde serait beaucoup plus changée par ce qui se préparait dans cette salle que par ce qui était arrivé à Korim. Pendant un moment, du moins.

Ils arrivèrent enfin à ce qui devait rester dans l'histoire comme les Accords de Dal Perivor. Ils n'avaient rien de définitif, bien sûr, et ne traitaient que de généralités. Ils devaient encore être ratifiés par les monarques qui n'étaient pas présents en personne. Ils étaient fragiles et basés plus sur le bon vouloir que sur des négociations politiques réelles qui faisaient souvent l'objet de tractations sordides. Ils n'en étaient pas moins, se disait Garion, le dernier et le plus grand espoir de l'humanité. Les scribes furent convoqués pour recopier les volumineuses notes de Beldin et il fut décidé que le document serait publié sous le sceau du roi Oldorin de Perivor, hôte de la conférence.

La cérémonie de signature fut stupéfiante. Les Mimbraïques ont toujours été très doués pour les cérémonies stupéfiantes.

Le lendemain fut le jour des grands adieux larmoyants. Zakath, Cyradis, Essaïon, Atesca et Brador repartaient pour

Mal Zeth alors que les autres montaient à bord de l'*Aigle des mers* en vue de l'interminable périple qui les ramènerait chez eux. Garion s'entretint longuement avec Zakath. Ils se promirent de s'écrire et, quand les affaires d'Etat le permettraient, de se rendre visite. La correspondance serait facile, mais les visites risquaient de poser plus de problèmes.

Garion rejoignit sa famille qui prenait congé d'Essaïon, puis il accompagna le jeune Dieu encore inconnu des Angaraks jusqu'au quai où l'attendait le vaisseau d'Atesca.

— Nous en avons fait du chemin ensemble, dit Garion.

— Oui, acquiesça Essaïon.

— Tu as du pain sur la planche, tu sais ?

— Oui, et peut-être même plus encore que tu ne l'imagines.

— Tu es prêt ?

— Oui, Garion. Je suis prêt.

— Bien. Si tu as besoin de moi, n'hésite pas. Je viendrai aussi vite que je pourrai, où tu voudras.

— Je m'en souviendrai.

— Et ne te laisse pas absorber au point de laisser Cheval prendre du ventre.

— Aucun danger, répondit Essaïon en souriant. Nous avons du chemin à faire, lui et moi.

— Porte-toi bien, Essaïon.

— Toi aussi, Garion.

Ils se serrèrent la main et Essaïon gravit la passerelle du bateau qui l'attendait.

Garion retourna en soupirant vers l'*Aigle des mers*, monta à bord et rejoignit ses compagnons. Ils regardèrent ensemble s'éloigner le bâtiment d'Atesca. Plus loin, dans le port, le vaisseau de Greldik semblait piaffer comme un étalon impatient.

Puis les matelots de Barak larguèrent les amarres, hissèrent les voiles, et l'*Aigle des mers* mit le cap sur le Ponant.

CHAPITRE XXVII

Il faisait un temps radieux et une brise régulière gonflait les voiles de l'*Aigle des mers* qui voguait vers le nord-ouest dans le sillage du navire de guerre rapiécé de Greldik. Unrak avait insisté pour que les deux bâtiments naviguent de conserve jusqu'au Mishrak ac Thull où ils devaient déposer Nathel.

Les journées étaient longues, ensoleillées, et l'air sentait bon la mer. Ils passaient le plus clair de leur temps dans la cabine principale, lumineuse. Le récit de la quête qui les avait menés jusqu'à Korim était long et compliqué, et ceux qui n'étaient pas avec Garion et ses compagnons étaient avides de détails. Les fréquentes interruptions, les innombrables questions menaient à des digressions prolongées et l'histoire faisait des allers et retours dans le temps. Ça prendrait le temps qu'il faudrait, mais ils finiraient par tout savoir. Il y avait bien de choses qu'un auditeur normal aurait trouvées invraisemblables, mais Barak et les autres les acceptaient. Ils avaient passé assez de temps avec Belgarath, Polgara et Garion pour savoir que rien, ou presque, n'était impossible. Seul l'empereur Varana demeurait d'un scepticisme inébranlable, plus par fidélité à des principes philosophiques, se disait Garion, que par véritable incrédulité.

Unrak fit une profusion de recommandations à Nathel avant qu'ils ne le débarquent dans une ville portuaire de son royaume. Ces recommandations portaient sur la nécessité pour le jeune Thull de s'affirmer et de s'affranchir de la domination de sa mère, mais Unrak s'avoua assez pessimiste lorsqu'ils remirent les voiles.

L'*Aigle des mers* mit ensuite le cap au sud, en suivant toujours le bâtiment de Greldik, et ils contournèrent la côte rocheuse, désolée, de Goska, au nord-est du Cthol Murgos.

— Tu ne trouves pas que c'est une insulte pour l'œil ? fit un jour Barak en regardant le vaisseau de Greldik. On dirait une épave flottante.

— Greldik ne ménage pas son bâtiment, acquiesça Garion. J'ai parfois fait appel à ses services et j'en sais quelque chose.

— Cet homme n'a aucun respect pour la mer, grommela le grand Cheresque, et il boit trop.

— Je te demande pardon ? fit Garion en cillant.

— Je t'accorde qu'il m'arrive de boire une chope de bière de temps en temps, mais Greldik boit en mer. C'est révoltant, Garion. Je me demande même si ce n'est pas un blasphème.

— Tu en sais plus sur la mer que moi, admit Garion.

Le bateau de Greldik et l'*Aigle des mers* franchirent le détroit qui séparait l'île de Verkat des côtes de Hagga et de Gorut. C'était l'été dans l'hémisphère sud ; le temps était au beau fixe et ils avançaient bien. Lorsqu'ils eurent passé le redoutable amas d'écueils et d'îlots rocheux prolongeant la péninsule d'Urga, Silk rejoignit Barak et Garion sur le pont.

— Vous avez pris racine ? leur demanda-t-il ironiquement.

— J'aime bien être sur le pont quand la terre est en vue, répondit Garion. Voir défiler la côte donne l'impression qu'on va quelque part. Que fait tante Pol ?

— Elle apprend à Ce'Nedra et Liselle à tricoter, répondit le petit homme au museau de fouine en haussant les épaules. Elles fabriquent des tas de minuscules vêtements.

— Je me demande bien pourquoi, fit hypocritement Garion.

— J'ai une faveur à te demander, Barak, reprit Silk. Je voudrais m'arrêter à Rak Urga. J'aimerais donner à Urgit une copie de ces accords, et Zakath m'a fait à Dal Perivor des propositions dont mon frère doit être informé.

— D'accord, si tu m'aides à enchaîner Hettar au mât tant que nous serons au port, rétorqua Barak.

Silk fronça le sourcil, puis la lumière fut.

— Oh, j'oubliais. Ce ne serait pas une très bonne idée de conduire Hettar dans une ville grouillante de Murgos, hein ?

— Ce serait une idée détestable, Silk. Le désastre assuré.

— Je vais lui parler, suggéra Garion. J'arriverai peut-être à le raisonner.

— Si tu y arrives, la prochaine fois qu'une tempête se lève je te confie la barre et tu la raisonnes, fit Barak. Hettar est à peu près aussi rationnel que le temps dès qu'il est question de Murgos.

A vrai dire, le grand Algarois ne tendit même pas la main vers son sabre à la mention du mot *Murgo*. Ils lui avaient parlé de la véritable origine d'Urgit et il eut l'air sincèrement intéressé lorsque Garion évoqua avec circonspection la perspective d'une halte à Rak Urga.

— Je réprimerai mes pulsions, Garion, promit-il solennellement. J'ai vraiment envie de voir à quoi ressemble ce Drasnien qui a réussi à devenir roi des Murgos.

Belgarath leur suggéra tout de même la prudence à cause de l'animosité héréditaire et quasi viscérale qui opposait les Murgos et les Aloriens.

— Le calme règne en ce moment, dit-il. Ne ranimons pas la discorde. Barak, hissez le pavillon de paix, et quand nous serons à portée de voix des quais, j'enverrai chercher Oskatat, le sénéchal d'Urgit.

— Vous croyez pouvoir vous fier à lui ? demanda Barak.

— Je crois, oui. Mais nous n'irons pas tous au Drojim. Que Greldik et l'*Aigle des mers* reculent dans le port après nous avoir déposés à terre. Même le plus enragé des capitaines murgos ne se risquerait pas à attaquer deux bâtiments de guerre cheresques en pleine mer. Je resterai en contact avec Pol et nous vous préviendrons si nous avons besoin d'aide.

Après pas mal de cris et de hurlements entre le bâtiment et le quai, un colonel murgo prit sur lui d'envoyer chercher Oskatat au palais, décision peut-être motivée par l'ordre de Barak de faire charger les catapultes. Rak Urga n'était pas une ville très touristique, mais le colonel répugnait sans doute à la voir brûler jusqu'aux fondations.

— Déjà de retour ? beugla Oskatat, sitôt arrivé sur le quai où l'*Aigle des mers* avait mouillé l'ancre.

— Je passais par ici, alors je me suis dit que j'allais vous rendre une petite visite, fit Silk avec désinvolture. Je voudrais parler avec Sa Majesté. Tâchez de garder vos Murgos en laisse, je fais mon affaire de ces Aloriens.

Oskatat lança d'un ton sans réplique un certain nombre d'ordres et de menaces, après quoi Garion, Belgarath et Silk prirent la chaloupe de l'*Aigle des mers* avec Hettar, Mandorallen et Barak, lequel avait confié le commandement à Unrak.

— Ça s'est bien passé ? demanda Oskatat en menant Silk et ses amis vers le Drojim, sous bonne escorte.

— Pas trop mal, répondit Silk avec un sourire en coin.

— Sa Majesté sera ravie de l'apprendre.

Oskatat les fit entrer dans l'immonde palais des Urga et les mena le long des corridors enfumés par les torches.

— Sa Majesté attend ces personnes, annonça sèchement Oskatat aux hommes postés à l'entrée de la salle du trône. Elle veut les voir tout de suite. Ouvrez la porte.

— Ce sont des Aloriens, Messire Oskatat ! objecta l'un des gardes.

Sans doute un nouveau venu au palais.

— Et alors ? Ouvrez la porte.

— Mais...

— Mais quoi ? demanda Oskatat avec une douceur inquiétante en portant ostensiblement la main à son épée.

— Oh... euh..., rien, Messire Oskatat, bredouilla l'homme. Rien du tout.

— Alors pourquoi cette porte est-elle encore fermée ?

Ladite porte s'ouvrit aussitôt à deux battants.

— Kheldar !

Un hurlement de rire retentit à l'autre bout de la salle. Le roi Urgit dévala les marches du trône au galop, envoya valser sa couronne et serra fougueusement Silk dans ses bras.

— Je te croyais mort ! gloussa-t-il.

— Tu m'as l'air assez en forme, toi, rétorqua Silk.

— Je suis marié, tu sais, répondit le roi des Murgos en esquissant une discrète grimace.

— J'étais sûr que Prala te passerait la corde au cou. Figure-toi que je vais bientôt me marier, moi aussi.

— La petite blonde ? Prala m'a dit qu'elle avait l'air d'en pincer pour toi. Vous imaginez ça, le prince Kheldar s'est fait mettre le grappin dessus !

— Mouais. Enfin, ne mise pas toute ta fortune là-dessus, soupira Silk. Je pourrais encore décider de me laisser tomber sur mon épée. Bon, nous sommes tranquilles, ici ? Nous avons des tas de choses à te raconter et pas beaucoup de temps devant nous.

— Il n'y a que ma mère, Prala, et mon beau-père, bien sûr.

— Ton beau-père ? s'exclama Silk en regardant Oskatat comme s'il le voyait pour la première fois.

— Ma mère se sentait un peu seule. Les petits jeux amusants auxquels Taur Urgas se livrait avec elle avaient l'air de lui manquer. J'ai usé de mon influence pour la marier à Oskatat. Elle risque d'être déçue, la pauvre. Il n'a pas encore trouvé le moyen de la balancer du haut de l'escalier ou de lui flanquer des coups de pied en pleine tête.

— Excusez-le, marmonna Oskatat. Il est impossible quand il parle comme ça.

— C'est que je suis fou de joie, Oskatat, s'esclaffa Urgit. Par l'œil frit de Torak, tu me manquais, Kheldar !

Il salua Garion et Belgarath, puis Silk fit les présentations en réponse à son coup d'œil interrogateur.

— Barak, le comte de Trellheim.

— Il est encore plus grand qu'on ne le dit, nota Urgit.

— Messire Mandorallen, baron de Vo Mandor, poursuivit Silk.

— Les Dieux n'ont pas de meilleure définition pour le mot *gentilhomme*, commenta le roi des Murgos.

— Et Hettar, le fils du roi Cho-Hag d'Algarie.

Urgit rentra la tête dans les épaules et son regard alla fiévreusement de son frère au grand Algarois au profil d'oiseau de proie. Même Oskatat fit un pas en arrière.

— Tu n'as rien à craindre, fit Silk avec grandeur. Hettar a traversé les rues de ta ville sans tuer aucun de tes sujets.

— Remarquable, murmura Urgit d'une voix tremblante. Je ne vous aurais pas reconnu, Messire Hettar. Vous êtes censé faire mille pieds de haut et porter un collier de crânes de Murgos.

— Je suis ici incognito, répondit sèchement l'Algarois.

— J'espère que nous n'allons pas nous chamailler, reprit Urgit avec un sourire un peu crispé.

— Non, Majesté, répondit Hettar. Je ne suis pas venu pour ça. Imaginez-vous que vous m'intriguez.

— C'est un soulagement, soupira Urgit. Mais si vous sentez que vous ne pouvez plus vous retenir, prévenez-moi. Il y a une douzaine de généraux de mon père qui traînent au palais. Oskatat n'a pas encore trouvé de raison suffisante pour les faire décapiter ; vous pourriez passer vos nerfs dessus. Je regrette de n'avoir pas été prévenu de votre arrivée. Il y a des années que je me dis que j'aurais dû envoyer un cadeau à votre père.

Hettar le regarda en haussant le sourcil.

— Il m'a rendu le plus grand service qu'un homme puisse rendre à un autre, ajouta Urgit. Il a passé Taur Urgas au fil de l'épée. Vous pourrez lui dire que j'ai bien fini son travail.

— Mon père n'a généralement pas besoin qu'on achève ce qu'il a commencé.

— Oh, Taur Urgas était on ne peut plus mort, je vous rassure, mais je ne voulais pas que des Grolims viennent le ressusciter dans mon dos, alors je l'ai décapité.

— Décapité ? répéta Hettar, intrigué.

— Je lui ai coupé le kiki d'une oreille à l'autre, précisa Urgit avec gourmandise. J'avais volé un petit couteau quand j'avais une dizaine d'années, et j'ai passé le restant de mon enfance à l'aiguiser. Après lui avoir tranché la tête, je lui ai enfoncé un pieu dans le cœur et je l'ai enterré la tête en bas, par dix-sept pieds de profondeur. Je ne lui ai jamais trouvé aussi fière allure que ce jour-là, les pieds sortant de terre. J'ai contemplé le spectacle un bon moment, entre deux coups de pelle.

— Vous l'avez enterré vous-même ? s'étonna Barak.

— Je n'aurais laissé ce plaisir à personne. Je voulais être sûr de savoir où il était. Après, j'ai fait galoper des chevaux sur sa tombe pour la dissimuler. Vous avez peut-être compris que nous n'étions pas dans les meilleurs termes, tous les deux. J'ai pris un certain plaisir à me dire qu'aucun Murgo ne saurait jamais où il était enfoui. Bon, je vous propose de rejoindre ma mère et ma femme, puis vous pourrez nous raconter ces splendides nouvelles, quelles qu'elles soient. Puis-je espérer que Kal Zakath repose dans les bras de Torak ?

— Je ne crois pas.

— Dommage, murmura Urgit.

En apprenant que Polgara, Ce'Nedra et Velvet étaient restées à bord de l'*Aigle des mers*, la reine Prala et la reine mère Tamazin s'excusèrent et quittèrent la salle du trône pour aller revoir leurs amies.

— Asseyez-vous, Messieurs, fit Urgit en s'affalant sur son trône, une jambe passée sur l'un des bras, selon sa bonne habitude. Alors, Kheldar, quoi de neuf ?

Silk s'assit au bord de l'estrade et alla à la pêche dans sa tunique.

— Ne fais pas ça ! protesta Urgit en se recroquevillant. Je sais que tu pourrais ouvrir un commerce avec toutes les dagues que tu trimbales.

— Ne t'inquiète pas. Regarde plutôt, dit-il en lui tendant un parchemin plié.

Urgit l'ouvrit et le parcourut rapidement.

— Qui est Oldorin de Perivor ?

— Le roi d'une île perdue au sud de la Mallorée, répondit Garion. Un petit groupe d'entre nous l'ont rencontré chez lui.

— Un sacré groupe, oui, fit Urgit en regardant les signatures. Je vois aussi que tu as parlé en mon nom, Kheldar, ajouta-t-il en se rembrunissant.

— Il a loyalement défendu vos intérêts, Urgit, lui assura Belgarath. Le traité dont nous avons jeté les bases n'est qu'une esquisse, ainsi que vous le constaterez, mais c'est tout de même un début.

— En effet, Belgarath, acquiesça Urgit. Je constate que personne n'a parlé pour Drosta.

— Le roi du Gar og Nadrak n'était pas représenté, ô Sire, confirma Mandorallen.

— Pauvre vieux Drosta, ricana Urgit. Il reste toujours en rade ! Tout ceci est bien beau, Messieurs, et ça pourrait même nous assurer une décennie de paix. Surtout si vous promettez à Zakath de lui apporter ma tête sur un plateau pour décorer un cabinet reculé de son palais de Mal Zeth.

— C'est de ça, surtout, que nous voulions te parler, reprit Silk. Avant de quitter Perivor, j'ai eu amplement le temps de m'entretenir avec Zakath et il a fini par accepter des ouvertures de paix.

— De paix ? ironisa Urgit. La seule paix que comprend Zakath est la paix éternelle, pour tous les Murgos, et moi le premier.

— Il a un peu changé, objecta Garion. Il a plus important à faire maintenant que d'exterminer les Murgos.

— C'est ridicule, Garion. Tout le monde veut les exterminer, même moi, leur roi.

— Tu devrais envoyer des ambassadeurs à Mal Zeth, insista Silk. Laisse-leur carte blanche pour négocier.

— Donner carte blanche à un Murgo ? Enfin, Kheldar, tu as perdu la tête ?

— Je pourrais trouver des hommes de confiance, Urgit, intervint Oskatat.

— Des hommes de confiance au Cthol Murgos ? Où ça ? sous une roche humide, peut-être ?

— Il va bien falloir que vous commenciez à faire confiance à quelques personnes, Urgit, coupa Belgarath.

— Ben voyons, fit Urgit d'un ton sarcastique. A vous, par exemple, et si je ne le fais pas, vous me changez en salsifis, c'est ça ?

— Envoie des ambassadeurs à Mal Zeth, Urgit, soupira Silk. Tu pourrais être agréablement surpris du résultat.

— Le seul résultat qui me surprendrait agréablement serait de ne pas me retrouver raccourci d'une tête. Bon, tu as une autre idée derrière la tête, fit le roi des Murgos en regardant son frère entre ses paupières étrécies. Allez, accouche.

— Une paix effroyable est sur le point d'éclater dans

le monde, annonça Silk. Nous avons basé nos entreprises, mon associé et moi, sur l'état de guerre qui faisait rage un peu partout ces dernières années. Si nous ne trouvons pas de nouveaux marchés pour des marchandises utilisables en temps de paix, c'est la banqueroute. On se bat au Cthol Murgos depuis une génération, maintenant.

— Oh, plus que ça ! Nous sommes pratiquement en guerre depuis l'ascension au pouvoir de la Maison Urga. Que j'ai l'insigne déplaisir de représenter.

— Ton royaume va donc avoir besoin de biens d'équipement : des toits pour les maisons, des chaudrons dans lesquels faire la tambouille et tout le fourbi.

— C'est possible, oui.

— Eh bien, c'est parfait. Nous pourrions expédier des marchandises par voie maritime au Cthol Murgos et faire de Rak Urga le plus grand centre commercial du sud du continent.

— Pour quoi faire ? Le Cthol Murgos est en faillite.

— Les mines inépuisables ne sont pas encore vides, que je sache ?

— Evidemment pas, mais elles sont toutes dans les secteurs contrôlés par les Malloréens.

— Mais si tu fais la paix avec Zakath, les Malloréens les évacueront, non ? Il faut nous dépêcher, Urgit. Dès que les Malloréens se seront retirés tu devras réinvestir ces zones, et pas qu'avec des troupes ; avec des mineurs aussi.

— Et qu'est-ce que j'aurais à gagner là-dedans ?

— Des taxes, mon cher frère, des tas de taxes et d'impôts. Tu pourrais taxer les chercheurs d'or, tu pourrais me taxer, et tu pourrais imposer mes clients. En quelques années, tu roulerais sur l'or.

— Les Tolnedrains me mettraient sur la paille aussi vite.

— Ce n'est pas certain, fit Silk avec un sourire finaud. Varana est le seul Tolnedrain au monde qui soit au courant, or en ce moment il est au port, sur le bateau de Barak. Il ne rentrera pas à Tol Honeth avant plusieurs semaines.

— Bon, mais personne ne peut bouger le petit doigt

tant que je n'aurai pas conclu un traité de paix avec Zakath, alors ?

— Ce n'est pas tout à fait vrai, Urgit. Nous pouvons signer tous les deux un accord me donnant un accès exclusif au marché murgo. Je te paierais royalement pour ça, évidemment. Ce serait un accord parfaitement légal, et en béton armé ; j'ai établi assez de contrats dans ma vie pour te le garantir. Nous pourrions peaufiner les détails plus tard, mais ce qui importe, tout de suite, c'est de mettre quelque chose par écrit avec nos deux noms dessus. Quand la paix sera revenue, les Tolnedrains s'abattront sur le Cthol Murgos comme des sauterelles. Tu pourras leur montrer le document et les renvoyer chez eux par caravanes entières. Si j'ai l'accès exclusif, nous nous ferons des millions. Des millions, Urgit !

Leurs deux nez frémissaient à l'unisson, maintenant.

— Et quel genre de clauses pourrions-nous mettre dans ce contrat d'exclusivité ? demanda Urgit avec circonspection.

— Je me suis permis d'établir un projet de document, répondit Silk avec un grand sourire en tirant un autre parchemin de sa tunique. Juste pour gagner du temps, tu comprends.

Sthiss Tor était décidément une ville très laide, remarqua Garion alors que les matelots de Barak mouillaient l'ancre dans l'enclave commerciale drasnienne. Le navire n'était pas plus tôt amarré que Silk bondissait sur le quai et disparaissait dans les rues.

— J'espère qu'il ne va pas s'attirer d'ennuis, murmura Garion.

— Il y a peu de risques, répondit Sadi, tapi derrière une chaloupe. Salmissra le connaît, et je connais ma reine. Son visage ne trahit guère d'émotions, mais sa curiosité est insatiable. J'ai passé trois jours à rédiger cette lettre. Elle me recevra, je puis vous l'assurer. Ne pourrions-nous descendre, Garion ? Je préférerais vraiment éviter qu'on me voie.

Deux heures plus tard, Silk revenait accompagné par un détachement de soldats nyissiens. Le chef leur était familier.

— C'est bien toi, Issus ? souffla Sadi par le hublot de la cabine dans laquelle il se terrait. Je croyais que tu étais mort, depuis le temps.

— Pour un mort, je ne me porte pas mal du tout, rétorqua l'assassin borgne.

— Tu travailles au palais, maintenant ? Pour la reine ?

— Entre autres. Je fais parfois des petits boulots pour Javelin.

— Et la reine le sait ?

— Evidemment. Bon, Sadi, la reine t'accorde deux heures de grâce. Tu as intérêt à te dépêcher. Je suis sûr que tu aimerais mieux être parti d'ici avant la fin de ce délai. La reine a les crocs qui la démangent chaque fois qu'elle entend ton nom. Alors, allons-y, à moins que tu ne te ravises et que tu ne préfères prendre tes jambes à ton cou tout de suite.

— Non. Je viens. Je peux amener Polgara et Belgarion ?

— Si tu veux, répondit Issus avec un haussement d'épaules indifférent.

Le palais était toujours infesté de serpents et d'eunuques aux yeux hagards. Un fonctionnaire au postérieur généreux et au visage pustuleux, maquillé d'une façon grotesque, les accueillit à la porte du palais.

— Tiens, Sadi ! fit-il d'une voix de fausset. Tu as donc fini par revenir.

— Tiens, Y'sth ! Tu as donc réussi à rester en vie, rétorqua froidement Sadi. C'est vraiment une honte.

— A ta place, Sadi, je modérerais un peu mes paroles, piaula le dénommé Y'sth en étrécissant les yeux. Tu n'es plus Chef Eunuque. Si tu veux tout savoir, il se pourrait que j'occupe bientôt ce poste enviable.

— Issa en préserve cette pauvre Nyissie, murmura Sadi.

— La reine a ordonné que Sadi lui soit amené sain et sauf, Y'sth, tu as entendu ? demanda Issus.

— Pas de ses propres lèvres.

— Salmissra n'a pas de lèvres, Y'sth, et tu viens de l'entendre de ma bouche. Bon, tu nous laisses passer, maintenant, ou je te coupe en deux par le milieu ?

— Tu n'as pas le droit de me menacer, geignit l'eunuque en reculant d'un pas.

— Je ne te menaçais pas, je te posais une question.

L'assassin mena le petit groupe vers une porte de pierre polie et les fit entrer.

La salle du trône n'avait pas changé. Elle n'avait pas changé depuis des milliers d'années. Elle était immuable. Salmissra se balançait lentement sur son divan en contemplant dans son miroir le reflet de sa tête couronnée, au nez émoussé, ses anneaux crissant inlassablement les uns sur les autres.

— Sadi l'Eunuque, ma reine, annonça Issus en s'inclinant.

Garion nota que l'assassin borgne ne se prosternait pas devant le trône comme les autres Nyissiens.

— Ah, siffla Salmissra. Sadi, la belle Polgara et le roi Belgarion. Tu t'es acoquiné avec des gens importants après avoir quitté mon service, Sadi.

— Pur hasard, ma reine, mentit effrontément Sadi.

— Quelle est cette affaire si vitale qu'elle te mène à risquer ta vie en te représentant devant moi ?

— Seulement ceci, Eternelle Salmissra, répondit Sadi.

Il ouvrit sa mallette de cuir rouge, en tira un parchemin plié et flanqua négligemment un coup de pied dans les côtes d'un eunuque qui rampait servilement près de lui.

— Donne ça à la reine, lui ordonna-t-il.

— Vous ne soignez pas votre popularité, murmura Garion.

— Je ne suis pas candidat à une élection, Garion. Je peux me permettre d'être aussi désagréable que je veux.

Salmissra prit rapidement connaissance des Accords de Dal Perivor.

— Intéressant, siffla-t-elle.

— Je suis sûr que Sa Majesté comprend les opportunités offertes par ces accords, susurra Sadi. J'ai cru qu'il était de mon devoir de L'en informer.

— Evidemment que je comprends de quoi il s'agit, Sadi. Je suis un serpent, pas une andouille.

— Alors, ma reine, je Te dis au revoir. J'ai rempli mon dernier devoir à Ton endroit.

— Pas encore, mon Sadi, ronronna la reine des serpents, le regard rendu vitreux par la réflexion. Approche-toi un peu.

— Tu as donné Ta parole, Salmissra, lui rappela-t-il non sans appréhension.

— Voyons, Sadi, je ne vais pas te mordre. C'est toi qui as tramé tout ça, hein ? Tu savais que ces accords étaient en préparation et tu t'es arrangé pour que je te disgracie afin d'y prendre part. Les négociations que tu as menées pour mon compte sont absolument brillantes, je dois dire. Tu as très bien fait, Sadi, même si la réalisation de ce projet impliquait que tu me mystifies. Je suis très contente de toi. Consentirais-tu à reprendre ta place à mes côtés, au palais ?

— Si j'y consentirais, ma reine ? balbutia l'eunuque avec une joie presque enfantine. j'en serais transporté de joie. Je ne vis que pour Te servir.

Salmissra tourna la tête vers les eunuques prosternés.

— Laissez-nous, vous autres ! siffla-t-elle d'un ton impérieux. Répandez-vous dans le palais et faites savoir à tous que Sadi est réhabilité et qu'il a repris son poste. Si quelqu'un conteste ma décision, envoyez-le-moi. Je lui expliquerai.

Tous les visages se tournèrent vers elle et Garion remarqua quelques expressions assez chagrines.

— Comme c'est ennuyeux, soupira Salmissra. Ils sont paralysés de bonheur. Fous-les dehors, Issus, s'il te plaît.

— Ma reine souhaite-t-elle en garder quelques-uns en vie ? susurra l'assassin borgne en tirant son épée.

— Est-ce bien utile ? Disons ceux qui courent le plus vite.

Les eunuques désertèrent aussitôt la place.

— Je ne saurai jamais assez Te remercier, Divine Salmissra, murmura Sadi.

— Je vais te dire comment faire, Sadi. D'abord, nous affirmerons hautement, l'un comme l'autre, la véracité des motifs que j'ai exposés il y a un instant. D'accord ?

— Je comprends parfaitement, Divine Salmissra.

— Il importe avant tout de préserver la dignité de la couronne. Tu reprendras ton poste et tes appartements.

Nous aurons tout le temps de décider des honneurs et des récompenses qui te sont dus. Tu m'as manqué, mon Sadi, susurra-t-elle au bout d'un moment. Personne ne peut imaginer à quel point tu m'as manqué. Et toi, Polgara, comment s'est passée ta rencontre avec Zandramas ? demanda-t-elle en tournant lentement la tête.

— Zandramas n'est plus de ce monde, Salmissra.

— Magnifique. Elle ne m'a jamais plu. L'intégrité de l'univers est-elle restaurée ?

— Elle l'est, Salmissra.

— Je crois que je m'en réjouis. Les reptiles aiment l'ordre et le calme, tu sais. Le chaos et les perturbations les irritent.

Garion remarqua qu'un petit serpent vert s'était glissé de sous le trône de Salmissra et s'approchait de la mallette de cuir rouge de Sadi qui était restée ouverte par terre. Le petit serpent se redressa pour regarder certaine bouteille de terre cuite et se mit à ronronner d'une façon aguichante.

— Sa Majesté a-t-elle retrouvé son fils ? reprit Salmissra en regardant Garion.

— Nous l'avons retrouvé, Majesté.

— Félicitations. Transmettez mes salutations à votre femme.

— Je n'y manquerai pas, Salmissra.

— Nous devons partir, déclara Polgara. Au revoir, Sadi.

— Au revoir, Dame Polgara. Au revoir, Garion. Nous nous sommes bien amusés, n'est-ce pas ?

— Pour ça oui, acquiesça Garion en serrant chaleureusement les mains de l'eunuque.

— Dites au revoir aux autres pour moi. J'imagine que nous nous reverrons de temps en temps pour affaires, mais ce ne sera plus la même chose, n'est-ce pas ?

— Non, probablement pas.

Garion et tante Pol suivirent Issus vers la porte.

— Encore un instant, Polgara, appela Salmissra.

— Oui ?

— Tu as changé bien des choses ici. Au début, je t'en ai voulu à mort, mais j'ai eu le temps de réfléchir, depuis.

Tout est pour le mieux, en fin de compte. Sois-en remerciée.

Polgara inclina la tête.

— Oh, mes félicitations pour l'heureux événement à venir !

— Merci, Salmissra, répondit simplement la sorcière, apparemment pas surprise par la clairvoyance de la Reine des Serpents.

Ils ramenèrent l'empereur Varana chez lui, à Tol Honeth. Ce militaire de carrière aux épaules larges semblait préoccupé par quelque chose, remarqua Garion. Il dit quelques mots à un fonctionnaire du palais alors que le groupe s'avançait vers les appartements impériaux, et l'homme détala ventre à terre.

Les adieux furent brefs, presque secs. Varana était, comme toujours, la courtoisie incarnée, mais il avait manifestement autre chose en tête.

Ce'Nedra quitta le palais en fulminant. Elle portait son jeune fils (pour ne pas changer), et passait distraitement ses doigts dans ses boucles blondes.

— Il a été à peine poli, remarqua-t-elle avec indignation.

Silk parcourut les environs du regard. Le printemps approchait dans ces latitudes septentrionales, et les bourgeons commençaient à poindre sur les arbres antiques et solennels. De riches Tolnedrains marchaient aussi vite que le permettait leur dignité le long de l'allée de marbre menant au palais.

— Votre oncle, frère, ou je ne sais comment vous l'appelez, a des choses importantes à faire, annonça-t-il à Ce'Nedra.

— Que peut-il y avoir de plus important que la courtoisie ?

— Le Cthol Murgos, par exemple.

— Je ne comprends pas.

— Si Zakath et Urgit font la paix, toutes sortes d'opportunités commerciales vont se présenter au Cthol Murgos.

— Ça, j'imagine, dit-elle d'un petit ton pincé.

— Le contraire m'eût étonné. Vous n'êtes pas tolnedraine pour rien.

— Et vous ne pouvez rien y faire ?

— C'est déjà fait, Ce'Nedra, lâcha-t-il avec un sourire en astiquant sa chevalière (une énorme chose) sur le devant de son pourpoint gris perle. Varana risque d'être assez fumasse quand il découvrira le tour que je lui ai joué.

— Et quel tour lui avez-vous joué ?

— Je vous le dirai en mer. Vous êtes toujours une Borune, vous pourriez conserver une certaine loyauté envers votre famille. Je n'aimerais pas que vous gâchiez la surprise à votre bon oncle.

Ils repartirent plein nord, le long de la côte ouest, et remontèrent l'Arend jusqu'aux hauts-fonds, à quelques lieues à l'ouest de Vo Mimbre. Puis ils se mirent en selle et traversèrent à cheval, sous le soleil printanier, la cité mythique des Arendais mimbraïques.

La foudre tombant sur le palais du roi Korodullin n'aurait pas fait plus d'effet que Mandorallen lorsqu'il annonça que des Mimbraïques avaient été découverts à l'autre bout du monde. Fonctionnaires et membres de la cour se ruèrent dans toutes les bibliothèques pour composer des réponses dignes des missives envoyées par le roi Oldorin.

Les Accords de Dal Perivor que Lelldorin remit au roi Korodullin et à la reine Mayaserana suscitèrent quant à eux le trouble chez certains membres de la cour parmi les plus blanchis sous le harnois.

— Souffrez, douce Reine, doux Sire, commença un courtisan d'âge vénérable, que je vous fasse part de mes craintes : je vois venir le temps où notre pauvre Arendie fera à nouveau la preuve de son retard sur le reste du monde civilisé. Souventes fois, nous avons puisé un certain réconfort dans l'éternelle opposition entre l'Alorie et les Angaraks, et le plus récent conflit entre la Mallorée et les Murgos, croyant peut-être que leur discorde excusait dans une certaine mesure la nôtre. M'est avis que cette piètre consolation nous sera promptement refusée. Laisserons-nous dire que dans notre royaume tragique entre tous, et là seul, persistent la rancœur et les guerres intestines ? Comment pourrions-nous marcher la tête haute dans un monde en paix tant que des chamailleries puériles et stupides entacheront les relations au sein même de notre peuple ?

— Tes paroles, Messire, résonnent à mes oreilles comme l'ultime offense, protesta hautement un jeune baron à la nuque raide. Onc ne saurait un vrai Mimbraïque refuser d'assurer les austères devoirs de l'honneur.

— Je ne parle point seulement pour Mimbre, Messire, mais pour tous les Arendais, les Asturiens aussi bien que les Mimbraïques, répondit le vieillard d'un ton indulgent.

— Les Asturiens n'ont pas d'honneur, ironisa le baron.

Lelldorin porta impétueusement la main à son épée.

— Que non point, mon jeune ami, fit Mandorallen en retenant son bras. L'insulte a été proférée ici, en territoire mimbraïque. Il m'appartient donc d'y répondre, ce que je ferai avec plaisir. Tu as peut-être parlé à la hâte, Messire, dit-il aimablement au baron arrogant en avançant sur lui. Je Te prie donc de reconsidérer Tes paroles.

— J'ai dit ce que j'avais à dire, messire Chevalier, rétorqua la tête brûlée avec un sourire insolent.

— Tu as parlé en termes discourtois à un conseiller émérite du roi, reprit fermement Mandorallen. Et Tu as proféré une insulte mortelle envers nos frères du nord.

— Point n'ai de frères asturiens, riposta le chevalier. Onc ne me considérerai comme le frère de traîtres et de mécréants.

Mandorallen soupira.

— Je T'implore, ô mon roi, de me pardonner. Peut-être voudras-Tu faire sortir les dames, car je me propose de parler sans ambages.

Mais aucune force au monde n'aurait pu faire sortir les dames de la cour en cet instant, même pas la reine Mayaserana.

— Messire, reprit Mandorallen en tournant sa grande carcasse vers le baron, je Te trouve la silhouette des plus disgracieuses et la face pareille à un derrière de singe. Ta barbe me semble de plus une offense au bon goût, par sa semblance avec certaine bourre scabreuse, plus propre à orner, si l'on ose dire, le postérieur d'un chien bâtard qu'un visage humain. Se pourrait-il que Ta mère ait eu, dans un moment de sauvage lascivité, des rapports avec un bouc de passage ?

Le baron blêmit et se mit à crachouiller, incapable de répondre de façon cohérente.

— Tu sembles mécontent, Messire, reprit Mandorallen avec une douceur inquiétante. Mais peut-être Ta naissance improbable a-t-elle privé Ta langue du langage humain. A moins, ajouta-t-il en toisant le baron, que Tu ne souffres de couardise autant que de manque de naissance, car, en vérité, aucun homme d'honneur ne supporterait sans répondre insulte aussi mortelle que celle dont je viens de Te gratifier. Force m'est donc de T'aiguillonner davantage.

Il ôta son gantelet.

La coutume voulait que l'on jette son gantelet à terre, devant son ennemi, pour le défier. Mandorallen rata le sol. Le jeune baron recula en crachant du sang et quelques dents.

— Tu n'es plus un enfant, Messire Mandorallen, fulmina-t-il. M'est avis que le moment est venu de Te mettre véritablement à l'épreuve.

— Ça parle, fit Mandorallen avec un étonnement feint. Contemplez cette merveille, Messires et gentes Dames : un chien qui parle !

La cour éclata de rire.

— Rendons-nous à la cour inférieure, Messire des Mouches, poursuivit Mandorallen. Je gage qu'une passe d'armes avec un chevalier si faible et d'âge si avancé devrait Te procurer certaines distractions.

Les dix minutes suivantes durent paraître bien longues au jeune baron insolent. Mandorallen, qui aurait assurément pu le fendre en deux du premier coup, joua avec lui comme le chat avec la souris, lui infligeant moult blessures aussi pénibles qu'humiliantes. Toutefois, aucun des os que le jeune chevalier ne se brisa n'étant absolument essentiel, il ne devait pas rester immobilisé trop longtemps par ses entailles et contusions. Le baron tenta désespérément de parer ses coups alors que Mandorallen le dépouillait de son armure par petits bouts. Pour finir, le champion d'Arendie, sans doute lassé du jeu, lui rompit le tibia d'un seul coup. Le baron tomba à terre en hurlant de douleur.

— Nous te prions, Messire, le gourmanda Mandorallen, de modérer Tes cris. Tu risques d'inquiéter ces dames. Veuille gémir plus bas et modérer Tes contorsions grotesques. Or donc, ajouta-t-il gravement en se tournant vers la foule coite et même effrayée, si d'aucuns partagent les préjugés de ce jeune présomptueux, je les engage à parler maintenant, devant que je ne remette mon épée au fourreau, car il est, en vérité, fort lassant de tirer sans cesse son arme. Poursuivons donc, Messeigneurs, fit-il en parcourant l'assistance du regard, car de ces inepties je suis fort las et la moutarde commence à me monter au nez.

Quel que soit leur point de vue, les chevaliers de la cour décidèrent de le garder pour eux.

Ce'Nedra entra gravement en lice.

— Mon chevalier ! s'exclama-t-elle fièrement. Il appert que Ta vaillance demeure intacte quand bien même l'âge sans pitié paralyse Tes membres et que la neige givre l'ébène de Tes cheveux, déclama-t-elle, les yeux étincelants de malice.

— L'âge ? protesta le grand chevalier.

— Je vous taquine, Mandorallen, s'esclaffa-t-elle. Rengainez votre épée. Personne n'a plus envie de jouer avec vous aujourd'hui.

Ils dirent adieu à Mandorallen, Lelldorin, et Relg qui irait directement de Vo Mimbre à Maragor, rejoindre Taïba.

— Mandorallen ! beugla le roi Anheg alors qu'ils s'éloignaient de la cité. Quand l'hiver sera là, venez au Val d'Alorie. Nous vous emmènerons, Barak et moi, chasser le sanglier.

— Point n'y manquerai, Majesté, promit Mandorallen du haut des créneaux.

— J'adore ce gaillard, fit Anheg avec enthousiasme.

Ils reprirent la mer et mirent le cap au nord, vers

Sendar, afin d'informer le roi Fulrach des Accords de Dal Perivor. Silk et Velvet repartiraient vers le nord à bord de l'*Aigle des mers* avec Barak et Anheg. Les autres traverseraient les montagnes d'Algarie à cheval pour aller au Val.

Les adieux sur le quai furent brefs, d'abord parce qu'ils devaient tous se revoir bientôt, ensuite parce qu'ils préféraient cacher leur émotion. C'est bien à regret que Garion prit congé de Silk et Barak en particulier. Les deux hommes étrangement assortis avaient été ses compagnons pendant plus de la moitié de sa vie, et la perspective d'être séparé d'eux lui causait une sorte de souffrance vague mais intense. L'aventure était finie. Rien ne serait plus jamais tout à fait pareil.

— Tu crois que tu pourras éviter les ennuis ? lui demanda Barak d'une voix bourrue, manifestement en proie aux mêmes sentiments. Merel n'aime pas se réveiller à côté d'un ours.

— Je vais tâcher moyen, répondit Garion.

— Tu te souviens de ce que je t'avais dit, juste au-dehors de Winold, ce matin où il gelait à pierre fendre ? demanda Silk.

Garion fronça les sourcils et essaya de se rappeler.

— Je t'ai dit que nous vivions un moment primordial de l'histoire et que c'était bon de vivre maintenant, pour assister à tout ça, pour y participer.

— Oui, je me souviens, maintenant.

— Eh bien, j'ai eu le temps d'y réfléchir. Je retire tout ça.

Il se fendit d'un grand sourire, et Garion comprit qu'il n'en pensait pas un mot.

— Nous nous reverrons à la fin de l'été, Garion, pour le Conseil d'Alorie ! hurla Anheg par-dessus le bastingage alors que l'*Aigle des mers* prenait le large. C'est toi qui nous invites, cette année. Peut-être finirons-nous par t'apprendre à chanter juste.

Ils repartirent de Sendar tôt le lendemain matin et prirent la grand-route de Muros. Ce n'était pas vraiment nécessaire, mais Garion avait décidé de reconduire chacun de ses amis chez lui. La diminution graduelle de leur groupe, au fur et à mesure qu'ils remontaient vers le nord, avait été fort déprimante, et Garion ne voulait pas les quitter tous d'un seul coup.

Ils traversèrent la Sendarie sous le soleil de la fin du printemps, traversèrent les montagnes qui marquaient la frontière avec l'Algarie et arrivèrent à la Forteresse une semaine plus tard. Le roi Cho-Hag fut transporté de joie en apprenant l'issue de la rencontre de Korim, et surpris du résultat de la conférence impromptue de Dal Perivor. Et comme Cho-Hag était beaucoup plus équilibré que le brillant mais parfois imprévisible Anheg, Belgarath et Garion lui racontèrent de façon plus détaillée la stupéfiante élévation d'Essaïon.

— Il a toujours été un drôle de petit garçon, fit rêveusement Cho-Hag de sa voix grave et calme, lorsqu'ils eurent fini. Mais il faut bien dire que toute cette série d'événements aura été fort étrange. Nous avons été privilégiés, mes amis, de vivre une époque aussi cruciale de l'histoire.

— En effet, acquiesça Belgarath. Espérons tout de même que les choses vont se calmer, pendant un moment au moins.

— Père, dit alors Hettar, le roi Urgit des Murgos m'a chargé de vous transmettre l'expression de sa considération.

— Tu as rencontré le roi des Murgos ? Et le pays n'est pas à feu et à sang ? s'émerveilla Cho-Hag.

— Urgit ne ressemble à aucun des Murgos que vous avez jamais rencontré, Père, lui révéla Hettar. Il voulait vous remercier d'avoir tué Taur Urgas.

— C'est une curieuse expression d'amour filial.

Garion expliqua l'origine particulière d'Urgit et Cho-Hag, d'ordinaire si réservé, partit d'un fou rire.

— J'ai connu le père du Prince Kheldar, dit-il quand il parvint à articuler. Ça ne m'étonne pas de lui.

Les dames étaient réunies autour de Geran et de la nombreuse progéniture d'Adara. La cousine de Garion était enceinte jusqu'aux yeux et passait le plus clair de son temps assise, un sourire extatique accroché à la figure, à l'écoute des changements que la nature imposait à son corps. La révélation des grossesses simultanées de Ce'Nedra et de Polgara emplit Adara et la reine Silar d'émerveillement. Poledra affichait un petit sourire mystérieux, et Garion était sûr qu'elle en savait beaucoup plus long qu'elle ne voulait bien le dire.

Au bout d'une dizaine de jours, Durnik ne tenait plus en place.

— Il y a longtemps que nous sommes partis de chez nous, ma Pol, dit-il un matin. Nous aurions encore le temps de faire une moisson, et nous aurons sûrement beaucoup de choses à faire : des palissades à arranger, le toit à revoir, tout ça.

— Comme tu voudras, mon Durnik, acquiesça placidement Polgara.

Elle avait bien changé depuis qu'elle était enceinte. Rien ne semblait plus la contrarier.

Le jour de leur départ, Garion alla dans la cour seller Chrestien. Il y avait à la Forteresse des tas d'hommes de clan algarois qui se seraient fait un plaisir de lui rendre ce service, mais il prétendit avoir envie de le faire lui-même pour couper court aux adieux. Il se disait qu'un « au revoir » de plus et il fondrait en larmes.

— C'est vraiment une bête magnifique, Garion.

C'était sa cousine Adara. Son visage avait la sérénité que la grossesse donne souvent aux femmes, et Garion se dit à nouveau que Hettar avait bien de la chance. Depuis qu'il l'avait rencontrée pour la première fois, un lien spécial, un amour très particulier avait toujours uni Garion et Adara.

— C'est Zakath qui me l'a donné, répondit-il.

Tant que la conversation resterait sur le thème des chevaux, il espérait arriver à se contrôler.

Mais Adara n'était pas là pour parler chevaux. Elle le prit doucement par la nuque et l'embrassa.

— Adieu, mon frère, murmura-t-elle.

— Au revoir, Adara, dit-il d'une voix étranglée. Au revoir.

CHAPITRE XXVIII

Le roi Belgarion, Roi des Rois du Ponant, Seigneur de la Mer du Ponant, Tueur de Dieu et généralement héros de tout poil eut avec son épouse, la reine Ce'Nedra, Princesse impériale de Tolnedrie et joyau de la Maison des Borune, une vive discussion sur le sujet suivant : qui aurait le privilège de porter le prince Geran, héritier du trône de Riva, Gardien héréditaire de l'Orbe et, jusqu'à une époque récente, Enfant des Ténèbres ? La conversation se poursuivit jusqu'au moment où le couple royal et sa famille quittèrent la Forteresse pour le Sud et le Val d'Aldur.

La reine Ce'Nedra finit par céder, après pas mal de simagrées. Belgarath avait vu juste : elle en avait plein les bras de porter continuellement son jeune fils et ne devait pas être fâchée, au fond, de le confier à son mari.

— Surtout ne le laisse pas tomber, lui recommanda-t-elle.

— Oui, ma chérie, répondit Garion en déposant son fils sur le cou de Chrestien, devant le pommeau de sa selle.

— Et fais attention qu'il ne prenne pas un coup de soleil.

Maintenant qu'ils l'avaient arraché aux griffes de Zandramas, Geran était un bon petit garçon d'un naturel heureux et confiant. Quand il ne somnolait pas, sa petite tête blonde appuyée sur la poitrine de son père dans une attitude d'abandon et de contentement absolu, il lui montrait d'un air important les cerfs et les lapins et lui expliquait des tas de choses en parlant par demi-phrases, avec une gravité touchante. Un matin qu'il ne tenait pas en place, Garion, sans vraiment réfléchir, ôta l'Orbe du pommeau de son épée et la lui tendit. Ce fut magique. Geran pouvait regarder, fasciné, dans ses profondeurs, ou la porter à son oreille et écouter son chant pendant des heures sans se lasser. Mais on aurait dit que l'Orbe était encore la plus contente des deux.

— Là, Garion, tu exagères, protesta Beldin. Tu as changé l'objet le plus puissant de l'univers en un jouet d'enfant.

— Elle est à lui, après tout, ou elle va le devenir. Autant qu'ils fassent connaissance, non ?

— Et s'il la perd ?

— Voyons, Beldin, comme si on pouvait perdre l'Orbe !

Le jeu prit fin abruptement lorsque Poledra approcha son cheval de celui du roi des rois du Ponant.

— Il est trop petit pour jouer avec ça, Garion, dit-elle fermement. Remets-la à sa place et donne-lui plutôt ça.

Elle tendit la main et un bâtonnet curieusement noué et renoué apparut dans sa paume.

— C'est le bâton à un seul bout, hein ? fit Garion en se rappelant le jouet que Belgarath lui avait montré dans sa tour en désordre — le jouet avec lequel s'était si bien amusée sa tante Pol quand elle était petite.

— Ça devrait l'occuper un moment, acquiesça Poledra.

Geran ne se fit pas prier pour lâcher l'Orbe et prendre le nouveau jouet, mais la pierre le fit payer cher à Garion. Elle lui cassa les oreilles pendant des heures.

Deux jours plus tard, ils arrivèrent au sommet de la colline qui dominait le cottage et s'arrêtèrent pour y jeter un coup d'œil.

— Tu as fait des changements, constata Poledra.

— Tu m'en veux, Mère ? demanda tante Pol.

— Bien sûr que non, Polgara. Une maison doit refléter la personnalité de ses occupants.

— Nous avons du pain sur la planche, dit pensivement

Durnik. Si je ne répare pas ces barrières, nous allons être envahis par les vaches algaroises.

— Et moi, je vois d'ici le ménage qu'il va falloir faire dans la maison ! ajouta Polgara.

Ils descendirent la colline, mirent pied à terre et entrèrent dans la maison.

— Oh non ! Ce n'est pas possible ! s'exclama Polgara en regardant avec consternation la couche de poussière qui recouvrait toute chose. Il nous faudra des balais, Durnik.

— Bien sûr, ma Pol.

— Ce n'est pas le moment, Père ! protesta Polgara en voyant Belgarath fourrager dans le cellier. Vous allez sortir d'ici, oncle Beldin, Garion et toi, et désherber le potager.

— *Quoi* ? s'exclama le vieux sorcier, offusqué.

— Je vais semer, demain, et je voudrais que vous me prépariez le terrain.

Garion, Beldin et Belgarath allèrent, effondrés, explorer la cabane à outils de Durnik. Garion regarda avec consternation le potager de tante Pol. Il semblait assez vaste pour nourrir une petite armée. Beldin flanqua quelques coups de houlette symboliques dans le sol et éclata.

— C'est ridicule !

Il flanqua son instrument par terre, tendit le doigt et le releva lentement, ouvrant un sillon bien droit dans le sol.

— Tante Pol ne va pas aimer ça, l'avertit Garion.

— Encore faudrait-il qu'elle nous pince, rétorqua le petit sorcier bossu en regardant le cottage où les femmes s'activaient avec des balais et des chiffons à poussière. A toi de labourer, Belgarath. Montre-nous les beaux sillons que tu sais faire.

— Essayons de soutirer un peu de bière à Pol avant de passer le râteau, suggéra Beldin lorsqu'ils eurent fini. La terre est basse et il fait chaud, même quand on *travaille* comme ça.

Par chance, Durnik était aussi rentré à la maison se rafraîchir avant de retourner à ses clôtures. Ces dames maniaient frénétiquement le plumeau, soulevant la poussière qui retombait obstinément aux endroits déjà nettoyés, ainsi que l'avait toujours constaté Garion.

— Où est Geran ? s'exclama tout à coup Ce'Nedra en lâchant son balai et en regardant autour d'elle avec angoisse.

Le regard de Polgara se fit distant.

— Oh non... Durnik, dit-elle calmement, tu pourrais aller le repêcher dans la rivière, s'il te plaît ?

— Quoi ? glapit Ce'Nedra alors que Durnik sortait de la maison en courant.

— Tout va bien, Ce'Nedra, lui assura Polgara. Il est tombé dans la rivière, c'est tout.

— Comment ça, c'est tout ? répéta Ce'Nedra, et sa voix monta encore d'une octave.

— C'est le passe-temps préféré des petits garçons. Garion le faisait tout le temps, Essaïon aussi, et maintenant c'est le tour de Geran. Ne vous en faites pas. Il nage assez bien, d'ailleurs.

— Mais où a-t-il appris à nager ?

— Ça, je l'ignore. Peut-être les petits garçons naissent-ils en sachant nager. Certains d'entre eux, du moins. Garion était le seul qui essayait tout le temps de se noyer.

— Je commençais à piger le coup, Tante Pol, objecta l'intéressé. Je suis sûr que j'y serais arrivé si je ne m'étais pas cogné la tête en remontant sous cette bûche.

Ce'Nedra le regarda avec horreur, puis elle craqua. Elle éclata en sanglots.

Durnik revint en tenant Geran par le dos de sa tunique comme une chatte portant son petit. Le gamin était trempé, mais au comble de la joie.

— Il est tout boueux, Pol, nota le forgeron. Essaïon se trempait tout le temps, mais je crois qu'il n'avait jamais réussi à se couvrir de boue comme ça.

— Allez le laver dehors, Ce'Nedra, suggéra Polgara. Il dégouline sur le sol que nous venons de laver. Garion, il y a un baquet dans la cabane à outils. Mets-le dans la cour et remplis-le d'eau. Il n'aura pas volé un bain, de toute façon. Je ne sais pas comment ils font, les petits garçons ont tout le temps besoin d'un bain. Garion arrivait à se salir même en dormant.

Par une soirée parfaite, Garion rejoignit Belgarath devant la porte dc la maison.

— Tu as l'air bien pensif, Grand-père. Qu'y a-t-il ?

— Je réfléchissais à la façon dont nous allons nous organiser. Poledra va s'installer dans ma tour avec moi.

— Et alors ?

— Il nous faudra bien dix ans pour y remettre de l'ordre et accrocher des rideaux aux fenêtres. Comment un homme pourrait-il regarder le monde sans rideaux pour boucher les fenêtres, je te demande un peu !

— Elle ne t'embêtera peut-être pas trop avec ça. A Perivor, elle a dit que les loups étaient moins obsédés par la propreté que les oiseaux.

— Elle nous bourrait le mou, Garion, crois-moi.

Deux invités arrivèrent à cheval, quelques jours plus tard. C'était bientôt l'été, mais Yarblek portait son éternel manteau de feutre informe, son bonnet de fourrure hirsute, et on aurait dit qu'il venait d'enterrer père et mère. Vella, la danseuse nadrake à la sensualité torride, était moulée dans sa tenue de cuir noir habituelle.

— Eh bien, Yarblek, quel bon vent vous amène ? s'enquit Belgarath.

— Ce n'était pas mon idée, Belgarath, répondit sinistrement le Nadrak. C'est Vella qui a insisté.

— Très bien, fit Vella d'un ton sans réplique. On ne va pas y passer la journée. Que tout le monde sorte de la maison. Je veux des témoins.

— Des témoins pour quoi, Vella ? s'étonna Ce'Nedra.

— Yarblek va me vendre.

— Vella ! s'exclama Ce'Nedra, outrée. C'est scandaleux !

— Oh, la barbe ! lança Vella (c'est-à-dire qu'elle employa une autre expression, moins convenable). Bon, tout le monde est là ? demanda-t-elle en les parcourant du regard.

— Tous ceux qui sont là, oui.

— Très bien.

Elle se laissa glisser de sa selle et s'assit en tailleur par terre.

— Allons-y. Vous, Beldin, Feldegast ou quel que soit le nom que vous voulez qu'on vous donne, vous avez dit une fois, en Mallorée, que vous vouliez m'acheter. Vous étiez sérieux ?

— Euh..., balbutia le petit sorcier bossu en clignant des yeux comme un hibou. Oui, enfin... euh... peut-être.

— C'est oui ou c'est non, Beldin ? coupa la Nadrake.

— Eh bien, d'accord. C'est oui. Vous n'êtes pas vilaine à regarder et vous ne jurez pas mal du tout pour une femelle.

— Parfait. Combien êtes-vous prêt à me payer ?

Beldin s'étrangla et devint tout rouge.

— Ah, ne tergiversez pas ! bougonna Vella. Finissons-en. Faites une offre à Yarblek.

— Tu es sérieuse ? s'exclama son propriétaire.

— Je n'ai jamais été plus sérieuse de ma vie. Combien êtes-vous prêt à me payer, Beldin ?

— Enfin, Vella ! protesta Yarblek, c'est ridicule.

— Toi, la ferme. Alors, Beldin, combien ?

— Tout ce que j'ai, répondit le petit sorcier bossu, l'air un peu hagard.

— Ce n'est pas assez précis. Il faut me donner un chiffre. Sans ça, nous ne pouvons pas marchander.

— Belgarath, fit pensivement Beldin en grattant sa barbe feutrée, tu as toujours le diamant que tu as trouvé à Maragor, tu te souviens, avant l'invasion tolnedraine ?

— Sûrement. Il doit être quelque part dans ma tour.

— Oui, avec la moitié du fourbi de ce bas monde.

— Il est dans l'étagère, sur le mur sud, souffla Poledra. Derrière un exemplaire du Codex Darin rongé par les rats.

— Vraiment ? demanda Belgarath. Et comment le sais-tu ?

— Tu te souviens comment Cyradis m'a appelée, à Rhéon ?

— La Femme-qui-Regarde ?

— Ça répond à ta question, non ?

— Tu veux bien me le prêter ? demanda Beldin. Enfin, je devrais plutôt dire *donner*. Il y a peu de chance que je sois jamais en mesure de te le rendre.

— Evidemment, Beldin. Je n'en faisais rien, de toute façon.

— Tu pourrais aller me le chercher ?

Belgarath opina du chef, tendit la main et se concentra. Une chose un peu plus grosse qu'une pomme apparut tout à coup dans sa paume. On aurait dit un bloc de glace rosée.

— Par les dents de Torak ! s'exclama Yarblek.

— Alors, bande de rapaces, v'z'êtes d'accord pour accepter c'te pauv'chose en échange d'cette femelle aguichante qu'vous avez l'air si impatient d'vend' ? fit Beldin en reprenant l'accent paysan de Feldegast.

— C'est cent fois le prix de toutes les femmes qui ont vu le jour depuis le commencement des temps ! fit Yarblek d'une voix étouffée.

— Eh bien, ça devrait faire juste le compte, commenta Vella avec fierté. Yarblek, quand tu rentreras au Gar og Nadrak, je tiens à ce que tout le monde soit au courant. Je veux que toutes les femmes du pays s'endorment chaque soir en pleurant pendant les cent ans à venir en pensant au prix qu'on m'a payée.

— Tu es une femme cruelle, fit Yarblek en souriant.

— La cruauté n'a rien à voir là-dedans ; c'est une question d'amour-propre, rétorqua la Nadrake en renvoyant ses cheveux aile-de-corbeau en arrière d'un mouvement de tête. Bon, eh bien, ça n'a pas traîné. Yarblek, tu as mes titres de propriété ?

— Oui.

— Alors, signe-les et donne-les à mon nouveau propriétaire, fit-elle en se levant et en s'époussetant les mains.

— Il faut d'abord que nous nous partagions ton prix de vente, reprit-il en regardant la pierre rose d'un air funèbre. C'est vraiment dommage de couper cette splendeur en deux.

— Garde-la, fit-elle avec indifférence. Je n'en aurai pas besoin.

— Tu es sûre ?

— Elle est à toi. Les papiers, Yarblek.

— Tu es vraiment sûre que c'est ce que tu veux, Vella ? insista le Nadrak.

— Je n'ai jamais été plus sûre de quoi que ce soit.

— Il est tellement laid ! Pardon, Beldin, mais c'est la vérité. Vella, qu'est-ce qui a bien pu te le faire choisir entre tous les hommes ?

— Il sait voler, répondit la danseuse nadrake, extatique.

Yarblek farfouilla dans son sac de selle en secouant la tête. Il en retira des papiers qu'il signa et donna à Beldin.

— Et qu'ê-qu'vous voulez que j'fassions d'ça ? demanda le petit sorcier bossu.

Garion se rendit compte que cet accent était un moyen de cacher ses émotions. Des émotions tellement profondes que Beldin en était presque effrayé.

— Gardez-les ou faites-en des confettis, répondit la Nadrake en haussant les épaules. Ils ne veulent plus rien dire pour moi, maintenant.

— Eh bé, c'est parfait, ma p'tit' choute.

Il froissa les papiers et tint la boule ainsi obtenue dans le creux de sa main. Une flamme monta du chiffon de papier qui se consuma.

— Là ! fit Beldin en soufflant sur les cendres pour les disperser. Y risquent pus d'nous embêter, maint'nant. Bon, c'est fini ? Y a pus rein à faire ?

— Si, ça, répondit-elle.

Elle ôta les deux dagues glissées dans le haut de ses bottes, celles qu'elle avait dans sa ceinture et les tendit à son nouveau propriétaire.

— Là, fit-elle, le regard très doux à présent. Je n'en aurai plus jamais besoin non plus.

— Oh, souffla Polgara, les yeux pleins de larmes.

— Qu'y a-t-il, Pol ? demanda Durnik, inquiet.

— C'est la plus belle chose que puisse faire une Nadrake, répondit Polgara en se tamponnant les yeux avec l'ourlet de son tablier. Elle vient de faire don d'elle-même à Beldin.

— Et qu'est-ce que j'ferions d'ces coutiaux ? demanda Beldin avec un doux sourire.

L'un après l'autre, il les lança en l'air où ils disparurent dans de petits nuages de fumée.

— Adieu, Belgarath, vieux frère, dit-il. Nous nous sommes bien amusés, pas vrai ?

— Comme des fous, acquiesça Belgarath, les yeux embrumés.

— Adieu, Durnik, reprit Beldin. On dirait que tu es arrivé juste à temps pour me remplacer.

— Tu parles comme un homme qui va mourir, constata le forgeron.

— Oh, non, Durnik. Je ne vais pas mourir. Je vais juste changer un peu. Vous direz au revoir aux jumeaux pour moi. Vous leur expliquerez. J'espère que vous ferez bon usage de votre fortune, Yarblek, mais je crois que je fais une meilleure affaire que vous. Allez, Garion, veille à ce que le monde continue de tourner.

— C'est Essaïon qui s'en occupe, maintenant.

— Bon, alors veille à ce qu'il ne s'attire pas trop d'ennuis.

Beldin ne dit rien à Ce'Nedra ; il l'embrassa fougueusement. Puis il serra Poledra dans ses bras. Elle le regarda longuement, les yeux débordants d'amour.

— Au revoir, vieille vache, dit-il à Polgara en lui flanquant familièrement une claque sur le postérieur. Je t'avais dit que tu prendrais du ventre si tu mangeais toutes ces sucreries, ajouta-t-il en la lorgnant d'un air significatif.

Elle l'étreignit, les yeux pleins de larmes.

— Et maint'nant, ma p'tite chérie, reprit-il à l'intention de Vella, on va faire quèqu'pas, tous les deux. Z'avions des tas d'choses à nous dire avant d'partir.

Ils gravirent la colline, main dans la main. Arrivés en haut, ils s'arrêtèrent et parlèrent quelques instants. Puis ils s'enlacèrent et échangèrent un baiser fervent. Ils étaient encore enlacés quand ils donnèrent l'impression de fondre et changèrent de forme.

L'un des deux faucons leur était très familier. Il avait sur les ailes des bandes d'un bleu intense. Les ailes de l'autre arboraient des bandes lavande. Ensemble, ils prirent leur envol, filèrent sans effort apparent dans l'air et partirent à l'assaut du ciel lumineux. Ils s'élevèrent en spirale, décrivant les arabesques d'une danse nuptiale vieille comme le monde. Ils ne furent bientôt plus que deux petits points qui montaient toujours plus haut, toujours plus loin, puis ils disparurent.

C'est ainsi qu'ils s'en allèrent, et nul ne les revit jamais.

Garion et les autres restèrent encore deux semaines au

cottage, puis, remarquant que Polgara et Durnik semblaient avoir envie d'un peu de solitude, Poledra donna le signal du départ. En promettant de revenir le soir-même, Garion et Ce'Nedra emmenèrent leur fils et le louveteau, maintenant presque adulte, et suivirent Belgarath et Poledra vers le cœur du Val.

Il était près de midi lorsqu'ils arrivèrent à la tour trapue, familière, de Belgarath.

— Faites attention à cette marche, dit machinalement le vieux sorcier alors qu'ils montaient l'escalier menant à la salle circulaire du haut.

Mais cette fois Garion laissa continuer les autres et s'arrêta. Il se pencha, souleva la marche branlante et regarda dessous. Une pierre ronde, de la taille d'une noisette, s'était glissée sous la dalle. Garion l'enleva, la mit dans sa poche et remit la marche en place. Il remarqua que les autres marches étaient tout usées au centre, mais pas celle-ci, et se demanda pendant combien de siècles — ou de millénaires — son grand-père avait évité de mettre le pied dessus. Il rejoignit les autres, assez content de lui.

— Qu'est-ce que tu fabriques ? s'étonna Belgarath.

— Je réparais la marche. Elle basculait parce qu'il y avait ça dessous, répondit Garion en lui tendant le petit caillou rond. C'est arrangé, maintenant.

— Ça va me manquer, Garion, ronchonna son grand-père. Oh ! s'exclama-t-il en regardant le caillou, le sourcil froncé. Je me souviens, maintenant. Je l'avais mis sous la marche exprès.

— Pour quoi faire ? s'étonna Ce'Nedra.

— C'est un diamant, répondit le vieux sorcier avec un haussement d'épaules. Je voulais voir en combien de temps il se réduirait en poudre.

— Un diamant ? hoqueta la jeune femme en ouvrant de grands yeux.

— Je vous le donne, si vous voulez, fit-il en le lui lançant.

Elle l'attrapa au vol, puis elle eut une réaction d'un altruisme stupéfiant compte tenu de son hérédité tolnedraine.

— Non, merci, Belgarath, dit-elle. Je ne voudrais pas

vous priver d'un vieil ami. Garion le remettra en place en partant.

Le vieux sorcier éclata de rire.

Geran et le louveteau jouaient près d'une des fenêtres. Le jeu impliquait pas mal de peignées, et le loup trichait sans vergogne, profitant de toutes les occasions pour lécher le cou et la figure du petit garçon, lui arrachant des fous rires incontrôlables.

Poledra regardait la salle circulaire, encombrée.

— C'est bon de rentrer enfin chez soi... J'ai passé près de mille ans perchée sur le dossier de cette chaise, dit-elle à Garion en caressant amoureusement le bois griffé par ses serres de chouette.

— Et que faisiez-vous, Grand-mère ? demanda Ce'Nedra.

Elle avait repris à son compte, peut-être inconsciemment, les termes d'affection de Garion.

— Je le regardais, répondit la femme aux cheveux feuille morte. Je savais qu'il finirait bien par me remarquer, mais je n'aurais jamais imaginé qu'il mettrait si longtemps. Il a fallu que je fasse quelque chose qui sortait vraiment de l'ordinaire pour attirer son attention.

— Et qu'était-ce ?

— J'ai adopté cette forme, répondit Poledra en portant une main à sa poitrine. Il a eu l'air plus intéressé que quand j'étais une chouette — ou une louve.

— Au fait, intervint Belgarath. J'ai toujours voulu te le demander : il n'y avait pas d'autres loups dans le coin quand nous nous sommes rencontrés. Que faisais-tu là ?

— Je t'attendais.

— Tu savais que j'allais venir ? demanda-t-il en cillant.

— Evidemment.

— Quand est-ce arrivé ? s'enquit Ce'Nedra.

— Juste après que Torak eut volé son Orbe à Aldur, répondit Belgarath qui pensait manifestement à autre chose. Mon Maître m'avait envoyé vers le nord prévenir Belar de ce qui s'était passé. Je me suis changé en loup pour aller plus vite. J'ai rencontré Poledra quelque part dans ce qui est maintenant le nord de l'Algarie. Mais qui t'a dit que j'allais venir ? insista-t-il.

— Je n'avais pas besoin qu'on me le dise, Belgarath, répondit-elle. Je savais en naissant que tu viendrais un jour. Mais tu y as mis le temps. Je crois que nous devrions ranger un peu tout ça, suggéra-t-elle en promenant un regard critique sur la salle. Et il faudrait mettre des rideaux à ces fenêtres.

— Qu'est-ce que je t'avais dit ? souffla Belgarath à l'oreille de Garion.

Il y eut de grandes embrassades, des poignées de mains viriles et quelques larmes, mais pas trop. Puis Ce'Nedra ramassa Geran, Garion prit le loup et ils redescendirent l'escalier.

— Oh, fit Garion, lorsqu'ils furent à mi-hauteur. Donne-moi le diamant. Je vais le remettre en place.

— Un petit caillou ferait aussi bien l'affaire, non ? susurra Ce'Nedra avec un battement de cils qu'il connaissait bien.

— Si tu veux vraiment un diamant, je t'en achèterai un.

— D'accord, mais si je garde celui-ci, ça m'en fera deux.

Il éclata de rire, ôta fermement le diamant de son petit poing serré et le remit à sa place, sous la marche.

Ils montèrent en selle et s'éloignèrent lentement sous le soleil radieux de cette journée de printemps. Ce'Nedra tenait Geran. Le loup qui courait à côté d'eux coursait de temps en temps un lapin.

Ils étaient déjà à une certaine distance quand Garion reconnut le murmure familier. Il retint Chrestien.

— Ce'Nedra, fit-il en indiquant la tour. Regarde.

Elle se retourna.

— Je ne vois rien.

— Attends. Ils ne vont pas tarder à se montrer.

— Qui ça ?

— Grand-mère et grand-père. Tiens, les voilà.

Deux loups sortirent de la tour en bondissant et s'élancèrent d'une même foulée dans la plaine verdoyante. Leur course exprimait une liberté débridée et une joie intense.

— Je croyais qu'ils allaient d'abord faire le ménage, constata Ce'Nedra.

— C'est plus important, Ce'Nedra. Infiniment plus important.

Le soleil se couchait quand ils arrivèrent au cottage. Durnik était encore occupé au-dehors mais ils entendaient Polgara fredonner dans la cuisine. Ce'Nedra rentra tandis que Garion et le loup allaient chercher Durnik.

Au menu de ce soir-là, il y avait une oie rôtie avec une sauce délicieuse, trois sortes de légumes et du pain encore tout chaud du four, ruisselant de beurre.

— Où as-tu trouvé l'oie, ma Pol ? s'étonna Durnik.

— J'ai triché, admit-elle calmement.

— Pol !

— Je t'expliquerai, mon Durnik. Mangeons avant que ça refroidisse.

Après dîner, ils s'attardèrent devant le feu qui crépitait dans la cheminée. Il n'était pas vraiment utile de faire du feu — les portes et les fenêtres étaient même grandes ouvertes —, mais un foyer c'était une cheminée et du feu dedans, et la nécessité s'en faisait parfois sentir même quand ce n'était pas indispensable au sens strict du terme.

Polgara tenait Geran sur ses genoux. Elle avait la joue appuyée sur sa petite tête blonde et arborait un sourire béat.

— C'est juste pour m'habituer, Ce'Nedra, dit-elle tout bas.

— Si quelqu'un doit en avoir l'habitude, c'est bien vous, Tante Pol, répondit la reine de Riva. Avec les centaines de petits enfants que vous avez élevés...

— Pas tout à fait quand même, mon chou, et puis il ne faut jamais perdre la main.

Le loup qui dormait par terre, devant le feu, poussait de petits jappements en remuant les pattes.

— Il rêve, commenta Durnik avec un sourire.

— Ça n'a rien d'étonnant, répondit Garion. Il a couru après les lapins tout le long du chemin. Sans en attraper un seul, évidemment. Je crois qu'il n'en avait même pas envie.

— A propos de rêves, fit tante Pol en se levant, si vous voulez partir tôt, demain matin, il serait temps que nous allions nous coucher.

Ils se levèrent aux premières heures de l'aube, prirent un copieux petit-déjeuner, puis Durnik et Garion sortirent seller les chevaux.

A quoi bon éterniser les adieux quand ils savaient que rien ne pourrait jamais vraiment les séparer ? Ils échangèrent quelques paroles, quelques baisers, une poignée de main bourrue, et Garion mena sa petite famille vers la colline.

Arrivée à mi-pente, Ce'Nedra se tourna sur sa selle.

— Tante Pol ! s'écria-t-elle. Je vous aime !

— Je sais, mon chou ! répondit Polgara sur le même ton. Moi aussi, je vous aime !

Alors Garion les mena vers le haut de la colline et chez eux, tout au loin, là-bas.

ÉPILOGUE

C'était l'automne. Le Conseil d'Alorie s'était tenu à Riva, à la fin de l'été, et la réunion avait été bruyante, pour ne pas dire tapageuse. Des tas de gens y avaient été invités qui n'auraient pas dû normalement y assister si bien que les monarques non aloriens et leurs épouses surpassaient en nombre les rois d'Alorie. Ces dames avaient submergé Polgara et Ce'Nedra sous un déluge de compliments tandis que Geran monopolisait tous les enfants conquis par son caractère heureux (et par le fait qu'il avait découvert un chemin peu fréquenté menant aux cuisines, et surtout à la pâtisserie et à ses trésors). A vrai dire, on conduisit très peu d'affaires cette année-là. Puis, comme toujours, une série de tempêtes marquèrent la fin de l'été, la conclusion des réunions et le moment pour les visiteurs de penser à rentrer chez eux. C'était l'avantage de tenir le Conseil à Riva. Les invités auraient peut-être préféré s'attarder encore un peu, mais le rythme immuable des saisons les en dissuadait.

Le calme était revenu à Riva. Ç'avait été une sacrée fête quand le roi et sa femme étaient revenus avec le prince héritier Geran, mais personne, aussi sentimental soit-il, ne peut faire la fête éternellement, et les choses s'étaient tassées au bout de quelques semaines.

Garion passait le plus clair de son temps avec Kail, maintenant. Bien des décisions avaient été prises en son absence. Il les approuvait généralement, mais n'était pas encore au courant de toutes, et certaines requéraient sa signature.

La grossesse de Ce'Nedra se déroulait sans incident. La petite reine s'arrondissait comme un ballon, ce qui ne lui arrangeait pas le caractère. Les envies de mets rares et exotiques auxquelles étaient parfois sujettes les femmes dans son état lui procuraient moins d'amusement qu'à la plupart des autres. La portion mâle de la population se doutait depuis longtemps que ces soudaines lubies n'étaient qu'une distraction particulière. Plus un aliment était raffiné et difficile à trouver, plus la femme enceinte affirmait qu'elle *mourrait* si on ne lui en procurait pas immédiatement et en abondance, et plus son mari attentionné devait se donner de mal pour lui complaire. Garion y voyait plus le besoin d'être rassurée qu'autre chose. Un mari prêt à retourner ciel et terre pour trouver des fraises en plein hiver ou certains fruits de mer qui n'existaient qu'à l'autre bout du monde prouvait sans doute possible qu'il aimait toujours sa femme, malgré sa tournure disgracieuse. C'était moins drôle pour Ce'Nedra parce que, chaque fois qu'elle émettait un désir apparemment impossible à satisfaire, Garion s'éclipsait discrètement pour fabriquer magiquement la chose requise et la lui présentait — ordinairement sur un plateau d'argent. Ce'Nedra s'en fatigua vite et finit par y renoncer complètement.

A la fin d'une soirée d'automne glaciale, un vaisseau malloréen au gréement blanchi par le givre entra au port. Son capitaine apportait un parchemin soigneusement plié portant le sceau de Zakath de Mallorée. Garion remercia vivement le matelot, lui offrit ainsi qu'à son équipage l'hospitalité de la Citadelle et porta aussitôt la lettre de Zakath dans ses appartements. Ce'Nedra tricotait au coin du feu. Geran et le jeune loup dormaient en boule par terre, devant la cheminée, selon leur bonne habitude. Ce'Nedra avait renoncé à les séparer la nuit, aucune porte au monde ne pouvant être efficacement verrouillée des deux côtés à la fois.

— Qu'y a-t-il, mon chéri ? demanda-t-elle en voyant Garion.

— Une lettre de Zakath, dit-il en la lui montrant.

— Oh ! lis-la vite, Garion. Je meurs d'envie de savoir ce qui se passe à Mal Zeth !

Garion rompit le sceau, déplia le parchemin et lut :

« *A Sa Majesté Belgarion, roi de Riva, Roi des Rois du ponant, Tueur de Dieu, Souverain de la Mer du Ponant, et à Sa noble Épouse Ce'Nedra, Reine de l'Ile des Vents, Princesse impériale de Tolnedrie et fleuron de la Maison des Borune, de la part de Zakath, Empereur des Angaraks.*

« *J'espère que la présente vous trouvera tous deux en bonne santé et j'adresse mes salutations à votre fille, qu'elle soit déjà là ou non. Je vous rassure tout de suite : je ne suis pas devenu voyant, mais Cyradis a beau prétendre qu'elle a perdu son don de divination, quelque chose me dit que ce n'est pas tout à fait vrai.*

« *Il est arrivé bien des choses depuis la dernière fois que nous nous sommes vus. Je commence à penser que la cour impériale n'est pas mécontente de la modification de ma personnalité consécutive à notre équipée. Je devais être un monarque impossible, avant. Ça ne veut pas dire que tout est rose à Mal Zeth et que tout le monde baigne dans la félicité et les bons sentiments. L'état-major a été extrêmement perturbé quand j'ai déclaré mon intention de faire la paix avec le roi Urgit. Vous savez comment sont les généraux : privez-les de leur guéguerre favorite et ils se mettent à geindre, à pleurnicher et à bouder comme des enfants trop gâtés. J'ai dû appliquer quelques coups de pied bien sentis sur certains derrières. J'ai récemment promu Atesca au rang de commandant en chef des armées de Mallorée. Ce qui a achevé de mettre l'état-major en rage, mais on ne peut pas faire plaisir à tout le monde.*

« *Nous avons amorcé des pourparlers, Urgit et moi, et j'ai découvert en lui un gaillard étonnant, presque aussi drôle que son frère. Nous devrions bien nous entendre. L'administration a failli faire une attaque d'apoplexie collective quand j'ai proclamé l'autonomie des Protectorats de Dalasie. Je crois sincèrement que les Dals ont le droit de vivre comme bon leur semble, mais beaucoup de fonctionnaires y avaient fait des investissements et ils se sont mis à geindre, à pleurnicher et à bouder presque aussi fort que les généraux. Ils se sont très vite calmés quand j'ai suggéré de faire mener à Brador un audit approfondi des avoirs de chacun des chefs de Département du gouvernement. Les rumeurs de renoncement à toutes sortes de biens dans les Protectorats sont presque assourdissantes.*

« Peu après notre retour au palais, nous avons eu la visite étonnante d'un vieux Grolim. Je m'apprêtais à l'envoyer promener mais Essaïon a insisté assez fermement pour que nous le recevions. Le nom du vieux bonhomme était rigoureusement imprononçable, mais Essaïon l'a rebaptisé Pelath, allez savoir pourquoi. C'est un bon bougre, seulement il s'exprime parfois d'une façon très étrange. Il parle dans une langue qui ressemble à celle des Oracles ashabènes ou des Oracles de Mallorée des Dals. C'est très bizarre. »

— Je l'avais oublié, celui-là, commenta Garion en interrompant sa lecture.

— Qui donc, mon chéri ? demanda Ce'Nedra.

— Tu te souviens du vieux Grolim qui est venu nous voir à Peldane, le soir où la poule t'a donné un coup de bec ?

— Oh oui ! Il avait l'air d'être un très gentil vieillard.

— Il n'était pas que ça, Ce'Nedra. C'était aussi un prophète. Et la Voix m'a dit qu'il allait devenir le premier disciple d'Essaïon.

— Sacré Essaïon ! On dirait qu'il a le bras long, hein ? Allez, Garion, continue.

« Nous nous sommes longuement et souvent entretenus, Essaïon, Cyradis, Pelath et moi, et nous avons décidé qu'il valait mieux attendre un peu pour révéler son identité au monde. Il est tellement pur et innocent que je préfère lui éviter de sombrer si tôt dans les abîmes de dépravation et de mesquinerie de la nature humaine. Inutile de le décourager tout au début de sa carrière. Nous nous souvenons tous de Torak et de sa faim dévorante d'adoration, mais quand nous avons proposé à Essaïon de lui rendre un culte, il nous a ri au nez. Polgara a dû négliger certains aspects de son éducation.

« Nous avons tout de même fait une exception. Nous nous sommes rendus au temple de Mal Yaska avec les troisième, septième et neuvième armées. Les Gardiens du Temple et les Chandims ont tenté de fuir, mais Atesca les a encerclés avec sa compétence habituelle. J'ai attendu qu'Essaïon soit parti faire un tour avec son cheval sans nom et j'ai parlé assez fermement aux Grolims assemblés. Je leur ai signifié que je serais très mécontent qu'ils ne changent pas immédiatement de confession. Atesca était à mes côtés, son épée à la main, de sorte qu'ils se sont immédiatement rangés à mon avis. Puis, sans prévenir, Essaïon est arrivé au Temple. (Comment son cheval fait-il pour aller si vite ? La dernière fois qu'on l'avait vu, il était à plus de trois lieues.) Bref, il leur a dit que leurs robes noires n'étaient pas très jolies et que le blanc leur irait bien mieux. Il a eu un petit sourire et il a changé la couleur de la robe de tous les Grolims du Temple. Autant pour son anonymat dans cette partie de la Mallorée, vous vous en doutez. Il leur a dit ensuite qu'ils n'auraient plus besoin de leurs couteaux, et toutes leurs armes se sont volatilisées, puis il a éteint les feux du sanctuaire et décoré l'autel de fleurs. Bref, les Grolims se sont jetés à plat ventre. Essaïon leur a dit de se relever en vitesse et de filer s'occuper des malades, des pauvres, des orphelins et des sans-logis. Je crois qu'il faudra un moment à certains pour s'adapter à leur nouveau Dieu.

« J'ai entendu dire, depuis, que ces petits changements étaient universels en Mallorée. (Urgit a entrepris de vérifier si la situation était la même au Cthol Murgos.) Cela dit, je ne suis pas sûr que toutes ces conversions soient sincères, et je n'envisage pas de démobiliser pour l'instant.

« Sur la route de Mal Zeth, Pelath m'a dit textuellement, avec un de ses sourires écœurants de douceur : "Mon Maître pense qu'il est temps pour vous, Empereur de Mallorée, de changer de statut." Mon sang n'a fait qu'un tour. Je me demandais si Essaïon voulait que j'abdique et que je me fasse berger ou je ne sais quoi quand Pelath a continué : "Mon Maître estime que vous avez assez longtemps différé une certaine décision."

« *"Oh, et laquelle ?" ai-je prudemment demandé.*

« *"La Sibylle de Kell désespère de voir évoluer la situation. Mon Maître vous engage fermement à lui demander sa main. Il souhaite que l'affaire soit réglée avant qu'un autre événement ne survienne pour l'empêcher."*

« *Sitôt rentré à Mal Zeth, j'ai donc fait ce que je croyais être une proposition raisonnable... et Cyradis m'a envoyé sur les roses ! J'ai cru que mon cœur allait s'arrêter de battre. Puis notre mystique petite sibylle est devenue très éloquente. Elle m'a dit — en détail — ce qu'elle pensait des propositions raisonnables. Je ne l'avais jamais vue dans cet état. Elle était assez remontée en vérité, et son vocabulaire, tout en demeurant assez archaïque, ne paraissait pas des plus flatteurs. J'ai dû chercher dans le dictionnaire certains des mots qu'elle a employés tellement ils étaient abscons.* »

— Elle a bien fait, commenta férocement Ce'Nedra.

— « *Pour faire la paix* », continuait Zakath, « *je me suis jeté à genoux et j'ai fait une proposition si sentimentale et larmoyante que j'en étais gêné, mais elle s'est avoué émue par mon éloquence et a consenti à accepter ma proposition.* »

— Tous les mêmes ! renifla Ce'Nedra.

— « *Le coût des noces m'a presque mis sur la paille. J'ai même dû emprunter de l'argent à l'un des associés de Kheldar — à un taux scandaleux. C'est Essaïon qui nous a mariés, évidemment, et être marié par un Dieu vous a un petit côté irrémédiable qui vous fait froid dans dos. En tout cas, nous sommes mariés depuis un mois, Cyradis et moi, et je dois reconnaître que je n'ai jamais été aussi heureux de ma vie.* »

— OoOh, fit Ce'Nedra avec cette petite voix étranglée qu'il ne connaissait que trop. Comme c'est beau !

Et elle partit à la pêche au mouchoir dans ses manches.

— Ce n'est pas tout, continua Garion.

« *Les Angaraks de Mallorée n'étaient pas enchantés de me voir épouser une Dal, mais ils ont eu la sagesse de garder leurs observations pour eux. J'ai beaucoup changé, mais pas à ce point-là. Cyradis a un peu de mal à s'habituer à son nouveau statut, et j'ai beau faire, je n'arrive pas à la convaincre que les bijoux sont une parure indispensable à une impératrice. Elle préfère les fleurs, au grand désespoir des joailliers de Mal Zeth. D'autant que les dames de la cour l'imitent servilement.*

« *J'étais déterminé à faire raccourcir d'une longueur de tête mon lointain cousin, l'archiduc Otrath, mais je le trouve plutôt pathétique en fin de compte, alors je l'ai fait renvoyer chez lui. Suivant une suggestion de votre ami Beldin, j'ai ordonné à ce crétin d'installer sa femme dans un palais, dans le centre ville, et de ne plus l'approcher de sa vie. J'ai cru comprendre que la dame faisait scandale à Melcène, mais avoir supporté cet abruti pendant tant d'années mérite bien une petite compensation.*

« *Et voilà, Garion, c'est à peu près tout. Nous mourons d'envie d'avoir des nouvelles de vous tous, et nous vous envoyons nos salutations les plus chaleureuses,*

« *Sincèrement,*

« *Kal Zakath et l'impératrice Cyradis.*

« *Vous remarquerez que j'ai supprimé ce préfixe prétentieux. Oh, encore une petite chose : ma chatte m'a encore fait des infidélités il y a quelques mois. Ce'Nedra ou votre petite fille voudraient-elles un chaton ? Je peux même vous en envoyer deux si vous insistez.*

« *Z.* »

Au début de l'hiver, cette année-là, l'irritation de la reine de Riva crût en proportion directe, ou à peu près, avec son tour de taille. Il y a des femmes qui sont faites pour être enceintes ; la reine de Riva était remarquablement faite pour *ne pas* l'être. Elle était hargneuse avec tout le monde, même avec son fils et son mari. Elle alla même, une fois, jusqu'à balancer, sans succès, un coup de pied au jeune loup qui ne lui avait rien fait. L'animal évita mollement l'appendice en question et interrogea Garion du regard.

— Celui-ci se serait-il mal conduit ?

— Non. C'est juste que la femelle de celui-ci est en détresse. La mise bas est proche, et ça met toujours les femelles deux-pattes mal à l'aise et de méchante humeur.

— Ah, fit le loup. Les deux-pattes sont vraiment étranges.

— Très étranges en vérité, acquiesça Garion.

C'est Greldik, forcément, qui amena Poledra à l'Ile des Vents au milieu d'une tempête à casser les mâts de tous les bateaux du monde.

— Comment êtes-vous arrivé jusqu'ici ? s'émerveilla Garion.

Il était assis devant la cheminée de la salle à manger avec le marin vêtu de peaux de bêtes, et ils faisaient le meilleur usage de deux chopes de bière.

— La femme de Belgarath nous a indiqué le chemin, répondit le matelot en haussant les épaules. C'est une femme remarquable, vous savez ?

— Je suis au courant, oui.

— Vous savez qu'aucun de nous n'a bu une goutte de bière pendant tout le temps que nous avons été en mer ? Même pas moi. Je ne sais pas pourquoi, nous n'en avions pas envie.

— Ma grand-mère a des préjugés bien arrêtés. Je peux vous laisser ici ? J'aimerais parler un peu avec elle.

— Pas de problème, Garion, lui assura Greldik en tapotant affectueusement le tonnelet de bière presque plein encore. Ça ira très bien.

Garion trouva Poledra assise au coin du feu, en train de grattouiller les oreilles du jeune loup. Ce'Nedra était affalée sur un divan dans une attitude assez peu gracieuse.

— Tiens, Garion ! Mais on dirait que tu as bu, ajouta-t-elle en fronçant le nez d'un air réprobateur.

— J'ai pris une bière avec Greldik.

— Ça ne t'ennuierait pas d'aller t'asseoir un peu plus loin ? A l'autre bout de la pièce, par exemple ? Celle-ci a le nez sensible et l'odeur de la bière lui lève le cœur.

— C'est pour ça que vous n'aimez pas les gens qui boivent.

— Évidemment. Quelle autre raison pourrais-je avoir ?

— Je crois que tante Pol est contre pour des raisons plus morales.

— Polgara a des préjugés obscurs. Enfin, ma fille n'étant pas en état de voyager pour le moment, je suis venue aider Ce'Nedra à mettre son bébé au monde. Pol m'a donné toutes sortes d'instructions que j'ai l'intention d'ignorer pour la plupart. Il n'y a rien de plus naturel que de donner le jour à un enfant, et moins on en fait, mieux ça vaut. Quand elle sera près d'accoucher, tu emmèneras Geran et ce jeune loup que voici à l'autre bout de la Citadelle. Je vous enverrai chercher quand ce sera fini.

— Oui, Grand-mère.

— C'est un bon garçon, fit-elle à la reine de Riva.

— Je ne le trouve pas déplaisant, dans l'ensemble.

— J'espère bien. Dis, Garion, dès que le bébé sera né et que nous serons sûrs que tout va bien, nous retournerons au Val, toi et moi. Polgara a quelques semaines de retard sur Ce'Nedra, mais nous n'avons pas beaucoup de temps devant nous. Pol voudrait que tu sois là pour la naissance de son enfant.

— Il faut absolument que tu y ailles, Garion, fit Ce'Nedra. Je regrette seulement de ne pas pouvoir vous accompagner.

L'idée de quitter sa jeune femme si tôt après l'accouchement ne disait pas grand-chose à Garion, mais il avait vraiment envie d'être au Val quand tante Pol aurait son bébé.

Trois nuits plus tard, Garion faisait un rêve splendide dans lequel il montait une longue colline d'un vert émeraude avec Essaïon.

— Garion, dit Ce'Nedra en lui bourrant doucement les côtes.

— Oui, mon petit chou ? balbutia-t-il, à moitié endormi.

— Tu devrais aller chercher ta grand-mère.

Il fut aussitôt complètement réveillé.

— Tu es sûre ?

— Je suis déjà passée par là, tu sais.

Il se laissa aussitôt rouler à bas du lit.

— Embrasse-moi avant de partir, murmura-t-elle. N'oublie pas Geran et le louveteau quand tu iras à l'autre bout de la maison, ajouta-t-elle en reprenant son souffle. Tu remettras Geran au lit, hein ?

— Ne t'inquiète pas.

— Je crois que tu ferais mieux de te dépêcher, Garion, souffla Ce'Nedra, et une étrange expression crispa son visage.

Garion fila ventre à terre.

La reine de Riva donna naissance à une petite fille juste avant l'aube. Le bébé avait les cheveux roux foncé et les yeux verts : une manifestation de l'héritage des Dryades. Polgara enroula l'enfant dans une couverture et l'emmena dans les couloirs silencieux de la Citadelle vers la chambre où Garion attendait, devant une bonne flambée. Geran et le loup dormaient, les pattes emmêlées, sur un divan.

— Ce'Nedra va bien ? demanda aussitôt Garion en se levant d'un bond.

— Très bien, lui assura sa grand-mère. Elle est un peu fatiguée, mais ça n'aurait pas pu mieux se passer.

Garion poussa un soupir de soulagement et releva le coin de la couverture pour regarder sa fille.

— Tout le portrait de sa mère, remarqua-t-il.

Tout le monde faisait la même réflexion, comme si le fait qu'un nouveau-né ressemble à l'un ou l'autre de ses parents avait quelque chose de remarquable. Garion prit doucement le bébé dans ses bras et regarda son petit visage rouge. Le bébé lui rendit son regard de ses yeux verts qui ne cillaient pas. Des yeux qu'il connaissait bien.

— Bonjour, Beldaran, dit doucement Garion.

Il avait pris cette décision depuis un moment déjà. Il aurait d'autres petites filles, et elles porteraient le nom de diverses parentes de l'un ou de l'autre côté de la famille, mais il lui semblait important d'appeler sa première fille comme la sœur blonde de tante Pol. Une femme dont il n'avait vu qu'une image, une seule fois, mais qui était au cœur de leur vie à tous.

— Merci, Garion, dit simplement Poledra.

— Je crois que ça s'impose, répondit-il simplement.

Le prince Geran ne fut pas très impressionné par sa petite sœur, mais les grands frères le sont rarement.

— Elle est horriblement petite, non ? demanda-t-il quand son père le réveilla pour la lui montrer.

— Tous les bébés sont comme ça. Elle grandira.

— Bon.

Geran la regarda avec gravité, puis, sentant qu'il devait dire quelque chose de gentil, il ajouta :

— Elle a de beaux cheveux. On dirait qu'ils sont de la même couleur que ceux de maman, non ?

— On dirait bien, oui.

Les cloches de Riva sonnèrent à tout rompre, ce matin-là, et grande fut la joie du peuple de Riva, même si certains regrettèrent que le bébé royal ne soit pas un garçon, par sécurité pour la dynastie. Les Riviens avaient été orphelins de roi pendant trop longtemps pour ne pas se sentir concernés par le problème.

Ce'Nedra était radieuse, évidemment. C'est à peine si elle trouva à redire au prénom que Garion avait choisi pour leur fille. Elle aurait préféré, en tant que dryade, qu'il commence par le X traditionnel. Mais elle dut, en réfléchissant un peu, trouver une solution satisfaisante et en insérer un quelque part. Garion décida qu'il n'avait pas envie de savoir où.

La reine de Riva, qui était jeune et en bonne santé, se remit vite de son accouchement. Mais elle garda le lit pendant quelques jours, surtout pour l'effet dramatique escompté auprès des nobles riviens et des dignitaires étrangers qui ne pouvaient manquer de défiler dans la chambre royale afin d'admirer la petite reine et son encore plus petite princesse.

Au bout d'une petite semaine, Poledra décida que tout allait bien et qu'il était grand temps de partir pour le Val.

— Avec Greldik, nous serons en Sendarie avant d'avoir eu le temps de dire ouf, lui assura Garion.

— On ne peut pas compter sur cet homme, Garion.

— Tant Pol dit exactement la même chose. N'empêche que c'est le meilleur marin du monde. Je vais lui demander de faire embarquer les chevaux.

— Quels chevaux ? riposta sèchement la femme aux cheveux feuille morte. Nous n'avons pas beaucoup de temps devant nous, Garion. Ils ne feraient que nous ralentir.

— Vous voulez aller de la côte de Sendarie jusqu'au Val *à pattes* ? releva-t-il, un peu surpris.

— Ce n'est pas le bout du monde, Garion.

— Et les provisions ?

Elle lui jeta un coup d'œil amusé et il se sentit tout à coup complètement idiot.

Les adieux de Garion à sa famille furent très émouvants, bien qu'assez brefs.

— Fais attention à toi et couvre-toi bien, lui recommanda Ce'Nedra. Il fait froid, tu sais.

Il renonça à lui dire comment sa grand-mère avait l'intention de le faire voyager.

— Tiens, ajouta-t-elle en lui tendant un parchemin. Tu donneras ça à tante Pol.

Garion jeta un coup d'œil à la chose. C'était un portrait au fusain, assez réussi, de sa femme et de sa fille.

— Pas mal, hein ? demanda Ce'Nedra.

— Superbe, acquiesça-t-il.

— Allez, tu ferais mieux de filer. Si tu restes encore une seconde, je ne te laisse plus jamais partir.

— Prends bien soin de toi, Ce'Nedra. Et des enfants.

— Compte sur moi. Je t'aime, Majesté.

— Moi aussi, Majesté.

Il l'embrassa tendrement, serra son fils et sa fille sur son cœur et quitta la pièce sur la pointe des pieds.

Il faisait un temps épouvantable, mais Greldik se fichait pas mal du temps. Son bâtiment rapiécé de partout ne payait peut-être pas de mine, mais il filait par vent arrière sous des voiles que le plus inconscient des capitaines aurait depuis longtemps ferlées, si bien que deux jours plus tard, la côte de Sendarie était en vue.

— La première plage déserte fera l'affaire, Greldik, lui assura Garion. Nous sommes pressés, et si nous nous arrêtons à Sendar, Fulrach et Layla ne nous laisseront jamais repartir.

— Et comment voulez-vous quitter la plage sans chevaux ? protesta Greldik.

— Il y a des moyens, répondit Garion.

— Encore ce truc-là ? fit le matelot avec une grimace. Ce n'est pas normal, vous savez.

— Je viens d'une famille pas très normale.

Greldik poussa un grommellement réprobateur mais mouilla l'ancre devant une plage battue par les vents, bordée, vers le haut, par l'herbe drue d'un marais salant.

— Ça vous va ? demanda-t-il.

— C'est parfait, lui assura Garion.

Garion et Poledra attendirent, leurs manteaux claquant autour de leurs jambes, que Greldik ait regagné la haute mer.

— Je crois que nous pouvons y aller, déclara enfin Garion en plaçant son épée dans une position plus confortable.

— Je me demande vraiment pourquoi tu l'as emportée, remarqua Poledra.

— L'Orbe voulait voir le bébé de tante Pol, répondit Garion avec un haussement d'épaules.

— Je n'ai jamais rien entendu de plus insensé. Bon, on y va ?

Leur silhouette devint floue. Un instant plus tard, deux loups remontaient la plage à petits bonds et s'enfonçaient dans l'intérieur des terres

Il leur fallut une huitaine de jours pour arriver au Val. Ils prenaient à peine le temps de chasser, et encore moins celui de dormir. Garion en apprit beaucoup sur les loups pendant cette semaine. Il devait la plupart de ses connaissances à Belgarath, or son grand-père n'était devenu loup qu'à l'âge adulte alors que Poledra l'était depuis toujours.

Ils gravirent la colline qui dominait le cottage et regardèrent la maison nichée au creux de la vallée enneigée. Les fenêtres brillaient d'une lumière dorée, chaude et accueillante, sous les plumes humides des flocons tourbillonnants.

— Nous sommes arrivés à temps ? demanda Garion.

— Oui, répondit la louve aux yeux d'or. Celle-ci pense toutefois avoir eu raison de ne point s'encombrer des bêtes que les deux-pattes aiment chevaucher. Le moment est très proche. Descendons et allons voir où en sont les choses.

Ils dévalèrent la colline à bonds souples et reprirent forme humaine dans la cour.

Il faisait clair et chaud dans le cottage. Embarrassée par son ventre rond, Polgara mettait le couvert pour Garion et sa mère. Belgarath était assis au coin du feu et Durnik réparait patiemment un harnais.

— Je vous ai gardé à manger, fit tante Pol à Garion et Poledra. Nous avons déjà dîné.

— Tu savais que nous arriverions ce soir ? s'étonna Garion.

— Évidemment, mon chou.. Nous sommes plus ou moins constamment en contact, ma mère et moi. Comment va Ce'Nedra ?

— Magnifiquement. Et Beldaran aussi, lâcha-t-il comme si de rien n'était.

Tante Pol l'avait assez souvent surpris dans le passé ; c'était bien son tour.

Elle manqua lâcher l'assiette qu'elle tenait et le regarda en ouvrant tout grands ses yeux magnifiques.

— Oh, Garion ! s'exclama-t-elle en lui sautant au cou.

— Alors ce nom ne te déplaît pas trop ?

— Tu ne peux pas savoir comme je l'aime.

— Ça va, Polgara ? demanda Poledra en ôtant sa cape.

— Oui. Enfin, je crois, répondit tante Pol en souriant. Je sais comment ça se passe, bien sûr, mais c'est la première fois que ça m'arrive à moi. Les bébés remuent beaucoup, à ce stade, non ? Il y a une minute, j'ai eu l'impression que le mien me donnait des coups de pied en trois endroits à la fois.

— Il te donne peut-être aussi des coups de poing, risqua Durnik.

— *Il* ? releva la sorcière en souriant.

— Je disais ça comme ça, ma Pol.

— Si tu veux, je peux jeter un coup d'œil et te dire si c'est un garçon ou une fille, proposa Belgarath.

— Surtout pas ! protesta Polgara. Je veux le découvrir toute seule.

La neige cessa de tomber peu avant le lever du jour et le vent chassa les nuages dans la matinée. Le soleil fit étinceler de mille feux la neige fraîchement tombée. Le ciel était d'un bleu intense et s'il faisait très froid, l'air n'avait pas encore le mordant du plein hiver.

Garion, Durnik et Belgarath avaient été chassés de la maison à l'aube et ils se promenaient avec ce sentiment d'inutilité que les hommes éprouvent toujours en pareille circonstance. Ils s'arrêtèrent un moment au bord du ruisseau qui traversait la vallée. Belgarath scruta l'eau limpide, et remarqua les formes sombres, fuselées, qui hantaient les profondeurs.

— Tu n'as pas eu beaucoup le temps de pêcher, ces temps-ci, dit-il à Durnik.

— Non. Et ça ne me dit plus grand-chose, maintenant, répondit un peu tristement le forgeron.

Ils savaient tous pourquoi, et ils ne s'étendirent pas sur la question.

Poledra leur apporta à manger, mais insista fermement pour qu'ils restent dehors. Vers la fin de l'après-midi, elle les chargea de faire bouillir de l'eau sur la forge de Durnik, dans la cabane à outils.

— Je n'ai jamais compris ce qu'elles faisaient de toute cette eau bouillante, marmonna Durnik en retirant une énième bouilloire fumante du feu.

— Rien du tout, affirma Belgarath. C'est juste un truc pour éviter d'avoir les hommes dans les pattes. Une femelle géniale a eu cette idée il y a des milliers d'années, et depuis toutes les autres suivent le mouvement. Fais bouillir cette eau et ne te pose pas de questions, va. Ce n'est pas fatigant, et si ça peut leur faire plaisir...

Il était confortablement installé sur un tas de bois et examinait un petit berceau soigneusement sculpté par Durnik.

Le lune était bas sur l'horizon mais une profusion d'étoiles faisait étinceler la neige et baignait le monde d'une lueur féerique, si blanche qu'elle paraissait presque bleutée. La nature tout entière semblait retenir son souffle. C'était la nuit la plus parfaite que Garion ait jamais vue.

Remarquant la nervosité croissante de Durnik, Belgarath et Garion suggérèrent une promenade digestive jusqu'en haut de la colline. Ils avaient remarqué en de nombreuses occasions que l'occupation avait généralement un effet apaisant sur lui.

Ils avançaient lentement dans la neige épaisse, leur souffle fumant dans l'air glacé, quand le forgeron leva les yeux sur le ciel étoilé.

— C'est vraiment une nuit très spéciale, non ? Enfin, il pourrait tomber des cordes que j'aurais sûrement la même impression, avoua-t-il avec un petit rire penaud.

— Je sais que ça me fait toujours pareil, confirma Garion en riant. Deux personnes ne suffisent peut-être pas à établir une généralité, mais je comprends ce que tu ressens. J'éprouvais la même chose, il y a peu de temps encore. Dites, vous ne trouvez pas cette nuit très, très calme, tout à coup ? demanda-t-il en regardant la plaine enneigée, d'un calme surnaturel sous les étoiles glacées.

— Il n'y a pas un souffle d'air, acquiesça Durnik. Et la neige étouffe tous les sons. Mais maintenant que tu me le fais remarquer, ajouta-t-il en penchant la tête, il n'y a pas un bruit et les étoiles sont vraiment brillantes. Enfin, j'imagine qu'il y a une explication logique.

— Vous n'êtes vraiment pas romantiques, tous les deux, ironisa Belgarath. Il ne vous vient pas à l'idée que ça pourrait réellement être une nuit très spéciale ! Réfléchissez un peu, continua-t-il en réponse à leur regard interrogateur. Pol a passé la majeure partie de sa vie à élever des enfants qui n'étaient pas les siens. Je l'ai regardée faire, et j'ai senti l'obscure douleur qu'elle éprouvait chaque fois qu'elle prenait un nouveau bébé dans les bras. Cette nuit entre toutes, Polgara va avoir un bébé à elle toute seule, c'est donc une nuit vraiment spéciale. Ça ne veut peut-être pas dire grand-chose pour le reste du monde, mais pour nous, ce n'est pas rien.

— Comme tu dis, acquiesça Durnik avec ferveur, puis une expression pensive effleura son bon visage sincère. J'ai réfléchi à quelque chose, ces derniers temps, Belgarath.

— Oui. Je t'ai entendu.

— Tu n'as pas l'impression que c'est un peu comme si nous étions revenus à notre point de départ ? Ce n'est pas exactement la même chose, bien sûr, mais ça y ressemble assez.

— Je me suis fait la même réflexion, admit Garion. J'ai toujours cette étrange impression.

— Il n'y a rien d'étonnant à ce que les gens rentrent chez eux après avoir fait un long voyage, objecta Belgarath en flanquant un coup de pied dans la neige.

— Je ne crois pas que ce soit si simple, Grand-père.

— Moi non plus, approuva Durnik. Je ne sais pas pourquoi, mais j'ai le sentiment que c'est plus important.

— Je le pense aussi, avoua le vieux sorcier en fronçant le sourcil. Je regrette que Beldin ne soit pas là. Il nous expliquerait tout ça en détails. Nous n'y comprendrions rien, bien sûr, mais ça ne fait rien. J'ai peut-être une explication quand même, ajouta-t-il d'un ton un peu dubitatif, en se grattant la barbe.

— Et quelle est-elle ? s'enquit Durnik.

— Nous en avons pas mal discuté, Garion et moi, depuis un an à peu près. Il a remarqué que les événements se répétaient constamment. Tu nous en as probablement entendu parler. Nous en étions arrivés à la conclusion provisoire que si l'histoire balbutiait, c'est parce que l'accident empêchait l'avenir de se produire.

— Ce n'est pas bête, je trouve.

— Mais la situation a changé : Cyradis a fait son Choix et les effets de l'accident ont été effacés. Le futur peut survenir.

— Alors pourquoi nous retrouvons-nous à notre point de départ ? insista Garion.

— C'est logique, Garion, fit gravement Durnik. Quand on commence quelque chose, même l'avenir, il faut bien partir du début.

— Alors, admettons que ce soit l'explication, reprit Belgarath. Les choses s'étaient arrêtées, elles se sont remises en mouvement et tout le monde a eu ce qu'il méritait : nous les bonnes choses, et l'autre côté les mauvaises. Ça tendrait à prouver que nous avons choisi le bon côté, non ?

Garion éclata soudain de rire.

— Qu'y a-t-il de si drôle ? demanda Durnik.

— Juste avant la naissance de notre bébé, Ce'Nedra a reçu une lettre de Velvet — enfin, Liselle. Elle a réussi à obliger Silk à fixer une date. Il n'a que ce qu'il mérite, d'accord, mais j'imagine ses yeux hagards chaque fois qu'il y pense.

— Et c'est pour quand ? s'informa Durnik.

— L'été prochain, je ne sais plus quand au juste. On peut compter sur Liselle pour veiller à ce que tout le monde puisse assister à sa victoire triomphale sur notre ami.

— Ce n'est pas gentil de dire ça, Garion, fit Durnik d'un ton réprobateur.

— N'empêche qu'il n'est sûrement pas loin de la vérité, acquiesça Belgarath avec un grand sourire. Un petit quelque chose pour chasser le froid ? fit-il en tirant un flacon des profondeurs de sa tunique. C'est de la gnôle ulgo.

— Ça ne va pas plaire à Grand-mère, l'avertit Garion.

— Ta grand-mère a d'autres soucis pour l'instant.

Arrivés au sommet de la colline, les trois hommes se retournèrent et regardèrent la maison. Le toit de chaume disparaissait sous la neige et des glaçons formaient comme des pendeloques de diamant le long des chéneaux. La lumière dorée des fenêtres ensoleillait la neige, dans la cour. Les braises rougeoyaient dans la cabane à outils où les hommes avaient passé l'après-midi à faire bouillir une eau dont personne n'avait besoin. Un mince panache de fumée bleutée montait si haut dans l'air immobile qu'il semblait se perdre dans les étoiles.

Un bruit particulier monta aux oreilles de Garion et il lui fallut un petit moment pour l'identifier. C'était l'Orbe. Elle entonnait un chant d'une nostalgie indescriptible dans le silence presque palpable, à présent. Ce fut comme si les étoiles étincelantes se rapprochaient du monde enneigé.

De la maison monta alors un cri. Le cri d'un tout petit enfant. Il n'exprimait pas cette indignation et ce mal-être si communs à celui de la plupart des nouveaux-nés, mais plutôt une sorte d'émerveillement et de joie ineffable.

L'Orbe se mit à briller d'une douce lueur bleue, et son chant nostalgique devint un hymne joyeux. Puis il s'estompa, et Durnik poussa un profond soupir.

— Si nous descendions ? demanda-t-il.

— Nous ferions mieux d'attendre un peu, suggéra Belgarath. Il y a toujours du nettoyage à faire, dans ces moments-là, et il vaut mieux laisser à la jeune mère le temps de se donner un coup de peigne.

— Je me fiche pas mal de sa coiffure, remarqua Durnik.

— Toi, peut-être, mais elle, sûrement pas. Attendons encore un peu.

Le silence, toujours aussi dense, était maintenant rompu par les vagissements ténus, joyeux, du bébé de Polgara, auxquels, curieusement, l'Orbe joignit sa mélodie plaintive.

Les trois amis écoutèrent un moment, dans la nuit où se condensait leur souffle, ce son flûté, lointain.

— Il a de bons poumons, fit admirativement Garion.

Durnik lui jeta un rapide sourire.

Et puis la voix de son enfant ne fut plus seule. Une autre l'avait rejointe.

De l'Orbe jaillit cette fois une lumière bleue qui illumina la neige autour d'eux, et elle émit un chant triomphal.

— J'en étais sûr ! s'exclama Belgarath avec jubilation.

— Deux ? hoqueta Durnik. Des jumeaux ?

— C'est un trait de famille, Durnik, s'esclaffa-t-il en gratifiant le jeune père d'une étreinte un peu bourrue

— Et... c'est des garçons ou des filles ? demanda Durnik.

— Quelle importance ? Enfin, nous pouvons toujours aller voir.

Ils s'apprêtaient à descendre quand ils eurent l'impression qu'il se passait quelque chose auprès de la maison. Une colonne de lumière d'un bleu intense descendait du ciel étoilé, baignant toute chose d'une lueur azurée. Elle fut bientôt accompagnée par une seconde, d'un bleu plus clair. Ces deux colonnes lumineuses furent rejointes par d'autres, rouge, jaune, verte, lavande, et d'une couleur sur laquelle Garion aurait été bien en peine de mettre un nom. Un dernier rayon lumineux, d'un blanc aveuglant, s'unit enfin aux autres. Comme les couleurs de l'arc-en-ciel, ces colonnes formaient un demi-cercle dans la cour, emplissant le ciel nocturne d'un rideau palpitant de lumière multicolore, changeante.

Et les Dieux furent là, devant la maison, et leur chant se mêla à celui de l'Orbe en une formidable bénédiction.

Essaïon se tourna vers la colline et les regarda. Son doux visage était radieux. Il leur fit signe.

— Venez nous rejoindre ! leur dit-il.

— Tout est accompli, fit la voix d'UL, et elle était joyeuse, elle aussi. Tout est bien, maintenant.

Alors, le visage irisé par la lumière divine, les trois amis descendirent la colline enneigée pour contempler ce miracle, qui, pour se renouveler encore et sans cesse, n'en demeure pas moins un miracle.

Et voilà, mes enfants,
le moment venu de refermer le livre.
Il y aura d'autres jours, d'autres histoires,
mais celle-ci est finie.

Achevé d'imprimer sur les presses de

BUSSIÈRE

GROUPE CPI

à Saint-Amand-Montrond (Cher)
en février 2004

POCKET - 12, avenue d'Italie - 75627 Paris Cedex 13
Tél. : 01-44-16-05-00

— N° d'imp. : 40570. —
Dépôt légal : avril 1994.

Imprimé en France